NARRATIVA

846

Melissa Fu

NELLA TERRA DEI PESCHI IN FIORE

TRADUZIONE DI
BARBARA RONCA

EDITRICE NORD

Titolo originale
Peach Blossom Spring

ISBN 978-88-429-3432-5

In copertina: foto © ViewStock / Getty Images;
foto © Wang Liang / EyeEm / Getty Images
Art director: Giacomo Callo
Graphic designer: Davide Nasta

First published in the English language in 2022 by WILDFIRE
an imprint of HEADLINE PUBLISHING GROUP

Map Illustration © Tim Peters

NELLA TERRA
DEI PESCHI IN FIORE

Per la mia famiglia, e in memoria di 傅惠民 *(1932-2019)*

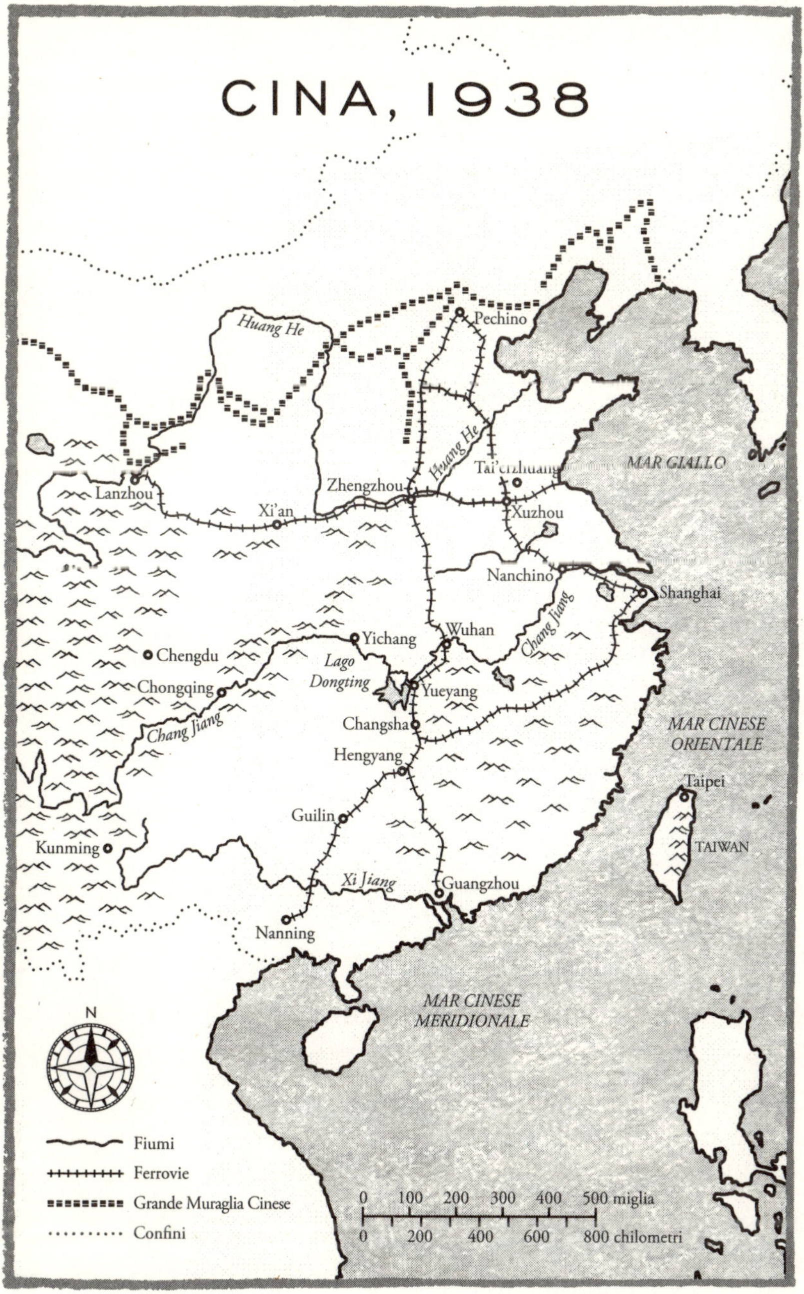

CINA, 1938
Pechino
Huang He
Lanzhou
Xi'an
Zhengzhou
Tai'erzhuang
Xuzhou
MAR GIALLO
Nanchino
Shanghai
Chang Jiang
Wuhan
Yichang
Chengdu
Lago Dongting
Yueyang
Chongqing
Changsha
Hengyang
MAR CINESE ORIENTALE
Taipei
TAIWAN
Guilin
Kunming
Xi Jiang
Guangzhou
Nanning
MAR CINESE MERIDIONALE
N
Fiumi
Ferrovie
Grande Muraglia Cinese
Confini
0 100 200 300 400 500 miglia
0 200 400 600 800 chilometri

ORIGINI

Raccontaci, chiedono, *raccontaci da dove vieni.*

Viene da ore, giorni, mesi di cammino. Viene da scarpe piene di buchi, da vesciche alle dita e calli ai talloni che conoscono sia l'asprezza di strade cosparse di ghiaia sia il sollievo della paglia e dell'erba. Viene da notti trascorse in posti sempre diversi, a volte in città, a volte in campagna. Da strade che si avvolgono intorno alle montagne e si tuffano nelle vallate. Da corsi d'acqua immersi nella foschia e nella bruma.

Viene dall'aver attraversato a piedi la Cina.

Dicci cosa ricordi, chiedono.

Ricorda il chiarore fioco di lampade al cherosene, l'odore di legna bruciata, i freddi pavimenti di pietra sotto i piedi nudi. Voci incalzanti, grattare di monete, il cigolio dei carretti di notte. Ricorda un rompicapo di legno di sandalo. Su un verso, c'erano cento scimmie. Sull'altro, ce n'erano novantanove. Come faceva quella scimmia ad apparire e scomparire? Viene da quel mistero.

Dicci di più, chiedono, accoccolandoglisi accanto. *Come sei arrivato qui?*

Ha attraversato fiumi. Ha attraversato oceani.

Con sé portava un orologio comprato da un marinaio, una lettera ad aprirgli le porte. Una valigia, un pacchetto di aerogrammi azzurrini, un solo paio di calzini di lana.

È corso incontro al richiamo di un Paese bellissimo, di un sogno invitante, di una promessa fatta d'aria. Incontro a battiti d'ali di uccelli, a caleidoscopi di stagioni che prima non aveva mai immaginato.

E ora raccontaci una storia, chiedono, con occhi limpidi e voci allegre.

Conoscere una storia è accarezzare la superficie di seta di ciò che si è perduto, sentirne tra le mani il peso della bellezza.

Conoscere una storia è portarla con sé sempre, incisa nelle ossa, anche se rimane dormiente per decenni.

Raccontaci, insistono.

Raccontare una storia, capisce, è piantare un seme e lasciare che cresca.

PARTE PRIMA

1938-1941

1

Changsha, provincia dello Hunan,
Cina, marzo 1938

Dao Hongtse ha avuto tre mogli. I loro nomi non sono importanti.

Dalla prima ha avuto il primo figlio, Dao Zhiwen. Un bambino indisciplinato, indomabile. Con una mano ha afferrato i privilegi della primogenitura e con l'altra ne ha gettati via i doveri. Ha cambiato nome in Longwei e ha lasciato la casa a testa alta, preferendole la strada. Ha scommesso e vinto, poi ha scommesso e perso. Longwei adora il tabacco, il whisky e le donne.

La prima moglie di Hongtse ha partorito altri due figli: una femmina, che è diventata una donna magra e giallastra che nessuno voleva sposare, e un maschio, che è morto a cinque mesi. Col cuore fasciato dal lutto e i piedi dalle antiche usanze, quella prima moglie è oggi poco più di uno spettro perso nei fumi dell'oppio. Esce dalla sua stanza solo per riempirsi la pipa e tormentare il resto della famiglia.

La seconda moglie di Hongtse lavora sodo. Ha le spalle larghe e le mani ruvide. Vive nella paura delle urla e degli strepiti della prima moglie. Hongtse non la ama, ma dipende da lei. La seconda moglie, però, gli ha dato solo femmine. I loro nomi non sono importanti. Si sono sposate giovani e hanno dato figli maschi ad altre famiglie.

La terza moglie era la favorita. Hongtse l'amava, addirittura. Resterà bella per sempre perché è morta di parto, dando alla luce il figlio minore, Dao Xiaowen. L'attività di Dao Hongtse, Luce Celeste – Cherosene e Antiquariato, passa di padre in figlio da generazioni. Il cherosene è un buon affare: tutti hanno bisogno di calore, tutti hanno bisogno di luce. I clienti di Hongtse sono nazionalisti, comunisti, commercianti, contadini, allevatori. Un giorno, Longwei erediterà il negozio e con esso le sue responsabilità.

In cima a una scala stretta, in una stanza al piano di sopra del negozio, Dao Hongtse commercia anche in monete d'oro, giada, incisioni e rotoli antichi. Facili da trasportare, difficili da tracciare, sempre preziosi. Ha insegnato a Xiaowen l'arte di distinguere tra ciò che ha un valore duraturo e ciò che è un piacere momentaneo.

Tra il maggiore e il minore dei suoi figli, Hongtse è preparato per ogni evenienza. Laddove Longwei ha la furbizia della strada, Xiaowen ha la sapienza dei libri. Se Longwei minaccia, Xiaowen argomenta con garbo sottile. Ciò che Longwei estorce con la forza, Xiaowen lo ottiene con la trattativa.

Col passare degli anni, Longwei ha solo figlie femmine, mentre Xiaowen un maschio.

Il figlio di Xiaowen si chiama Dao Renshu: *renshu* nel senso di « generosità, gentilezza », non *renshu* nel senso di « cedere, darsi per vinto ». Dao Hongtse si assicura che il nipote capisca la differenza. Renshu è il suo unico nipote maschio nato da un figlio maschio. Porta il nome della famiglia. Va protetto sopra ogni cosa.

È un tardo pomeriggio d'inizio primavera. Si respira una vivacità nuova, l'aria si sta scrollando di dosso gli ultimi freddi dell'inverno per accogliere i primi boccioli di fioritura. Sugli alberi si aprono foglioline nuove, e ogni giorno il sole regala un po' più di luce. Nel negozio di cherosene di Dao Hongtse, le assi di legno del pavimento sono spazzate a lucido, il bancone è in ordine. Dao Hongtse è immerso in una conversazione con una giovane donna con indosso una semplice tunica verde scuro e coi capelli raccolti in una crocchia. Benché la superiorità di lui sia evidente, sia per età sia per posizione, tra i due sembra esserci rispetto reciproco. Le posture rilassate suggeriscono familiarità, se non addirittura affetto. Lui le comunica una notizia che la illumina. Non lo abbraccia, ma è evidente che sia euforica.

Poi Hongtse le porge un sacchetto di seta e dice qualcosa,

mentre lei ci guarda dentro. La giovane ascolta attentamente, poi risponde. Lui riflette prima di ribattere. Quindi entrambi annuiscono. Lei fa un mezzo inchino e si gira, lasciando il locale.

Nella stanza sopra il negozio si accende una luce.

Di lì a poco, nella finestra in cima alle scale s'intravede la sagoma della donna.

Shui Meilin registra il nuovo inventario nel libro mastro, con le dita sottili che si muovono veloci sull'abaco. Di recente, molti dei clienti del suocero hanno iniziato a barattare oro e giada col cherosene. Ovunque i contanti scarseggiano e i prezzi salgono. Dao Hongtse ha dato istruzione di considerare impegnati quegli ultimi gioielli. Il cliente in lacrime che ha ceduto i cimeli di famiglia in cambio di una settimana di combustibile ha supplicato il vecchio Dao di non venderli a nessun altro, nella speranza di poterli presto ricomprare. Sia Meilin sia Hongtse sono rimasti turbati da quell'accordo, ennesimo segno della guerra che avanza, ma Hongtse ha accettato il pagamento, naturalmente. Dopotutto è un uomo d'affari.

Meilin si alza per riporre i gioielli, muovendosi nella stanza come a memoria. Chiude a chiave la vetrinetta e guarda fuori. Il sole sta tramontando, per quel giorno il lavoro è finito, e lei si sente piena di speranza. Dao Hongtse le ha appena riferito che l'esercito cinese ha sconfitto i giapponesi a Tai'erzhuang. Entrambi i figli di Dao dovrebbero tornare a casa presto, in licenza, al termine di un turno cruento ma vittorioso.

L'ultima volta che Meilin ha visto il marito, Dao Xiaowen, e il cognato, Longwei, è stato nove mesi fa. Dopo l'incidente del ponte di Marco Polo, su a nord,* i fratelli se n'erano andati da casa per arruolarsi come volontari. Meilin e la cognata, Xue

* Scontro a fuoco avvenuto il 7 luglio 1937 tra le truppe giapponesi in addestramento presso il ponte e l'esercito cinese che lo presidiava. L'incidente è stato la scintilla che ha dato inizio alla seconda guerra sino-giapponese. (*N.d.T.*)

Wenling, erano orgogliose che i mariti difendessero il futuro della Repubblica. La famiglia aspettava notizie dal fronte lontano, ma erano passate settimane, poi mesi, e non ne arrivava nessuna. Benché sconfortante, era comprensibile: la corrispondenza era sporadica e le truppe si spostavano in continuazione.

Eppure l'onda della guerra aveva iniziato a premere sulla città di Changsha. Sulle prime era un rivoletto: alberghi e pensioni pieni di ricchi cittadini che battevano in ritirata dalle turbolenze nell'Est. Wenling aveva commentato che così almeno poteva scoprire in anticipo le nuove mode di Shanghai. Poi erano arrivati altri profughi. I negozi facevano affari d'oro, perché il blocco dei rifornimenti lungo i fiumi e le ferrovie aveva mandato i prezzi alle stelle. Nelle strade e nei mercati ruggivano le manifestazioni contro gli aggressori giapponesi. Eppure, nonostante le valorose espressioni di patriottismo, l'avanzata dei giapponesi continuava. Non c'era voluto molto perché Shanghai cadesse, e ora di dicembre l'esercito imperiale giapponese aveva occupato Nanchino. Col trasferimento del governo nazionalista di Chiang Kai-shek nella vicina Wuhan, un flusso costante di sfollati si sta ora riversando su Changsha.

La notizia data da Hongtse della vittoria a Tai'erzhuang è assai gradita. La resistenza è stata forte, i giapponesi sono stati umiliati. Questo, ne sono tutti sicuri, sarà un punto di svolta. Ma la cosa migliore è che adesso Meilin può contare sulle dita di una mano i giorni che le mancano per riabbracciare il suo caro Xiaowen.

I pensieri di Meilin vengono interrotti da gridolini e risatine, seguite da uno scalpiccio di passi che attraversano di corsa il cortile, salgono le scale e proseguono nel corridoio. Renshu e la cuginetta Liling irrompono nella stanza ridendo, senza fiato e coi capelli scompigliati. Vogliono la merenda. Renshu ha tre anni e mezzo, Liling cinque. Le gambette di Renshu, ancora paffute, faticano a tenere il passo dell'adorata cugina. Il faccino di Liling è così pieno di calore e allegria che a Meilin riesce difficile non sorriderle. Quando Renshu ride, i suoi occhi seri e rotondi s'increspano in una mezzaluna, e gli compare una fossetta sulla guancia sinistra. I bambini sono tutti rossi per la corsa intorno all'edificio. Hanno fatto avanti e indietro per tutta la casa, bussando alle porte della nai-nai spaventosa, della nai-nai brutta e della nai-nai morta, scappando via prima che qualcuno potesse acchiapparli. Dopo aver inseguito i gatti negli angoli, lungo i muri e fuori per strada, hanno dato fastidio al pesce rosso di yéye nel laghetto facendo ombra sull'acqua e battendo la superficie con dei bastoncini.

Ora frugano nel cestino da cucito di Meilin, in cerca dei dolci semi di loto che lei nasconde per loro tra le pieghe della stoffa. Una volta divorati i dolcetti, Liling ruggisce a Renshu. Lo insegue per la stanza, oltre la vetrinetta, finché lui non si accovaccia dietro un paravento di legno di rosa intagliato. Quando lei tende le braccia, con le dita che si agitano per fargli il solletico, lui corre in camera da letto e si nasconde sotto le lenzuola, buttando a terra una pila di biancheria piegata con cura.

Bussano alla porta, un colpo secco e impaziente. Liling si butta sotto il letto e Renshu fa finta di dormire.

Meilin apre alla madre di Liling, Wenling. Sebbene la lunga giornata volga quasi al termine, l'aspetto di Wenling è impeccabile. Da quando la conosce, Wenling rifiuta di vestirsi alla maniera tradizionale e insiste a ordinare abiti all'ultimo grido in Occidente. Si assicura sempre che il viso ovale non mostri nemmeno un'imperfezione, fatto salvo per un neo finto che compare di tanto in tanto, a seconda della moda. Oggi porta i capelli acconciati in boccoli lucidi e, col mascara scuro, con la riga nera sugli occhi e col rossetto scarlatto, trasuda glamour. A volte Meilin è un po' intimidita dalla raffinatezza della cognata. Lei non ha mai perso tempo con la moda. Invece che di cipria, ha il naso cosparso di lentiggini e un viso a cuore che trasmette un fascino luminoso, più semplice. Più bassa di Wenling, non porta tacchi per sembrare più alta né scarpette minuscole per avere un'aria più femminile. Xiaowen dice sempre che è bella esattamente così com'è, e Meilin gli crede.

Come al solito, Wenling è di cattivo umore. Senza disturbarsi a ringraziare Meilin, grida a Liling di uscire subito, di smetterla di giocare, che è ora del bagno.

Liling e Renshu soffocano le risate.

Wenling irrompe nella stanza e si china a guardare sotto il letto. Prende Liling per la caviglia e la tira fuori. Quando Liling si alza, Wenling scatena un putiferio per la striscia di polvere sul davanti del suo vestitino, fissando Meilin. Rimprovera la figlia e la trascina giù per le scale, mentre Liling si volta e fa le smorfie a Renshu.

Meilin fa segno al bimbo di mettere in ordine. Lui fa del suo meglio, ma ben presto si stanca di combattere con le lenzuola e torna nella stanza davanti a sedersi di fianco alla mamma.

« Vedi di fare il bravo, adesso. Tu e tua cugina siete troppo monelli! » lo sgrida, scuotendo la testa, ma con una leggerezza nella voce che indica più divertimento che rimprovero.

Dopo la cena e il bagno, Meilin lo prepara per andare a letto. Da quand'è nato, Renshu le ha riempito tanto le giornate quanto il cuore. Prova per lui un amore infinito, e non perché la sua nascita ha innalzato la sua posizione all'interno della famiglia, rendendola madre di un figlio maschio di un figlio maschio di Dao Hongtse, e non solo perché gli occhi e il naso le ricordano Xiaowen. Lo ama perché la sua risata ha il suono del vento che gioca con le campane del tempio in primavera. Lo ama perché la riempie di una gioia che non sapeva esistesse prima che lui le regalasse il suo primo sorriso. Essendosi sposata tardi, a ventun anni, c'erano state volte in cui si era chiesta se sarebbe mai diventata madre. Per farlo addormentare, gli canta il *Canto dei pescatori*. Gli occhi chiusi di lui fremono, il riposo gli distende la fronte.

Farebbe qualunque cosa per questo bambino.

Nel buio silenzioso della stanza, Meilin rimane un momento seduta, pervasa da una felicità assente da tempo. Xiaowen sarà presto a casa. Riesce quasi a sentirne la presenza tra le ombre. Chiude gli occhi e ricorda la vigilia della sua partenza.

Erano tornati nelle loro stanze dopo la cena in famiglia, per godersi l'ultima sera insieme. Renshu, che all'epoca aveva due anni, sedeva in braccio al padre, ruggendo come una tigre, elettrizzato dalla novità di essere ancora in piedi a quell'ora.

Xiaowen era entusiasta del suo bambino. «Guardalo. È cresciuto fiero e forte come la sua mamma.»

Renshu si era divincolato dall'abbraccio del padre, ruggendo di nuovo.

Lui l'aveva ritirato su. «Ti prenderai cura della mamma, sì?»

Renshu aveva annuito.

«Devo andare via, ma tornerò presto. E ora, è tempo per questo tigrotto di andare a dormire.» L'aveva stretto forte, e la fronte del bambino si era aggrottata per un attimo. Xiaowen gli aveva dato un bacio sulla testa.

Dopo aver sistemato Renshu nella camera sul retro, Meilin era tornata da lui, proprio nella stanza dov'è seduta adesso. Xiaowen era al tavolo, con davanti una stretta scatola di legno. Meilin l'aveva abbracciato e gli aveva baciato il collo, poi gli si era seduta accanto. Lui le aveva passato la scatola, facendole segno di aprirla.

Dentro c'era un rotolo di broccato: boccioli di peonia color crema che si arrampicavano su un graticcio verde su sfondo scuro. Lungo i bordi si estendeva un motivo benaugurante di nuvole, ricamato in fili dorati. Meilin aveva trattenuto il respiro e fissato Xiaowen, incredula. Un rotolo disteso. Xiaowen aveva annuito, incoraggiandola a esaminarlo più da vicino. Meilin si era sfregata le mani, l'aveva sollevato e aveva allentato la nappa rossa. Pian piano, aveva srotolato la seta a svelare la prima scena dipinta: antiche montagne silenziose, un tumultuoso fiume grigio-verde, un gruppo di viandanti.

Si era chinata in avanti a esaminarne le tenui pennellate, incantata dal raffinato dettaglio di ogni uccello, di ogni pietra e di ogni albero, dalle differenze nei volti dei viandanti. Era impressionante. Il lavoro più pregiato che avesse mai visto. «Quando l'hai trovato?»

«Anni fa, mentre cercavo pezzi d'antiquariato per mio padre.»

«E non gliel'hai dato?»

«No, questo no», aveva risposto lui, percorrendo i ghirigori delle nuvole con la punta delle dita. «Volevo tenerlo.»

«Deve valere una fortuna», aveva mormorato lei.

« Meilin, è per il nostro futuro. Quando la guerra sarà finita e io ritornerò, potremo usarlo per aprire un negozio nostro. »

« E il Luce Celeste? »

Lui aveva scosso la testa con un sorriso. « Il vecchio Hongtse se la caverà benissimo con l'aiuto di Longwei e le ingerenze di Wenling. Permettiamoci di sognare qualcos'altro. La Cina sta cambiando. Non c'è bisogno di seguire tutte le vecchie tradizioni. Immagina un negozio di antiquariato tipico, solo nostro. »

Meilin aveva gettato le braccia al collo del marito, felice di aver sposato un uomo capace d'immaginare un futuro del genere. Qualcosa di loro. Avrebbero costruito qualcosa di loro.

« Meilin, mi devi promettere due cose: che ti prenderai cura di te e di Renshu, e che conserverai il rotolo per il nostro futuro. »

« Promesso. »

Erano rimasti seduti fianco a fianco, sino a notte fonda, ad assorbire la poesia di ciascuna delle scene del rotolo. Dopo averlo messo via, si erano sdraiati vicini, al buio, tracciando le curve di braccia, gambe, visi. Avevano trascorso le ore prima dell'alba a imprimersi nella mente l'uno le forme dell'altra.

Meilin è seduta alla finestra del negozio al piano di sopra, in attesa. Il reggimento di Xiaowen dovrebbe tornare oggi.

Sono passati più o meno cinque anni dal giorno in cui Xiaowen era entrato nel negozio di antiquariato della famiglia di lei, nella città di Yichang, nell'Ovest, per vendere una magnifica statuetta di cammello sancai di epoca Tang. Sebbene fosse antica, gli smalti verde, marroncino e crema erano immacolati e intonsi. Sul dorso dell'animale sedevano tre musici. I dettagli erano di una finezza rara. Meilin aveva capito subito di volerla per la loro collezione. Mentre contrattavano sul prezzo, aveva scoperto con piacere di avere in comune con quel giovane non solo l'amore per i tesori antichi, ma anche la passione per gli ideali della nuova Cina.

I genitori di Meilin, tra i primi sostenitori del Movimento del 4 Maggio, credevano nei diritti delle donne e in altre riforme in vista della nuova repubblica. Avevano cresciuto tutti i loro figli inculcando loro il valore dell'istruzione, del duro lavoro e dell'indipendenza economica. Di quando in quando, però, si preoccupavano che la minore, Meilin, fosse *troppo* indipendente; aveva già scoraggiato molti potenziali pretendenti, e parecchi altri li aveva rifiutati.

Invece Dao Xiaowen, quel nuovo mercante di Changsha, continuava a tornare. A volte per comprare, altre per vendere, ma sempre chiedendo di Meilin. Dalle trattative sui gingilli si era passati ad accese discussioni sul rimpiazzare le antiche tradizioni coi dettami di Signora Scienza e Signora Democrazia, all'analisi dei più sottili cavilli dei Tre Principi di Sun Yat-sen.

Dopo parecchi mesi, nessuno si era stupito di vedere che Xiaowen e Meilin si erano innamorati. Per la gioia dei suoi genitori, lei aveva accettato di sposare quel ragazzo, più grande di lei di due anni ma suo pari per intelligenza e prospettive.

Nella nuova casa, Meilin si era presto abituata alla sua sistemazione al piano di sopra, nel negozio di antiquariato di Dao Hongtse. Il suocero era rimasto stupito da quanto facilmente avesse imparato collocazione e provenienza di ogni oggetto del catalogo. Aveva notato subito che le somme impeccabili dei libri mastri erano sempre scritte di suo pugno. Ancora oggi, Hongtse scherza sempre, con affetto, dicendo che Meilin è senza dubbio il tesoro più prezioso che Xiaowen abbia mai trovato.

Vuoi per il suo acume negli affari, vuoi per una sorta d'intuizione della forte personalità della nuora, Hongtse aveva dato la sua benedizione a che Xiaowen e Meilin vivessero nelle stanze sul retro del negozio. Pur essendo nello stesso siheyuan* in cui vivevano i Dao, Meilin e Renshu erano separati dal resto della famiglia grazie a un cortile. In questo modo, Meilin poteva sfuggire a una casa piena zeppa di suocere, sorelle maggiori e nipoti, e al rutilante viavai di cugini, zii, zie

* Residenza tipica dell'antica Cina, costituita di solito da un cortile circondato da vari edifici e pertanto nota in Italia anche col nome di «quadrilatero cinese». (*N.d.T.*)

e altri lontani parenti che spuntavano di continuo, nella speranza che Hongtse condividesse con loro un po' della sua fortuna.

Ora, Meilin drizza le orecchie al suono di una jeep dell'esercito che svolta e imbocca la strada, rallentando man mano che si avvicina al siheyuan. Emozionata, si lascia sfuggire un gridolino e scende le scale di corsa per accoglierla, arrivando prima di tutti.

La portiera della jeep si apre ed ecco Longwei. Indossa l'uniforme d'ordinanza verde oliva, con bottoni d'ottone scintillanti e stivali di pelle nera alti fino al ginocchio. In vita ha una spessa cintura di pelle marrone scuro e in testa un elegante berretto con l'emblema della Repubblica di Cina, il sole bianco su sfondo blu. Prende la sacca, si drizza in tutta la sua notevole statura, alza la testa. Fa un saluto militare all'autista e la jeep se ne va.

« Ma... Dov'è... »

Gli occhi di Longwei, di solito imperiosi, sono colmi di tristezza.

« Xiaowen? » La voce di Meilin suona flebile, non è più la sua. Cala uno strano silenzio.

« È stato un eroe », dice alla fine Longwei. « È stato un eroe a Tai'erzhuang. »

« Dov'è? »

Longwei lo ripete, ancora una volta. « È stato un eroe. »

Dev'esserci un equivoco. Meilin si guarda intorno, in cerca di un'altra jeep. La strada è vuota. Dov'è Xiaowen? Dovevano arrivare tutti e due. Hongtse aveva detto tutti e due. Starà per arrivare.

« È stato un eroe a Tai'erzhuang », ripete Longwei, la voce gonfia di orgoglio, d'incredulità e, più di tutto, di dolore.

« Smettila di dire così. *Eroe* non vuol dire niente. » Le sue parole diventano grida. « È morto? Dimmelo! »

Ma Longwei abbassa lo sguardo e scuote la testa.

Meilin gli si getta addosso, lo tempesta di pugni sul petto. « No! No! »

Lui le prende le braccia e gliele tiene ferme. Lei singhiozza e non riesce a calmarsi. Si abbandona contro di lui. Il tessuto grossolano del suo cappotto è ruvido contro la guancia.

« Non lo so », dice lui piano. « Non l'ho più visto. »

Un colpo di tosse risuona dietro di loro. Meilin riesce a malapena a voltare la testa. È Wenling. Longwei si ritrae delicatamente per andare ad abbracciare la moglie.

Ora anche il resto della famiglia è uscito a salutarlo. Meilin osserva quel ricongiungimento come fossero attori su un palcoscenico. È attonita, pietrificata, e la domanda – *Dov'è Xiaowen?* – le rimbomba nella testa, con la sua risposta inconcepibile: *Non lo sa nessuno*. Per il resto del pomeriggio, e fino a sera, tutto ha un che di ovattato, inebetito. *Dov'è Xiaowen?*

Grata per il ritorno di Longwei, la famiglia di Hongtse è avvolta da una cupa aria di festa. La vittoria costa cara: molte famiglie non hanno visto tornare nessun figlio. Almeno loro ne hanno uno.

In qualche modo, Meilin riesce ad arrivare all'ora di cena. È grata per la distrazione indotta dalla routine, aiuta a portare in tavola una miriade di piatti via via che le mogli e i bambini iniziano a radunarsi. Sente Wenling che chiama le figlie.

Wenling ha una voce come di porcellana. Scivola nelle orecchie, rendendo chi ascolta ancora più consapevole dei propri spigoli. Mentre cammina per i corridoi, i suoi braccialetti di giada tintinnano a ogni passo, preannunciandone l'arrivo. Quando varca l'alta soglia della sala da pranzo, fa un cenno a Meilin senza guardarla negli occhi e osserva il tavolo, controlla il numero di posti, conta i piatti e dispensa sorrisi o biasimo tra i presenti.

Lavorando per il negozio di cherosene del padre, Longwei ha viaggiato per anni lungo il Chang Jiang, tra Wuhan e Shanghai, imbarcando merci e supervisionandone la distribuzione nei villaggi e nelle città sul fiume. È stato in uno di quei viaggi che ha incontrato Wenling. Era la figlia di un ricco e illustre uomo d'affari di Nanchino e lui era rimasto incantato dalla sua eleganza e dal suo lignaggio. L'aveva corteggiata con una passione avida e ambiziosa. Di lì a poco si erano sposati in pompa magna, con centinaia d'invitati e un banchetto raffinato. Via via che la suocera, ormai in là con gli anni, s'isolava sempre di più, Wenling era diventata la tai-tai della casa, autoritaria e indolente. Era un ruolo che le si addiceva.

Tutte le donne e tutti i bambini ora sono a tavola, a eccezione delle figlie di Wenling, Lifen e Liling. Lei le chiama di nuovo, spazientita. Anche se da fuori sembra non fare mai una piega, quando parla con le figlie le increspature si vedono eccome. Lifen striscia nella stanza, gli occhi bassi, ma non si scusa. Ha sette anni e tutti i manierismi della madre, ma non la sua bellezza devastante. Il viso della bambina ricorda piuttosto i lineamenti del padre, il naso prepotente e la fronte pesante che in un uomo comunicano un'idea di autorità, mentre un domani porteranno la gente a definire lei «inusuale». Ha le spalle larghe e la schiena corta. I lobi delle orecchie sono troppo lunghi e le braccia e le gambe troppo corte perché riesca a muoversi con la stessa grazia di Wenling, ma anche lei ha già l'aria di chi si aspetta molto più di quello che le è stato dato. Due passi dietro di lei c'è Liling, con le treccine spettinate e macchie d'inchiostro in faccia. Ha la corporatura e l'ossatura delicate di Wenling, la sua pelle liscia e gli occhi limpidi, eppure in qualche modo il suo fascino sembra slavato, come se la bambina fosse consapevole della continua delusione che porta al padre per il suo non essere un maschio, e alla madre per il suo essere troppo sognatrice e sensibile.

Per tutta la cena, Wenling riempie il marito di smancerie, di quando in quando gli accarezza lo stemma rosso con tre triangoli dorati sul bavero. Le bambine gli si aggrappano ai fianchi. Dao Hongtse rivolge a Longwei qualche sporadico e riluttante cenno di approvazione. Meilin cerca di essere felice – *è* felice per Longwei – ma che fine ha fatto Xiaowen? Quando Renshu chiede del papà, lei lo stringe a sé e gli bisbiglia tra i capelli che il suo bà è un eroe. E forse tornerà a casa col prossimo gruppo di soldati. Quando alza lo sguardo si accorge che Dao Hongtse l'ha sentita. I loro occhi s'incontrano, e vede che quelli di lui sono colmi di preoccupazione e paura per il figlio perduto.

Meilin resiste tutta la sera, mantiene il contegno. Ma, nel silenzio delle sue stanze, la notte, dopo che Renshu si è addormentato, tira fuori il rotolo di Xiaowen e singhiozza fino al mattino.

L'estate passa in un misto di dolore e sconcerto. Xiaowen non torna col convoglio successivo, e neanche con quelli dopo. Armate delle migliori intenzioni, mogli e sorelle esortano Meilin a trasferirsi nella casa grande, ma lei rifiuta. Vuole restare dove lei e Xiaowen avevano iniziato a costruire la loro vita insieme. Magari un giorno tornerà, comunque. Distrutto dalla perdita del figlio minore, Hongtse la lascia fare.

Le foglie si fanno dorate e poi rosse e Xiaowen ancora non si vede. Senza di lui, Changsha non è più casa. Meilin scrive alla sua famiglia a Yichang, li implora di lasciarla tornare lì con Renshu. Ma, nonostante tutte le idee progressiste sulla Nuova Cultura, loro rispettano la tradizione che la vuole ormai un membro della famiglia Dao. Lei e il figlio devono restare. Oltretutto hanno intenzione di chiudere il negozio e trasferirsi nella proprietà degli avi sulle colline che sovrastano Yichang. Visto tutto lo scompiglio nell'Est, è una precauzione necessaria.

Monte Yuelu, provincia dello Hunan,
Cina, ottobre 1938

Meilin accende un fiammifero. La fiamma brilla e sfrigola nell'aria umida di pioggia. Lei sospira. « Magari non dovremmo bruciare banconote per Xiaowen. E se non è morto? E se nell'aldilà appaiono tutte queste ricchezze per lui e lui non c'è? »

« Io non ci credo, a queste storie. » Longwei passa in rassegna le famiglie che risalgono il monte Yuelu, tutte qui per rendere omaggio alle tombe degli avi e per ricordare i cari perduti. Pur nell'incertezza della guerra, la gente è comunque uscita per la Festa del Doppio Nove. Forse di questi tempi è ancor più necessario restare aggrappati alle ricorrenze. Longwei ha l'aria di cercare qualcuno. Meilin si domanda chi. Di certo non la moglie e le figlie. Quand'è arrivato il mattino, con le sue pesanti nuvole che sputavano pioggia, Wenling ci ha messo poco a trovare una scusa. Dando sfogo a un inusuale istinto materno, ha fatto appello alla costituzione delicata di Lifen e alla tosse di Liling, che non era ancora passata del tutto, concludendo che rischiavano di prendersi un malanno, con quell'aria fredda. Perciò sarebbe rimasta a casa, per controllare le torte del doppio yang. Oltretutto, aveva sibilato, non era il suo, di marito, a essere probabilmente morto.

I cappotti tirano e sbattono nel vento. Meilin ci riprova. Il fiammifero si spezza a metà senza accendersi. Lei lo getta nel cumulo fradicio di foglie gialle e brune ai suoi piedi.

Lì vicino, Hongtse e Renshu lanciano barchette di bambù in una piccola pozza. Hongtse ha promesso a Renshu una moneta d'oro per quella che riesce a portare più sassi senza affondare. Hanno passato la mattinata a metterle in fila, cercando di decidere quale potesse bilanciare velocità e tenuta con l'aumentare del carico. Anche i bambini delle altre famiglie si sono avvicinati per unirsi al gioco, hanno costruito barchette improvvisate di ramoscelli e foglie secche.

« D'altronde, magari è come aprire un conto in banca per il futuro », rimugina Meilin. « Se effettivamente arriva nell'aldilà, si troverà già ricco. »

Longwei non risponde e lei gli lancia un'occhiata. Sta osservando i lati del cimitero, per vedere chi entra e chi esce. È da quand'è tornato da Tai'erzhuang che non porta la divisa. Dice che l'hanno promosso. Quale che sia il suo nuovo ruolo nell'esercito, non è più un soldato. Ormai passa la maggior parte del suo tempo nel negozio di cherosene di Hongtse. C'è un viavai di uomini. A volte indossano pantaloni e uniforme del Kuomintang. Altre volte hanno abiti occidentali o la veste tradizionale degli studiosi. Non sono i soliti clienti di Hongtse. Sono tipi più rudi, sibilano nomi di città e indicazioni stradali. Sembrano più discutere che comprare cherosene. Da una sedia nell'angolo, Hongtse si acciglia e borbotta qualcosa sul rispetto filiale, ma Longwei lo ignora. Alla fine il vecchio si placa e ascolta in silenzio le parole dure e concitate che si scambiano il figlio e quegli uomini. Longwei li chiama fratelli. Non sono suoi fratelli, nessuno di loro lo è.

Adesso, Meilin osserva il profilo di Longwei. Ha l'aria di un Hongtse più giovane, più feroce. Tutti e due sono alti più di un metro e ottanta, ma Longwei ha le spalle più larghe, che gli conferiscono un'autorità, una possanza che al vecchio mancano. È muscoloso, mentre il padre è esile. Una lunga cicatrice gli solca l'avambraccio sinistro. Sarà il risultato di una rissa? Strizza le palpebre, cercando in lui qualche traccia di Xiaowen. No. Non c'è niente che suggerisca che i due avessero lo stesso padre.

Quasi riuscisse a sentire i suoi pensieri, Longwei si gira verso di lei, gli occhi che scintillano. Mostra i denti macchiati di tè e nicotina, prende una sigaretta dal pacchetto e se la infila in bocca. Quando strofina il fiammifero, prende fuoco all'istante. Accende la sigaretta e lo spegne subito. « Mio fratello era uno stupido. »

Meilin è presa alla sprovvista. Forse ha parlato a voce alta? « Xiaowen era un brav'uomo. Non giocava a mahjong e non tormentava le cantanti nelle sale da tè. Non aveva niente a che fare con quei ceffi che vanno e vengono dal negozio tutto il giorno... » Si ferma. Longwei sta ancora fissando per terra, ma la mascella gli si è irrigidita. Sebbene di solito sia più cauta, il brulicare di attività nel negozio di cherosene delle ultime settimane e l'agitazione di Longwei la rendono più audace. « Non ingannava suo padre sulle spedizioni e non truccava i libri contabili. » Ora si aspetta un rimprovero, una smentita, o almeno una qualche giustificazione.

Invece Longwei lascia cadere la sigaretta a terra e schiaccia il mozzicone col piede. Inspira a fondo, sibila tra i denti, poi la fissa. Si avvicina.

Lei resta dov'è e sostiene il suo sguardo.

« Un brav'uomo », dice in tono di scherno. « Le brave persone muoiono o spariscono. Non l'hai ancora capito? » Sta per continuare, quando arriva di corsa Renshu, con la barca di bambù che ha vinto in una mano e una moneta d'oro nuova nell'altra. L'espressione di Longwei da incattivita si fa gentile. Prende Renshu tra le braccia e se lo porta al petto. Il bambino strilla, scalcia e ride.

A disagio, Meilin sente un nodo stringerle lo stomaco.

«Ben presto separeremo il grano dalla pula, e vedremo di cos'è fatto.» Longwei mette giù il bambino, che ignora le parole dello zio e torna di corsa dal nonno. Si gira di nuovo verso Meilin. «Il cambiamento sta arrivando. Sono passati appena dieci giorni dalla caduta di Guangzhou, e ora questa sconfitta a Wuhan. Finora abbiamo avuto la fortuna di evitare i bombardamenti, ma Changsha non è più sicura.» La prende per le spalle e la guarda dritto in faccia.

La forza della sua stretta è inquietante, non c'è più traccia della solita spacconaggine. Perché non le ha risposto per le rime quando lo ha provocato?

«Tieniti pronta. A qualunque cosa. Capito?» Longwei emana un calore pungente, che sa di tabacco; alza la testa e guarda oltre le spalle di lei. Qualunque cosa stesse cercando, finalmente la vede. Le dà un'altra stretta decisa alle spalle, poi abbassa le mani e se ne va.

Meilin deglutisce. Si massaggia una spalla.

Accanto a una tomba lì vicino si è riunita una famiglia di tre persone: padre, madre e una bambina. Portano cesti di vimini colmi di fiori, incenso e altre offerte. Il padre usa il soprabito per proteggere la famiglia dal vento, la madre s'inginocchia e sistema il reliquiario. La bambina appoggia a terra una corona di germogli di zhu yu, le bacche rosse che spiccano luminose in quella giornata smorta. Insieme, madre e figlia sistemano un mucchio di arance e posano lì accanto una fiaschetta di liquore di crisantemo. Una piramide di devozione perfetta. Con un pennello a punta fine e un barattolo di vernice rossa, la madre ripassa le iscrizioni sbiadite, mentre il padre strizza l'occhio alla figlia. Da ultimo, lei accende l'incenso e tutti e tre si alzano e fanno un inchino. Si solleva un filo sottile di fumo, che poi si disperde nel vento.

Una folata improvvisa sparpaglia le banconote che Meilin teneva distrattamente in mano. Lei si precipita a raccoglierne i brandelli fradici, adesso tutti accartocciati e sporchi.

Changsha, provincia dello Hunan,
Cina, novembre 1938

Oggi a Renshu sembra tutto diverso. Le voci dal negozio al piano di sotto sono più alte del solito. La porta si apre e si chiude ogni cinque minuti. Un corteo di passi pesanti sfila avanti e indietro.

Sceglie un passatempo familiare: mentre la mamma cuce, lui smonta i tre scomparti impilati del cestino da cucito, frugando tra i rocchetti di filo in cerca dei suoi preferiti. Blu pavone, cremisi, oro come l'oolong. Si mordicchia il labbro, concentrato, li mette in fila sul pavimento di legno, l'uno accanto all'altro. Poi, con una lunga stecca di legno, imprime a tutti una stessa spinta. I fili colorati si srotolano in un arcobaleno ballonzolante. Certi giorni, vince il più veloce. Altri, quello che rotola più lontano. Riavvolge i fili e fa correre altri colori, altre combinazioni, in cerca del campione.

Quando si stanca del gioco, rovista nella scatola intagliata di cinabro posata accanto alla mamma, quella con dentro ciondoli di giada, sonagli d'oro e monete d'argento. Di tanto in tanto, lei prende una moneta e continua a cucire. Sembra che lo faccia da settimane. Gli piace osservare i ciondoli di giada: una prugna, un serpente, un buddha. Li solleva davanti alla finestra, uno per volta, e fissa la luce tarda del sole che li attraversa, scoprendo le venature bianche nel verde della pietra. Il suo preferito è il rospo a tre zampe con la moneta d'oro in bocca. La parte migliore è che la moneta gira. Renshu la fa ruotare con l'indice, la guarda sbatacchiare e frullare finché non rallenta e si ferma, la fa girare di nuovo.

Dalle scale giunge uno scricchiolio e Meilin si acciglia. Fa cenno a Renshu di star zitto e gli prende i tesori di mano, li rimette nella scatola, chiude il coperchio e la infila nello scomparto in fondo al cestino. Copre tutto con la pezza di tessuto che sta cucendo, ripiegata. Avvertendone l'urgenza, Renshu sistema il ripiano centrale del cestino e lo incastra per bene. Meilin appoggia in cima l'ultimo scomparto, quello coi rocchetti, con gli aghi, coi bottoni e con le forbici. Mentre raccoglie il lavoro a maglia, le scappa un lungo, cauto sospiro e la ruga di preoccupazione sulla fronte sparisce. Renshu si riempie le mani di bottoni da far vedere allo zio o a yéye, o a chiunque altro stia arrivando dal corridoio.

Sono lo zio e due omoni. Di solito Renshu salta in braccio allo zio non appena lo vede, ma quegli uomini lo intimidiscono, così se ne sta buono. Gli uomini trasportano una grossa cassa di legno. Hanno un odore di cuoio e di fumo che Renshu non riesce a identificare bene. Uno dei due indossa grossi stivali, l'altro ha la barba lunga e i baffi. Lo zio e la mamma iniziano a discutere.

Lo zio indica alcuni oggetti e gli uomini aprono la cassa e cominciano a mettere dentro cose: lampade, dipinti, statuette. Inizialmente buttano tutto dentro alla rinfusa. La mamma li rimprovera e poi va dietro un bancone e prende una pila di panni morbidi. Lo zio sgrida gli uomini e quelli ritirano fuori tutto, un pezzo alla volta, e ricominciano da capo. Stavolta, usano i panni per avvolgerci dentro ogni oggetto. Lo zio va verso un vaso nell'angolo con dentro molti rotoli. Ne afferra un po' e chiede qualcosa alla mamma. Lei non è contenta. Si acciglia e gli dà una scatola di ciondoli, ma non quella che ha nel cestino. Gli uomini hanno riempito la cassa di tesori. Ora ci piantano dei chiodi sopra per sigillarla. Dopo che se la sono messa in spalla e l'hanno portata via, alla mamma scappa un grosso sospiro. Poi lei si lascia scivolare a terra, con la schiena contro la porta.

Dopo qualche istante, Meilin si rialza e va in camera da letto. Renshu la sente spostare dei mobili. Torna con in mano una stretta scatola di legno. Gli fa cenno di sedersi accanto a lei a un tavolino di legno basso su cui, fino a pochi momenti fa, erano posate lampade a forma di drago e incisioni di fenici. Lo invita ad aprire la scatola. Dentro c'è un rotolo. Renshu lo tira su. Scioglie la nappa. Meilin si piega in avanti per aiutarlo a stenderlo sul tavolo. Quando la prima scena è tutta scoperta, mette una mano sulla sua per non fargliela srotolare di più. L'altra sfiora le colonne di caratteri mentre lei legge ad alta voce. Questa, gli dice, è una storia di sapienti in viaggio. Qui è quando partono, gambe salde e occhi luminosi. Seguiranno il fiume e il sole.

Sotto di loro, il negozio di cherosene ribolle di discussioni e risa sguaiate che non trasmettono nessuna allegria. Parole cariche di preoccupazione velano l'aria, *i giapponesi si avvicinano da nord e da sud. A tenaglia.*

Renshu pungola Meilin. Vuole vedere di più. Srotola la scena successiva, mentre lei riavvolge la parte che hanno appena letto. Di nuovo, lei gli ferma la mano quando tutta la scena è scoperta. Di nuovo, legge il poema, dirige la musica e il racconto. Per tutto il resto del pomeriggio, continuano a ripercorrere il rotolo, scena dopo scena, scoprendo particolari e inventando storie. Nel guidare Renshu, la mamma gli fa vedere le parti che preferisce: qui c'è la tigre che dorme e i viandanti passano senza farsi male. Lì, nel mercato affollato, il più scaltro dei sapienti vince un gioco d'astuzia. Passando stretti ponti su ruscelli di montagna, i viandanti riflettono sull'inevitabilità del movimento perenne.

« Renshu, hai notato che nessuno dei viandanti ha la faccia rivolta all'indietro? » bisbiglia la mamma. « In ogni nuovo panorama, vanno avanti e non si guardano mai indietro. »

Dal negozio salgono fumo di sigarette e il tintinnio delle bottiglie di cherosene. Lungo le pareti filtrano discorsi riguardanti ponti, ferrovie e fiumi. *Non lasciate niente di valore.*

Ricorda, dice lei, quei sapienti in viaggio hanno portato in spalla tutto ciò di cui avevano bisogno. Hanno lasciato indietro tutto ciò che li appesantiva. Ricorda, dice ancora, il rimpianto è un fardello pesante. E, mentre circonda Renshu con un braccio, gli indica il viandante che riposa sotto un ciliegio fiorito al termine del lungo viaggio, e bisbiglia: « Ricorda, avere un frutteto è rendere omaggio alle generazioni che sono venute prima e a quelle che verranno dopo ».

Lui annuisce. Se ne ricorderà.

Quella notte, quando una mano le afferra la spalla e la scuote, Meilin non ne è sorpresa. La voce di Longwei è bassa, ma l'urgenza è inequivocabile. « Dobbiamo andarcene. Ora. Esci dal retro. »

Lei sbatte le palpebre nella notte e vede la sagoma di lui sparire oltre la porta.

È tutto buio e silenzioso, ma se si sforza riesce a udire dei fruscii dall'altra parte del cortile, in casa.

Meilin attira il cestino da cucito accanto a sé, smonta gli scomparti, controlla che la scatola di monete e ciondoli sia ancora sul fondo. Da sotto il letto, recupera le due giacche di seta, una grande e una piccola, che per settimane ha imbottito di banconote e monete. Quei fagotti bitorzoluti le danno un fresco, dolce conforto. Le mette da parte; le indosseranno. Sul pavimento c'è la scatola col rotolo. La avvolge in un panno e la mette nel cestino. Il cuore le batte forte e le lacrime le premono dietro gli occhi. Altri suoni, movimenti ovattati e frettolosi turbano la casa. Meilin risistema il cestino. Fissa insieme i manici. È pesante, ma dentro non c'è niente che lei voglia lasciarsi indietro.

Passa un carretto. Fuori, nelle case e per strada brilla ancora qualche luce. Lei è in piedi e guarda Renshu, gli occhi chiusi, il respiro placido e caldo. Fuori si ferma un altro carro e Meilin sente dei sussurri concitati. Aspetta altri trenta secondi completamente immobile, fa un respiro profondo e stringe la mano intorno alla piccola spalla del suo bambino.

Nel carretto, Renshu stende le gambe, le preme contro il cestino da cucito. Proprio quando svoltano alla fine della loro strada e si stanno avvicinando al mercato, un'esplosione squarcia il cielo. Renshu si volta e inarca la schiena per guardare, ma Meilin lo stringe più forte per bloccargli la visuale. Gli dà un rompicapo di legno, gli dice di contare le scimmie. Mentre lui è tutto assorto in quel compito, la mamma lo tiene girato in avanti.

Calore e luce illuminano la notte. Le fiamme crepitano, da lontano giungono grida portate dal vento. Gli occhi di Meilin bruciano per il fumo e il cuore le batte all'impazzata. Quando si gira a guardare, ha un sussulto: il negozio di Hongtse sta bruciando.

«Che c'è, mamma?» chiede Renshu, scuotendosi.

Meilin ingoia la paura, si calma. «Niente, va tutto bene.»

Han, il domestico che tira il carro, svolta in un altro vicolo.

«Dove stiamo andando? E gli altri?» chiede Meilin.

«Grande fuoco, signora, grande fuoco! Al punto d'incontro», risponde lui, e va avanti.

Suonano gli allarmi. Immersi nel buio, superano un edificio in fiamme dopo l'altro.

Non era solo il negozio di Dao Hongtse, allora.

La città è un oceano di fuoco. Le strade si riempiono di altri fuggitivi. Chi sui carretti, chi su barrocci carichi di parenti, mobili, vasi, sacchi di cereali. Molti sono a piedi, tengono in equilibrio sulle spalle fagotti preparati in fretta e furia e ceste traboccanti appesi a pali. E c'è pure qualcuno che è scappato in camicia da notte, con le poche cose che è riuscito ad afferrare. Le jeep dell'esercito s'infilano tra la calca, dirette controcorrente, verso la città che brucia. Qualche auto, imbottigliata nel caos, suona il clacson e manda su di giri il motore. Al di sopra del fumo e delle fiamme incessanti risuonano gli allarmi antincendio.

Il carretto procede sussultando per la strada dissestata e Meilin batte i denti. Han svolta di corsa un angolo e Renshu viene sbalzato fuori dalle sue braccia, verso il bordo dei sedili. «Mamma!» strilla, spaventato.

Meilin se lo tira di nuovo in grembo e si china a fargli scudo, gli copre gli occhi e le orecchie.

Un altro scoppio, come un tuono che rimbomba nei polmoni. Dal retro del carro cadono delle casse, ma Han non si ferma. Una raffica di aria calda li inghiotte, soffiando fumo e cenere nella notte.

Meilin si lancia ancora un'occhiata alle spalle. Le fiamme fanno scintillare l'aria notturna, ma lei ha le braccia percorse da brividi. Non si guarderà indietro mai più.

2

Verso l'entroterra, Cina, novembre 1938

Alla stazione dei treni, Han dice loro di scendere e aspettare gli altri. È solo quando le dà una piccola pacca sulla spalla, e poi la scuote, che Meilin si accorge di avere le membra rigide, la mascella serrata, le mani strette a pugno. Nonostante le ondate di calore e fiamme, sta tremando. Han la avvolge in una coperta.

Prima che Meilin possa fare domande, lui scappa via. Lei si guarda intorno, attonita. La stazione è già gremita di altre famiglie. Vede un angolino vuoto e ci spinge Renshu.

« Mamma, che sta succedendo? » chiede il bambino.

« Aspettiamo gli altri. Ecco », dice lei, sollevandolo su un muretto, in modo che possa vedere al di sopra della calca. « Vedi arrivare lo zio o yéye? » Si sforza di mantenere la voce calma, allegra.

Lui allunga il collo di qua e di là, continua a guardare. Di tanto in tanto, dice che non li vede, poi riprende a cercare.

Quando il bambino non la guarda, Meilin lascia che il sorriso si spenga. Mille domande le si affollano in testa. Longwei sapeva cosa stava per succedere? Era di questo che l'aveva avvertita? Perché tutti quegli incendi? Intorno a lei, le voci si rincorrono: *I giapponesi hanno dato Changsha alle fiamme. No, è stato il Kuomintang, tutto pur di fermare l'avanzata del nemico. No, sono stati i banditi, che amano il caos fine a se stesso. Erano ordini del Generalissimo. No, non ci avrebbe mai traditi in questo modo.*

Renshu guarda Meilin e scuote la testa, in lacrime. « Non li vedo, mamma. »

« Va tutto bene, arriveranno presto. » Lo aiuta a scendere dal muretto.

Il bambino le si accoccola in grembo e si spinge verso di lei, la testa appena sotto il suo mento. « Mamma, dov'è il mio yéye? »

«Non ti preoccupare, sta arrivando.»

Dopo pochi minuti: «Mamma, perché siamo dovuti andare via di casa?»

«Sstt», bisbiglia lei.

«Voglio andare a casa.» Si scioglie dal suo abbraccio. «Perché c'è tutta questa gente? Ho freddo. Voglio yéye. Mamma.» Alza il viso, lo spinge vicinissimo al suo. «Voglio andare a casa.»

«Smettila!» sbotta lei.

Lui resta di sasso. Le lacrime gli scivolano sulle guance, inizia a piagnucolare.

Meilin si maledice. Non voleva sembrargli così arrabbiata. Lo stringe in grembo e gli massaggia la schiena, zittendolo più dolcemente. I singhiozzi si placano.

Dove sono? E se non arrivano? Deve tornare indietro? Ma indietro dove? Dove sta andando tutta quell'altra gente? Deve seguirla? No, aspetterà. Se Longwei ha detto a Han di lasciarli alla stazione, avrà di sicuro un piano. Tasta l'orlo della giacca, palpa l'imbottitura di monete. Che faranno se gli altri non arrivano? Gli allarmi antincendio risuonano al di sopra delle grida e del trambusto.

«Meilin!» la voce di Longwei sovrasta il rumore.

Finalmente è arrivato, con Wenling e le bambine. Mentre scendono dal carro, Wenling ha un'aria sconvolta e le bimbe hanno gli occhi sgranati e sono insolitamente silenziose. Longwei inizia a scaricare le valigie.

«Siete salvi! Siete salvi!» Meilin fa scendere Renshu dalle sue ginocchia e scatta in piedi. Il bambino le afferra la mano e si rintana dietro i suoi fianchi. Lei lo circonda con un braccio. «Gli altri? Dove sono?» chiede Meilin.

Longwei si blocca. «Non ci sono? Doveva prenderli Han.»

Meilin scuote la testa. «Non è tornato.»

Longwei si guarda intorno. È come se si accorgesse solo adesso di tutta quella gente, del rumore, della disperazione. «Han... lui...» Non finisce la frase e continua a cercare tra la folla. «Saranno qui a breve.»

Si mette a far cenni a qualcuno. Corre via nella calca. Dev'essere Han. Ma no, sta andando da un ufficiale in piedi accanto a una jeep militare. L'ufficiale inizia a parlare e gli consegna dei documenti. Longwei li sfoglia, ribatte qualcosa, poi indica la città. I due confabulano, guardano i binari, scrutano la folla. Più di una volta, Longwei si mette sull'attenti e fa cenno di sì. Torna, sventolando le carte. Dopo il colloquio con l'ufficiale qualcosa nel suo atteggiamento è cambiato.

«Biglietti.» La sua voce è tagliente. «Tra poco arriva un treno. Dobbiamo andare.»

«Ma... e gli altri? Non dobbiamo aspettare?» chiede Meilin.

Longwei la ignora. Indica i bagagli e dice alla sua famiglia di prepararsi. «Una valigia per ciascuno. Il resto, lasciatelo a Xu», dice, indicando l'autista. Intimorite dalla stranezza della situazione e dal tono duro di Longwei, Wenling e le bambine cominciano a rovistare tra i bagagli, bisticciando e torturandosi per decidere cosa tenere. Renshu è in piedi vicino a Liling e Lifen, tira su e rimette giù le cose - libri, bamboline, pettini di legno, vestiti di seta - che devono lasciare indietro.

«Sapevi già dell'incendio?» chiede Meilin.

«Ti avevo detto di essere pronta a tutto.»

«E il resto della famiglia?» insiste lei.

«Ci penserà Xu. Il mio collega li metterà su un altro treno. Non possiamo aspettare, dobbiamo andarcene.»

«Dove?»

«I giapponesi stanno arrivando da Wuhan. C'è chi dice che sono già al lago Dongting. Altre truppe nemiche avanzano da sud, da Guangzhou. Ci stanno accerchiando.» Alza la mano, preme l'indice contro il pollice, e poi aggiunge, in tono brusco: «Non c'è tempo. Dobbiamo andarcene».

Lei lo guarda incredula. «Ma tuo padre, stai lasciando...»

«Non lo sto lasciando. Te l'ho detto, ci pensa Xu.»

Si sentono il fischio e lo stridere del treno in arrivo. Wenling e le bambine stanno ritte in silenzio, tengono una valigia ciascuna. Renshu torna accanto alla mamma.

«*Sì* che li stai lasciando», insiste Meilin.

«Perché ti metti a discutere?» grida Longwei.

Lei butta un'occhiata alla ressa di gente, poi al treno.

«Mio padre», dice lui, lentamente, guardando prima Meilin, poi Renshu, poi di nuovo Meilin. « Mio padre vorrebbe assicurarsi che il nome della famiglia sia al sicuro. »

La gente sta radunando le proprie cose, si sposta verso la banchina.

« Dove andiamo? » richiede Meilin.

« A Chongqing, la nuova capitale. Il treno ci porterà al Chang Jiang e da lì prenderemo un battello a vapore diretto a ovest, verso l'entroterra. Il governo si sta spostando. Noi lo seguiamo. »

Meilin riguarda la folla, nella speranza di scorgere Hongtse o il resto della famiglia.

« Che aspetti? La città è bruciata, il negozio è ridotto in cenere. È la nostra occasione. La *sua* occasione. » Longwei prende Renshu con una mano, la valigia con l'altra e inizia ad allontanarsi.

Incredula e affranta, Meilin afferra il suo cestino e gli corre dietro.

Sul treno affollato, Renshu siede in braccio alla mamma. Nonostante i dubbi che aveva all'inizio, Meilin si rende conto che hanno avuto fortuna a ottenere i biglietti. Longwei ha gli amici giusti, il giusto genere d'influenza.

Il treno avanza verso nord. A ogni stazione, non scende nessuno e ancora più persone ci si accalcano sopra, le braccia cariche di valigie malconce e fagotti improvvisati. Ai profughi che scappano dal fuoco si uniscono quelli che abbandonano case e città ai giapponesi. L'aria del vagone è opprimente e stantia per il tanfo dei troppi corpi, l'odore di canfora e olio di cottura. La faccia di Renshu è arrossata e a chiazze. La pelle sotto tutti quei vestiti deve essere fradicia di sudore e irritata. Alla fine, si appisola in un sonno intermittente e confuso. Il treno è pieno zeppo e la gente si arrampica sul tetto, si fa forza per resistere all'aria tagliente di novembre.

A notte fonda, si fermano di colpo, lontani da ogni stazione; i passeggeri si svegliano di soprassalto. *Che c'è? Dove siamo?* Meilin cerca di scrollarsi di dosso il sonno. Fa alzare Renshu.

« Svegliati », bisbiglia.

La testolina scivola via da lei e si appoggia a Wenling, che s'irrigidisce e si alza. Il corpo di Renshu, pesante di sonno, crolla nel cantuccio caldo lasciato dalla zia.

Meilin lo scuote per il braccio, cerca di farlo alzare. « Renshu, dobbiamo andare. »

« Mamma? » Il bambino sbatte le palpebre.

Quando finalmente riesce a farlo reggere in piedi, Meilin afferra il cestino. Ancora mezzo addormentato, Renshu incespica recalcitrante nel corridoio, e Meilin lo aiuta a scendere dal treno.

La gente sciama giù dai vagoni e continua a camminare verso nord, abbandonando la carcassa silenziosa del convoglio. Renshu arranca. Meilin cerca di tenere sott'occhio le sagome di Longwei, Wenling e delle bambine.

Si volta a guardare il treno. In lontananza, verso l'orizzonte, i binari sono due linee parallele che scintillano al chiarore della luna. Guarda avanti. Nessun luccichio. I binari sono spariti. In questa notte sconcertante, sembra che ogni volta che si gira qualcos'altro venga strappato via, qualcos'altro si perda.

« Che è successo ai binari? » chiede qualcuno, e Meilin si sporge in avanti, nel disperato tentativo di cogliere la risposta.

« Se li sono presi quei porci dei giapponesi! » risponde un uomo.

« No, è stato l'esercito », dice un altro. « Li hanno tolti per rallentare l'avanzata del nemico. »

« Ma... e noi? » chiede l'uomo.

La risposta è incomprensibile.

Camminano per tutta la notte. Quando i bambini sono troppo stanchi per proseguire, si riparano per qualche ora sotto una macchia di alberi. Preoccupata per Hongtse e il resto della famiglia, incerta per ciò che li aspetta, Meilin non riesce a dormire. Renshu si agita a disagio tra le sue braccia, cerca una posizione comoda. Alla fine si appisola e Meilin cade in un sonno leggero, sempre in ascolto delle famiglie vicine.

Non appena fa giorno, Meilin si accorge che Longwei non c'è più. Dov'è andato? Al di là di un campo, scorge un piccolo villaggio. La scorsa notte, col buio, non si erano resi conto di quanto fosse vicino. Wenling e le bambine dormono ancora, accoccolate l'una addosso all'altra. Sentendo muovere Meilin, Renshu si sveglia. Lei gli strofina le mani tra le sue nel tentativo di scaldarle.

« Dov'è lo zio? » chiede il bambino, scrutando nel gruppo di persone che arranca lungo la strada, chi a piedi, chi su carretti o risciò.

« Non lo so. Tornerà presto », risponde Meilin.

Ma poi lui ricomincia con le domande: dov'è il mio yéye? Perché l'abbiamo lasciato? Che è successo al treno? Perché abbiamo dormito fuori? Possiamo andare a casa?

Meilin non ha idea di come spiegargli tutto questo. Di come spiegare tutto questo a se stessa. Il bambino resta zitto per qualche istante. Poi: « Dov'è il mio gioco con le scimmie? »

Finalmente una domanda cui sa rispondere. Trova il rompicapo nel cestino e glielo dà.

Renshu ha già contato sessantasette scimmie quando Meilin vede Longwei che attraversa il campo verso di loro. È insieme con un contadino, su un carretto blu tirato da un asino. Renshu lascia cadere il rompicapo e gli corre incontro. « Zio! »

Il suo grido sveglia Wenling e le bambine. Nella cruda luce del mattino, Meilin vede che la cognata ha la faccia macchiata di trucco. Wenling cerca la valigia e tira fuori uno specchietto e un astuccio di cosmetici, pulisce lo sporco del giorno prima.

Longwei spiega che il contadino, Hu, e il suo asino li aiuteranno. Nel carro ci sono coperte, stuoie di bambù da stendere a terra e una sporta di patate dolci e cavoli.

Mangiano, poi caricano le valigie sul carretto. I bambini ci salgono a turno, e quando scendono camminano con gli altri. Proseguono così. A piedi, sul carro, a piedi, insieme col corteo lento e incessante di carri, camion, carovane e gente a piedi che cerca di raggiungere il Chang Jiang. Di notte, si riparano tutti insieme accanto al carro o sotto gli alberi. Quando passano per un villaggio, si avventurano nei mercati per barattare del cibo. Ogni giorno che passa, i piedi e lo spirito fanno sempre più male. Ogni notte, la speranza di riunirsi a Hongtse o a chiunque altro diminuisce sempre più. Anche ammesso che la famiglia sia sopravvissuta all'incendio, come faranno a trovarli?

È una settimana che hanno lasciato Changsha. Non sono lontani dalla città di Yueyang, quando arriva una jeep dell'esercito e ne scende un ufficiale per parlare con Longwei. I due si spostano fuori portata d'orecchio, ma Meilin li osserva. Longwei ha un atteggiamento leggermente reticente, come se stesse soppesando quell'uomo e il suo messaggio. Poi inarca le sopracciglia e sgrana gli occhi. Meilin afferra il nome « Generalissimo ». Longwei annuisce con forza e indica Meilin, Wenling e i bambini. L'ufficiale lancia loro un'occhiata e scuote la testa. Longwei si acciglia. L'ufficiale fa il saluto militare, risale sulla jeep e resta in attesa.

Longwei viene da loro e dice che deve andare a sud; hanno bisogno di lui a un congresso importante a Hengyang. Devono andare avanti senza di lui.

« Ci stai lasciando? » biascica Wenling.

Gli occhi di Longwei corrono alla jeep in attesa. « Per voi sarebbe troppo rischioso venire con me. Tu e Meilin proseguite per Yueyang e aspettate. Vi manderò qualcuno per portarvi a Yichang. Io vi raggiungerò lì dopo il congresso. »

« Ma se occupano la città? » sbotta Meilin, manifestando ad alta voce la paura che hanno tutti.

« Oh! » urla Wenling. E poi, in tono stridulo, disperato: « I banditi giapponesi ci tortureranno a morte! Sei un bastardo egoista a lasciare tua moglie e le tue figlie. O ci porti con te o resti. Abbiamo bisogno di te! »

Longwei s'impettisce. « Il mio Paese ha bisogno di me », ribatte, in tono pacato.

Wenling e Longwei si fissano negli occhi.

« Vai », dice lei alla fine, la voce gelida. Ha i capelli scompigliati e la faccia giallastra. Già da qualche giorno ha rinunciato al trucco. « Vai a farti ammazzare e diventa un eroe, morto e inutile, proprio come tuo fratello! » Si allontana. Lifen la segue.

« Non ho tempo per le tue sciocchezze, donna! » le grida dietro Longwei. Ignora i capricci di lei e tira giù la valigia dal carro. Rovista in cerca di qualcosa, poi si rivolge a Hu.

Renshu e Liling sono scoppiati a piangere e Meilin corre a

consolarli. Li sistema su una stuoia di bambù e dà loro i bao che ha messo da parte per il viaggio di oggi. I piccoli hanno la faccia sporca e rigata di lacrime. « Mangiate piano », dice Meilin. « Vado a parlare con lo zio. Qualunque cosa succeda, vi terrò al sicuro. Promesso. »

Si avvicina a Longwei. Lui si gira e la guarda con una tale intensità che le viene la pelle d'oca. In mano ha una busta gonfia di soldi. « Meilin, dopo che me ne sarò andato, Hu vi porterà su quella che vi sembrerà una mulattiera abbandonata. Vi mostrerà una via attraverso i campi e se ne andrà. All'alba, prendete quella scorciatoia, raggiungete Yueyang e cercate questa casa. » Appoggia la busta sulla valigia, traccia una mappa approssimativa della città sul retro e segna con una X una delle traverse. Aggiunge un nome e un indirizzo. « Aspettate lì una scorta. » Le porge la busta.

Lei ripete il nome a voce alta: « Liu Shufan ».

« Fidati di me, Meilin. Shufan si prenderà cura di voi. » Pronuncia quel nome, Shufan, in tono dolce.

Meilin lancia un'occhiata a Wenling, che se ne sta accanto a un cespuglio, l'espressione cupa. « Wenling ha ragione. È una follia. Sai cos'hanno fatto i soldati giapponesi a Nanchino. Come puoi pensare che sia sicuro? »

Lui scuote la testa. « Non ho mai detto che è sicuro. Ma è la nostra alternativa migliore. Se non vado a Hengyang, perderò un'occasione per il bene di tutti noi. »

« E tornerai a Changsha a cercare Hongtse? Lascerai un messaggio per Xiaowen, nel caso tornasse a casa e non ci trovasse? »

L'espressione di Longwei si ammorbidisce. « Meilin », dice con dolcezza. « Mio padre, mio fratello... » La voce gli si spegne.

Meilin non riesce nemmeno a pensare alle parole rimaste in sospeso. « È troppo rischioso separarci, Longwei. E se qualcosa va storto? Come ti troveremo a Yichang? »

Lui la scruta, poi mette altri soldi nella busta. « Sempre a rimuginare, tu, non è così? Andrà tutto bene, aspettate la scorta a Yueyang e basta. Ma, se qualcosa va storto, qui c'è abbastanza per farvi arrivare a Yichang, e c'incontreremo al tempio di Huangling. »

« Quando? »

« Tra due, tre settimane? Se arrivo prima, vi aspetterò. Se arrivate prima voi, aspettatemi. »

Le porge la busta proprio nel momento in cui ritornano Wenling e Lifen. Meilin sente in mano il peso confortante dei soldi; quel denaro sancisce un accordo, un'intesa, tra lei e Longwei. Wenling tace.

Longwei cerca di avvicinarsi, ma la moglie si allontana, rifugge il suo tocco. Lui abbraccia le figlie con fare distratto e stringe a sé Renshu. « Restate insieme. Promesso? » Aspetta finché sia Wenling sia Meilin non fanno segno di sì. « Ci vediamo a Yichang. »

Prende la valigia e va verso la jeep.

Dopo che Longwei se n'è andato, Meilin riferisce le istruzioni a Wenling. Lei l'ascolta senza interromperla, ma la paura e la rabbia le distorcono i lineamenti.

Quando Meilin ha finito, Wenling atteggia le labbra a una riga sottile. « Bene. » Comincia a frugare nella valigia, estrae e poi ripiega un vestito di seta, un paio di pantaloni. Prende e poi rimette a posto la spazzola, poi tira fuori un paio di guanti e se li mette.

« Sorella, mi spiace che... »

« No. » Wenling la blocca, solleva una mano ma non alza lo sguardo dalla valigia. « Non credere che siamo amiche. Non credere di poter risolvere questa situazione orribile. Sta' zitta. »

Meilin si sente come se l'avessero schiaffeggiata. « Wenling. » Lei per prima è sorpresa di sentire che le trema la voce. Cerca di calmarsi. Poi la rabbia esplode e, con voce più ferma, continua: « Wenling, la cosa più importante è arrivare a Yueyang. Non dobbiamo piacerci, dobbiamo aiutarci ».

La cognata la fissa con l'atteggiamento di un animale furibondo e messo all'angolo. Meilin non dice più una parola. Wenling risistema un'altra volta le sue cose e chiude la valigia.

Quella sera, Hu li lascia sotto un grosso albero, e lì aspettano. A notte fonda, una volta cessato il movimento lungo la strada principale, svegliano i bambini. Meilin ne zittisce le domande e li rassicura che staranno bene, e sente addosso tutto il peso della fiducia che ripongono in lei. Al chiarore della luna, si dirigono in silenzio oltre i campi.

Man mano che si avvicinano a Yueyang, Meilin vede che su molte case e molti palazzi sventola la bandiera giapponese. Ha un tuffo al cuore. Fa cenno a Wenling, gliele indica. La città è occupata. E adesso?

« Troviamo Liu Shufan », dice Wenling a bassa voce.

Meilin annuisce e tira fuori la busta. Restando nell'ombra, di lì a poco trovano la strada per la casa.

Meilin fa un respiro profondo e poi bussa gentilmente.

Aspettano.

Dapprima la donna all'interno schiude la porta solo quel tanto che basta per dire: « Andate via ».

Meilin calma il fremito di paura nel ventre e bussa di nuovo, dice che li ha mandati Dao Longwei. A quel nome, la porta si spalanca e la donna li fa entrare in fretta e furia.

« Dao Longwei, eh? » dice, sogghignando tra sé. « Quella canaglia, sa che farei qualunque cosa per lui. E chi di voi è la moglie? »

« Io », dice Wenling.

Lei la fissa da capo a piedi. « Certo che sei tu. Non sa resistere a un bel faccino. »

Wenling si acciglia.

« E tu? » chiede Shufan a Meilin.

« Sono sua cognata. »

« Ah, sì. » Liu Shufan sembra ricordare qualcosa. « Devi essere la moglie di Xiaowen. Longwei mi ha parlato di te. »

Al sentir nominare Xiaowen, gli occhi di Meilin si riempiono di lacrime. Non riesce a spiccicare parola.

« Cos'è successo ai fratelli Dao per mandarvi qui? »

Wenling farfuglia una spiegazione mentre Meilin trattiene il pianto.

Dopo aver fatto una carezza ai bambini, Shufan serve loro del riso: non vedono scodelle tanto piene da quando hanno lasciato Changsha. Poi versa dell'acqua in un grosso catino di rame e lo mette sul fuoco. Devono lavarsi e riposare. Mentre l'acqua si scalda, la donna mostra loro una stanza, la cui porta è nascosta dietro una credenza della cucina. All'interno ci sono alcuni materassi di paglia puliti, coperti da una stoffa ruvida e consunta. Non ci sono finestre, ma Shufan accende una piccola lampada al cherosene e lo spazio dà loro un senso di calore e sicurezza. Dopo che tutti sono puliti e asciutti, Wenling dice che resterà nella camera per sistemare i bambini.

Meilin e Shufan tornano in cucina a rassettare.

« Come conosci Longwei? » le chiede Meilin.

« Lo conosco da tanti anni. » La donna guarda Meilin con un'espressione che dice ben più di quanto possa spiegare. « Siamo vecchi amici. » Quando Wenling esce dalla stanza, si siedono tutte e tre.

Shufan riempie tre tazze di tè.

« Avete visto qualcuno stamattina, mentre attraversavate la città? »

Meilin e Wenling scuotono la testa.

Shufan si alza e va vicino alla finestra. Sbircia attraverso le tende chiuse. La strada si è animata. La gente dà da mangiare agli animali, mette fuori i vasi da notte, prende l'acqua per la giornata. « Quei maledetti della Kempeitai pattugliano le strade tutte le mattine e tutti i pomeriggi. È un bene che non vi abbia visto nessuno. » Si gira verso le due donne, la voce ferma. « Stasera vi mostrerò la strada per uscire da Yueyang. »

« Ma Longwei ha detto di aspettare con te che arrivi la scorta che ci porterà a Yichang », protesta Wenling.

Shufan aggrotta la fronte. « Potete riposarvi nella stanza sul retro. Magari in giornata verrà qualcuno a prendervi. » Poi scuote la testa e alza le mani. « In ogni caso, non potete restare. Non appena sarà buio, dovrete proseguire. »

Wenling impallidisce. La sua ira ribolle appena sotto la superficie. Con le mani che le tremano, mette giù il tè e va nella stanza dai bambini.

Meilin si volta verso Shufan. « Per piacere, non puoi farci restare un po' di più? Sono sicura che non ci abbia visto nessuno. Longwei manderà qualcuno, lo farà, ne sono certa. »

« Non posso rischiare di compromettere la rete. Longwei lo sa. » La voce di Shufan è ferma.

Sotto il tavolo, Meilin si tira il polsino della giacca. Muove le dita per allentare i fili e tira fuori una moneta d'oro. La mette sul tavolo. « Per piacere. »

Shufan tentenna, poi prende la moneta. Se la rigira nel palmo, ci sputa sopra e la strofina sino a farla luccicare. Da ultimo, la addenta e controlla le piccole ammaccature rimaste. Soddisfatta, se la mette in tasca. « Solo un altro giorno. E poi, se non sarà venuto nessuno, dovrete andarvene. Se restate di più, qualcuno se ne accorgerà. Qualcuno se ne accorge sempre. »

« Certo », concorda Meilin.

L'indomani, Shufan esce di prima mattina. Meilin intrattiene i bambini e li tiene in silenzio nella stanza sul retro, li rassicura che o verrà qualcuno o troveranno una barca per andare incontro a Longwei. Wenling si aggira intorno alla finestra, agitata. Quando Shufan torna la rimprovera, ha paura che l'abbiano vista. Il giorno passa e non arriva nessuna scorta. Shufan è irremovibile. Devono andarsene quella notte. Meilin le preme nel palmo della mano una seconda moneta. « Sorella, ci aiuteresti a procurarci delle provviste? »

Le due donne confabulano e Shufan esce di nuovo. Torna con delle nuove stuoie di bambù e una coperta imbottita per ciascuno di loro, un catino smaltato per lavare e cuocere il riso, pantaloni di seconda mano per i bambini – sono un po' troppo grandi, ma la stoffa in più tornerà utile –, una piccola sporta di riso, un pacco di sale e una bottiglia d'olio.

Dopo due giorni di riposo, tepore e pasti abbondanti, è ora di andare. Meilin ringrazia Liu Shufan. Wenling non dice nulla. All'imbrunire, si dirigono fuori dalla città e prendono una mulattiera poco conosciuta fino alla strada che costeggia il Chang Jiang.

3

Lungo il Chang Jiang (il fiume Azzurro),
Cina, novembre 1938

All'alba, hanno ormai raggiunto una cittadina sul fiume abbastanza grande perché le navi che lo risalgono vi si fermino a caricare passeggeri e provviste.

« Vedo se trovo dei biglietti », dice Wenling, dirigendosi alle banchine.

I bambini si trascinano, stanchi dopo aver camminato tutta la notte. Meilin dà loro un minimo di colazione e si rianimano un po'. Liling e Renshu si mettono a giocare. Lifen cerca di partecipare, ma i due la ignorano. La faccia le si accende di rabbia. « Tanto non mi va di giocare ai vostri giochi da piccoli », dice, e si siede, dando loro le spalle.

Meilin scruta la folla accampata vicino ai moli. Non è possibile che stiano tutti aspettando i battelli a vapore, o sì?

Wenling torna con la faccia torva. « Le barche non passano spesso e quando lo fanno è difficile che ci siano biglietti. »

« Quanto costano? »

Wenling spara una cifra astronomica. Meilin le passa la busta di Longwei coi soldi. Wenling inizia a contarli, ma quand'è a metà si ferma. Impossibile, non ne hanno abbastanza.

« Dobbiamo andare a piedi », dice Meilin.

« A piedi? » geme Wenling. « Fino a Yichang? Come faranno i bambini? »

Meilin valuta le monete e i gioielli che ha da parte. Anche Wenling deve avere qualcosa. Se mettono tutto insieme, sarà abbastanza per comprare i biglietti? Ma poi come faranno a pagare cibo e provviste? Non vale la pena rischiare. Indica la folla. « Guarda quanta gente. Sarebbe da sciocchi aspettare una barca che magari non ha neanche posto per noi. »

Nonostante le proteste di Wenling, Meilin ha la meglio. Vanno a piedi. Nei giorni successivi, Meilin e Wenling arrivano a una tregua. Non hanno altra scelta, devono affidarsi l'una all'altra. La maggior parte dei viandanti che incontrano sono famiglie come la loro, ma banditi e ladri non sono mai molto lontani. Meilin oscilla tra lo sfinimento e l'allerta, grata di ogni giorno che li porta più vicini a Yichang e, spera, a ritrovare Longwei.

I giorni passano in un susseguirsi confuso di città, villaggi e campagne. Meilin perde il senso dello scorrere del tempo. Superano sagome ai lati della strada che puzzano di urina e sudiciume. Ci sono mucchi abbandonati di vestiti sporchi, stuoie macchiate. Trovano posti improvvisati per dormire, barattano nei mercati patate dolci piccole e ammuffite. Benché la notte faccia freddo, dopo il calar del buio non accendono fuochi, perché non vogliono attirare aerei giapponesi. Qualunque cosa viene cotta in fretta, alle prime luci dell'alba, ricavandone quanto basta per parecchi giorni.

Vanno avanti così: un braccialetto di giada per una sporta di riso, un orecchino d'oro per un letto caldo, delle monete d'argento per un po' d'olio. Una volta finito il denaro di Longwei, si tirano fuori le monete, le banconote e i gingilli che Meilin aveva cucito nelle giacche e che pure Wenling aveva nascosto tra le sue cose per scambiarli col necessario per sopravvivere.

A volte, anche se hanno i soldi, non c'è niente da comprare. Prendono gli avanzi del giorno prima e li mischiano con le radici o le foglie commestibili che trovano per strada. Così la stanchezza di Meilin, che si allarga a macchia d'olio senza mai sollievo, si radica nel profondo. Sia Renshu sia Liling hanno sempre il naso che cola, e Renshu ha una brutta tosse. Guance e dita sono rosse e screpolate per il vento pungente. Presto sarà dicembre, e nelle notti fredde e limpide la temperatura si abbassa. Meilin spera di riuscire ad arrivare a Yichang prima delle gelate.

« Cos'è? » chiede Renshu un mattino nei pressi di Jingzhou, quando ancora mancano svariati lĭ* a Yichang. Indica un gruppo di ragazzi in uniforme che avanza lungo la strada. I più piccoli non sono molto più grandi di lui; gli altri sono quasi dei giovanotti. Hanno tutti una piccola borsa a tracolla e marciano cantando.

« Dev'essere una scuola. » Meilin si avvicina con Renshu e Liling per sentire cosa dicono.

Dopo poco, afferra le parole: stanno recitando dei versi del *San Zi Jing*. Meilin li accompagna a bassa voce, mormorando le familiari terzine. Le parole che le si formano sulla lingua la riportano a un tempo diverso, a un mondo diverso. Ricorda quando le ha imparate dal padre, un verso per volta, da bambina. Una parte di lei vorrebbe tornare indietro e ridiventare quella bambina, lontano da questa guerra, da questo peregrinare.

Liling interrompe i suoi pensieri. « Che dicono, zia? Come fai a sapere le parole? »

« È il *San Zi Jing*. Me l'ha insegnato il mio bàba », risponde lei, quasi parlando a se stessa.

« Lo insegni anche a noi, zia? » chiede Liling.

Ma certo! Perché non ci ha pensato prima? Hanno proprio l'età giusta per impararlo.

« Il *San Zi Jing* si recita tre caratteri per volta. È un poema antichissimo. È importante impararlo. Ci insegna la morale, la storia, la scienza e la buona condotta. »

I bambini hanno l'aria impaurita.

« Oh, ma che facce serie! Non vi preoccupate, non è difficile, è divertente. Ogni giorno aggiungeremo qualche terzina, e presto lo saprete a memoria. »

« Come te? »

« Come me e come quei ragazzi. » Meilin accenna agli studenti, che sono ormai fuori portata d'orecchio. « Allora, ripetete dopo di me: 'Alla nostra nascita'. »

* Nota anche come « miglio cinese », è un'unità di misura pari a circa 500 metri. (*N.d.T.*)

« Alla nostra nascita. »
« Siamo tutti buoni. »
« Siamo tutti buoni. »
« Simili per indole. »
« Simili per indole. »
« Diverse le abitudini. »
« Diverse le abitudini. »
« Di nuovo. »

Lo ripetono senza sosta, finché la prima strofa non s'imprime nella lingua. Ascoltandoli, Meilin si rende conto che, nonostante tutto ciò che è rimasto indietro e tutte le incognite che li attendono, in questo preciso istante, hanno scoperto una piccola isola in mezzo al caos. Non può promettere loro che saranno al sicuro da ciò che li aspetta là fuori, ma può aiutarli a crearsi la loro riserva interiore di bellezza.

Ben presto, sia Meilin sia Wenling si rendono conto che la scolaresca offre loro sicurezza e una possibile compagnia. Per i giorni e le notti che seguono, restano vicine agli insegnanti e agli studenti. Le sere in cui la scolaresca trova riparo in un capanno o in qualche altra struttura abbandonata, le due si accampano lì vicino. Lifen fa addirittura amicizia con alcuni degli allievi più giovani. Gli insegnanti sembrano non dispiacersene. Forse hanno capito quanto le due donne siano vulnerabili. Talvolta Wenling scambia due chiacchiere con qualcuna delle donne del gruppo. Grata di quella parentesi, Meilin tiene d'occhio Renshu e Liling.

Tutti i giorni, via via che si avvicinano a Yichang, Meilin scruta l'orizzonte in cerca di punti di riferimento familiari. Per quasi una settimana, la foschia e le nubi basse hanno reso difficile calcolare le distanze. Ma questo pomeriggio il cielo è limpido, l'aria quieta e lei riesce a scorgere le creste della montagna del Bue Giallo che svettano a ovest. Sono ad appena un giorno di cammino da Yichang. Quando la scolaresca decide di fermarsi per qualche giorno in prossimità di un tempio, Meilin e Wenling proseguono da sole. Sono vicinissime. Longwei sarà sicuramente lì, le starà aspettando.

L'indomani mattina ripartono. Ma, dopo due o tre lǐ di strada, Renshu dice che deve fare la cacca. Meilin si ferma ad aiutarlo. Irritata dal bambino, da Meilin, da tutta la situazione, Wenling si rifiuta di aspettarli e va avanti con le figlie.

Quando Meilin si rende conto che la cognata ha preso la sacca con tutto il cibo, ormai lei e le figlie sono sparite. Meilin la maledice per la sua impazienza e per il suo egoismo, poi maledice se stessa per esser stata così sciocca da mettere tutto in un'unica borsa. Doveva saperlo, che Wenling non avrebbe aspettato. Ricaccia indietro le lacrime di frustrazione, guarda le colline. Almeno adesso sa dov'è. Un pensiero ribelle le attraversa la mente: lei e Renshu potrebbero andare a casa della sua famiglia, invece che a Yichang. Non dista molto. Wenling può cavarsela da sola.

« Mamma? » Renshu le picchietta sulla mano.

« Che c'è? » scatta lei, ancora arrabbiata con Wenling.

« Cos'è questo rumore? » chiede il bambino.

« Che rumore? »

Uno strano ronzio fende l'aria sopra di loro.

Si sentono delle grida. *Correte! Al riparo!* La gente inizia a sparpagliarsi in tutte le direzioni.

Meilin guarda su. Un aereo giapponese cala in picchiata, l'impeto le scaglia all'indietro i capelli e i vestiti. Se non fosse nascosto dietro gli occhiali di protezione, lo vedrebbe addirittura in faccia, il mitragliere. Per un attimo, lo sconcerto la paralizza. In tutta quella strada, tra tutti quegli stenti, mai aveva pensato che i giapponesi avrebbero attaccato i civili. Quell'aereo sta davvero sparando a lei? A Renshu? Eppure il *ratata* del fuoco della mitragliatrice trafigge l'aria.

Domina il caos. I carri si rovesciano, la gente scappa, abbandona le proprie cose.

« Mamma! » La voce di Renshu la fa scattare in azione. Lo porta a bordo strada e si tuffano sotto una macchia di arbusti. Meilin lo spinge avanti, non fa caso ai rami che le graffiano le braccia mentre s'inoltrano sempre più a fondo. Accovacciata tra le foglie, col cuore che le martella nel petto, attenta a ogni movimento, lo stringe. *Ti prego, ti prego, ti prego, lasciaci vivere.*

L'aereo torna indietro, mira a chiunque sia rimasto per strada.

Una raffica di proiettili sfreccia sopra le loro teste. Scricchiolii e schianti tagliano l'aria, piovono detriti e rami. Renshu urla. Meilin gli si getta sopra, gli fa scudo col suo corpo. Sotto di lei, il bambino trema e singhiozza.

E poi di nuovo e un'altra volta ancora, con nauseante, spietata indifferenza, l'aereo imperversa avanti e indietro. *È stato così per Xiaowen, nei suoi ultimi istanti?* Quel pensiero le affiora in testa all'improvviso, portando a galla ciò che ha sempre saputo ma non voleva ammettere. Xiaowen non c'è più. Un nuovo dolore esplode, e lei strizza forte le palpebre. Abbraccia Renshu ancora più stretto, pregando che l'attacco finisca. Quando sembra che in piedi non sia rimasto più nessuno, l'aereo finalmente vola via.

Per diversi secondi, Meilin non si muove. Poi, pian piano, solleva la testa. Tutto tranquillo. Si scrolla di dosso le foglie e i rami, si alza. Col cuore che le va all'impazzata, con le gambe malferme, col respiro affannoso, tira in piedi Renshu. Lui trema ed è di un pallore mortale, ma è vivo.

«Stai bene? Ti fa male da qualche parte?» Lo tasta freneticamente, in cerca di ferite o lividi.

Lui le affonda la faccia nei vestiti.

Meilin gli controlla braccia e gambe, poi il torace, pulisce il sangue da svariati graffi. La sensazione di quelle membra calde tra le mani la rassicura. Sta bene.

Escono dai cespugli. La strada è disseminata di cadaveri. Fori di proiettile segnano il terreno nel punto in cui si trovavano pochi istanti prima.

Lentamente, Meilin guida Renshu tra le macerie. L'idea di dover cercare Wenling, Lifen e Liling è pressoché intollerabile, ma sa che devono. Deve sapere se sono rimaste illese. E, se non lo sono, se è successo il peggio, deve andare a Yichang per dirlo a Longwei.

«Liling! Liling! Dove sei?» chiama Renshu, finché la voce non diventa roca e flebile.

Tutt'intorno, la gente arranca in cerca delle proprie famiglie, si affanna a recuperare ciò che resta delle proprie cose e prosegue verso ovest. Se l'aereo avesse attaccato qualche minuto prima, o se avessero cercato di raggiungere i cespugli dall'altro lato della strada, probabilmente sarebbero rimasti uccisi anche loro. Meilin sa che hanno avuto fortuna, ma non si sente fortunata.

Sente, invece, una profonda impotenza. Finora c'è sempre stato qualcosa che poteva fare per proteggere Renshu, ha sempre avuto una qualche possibilità di migliorare un po' le cose. Ha sempre creduto che alla fine sarebbe andato tutto bene. L'incendio a Changsha? Almeno erano sopravvissuti e scappati. Longwei li aveva lasciati? Presto si sarebbero riuniti. Tutti quei giorni per strada? Bastava solo mettere un piede avanti all'altro. Fintanto che si allontanavano dalla guerra e andavano verso Yichang, alla fine si sarebbero salvati. Ma non si sarebbe mai sognata di finire loro stessi sotto attacco. È un'amara constatazione che la colpisce all'improvviso: nonostante la sua assoluta determinazione, non può più garantire che riuscirà a tenere Renshu al sicuro.

Non doveva andare così, vorrebbe urlare. Vorrebbe dare la colpa a qualcuno. A Longwei per averli lasciati, a Wenling per essere così egoista, alla guerra, ai giapponesi. Sente la rabbia ribollirle dentro. Com'è possibile...

Renshu la sta tirando. «Mamma, che fa quella?»

Meilin si riscuote per guardare dove le indica il figlio. Una donna tiene tra le braccia il corpo di una ragazzina. La scuote, piangendo e imprecando.

«Perché quella bambina non si sveglia?» chiede Renshu.

Il viso della donna esprime una stanchezza indicibile, è una maschera di disperazione. I suoi gemiti crescono, sfociano in un lamento incontrollabile. Renshu si aggrappa al braccio di Meilin, sconcertato.

«La bambina dev'essere morta. I proiettili le hanno fatto troppo male perché possa riprendersi», dice Meilin con dolcezza.

Renshu alza lo sguardo verso di lei. «Morta? Ma perché non si sveglia più?»

«Non può. Non può fare più niente. È morta.»

Lui assume un'espressione solenne. Nessuno dei due sa cosa dire. Riprendono a camminare.

«Mamma?»

« Sì? »

« Tutti muoiono? »

Meilin si morde le labbra. Quelle domande. Doveva sapere che sarebbero arrivate. « Sì, Renshu. Tutti. »

« E noi? Anche noi moriremo? »

« Un giorno, sì. Tutti. »

« E quando? »

Ci vuole un minuto perché Meilin capisca cosa le sta chiedendo. « Non lo so. Nessuno sa quando morirà. Ma ancora no, per un sacco di tempo, spero. »

« Il mio bàba è morto. »

Meilin si ferma, mette giù il cestino. Chiude gli occhi, si copre la bocca con una mano fredda. Sentire Renshu che lo dice in modo così chiaro, così semplice, la distrugge. Riapre gli occhi, fa un respiro profondo. Gli prende la stuoia e la mette a terra per vederlo in faccia. « Sì, Renshu, è così. Ma devi ricordarti che il tuo bàba era un uomo buono e gentile. » Gli prende tutte e due le mani e domanda: « Te lo ricordi? »

Gli occhi del bambino si riempiono di lacrime, scuote la testa.

Il fatto che Renshu non si ricordi più di Xiaowen fa più male di qualsiasi gelo o sofferenza abbia mai subito. Una voragine cruda e terribile consuma le sue ultime riserve di forza. Meilin stringe le mani di Renshu, le strofina tra le sue, cercando di scaldargli le dita.

« E yéye? Yéye è morto? »

Meilin pensa alle fiamme, alla notte dell'incendio. Fa segno di sì.

« E Liling? E la zia e Lifen? E lo zio? Anche loro sono morti? » Dalle sue labbra precipita una valanga di paure, e lei non riesce a fermarle. « Sono tutti morti? Sono tutti morti! » strilla Renshu. Non si calma, non può calmarsi.

Meilin non sopporta di sentirgli dire così. E se fosse vero? « Smettila! Smettila! » sbotta. Gli dà uno schiaffo, prima ancora di capire cosa sta facendo.

Lui si gela a metà frase. Passano due, tre secondi, e ricomincia a piangere a dirotto. Anche Meilin vorrebbe piangere.

« Mi dispiace tantissimo. » Lo stringe a sé per calmarlo. Le braccia e la schiena sono ossute, gliele sente anche attraverso il sottile giacchetto imbottito. I capelli, secchi e arruffati, gli spiovono sulla faccia, e ha le guance scavate. Cos'è successo al birbantello allegro e paffuto che correva nei cortili di Changsha?

Le braci luccicanti di un piccolo falò, lasciate da altri viandanti, catturano la sua attenzione. A Meilin viene un'idea. È solo una piccola cosa, ma potrebbe riaccendere la speranza dopo giorni e giorni di disperazione. Sospinge Renshu verso i tizzoni ancora ardenti e si scaldano le mani. Srotola il sacco a pelo sulla fredda terra battuta e si siede. Batte con la mano il soffice lembo di stoffa accanto a lei e fa cenno al figlio di sedersi anche lui.

Indica il paesaggio tutt'intorno, sfregiato da campi bruciati e strutture abbandonate e bombardate, il fiume che pullula di barche di tutte le dimensioni dirette a monte, la gente a piedi coi suoi miseri fardelli «Questa è solo una scena. È come il nostro rotolo. Possiamo stendere solo una scena per volta. Dobbiamo andare avanti per vedere cosa c'è nella prossima.»

Lui si lascia cadere a terra, i suoi singhiozzi si attenuano in sospiri e singulti.

Meilin apre il cestino e prende il rotolo. Quando apre la scatola, per poco non scoppia in lacrime nel vedere i nastri rosso brillante che ha legato con tanta cura l'ultima sera a Changsha. Un tempo non l'avrebbe mai toccato senza essersi lavata le mani, ma adesso ci fa scorrere sopra le dita sporche. I sottili fili delle peonie sull'involucro di seta sono una carezza rassicurante. Che quel tesoro sia intatto, che non sia stato scalfito da tutta la rovina che la circonda, le sembra un messaggio di Xiaowen. Anche se è morto, non è andato via.

Stende il rotolo a svelare una ricca fattoria e un nobiluomo con la barba grigia seduto a cavallo di uno stallone. Renshu le si appoggia addosso e guarda il cavallo.

Meilin sa che questa è una delle sue scene preferite. «C'era una volta un vecchio della frontiera, che aveva un grosso stallone. Era bruno, lucente e forte, con una lunga criniera nera e lo sguardo selvaggio. Era noto per essere il destriero più coraggioso di tutte le città e i villaggi vicini.» Mentre racconta, si lascia cullare dal ritmo della storia e dalle immagini che la trasportano, seppure per poco, lontano dalla sua disperazione.

« Tutti dicevano che quell'uomo doveva essere il più fortunato al mondo per possedere un animale così nobile. Era l'invidia di tutti. Ma, un giorno, lo stallone scappò. Naturalmente tutti dissero che era un'immensa tragedia. Che tremenda sciagura! »

« Oh, no! » geme Renshu.

« Ma il vecchio non si disperò. E disse invece: 'Cosa vi fa essere così sicuri che non sia una benedizione?' Qualche settimana dopo, lo stallone tornò al gran galoppo, seguito da una magnifica giumenta selvatica. Presto, ci fu un puledrino. Le tre splendide creature portarono all'uomo orgoglio e prosperità. Tutti dicevano che era motivo di gran festa. Ma il vecchio disse: 'Cosa vi fa essere così sicuri che non sia una sciagura?' Gli abitanti del villaggio non riuscivano a credere che affermasse una cosa del genere eppure, qualche giorno dopo, mentre cavalcava lo stallone, l'unico figlio dell'uomo cadde e si ruppe una gamba. Di lì a poco sarebbe venuto il raccolto e ciò raddoppiava il lavoro del vecchio nei campi. 'Oh, che sciagura!' dissero gli abitanti del villaggio. Ma l'uomo disse... »

« 'Cosa vi fa essere così sicuri che non sia una benedizione?' » completa la frase Renshu.

Meilin sorride. « Già, disse proprio così. Non molto tempo dopo, scoppiò una battaglia tra alcuni signori della guerra vicini, e tutti gli uomini del villaggio dovettero andare a combattere. Tranne i vecchi e gli infermi. Per via della sua gamba rotta, il figlio dell'uomo fu risparmiato. La battaglia fu sanguinosa e cruenta. Nessuno di quelli che erano partiti fece mai ritorno. Fu solo perché l'uomo era vecchio e il figlio storpio che i due sopravvissero e si presero cura l'uno dell'altro per tanti e tanti anni ancora. » Fa un attimo di pausa. « In ogni sciagura c'è una benedizione, e in ogni benedizione si celano i semi della sciagura. Così è e così sarà, fino alla fine dei tempi. »

« Ma, mamma, dov'è la benedizione in tutto questo? » Renshu fissa la fiumana di persone, i carri, e gli asini e i buoi che si trascinano esausti.

Meilin rimane in silenzio per diversi secondi, mentre riavvolge il rotolo e risistema il cestino. Si alzano tutti e due. Lei ripone il sacco a pelo e aiuta Renshu a caricarselo in spalla.

Si scrolla la polvere dai pantaloni e riprende il cesto. « Non lo so », dice alla fine. « La sto ancora cercando. »

Forse la benedizione è che si trova vicina a casa. Forse è che, attraverso il rotolo, ha scoperto un modo di riconnettere Renshu a Xiaowen. Forse è che, di lì a poco, la strada fa un po' di curve e Meilin vede le mura di una città. Yichang.

4

Yichang, provincia dello Hubei,
Cina, dicembre 1938

Una volta in città, Meilin si dirige verso il tempio di Huangling. Se trovano Longwei, dovrà dirgli che al momento dell'attacco lei e Wenling si erano separate. Ma forse Wenling e le bambine saranno già lì? Forse sono salve. E se non c'è nessuno? Magari è una terribile benedizione. Magari porterà Renshu sulle colline, nel siheyuan della sua famiglia. Tornerà a casa.

Mentre camminano verso il tempio, Meilin sente il richiamo del negozio di antiquariato dei suoi. È di strada. Sa che la sua famiglia se n'è andata, ma vuole vederlo.

« Cosa ci facciamo qui? » chiede Renshu quando sono fuori dal negozio.

Le maniglie dei battenti di legno sono chiuse da una grossa catena. Meilin sbircia dalle finestre, abbandonate e piene di polvere. All'interno, gli scaffali sono vuoti, le pareti spoglie, sul pavimento sono sparpagliati dei pezzi di carta. È lo stesso posto in cui ha passato l'infanzia ad ascoltare i racconti di sua nonna, in cui ha imparato la differenza tra il raffinato e il dozzinale, in cui ha conosciuto Xiaowen e se ne è innamorata. Per quanto sappia che la sua famiglia se ne è andata da mesi per mettersi in salvo, non avrebbe mai immaginato che, senza il viavai dei suoi genitori e tutti i tesori che c'erano dentro, le sarebbe apparso tanto freddo e senz'anima.

« Sto solo guardando », risponde. Lancia un'occhiata alle stanze di sopra, dove abitavano lei e la sua famiglia. Le finestre sono sbarrate, non c'è segno di vita.

« Sappiamo chi ci vive? » chiede Renshu.

« No, non più », mormora lei.

Lo prende per mano e proseguono alla volta del tempio.

Arrivano all'imbrunire. Le scale già brulicano di gente e molti altri viaggiatori hanno trovato riparo all'interno, ma della loro famiglia non c'è nessuno. Comprano un po' di patate dolci da un ambulante, mangiano e si addormentano, sfiniti, sui gradini del tempio.

Per tutta la notte, Meilin continua a svegliarsi, il corpo scosso da ondate di adrenalina. A più riprese, Renshu urla di paura, farfugliando qualcosa dell'aereo. Ogni volta, lei lo calma fin quando non si riaddormenta e resta sveglia, all'erta, finché alla fine i suoi occhi annebbiati non si chiudono.

« Renshu! Zia! »

Meilin si scuote. Dev'essere ancora addormentata.

« Renshu! Svegliati, sono io! »

Lui si stropiccia gli occhi. « Liling! » strilla, e salta su, abbracciandola. « Vi credevo morte! »

« Morte? No che non siamo morte. Siamo con bàba! »

Meilin non sta sognando. È Liling. Sua nipote è lì, codini arruffati e tutto. E, giusto dietro di lei, che sale i gradini, c'è Longwei.

Longwei guarda sia Meilin sia Renshu come se stesse bevendo dopo una lunga sete. Renshu gli corre incontro e lui lo prende tra le braccia. Il bambino gli appoggia la testa sul petto. Longwei appare forte e autorevole nel suo completo elegante. La faccia è colorita e in salute, come se nell'ultimo mese se la fosse passata alla grande. Meilin si sente avvampare, le lacrime le pungono gli occhi. Non si aspettava un'emozione del genere. Abbassa lo sguardo sui piedi del cognato: stivali di pelle nuovi.

Lui mette giù Renshu e le tende una mano. « Meilin. »

Lei si alza senza accettare il suo aiuto. « Fratello », risponde, abbassando il mento ma non gli occhi. « Da quant'è che sei qui? »

« Quasi una settimana. Sono venuto al tempio ogni giorno, con la speranza di vedervi arrivare. Quando ho saputo che avevate lasciato Yueyang senza scorta, ho pensato che fosse finita. Riuscivo solo a immaginare il peggio. Ma, una volta arrivato qui, ho deciso di aspettare un paio di settimane. Ieri ho trovato Wenling con le bambine. Mi hanno detto che per strada vi siete separati.»

«Dove sono Wenling e Lifen? Sono salve?» Nel sollievo e nella gioia di rivedere Longwei, ha scordato la sua rabbia.

«Sono alla foresteria, stanno riposando.» La voce gli trema, fa una pausa. «Sapevo che sareste arrivati. Sapevo che ce l'avresti fatta, Meilin.»

Fa un passo verso di lei per prenderle la mano.

Lei cede e gli stringe la sua.

«Vieni», le dice, scendendo i gradini, «andiamo.»

Alla foresteria ci sono riso appena cotto e pesce, tè bollente e arance per tutti. Dopo aver fatto un bagno caldo a Renshu, Meilin lo asciuga con un telo ruvido di stoffa e fissa l'acqua grigio scuro che è rimasta nella vasca di metallo. I capelli sono lucidi e le guance gli brillano per la prima volta da settimane. Sfinito e sollevato, Renshu dorme tutto il pomeriggio e tutta la notte.

Sforzandosi di essere gentile, Wenling si dice contenta che siano salvi. Dopo una notte in foresteria, ha il viso lavato e truccato di fresco, ma non può cancellare le ombre che ha sotto gli occhi. Non si scusa per averli lasciati indietro. Spiega che, siccome Meilin aveva detto che erano vicini a Yichang, aveva pensato se la sarebbero cavata. E, dopo il raid, voleva solo mettere in salvo le bambine. Non fa in tempo a finire di giustificarsi che Meilin ha smesso di ascoltarla. Non ha la forza di rimanere arrabbiata e comunque non importa. Sono di nuovo tutti insieme.

Longwei racconta che l'incontro a Hengyang è andato bene. Meilin si chiede se questa sia una benedizione o una sciagura. Con la nuova promozione e le nuove responsabilità, assicura Longwei, possono risalire tutti insieme il Chang Jiang fino a Chongqing. Promette che avranno un posto dove stare, scuole per i bambini, un po' di stabilità.

La mattina dopo, Longwei esce per prendere accordi per la prossima tratta del viaggio. Quando torna, tira fuori calze di seta e cosmetici per Wenling, dolci di luna per i piccoli e un rotolo di seta blu per Meilin. Dice che l'indomani ci sarà posto per loro su un battello.

Quella notte, Meilin si tiene la seta premuta sulla guancia; la trama, liscia e soffice contro la pelle, le offre un vago conforto. Pensa a cosa può farne: una nuova fodera per la sua giacca, delle canottiere calde per Renshu. Ogni scampolo aggiusterà qualcosa che si è strappato o rotto. Ripensa al suo primo impulso di tornare dalla sua famiglia. Ora esita. Non sa con certezza se i genitori siano al siheyuan di famiglia. Renshu ha soltanto quattro anni ed è già sfinito per il viaggio da Changsha. Riuscirà a fare il tratto in più che manca alle colline, d'inverno, con quel clima? E se arrivano e non c'è nessuno? Per quanto le manchi la sua famiglia, al momento è più sicuro restare con Longwei. Tornerà a Yichang in un secondo tempo. Magari in primavera la guerra sarà finita. Farà più caldo, Renshu sarà più grande e più forte, e allora potranno trovare i suoi.

Chang Jiang, diretti a ovest,
province dello Hubei e del Sichuan,
Cina, dicembre 1938

Al molo, gli operai caricano macchinari e attrezzature su un piccolo piroscafo. Tutt'intorno sono sparsi bagagli abbandonati, lasciati indietro per far spazio a più passeggeri. Ci sono anche persone abbandonate, perché a corto di risorse o d'influenza. I profughi si sono riversati su Yichang dal caos delle province dell'Est. Arrivano dal fiume in barche piccole e grandi, piroscafi, giunche e sampan. Arrivano a piedi, attraverso le montagne, dalle strade, e appaiono esausti, proprio come si sente Meilin. Qualcuno arriva sui camion o in auto. Vogliono tutti raggiungere la nuova capitale, Chongqing. Per arrivarci, devono passare tutti da Yichang, il collo di bottiglia della disperazione.

A Yichang, il Chang Jiang cambia natura, da corso d'acqua ampio e generoso si trasforma in un fiume serpeggiante e infido, che si snoda tra le catene del Dabashan e del Wushan, tra scogliere e gole improvvise che s'innalzano dalle sue rive.

La famiglia s'imbarca su una vecchia giunca. I marinai alzano e abbassano la vela lacera e rattoppata, la muovono avanti e indietro, cercano d'imbrigliare il vento quando soffia in modo utile e di ricavare il massimo dalla spinta se non lo fa. Oltre al comandante e ai rematori, c'è spazio solo per poche decine di passeggeri, che si raccolgono in un'area riparata a poppa. All'inizio Wenling aveva esitato per via delle dimensioni e dello stato della barca, ma Longwei era sbottato dicendo che erano già stati fortunati a procurarsi i biglietti. L'alternativa era attraversare a piedi le montagne. Meilin pensa a quanto in fretta la coppia sia passata dal calore del ricongiungimento alla freddezza, con Wenling rintanata nel suo solito broncio.

I passeggeri si accalcano sotto il riparo, la tettoia è troppo bassa per stare dritti. Meilin ha la nausea. Wenling e Lifen sono tutte e due verdognole. I più piccoli inciampano e cadono ogni volta che cercano di star dritti. All'inizio, è un gioco – chi riesce a rimanere in piedi più a lungo? – ma ben presto la barca inizia a oscillare sotto i colpi della corrente, e loro si limitano a star seduti, aggrappati l'uno all'altra. Quando la barca s'inclina o s'impenna, gli oggetti scivolano per il ponte e tutti si affannano a recuperarli. Gli altri viaggiatori se ne stanno per conto loro, accucciati o seduti su stuoie di bambù avvolte intorno a biancheria e coperte.

Dopo qualche ora, Meilin si alza e barcolla verso l'uscita. Ha bisogno di aria fresca, la stiva è troppo angusta. Si raddrizza come può e si dirige verso prua. Almeno fuori sarà in grado di vedere cosa la aspetta, invece di sentirsi vittima di onde imprevedibili.

« Benvenuta alle Porte dell'Inferno », le dice uno dei rematori quando la vede.

La luce fuori la abbaglia e, finché gli occhi non si abituano, si sente sia stordita sia cieca.

« La gola di Xiling. »

Alzando lo sguardo, Meilin vede un frammento di cielo incorniciato da due alte scogliere. Intorno a loro, rocce sbucano come denti dagli argini e dal letto del fiume, minacciando di forare i fianchi di legno dell'imbarcazione. Benché all'inizio le fosse sembrato di essere in piena luce, Meilin si accorge ben presto che sono immersi nell'ombra al fondo della gola.

«Quanto ci vuole per arrivare a Chongqing?» chiede.

L'uomo scoppia a ridere. «Che c'è, sei già stanca?»

«Quanto?» ripete lei.

Lui sbircia il fiume, fa spallucce. «Dipende dall'acqua, dalla corrente, dal clima... troppe variabili. Forse tre settimane? Cinque?»

Cinque settimane? Proprio in quell'istante, il comandante grida e i rematori si rimettono al lavoro. Meilin si raddrizza ancora e torna nella stiva, felice di avere ancora molti versi del *San Zi Jing* da insegnare a Renshu e Liling.

Qualche ora dopo, la giunca urta contro la sponda del fiume, al riparo degli alberi. Il sole è tramontato e resta poca luce. Si fermeranno qui. Troppo scossi e nauseati per riuscire a mangiare o riposare, troppo spaventati per fare domande, trascorrono la notte dondolando nella corrente.

Quando arriva il mattino, quel po' di sonno che erano riusciti a conquistare viene interrotto da un forte scalpiccio di piedi che battono sul ponte. «Fuori! Fuori! Tutti fuori! Prendete le vostre cose e sbarcate!»

Nella stiva si diffonde il caos. Storditi, i passeggeri raccolgono i loro averi nella luce fioca.

«Fuori!» ripetono i marinai, battendo sulla parete per svegliare chiunque stia ancora dormendo.

Una volta che tutti sono scesi, spiegano che, siccome è inverno, l'acqua è bassa. Il passaggio in questa tratta è particolarmente stretto. I rimorchiatori traineranno la barca, ma tutti i passeggeri devono percorrere un sentiero lungo le scogliere e riunirsi alla giunca più a monte. Nell'alba gelida, con le dita intorpidite e i corpi doloranti, seguono l'equipaggio, mossi dalla pura determinazione: sempre avanti, sempre più in alto, e poi di nuovo giù.

Il sentiero non è lunghissimo, ma davanti alla loro ci sono molte altre imbarcazioni – cannoniere, piccoli piroscafi, sampan, pescherecci – per cui devono aspettare. Meilin si siede e, mentre Renshu le sonnecchia a fianco, guarda i rimorchiatori che si tengono in equilibrio sulla precaria passerella intagliata nel bordo della scogliera.

I rimorchiatori si oppongono alla corrente, trainano le barche, un passo malfermo dopo l'altro, sulle secche rocciose sottostanti. Dopo anni di quell'attività, le loro funi hanno scavato solchi profondi nella roccia. Si piegano in avanti, il petto quasi parallelo al terreno, aggrappandosi con le mani ai lati delle scogliere per darsi la spinta. Alcuni indossano un turbante. Nonostante il freddo, molti sono nudi, col sudore che cola dalle spalle cariche. *Hey zo, hey zo*, cantano, con le gambe muscolose che lavorano all'unisono.

A un certo punto, uno di loro perde l'appoggio su un tratto scivoloso.

Non fa in tempo a sganciarsi l'imbracatura e i tre che sono attaccati alla stessa corda vengono tirati giù con lui. Il gruppo dei quattro è perduto, le rapide vorticose li ingoiano e li trascinano via. Meilin grida, fa scudo a Renshu. Gli altri rimorchiatori fanno una piccola pausa, ma nessuno si ferma. Non possono rischiare; devono andare avanti. Svegliatosi di soprassalto, Renshu chiede cos'è successo. Meilin scuote la testa, risponde che non è stato niente.

Quando la loro barca è di nuovo pronta, risalgono cupi a bordo. Il pericolo non è passato, non passa mai, ma almeno hanno superato la gola di Xiling.

A poco a poco, il fiume si allarga e rallenta il corso. Ogni due o tre giorni, la giunca si ferma in villaggetti, dove i contadini vendono pesce secco e arance. Le catene dei monti Wushan appaiono e scompaiono nella nebbia, l'una dopo l'altra, da entrambi i lati. Quando la foschia si alza, lascia spolverate di neve in cima alle colline. «Mamma, sono come le montagne sul nostro rotolo», sussurra Renshu una mattina.

«Già, è proprio così», mormora lei.

Dopo qualche settimana di viaggio, com'è ormai loro abitudine, Renshu e la mamma sono in piedi sul ponte all'aria aperta, a guardare l'acqua.

Renshu adora trovare forme interessanti tra le scogliere di pietra. Vede un paio di creste che a detta sua sembrano le orecchie di un lupo. La mamma gli indica un pilastro di roccia, ci vede una graziosa dea che sorveglia la vallata sottostante. Il bambino strizza le palpebre, cercando di distinguerla anche lui, mentre arriva di corsa Liling, col viso rigato di lacrime. Sua mamma dev'essere di nuovo arrabbiata. Da quando si sono imbarcati, non fa altro che sgridarla, dicendole che è cattiva o troppo selvatica. Ogni volta che la mamma la rimprovera, Liling va da Renshu e dalla zia.

« Liling, vieni a guardare il fiume con noi », dice Meilin.

Davanti a loro c'è una piccola città su una collina. Diversamente dai molti altri villaggi lungo il fiume che hanno passato, questo si erge su un pezzo di terra che sporge nell'acqua. « La Città dell'Imperatore Bianco », annuncia il comandante. « Patria di poeti ed eroi. Secoli fa, Li Bai e Du Fu vivevano lì quando scrissero alcuni dei loro poemi più famosi. »

« E qui è dove si celebra il grande Zhuge Liang », sussurra una voce.

Renshu sorride: lo zio si è unito a loro. Subito dopo, Longwei racconta a Liling e Renshu le antiche storie dei Tre Regni. I bambini esultano nel sentire la storia di Zhuge Liang che conquista centomila frecce con venti barche di paglia. La mamma dice che ha sentito troppe volte questi vecchi racconti di fratelli di sangue, tradimenti e inganni. Ma, dal modo in cui guarda lo zio, Renshu direbbe che le piacciono ancora. Liling e Renshu ridacchiano alle facce spaventose che fa lui, e tutti applaudono quando intona una canzone, la voce che riecheggia sull'acqua. Alla fine, i bambini lo implorano di raccontarne un'altra, ma lo zio dice di no, magari più tardi.

« Posso raccontarvi io una storia di coraggio. Di vero coraggio », propone la mamma, mentre lo zio s'incammina al fondo della barca per unirsi a un gruppetto di uomini che fumano sigarette e si passano una bottiglia di brandy.

« Vero coraggio? » le fa eco Liling.

« È una storia sui serpenti. »

La mamma apre il cestino. Dallo scomparto in fondo prende la scatola di legno rettangolare. Il rotolo. Renshu afferra la mano di Liling e inizia a saltellare, esaltato. I due si stringono intorno a Meilin per guardare più da vicino. Man mano che la mamma srotola da sinistra e riavvolge da destra, le figure sul rotolo appaiono ancor più incantevoli di come Renshu le ricordava. Riesce quasi a sentire i cormorani che stridono sui pescatori dipinti mentre immergono i remi nell'acqua. Nella scena di caccia, è sicuro di udire rimbombare gli zoccoli di uno stallone. I fiori! Gli uccelli! I colori delle montagne!

Alla fine, la mamma si sofferma su una scena in cui si vedono case, giardini e templi annidati ai piedi delle colline. Indica il rotolo e comincia: « C'era una volta, in questo piccolo villaggio, una ragazzina di nome Li Chi ». Guarda Liling. « Il nome non è molto diverso dal tuo. E forse non lo era neanche il carattere.

« Li Chi era la sesta figlia di un povero contadino che abitava in un villaggio sotto i monti Yun. Vicino alla cima della montagna, viveva un serpente spaventoso. Una notte, apparve in sogno a tutti gli abitanti del villaggio e chiese che, ogni anno, l'ottavo giorno dell'ottavo mese, gli consegnassero una fanciulla di tredici anni. Altrimenti avrebbe devastato l'intero villaggio.

« Naturalmente, tutti vivevano nel terrore di quella bestia. Così i giudici del villaggio si presero la responsabilità di sacrificare le figlie dei delinquenti e dei ladri. Nell'arco di nove anni, nove fanciulle vennero consegnate al serpente famelico. Ma, alla vigilia dell'ottavo giorno dell'ottavo mese del decimo anno, Li Chi si presentò dai suoi genitori e disse: 'Fate che sia io ad andare dal serpente. Avete più figlie di quante ve ne servano e i giudici vi daranno in cambio un po' di soldi, visto che non siete né delinquenti né ladri'. »

Liling, che l'ascolta attentamente, si appoggia un altro po' alle gambe della zia.

« Vedete Li Chi? » chiede Meilin.

Renshu indica una ragazzina, lontana da dove stanno giocando altri bambini. Ha un cane accucciato accanto. Liling indica una figura solitaria coperta da un mantello, che risale la montagna.

Renshu dà un colpetto alla mamma perché continui.

« Be', ovviamente, i genitori di Li Chi le dissero di no! Ma, pur essendo la più giovane e minuta, Li Chi era anche la più coraggiosa e la più ostinata delle sorelle. Andò dai giudici comunque. 'Visto che i miei genitori non sono né ladri né delinquenti, se vado io in cambio darete loro un po' di denaro?' I giudici le dissero di sì.

« L'indomani, Li Chi s'incamminò verso le montagne con una spada affilata, un cane addestrato a combattere coi serpenti e un cesto di palle di riso zuccherate. Era spaventata, ma anche determinata. Questi due sentimenti vanno sempre di pari passo.

« Quando fu all'imbocco della grotta, sparse per terra le palle di riso e gridò: 'Serpente, non ti va di mangiare queste deliziose palle di riso prima di divorarmi?'

« Il serpente, che era una bestia ingorda, corse fuori, davanti alla caverna, e chinò la testa per ingoiare le palle di riso. In quell'istante, Li Chi liberò il cane, che con un balzo conficcò i denti nella nuca del serpente. Colto alla sprovvista, in preda al dolore e alla sorpresa, il serpente si rialzò. Li Chi colse l'occasione, sguainò la spada e gliel'affondò nel petto, fino all'elsa. Il serpente ululò, si contorse e gemette, e alla fine crollò ai suoi piedi. »

« Urrà! » grida Renshu.

Gli occhi di Liling sono due lune piene. « E poi? »

La voce della mamma diventa un sussurro. « Quando fu certa che il serpente fosse morto, Li Chi sgusciò nella caverna. Puah! C'era una puzza terribile! E, proprio al fondo, trovò nove teschi in fila lungo la parete. 'Oh, care bambine!' disse, prendendoli a uno a uno, 'siete state divorate perché troppo timorose. Che pena!' Quindi riprese la spada e il cane e ridiscese la montagna, tornò dalla sua famiglia e alla riconoscenza degli altri abitanti del villaggio. Dopo grandi feste, la acclamarono come un'eroina per gli anni a venire. »

Renshu e Liling applaudono, soddisfatti dalla storia.

« Oh, cari bambini, qualunque serpente ci aspetti, dobbiamo essere coraggiosi come Li Chi. » Meilin dà un bacio sulla testa a ciascuno di loro, riavvolge il rotolo e lo ripone al fondo del cestino.

Più tardi, mentre la barca prosegue alla volta di Chongqing, sotto la coltre di buio, Meilin è di nuovo in piedi sul ponte e guarda controcorrente. Sono giorni che non sente il rombo di un aereo o lo stridio delle sirene. Le cime delle montagne sono diventate un po' meno spaventose, come gli artigli di un cane da combattimento che si è messo a cuccia. Hanno viaggiato tantissimo, devono essere più al sicuro. Non riesce a immaginare che il nemico possa arrivare fino a lì. Eppure, per quanto le scogliere e le gole nascondano la loro barca agli aerei giapponesi, il fiume è un drago che alita con le sue rapide impetuose e incalzanti. Anche se non è il nemico, può essere altrettanto pericoloso. Anche in tempo di pace, viaggiare attraverso le gole è rischioso. Il piano di tornare a cercare i suoi genitori in primavera ora le sembra ingenuo. Addirittura stupido. Meilin si chiede se non abbia sbagliato a esitare a Yichang, se avrebbe dovuto cogliere l'opportunità allora. È stata troppo timorosa, come le care bambine di Li Chi?

5

Chongqing, provincia del Sichuan,
Cina, febbraio 1939

Arrivano a Chongqing e trovano una città avvolta nel freddo e nella nebbia. Gli edifici, ammucchiati gli uni sugli altri, si aggrappano ai fianchi delle colline della penisola di Yuzhong. Se la Terra potesse scrollare le spalle, precipiterebbe tutto nelle acque sottostanti.

Dopo quasi tre mesi dalla fuga da Changsha, non è tanto sollievo quanto stordimento quello che prova Meilin sbarcando dalla giunca, vedendo quelli che devono essere centinaia di ripidi gradini che portano dal molo di Chaotianmen alle strade della città. Ovunque, tra pile di casse e bagagli, si aggirano nuovi arrivati, storditi e stremati dal viaggio quanto lei. Si mescolano a mendicanti vestiti di stracci che sperano in un'elemosina e ad ambulanti che gridano in un dialetto sconosciuto. Facchini con le spalle e i polpacci gonfi salgono e scendono le scale in un flusso costante. Trasportano qualunque cosa si riesca a immaginare, da portantine con dentro chi non vuole o non può camminare, a cesti che traboccano di merci e attrezzi, a scricchiolanti aste di bambù cariche di secchi d'acqua, che schizzano a ogni passo.

Un giovane in uniforme da soldato e con un berretto di stoffa viene a salutare Longwei. Dopo un breve scambio, Longwei fa segno a un facchino di portare i loro bagagli su per le scale. Meilin non gli lascia il suo cestino. Il giovane li conduce attraverso tortuosi viottoli, fino a un piccolo alloggio in una delle case sul fianco della collina. Ci sono tre stanze: una per Longwei, Wenling e le bambine, una più piccola per Meilin e Renshu, e una terza che funge da cucina, sala da bagno e area comune. Ci sono una vasca piena d'acqua, un tavolo con due lunghe panche e tre piccole lampade a cherosene. Benché l'intero appartamento sia più piccolo delle stanze dei domestici nel siheyuan di Changsha, Meilin è grata. Sono stanze, non fienili, capanni o ripari improvvisati sotto gli alberi. Nonostante gli spifferi gelidi che arrivano da fuori e il frastuono e gli odori di cucina degli appartamenti circostanti, è infinitamente meglio della stiva umida e angusta della giunca.

Quella notte, Meilin cerca di dormire, ma se chiude gli occhi le sembra di essere ancora sull'acqua. Renshu è agitato, sobbalza a ogni rumore nelle pareti o tonfo dal piano di sopra. Quando finalmente si addormenta, Meilin si stende sulla schiena, i muscoli che cedono tutti insieme, sfiniti. Dalle pareti filtra una lite appena bisbigliata ma feroce tra Longwei e Wenling.

« A che serve questa tua cosiddetta 'promozione' se ci tocca vivere in uno squallido appartamento in questa città sporca e arretrata? Ci sono ratti nelle pareti e scarafaggi per terra. »

« Hai un posto dove vivere. Abbiamo acqua, cibo, calore. »

« Non potremmo almeno trovare un posto con l'elettricità invece che questa lurida catapecchia? »

« Non fai che lamentarti. Siamo fortunati. Devo stare qui per fare il mio lavoro. »

« Il tuo lavoro? E che lavoro è? Dici che non sei un soldato, ma ovunque vai saltano fuori i militari. Sei un ufficiale? Perché non hai l'uniforme? Sei una spia? Non so più nemmeno chi sei! »

« Basta, donna! Dovresti essere grata che abbia provveduto a tutti voi. Se sei così infelice, vattene. »

In quell'istante, una delle bambine urla, svegliandosi da un brutto sogno. Meilin sente Wenling che attraversa la stanza per calmarla. Alla fine cala il silenzio.

Al freddo, sotto la coperta sottile, Meilin posa una mano su Renshu, e il movimento della sua schiena che si alza e si abbassa la culla, facendola addormentare.

Una volta sistemati, Meilin scrive ai suoi genitori. La lettera è breve: dice che sono al sicuro a Chongqing, che Renshu sta diventando grande. Che le mancano e spera di vederli presto. Per quanto non ci sia nessuna garanzia che una lettera riesca ad arrivare in una qualsiasi destinazione della Cina, lei scrive comunque. Non scrivere significherebbe darsi per vinta.

Longwei non spiega mai che lavoro fa, ma è chiaro che si è reso utile al Kuomintang. Sfuggente come sempre, va e viene di continuo. A volte sta via per diversi giorni di fila. Quale che sia il suo ruolo, nessuno li disturba in queste stanze. Ogni mattina, un facchino porta secchi d'acqua fresca per la giornata. Longwei riesce sempre a procurarsi ciò di cui c'è bisogno: riso, sale, olio, contanti.

Al margine della normalità delle sue giornate, su Meilin incombe un dolore immenso. Le prospettive ambiziose per la sua vita con Xiaowen, ora distrutte; i loro sogni di prosperità negli affari e in famiglia; l'idea che la Cina si sarebbe trasformata in una democrazia. La tristezza fa capolino anche nelle piccole cose. Piange l'assenza della ruvida gentilezza di Hongtse, della mano di Renshu in quella di Xiaowen, del rito quotidiano di chiudere il negozio e aggiornare i registri. L'ombra della perdita è così schiacciante che ha paura che se la guardasse in faccia rischierebbe di essere inghiottita. Non può lasciarsi travolgere, c'è troppo da fare per tenere tutti sazi, al sicuro e in salute.

In realtà, fare la spesa, cucinare e lavare diventano diversivi piacevoli. Dopo un paio di capatine al mercato, Wenling si è rifiutata di dare una mano con le commissioni, dice che il rumore e la puzza le fanno venire il mal di testa, per cui Meilin lascia la cognata a casa a deprimersi e a criticare le figlie. All'inizio è affaticata dal dover gestire così tante incombenze da sola. Non è abituata a tutto quel lavoro fisico, ed è ancora sfinita dal lungo viaggio. Ma col tempo finisce per assaporare la libertà di starsene fuori, nella città brulicante e lontano dai piagnistei di Wenling.

A marzo, le truppe giapponesi avanzano fino a Nanchang. Via via che i profughi continuano a fuggire verso l'entroterra, trovare casa a Chongqing diventa ancora più proibitivo. Ovunque spuntano costruzioni tirate su in fretta e furia con assi di legno e bambù, e fango e fil di ferro per tenerle insieme. Meilin si sente sempre meno l'ultima arrivata. Ora conosce le strade e i vicoli della penisola di Yuzhong e ha iniziato a imparare il dialetto del Sichuan. Al mercato, riconosce i suoi ambulanti preferiti e pensa che anche loro la riconoscano. Persino Wenling ha trovato alcuni negozi aperti da famiglie trasferitesi da Shanghai dove poter saziare la sua fame di riviste e piccoli lussi.

A Renshu non dispiacciono il caos e il rumore di Chongqing. Trova gradevoli le nuove voci, le nuove lingue e i nuovi odori, le strade che si tramutano in gradinate e che sbucano in porte inaspettate. A ogni svolta c'è una sorpresa, una famiglia diversa, una casa diversa.

Sebbene il cielo sia ancora coperto e la nebbia persista, certi giorni fa abbastanza caldo perché Renshu e Liling possano andare con Meilin al mercato. Lei si fa largo tra le bancarelle, in cerca di affari. Renshu e Liling le caracollano dietro, portandole le verze, le cipolle e la frutta. Una volta, quasi la perdono di vista per fare le smorfie a un bimbo in una cesta portata in spalla dalla sua mamma. Un odore pungente e speziato pizzica il naso di Renshu ogni volta che passano davanti ai recipienti di bambù alti come lui, pieni di peperoncini sminuzzati, aglio e pepe del Sichuan. Quando sua madre gli lascia assaggiare un pizzico di pasta di peperoncino, il sapore piccante gli brucia la gola e lui ulula, non ancora abituato a quei sapori forti.

Altre volte, passano il pomeriggio al parco con Longwei. Lo zio si ferma a comprare le sigarette e chiacchiera col venditore, che ha un pavone di nome Man Zi. Molti altri bambini si accalcano là intorno a guardare l'uccello. Anche Renshu e Liling fanno versi e gridolini per convincere Man Zi a mostrare la sua coda sfavillante. Quando lo fa, loro applaudono e il pavone fa ondeggiare le penne. Il tesoro più grande che si possa trovare nel parco, sui sentieri o tra i cespugli, è una delle sue piume.

Una volta che ha fatto scorta di sigarette, lo zio passa al mahjong. Gruppetti di uomini ridacchiano per battute che Renshu non capisce. Il raschio con cui si schiariscono la gola e lo sputo successivo sono un suono costante che lo raggiunge oltre il fumo delle sigarette, come il rumore delle tessere mescolate e impilate sul tavolo. Renshu e Liling cercano con gli occhi il vecchio Pesce Gatto. Testa calva, lunghi baffi argentei, ondeggia sopra il tavolo, ruttando e sfregandosi la pancia. Ogni volta che è nei paraggi, fruga nelle tasche della giacca troppo stretta e lancia qualche moneta ai bambini, che subito corrono dal vicino venditore di màhua a comprare lunghe trecce di pasta fritta. Passano le ore così, mentre lo zio e gli altri si scambiano sigarette e informazioni.

I giorni che Renshu preferisce sono quelli in cui lo zio li porta al Chaotianmen a incontrare i nuovi arrivati, che salgono traballanti e sfiniti le lunghe rampe di scale. C'è sempre qualcosa da vedere. Piroscafi, giunche e sampan che attraccano e imbarcano, operai che caricano e scaricano, riparano le vele o inchiodano nuove paratie alle barche di legno. Vicino alla punta della penisola, Renshu e Liling si mettono a guardare il marrone fangoso del Chang Jiang che si mescola alle correnti rapide verde giada del Jialing.

Sebbene siano trascorsi solo pochi mesi, sembra sia passato un secolo dal loro arrivo. Ancor più lontano è il ricordo del freddo inverno passato per strada. Sta arrivando la primavera, le nebbie si diradano e Renshu la notte ha smesso di avere paura.

Sono i primi di maggio, un giorno pieno di sole, l'aria è piena della promessa di una nuova fioritura. Meilin ha finito di fare la spesa e, visto che c'è un tempo magnifico, acconsente a fermarsi al parco. Renshu vuole farle vedere Man Zi e spera, come sempre, di essere abbastanza fortunato da trovare una piuma. Lungo la strada si attardano davanti a una banca di recente costruzione, e lì Renshu vede, ammirato, un risciò nero con le finiture dorate. Meilin spinge via il pensiero amaro che, se non fosse arrivata la guerra, anche lui avrebbe sempre viaggiato così in pompa magna. Magari, quando sarà tutto finito, lo faranno di nuovo.

« Mamma, guarda, una palla rossa! » Renshu indica in alto, qualcosa fuori dalla banca.

Meilin guarda. Non è una palla, è una lanterna rossa. All'angolo, ce n'è un'altra issata su un palo. Lungo tutta la strada, ne compaiono sempre di più.

Nel cielo terso, Meilin scorge un'ombra scura, come uno stormo di uccelli in formazione serrata. Lo sgomento la paralizza. I giapponesi sono arrivati a Chongqing.

Un mare di gente si sparpaglia in strada. Una sirena antiaerea inizia a urlare: all'inizio il suono è basso e lento, ma in breve si alza d'intensità e volume fino a diventare uno stridio spaccatimpani. Poi s'interrompe un attimo e riattacca di nuovo, inesorabile. È troppo forte. L'impotenza e la paura che Meilin aveva provato nell'attacco del mitragliere fuori Yichang, ormai dimenticate da mesi, adesso tornano a sopraffarla. Non riesce a pensare. Non riesce a muoversi. La gente la supera di corsa, *presto, presto, al riparo*. Ora gli aerei sono talmente vicini che può vederne i cerchi rosso vivo sulle ali. Le porte dei negozi si chiudono. Le serrande si abbassano. Renshu inizia a piagnucolare. Un uomo con in braccio un bambino piccolo la scuote per la spalla, risvegliandola dalla sua trance. Le indica il fondo della via. « Al Gran Tunnel. Laggiù c'è la porta di Shibati! » Col cestino in una mano e con le dita di Renshu strette nell'altra, Meilin lo segue. Scendono una scalinata che sparisce nel terreno un attimo prima che i cancelli si chiudano dietro di loro.

Un fischio acuto squarcia l'aria, una raffica di vento soffia alle loro spalle. Poi un'esplosione assordante. Renshu urla e Meilin lo attira più vicino. La terra trema. Dentro il tunnel, le lampadine nude ondeggiano e tremolano, illuminando gli occhi terrorizzati dei presenti. Altri sibili, altri boati di esplosioni. Senza tregua. Le luci tremolano un'ultima volta, poi si spengono. Tutt'intorno, la gente piange e grida. Renshu inizia a singhiozzare. Meilin lo abbraccia ancora più forte. Pelle contro pelle, cerca di calmarlo, di calmare se stessa. Tenta di spazzar via quel nauseante senso di sconfitta. La città sulla montagna avrebbe dovuto proteggerli. Avrebbero dovuto essere al sicuro. Nel buio, le lacrime le rigano la faccia. Aspettano. Meilin perde completamente la cognizione del tempo. Anche le pareti del tunnel lacrimano, rilasciano umidità. Quant'è passato? Minuti? Ore?

Di tanto in tanto, una torcia o una candela balugina nell'oscurità. Il tunnel è punteggiato dal chiarore rosso di sigarette che fanno troppo fumo. L'aria è acre per l'odore di aglio e tabacco. La gente spinge e sgomita, cercando di conquistare più spazio. Renshu tossisce e Meilin tenta di respirare con la bocca. Il fragore delle esplosioni non s'interrompe.

Tutt'intorno a sé, Renshu sente dita che lo sfiorano, mani che lo palpano, ginocchia che sbattono contro le sue gambe. I fianchi e le pance delle altre persone gli premono troppo vicino al collo, alle orecchie. Non riesce a respirare. Gli fa male la testa e ha le vertigini. Vuole uscire da quel tunnel. Una voce grida che le porte sono aperte e la gente si affretta fuori. Qualcuno lo spinge da dietro e lui perde la mano della mamma. Una marea di persone lo trascina via da lei.

« Mamma! Mamma! » Le sue urla si perdono nella calca di spalle e gomiti.

Nell'attimo stesso in cui sente scivolare via la mano di Renshu, Meilin inizia a tremare, il panico le saetta lungo le braccia. Se non riesce a raggiungerlo, lo calpesteranno. Si fa strada affrontando la fiumana di persone controcorrente. C'è chi impreca, chi la spinge e tenta di scavalcarla. Lei non li sente nemmeno. Deve trovare Renshu: nient'altro conta.

Eccolo! È caduto. S'inginocchia per raggiungerlo. È svenuto.

Lo prende in braccio e, incespicando, si avvia nello stesso senso degli altri, finché finalmente, finalmente, non sono fuori. Meilin si accascia contro un muro, con Renshu stretto al petto, inspirando profonde boccate d'aria.

Il crepuscolo ha scurito il cielo, ma da ogni parte le fiamme bruciano vivide. Spirali di zolfo e sbuffi di cenere si sollevano dai cumuli di macerie. La gente esce dai rifugi in un silenzio attonito, camminando piano. Da ogni direzione si levano urla, man mano che si accertano le numerose perdite. Alcuni accorrono verso quelle grida d'angoscia, per aiutare a tirar fuori chi è rimasto sepolto tra le macerie; altri si aggirano increduli, tossendo e respirando a fatica. Benché le sirene tacciano e le bombe non fischino più, c'è un costante crepitio di fiamme, punteggiato dagli scricchiolii e dagli schianti degli edifici che crollano.

Interi isolati sono andati distrutti. Crateri larghi come case segnano i punti in cui sono esplose le bombe. In mezzo alle macerie ci sono pezzi di mobili rotti, tavoli capovolti, librerie rovesciate. Le vetrine dei negozi traballano, mentre ancora pubblicizzano allegramente sigarette o mercerie. Dietro ci sono solo cumuli di mattoni rotti e vetri in frantumi.

A qualche isolato di distanza, in mezzo alla strada, Meilin e Renshu vedono di nuovo il lussuoso risciò, rovesciato. Una delle ruote ancora gira, cigolando. La lacca nera e le rifiniture dorate sono spruzzate di sangue, polvere e frammenti bianchi e rosa. Meilin è sul punto di vomitare. Ricaccia indietro la nausea e trascina via Renshu prima che possa vedere quello che ha visto lei: una mano attaccata a un braccio senza corpo. Al parco, la bancarella del venditore di sigarette è un mucchio di cenere. Quando Renshu vede le piume di pavone sparse per terra e nessun segno di Man Zi, scoppia di nuovo in lacrime.

Una volta tornati a casa, Meilin si rende conto di non essere mai stata tanto sollevata di rivedere Longwei, Wenling e le bambine. In qualche modo sono sopravvissuti anche loro. Longwei dice che si sono rifugiati in un altro tunnel pubblico, più vicino a casa. Mentre Wenling si lamenta di quanto fosse scomodo, buio e sudicio, Meilin è disperata. Com'è possibile che i giapponesi abbiano fatto tutta quella strada? Per tutto l'inverno e l'inizio della primavera, la nebbia e la foschia erano state così fitte da mantenere i cieli calmi. Aveva iniziato a credere che fossero scampati a tutto. Si era fidata della promessa secondo cui nell'entroterra sarebbero stati al sicuro. Quale destinazione possibile gli rimane, adesso?

Di notte, la città brucia e nessuno dorme.

L'indomani mattina l'alba è chiara e luminosa. È l'anniversario del Movimento del 4 Maggio. Di tutti i giorni, questo è quello in cui si festeggia la Repubblica, lo spirito del popolo cinese. Meilin si rianima. Decisa a trovare qualcosa per rallegrare la giornata della sua famiglia, se ne va con Renshu al mercato. La rincuora vedere che i negozi ancora in piedi alzano le serrande e spalancano le porte. Per strada, la gente spazza via le macerie, ripromettendosi di resistere.

Alle cinque, ripartono le sirene antiaeree. *Di nuovo?* Meilin si dispera. Uno sciame di aerei solca il cielo. L'ottimismo di qualche istante prima è distrutto. Meilin e Renshu si riparano con la famiglia nel tunnel più vicino all'appartamento. Aspettano la fine del raid ripetendo all'infinito i versetti del *San Zi Jing*. Persino Wenling li recita con loro.

Finalmente, il cielo si fa nuvoloso. Segue una tregua dai bombardamenti. Si passano le giornate a cercare superstiti, a soccorrere i feriti, a pompare acqua per spegnere i roghi. I monaci del tempio di Arhat si aggirano tra le macerie, intonano inni e compiono rituali per i defunti. Carri e ceste si riempiono di arti mozzati. I corpi sono disposti in file ordinate, in modo che la gente possa riconoscere i propri cari. Solo qualcuno, però, viene reclamato dalla famiglia e portato via per ricevere adeguata sepoltura. I più restano lì, e ben presto i vermi ci fanno il nido e banchettano con la carne in putrefazione. A notte fonda, con le strade vuote, ovunque corrono ratti e parassiti.

I cieli tersi dell'estate fanno da invito ad altri aerei giapponesi, e Meilin perde il conto dei giorni trascorsi accovacciati sottoterra. All'arrivo dell'autunno, per quanto sia chiaro che la guerra è tutt'altro che finita, Chongqing è ormai diventata una città della resistenza e in un modo o nell'altro la vita continua. Wenling e Longwei iscrivono le bambine a un collegio di Shapingba, un quartiere distante circa venticinque chilometri. Wenling implora di trasferirsi anche loro a Shapingba, ma Longwei rifiuta. Sono fortunati ad avere quelle stanze, dice. Lei si aspetta sempre troppo, non è mai contenta, borbotta. Quando Longwei propone che pure Renshu vada a scuola, Meilin obietta che ha solo cinque anni. Gli insegnerà lei. Ciò che non dice è che detesta l'idea d'indebitarsi ancora di più con Longwei. Non si sa mai quando la sua benevolenza potrebbe finire, o se si aspetti qualcosa in cambio di tutta quella generosità. La sua carità è ancora un atto di pietà filiale, per onorare il padre e il fratello perduti? « La famiglia deve restare unita », dice lui. Ma lei non si fida. Sa troppo poco di dove passa le sue giornate.

Ben presto Wenling stringe amicizia con alcune madri della

scuola delle figlie. Sono mogli di banchieri, uomini d'affari e funzionari d'alto rango. Inizia a prendere una portantina per raggiungerle a casa loro, a Shapingba, diverse volte alla settimana, per spettegolare o giocare a mahjong. Dice che lo fa per essere più vicina alle bambine, e spesso si ferma anche la notte.

Anche Meilin si è fatta nuovi amici tra i suoi ambulanti preferiti al mercato di Shibati. Ci sono la zia Deng e lo zio Liang,* che portano primizie da Chengdu. Lo zio Liang ha un debole per Renshu e gli allunga sempre qualche frutto in più. Entrambi si prendono gioco del misto di sichuanese approssimativo e mandarino di Meilin, ma la incoraggiano anche. Da quando sono arrivati, lo scorso febbraio, il dialetto di Meilin è notevolmente migliorato. Però ci sono anche altre facce note, ormai. C'è il signor Huang, che gestisce un ristorante e che apprezza a sua volta la frutta e la verdura della zia Deng. C'è nonna Xi, che vende vestiti e ammira la perizia con l'ago di Meilin. Più volte sono dovuti correre tutti insieme al Gran Tunnel durante qualche raid aereo.

Con le bambine a scuola e Wenling che è spesso via, Meilin e Renshu stanno molto da soli. Nei giorni più tranquilli, svolgono il rotolo e indugiano sulle varie scene, raccontandosi a vicenda le vecchie storie e inventandone di nuove. Ogni volta che Meilin scioglie la nappa, il profumo dei rulli di sandalo si solleva come l'alito di un fantasma e lei inala a fondo. È come se quell'unico respiro le restituisse Xiaowen. I fili dorati lungo i bordi brillano in segno di saluto. Immancabilmente, Meilin trova sempre qualcosa di nuovo da ammirare nei dettagli custoditi da tanto tempo. Il rotolo - il miracolo della sua esistenza, la sua bellezza eterna - è un pozzo di speranza.

La scena preferita di Renshu è quella del mercato. Si divertono a vedere quanti imbrogli e delinquenti riescono a individuare. Guarda! Un ragazzino ruba un pesce da un secchio mentre il mercante contratta con una vecchia con lo scialle.

* Nella cultura cinese l'appellativo «zio» o «zia» viene usato in modo affettuoso per rivolgersi a persone più anziane, senza che ci siano legami di parentela. (*N.d.T.*)

Laggiù, dietro le gabbiette di vimini delle galline, c'è un uomo alto che s'infila alcune uova in tasca. La bilancia del venditore di sorgo ha un'angolazione falsata. Vedi? Sotto il tavolo, suo figlio - già imbroglione navigato - tira una cordicella per segnare un apparente equilibrio molto prima che i due piatti siano caricati con lo stesso peso. E ovunque i borseggiatori si servono dalle ceste degli ingenui campagnoli che, dopo aver viaggiato fin lì per vendere i propri raccolti, festeggiano il guadagno con un po' troppo vino di prugna. Persino i cani sono ladri in questo mercato, fiutano i tavoli per strappare un bao o un involtino di maiale prima che qualcuno li scacci.

All'angolo c'è un'indovina. Meilin e Renshu non sono sicuri se anche la sua sia una truffa. Certi giorni decidono che è l'unica persona sincera e gentile del mercato. Le sue letture delle foglie di tè e degli *I Ching* sono famose in lungo e in largo. La gente si affida a lei per intonare canti che curano ogni malanno, per avere suggerimento su quali siano i sacrifici giusti per onorare gli antenati, per leggere le stelle ai loro figli in cerca di buoni auspici. Ma, nei giorni cattivi, dicono che è la canaglia peggiore di tutti. Vende promesse scadenti, che è molto peggio che vendere abiti malmessi o usare bilance fallate. Il danno che fa è imperdonabile, perché colpisce al cuore.

A volte Meilin si chiede cosa succederà poi nella loro, di storia. Quanto rimarranno a Chongqing? Tutti quanti aspettano di tornare a casa. Ma Meilin non è più certa di dove sia, casa sua. Le lettere alla sua famiglia rimangono senza risposta. A primavera, decide, iscriverà Renshu alla scuola del quartiere. Senza la compagnia delle cugine, ha paura che si senta solo. E, mentre è a lezione, magari lei potrebbe trovare un lavoretto nelle vicinanze. Non vuole restare per sempre nell'ombra di Longwei e Wenling.

6

Chongqing, provincia del Sichuan,
Cina, giugno 1941

Ai primi di giugno, le bambine tornano a Chongqing per un breve periodo. Con loro di nuovo intorno, Wenling è più felice di stare a casa, ed è cortese, persino loquace, con Meilin.

Lifen, che ora ha dieci anni, sta aiutando Wenling a preparare il tè per la famiglia. Il vapore sale dal pentolino mentre lei versa acqua calda sulle foglie. Wenling prepara cinque tazze e cinque piattini di noccioline e semi di melone su un vassoio smaltato. Quando il tè e gli spuntini sono stati distribuiti, Wenling fa cenno a Lifen, che torna al suo libro. Wenling prende il giornale e lo legge con grande interesse.

Meilin guarda Liling e Renshu che chiacchierano in un angoletto. Sono seduti insieme su una trapunta. Hanno messo le tazze e i piattini su uno sgabello, come fosse un tavolino, e siedono a gambe incrociate l'uno di fronte all'altra. Meilin nota Lifen che li sbircia da sopra il libro. « Lifen, raccontami della vostra scuola di Shapingba. »

Riconoscente di essere stata considerata, la ragazzina raggiunge la zia al tavolo. Chiacchierano d'insegnanti, di amici, delle sue materie preferite. Alla fine il discorso cade sui raid aerei.

« Nella mia scuola, anche quando corriamo ai rifugi, facciamo comunque lezione », dice Lifen.

« È una buona cosa, è importante imparare », commenta Meilin, con l'intenzione di lodare la nipote, che da sempre sembra sospesa tra l'infanzia e la maturità.

Wenling alza gli occhi dal giornale. « Già, è ottima, quella scuola. I loro rifugi sono dotati di sedie e luci per studiare. Quando suonano le sirene, gli studenti prendono i libri e corrono nelle grotte. »

« Qui in città, i tunnel sono stretti, soffocanti e caldi », si lamenta Meilin. « E, ora che sono arrivati ancora più rifugiati, sono affollatissimi. Tutti hanno dei rifugi assegnati, ma quando suonano le sirene d'allarme non sempre c'è il tempo di raggiungerli. Le persone s'infilano nel primo che trovano. »

« Ho sentito che ci sono rifugi speciali per burocrati e funzionari », commenta Wenling. « Con bar e provviste. Questi tizi passano i raid aerei a giocare a carte, a bere e a divertirsi con le ballerine. »

« Ballerine! » esclama Meilin sbigottita.

« È vero! Me l'ha detto una delle mamme della scuola. » Wenling sospira e lancia un'occhiata alla stanza. « Vorrei che mio marito ci facesse trasferire a Shapingba. Ci sono meno bombardamenti e i rifugi sono migliori. Le mie amiche si nascondono in grotte scavate nei fianchi delle colline. Ci conservano delle stuoie in modo da non doversi sedere per terra, al freddo. » Solleva la tazza per bere un sorso di tè, storce la bocca e lo risputa nella tazza. « Troppo freddo! » Si alza. « Lifen, Liling, venite. Dobbiamo andare dalla sarta a scegliere la stoffa per i vestiti estivi. »

Felice di quell'attenzione, Lifen inizia a prepararsi. Liling invece ignora la madre e continua a giocare con Renshu.

Wenling batte le mani. « Liling! »

« Non ci voglio venire », mormora Liling.

« Cosa? » dice Wenling, la voce pericolosamente calma.

Liling alza il viso e le punta gli occhi addosso. « Voglio restare qui con Renshu e la zia. Non m'importa come sono i miei vestiti. »

« Liling! » Wenling fa un passo avanti, con la mano alzata, pronta a colpirla.

« Aspetta », grida Meilin d'istinto.

Wenling si gira verso di lei. « Non interferire. Non sono affari tuoi. »

Meilin fa marcia indietro. « No, certo che no, sorella. Ma, se vuoi portare Lifen, posso badare io a Liling, mi fa piacere. Fuori fa caldissimo e, con le gambe corte e il cattivo umore che ha, vi rallenterebbe solo. Perché non andate avanti voi due? »

Wenling è ancora furente. «Va bene. Senza di te sarà più semplice, Liling. Ma non ti azzardare a lamentarti se i vestiti non ti piacciono.»

Liling ha seguito quello scambio guardando alternativamente Meilin e la mamma. Quando Wenling cede, le fa un sorriso, un po' troppo dolce, e torna a giocare con Renshu.

Una volta che Wenling e Lifen se ne sono andate, Meilin mette via le tazze, poi prende il cesto da cucito per fare un po' di rammendo.

Renshu e Liling parlano delle rispettive scuole. A Liling la sua piace, mentre Renshu non è molto sicuro della propria. È difficile stare seduti immobili. E ripetere le pennellate centinaia di volte per far pratica coi caratteri è una noia.

«Renshu», lo interrompe Meilin, che detesta sentirlo lamentarsi. «Non posso cambiare i tuoi maestri o i loro metodi. Ma posso raccontarvi una storia.»

«Una storia del rotolo?»

«Sì, una storia del rotolo.»

Raggiante, Renshu si alza e va al cestino a prendere il loro tesoro. Meilin mette via il rammendo e i bambini le si siedono accanto. «Riuscite a trovare un eremita, in una capanna di paglia sulla montagna, una città operosa nella valle e un palazzo, con cavalli e soldati e bandiere che garriscono al vento?»

I cugini esaminano il rotolo, lo svolgono e riavvolgono, sezione per sezione, in cerca della scena che lei ha appena descritto.

Quando la trovano, Meilin comincia: «C'era una volta un imperatore che amava i galli. Un giorno chiese ai suoi consiglieri: 'Chi è il miglior artista sulla Terra?'

«E quelli risposero: 'Vostra altezza, l'artista di gran lunga più talentuoso di tutti è il Maestro Wen, che vive in cima alle alture del Dabashan'.

«'Conducetelo qui!' ordinò l'imperatore.

«Fu così che gli uomini dell'imperatore andarono sulle montagne, perlustrando antichi sentieri quasi dimenticati finché, alla fine, non trovarono il Maestro Wen. Gli spiegarono che doveva venire subito dall'imperatore.

«Il Maestro Wen posò i pennelli e si mise le scarpe. Si avvolse intorno la veste e, senza dire una parola, seguì gli uomini dell'imperatore giù dalla montagna e nel palazzo. Che ricchezze! Quanto oro! Lo condussero per un corridoio con cento soldati in fila e cento lampade a forma di drago che brillavano. Alla fine, il Maestro Wen s'inchinò all'imperatore, che sedeva su un sontuoso trono d'oro. 'Mi dicono che sei il miglior artista di questa Terra.'

«Il Maestro Wen si tirò in piedi e annuì.

«'Voglio il più bel dipinto di un gallo che si sia mai visto al mondo. Solo per me. Te lo commissiono.'

«'Certo, vostra altezza. Ma mi servono due anni.'

«'Due anni?' sbottò l'imperatore, facendosi tutto rosso in viso. Non era abituato ad aspettare due minuti per nulla, figuriamoci due anni.

«I cento soldati guardavano fisso avanti a sé. Nessuno batté ciglio né disse una parola.

«Ma il Maestro Wen si limitò ad alzare due dita.

«'Benissimo, prenditi due anni, e poi torna col mio dipinto. Se è magnifico come mi aspetto, avrai tutto il tè, l'inchiostro e i rotoli che desideri. Potrai passare gli anni che ti restano a scrivere poesie, fare pratica di calligrafia e dipingere paesaggi.'

«Per tutta la sala si sparse un brusio silenzioso.

«'Ma', tuonò l'imperatore, alzando una mano per chiarire le sue condizioni, 'se non riesci a produrre un dipinto che mi piaccia, la tua opera verrà bruciata e tu con lei.'

«Il Maestro Wen annuì e tornò nella sua capanna.

«Passarono due anni, e gli uomini dell'imperatore tornarono sulle montagne. I baffi e la barba del Maestro Wen erano diventati più lunghi e più grigi, ma i suoi occhi erano vivaci come sempre. Li accolse nella sua capanna, prese un rotolo, il suo pennello preferito, la pietra e un panetto d'inchiostro. 'Sono pronto.'

«Giù per la montagna, di nuovo nella città, di nuovo al palazzo e lungo lo stesso corridoio coi cento soldati e con le cento lampade scintillanti. Stavolta l'imperatore, che nel frattempo era divenuto ancora più grasso, sedeva su cuscini di seta, vestito di rosso e oro.

«Il Maestro Wen fece un inchino.

«'Dov'è il mio dipinto?' ruggì l'imperatore.

«Il Maestro Wen stese il rotolo e, con grande stupore di tutti, la seta era vuota. 'Posso avere un po' d'acqua, vostra altezza?'

«Un domestico si fece avanti di corsa con una fiaschetta.

«Il Maestro Wen prese l'acqua, la versò nel pozzetto al fondo della pietra da inchiostro, spacchettò il panetto e iniziò a raschiarlo sull'incavo, mescolando l'inchiostro. Un meraviglioso odore di canfora, pino e fiori freschi riempì l'aria. Quando fu soddisfatto della consistenza dell'inchiostro, il maestro affondò il pennello nel pozzetto scuro e lo ritirò fuori, facendo attenzione a non sprecare una sola goccia.

«Toccò col pennello il rotolo e l'inchiostro iniziò a spargersi sulla seta. La sua mano si muoveva con perizia, soffermandosi qui, accelerando là, a volte con tratti più spessi, a volte più sottili. Il pennello danzava con agilità e grazia. E, davanti agli occhi dei presenti, apparve un gallo. Con l'ultimo rimasuglio d'inchiostro nel piattino, il Maestro Wen aggiunse un guizzo finale alla cresta.

«Per un po', la sala restò in silenzio.

«Infine, l'imperatore disse: 'Maestro Wen, questo è, in effetti, il più straordinario dipinto di un gallo che io abbia mai visto. Avrai il tuo tè e inchiostro. Ma prima dimmi: ti ci sono voluti non più di tre minuti. Perché hai chiesto due anni?'

«L'artista asciugò la pietra col lembo del vestito e avvolse il panetto d'inchiostro nella seta, strofinando delicatamente il pennello per pulirlo. Quando ebbe finito, fece cenno all'imperatore di avvicinarsi. 'Venite a vedere la mia bottega', gli bisbigliò all'orecchio.

«Quando l'imperatore e i suoi uomini arrivarono alla casa del Maestro Wen sulle montagne, trovarono pile e pile di carte, fitte di bozzetti e studi e disegni parzialmente finiti di galli. Galli e ancora galli, ovunque, fino al soffitto».

Renshu e Liling ridono. Era questo che sperava Meilin,

quello che spera sempre, quando racconta loro una storia. Se ridono, se la ricorderanno. E, se la ricorderanno, porteranno sempre con sé questo pezzo di casa, questo pezzo di lei.

Qualche giorno dopo, Meilin, Renshu e Liling sono al mercato a trovare gli amici di Meilin. Renshu e Liling sono seduti su una cassa rovesciata, a mangiare ciascuno un grappolo di longan dello zio Liang. La zia Deng fa un sacco di feste a Liling, dice quant'è bella, una bambola. La bambina sorride, compiaciuta. È più un maschiaccio che una bambola, pensa Meilin, ma negli ultimi due anni è diventata una vera bellezza, assomiglia in modo impressionante a Wenling. Meilin si chiede se non ci sia proprio questo dietro le loro battaglie sempre più aspre.

Liling, che è sempre più ribelle, bisticcia in continuazione con Wenling, perché vuole passare più tempo con Renshu e Meilin. L'uscita di oggi, ovviamente, è stata fonte di un'ulteriore lite. Alla fine Wenling ha alzato le mani e ha detto: « Va'! Vattene a zonzo per quel lurido mercato insieme con tuo cugino. Tanto preferisco la pace e il silenzio! » E Liling le ha gridato in risposta: « E io preferisco stare con la zia e Renshu. Vorrei che non fossi tu mia madre, vorrei avere per mamma la zia! » Al che Wenling le ha dato uno schiaffo, forte, e ha lasciato la stanza. C'è voluta gran parte della mattinata prima che Liling si calmasse. Decisa a tenere le due le più lontane possibili, Meilin si è trattenuta al mercato molto più del necessario.

Ma il sole sta tramontando. Devono andare. Per quanto Meilin sia intimorita dall'idea di affrontare la cognata, deve iniziare a preparare la cena. Aspettano il ritorno di Longwei da alcune riunioni a Guilin e l'intera famiglia deve stare un po' insieme prima che le bambine rientrino a scuola. Meilin lancia un'occhiata al cielo. Magari possono attardarsi giusto un altro po'. Sono passati giorni dall'ultimo attacco aereo.

Allo scoppio della guerra, l'esercito giapponese si era vantato che avrebbe conquistato la Cina nel giro di pochi mesi. Sono trascorsi quasi quattro anni, e la Cina ancora tiene a bada l'invasore. Ma è una magra consolazione. Ormai, Meilin e Renshu sono sopravvissuti a centinaia di bombardamenti. Eppure Meilin è a disagio. I cieli limpidi sono sempre i peggiori, i più pericolosi. Non dovrebbero stare allo scoperto.

La zia Deng sta raccontando una storia quando parte il sibilo delle sirene antiaeree. Si blocca a metà di una frase. Renshu scruta il cielo in cerca della formazione in arrivo.

Liling guarda Meilin con gli occhi sgranati. « Zia, ho paura », bisbiglia.

« Andrà tutto bene », la rassicura Meilin, cercando di sembrare calma. « Andremo al Gran Tunnel. È vicino. Stai accanto a noi. »

« Voglio la mamma », geme la bambina, scoppiando in lacrime.

« Qui, piccola, dammi la mano », le dice lo zio Liang. « Ti terrò io al sicuro. » Afferra la sua manina e iniziano a correre verso il Gran Tunnel.

Meilin cerca di far affrettare Renshu, ma lui la tira indietro.

« Sbrigati! » dice. « Si riempirà e non riusciremo a entrare. Dobbiamo andare, ora! »

Ma Renshu è cocciuto. No. Non si smuove.

Diverse famiglie li oltrepassano di corsa. Le sirene strepitano. Meilin grida: « Renshu! Non è il momento di discutere! »

Lo sciame si avvicina; Meilin scorge i lampi di luce del sole che si riflettono sulle ali.

Le porte si sbarrano, i mercanti abbandonano i banchi appena riparati.

Alla fine, Meilin cerca di prendere in braccio il figlio. Ma ha quasi sette anni, è troppo pesante. Scalcia e si divincola dalla sua stretta. « Odio il tunnel! L'aria è cattiva. Non ci voglio andare! » Meilin vede una nuova ostinazione e un terrore profondo negli occhi del bambino.

Inciampa. Renshu si libera e inizia a correre nella direzione opposta.

« No! Torna qui! » urla lei, ma lui è troppo veloce.

Meilin lo raggiunge dopo tre isolati, però ormai hanno perso di vista la zia Deng, lo zio Liang e Liling. Meilin sgrida Renshu e cerca di riportarlo indietro. A metà delle scale che portano all'ingresso del tunnel, vede che i cancelli sono stati chiusi.

Gli addetti si rifiutano di farli entrare. «Troppa gente, è già pieno», dicono, implacabili. Meilin sbircia al di là delle loro spalle. Il tunnel è gremito di persone, più affollato di quanto non l'abbia mai visto. Si accovacciano fuori dalla cancellata, coperti solo in parte, nella speranza che basti.

Per ore, gli aerei volteggiano in cerchio sopra di loro. Senza i muri spessi ad attutire le esplosioni, ogni finestra che si spacca o parete che va in frantumi le si ripercuote dentro, fin nelle ossa. Le orecchie le fischiano e il corpo le trema per i contraccolpi. Sicura che ogni istante sia l'ultimo, Meilin si piega su Renshu, che piange a dirotto.

Al calar del buio le bombe cominciano a diradarsi, ma il rombo spaventoso degli aerei non tace. Ore e ore dopo il tramonto, Meilin finalmente alza la testa. Dal rumore le pare che gli aerei si stiano allontanando. Forse presto suonerà il segnale del via libera e i cancelli si apriranno. Meilin aiuta Renshu a mettersi in piedi e si avventurano su per le scale.

Poi sentono delle grida dal tunnel dietro di loro: *Le lampade si stanno spegnendo!*

Non c'è abbastanza ossigeno per alimentare le fiamme. Il che vuol dire che non c'è abbastanza ossigeno per la gente. Voltandosi a guardare l'ingresso, Meilin prova un nuovo genere di terrore.

Sebbene le richieste d'aiuto siano sempre più numerose, le guardie si rifiutano ancora di aprire i cancelli. Insistono che devono aspettare istruzioni ufficiali.

Nel tunnel scoppia il pandemonio. La gente urla, spinge, geme, cerca di uscire. Si dispera, si strappa i vestiti. *Aprite i cancelli, aprite i cancelli!* È stata una benedizione, in fin dei conti, che non li abbiano fatti entrare? si chiede Meilin, ma poi è sconvolta dal proprio pensiero. La zia Deng, lo zio Liang e Liling sono intrappolati dentro. Una cancellata di legno si apre un po' e la gente inizia a riversarsi fuori come un torrente, una valanga. Meilin si tiene stretta ai lati dei gradini, facendo scudo a Renshu mentre la gente si arrampica, incespica, inciampa, calpesta quelli che sono caduti. La zia Deng esce barcollando, ansimante, coi vestiti strappati. Meilin sente che la morsa intorno al cuore inizia ad allentarsi.

Aiuta la zia Deng a raggiungerli. Ha una caviglia slogata. I tre risalgono le scale per aspettare lo zio Liang e Liling.

«Dov'è Liling?» chiede Renshu.

«Erano proprio dietro di me», ansima la zia Deng. «Usciranno presto.» Ma, dopo quella prima ondata, per quanto le grida raggelanti continuino, la gente smette di uscire. Alcuni dei giovani che sono scappati dal tunnel tentano di rientrare per aiutare quelli che sono ancora dentro. I loro sforzi sono vani. Quando risalgono, dicono che il tunnel è rimasto bloccato dai corpi di quelli che sono svenuti o, peggio, soffocati.

Meilin non riesce a distogliere gli occhi dall'apertura del tunnel e col passare delle ore il senso di colpa e la paura la divorano. Renshu si aggrappa alla mamma, terrorizzato al punto di essere ammutolito. Anche se è esausto, la preoccupazione lo tiene sveglio.

«Liang! Liang!» La zia Deng cammina avanti e indietro, lo chiama, dimentica delle sue ferite.

Per tutta la notte, le altre porte del tunnel rimangono ostinatamente chiuse. I funzionari non hanno dato il via libera. In assenza d'istruzioni dai piani alti, le guardie si rifiutano di cambiare idea. Non arrivano squadre di soccorso. Migliaia di persone restano bloccate nel caldo insopportabile e nell'aria avvelenata.

Solo dopo l'alba arrivano gli ufficiali, non per soccorrere, ma per rimuovere i cadaveri.

Tra i corpi ci sono quelli dello zio Liang e di Liling.

Nelle settimane che seguono la morte di Liling, tutti sono sconvolti dal dolore. Longwei riversa la sua angoscia nel lavoro. Tramite i canali ufficiali, cerca di scoprire cosa sia andato storto nella catena di comando. Riferisce che il Generalissimo è addolorato per quella tragedia e che il comandante e il vicecomandante della difesa aerea verranno sollevati dai loro incarichi. Testimonia davanti a una commissione che i funzionari di più alto rango non sono riusciti a proteggere i civili.

Wenling, invece, si seppellisce a letto, mangia e parla a malapena, con gli occhi gonfi e la faccia vitrea, non le interessano più nemmeno le visite delle sue amiche di Shapingba. Protesta appena quando Lifen si rifiuta di tornare a scuola. Anche Renshu resta a casa, non vuole più andare in città. Cerca di giocare con Lifen ma, anche se lei a volte è gentile, non è la stessa cosa. Nessuno è come Liling.

Nel disperato tentativo di mandare avanti la casa, Meilin prova a conservare la sua solita routine, ma dentro di sé è distrutta. Quella tragedia è colpa sua. È colpa dell'esercito giapponese. È colpa dei funzionari. Delle guardie con la loro cieca obbedienza. Degli ingegneri che hanno progettato i tunnel. Non è colpa di nessuno. È colpa di tutti.

Per provare a sfuggire a quel vortice d'impotente rimorso, Meilin cerca di consolare Wenling. Non ci sono parole che possano lenire la sua perdita, così le prepara i suoi piatti preferiti.

Oggi le ha portato verdure fresche e un po' di carne di maiale. Ha cucinato per ore. Quando Meilin le serve il cibo, Wenling spinge via la scodella, disgustata. « Smettila di cercare di migliorare le cose. Ogni cosa che fai le peggiora soltanto. »

« Siamo tutti in lutto », mormora Meilin, sfinita, poi se ne pente subito.

Wenling alza la testa, gli occhi che mandano lampi. « Dovevi badare a lei. »

Meilin vorrebbe mettersi a piangere. Non lo può negare.

« Perché mi sono fidata di te? Era da quando abbiamo lasciato Changsha che continuavi ad avvelenarla, a mettermela contro. Se tu non fossi stata qui, non sarebbe successo niente. »

« Mi dispiace tantissimo, Wenling. Farei di tutto per cambiare quel giorno. Io... »

« Sono anni che le mie amiche mi chiedono perché ho permesso che la mia famiglia si trascinasse dietro la vedova e il figlio del mio defunto cognato. Perché non mi sono fatta valere e non ho preteso che ve ne andaste, che vi faceste una vita vostra. Ma io ho sempre detto: 'No, la mia piccolina gli vuole troppo bene'. E adesso la mia debolezza l'ha uccisa. Avrei dovuto insistere che ve ne andaste per la vostra strada secoli fa. Avrei dovuto essere più forte. Non ci avete portato altro che sciagure. Per colpa tua e di tuo figlio, mia figlia è morta. »

« È stato un incidente! » Meilin avvampa di rabbia, ma si placa subito quando vede l'espressione della cognata, stravolta dal dolore. Wenling ha perso una figlia. Non c'è niente che Meilin possa fare per cambiare la situazione. « Non voglio litigare. Anch'io mi sento come se avessi perso una figlia. »

Wenling si mette a gridare: « No, no, no! Non era figlia tua. Come osi! L'hai uccisa, e adesso vorresti che fosse tua anche da morta? »

« Che posso fare? » chiede Meilin, esausta.

Wenling guarda oltre Meilin, fissa il muro. « Voglio che tu e tuo figlio ve ne andiate. Voglio... » Rivolge gli occhi al soffitto e le trema la voce. « Voglio non dovervi vedere mai più. »

Meilin ha subito la derisione, lo scherno e addirittura il disprezzo di Wenling. È stata oggetto delle sue prese in giro e della sua impazienza, ma sotto sotto ha sempre creduto che tra loro ci fosse un legame, un senso di famiglia, per quanto minimo.

Però adesso è diverso. Nella voce di Wenling non c'è traccia di calore né di riluttante affetto. Solo odio, un odio gelido e incrollabile.

Renshu e Lifen hanno smesso di mangiare, guardano le loro madri in un silenzio pietrificato.

« Vieni », dice Meilin a Renshu, posando le bacchette e la ciotola. Si alza da tavola e va nella loro stanza.

Anche se è estate e l'aria di Chongqing è torrida, Renshu non protesta quando Meilin gli dice d'indossare tutti i vestiti, più strati che può. Non dice una parola quando Meilin ripone le loro cose più preziose nel suo cestino da cucito. Benché sia vecchio, è ancora resistente e ci entra tutto ciò di cui hanno bisogno. Serio e silenzioso, capisce che, ancora una volta, è ora di andare.

Quando escono, Wenling non alza nemmeno lo sguardo.

PARTE SECONDA

1941-1948

7

Chongqing, provincia del Sichuan,
Cina, agosto 1941

« Questa perdita dovrebbe unire la vostra famiglia, non farla a pezzi », borbotta la zia Deng.

Meilin si asciuga le lacrime che le rigano le guance. Non sapendo dove altro andare, è venuta al mercato.

« Allora, hai bisogno di un posto dove stare? » chiede la zia Deng.

Lei fa cenno di sì.

« Stai con me per un po'. Senza Liang, mi farebbe comodo un aiuto qui al mercato. Vediamo che succede. Magari abbiamo tutti bisogno di un po' di tempo per guarire. » La zia Deng le stringe la mano e dà un abbraccio a Renshu.

« Non voglio tornare indietro », sussurra Meilin, stupendosi di se stessa.

Ci vuole solo qualche giorno perché Longwei venga al mercato a cercarla.

Renshu lo vede per primo e gli corre incontro, gli dà un grosso abbraccio e gli racconta tutto emozionato che sono andati a stare dalla zia Deng. Quando Meilin esce da dietro la bancarella, dove stava aiutando a scaricare un nuovo carico di verdure, Longwei mette giù Renshu.

Ha le guance scavate e non si è rasato: è evidente che il dolore è ancora troppo fresco.

« Che è successo? » chiede a Meilin, tenendosi il bambino stretto al fianco. « Wenling non vuole dirmelo. Ha detto solo che ve ne siete andati. »

Meilin guarda da un'altra parte, evitando d'incrociare i suoi occhi.

«Ascolta. Dopo che Liling...» Si blocca e riprova: «La mia richiesta di trasferimento a Shapingba è stata accettata. Ce ne andiamo in un posto sicuro. Venite con noi?»

«Fratello mio, Wenling non ci vuole. E ha ragione. Abbiamo contato per troppo tempo sulla tua gentilezza. Dobbiamo andare per la nostra strada.»

«E come farete?» chiede lui, incredulo.

Quel suo tono la indispettisce. È vero, finora si è affidata a lui, ma Meilin è in grado di badare a sé e a Renshu. Dopotutto, lo ha promesso a Xiaowen.

Longwei prende un'arancia, se la passa di mano in mano. Meilin si gira a servire un altro cliente della bancarella.

«Vuole altre arance?» La zia Deng arranca verso di lui, ne prende altre e gliele mette in mano. «Sono succosissime, davvero gustose.»

Quando il cliente è andato via e la zia Deng ha venduto a Longwei diverse arance e una mezza dozzina di cachi, lui dice a Meilin: «Lasceremo l'appartamento a fine mese. Se non altro, tu e Renshu potrete stare lì una volta che ce ne saremo andati».

Meilin non dice niente.

Longwei sospira, saluta la zia Deng e Renshu, e dice a Meilin di pensarci. Poi se ne va.

Non appena lui è fuori portata d'orecchio, la zia Deng dice: «Ora potete tornare. Vedi, andrà tutto bene».

«Ma non voglio. Non ti serve ancora aiuto qui?»

«Non essere sciocca. Sono la tua famiglia.»

«No, non più. Guarda, hai una cliente.» Meilin accenna a una donna che rovista tra le patate dolci.

Ma, più tardi, quella stessa settimana, la zia Deng dice a Meilin: «Quando finisce l'estate, tornerò a Chengdu. Tu e Renshu mi siete stati di grande aiuto, ma è troppo difficile stare qui senza Liang. Non mi sembra giusto».

Benché la zia Deng mostri di rado il proprio dolore, di notte Meilin la sente singhiozzare.

«Oltretutto mia figlia ha avuto un altro bambino e ha bisogno di aiuto.» Prima che Meilin possa obiettare, la zia Deng solleva una mano. «A fine mese, quando me ne andrò, se ancora non vorrai andare con tuo cognato, tornerete all'appartamento. Se resta vuoto, finisce che ci si trasferirà qualcun altro e voi perderete questa opportunità. Metti da parte l'orgoglio e la rabbia, Meilin. Le cose sono già abbastanza difficili.»

A settembre, con l'attenuarsi del caldo, Meilin e Renshu tornano nell'appartamento ormai libero. Di giorno restano in casa, così, quando partono le sirene antiaeree, possono correre al piccolo rifugio lì vicino. Ovviamente Renshu è terrorizzato anche da questo tunnel. Ogni volta Meilin deve convincerlo che è l'unica scelta sicura. Evitano del tutto lo Shibati. Senza la zia Deng, il mercato serve solo a ricordare loro quel terribile giorno di giugno. La gioia di Renshu si è spenta. Al suo posto ci sono il senso di protezione per Meilin e una diffidenza tutta nuova. Sebbene gli manchino lo zio, la zia e Lifen, sembra aver percepito la frattura e non chiede di loro.

Più di tutti, però, a Renshu manca Liling. Ogni notte piange per ore prima di addormentarsi. Le sue paure si trasformano in incubi, e anche le notti di Meilin sono interrotte dai tentativi di farlo riaddormentare. Renshu dice che vorrebbe svegliarsi e trovarsi davanti Liling che ride, che gli chiede di giocare, che gli racconta una storia buffa o gli dà un po' delle sue caramelle. Ma non importa quanto pianga, o quanto lo desideri, niente la riporta indietro.

Con ottobre, torna la nebbia e i bombardamenti finalmente si diradano. Meilin riporta Renshu a scuola. La routine li aiuta entrambi. Eppure, nella maggiore tranquillità di questa stagione, l'infelicità e la solitudine di Meilin si fanno più profonde. Scopre che, quando Renshu è a scuola, non riesce a smettere di piangere. È saltata una diga, e anni di dolore la inondano. Per tanto tempo Meilin l'ha tenuto a bada. C'era sempre qualcosa di più urgente di cui occuparsi: trovare cibo e riparo, gestire i sentimenti della famiglia, banalmente arrivare a fine giornata. Ma ora, senza la pressione dell'emergenza immediata, senza la perenne tensione quotidiana del doversi barcamenare tra Longwei e Wenling, la sua circospezione si trasforma in malinconia. Dopo così tante perdite, piange non solo la vita che aveva immaginato per Renshu – stabilità e sicurezza, un'infanzia serena sotto gli occhi vigili di Xiaowen – ma anche tutto ciò che lui ha vissuto e che lei non può cancellare. Anche ammesso che la guerra finisse domani, erediterebbe un Paese di città bruciate, gente sfollata, famiglie distrutte.

Nella sua disperazione, Meilin scopre anche qualcos'altro: la rabbia. Rabbia per il danno che è stato fatto. Rabbia perché a suo figlio sono state tolte così tante opportunità, perché il suo futuro è stato cancellato. Rabbia per quanto si sente impotente. Ed è da questa rabbia che in lei inizia a mettere radici la determinazione. La determinazione a far sì che le circostanze che hanno distrutto così tanto dell'infanzia di Renshu, così tanto della vita di lei, non rubino loro anche l'ultima speranza. Decide d'immaginare per lui un nuovo futuro. Un futuro di stabilità, di studio, di salute, di prosperità. Crescerà forte e andrà all'università. Diventerà uno studioso, farà una vita da intellettuale. Andrà avanti. Un giorno, potrà persino dimenticare tutti questi dolori.

Chongqing, provincia del Sichuan,
Cina, febbraio 1942

Benché non lo stesse aspettando, Meilin non è sorpresa quando Longwei si presenta poco dopo Capodanno, portando riso, olio, sale e vestiti. Accetta i doni, sarebbe sciocco non farlo. Quei beni di prima necessità sono ancora difficili da trovare e dunque preziosi.

« Meilin, ti sei concessa il tempo che volevi. Ora vieni a vivere a Shapingba. » Ha i capelli appena tagliati ed è rasato di fresco. Se ne sta impettito, quasi tornato alla sua vecchia presenza autoritaria, ma nella sua voce c'è un fremito d'incertezza.

Meilin non dice nulla.

« Senti, l'America è entrata in guerra. È un punto di svolta. Presto i cinesi ne usciranno vincitori, ne sono certo. Possiamo ricostruire la nostra nazione, possiamo ricostruire la nostra famiglia. Torna, Meilin. »

« No. Il dolore di Wenling è troppo grande. Mi dà la colpa

della morte di Liling. Se stessimo lì si torturerebbe ancora di più. »

« La rabbia di Wenling non è la mia. Condividiamo il dolore, ma non la rabbia. Torna », implora lui, stavolta con più dolcezza.

« Fratello mio, ti rispetto e ti ringrazio per i molti modi in cui hai aiutato me e Renshu, ma non ci trasferiremo a Shapingba con voi. Va' a casa. Hai una moglie e una figlia cui dare conforto. »

Alla fine, avendo capito che non riuscirà a convincerla, Longwei si volta per andarsene, brontolando: « Come ci sono finito, tra le due donne più testarde di tutta la Cina? »

La sua visita successiva avviene in piena estate. Longwei porta a Renshu una macchinina. Sconcertato da quella fortuna, lui, che ha quasi otto anni, la accetta con gioia. Meilin rimprovera Longwei, dicendogli che lo sta viziando, con tutti quei regali costosi, ma lui liquida le sue proteste. Arruffa i capelli di Renshu e il ragazzino si allontana a giocare col suo nuovo tesoro.

« Puoi smetterla di presentarti qui, Longwei », dice Meilin. « Stiamo bene. »

« Lo so. »

« E allora perché vieni? »

« Devo far visita al mio unico nipote e alla vedova di mio fratello. Per la famiglia. Una famiglia resta unita. »

« Come stanno Wenling e Lifen? » chiede lei.

« Lifen sta bene. Va bene a scuola, studia sodo. E Wenling... be', ha un sacco di amiche con cui può lamentarsi di suo marito. »

Meilin stringe le labbra, nasconde un sorriso. Longwei se ne accorge e scoppia in una fragorosa risata.

Lei si ricompone, spaventata dalla facilità con cui hanno ripreso confidenza. Assume un'espressione solenne e lo ringrazia. « Fratello mio, sei stato troppo generoso. Immagino che tu abbia del lavoro importante da fare. Non vogliamo trattenerti oltre. »

Allora lui annuisce, l'espressione sobria, come ricordandosi quale sia il suo ruolo. Poco dopo, se ne va.

Col passare degli anni, Meilin riesce a malapena a dare a Renshu cibo, vestiti e un riparo. Trova lavoretti nella sua scuola o con alcune organizzazioni femminili di beneficenza, per cui raccoglie coperte, medicinali e abiti per i soldati al fronte. Qualche volta dà una mano in una delle scuole di Madame Chiang Kai-shek per gli orfani di guerra, cuce vestiti e bada ai più piccoli. Parlando con le altre donne, arriva a farsi una sua idea sulla guerra. Inizia a coltivare due sogni: un futuro migliore per Renshu e l'indipendenza definitiva per sé. Sebbene detesti che la guerra le abbia portato via tante cose, questa nuova autosufficienza, per quanto modesta, le pare preziosa e dirompente.

Si delinea uno schema: Longwei fa loro visita due volte l'anno, portando in dono riso, olio e sale. Talvolta anche stoffe o un po' di lana. Di solito succede intorno a Capodanno e poi, la volta successiva, in prossimità di una festa o una vacanza. Non resta mai molto a lungo. A poco a poco, le loro conversazioni si spostano dal lutto condiviso allo stato del mondo, alla speranza della pace, alle vittorie e alle sconfitte delle forze cinesi. Quelle chiacchierate diventano per Meilin preziose e lei si stupisce di quanto le stiano a cuore. Le ricordano un po' i discorsi che faceva da giovane con Xiaowen. Ma Longwei è più crudo, più realista e, di questi tempi, lo stesso vale per lei.

Chongqing, provincia del Sichuan,
Cina, febbraio 1945

Quest'anno, quando viene, oltre ai soliti regali, Longwei porta anche scarpe nuove per Renshu e un pacchetto di tè per Meilin, e lei è riconoscente. A quasi undici anni, Renshu è tutto braccia e gambe, cresce di continuo e i vestiti gli durano pochissimo. Negli ultimi anni, non soltanto è cresciuto di statura, ma anche di personalità. È molto bravo a usare la sua fervida immaginazione per risolvere i problemi, un po' com'era Dao Hongtse. A scuola, adora mostrare agli altri ragazzi come costruire barche con foglie e rametti. È un grande lavoratore e studia con diligenza. Meilin si gonfia d'orgoglio nel vedere con quanta ammirazione lo guarda Longwei.

«Grazie.» Meilin mette via i regali e tira giù due tazze. Apre il pacco di tè e versa un pugnetto di foglie in una teiera di stagno. Accende la stufa al cherosene e lei e il cognato aspettano che l'acqua inizi a bollire. Quand'è pronta, la versa nelle tazze e le sfugge un sospiro. «Perché questa guerra continua a trascinarsi? Sono tre anni dall'entrata degli americani, e ancora niente vittoria.»

Longwei soffia sul tè e scuote la testa. «È stato un anno duro per il Kuomintang. I giapponesi adesso controllano province da ambo le parti dello Huang He e continuano ad avanzare nell'entroterra.»

«Ho sentito persino che la sconfitta nell'Henan è dipesa dal fatto che la popolazione cinese si è ribellata. I contadini volevano vendicarsi del Kuomintang per aver aperto una breccia nel fiume e per la carestia e le inondazioni che ne sono seguite», osserva Meilin.

Colto alla sprovvista, Longwei si acciglia. Poi si raddrizza sulla sedia. Con un misto di rimprovero e orgoglio, ribatte: «Era, ed è ancora, tempo di sacrifici per la nazione. Dobbiamo rinunciare ad alcune parti del nostro Paese in cambio di altro tempo. Per farlo, dobbiamo distruggere qualunque risorsa che il nemico possa sfruttare».

Meilin non riesce a trattenersi. «Come l'incendio a Changsha?» chiede. È da un po' che ci pensa. «Tu l'hai saputo in anticipo, vero? Il Kuomintang ha bruciato la città di proposito.» Fissa gli occhi su Longwei, che però rifugge il suo sguardo. «La cosa peggiore è che i giapponesi non hanno mai davvero attaccato. Il tuo Generalissimo non dà nessun valore alla vita umana, per lui conta solo il suo lascito. La gente si sta stancando di questa sua indifferenza.»

«Tu non capisci quali decisioni debba affrontare un leader», ringhia lui.

«Capisco che questo leader sacrifica la sua gente senza pensarci due volte. Capisco che treni e camion e barche trasportano documenti e attrezzature del governo quando potrebbero portare in salvo delle famiglie. »

« Dovresti fare più attenzione a quello che dici. »

« Perché? Mi sbaglio? » lo provoca lei.

Longwei farfuglia, scuote la testa, preso alla sprovvista dalla sua schiettezza. Si riprende e dice: « Vinceremo, Meilin. Presto ».

Poi se ne va alla svelta. Per circa una settimana, i suoi regali non vengono toccati. Ma poi il suo pragmatismo incrollabile ha la meglio e Meilin li usa.

Nella primavera del 1945, la morsa dei nazisti sull'Europa si sta ormai allentando. Gli Alleati rivolgono la loro attenzione al Giappone, bombardando le città di Tokyo, Nagoya e Osaka. In Cina infuriano le battaglie, sebbene tutti gli eserciti - nazionalisti, comunisti e giapponesi - siano sfiniti e sull'orlo del collasso.

Dopo più di otto anni, una mattina d'agosto, il popolo cinese si sveglia e sente che l'America ha sganciato bombe spaventose su due città del Giappone, bombe che si chiamano *Little Boy* e *Fat Man*. Le nubi a forma di fungo che hanno formato su Hiroshima e Nagasaki sono enormi. La tragedia si propaga all'esterno, sboccia per chilometri e chilometri, e stordisce i giapponesi, portandoli a una rapida resa. Hanno abbassato le armi e sono tornati al punto zero. La Guerra di Resistenza è finita: era ora.

Chongqing, provincia del Sichuan,
Cina, agosto 1946

È la fine della Festa dei Fantasmi Affamati, e Meilin s'inginocchia sulla sponda del fiume, accende piccole lanterne in barchette di carta e lascia che vadano alla deriva sull'acqua. Per ognuna, pensa a un antenato o a un caro perduto e mormora una piccola benedizione. Le guarda mentre si uniscono a decine di altre che galleggiano nel crepuscolo. Poco lontano, fuori portata d'orecchio ma ancora in vista, Renshu e un gruppo di ragazzini lanciano le loro barchette nel fiume gremito.

Sebbene sia tornata la pace, Meilin si sente più lontana che mai dalla vita che sperava di costruire quando ha sposato Xiaowen. Quei sogni non le appartengono; non è più quella di un tempo. Non è più disposta a seguire tutte le vecchie idee, le nuove idee o qualunque idea, solo perché sono quelle di suo padre, di suo suocero o di suo marito.

Il suo pensiero continua invece a tornare alla sua famiglia, sulle colline sopra Yichang. Si chiede se la vita nel loro villaggio lontano sia proseguita tranquillamente, segnata dal solito susseguirsi delle stagioni, e se la violenza che ha devastato le città l'abbia risparmiato. Qualunque vergogna possa un tempo aver provato all'idea di lasciare la famiglia del marito defunto per tornare dalla sua, oggi le sembra irrilevante. Vuole stare in mezzo a chi la conosce e la ama da sempre. Vuole dare al suo bambino e ai suoi genitori una possibilità di conoscersi e volersi bene.

« Ancora credi agli spiriti affamati? » La voce è profonda, roca e beffarda. Anche se è passato più di un anno, lei la riconosce subito.

Alza lo sguardo. Longwei. Quand'è arrivato, e perché è qui? La fissa con un misto di divertimento e disprezzo.

« Sì. Soprattutto a quelli che non hanno avuto degna sepoltura. » Si rialza e si sistema la tunica e i pantaloni. « Almeno io credo in qualcosa. »

« Anch'io credo in qualcosa. »

« In cosa? » Si aspetta che lui dica l'oro, o il potere, o l'ingenuità del prossimo. O che creda nella strategia: che ci sia sempre la mossa giusta per assicurarsi la vittoria.

« Nella Cina. »

Lo studia, cercando del sarcasmo nella sua espressione. Il viso di Longwei è serio. Non c'è traccia di scherno nel suo sguardo sereno, né di sorrisini sarcastici sulle sue labbra.

Come fa a dirlo? Benché, in un primo momento, la fine della guerra le avesse ridato speranza, Meilin si è accorta che la pace della Cina ha avuto vita breve. Dopo la resa dei giapponesi, c'è stata una breve cooperazione tra il Partito Comunista Cinese e il Kuomintang. Mao Zedong e Chiang Kai-shek hanno persino firmato un patto di solidarietà a Chongqing. Ma è stato solo un teatrino, con entrambe le parti che guadagnavano tempo in attesa di armarsi e ristabilirsi. Appena dieci mesi dopo, la tregua si è rotta, e a giugno sono ripresi gli scontri fra comunisti e nazionalisti.

Persino il vecchio Hongtse credeva nella ricchezza e nel petrolio, piuttosto che nel patriottismo. Possibile che questo mercenario di suo figlio sia davvero tanto fedele a una cosa così inconsistente come un pugno di slogan?

« E cos'è la Cina? » ribatte lei dopo un po'.

« La Cina... » comincia lui, poi inspira, alza il mento, drizza le spalle, come per mettersi sull'attenti, e guarda lontano, quasi vedesse avvicinarsi il Generalissimo in persona. « È nostra. Non appartiene ai giapponesi, agli imperialisti, agli stranieri che hanno invaso Shanghai. Non è dei signori della guerra, degli imperatori o degli americani. È del popolo cinese. Un solo popolo, un solo Paese. »

Meilin lo interrompe: « Perché sei qui? Perché non sei con tua moglie e tua figlia? »

Ma Longwei ignora le sue domande. « La Cina è diventata una scacchiera. I confini si ridefiniscono, i territori si ridisegnano. »

« Bah! Un Paese non è una scacchiera! »

Lo sconcerto di lui la incita a continuare.

« Un Paese è un posto in cui costruire case, e far prosperare famiglie e villaggi e città. Non è un esercizio di prodezza militare. »

« No, Meilin. La Cina è una scacchiera e i giocatori sono i bianchi e i rossi. Dobbiamo mostrare il nostro valore a quei giocatori, o ci trasformeremo in pedine. »

Meilin sa che non ha del tutto torto. Ma non pensa nemmeno che abbia del tutto ragione. « Perché sei qui? » gli chiede di nuovo. Non è dell'umore per le metafore.

« Dobbiamo partire. Andiamo a Shanghai. E voi due verrete con noi. »

« Shanghai! Wenling sarà elettrizzata! Come mai? »

«Ho un nuovo incarico. Funzionario pubblico per il Kuomintang.»

«Così adesso hai un nuovo titolo? Devi essere parecchio importante. Questa guerra ti è andata bene, o sbaglio?» lo provoca, senza prendersi la briga di celare il suo disprezzo.

Lui la ignora. «Voi due verrete con noi.»

Non è una richiesta.

Meilin non vuole saperne, di tutta quella storia. Non le interessano gli scacchi, o l'azzardo, o comunque lo voglia chiamare Longwei. Tutto ciò che vuole è abbastanza pace e stabilità perché suo figlio possa crescere, perché possa capire che il mondo non è sempre in guerra, che la perdita e la fuga non sono esperienze fondanti della vita.

«Meilin, sono qui perché la famiglia deve stare unita. Voi verrete con noi.»

«E perché pensi che verremo?»

«La famiglia deve stare unita!» ripete, come se fosse lo stesso che spiegarlo. Lei lo guarda, e lui comincia a tossire, una tosse da fumatore. Il catarro gli riempie la gola, e Longwei se la schiarisce e sputa, per due volte. Poi prende un'altra sigaretta e gliene offre una. Meilin scuote la testa, disgustata.

La punta rossa della sigaretta brilla nel crepuscolo sempre più fitto. Passano altre lanterne, fiammelle arancioni e gialle riflesse sull'acqua. Mentre stanno lì in silenzio, la mente di Meilin torna alla sua famiglia. Non ha nessun desiderio di andare con Longwei e Wenling. Ma l'idea di raggiungere i suoi genitori, che prima sembrava una fantasticheria, adesso s'illumina di possibilità.

Che fiducia può riporre in quest'uomo? Può fidarsi della sua sete di potere. Può fidarsi della sua ambizione di andare a Shanghai e «dimostrare il suo valore», come dice lui. Ma un valore che si misura in strategia, non in sacrificio. La sua determinazione è sempre più forte. La guerra gli è andata *davvero* bene.

«Insisto. Tu e Renshu venite con noi», ripete Longwei.

Neanche Meilin è nuova alle strategie. Tutte le barche che scendono per il Chang Jiang devono fermarsi a Yichang. Conoscendo Longwei, conoscendo Wenling, è probabile che una volta lì si sposteranno su un piroscafo più grande, più comodo, diretto a Shanghai. Quel piroscafo sarà grande abbastanza da dover partire all'ora stabilita, a prescindere che tutti i passeggeri siano a bordo o no.

Meilin tiene lo sguardo fisso davanti a sé. Non vuole che i suoi occhi o la sua voce tradiscano ciò che pensa. « Quando? » domanda.

« Salperemo a fine mese. »

Meilin guarda ancora una volta Longwei e fa lentamente cenno di sì. « E sia », acconsente.

Longwei sogghigna; ha finalmente spuntato una vittoria che desiderava da tempo. Pensa che lei voglia e cerchi la sua protezione, che gli sarà grata per la sua generosità. In segno di rispetto per Meilin e i suoi fantasmi, prende l'ultima delle sue lanterne, l'accende e la posa nel fiume.

Ma si sbaglia. Meilin non vuole la sua protezione. Vuole un posto su quella barca.

8

Chang Jiang, verso est,
Cina, settembre 1946

Otto anni fa, Meilin e Renshu hanno risalito il Chang Jiang in una nebbia di angoscia e paura. Oggi, scendendo, Meilin è meno disperata, più ottimista. Invece dell'adrenalina del bisogno immediato, inizia a sentire l'apprensione di quando si osa guardare avanti e sognare. Per certi versi, non sa cosa le metta più paura.

Il fiume pullula di barche dirette a est; tutti stanno cercando di raggiungere casa. Meilin è seduta da sola sul ponte, pensa al villaggio sulle colline. Ora che l'idea di tornare a Yichang ha messo radici, riesce già a vedere Renshu e suo padre che coltivano ravanelli e patate dolci. Riesce a sentire le sue mani che massaggiano la schiena della madre, sfregandole via la fatica accumulata facendo il bucato. Riesce a immaginare quei momenti in modo così vivido che non possono non realizzarsi.

«Siete fortunati che mio marito abbia avuto pietà di voi.» La voce di Wenling interrompe le sue fantasticherie. Con gli anni, è diventata rotta e aspra. Lei è ancora bella, anche se incrinata da una certa fragilità. Non importa quanto siano eleganti i vestiti o sofisticati i trucchi, la sua raffinatezza aleggia solo in superficie, incapace di nascondere le crepe che ci sono sotto.

È la prima volta che Wenling le rivolge direttamente la parola da quando hanno lasciato Chongqing. Finora si è rifiutata, trattando Meilin e Renshu come se fossero invisibili, o riferendosi a loro come se non fossero presenti. Longwei non sembra averlo notato. O è cieco alla sua rabbia, o la liquida come una seccatura. Invece Meilin lo vede, che il tempo non ha attenuato il risentimento di Wenling, né il suo dolore.

«Fosse stato per me, vi avrei lasciati dov'eravate.»

Meilin serra le labbra. Invece di ribattere, scruta le montagne. Sulle colline, le foglie autunnali disegnano pennellate di arancio, rosso, giallo.

«Tu e tuo figlio dovete stare lontani dalla mia famiglia. Non avete portato che guai. Lascia stare mio marito.»

«Sorella», esordisce Meilin, ma Wenling si è già voltata. Meilin la guarda rientrare arrabbiata nella stiva. Valuta se seguirla e calmarla. Forse un tempo ci avrebbe provato. Ma oggi le sembrerebbe un gesto vuoto.

Qualche istante dopo, Renshu la raggiunge. A quasi dodici anni, è più alto di lei e le sue gambe lunghe e la corporatura magra fanno presagire che sarà un uomo dal passo svelto. Gli zigomi e la mascella forte di Xiaowen cominciano a intravedersi nel viso, un tempo rotondo. «Mamma, mi manca Liling. Mi manca sempre, ma stare con lo zio, la zia e Lifen mi fa ancora più male.»

Meilin posa la mano sulla sua e gliela stringe. «Va bene essere ancora tristi. Il dolore ci ricorda anche tutti i momenti belli.»

La barca ha rallentato. Davanti a loro si estende la gola di Wu. I rimorchiatori preparano le funi per guidare l'imbarcazione oltre le rapide. Sebbene stavolta si muovano nel senso della corrente del fiume, è comunque un viaggio pericoloso. Per passare la gola possono volerci ore, addirittura giorni, se ci sono molte barche in attesa.

«Mamma, ti ricordi quando hai detto a me e a Liling che il fiume era un serpente e le montagne draghi?»

Meilin annuisce.

«E ti ricordi quando ci hai raccontato la storia di Li Chi che uccide il serpente? Me ne racconti un'altra?»

«Non sei troppo grande per le mie storie?»

«No, mamma, non sarò mai troppo grande per le storie.»

Per un attimo, Meilin rivede il bambino che era, con le gambe paffute e la risata allegra.

Guarda lungo il fiume, poi in alto verso le scogliere. Nota una piccola crepa sul fianco della collina. Inizia a mettere insieme i pezzi di una storia che un tempo sapeva. Com'è che faceva?

Prende il rotolo, lo svolge e riavvolge finché non arriva a

una sezione dove c'è un pescatore che guida la sua barchetta attraverso un letto di canne. Su di lui si alzano montagne verde-blu, le cui vette si perdono tra vortici di nuvole.

« Questa è la storia della Terra dei peschi in fiore.

« C'era una volta, non lontano da qui, un pescatore, il vecchio Zhu di Wulin, che aveva perso la strada. »

« Quando? » la interrompe Renshu.

« Tanto tempo fa. »

« Quando regnavano ancora i Qing? » Renshu è diventato pignolo. Vuole sapere esattamente quando e dove le cose sono successe, stanno succedendo o succederanno.

« Molto prima. » Meilin agita la mano come a spazzar via tutti quei secoli. « Tanti e tanti imperi fa. »

« Quanti? »

Meilin soppesa le sue domande. Teme che gli anni della guerra lo abbiano reso diffidente; raccoglie informazioni di continuo, come se sapesse di dover stare sempre in guardia. « Penso fosse all'epoca dei Jin. Sì, dei Jin. Basta domande, adesso ascolta. Il vecchio Zhu, che quel giorno coi pesci non aveva avuto fortuna, aveva chiuso gli occhi e si era addormentato. Era andato alla deriva giù per il fiume e al risveglio trovò una vista meravigliosa: un boschetto di peschi in fiore! Volendo dare un'occhiata più da vicino, trascinò la barca a riva. La bellezza degli alberi lo indusse a proseguire, e si addentrò sempre più nella foresta. La fioritura era così abbondante che il terreno era coperto di petali caduti. Ne raccolse una manciata e li annusò: erano soffici come seta e gli solleticavano il naso. »

Un altro passeggero in piedi sul ponte li sta ascoltando. Meilin lo capisce dal modo in cui si sistema per farsi più vicino. Forse anche lui è un pescatore.

Lei alza un po' la voce e continua: « Alla fine del boschetto, trovò un'apertura nel fianco della montagna. Come quella ». Indica la crepa scura che aveva individuato prima.

Renshu allunga il collo per vedere, poi si gira di nuovo verso di lei. « E dopo? Il vecchio Zhu è entrato? »

« Certo che sì! Perché, tu non lo avresti fatto? All'inizio l'apertura era abbastanza grande da permettergli di tener dritta la testa e stendere le braccia senza toccare le pareti. Man mano che camminava, però, la grotta diventava sempre più piccola. Sebbene gli sembrasse che le pareti gli si stessero chiudendo intorno, lui continuò ad andare avanti.

« Alla fine, quando la grotta era ormai così piccola che c'era appena spazio sufficiente a contenervi un uomo, uscì dall'altra parte. Oh! » Meilin spalanca le braccia. « Davanti a lui c'erano campi coltivati di riso e di tè, gente che lavorava e rideva, bambini e cani che giocavano. Il vecchio Zhu pensò di stare sognando. Erano anni che non vedeva tanta armonia e tanta pace. Tuttavia andò avanti ed entrò nel villaggio. Se stava sognando, sperava di non svegliarsi troppo presto.

« Si avvicinò a un gruppo di persone vestite in una foggia mai vista. Gli chiesero da dove veniva. Mentre spiegava, si rese conto che la gente di quella valle rigogliosa non aveva mai sentito parlare degli Han o dei Wei, per non parlare dei Jin. I loro antenati erano fuggiti dal caos nell'epoca dei Qin. Da allora vivevano lì, tagliati fuori dal mondo esterno.

« Gli abitanti del villaggio portarono del vino per brindare al loro ospite e uccisero un pollo per fare un banchetto, supplicando il vecchio Zhu di restare. Si cantò e si fece festa fino a notte fonda. »

Meilin s'interrompe. Renshu la guarda pieno di aspettativa. Il passeggero si gira. Ha i baffi lunghi e gli occhi allegri. Macchie del fegato gli chiazzano le guance. Tira fuori una sigaretta e ascolta apertamente, appoggiandosi sui gomiti.

« E poi? » chiede Renshu.

Meilin si blocca, perché ora ricorda più chiaramente come va a finire la storia. Poi prende una decisione e conclude: « Dopo parecchi giorni e parecchi banchetti, il vecchio Zhu decise di restare al villaggio e farne la sua casa. Era felice lì, nella Terra dei peschi in fiore. Perché mai avrebbe dovuto voler lasciare un luogo di pacifica abbondanza? »

« Davvero? È una fine strana. » Renshu è scettico.

« Che vuoi dire? È un lieto fine. »

« Sembra che debba succedere ancora qualcosa. Una battuta? Una tragedia? Una morale? » suggerisce.

Meilin alza le spalle. « No, è tutto. Fine. »

Renshu stringe le palpebre. « Forse sto diventando troppo grande per le tue storie, dopotutto. » Si alza e va verso il fondo della barca.

« C'è dell'altro in quella storia, sa? » bisbiglia il passeggero, spegnendo la sigaretta.

« Lo so », sospira Meilin. Poi prende il suo cestino e se ne va.

Il fiume si allarga, spinge indietro le sponde, trasformandosi nell'ampio corso d'acqua che si snoda attraverso le pianure, allungandosi verso est. Meilin non ha detto a Renshu del suo piano. È piccolo, e lei sa come i segreti possano trapelare anche da bocche chiuse. È meglio che venga a saperlo solo a cose fatte.

A Yichang, sbarcano. Di nuovo, tutt'intorno ci sono gruppetti di passeggeri sfiniti, coi visi smunti, circondati dai loro magri averi. Longwei sta procurandosi i biglietti per il prossimo piroscafo. Wenling e Lifen sono sedute sulle valigie, svogliate. Visto che non la guarda nessuno, Meilin inizia a riordinare il suo cestino. Solleva la scatola coi ciondoli di giada e con le monete, cercando di non fare rumore. La apre. Rimane appena una manciata di oggetti di valore, abbastanza per coprire il fondo del contenitore. Per attutirne il tintinnio, ci infila dei pezzi di stoffa. La sua mano si posa sulla scatola col rotolo. Strizzando le palpebre al cielo freddo e limpido, Meilin si mette un maglione, le calze più spesse che ha e un cappello. Negli spazi che ha liberato, infila una scatola di fiammiferi, un sacchetto di riso e un blocco di tè. Nello scomparto di mezzo ripiega una coperta pesante. Nella parte di sopra, come sempre, ci sono i suoi rocchetti, gli aghi e le forbici. Ancora una volta, è pronta.

Prende il cestino e va da Renshu. « Vieni, andiamo al mercato. Mettiti il cappotto, questi giorni fa freddo presto. »

« Perché hai il cestino? »

« Prenderemo delle arance per il viaggio. Mettiti il cappotto », ripete.

La loro conversazione ha richiamato l'interesse di Wenling.

«Non c'è tempo di fare un giro al mercato!» brontola Longwei, che è appena tornato coi biglietti.

«È da tantissimo che non mangiamo arance», incalza Wenling. «E lo sanno tutti che le arance di Yichang sono le più saporite.» Sentendo che Longwei esita, prova un'altra tattica. «Meilin conosce la città; può far presto.»

Meilin resta in silenzio mentre Longwei riflette. Conta sulla passione di Wenling per la frutta e sulla tendenza del marito ad assecondarla.

«Non fare tardi», capitola lui alla fine. «Il piroscafo arriverà a breve. Se fate tardi, partiremo senza di voi.»

«Lo so», dice Meilin.

Una volta in città, Meilin scopre che i suoi piedi ricordano le scorciatoie per il mercato. Si muove in fretta. Renshu fatica a starle dietro, ma lei non vuole fermarsi. Teme che permettendo a se stessa di vedere quel che è stato danneggiato, quel che è andato perduto, le verrà meno la determinazione. Compra alcune arance a una bancarella di frutta. Porge a Renshu una pentola di latta che ha appena acquistato a un banco vicino. «Ecco. Le mettiamo qui dentro.» Poi contratta con un uomo che vende pere. Dopo averci riempito i pochi buchi che restano nel cesto, scruta il fianco della collina.

«Adesso torniamo, mamma?»

«Tra poco», mormora lei, e inizia a incamminarsi per il mercato, lontano dal porto.

Lui guarda di nuovo le barche, poi si affretta a raggiungerla. «Mamma, dobbiamo tornare indietro.»

«La barca non è ancora arrivata», dice Meilin, senza voltarsi. «Voglio solo vedere se riesco a trovare una cosa.»

«Ma che cosa cerchi?» Ora l'ha raggiunta. «Mamma, è arrivato in porto un grosso piroscafo. Guarda!»

Meilin guarda. «Sì, ma ci metterà parecchio per attraccare e poi scaricare e ricaricare. Potrebbe anche non essere il nostro. Abbiamo navigato così tanti giorni, sgranchiamoci le gambe ancora un po'.» Cammina più velocemente ora, e svolta su una strada che risale la collina.

Renshu le afferra il braccio. « Mamma, dobbiamo andare. Dobbiamo tornare dalla nostra famiglia. »

Meilin si divincola. Quand'è che è diventato così forte? « Renshu, tu hai una famiglia qui. I miei genitori. I tuoi wai-gong e wai-po. »

« Wai-gong? Wai-po? »

« Non te li ricordi, ma ti hanno conosciuto da piccolo, col tuo bàba. Quand'è arrivata la guerra, non abbiamo più potuto vederli. Ora che la guerra è finita, li andiamo a cercare. »

Lui spalanca la bocca, incredulo.

Meilin prosegue: « Dobbiamo lasciare che lo zio, la zia e Lifen vadano a Shanghai. Noi... »

Man mano che capisce quello che lei sta dicendo, gli occhi del ragazzino si riempiono di lacrime. Comincia a correre giù per la collina, verso il porto. Mentre va, le arance rimbalzano fuori dal contenitore. Lui prova a trattenerle con un braccio e corre ancora, ma quando la sirena del piroscafo segnala la partenza abbassa le spalle e rallenta, scoppiando in singhiozzi.

Meilin gli corre dietro, raccogliendo le arance finite a terra. Quando lo raggiunge, lascia cadere la frutta e lo prende tra le braccia, accarezzandogli i capelli. Non gli dice *li rivedremo* o *sarà solo per poco tempo*, né gli dà nessun altro tipo di falso conforto. Lo lascia semplicemente piangere finché non finisce le lacrime. Poi rimette le arance nel recipiente, a una a una.

Guardano in silenzio il piroscafo che scende lungo il fiume con a bordo Longwei, Wenling, Lifen e molti altri, ma senza di loro.

Meilin spera di aver fatto la scelta giusta.

« Vieni, Renshu. » Meilin prende il cestino e gli porge il recipiente. « Dobbiamo andare avanti. »

La strada sterrata sale verso le colline. La giornata è calda e il sentiero ripido. A ogni passo, il senso di cauto ottimismo di Meilin si trasforma in euforia. Finalmente! Dopo tutti questi anni ha smesso di essere timorosa, ha avuto coraggio. Sta tornando a casa. Sente il cuore scoppiare di gioia.

Renshu le si trascina dietro, scalciando la polvere. Dopo venti minuti, dice che è stanco e ha fame.

Lei si siede su una roccia che sovrasta la valle e batte la mano a terra, accanto a sé. Sono saliti molto e in fretta; è giusto riposare un po'. Meilin mette mano al suo cesto e gli offre una pera. Lui non incrocia il suo sguardo, ma la prende. La pera è rotonda, con minuscoli puntini bianchi su una buccia dorata e lucida. Renshu dà un morso. Croccante come le castagne d'acqua. Meilin ne prende una per sé; è dolce, succosa, e le toglie un po' la sete.

« Tieni i semi », gli dice.

Seguono un sentiero tortuoso attraverso una fitta foresta di bambù, che schiocca nel vento, come a dar loro il benvenuto. Ben presto Meilin riconosce un boschetto di alberi. Corre a esaminarli: molti sono tagliati, ma alcuni crescono ancora. Meilin tira giù un ramo e stacca una foglia rigida e cerosa. È rossa, screziata di macchie verdi e gialle. « Canfora », dice. « L'olio è utile per fare delle medicine. Ottimo anche per tenere lontane le tarme. »

« Perché alcuni sono stati tagliati? »

« È tradizione piantare un albero di canfora ogni volta che nasce una bambina. L'albero e la bambina crescono insieme. In questo modo, con un colpo d'occhio, il sensale del villaggio sa quante figlie ha una famiglia e quando sono abbastanza grandi per sposarsi. Quando una delle figlie si fidanza, la famiglia taglia l'albero e usa il tronco per farne un baule per la dote. »

« L'hanno fatto anche a te un baule di canfora, mamma? »

« Certo che sì », dice Meilin, dolcemente.

Il paesaggio la chiama. Conosce quelle colline e quelle creste. Al di là ci sono le montagne della sua gioventù. Da ragazza, ha passato tante estati qui coi nonni, mentre i suoi genitori si occupavano del negozio nella città a valle. Meilin respira il profumo dei pini, è sempre più sicura che la fitta coltre di alberi abbia protetto il suo villaggio da qualsiasi bomba. Ogni sentiero coperto di vegetazione la rassicura che quel lontano insediamento sarà passato inosservato alle truppe in marcia. Suo padre sarà fuori, a guardare in su, non per paura degli aerei, ma per leggere i disegni nelle nuvole. Sua madre si starà chiedendo quali verdure dar da mangiare ai buoi. La accoglieranno a casa.

Eppure c'è qualcosa che non torna. Per strada non hanno visto nessun altro. Meilin continua ad aspettarsi d'incontrare un capraio col suo gregge, o di sentire il cigolio irregolare delle ruote sulla ghiaia. Le fattorie sono immobili, i campi di tè troppo silenziosi. Manca qualcosa. Sono passati otto anni di guerra, riflette. È naturale che ci siano stati dei cambiamenti. È ottimista, ma non sciocca. Eppure, mentre proseguono, il suo presentimento cresce.

Quando passano davanti a un recinto di maiali in malora, Meilin capisce: *Gli animali!* Dove sono gli asini che ragliavano e i maiali che grugnivano? Nessun sentore di capre riempie l'aria. Non c'è nessuna gallina a zampettare e chiocciare per la strada.

Riempie il silenzio parlando della casa della sua famiglia, del loro bestiame, del ruscello con l'acqua dolce. Racconta a Renshu del *Bum! Bum! Bum!* che sentiva certe mattine, quando la moglie del contadino Liao batteva i tappeti, in cerca delle monete che gli erano cadute dalle tasche la sera prima, dopo aver bevuto troppo vino. Ricorda di quando tesseva le foglie di bambù per farne stuoie da usare per far seccare il tè, racconta dello scrosciare assordante della pioggia in queste foreste durante i monsoni.

All'ultima svolta, vede macchie di terra arsa dove un tempo si ergevano strutture di legno; adesso, solo metà delle pareti è ancora in piedi. Ci sono mucchi di macerie, ma nessun essere umano. Meilin scuote la testa, incredula. Impossibile. Deve aver sbagliato strada. Questo deve essere un altro villaggio, uno più sfortunato.

Ma, quando i suoi occhi percorrono la forma delle colline all'orizzonte e l'ansa del fiume in basso, Meilin riconosce il paesaggio che ha memorizzato anni fa. Il suo errore non è stato quello di sbagliare strada; il suo errore è stato quello di sognare che questo posto fosse rimasto indenne. La sua presa si allenta e il cestino cade a terra. *Non qui, non qui.*

Supera di corsa i recinti abbandonati, i muri di pietra a pezzi, fino alle tombe degli antenati. Non riesce a vedere gli altari alla fine della terrazza. Dovrebbero esserci lanterne rosse appese a pali e stendardi che sventolano nella brezza. Anche se la frutta fresca e i fiori non ci sono, gli stendardi ci saranno. Magari non più brillanti, magari sbiaditi e logori, ma ci saranno. Invece, ai piedi degli altari, Meilin non trova né fiori, né frutta, né stendardi.

Le tombe e le tavolette di famiglia sono state fatte a pezzi, buttate in cumuli di macerie. Cade in ginocchio e ci rovista in mezzo, in cerca di un frammento di nome, di un carattere, di qualsiasi cosa. Scava senza sosta. Non è rimasto niente.

Adesso ha le mani ferite e sanguinanti. La rabbia e il dolore le pulsano dentro, concentrandosi in gola. E alla fine Meilin esplode in un grido primordiale, travolta da un dolore impossibile da descrivere. Si dimentica del figlio, dimentica dove si trova, chi è, e crolla a terra. Finché questo posto era al sicuro e i suoi genitori erano vivi e ci si prendeva cura degli antenati, Meilin poteva sopportare qualsiasi cosa, coprire qualsiasi distanza. Ora tutto è perduto.

Renshu è rimasto a guardarla, sgomento. Nell'istante in cui hanno girato l'angolo e sua madre si è zittita di colpo, ha capito che qualcosa non andava. Ha sentito il cuore battere più in fretta, sempre più spaventato, mentre lei girava lentamente in cerchio. Quando ha lasciato cadere il cestino ed è corsa verso le tombe, l'ha seguita, impotente. Ora è in piedi, sbigottito davanti a sua madre che piange inginocchiata a terra.

Scosso, raccoglie il cestino. Lo porta accanto a lei e si siede. C'è poca luce; si sta facendo freddo. Renshu tira fuori la coperta di lana e gliela avvolge intorno alle spalle.

Non l'ha mai vista così. Nei suoi ricordi, lei canticchia sempre, cuce, cucina, cammina, racconta storie. Anche durante la guerra, sapeva sempre cosa fare. Per la prima volta in vita sua, sua madre gli sembra piccola e triste.

Le strofina la schiena col palmo aperto, come faceva lei con lui quand'era malato o agitato. Al calar del buio, i suoi singhiozzi si placano, ma ancora non parla. Lui la cinge con un braccio per tenere entrambi al caldo. Fa freddo, ma il cielo è limpido. Sopra le sagome degli alberi, vede brillare più stelle di quante non ne abbia mai viste.

Sono passati due giorni interi. Renshu veglia su sua madre come meglio può, ma lei è chiusa in un dolore che lui non può penetrare. Ha costruito un riparo vicino alle macerie, una piccola area in cui sedersi a riposare, usando i rami caduti come copertura. Raccoglie dell'acqua fresca dal ruscello e la convince a bere da una tazza da tè rotta che ha trovato tra le macerie. Ogni notte accende un fuocherello per cucinare il riso e preparare il tè. Le braci offrono ben poco calore. E poi di notte se la tiene vicina, calmandone i sogni agitati. Quando fa giorno, cerca di darle le arance rimaste. Lei ne prende a malapena uno spicchio, poi le spinge via.

Anche se il sole splende, la temperatura sta calando. Presto cadrà la prima neve. Le loro giacche imbottite e le coperte non terranno lontano il gelo. Le provviste sono quasi finite. Non possono restare. Renshu deve trovare un modo di arrivare a Yichang. E poi? Prendere una barca fino a Shanghai per cercare lo zio? Una barca per tornare a Chongqing? Non lo sa. Ma devono andare da qualche altra parte. In un posto dove Meilin si sveglierà da questa trance e sarà di nuovo la sua mamma.

Quella mattina, lei dorme tranquilla dopo un'altra notte agitata. Lui la copre con la sua giacca e si alza per sgranchirsi le gambe. In genere, quando lei riposa, non si avventura lontano, vuol essere a portata d'orecchio. Ma oggi, una volta raggiunti i confini dell'insediamento, invece di tornare indietro va avanti nella foresta. La luce filtra attraverso gli alberi fitti. Davanti a lui c'è una radura. Incuriosito, si avvicina e scopre un boschetto di alberi secolari. Molti sono contorti e piegati dall'età, coi rami selvaggi e incolti. Andando più vicino, scopre che sono alberi di pere. Alcuni danno ancora frutti. Renshu trova un po' di pere non ancora cadute. Le porterà a Meilin.

In tasca, sente i piccoli semi di pera marroni che sua madre gli aveva detto di conservare durante la salita. Li tira fuori e li esamina. Sembrano gocce di pioggia color ruggine. O lacrime. D'istinto, prende un bastone, scava una piccola buca e ci mette dentro i semi. Li ricopre con la terra morbida e picchietta il terreno. S'inginocchia vicino al ruscello e stringe le mani a coppa. Con manciate gocciolanti, innaffia i semi. Alza gli occhi al sole. Poi raccoglie le nuove pere e torna indietro.

Meilin dorme ancora. Renshu apre il cestino. Dentro ci sono i loro vestiti, il rotolo e la sua scatola di tesori. È ben più leggera di quanto ricordi. Dentro trova un pugnetto di monete e ciondoli. Meilin si agita. Renshu s'infila in tasca alcune monete d'oro e un ciondolo di giada, poi rimette il coperchio. Basterà, pensa.

Quando Meilin apre gli occhi, le versa dell'acqua sulle mani per lavare via lo sporco e il sangue rappreso. Inumidisce la stoffa della sua camicia e le asciuga il viso dalle lacrime sbavate.

« Bevi. » Le mette la tazza tra le mani. « Mangia. » Le dà piccoli bocconi di pera.

Lei si siede e scuote la testa, fissando i resti della sua casa.

« Vieni, mamma », insiste lui. « Dobbiamo andare dov'è più caldo e più sicuro. »

La aiuta ad alzarsi. Le porta la cesta e le coperte. Lei si appoggia a lui. Non parla. Lui la guida via con dolcezza.

Meilin segue Renshu lungo il fianco della montagna e fino a valle. Lui non sa come trovare Yichang, però pensa che, scendendo, prima o poi arriveranno al fiume. Lì, comprerà i biglietti per il battello. A Shanghai troveranno lo zio. Gli spiegherà che si sono persi al mercato. Gli chiederà scusa a nome di tutti e due. Andrà tutto bene. Saranno di nuovo al sicuro.

Arrivano in città in tarda mattinata. Renshu scambia il ciondolo di giada con del cibo per il viaggio. Al porto, trova un uomo che vende biglietti. Renshu dice che vogliono andare a Shanghai.

« I biglietti sono molto cari », dice l'uomo, e guarda i clienti in coda dopo di lui.

Renshu resta dov'è.

L'uomo si gira e lo vede di nuovo. « Sei ancora qui? Quanto hai? »

Renshu gli fa vedere le due monete d'oro che ha in tasca.

L'uomo serra gli occhi. « Sì, sì, questa barca vi ci porterà », dice, strappandogli le monete di mano e mettendoci dei fogli.

Mentre salgono a bordo, Renshu scaccia la sensazione assillante di essere stato truffato. Non importa, pensa, stanno andando dallo zio.

Meilin dice « sì » a qualsiasi cosa Renshu suggerisca. A volte, senza preavviso, inizia a singhiozzare. Poi resta muta per giorni. Renshu non sa come confortarla. Non sembra più sua madre. Ha l'aria di una bambina smarrita, coi capelli che le ricadono sulle spalle in ciocche unte e con la tunica lacera e sporca. Gli occhi, di solito attenti e rapidi, non mettono a fuoco nulla. Renshu tira fuori il rotolo. Guardando le cime delle montagne, invoca Li Chi e il suo coraggio nell'uccidere il serpente. Poi trova un pescatore solitario su un fiume. Dev'essere il vecchio Zhu, diretto alla Terra dei peschi in fiore. Ma, quando inizia a raccontare la storia dell'uomo che ha perso il suo cavallo, Renshu non riesce a pensare a nessuna benedizione, così si ferma. Meilin sembra non farci caso.

Una mattina, Renshu si sveglia al suono di un tintinnare di monete. Meilin sta rovistando nella sua scatola. Conta e riconta, mugugna e scuote la testa. Si è lavata la faccia e ha raccolto i capelli in una crocchia.

« Mamma! Che c'è? » chiede lui.

« Mancano due pezzi d'oro. » Ha la voce limpida. E arrabbiata.

« Li ho usati per i biglietti della barca », le ricorda.

« Due pezzi? Due pezzi d'oro? Aaaaah! È troppo! » grida.

A Renshu cascano le braccia. Stava cercando di aiutare. Stava cercando un modo di tornare dallo zio.

« Ti hanno imbrogliato! Non c'è da stupirsi che quel ladro schifoso sia stato così rapido a spingerci sulla barca. Un pezzo per entrambi era più che sufficiente. »

Renshu balbetta: « Mamma, ma tu... tu hai detto che andava bene ».

« Ho detto che andava bene? No, non avrei mai detto 'va bene' a una truffa del genere! »

« Non potevo fare altro. Eri troppo triste e dovevamo salire su questa barca per andare a cercare lo zio. »

Meilin riconta le monete. *Tin, tin.*

« Mamma, mi spiace », sussurra Renshu.

Meilin si ricaccia in gola la frase successiva e lascia cadere il resto delle monete e dei ciondoli nella scatola. « È sparito anche il mio ciondolo di giada a forma di melanzana », borbotta.

Per quanto detesti quand'è arrabbiata con lui, in Renshu sboccia il sollievo. Se è arrabbiata, sta uscendo dalla tristezza. La sua mamma è tornata.

9

Shanghai, Cina, gennaio 1947

Entrati nel porto di Shanghai, Meilin e Renshu osservano incantati i palazzi in stile europeo della baia. È il Bund, spiega uno degli altri passeggeri. Nonostante un decennio di guerra e occupazione, e persino ora che è in piena ricostruzione, l'eleganza e l'imponenza del lungofiume sono stupefacenti. Adesso Meilin capisce perché Wenling ama così tanto questa città.

Le strade brulicano di tram, automobili sfavillanti, jeep militari e risciò. È la prima volta che Meilin e Renshu vedono persone provenienti da ogni luogo del mondo: europei con capelli e occhi chiari, i poliziotti sikh coi loro turbanti rossi, e poi americani, russi. Così tante lingue sconosciute e accenti mai sentiti. Lo shanghainese è così diverso dal mandarino e dal sichuanese che Meilin all'inizio non capisce una parola. Per fortuna, la città è popolata da cinesi di ogni provenienza e lei riesce a farsi capire utilizzando un misto di mandarino, sichuanese e gesti.

Sacrificano uno dei loro preziosi pezzi d'oro per alloggiare in una pensione intanto che cercano Longwei. Ma da dove cominciare? Meilin sa solo che Longwei ora è un impiegato del governo. Provano a chiedere in diversi uffici. Tutti le rispondono che «impiegato governativo» non è una qualifica. In quale settore lavora? Chi è il suo superiore? Possibile che non abbia altre informazioni? Ma Meilin non ha mai saputo cosa facesse Longwei. In realtà non ha mai voluto saperlo. Sa solo che lavorava per servire e riverire il Generalissimo.

Il Dao Longwei che conosceva aveva agganci ovunque, ma qui nessuno sembra avere idea di chi sia. Tante possibili piste ma nessuna risposta concreta: se lavora per il governo, ne consegue che si trova nella capitale ripristinata di Nanchino? O magari è andato a Chengdu? Possibile che dopo la Restituzione stia lavorando per il governo a Taiwan?

Meilin è certa che difficilmente Longwei potrebbe resistere alle seduzioni del gioco e dell'alcol. Cambia quindi strategia e si mette a esplorare i quartieri più malfamati di Shanghai. Una sera decide di seguire un gruppo d'impiegati e militari nazionalisti in libera uscita fino alla porta dell'emporio di Madame Zi.

Raffinato ed esclusivo, l'emporio di Madame Zi ha qualcosa per tutti i gusti: di giorno è una sala da tè dove si concludono affari di ogni tipo; di sera una shulou che offre teatro e opera, grammofoni e ragazze con cui ballare; di notte, ci sono stanze al piano di sopra dove appartarsi piacevolmente con le più belle prostitute changsan.

Meilin comincia a capire cosa c'è dietro lo sfarzo dei ricchi stranieri, dietro il viavai di autisti in livrea che fanno scendere dalle auto signore impellicciate davanti al Palace Hotel. Dietro le insegne luminose del Cathay Theatre e le vivaci, seducenti note della musica jazz che dai club si riversa per le strade. Tanti qui ancora lottano per la sopravvivenza. I beni di prima necessità sono cari e difficili da reperire. Per sopravvivere, Meilin deve trovarsi un lavoro.

Il pomeriggio seguente, Meilin torna da Madame Zi. Sulla porta compare una donna sulla cinquantina, elegantemente vestita. Il suo abito di broccato rosso scuro è un tipico mix shanghainese di stili orientali e occidentali. I capelli arricciati e tinti contrastano col gonfiore del viso e delle guance. Indossa bracciali di giada intorno ai polsi torniti e sfavillanti orecchini d'oro. «Che vuoi? Questo è un posto per gentiluomini», dice secca a Meilin.

Meilin arrossisce, incerta.

«Stai cercando qualcuno?» chiede la donna. La reticenza di Meilin l'ha resa subito sospettosa.

«È lei Madame Zi?» balbetta Meilin. «Sto cercando un lavoro.»

Gli occhi della donna la esaminano da capo a piedi.

Meilin si tira su più dritta e protende le labbra.

Madame Zi scuote la testa. «Sei troppo vecchia. Non c'è lavoro per te qui.»

In quel momento arriva una delle ragazze; c'è un problema

col costume che deve indossare quella sera. Meilin vede che alcune delle paillettes si sono staccate e l'orlo è scucito.

Madame Zi gela la ragazza con lo sguardo e la rimprovera per la sua sciatteria.

« Io sono brava a cucire. Posso rammendare i vostri costumi e tenerli in ordine. » Meilin si china per prendere dalla borsa uno dei suoi ricami. È uno scampolo di seta nera che ha ricamato per passare il tempo sulla nave durante il lungo viaggio per Shanghai. Non aveva copiato nessun modello in particolare eppure, grazie alla sapienza delle sue dita, il disegno aveva praticamente preso forma da solo. Durante le settimane di navigazione, sulla seta era comparso un albero di pesco, carico di frutti e foglie di tutte le sfumature del verde. Meilin mostra il lavoro a Madame Zi.

La donna lo prende e comincia a studiarlo, passando un dito paffuto lungo i punti, quindi glielo restituisce. « Cos'altro sai fare? »

Meilin getta uno sguardo oltre la spalla di Madame Zi. Nella sala sono seduti diversi clienti che mangiano e bevono. Alcuni tavoli devono ancora essere sparecchiati. « Posso cucinare, servire ai tavoli, riparare i costumi. Posso fare in modo che nel vostro » – s'interrompe, non sapendo come chiamare questo posto, poi ricorda l'insegna in strada – « nel vostro emporio fili tutto liscio. »

Gli occhi di Madame Zi tornano a studiarla. Questa volta, sotto lo sguardo inquisitore della donna, Meilin alza il mento. La sua espressione è deferente ma non remissiva. Sa di aver offerto a Madame Zi qualcosa di cui ha bisogno.

« Torna domani. Ci penserò. » Le parole di Madame Zi sono brusche ma il suo tono è cambiato, si capisce che è interessata.

Arrivano a un accordo: Meilin aggiusterà i costumi, aiuterà a tenere sott'occhio i clienti e a prendersi cura delle ragazze. Madame Zi può offrirle solo una paga modesta, però Meilin e Renshu potranno sistemarsi in un appartamento in fondo alla strada, in un caseggiato shikumen di sua proprietà. L'appartamento è piccolo: giusto una stanza e una tingzijian, un piccolo studiolo esposto a nord sopra una piccola e fredda cucina. Ma avranno un lavandino e l'elettricità. In più, Meilin potrà usare la stoffa avanzata dai costumi per confezionare pantofole, riparare i vestiti di Renshu e magari, quando ce n'è abbastanza, cucirne di nuovi.

Nella loro nuova sistemazione, Meilin e Renshu si dividono gli avanzi di un banchetto servito quella sera. Per strada, la gente accende lanterne di carta da far volare in cielo per festeggiare il nuovo anno. Questo sarà l'anno del maiale, simbolo di ricchezza e abbondanza. Escono a guardare. A sorpresa, Meilin fa comparire due lanterne, un piccolo lusso perché possano festeggiare anche loro il Capodanno nel segno della speranza.

« Qual è il tuo desiderio per l'anno nuovo? » chiede Meilin a Renshu.

Il ragazzo resta in silenzio. Meilin lo guarda. È magro, troppo magro. Eppure, nonostante questo lungo periodo di fame e fatica, suo figlio è cresciuto. A Chongqing, Meilin aveva cucito per lui una giacca imbottita, certa che gli sarebbe durata. Le maniche erano così lunghe che doveva tenerle sempre arrotolate. Adesso le spalle sono troppo larghe e la giacca quasi non gli entra più. L'imbottitura, che prima era soffice e voluminosa, è ora logora e appiattita, spunta dagli strappi nella fodera. La stoffa è segnata da chiazze d'unto, sporcizia e aloni nei punti in cui il ragazzo si è pulito o ha asciugato qualcosa.

« Libri », dice Renshu.

« Libri? » La risposta la sorprende e la rallegra a un tempo. « Che tipo di libri? »

« Di qualsiasi tipo. Voglio imparare di più, voglio fare gli esami e andare all'università. Voglio diventare un accademico. »

Il desiderio di suo figlio la riporta col pensiero a Xiaowen e alla sua famiglia perduta. Come sarebbero stati felici di vedere l'uomo che sta diventando.

« Vorrà dire che ti troveremo una scuola », gli dice. Anche se le loro riserve si stanno assottigliando, hanno ancora da parte qualcosa. E una buona istruzione è una sorta d'investimento, pensa, una cosa che ha sempre desiderato per lui.

« E tu, mamma? Qual è il tuo desiderio? »

Meilin pondera la sua risposta osservando una lanterna librarsi nell'aria. Ogni lanterna che spicca il volo è una sfida a tutte le bombe che sono cadute. Non cancellano la perdita, ma le paiono una dimostrazione di speranza. Anche se i comunisti e il Kuomintang hanno ricominciato a combattersi a nord-est, almeno per stanotte Shanghai è in pace.

Qual è il tuo desiderio? La domanda riecheggia nei suoi pensieri. Quand'è stata l'ultima volta, se mai c'è stata, che qualcuno gliel'ha chiesto? E quand'è stata l'ultima volta che se l'è chiesto lei stessa? Per tanto tempo, l'unica risposta possibile era dettata dall'urgenza del momento: cibo, un tetto sulla testa, denaro, sicurezza, vestiti, legna, calore.

Tutte cose che Meilin desidera e di cui ha ancora bisogno. Ma il Capodanno è un'occasione per esprimere desideri più grandi delle necessità pratiche. Ci sono ovviamente desideri ormai irrealizzabili: che Xiaowen fosse tornato, che la sua famiglia non fosse perduta, che la guerra non fosse mai scoppiata. Ma quali desideri si possono ancora avverare? Di cosa avrebbero bisogno per poter non solo sopravvivere, ma essere addirittura felici?

« Un frutteto », risponde.

« Un frutteto? »

« Vieni, rientriamo », dice.

In casa, Meilin recupera il rotolo dalla cesta. È il suo ultimo legame con quel futuro sognato insieme con Xiaowen tanto tempo fa. Con attenzione, tende la seta tra le mani, come se ripetesse un rituale, per arrivare all'ultima scena, quella in cui il viaggiatore riposa sotto l'ombra di un albero carico di gemme.

« Ecco », dice posando il dito sugli alberi dipinti. « Ecco cosa voglio. »

Renshu sorride. Forse questo è il momento buono per raccontarle del frutteto che ha scoperto a Yichang e dei semi che ha lasciato lì.

« Ti ho mai raccontato la storia del pero magico? » chiede Meilin, interrompendo i suoi pensieri.

« Il pero magico? » Scuote la testa.

Prima che possa dire un'altra parola, Meilin comincia a raccontare: « C'era una volta un contadino che viveva in una città di nome Bailizhou, non lontano da dove sono cresciuta io. Un autunno, il contadino raccolse una grandissima quantità di splendide pere. Riempì di frutta il suo carretto e si avviò verso il mercato».

Man mano che la musica della storia prende a scorrere grazie alla voce di sua madre, Renshu si sente riempire di calore. Il freddo della notte è scomparso, il ragazzo si sente trasportare nel mondo creato da lei con le parole. E, per una volta, Meilin sembra felice. Le racconterà dei semi un'altra volta.

«Al mercato, il contadino fece grandi affari, vendendo i suoi frutti dorati in cambio di monete d'argento. A ogni vendita, immaginava cosa avrebbe potuto comprare coi suoi guadagni: un paio di robusti stivali neri, un cappotto di pelliccia per l'inverno, magari un altro asino o un carretto nuovo. Man mano che la giornata proseguiva, il suo portamonete ingrassava e così i suoi sogni.

«Arrivò un monaco. I suoi abiti erano logori e sporchi di polvere. Aveva camminato a lungo e attraversato le montagne per raggiungere un tempio sacro. Benché avesse rinunciato a tutti i suoi beni terreni, le pere del contadino avevano un'aria così deliziosa e il loro profumo era talmente dolce che il monaco fu preso dal desiderio di mangiarne una. Perciò si accostò al contadino e disse: 'Per favore, buonuomo, saresti così generoso da regalare a un umile monaco una delle tue dolcissime pere?'

«Il contadino esitò. Se avesse regalato una pera al monaco, tutti ne avrebbero voluta una. Ma non poteva certo dire di no a un monaco, fece quindi finta di non averlo sentito, nella speranza che il monaco si stufasse e andasse via.

«Ma il monaco insistette: 'Caro fratello, daresti lustro al nome della tua famiglia regalandomi una pera. Ne hai così tante, non puoi darne via nemmeno una?'

«In quel momento il contadino stava vendendo le sue pere a una ricca famiglia. Dopo aver versato le monete nella mano del contadino, la madre diede a ciascun bambino una pera. Il contadino voltò le spalle al monaco e schiaffeggiò l'aria con la mano libera, come se stesse cercando di liberarsi di una zanzara.

«Una vecchia venditrice di tè aveva osservato tutta la scena. Doveva saperne qualcosa di come sono fatti i monaci, perché lanciò una moneta al contadino. 'Regala una pera a quest'uomo! Non ti vergogni?'

«Il contadino afferrò la moneta al volo e la fece scivolare nel suo portamonete di seta. 'E va bene', disse al monaco. 'Prendi pure una pera.'

«Il monaco fece un inchino alla venditrice di tè. 'Ti ringrazio per la tua gentilezza.' Poi si voltò verso il carretto del contadino per scegliere la sua pera. Si mise a sedere per terra, proprio lì, in mezzo al mercato, e addentò la pera con gli occhi chiusi, mormorando di piacere. Mangiò quindi l'intero frutto con tutto il torsolo, lasciando solo un seme. Poi, riaprendo gli occhi, si alzò e disse: 'Tu hai molte pere, ma a me serve un unico seme'. Prese dalla borsa una piccola pala e cominciò a scavare una buca nel terreno. Quindi vi posò il seme e lo ricoprì con cura. Infine prese la sua ciotola e si avvicinò alla venditrice di tè. Senza dire una parola, la donna la riempì d'acqua.

«Il monaco la usò per innaffiare il seme che aveva piantato. Nel frattempo, una gran folla si era radunata intorno a loro per osservare la scena. Da quel fazzoletto di terreno bagnato spuntò un germoglio. Sotto gli occhi di tutti, il germoglio crebbe e divenne un tronco. In pochi minuti, il tronco si divise e da esso spuntò un gran numero di rami, che cominciarono a protendersi come braccia verso il cielo. La folla lanciò grida di meraviglia nel vedere che dai rami cominciavano a sbocciare gemme e foglie, e i germogli si tramutavano in frutti che si gonfiavano e maturavano. Quando l'albero fu carico di pere, un profumo dolce e penetrante solleticò le narici degli astanti. I rami si curvavano sotto il peso della frutta matura. Il monaco si voltò verso la folla e aprì le braccia; con un profondo inchino, invitò tutti a mangiare.

«Una volta che tutti furono sazi, il monaco batté due volte le mani. Le foglie dell'albero cominciarono a cambiare colore, a seccarsi e cadere. Quando i rami erano ormai spogli, prese una piccola accetta dalla sua sacca e tagliò l'albero. Poi si caricò il tronco sulle spalle e uscì dal mercato, trascinando nella polvere l'orlo lacero dei suoi abiti.

«Durante tutta questa concitazione, il contadino era rimasto in silenzio appoggiato al suo carretto. Sconcertato, aveva guardato la folla che mangiava le pere miracolose senza dire una parola. Una volta partito il monaco, il mercato era tornato al suo solito viavai. I polli, che erano rimasti muti nelle loro gabbie, ripresero a starnazzare, gli ortolani tornarono a contrattare sul prezzo con vecchie parsimoniose, i cani ricominciarono a scorrazzare. Il contadino fece per tornare ai suoi commerci, ma una scoperta gli mozzò il fiato.

«Si voltò. Il suo carretto era vuoto. Non solo, scoprì che il manico del carretto era stato divelto. Rosso in faccia, il contadino si lanciò all'inseguimento del monaco facendo cadere dietro di sé una scia di monete dal suo borsellino stracolmo. I bambini gli corsero dietro per raccoglierle. Svoltato l'angolo, si accorse che del monaco non c'era più traccia. L'unica cosa rimasta era il manico del suo carretto abbandonato sulla strada deserta.»

Renshu scoppia a ridere. Un boato fragoroso squarcia l'aria.

«Renshu, guarda!»

Fuochi d'artificio! Il cielo notturno, punteggiato dal bagliore delle lanterne, ora avvampa di scintille e luci serpeggianti. L'uno dopo l'altro. Ancora e ancora, il fragore dello sparo, il crepitare dei razzi e poi un'esplosione di colori a infiammare il cielo.

Restano a guardare fino a che l'ultimo barlume non si spegne e non rimane che l'eco fumosa di quell'effimera bellezza.

Ogni giorno, quando Renshu esce per andare a scuola, Meilin si reca all'emporio. La mattina aiuta in cucina. Il pomeriggio serve il tè ai tavoli. Non appena cominciano ad arrivare i clienti serali, Meilin torna a casa da suo figlio. È così veloce a rammendare i costumi che Madame Zi non ha niente di cui lamentarsi. Per quanto equivoco sia il locale, è redditizio. Ed è strategico. Se esiste un luogo che le consentirà di ritrovare Longwei è questo.

Meilin ha ormai cominciato a riconoscere alcuni frequentatori abituali. Ci sono letterati, intellettuali e mercanti d'arte, oltre che funzionari governativi e militari in licenza. Quale che sia la loro affiliazione politica, tutti vengono qui a bere tè, mangiare e conversare. Ai mercanti d'arte piace esibire i loro piccoli tesori, gioielli preziosi, astucci intarsiati, vetri soffiati dai colori brillanti e amuleti di giada, nella speranza di concludere una vendita. Uno dei mercanti, il signor Li, vende anche dei rotoli. Indossa occhiali cerchiati d'oro e ha i capelli impomatati con la riga in mezzo. Nonostante il suo parlare forbito e le buone maniere, non sempre è onesto. Meilin lo ha osservato srotolare le sue mercanzie per mostrarle a un potenziale cliente, origliando la trattativa. Sa che il suo rotolo è molto più prezioso di quelli venduti dal signor Li.

E poi c'è il signor Xu, un omone con un naso massiccio, i capelli brizzolati e una tosse da fumatore. Meilin non ha idea di che lavoro faccia, ma ha una bella risata calorosa ed è sempre amichevole con tutti. La maggior parte degli uomini che frequentano l'emporio non fa caso a lei, ma il signor Xu le rivolge sempre qualche battuta scherzosa quando lei si avvicina per portare l'acqua calda o per sparecchiare. Ogni tanto le fa l'occhiolino e Meilin deve ammettere che queste piccole attenzioni le fanno piacere.

Oggi il signor Xu sta discutendo col signor Li. Meilin tende le orecchie, sperando di cogliere qualche accenno a Longwei.

« Ora che il Kuomintang ha conquistato Yan'an, i nazionalisti avranno la meglio. Che possono fare i comunisti senza la loro capitale? » dice Li.

« Il Partito Comunista Cinese ha il sostegno delle campagne. I contadini non hanno ancora perdonato ai nazionalisti il modo vergognoso in cui si sono comportati durante la guerra », ribatte il signor Xu.

« Però il Kuomintang controlla il tesoro, le città e persino l'esercito! I comunisti avranno anche il sostegno popolare, ma non le risorse. Non ce la faranno mai a sconfiggere il Kuomintang. »

« È improbabile, ma non impossibile. »

Il signor Li scoppia in una risata beffarda e finisce il suo tè in un sorso. Incrocia lo sguardo di Meilin e le fa capire di volere altra acqua calda. Lei si dirige verso la cucina, lasciandoli alla loro conversazione.

Passano i mesi senza nessuna notizia di Longwei. Meilin non ha mai smesso di cercare, ma la speranza di ritrovarlo è ormai sempre più remota. E, tuttavia, Meilin e Renshu si stanno costruendo una loro vita qui a Shanghai. La fiducia e la stima di Madame Zi nei confronti di Meilin sono cresciute. Le ballerine vanno e vengono, dice Madame, volano via come le foglie del salice per le strade in autunno. Ma una sarta brava come Meilin non la si trova tutti i giorni. Fintanto che i costumi sono scintillanti e seducenti, Madame Zi è soddisfatta. Tutto quel luccichio attrae gli uomini coi loro portafogli gonfi e li tiene lontani dai problemi del mondo esterno.

Shanghai, Cina, aprile 1948

Quando l'anno del maiale finisce per lasciare il posto all'anno del topo, quel po' di sicurezza che Meilin e Renshu sono riusciti a conquistare comincia a disintegrarsi. L'inflazione è aumentata vertiginosamente. Cresce il mercato nero e così il malcontento generale per le manovre economiche del governo. Per le strade si moltiplicano le manifestazioni di protesta. Gli stranieri, preoccupati, ormai diffidano dei nazionalisti e cominciano a fare ritorno nei loro Paesi.

Anche all'emporio gli affari non vanno bene. In un primo tempo, Madame Zi non dà segno di preoccuparsi. « Poco importa della politica, gli uomini avranno sempre gli stessi appetiti », dice.

In primavera i comunisti riconquistano Yan'an e gran parte dei territori settentrionali, e sempre meno clienti varcano la soglia dell'emporio. I frequentatori abituali diradano le loro visite e quando vengono finiscono per bere troppo.

A ogni nuovo dispaccio che porta notizia di territori perduti e soldati uccisi, il signor Li alza le mani, incredulo. « Il Kuomintang aveva l'esercito più grande e maggiori risorse. Come hanno fatto a ritrovarsi in svantaggio? » esclama.

« Ah! » infierisce il signor Xu, facendo cenno a Meilin di portare un'altra bottiglia di brandy. « Il Kuomintang ha lasciato solo distruzione e malcontento, ecco come. Hanno perso il sostegno del popolo. »

« Magari nelle campagne, ma non puoi davvero pensare che

i comunisti possano trovare simpatizzanti nelle città», ribatte Li, svuotando il suo bicchiere.

«Impossibile. Non è possibile», borbotta il signor Guo, un altro cliente fisso.

Meilin vorrebbe continuare ad ascoltare la discussione ma viene chiamata a un altro tavolo.

Qualche settimana dopo, Meilin e Renshu stanno tornando a casa. Passando davanti al negozio di stoffe, Meilin nota che il prezzo sul cartellino di una pezza di seta rossa che aveva ammirato proprio quella mattina è stato cancellato e riscritto diverse volte. Nell'arco di una sola giornata, è quasi quadruplicato.

Intanto Renshu le parla della sua scuola. L'anno scorso era stata per lui un porto nella tempesta. Per qualche ora al giorno, si poteva dedicare solo all'apprendimento e agli amici. Ma ora i suoi compagni di classe stanno scomparendo l'uno dopo l'altro. Il giorno prima sono a scuola e quello dopo no. Si dice che i più ricchi siano stati mandati dalle loro famiglie da certi parenti a Hong Kong, a Taiwan, persino in America.

Un convoglio di jeep militari li supera facendosi strada a colpi di clacson.

Renshu li osserva pensieroso. «Magari dovrei arruolarmi. Alcuni dei miei compagni hanno lasciato la scuola per entrare nell'esercito.»

«Nemmeno per sogno! Non hai neppure quattordici anni. Cosa ti salta in mente?» esclama Meilin.

«Tu lavori così tanto, mamma. Se mi arruolassi potrei guadagnare e aiutarti. E mi darebbero anche una divisa.»

Lei gli afferra la mano. «Renshu, dopo tutto quello che abbiamo passato non posso perdere anche te. Stiamo bene qui. Abbiamo cibo, abbiamo un tetto sulla testa. Non è così male, no?»

Renshu si stringe nelle spalle e si libera dalla sua presa.

Davanti a loro, la piazza è gremita. Meilin vede diverse persone impegnate a distribuire volantini. Non sa a quale fazione appartengano, se al Partito Comunista o al Kuomintang. Decide in ogni caso di guidare Renshu in un'altra direzione. Tagliano per una viuzza laterale e oltrepassano l'insegna di una bottega antiquaria. Meilin getta un occhio alla vetrina e riconosce il signor Li. Giunti all'angolo, prende mentalmente nota dell'indirizzo. Madre e figlio continuano verso casa.

In autunno, il governo chiama tutti i cittadini a consegnare oro, argento e valuta straniera in un tentativo di stabilizzare la moneta. Sebbene sia diventato illegale possedere oro, la gente che ne ha lo custodisce ancora più gelosamente. L'economia continua a peggiorare. Il governo nazionalista sta perdendo quel minimo di controllo che era riuscito a conquistare. Meilin viene a sapere che i comunisti stanno reclutando nuovi membri, persino ora che i sospettati di affiliazione col loro partito vengono giustiziati sommariamente per le strade.

Meilin non ricorda un'atmosfera più esplosiva di questa. Ben più pericolosa di quella che regnava a Chongqing. Per lo meno all'epoca era chiaro chi fossero i nemici: quelli con le bandiere bianche col sole rosso dipinte sugli aeroplani. Adesso non è così semplice. Solo la settimana scorsa, Meilin ha visto un uomo con la divisa del Kuomintang bussare a tutte le porte del vicolo e prendere nota dei nomi, delle occupazioni e delle attività di tutti i residenti. Quand'è arrivato alla sua, lei non ha risposto. Adesso molti dei suoi vicini sono scomparsi. Alcuni di loro erano sostenitori del governo! Chissà chi era davvero quell'uomo in divisa. Quando ci sono spie ovunque, la migliore strategia è rendersi invisibili.

Una mattina di fine novembre, Meilin arriva all'emporio e lo trova nel caos. I tavoli sono rovesciati, le ragazze in lacrime. Meilin lascia cadere i costumi che aveva rammendato e corre a confortare Madame Zi. «Che è successo?»

«Una retata! Il mio bellissimo emporio!»

«Quando?»

Madame Zi non fa che imprecare sottovoce e camminare avanti e indietro.

Dopo molte domande e risposte confuse, Meilin capisce che la notte precedente un gruppo di militanti del Partito Comunista ha fatto irruzione nel locale portando via diversi clienti, tra cui un gruppo di funzionari di basso rango del Kuomintang.

Che fine faranno? Probabilmente saranno interrogati, torturati, uccisi.

«Come? Chi?» balbetta Meilin.

«Xu, quello schifoso testicolo di maiale, è un comunista!» sibila Madame Zi, disgustata. «Non ha fatto che spiarci per tutto questo tempo.»

Per Meilin è un colpo allo stomaco. Il signor Xu?

Finora Madame Zi era rimasta combattiva, ma adesso è sconvolta. Sta facendo le valigie, vuole lasciare la sua amata città.

«E dove andrai?»

Madame le mostra le mani nude, prive di anelli e bracciali. «In America. Ho venduto tutti i miei gioielli e ho comprato un biglietto.»

Meilin non ha gioielli da vendere. Cosa farà? «Madame, ti prego, aiutaci», la implora.

«Non posso, non ho più niente.» Poi ci pensa su. «Quando ho comprato i biglietti, questa mattina, ce n'era ancora qualcuno per il *Taiping* della settimana prossima. Va a Taiwan. Magari riesci a comprarne due anche tu? In ogni caso, devi lasciare Shanghai, Meilin. Xu» – e qui prorompe in una nuova valanga di oscenità – «Xu avrà senz'altro segnalato questo locale, lo shikumen e tutti quelli che lavorano qui. Non c'è tempo, te ne devi andare!»

Finita la scuola, Renshu s'incammina verso casa, quando si accorge che qualcuno lo sta chiamando, facendogli cenno con la mano. «Ragazzo! Sei il figlio di Meilin, giusto?»

Un uomo corpulento, coi capelli corti e brizzolati, col nasone e con la tosse. Renshu rimane in silenzio.

«Sei un ragazzo prudente, mi piace, è un'ottima dote. Vuol dire che sei bravo a valutare le persone. Ma non serve che tu sia sospettoso, ho conosciuto tua madre da Madame Zi. Magari ti ha parlato di me? Sono Xu Deming, il signor Xu.»

Renshu studia questo signor Xu. Non è lui quello che ogni tanto dà qualche moneta a sua madre?

«Ecco, lo sapevo che mi avresti riconosciuto», dice Xu,

ignorando l'esitazione del ragazzo. « Ho una proposta per te. » Si lancia un'occhiata intorno.

Renshu fa lo stesso. Per strada non c'è quasi nessuno.

Xu gli si avvicina. « Come sai, questa guerra civile è una cosa seria. La posta in gioco è l'anima del nostro Paese. L'armata rossa sta avanzando verso Shanghai. Dicono che è solo questione di giorni e prenderanno il potere. »

Renshu annuisce.

« Se accetterai il lavoro che ti offro, tu e tua madre sarete al sicuro. »

Non c'è dubbio che all'emporio gli affari vadano male e che la mamma sia sempre preoccupata. « Di che lavoro si tratta? » chiede Renshu.

« Sarai il mio assistente, mi aiuterai a far tornare la Cina forte come prima. Lavorare con me sarà un grande atto di patriottismo. D'altronde sei quasi un uomo, ormai, e devi cominciare a prenderti cura di tua madre. » Il signor Xu sorride e gli tende una mano grassoccia. « Allora, che ne dici? Lo vuoi, il lavoro? »

Meilin è di nuovo allo shikumen, sta cercando di calmarsi e formulare un piano. Taiwan? Una minuscola isola di cui Meilin non sa niente? Dev'esserci un'altra soluzione. Hong Kong? I biglietti del treno saranno di certo meno cari e più facili da reperire. Potrebbero addirittura fare parte del tragitto a piedi. No, no, Hong Kong è troppo rischiosa. Ci vorrebbe troppo tempo e le ferrovie non sono sicure. In più, se andassero a Hong Kong non ci sarebbe l'oceano tra loro e i comunisti. Meglio Taiwan. E poi chi lo sa, è possibile che Longwei sia già lì, se è ancora vivo. Ma come farà a procurarsi due biglietti?

Entra nel loro piccolo studio e recupera la cesta dal suo nascondiglio. Apre la scatola di legno. Le rimane un'unica moneta d'oro. Non basterà mai. Prende tra le mani il rotolo.

« Mamma? Mamma, dove sei? »

Renshu è tornato. Meilin rimette il rotolo nella cesta e sospira, chiude gli occhi, preparandosi al momento in cui dovrà spiegare a suo figlio che devono andare via, di nuovo.

« Mamma! Mamma! Ho buone notizie! Mi hanno offerto un lavoro! »

Mille campanelli d'allarme prendono a suonare nella testa di Meilin. Questa non sembra affatto una buona notizia. Quel poco di calma che era riuscita a imporsi si dissipa in un istante. « Cosa? Con chi hai parlato? Non lo capisci che non puoi fidarti degli estranei? »

« Ma non è un estraneo, mamma. È un tuo amico, il signor Xu. Tu mi hai detto che è il cliente più gentile e simpatico. »

La gola di Meilin si chiude. « Che cosa hai risposto? »

« Mi ha detto che dovevo chiedere il permesso a te, ovviamente. Siamo rimasti d'accordo di riparlarne domani. »

« Gli hai detto dove abitiamo? » la voce di Meilin è appena un sussurro. Sente il cuore batterle all'impazzata nelle orecchie.

« Non me l'ha chiesto. »

« Mentre tornavi a casa ti ha seguito qualcuno? »

Renshu si guarda dietro le spalle. « Non lo so, non credo. Mamma, che c'è che non va? Pensavo ti stesse simpatico. Così posso guadagnare anche io. »

« È una spia! » Meilin è fuori di sé, non riesce più a trattenersi. « È una spia dei comunisti! Stanotte hanno fatto una retata all'emporio, è stato lui a mandarli. »

Renshu resta a bocca aperta.

« Sei troppo ingenuo, Renshu. Dobbiamo lasciare Shanghai il prima possibile. »

« Per colpa mia? »

« No, non per colpa tua », lo rassicura Meilin, cercando di dissimulare la sua angoscia. « È perché non siamo più al sicuro qui. Perché è ora. »

Quella sera, Meilin indossa un qipao di seta, uno dei costumi di Madame Zi. È color prugna, con un motivo di peonie. Raccoglie i capelli in uno chignon alto sulla testa per mettere in risalto le linee del collo. Nel cestino custodisce il suo prezioso rotolo.

« Renshu, rimani qui nello studio. Non aprire a nessuno.

Non accendere le luci di là, davanti alla finestra che dà sulla strada. »

« Dove stai andando? »

« Devo sbrigare una commissione. Promettimi che non aprirai a nessuno. Promesso? »

Renshu annuisce solennemente. La sua reazione di prima lo ha spaventato.

Per strada è pieno di gente, ambulanti che friggono uova nelle padelle di ghisa, risciò che sfrecciano cigolando seguiti di tanto in tanto da un'automobile. Da qualche parte, poco lontano, le grida delle truppe militari. Le luci lampeggiano. Meilin s'incammina in direzione del negozio di Li.

Al suo interno, il locale è piccolo ma lussuoso. Nelle teche di vetro sono esposti delicate tabacchiere a flacone, piatti decorati, vasi cloisonné e scettri ruyi di legno intagliato. Meilin si ferma a studiare una collezione di amuleti di giada accanto al bancone principale. Vestita così, Li nemmeno la riconoscerà, ne è certa. I pochi altri clienti sono intenti a esaminare le ceramiche sancai e le figurine di porcellana. L'uno dopo l'altro se ne vanno. Quando capisce di essere rimasta l'unica, Meilin chiede al signor Li se ha anche dei rotoli o dei paesaggi dipinti.

Li lancia uno sguardo fuori dalla finestra. È già buio, la strada è quasi deserta. « Ne ho qualcuno nel mio studio », dice, e le fa cenno di seguirlo sul retro.

Entrano in una stanza elegante, coi pavimenti di piastrelle decorate, con al centro un basso tavolino kang di palissandro e su un lato un'alta vetrinetta laccata di nero coi giunti d'ottone. Sulle pareti sono esposti diversi rotoli dipinti con scene di paesaggi. In un angolo, molti altri sono conservati in una cesta, chiusi. Nell'angolo opposto, un bel fuoco crepitante nella stufa accesa.

« Venga », le dice, indicando le pareti.

Meilin passeggia per la stanza, osservando ciascun rotolo. Lo studio è caldo, lei si toglie la giacca e la lascia penzolare sul braccio a coprire la cesta. Si ferma a contemplare un paesaggio di alberi di pino sulla riva di un fiume, contro un orizzonte di montagne imponenti. In primo piano, un contadino e il suo asino stanno attraversando un ponticello. È un bel dipinto, di buona fattura, ma non bello quanto il suo. « Quanto costa questo? »

« Mi piace fare le cose semplici. Accetto solo pagamenti in oro. Qualsiasi moneta, purché del peso di due liang. »*

Meilin annuisce e si avvicina al dipinto successivo, una gru in piedi nell'erba alta. « E questo? »

« Sempre due liang. Ha dell'oro? » L'impazienza comincia a intravedersi dietro i modi in apparenza così signorili.

« In realtà sono qui per vendere, non per comprare. » Il cuore le batte forte mentre tira fuori il suo rotolo dalla cesta e lo consegna al signor Li perché lo possa esaminare.

Lui lo svolge completamente, fino a che i due lembi non ricadono dal kang e scivolano sul pavimento freddo. Meilin non l'ha mai guardato nella sua interezza e le sembra quasi un tradimento vederlo così, completamente esposto, con tutti i suoi misteri messi a nudo. Vorrebbe proteggerlo dagli occhi e dalle mani di lui, ma si trattiene. Per quanto voglia ostentare indifferenza, Li non riesce a nascondere la sua ammirazione. « Due liang », offre.

Meilin storce la bocca. Non ci siamo nemmeno vicini. Ma questo è solo l'inizio della trattativa, lo sanno entrambi. « Figuriamoci! Ne vale almeno otto! La cura dei dettagli, la qualità della seta, la calligrafia. È forse pazzo? A otto liang è un affare. Dovrei chiederne dieci. »

Il signor Li sorride, divertito dalla sua intraprendenza. « Tre liang, non di più. »

Botta e risposta, botta e risposta.

Meilin riesce a portare il prezzo a quattro, ma sa che le serve di più. « Come può dirmi che quattro liang è un buon prezzo quando vende questi altri a due? » Indica i rotoli sulla parete. « Sa bene che non sono neanche lontanamente pregiati quanto il mio. Uno scambio equo. Tutto quello che voglio è uno scambio equo. »

* Unità di misura di massa e peso equivalente a circa 37 grammi. (*N.d.T.*)

Sulla faccia di Li balena un lampo di riconoscimento. «Io ti conosco. Lavori all'emporio di Madame Zi!»

La sua espressione è cambiata, non è più quella del mercante d'arte e abile negoziatore, ma qualcos'altro. Meilin ha visto quell'espressione sul viso degli uomini che frequentano l'emporio, l'espressione con cui guardano le ragazze changsan. Li s'inumidisce le labbra. Un brivido l'attraversa nel sentire lo sguardo di lui percorrerle il vestito.

«Insomma, vuoi dell'oro in cambio di questo tuo rotolo, che è in effetti molto, molto bello.» Li si avvicina, ora è in piedi accanto a lei. La sua pelle emana un odore di tabacco e sudore. «Ma non riusciamo a metterci d'accordo sul prezzo. Mmm...» Si volta verso di lei e con un dito le sfiora il viso dalla guancia al mento. «Otto liang sono una grossa cifra, non hai nient'altro da offrire?»

Nonostante il calore della stanza, Meilin ha la pelle d'oca. Sa cosa vuole. Certo che lo sa. Una parte di lei lo sapeva sin dal momento in cui è entrata nel negozio, o forse da quando ha indossato questo qipao con la lunga cerniera e gli spacchi profondi sulle gambe o forse da ancora prima, quando ha scoperto questo negozio.

«È quasi l'ora di chiusura. Vado a prendere i tuoi soldi. Sono certo che troveremo un accordo», dice.

Lo sente armeggiare nel negozio, tirare giù le imposte. Il tintinnio di una porta chiusa a chiave.

Vattene. Esci di qui. Dev'esserci un altro modo di ottenere quello che le serve. Si china sul suo rotolo e comincia a ripiegarlo, in fretta ma facendo attenzione a non danneggiarlo. Tiene d'occhio la porta, non sarà facile sgusciare via e guadagnare l'uscita. La mano di lui le afferra la spalla mentre è intenta a riannodare la nappa intorno al rotolo. Sorpresa, Meilin lo lascia cadere a terra. È rientrato passando per una porta diversa.

La voce di Li è calma e affabile mentre le afferra il polso e le blocca il braccio dietro la schiena. «Mi sembra che abbiamo trovato un accordo più che equo», le dice, tirandole su il vestito, abbassandole l'orlo della biancheria.

Una scossa di dolore la trafigge a una spalla. Si concentra su quello per non dover pensare a ciò che sta accadendo. Proprio quando pensa che il braccio sia sul punto di spezzarsi, lui molla la presa. Meilin non ha nemmeno il tempo di provare sollievo che la sua guancia viene schiacciata con forza contro il legno di palissandro che aveva ammirato appena entrata. Con una mano, Li le tiene bloccata la testa e con l'altra trova la cerniera lampo del vestito e la apre. Le tocca il seno, le natiche, le divarica le cosce. Lei vorrebbe scalciare o urlare o allontanarlo. Non può. È prigioniera del suo stesso corpo. Paralizzata.

La paura eclissa il dolore.

Quando ha battuto la testa contro il tavolo, il suo cuore batteva all'impazzata, ma ora tutto rallenta. Le sue membra sono come quelle di una bambola di pezza. Lui la gira e sale sopra di lei. Meilin volta la faccia e tiene gli occhi fissi sulle pale immobili del ventilatore sul soffitto.

Nel momento in cui lui le entra dentro sente un dolore acuto, penetrante e poi una tremenda ondata di gelo.

Lei non è qui. Non è qui.

Li ansima. La schiena di Meilin non fa che scivolare e strusciare sul legno. Le gambe del tavolo raschiano ritmicamente le maioliche del pavimento. Non riesce a muoversi.

Con un'ultima, violenta spinta, Li sussulta e geme.

Esausto, le crolla addosso, intrappolandola sotto il suo peso.

Gli occhi di Meilin continuano a seguire i contorni delle pale del ventilatore.

Finalmente, lui si stacca.

Meilin è di nuovo presente a se stessa. Le fa male la schiena, le fanno male le cosce, le braccia, il ventre è insensibile. Non riesce a smettere di tremare.

Lo sente ansimare, consapevole della posizione di lui nella stanza ma incapace di guardarlo.

« Ecco il tuo scambio equo. » Si china a recuperare il rotolo dal pavimento.

Meilin si siede e porta le mani al viso, si tocca le labbra, gli zigomi, le orbite, come a controllare di essere ancora tutta intera. Tremante, allaccia le mani e si soffia sulle dita. Non serve a niente. Ha ancora le scarpe. Si tira su la biancheria e recupera il vestito. Il fuoco crepita e scoppietta nella stufa. In qualche modo riesce a rivestirsi e a rinfilarsi la giacca, recupera la sua cesta.

Li lascia cadere sul tavolo un borsellino di seta. Le monete al suo interno tintinnano. Meilin lo solleva. Pesa in modo intollerabile.

« Adesso vattene », le dice lui.

Meilin si guarda i piedi, intimando a ciascuno di muoversi. Un passo. Un altro. Si concentra sul disegno delle piastrelle finché non raggiunge la porta. Quando lui la apre, i cardini cigolano. Ci sono ratti nel vicolo. Fa molto freddo. Meilin si appoggia contro il muro dell'edificio e vomita, tremante, tremante. Pian piano s'incammina e torna a casa da Renshu.

10

Porto di Shanghai, Cina, dicembre 1948

Sono in piedi, pigiati tra la folla sul ponte del *Taiping*. Renshu è ora molto più alto di Meilin e non la lascia un attimo, facendole scudo e proteggendo quel poco spazio che sono riusciti a conquistare. In una calca come questa sarebbe sin troppo facile per delle dita intrufolarsi nelle tasche altrui o per delle mani chinarsi a raccogliere una borsa appoggiata a terra da qualcun altro.

Dietro le sagome in movimento dei sampan e dei pescherecci, brillano le luci del litorale. A terra, la folla forma un'unica fila interminabile lungo tutto il tratto che dalla banchina arriva fino al Bund. La gente piange, grida, chiede disperatamente un'altra barca che li possa portare al piroscafo. Sulla barca di Meilin e Renshu, lo scafista si è rifiutato di partire fino a che tutti i passeggeri non avessero buttato qualcosa dalle loro valigie. Vestiti, libri, una quantità di oggetti cari ammucchiati da famiglie che si tormentavano, cercando di decidere cosa tenere. In previsione di un evento del genere, Meilin aveva preso una borsa di bigiotteria dall'emporio, che ha gettato senza rimpianti. Un uomo, sicuramente d'accordo col proprietario della barca, ha raccolto tutti gli oggetti scartati. Nonostante il carico alleggerito, il mare grosso ha minacciato più volte di rovesciare l'imbarcazione. I passeggeri avevano le scarpe fradicie. Affrettandosi lungo una rampa traballante, sono infine riusciti a salire sul *Taiping*. L'oro di Meilin era stato appena sufficiente a comprare due passaggi ponte, le cabine erano troppo care.

Gli altri passeggeri sul ponte sono in maggioranza uomini, le poche famiglie con cui hanno viaggiato sono sparite. Forse sono riuscite a prendere una cabina. A disagio, Meilin scruta la folla tutt'intorno. A un certo punto nota una donna con tre bambini e spinge Renshu nella loro direzione. Ciascun bambino ha con sé una borsa e la madre tiene in braccio un neonato. I capelli di seta sulla testa del piccolo sono dritti come ciuffi di erba selvatica. Gli altri figli si stringono forte alla madre: un maschietto di non più di cinque anni e due gemelle, forse un po' più grandi, con le treccine lucide e le giacche trapuntate. Non fanno che lanciare occhiate verso Meilin e Renshu e bisbigliare tra loro. Meilin incrocia lo sguardo della donna e le fa un cenno con la testa. Lei sorride.

La calma non dura a lungo. Il neonato comincia ad agitarsi, inarca la schiena e scalcia, come per liberarsi dalla stretta materna. Il bambino cerca di convincere le sorelle a giocare con lui, ma loro lo ignorano, per cui si mette a punzecchiare la madre, poi dà un pizzicotto al neonato, che prontamente scoppia a piangere. Il bambino tira con forza la treccia della sorella, che gli molla uno schiaffone sul viso. L'altra gemella lo afferra e, mentre i due si azzuffano, la madre urla di piantarla immediatamente. Adesso sono tutti in lacrime e il neonato strilla ancora più forte. La seconda gemella dà uno spintone al fratellino, che inciampa e va a sbattere contro Renshu. Lungo tutto il ponte, la gente comincia a gridare e spintonarsi. Nella confusione generale, un tizio visibilmente ubriaco perde l'equilibrio e cade a terra. Più imbarazzato che ferito, barcolla in piedi e comincia a urlare contro la giovane. Lei si scusa, il neonato piange, i fratellini bisticciano e l'uomo continua a imprecare contro di loro in una lingua sconosciuta. Infine l'uomo sibila qualcosa con espressione disgustata e si allontana facendosi largo a spallate tra la calca.

«Che bastardo!» dice Meilin alla donna. «Ha bisogno di una mano?»

L'espressione di sollievo sul suo viso commuove Meilin, che prende il neonato tra le braccia. Stringe a sé il piccolo fagotto recalcitrante, lo culla e gli canticchia sottovoce. Calmare il bambino è un balsamo per i suoi nervi scossi. La giovane madre sgrida e poi consola gli altri figli finché non si placano anche loro.

Meilin e la donna cominciano a chiacchierare. Lei si chiama Zhao Peiwen, viene da un piccolo villaggio nei pressi di Wuhan. Suo marito è nell'esercito. È riuscito a comprare loro i biglietti, ma non aveva abbastanza conoscenze o contanti per assicurarsi una cabina; loro sono comunque felici di poter fuggire. A Taiwan li aspetta un ricovero temporaneo, dove attenderanno l'arrivo di suo marito.

Il piccolo si è calmato. Peiwen lo riprende in braccio, ringraziando di nuovo Meilin per la sua gentilezza. « E voi? Qual è la vostra storia? »

Meilin le dice i loro nomi e le racconta che sono stati separati dalla famiglia dopo la guerra. Ma non riesce a proseguire, perché un nuovo, improvviso trambusto le raggiunge. Allarmate, Meilin e Peiwen cercano di capire cosa stia succedendo. Un ufficiale e un membro dell'equipaggio stanno controllando i biglietti di tutti.

« Ci sono troppi passeggeri a bordo per viaggiare in sicurezza. La priorità sarà data ai militari e alle loro famiglie. Chi è senza lasciapassare deve sbarcare », dice l'ufficiale.

« Ma io ho comprato il biglietto! » protesta un uomo.

« Il biglietto non serve a niente se non hai un documento in regola. » L'ufficiale fa cenno a un collega di portare via l'uomo.

Meilin respira lentamente, tenta di contenere il panico. L'ufficiale si sta avvicinando. Diverse persone protestano, sventolando documenti e passaporti. Il più delle volte, l'ufficiale scuote la testa e qualcuno viene trascinato via. Alcuni cercano di sgusciare tra la folla e sottrarsi all'ispezione, ma non fanno che attirare l'attenzione. Un altro militare inizia un nuovo controllo dall'altro lato del ponte.

Il cuore di Meilin è in tumulto. Non ha niente. Né oro, né gioielli, né contanti. Si chiede se non sia meglio accovacciarsi tra la folla e tentare di scappare via.

« Documenti! » intima una voce maschile dietro di lei.

Meilin sussulta. Era così concentrata sul primo ufficiale che non si era nemmeno accorta di quest'altro, molto più vicino.

Comincia a frugare nel cestino, alla ricerca di documenti che non esistono.

Peiwen consegna al militare un fascio di carte. « Eccoli », dice.

Meilin la fissa sbigottita.

Mentre il militare controlla i documenti, Peiwen sposta il peso del bambino da un fianco all'altro e, senza dire una parola, fa cenno a Meilin di rimanere in silenzio. Le blocca la mano per farla smettere di frugare febbrilmente nel cestino.

L'uomo si rivolge a Peiwen, scandendo il suo nome a voce alta.

Lei annuisce.

Lui passa al documento successivo e dice: « Zhu Huifang e Zhu Huiqing? »

Lei indica le gemelle.

« Zhu Huifei? »

Peiwen indica il maschio. Quando l'ufficiale chiede: « Zhu Huibao? » lei solleva il neonato.

L'ufficiale torna a consultare i fogli e poi, rivolgendosi a Meilin, dice: « Zhu Yuming? »

Lei annuisce.

E poi: « Deng Jinwei? »

Renshu segue l'esempio di sua madre e annuisce anche lui.

L'uomo riconsegna i documenti a Peiwen e passa al passeggero successivo.

« Cosa hai fatto? » bisbiglia Meilin.

« Sstt, dopo », sussurra Peiwen.

Altri passeggeri sfortunati vengono scortati giù dal piroscafo. Meilin ha i brividi al pensiero di quanto siano stati vicini a fare la stessa fine.

Suona una sirena e la nave finalmente si stacca dal molo. I passeggeri si tengono i cappelli con le mani; le sciarpe svolazzano al vento. Qualcuno piange, gettando un ultimo sguardo verso i propri cari rimasti sul molo. L'aria è un brusio di dialetti diversi, ma il tono dell'incredulità e del dolore è lo stesso in tutte le lingue del mondo.

Meilin si gira di nuovo verso Peiwen. « Grazie. Ci hai salvati. Non so come hai... »

« A Shanghai dovevamo incontrarci con mia cognata e suo marito. Il piano era di partire per Taiwan insieme, ma non li abbiamo trovati. Aspettarli era troppo rischioso. Siamo dovuti partire senza di loro. » La sua voce s'incrina, si asciuga gli occhi.

« Nessuna decisione è semplice in tempi come questi », mormora Meilin.

« Tu avevi bisogno dei lasciapassare dell'esercito. Io ne avevo due in più. Non è stata una decisione difficile. »

Renshu sta intrattenendo i figli di Peiwen insegnando loro il gioco della bomba, che Meilin ricorda dai tempi di Chongqing. Il ragazzo allaccia strettamente le dita delle mani e sfida i bambini a sollevarne uno alla volta. I bambini ridacchiano contenti ogni volta che sollevano un dito e le altre restano ferme. Se riescono a scioglierle tutte tranne il dito-detonatore, vincono. Se invece scelgono il dito sbagliato, l'intrico esplode e Renshu grida: « Buuum! »

Peiwen riprende il racconto. Per mesi se l'è dovuta cavare da sola, coi bambini. Racconta a Meilin che sono tutti nati durante la guerra. Ogni volta che suo marito tornava a casa in licenza era festa grande e poi, immancabilmente, nove mesi dopo arrivava un altro bambino. Felice di potersi distrarre dalle sue preoccupazioni, Meilin prova un istintivo moto d'affetto nei confronti di Peiwen.

Il piroscafo risale lentamente il fiume Huangpu, facendosi strada tra i relitti d'imbarcazioni affondate e le mine incagliate sul letto del fiume. Sparpagliati sulle sponde ci sono scheletri di edifici incendiati e grovigli di filo spinato, le macerie di un decennio di combattimenti. Pennacchi di fumo si levano dai resti ancora caldi degli scontri più recenti. Questo corso d'acqua lento e strozzato non potrebbe essere più diverso dalle vorticose, infide acque della gola di Xiling. Eppure a Meilin sembra che anche questo sia un passaggio attraverso le porte dell'inferno.

Finalmente raggiungono la foce e la nave entra in mare aperto. Davanti a loro si apre l'oceano, immenso. Meilin osserva la linea della costa farsi sempre più lontana.

« Dove andrete una volta arrivati a Taiwan? » le chiede Peiwen.

Meilin non sa come rispondere a un interrogativo che non ha osato rivolgere nemmeno a se stessa. Per fortuna vengono interrotte da una delle gemelle che si avvicina per dire che ha fame. Gli altri bambini accorrono subito. Peiwen porge il piccolo, ormai quasi appisolato, a Meilin, poi apre la borsa e dà a ciascuno un fagottino con la crema di fagioli rossi. Offre la borsa a Renshu e Meilin. I fagottini sono uno dei cibi preferiti di Renshu, e Meilin nemmeno ricorda l'ultima volta che hanno mangiato. Il suo stomaco brontola, e certamente anche quello di suo figlio, ma lei scuote la testa. Non hanno niente con cui contraccambiare.

«Per favore», insiste Peiwen porgendo i bao a Renshu. «Voi ci avete aiutati.»

Meilin cede e dà il permesso a Renshu. Lui ne prende uno e ringrazia Peiwen. Meilin dice che no, grazie, non ha fame, che è meglio tenerli da parte per i ragazzi, e poi guarda! Il neonato finalmente si è addormentato. Quando Peiwen lo riprende, Meilin prova un istantaneo senso di vuoto, di calore sottratto. Fa cenno a Renshu di sedersi accanto a lei.

I figli di Peiwen si sono sistemati. Le gemelle siedono schiena contro schiena. Il fratellino è accoccolato contro la madre. Intorno a loro il vociare degli altri passeggeri comincia a spegnersi. Meilin e Renshu siedono contro il lato della nave, stringendo a sé i bagagli. Ora che Meilin può finalmente assaporare un po' di calma, l'enormità degli eventi della settimana la travolge. Le fa male il braccio nel punto in cui il signor Li gliel'ha torto. Ha dolori ovunque e fa fatica a stare seduta. La pelle delle gambe e delle natiche è coperta di lividi. Un malessere sordo sovrasta anche la sua stanchezza e non la lascia riposare.

«Mamma, mi dispiace», mormora Renshu nel buio.

«Ti dispiace? E di cosa?», domanda lei.

«Di aver parlato col signor Xu. È tutta colpa mia.»

Meilin chiude gli occhi e fa un respiro profondo. Quand'è sicura di poter parlare senza scoppiare a piangere, dice: «Renshu, non è colpa tua». Gli passa un braccio intorno alle spalle. La spalla fa male, ma ha bisogno di stringere a sé suo figlio. «Siamo insieme. Presto saremo lontani dai combattimenti e, chi lo sa, magari a Taiwan ritroveremo gli zii. Cosa ti rende così sicuro che questo viaggio non sia in realtà una benedizione?»

«I tuoi racconti...» comincia lui, poi però s'interrompe, come se non sapesse in che modo continuare.

«Ti andrebbe di sentirne uno?»

«Dal rotolo?»

Meilin prende tempo. « È troppo buio per il rotolo, dovrai usare l'immaginazione. » Dominando a fatica il tremito nella voce, comincia a raccontare la sua ultima storia, quella che aveva tenuto da parte per il momento giusto. « C'erano una volta due monaci che passeggiavano per la campagna in un giorno di primavera. »

Le spalle di Renshu si rilassano contro di lei.

« I due stavano discutendo animatamente di come sia possibile raggiungere la vera illuminazione, quando si trovarono davanti un fiume impetuoso. Una contadina seduta sulla sponda li chiamò a gran voce: 'Fratelli! Vi prego, aiutatemi a raggiungere l'altra riva! Non so nuotare e ho paura delle rapide'.

« Senza indugio, il monaco più anziano si chinò, si caricò la donna sulle spalle ed entrò nel fiume. L'acqua mulinava e lo tirava per gli abiti ma, con calma e passo sicuro, il monaco riuscì a portare la donna sull'altra sponda. La depose quindi sulla riva e le fece un profondo inchino.

« 'Grazie, caro fratello', disse lei, inchinandosi a sua volta. Raccolse i propri bagagli e continuò per la sua strada.

« In tutto questo tempo, il monaco più giovane lo aveva seguito senza dire una parola.

« Proseguirono il cammino in silenzio. Dopo un po', il monaco giovane cominciò a sospirare e a fare smorfie. Era sempre più agitato; a un certo punto non riuscì più a trattenersi. 'Fratello, come hai potuto?' chiese.

« 'Come ho potuto fare cosa?'

« 'Portare quella donna! Sai bene che è contro le regole del nostro ordine avere contatti con le donne. Perché hai disobbedito?'

« Il monaco anziano lo guardò dritto negli occhi.

« I due rimasero così a lungo, senza parlare.

« Infine il monaco anziano disse: 'Fratello, io ho messo giù quella donna sull'altra sponda del fiume. Perché tu la porti ancora con te?' » Meilin scioglie suo figlio dall'abbraccio e si gira verso di lui. « Renshu, non portiamoci addosso il carico di quello che non c'è più. »

Anche se ormai è grande, Renshu la guarda con l'espressione di solenne fiducia dei bambini. Sono passati dieci anni da quando hanno abbandonato Changsha. Oggi più che mai ad attenderli c'è solo un futuro sconosciuto. Quale che sia questo futuro, promette Meilin a se stessa, non tradirà mai la fiducia di suo figlio.

Il mare è calmo. La nave ha spento le luci per poter navigare nella notte nonostante il coprifuoco. Restano in silenzio. Dopo poco, Renshu si addormenta.

Meilin guarda l'orizzonte: non vede altro che acqua scura. Durante tutte le tribolazioni di questi anni, hanno sempre avuto la Cina sotto i piedi. Ma adesso il piroscafo li sta portando via, sempre più lontano. Tutto ciò che conosce, tutte le difficoltà e le perdite che hanno subito tramontano pian piano dietro la linea dell'orizzonte. Ci sono solo le onde che schiaffeggiano i fianchi dello scafo, il brusio dei passeggeri sul ponte, il rumore sordo delle macchine. La Cina non c'è più.

PARTE TERZA

1948-1960

11

Porto di Keelung,
Taiwan, dicembre 1948

Si fanno strada tra gli uffici gremiti del porto. I nuovi arrivati sono in fila seduti sulle proprie valigie ammaccate, o su coperte arrotolate, in attesa di essere registrati. Quand'è il loro turno, Meilin nota che la treccia sul cappello dell'impiegato è sfilacciata e che i bottoni della sua divisa sono stati lucidati così tante volte che la patina sta venendo via, lasciando intravedere il metallo opaco sottostante.

« Nome, città e provincia di provenienza. » L'impiegato non alza nemmeno gli occhi dai moduli.

Meilin risponde con prontezza: « Zhu, Yuming e Deng, Jinwei. Wuhan, Hubei ».

È da quando Peiwen l'ha convinta a viaggiare con loro che si esercita a rispondere. « Tu non hai un posto dove andare e io non ho nessuno che mi aiuti », le ha detto Peiwen. « Usa i nomi dei miei cognati. Usa la loro tessera annonaria. In tempi come questi bisogna aiutarsi a vicenda. Dove vivrete altrimenti? »

« Documenti? »

Meilin consegna i lasciapassare che le ha dato Peiwen e resta in attesa che l'impiegato copi tutte le informazioni. L'uomo le chiede il suo ultimo luogo di residenza. Meilin dà l'indirizzo dello shikumen di Madame Zi. L'impiegato si passa un fazzoletto sudicio sulla fronte, firma e timbra vari moduli, infine glieli consegna. Meilin è così sollevata che non ascolta nessuna delle istruzioni che lui le fornisce.

Fuori è pieno di gente in attesa dei propri cari. Quelli appena sbarcati si guardano intorno con aria dubbiosa: sono finalmente a Taiwan. Cosa faranno adesso? Arriva una camionetta militare e la gente comincia a salire a bordo. Non appena si riempie riparte.

« Meilin! » È la voce di Peiwen, appena uscita dagli uffici coi bambini.

Quando arriva la successiva camionetta diretta a Taipei, le due donne mostrano i documenti all'autista e salgono a bordo.

Taipei è una piccola città. Poche automobili in un fiume di pedoni, biciclette e risciò. Il traffico entra ed esce dalle vie principali e si disperde per le stradine e i vicoli. Dopo la frenesia di Shanghai, Meilin apprezza questa nuova relativa tranquillità. Il suo sguardo indugia sullo stile per niente familiare dei palazzi di mattoni rossi e grigi. Per lo più sono edifici bassi e tozzi, che di rado arrivano a due piani. Anche gli abiti delle persone sono diversi e così la loro lingua. Giapponese? Peiwen scuote la testa. No, è qualcos'altro. Superano diverse persone a piedi, cariche di bagagli, in cerca di un alloggio. Gli abitanti del posto lanciano insulti al loro passaggio. Alla fine raggiungono un edificio che somiglia a una scuola. Sbirciando oltre la porta aperta, Meilin vede che è già pieno. Un ometto in uniforme gli viene incontro gridando: « Al completo! Al completo! » e fa cenno al conducente di ripartire. Si fermano di nuovo davanti a un vecchio magazzino alla periferia della città. Le pareti esterne dell'edificio sono fatte di lamiere d'acciaio ondulate. A terra, tra le crepe nel cemento spuntano erbacce ingiallite. Un uomo massiccio, anche lui in divisa, si avvicina, confabula con l'autista e fa segno a tutti di scendere. Restano lì impalati, circondati dalle loro valigie. L'uomo in divisa apre la porta e dice loro di entrare.

L'interno è buio come una caverna. Quando i suoi occhi si sono abituati all'oscurità, Meilin vede che il capannone è stato suddiviso in tanti piccoli cubicoli, separati da sottili pannelli in truciolare inchiodati tra loro in modo precario. Ciascuno delimita lo spazio assegnato a una famiglia. Al posto della porta c'è una tela cerata appesa a una corda. Guidati dall'uomo in divisa, passano davanti ad alcune sezioni già occupate, dove le persone siedono intorno a una cassa di legno rovesciata o a una lampada di cherosene. Un piccolo villaggio tutto contenuto in un solo edificio.

In fondo alla sala ci sono delle vasche di zinco, davanti alle quali molta gente è già in fila per lavarsi. L'uomo indica la cisterna comune, da cui potranno attingere la loro razione quotidiana d'acqua. La cucina è composta da un lungo bancone e piccoli fornelli a carbone. In uno spiazzo esterno adiacente, in un campo, c'è una latrina. Per usarla occorre accucciarsi su delle assi di legno stese sopra una buca. L'odore è da togliere il fiato, e ci sono mosche ovunque.

Finita la ricognizione vengono assegnati gli alloggi; sono tutti della stessa grandezza, due ping,* a prescindere dal numero di familiari. Poi il militare li lascia a loro stessi.

Una volta sistemati nel loro cubicolo, Meilin e Peiwen mandano i bambini a prendere l'acqua. Peiwen cammina avanti e indietro cullando il piccolo, fissa la tenda cerata, le pareti traballanti, il cemento e sospira.

«Non è per sempre», dice Meilin.

«Abbiamo un tetto sopra la testa e un pavimento sotto i piedi», aggiunge Peiwen.

Fanno del loro meglio per creare dei giacigli con le coperte. Tornati i bambini, mettono a cuocere un po' di riso attinto dalle scorte ormai quasi esaurite di Peiwen. Finito di mangiare restano seduti l'uno contro l'altra in cerca di calore, stanchi e ancora affamati, ma contenti di essere di nuovo sulla terraferma. Dopo una giornata piena di tribolazioni e ansie, è arrivata la notte.

Le lampadine nude che pendono dal soffitto si spengono e la poca luce che offrivano scompare. Restano solo il bagliore tenue delle lampade a cherosene e il brusio di diversi accenti e dialetti. Tutti qui vengono da qualche altro luogo. Una per una, anche le lampade si spengono, e così le voci.

* Unità di misura che corrisponde a poco più di 3 metri quadrati. (*N.d.T.*)

Quando si coricano per la notte nel loro nuovo rifugio, un capannone umido su un'isola lontana, il freddo del pavimento s'insinua attraverso le coperte e gli penetra sottopelle.

«Non è per sempre», dice Peiwen, ripetendo le parole di Meilin.

Avvertono uno strano fruscio. Possibile che ci siano i topi? Dall'esterno arrivano voci sommesse e fumo di sigaretta. Meilin fissa le travi sul soffitto del capannone. È come contemplare un cielo notturno privo di stelle.

Durante il loro primo inverno, mangiano gli ortaggi invenduti del giorno prima acquistati al mercato a poco prezzo. Usano scarti di bambù e legna per accendere il fuoco. Siccome il marito di Peiwen è un militare, ricevono dal governo razioni di farina, olio e sale. Non è abbastanza, ma è qualcosa. Con l'aiuto delle altre famiglie che vivono nel capannone, iscrivono i bambini alla scuola per i figli dei militari, prendono contatto con le associazioni Native Place. Pian piano, cominciano a costruirsi una quotidianità.

Un giorno, Meilin trova al mercato una copia abbandonata di un giornale, lo *Zhongyang Ribao*. Sulla prima pagina i titoli inneggiano al Generalissimo, ma a Meilin non interessa e lo sfoglia finché non arriva alla sezione Persone Scomparse. Sono gli annunci di chi cerca i propri familiari perduti sul continente. Molte inserzioni riportano il nome e l'indirizzo del mittente. Altri le generalità e una descrizione del familiare scomparso. L'ora successiva, Meilin la passa in piedi, al freddo, a leggere tutti gli annunci. Ciascuno racconta la storia di una perdita enorme e di un'ostinata speranza. Possibile che pure Longwei, se è ancora vivo, abbia piazzato un annuncio per trovare lei e Renshu? Arrivata alla fine dell'ultima colonna, sospira. No.

Man mano che l'inverno lascia il posto alla primavera, Meilin prende un giornale ogni volta che può e legge tutti gli annunci. Ne fa pubblicare qualcuno lei stessa, per cercare Longwei, Wenling e Lifen. Sa di doverle tentare tutte. Ma nessuno risponde.

A marzo il capannone è ormai pieno. Camionette cariche di

nuovi arrivati vengono respinte e mandate altrove. Il vento squassa le lamiere e la grandine picchia forte sul tetto, ma sulle loro teste cade solo la pioggia che s'infiltra nelle crepe, non bombe. Un ronzio nell'aria annuncia solo l'arrivo delle zanzare, non degli aerei da guerra. Ad aprile, i giornali titolano che l'armata comunista ha varcato il Chang Jiang e ha preso Nanchino. Quando a maggio cade anche Shanghai, gli annunci di persone scomparse si moltiplicano a dismisura. Ancora nessuna traccia di Longwei.

A ottobre Mao Zedong proclama l'instaurazione della Repubblica Popolare Cinese. Quando, a dicembre, Chiang Kaishek si ritira a Taipei con quel che resta delle sue truppe e annuncia che la Repubblica di Cina ripartirà da Taiwan per riconquistare il continente, Meilin smette di leggere i giornali. È troppo stanca. Passa le sue serate a cucire nella luce fioca del capannone. Ricama minuscoli pipistrelli e peonie su borsette da vendere al mercato. Nonostante tutto, è importante per Meilin poter creare un po' di luce e di bellezza.

È passato quasi un anno da quando sono sbarcati a Taiwan.

All'inizio dell'inverno giunge la notizia che Yuping, il marito di Peiwen, ha trovato loro un posto in un villaggio di militari, un juancun che si chiama New Harmony. Lasceranno il capannone per trasferirsi in un piccolissimo appartamento di due stanze. In una staranno Peiwen e i bambini, l'altra ospiterà Meilin e Renshu, il cibo e il fornello che hanno acquistato al mercato nero. Per quanto angusta, la loro nuova sistemazione avrà dei muri veri. Sarà un posto dove tornare ogni sera. Una casa.

Taipei, Taiwan, settembre 1950

Da quando vivono insieme nel juancun, l'amicizia tra Meilin e Peiwen è diventata più profonda. Continuano a condividere la cura della cucina, della spesa e dei bambini, che finalmente vanno a scuola. Hanno ancora le razioni governative di cibo e beni di prima necessità. Insieme stanno costruendo qualcosa che somiglia alla stabilità.

Com'era prevedibile, le pattuglie militari sono ovunque. Tutti si stanno preparando al momento in cui, tra qualche anno, il Kuomintang riconquisterà la madrepatria e sconfiggerà i banditi comunisti. A Taipei sono stanziate anche numerose truppe americane. Da quand'è scoppiata la guerra in Corea, la settima flotta statunitense presidia lo stretto.

Se la sera fa troppo caldo per stare in casa, gli abitanti del villaggio trascinano le loro sedie di vimini nelle stradine che separano le case, per prendere il fresco e chiacchierare. L'aria si riempie di storie e canzoni in diversi dialetti. Le famiglie preparano ricette tradizionali della loro regione da condividere con gli altri. Ogni volta che qualcuno dice di voler tornare a casa, Meilin resta in silenzio. Gli altri raccontano con nostalgia dei loro villaggi, ripensano a familiari e amici, ai luoghi del cuore. Ma, quando si guarda indietro, Meilin non vede altro che lutti e fantasmi.

I bambini scorrazzano liberi per il villaggio, entrano ed escono dalle case, si scambiano giocattoli, cibo, parolacce. I pettegolezzi corrono di casa in casa così veloci che i diretti interessati non fanno in tempo a precisare quale sia la verità. Meilin ha la sensazione di far parte di un'unica grande famiglia. E tuttavia occorre fare attenzione. Ci sono occhi e orecchie ovunque. Ogni volta che Meilin si affaccia alla finestra, qualcuno per strada o da un'altra finestra si ferma a guardarla. I suoni, gli odori e le voci ci mettono un niente ad attraversare le pareti sottili. Tutti hanno sentito il signor Chen la sera in cui è tornato a casa ubriaco, quando ha insultato a gran voce il Generalissimo, arrivando a prendersela persino con Madame Chiang. Nessuno si è sorpreso nel vedere, pochi giorni dopo, che il comando della guarnigione l'ha portato via.

Meilin si è fatta l'idea che, se si evita di criticare il governo e di far arrabbiare o ingelosire i vicini al punto di spingerli a denunciarti, in quel luogo sia possibile prosperare, persino essere felici. E poi, dopo le delusioni di Shanghai, ha perso ogni interesse per la politica. La sua attenzione è ora tutta per Renshu. Si sforza di trovare ogni giorno un motivo per cui essere contenta: cucinare qualcosa che piaccia ai bambini, vendere le proprie creazioni al mercato, rimediare ortaggi freschi a poco prezzo. È una vita di piaceri piccoli ma certi.

Oggi per Renshu è il primo giorno di scuola superiore alla Jianguo High School. Le scarpe nuove sono rigide e gli fanno male ai piedi. Fatica a stare attento perché non riesce a smettere di toccare con le dita i polsini inamidati e immacolati della camicia e ammirare la piega stirata dei pantaloni. Indossare l'uniforme nuova, per quanto scomoda, lo riempie d'orgoglio. L'anno precedente, per la prima volta ha potuto prendere posto in classe senza la minaccia costante dei raid aerei e delle evacuazioni d'emergenza. Ha concluso l'anno con ottimi voti e gli insegnanti lo hanno incoraggiato a iscriversi alla Jianguo.

Il professore ha appena scritto alla lavagna un problema di matematica utilizzando termini e simboli sconosciuti. I nuovi compagni sono tutti impegnati a fare calcoli e disegnare grafici. Renshu resta imbambolato a fissare la lavagna. È abituato ad avere i voti più alti della classe, era così anche a Chongqing, nonostante le tante assenze. A Shanghai e persino l'anno scorso alla scuola media, si è sempre distinto. Ma qui non capisce nemmeno le domande, figuriamoci le risposte. Ammutolisce per la vergogna.

Quando, nel pomeriggio, torna al juancun, la mamma è lì ad accoglierlo trepidante. «Com'è andata?»

«Bene.» Giocherella con la fibbia della borsa.

«Solo 'bene'? Tutto qua?»

Renshu scuote la testa, dice che deve studiare.

In casa tutto è tranquillo, Peiwen e il piccolo devono essere usciti. Per fortuna i bambini non sono ancora tornati. Renshu si siede sul divano, tira fuori il quaderno e la sua copia logora del libro di testo. Sistema le sue cose su una cassetta rovesciata e trova le pagine assegnate dal professore. Mette il libro in equilibrio sulle ginocchia, tenendolo aperto col gomito. Con una mano tiene ferma la cassetta, con l'altra fa i calcoli. Sente Meilin nella stanza accanto, probabilmente sta tagliando le verdure.

Entra con un piatto di fette di anguria. Lui dice che non ha fame e torna ai suoi calcoli. Sa di aver sbagliato qualcosa ma non riesce a trovare l'errore. Meilin posa il piatto e si siede accanto a lui, facendo cadere il libro a terra. Lo raccoglie e glielo ridà. Il ragazzo sfoglia le pagine fino a ritrovare quella giusta e piega la costola del libro per farlo rimanere aperto.

« Renshu, che succede? Che c'è che non va? »

Lui appoggia la matita tra le pagine e chiude il libro. « Sono molto più indietro degli altri. Non ce la farò mai a recuperare. E poi... » Alza gli occhi verso la porta, la voce rotta per la frustrazione. « Tra due minuti tornano i bambini! Come farò a studiare? A imparare? Di notte non c'è abbastanza luce e di giorno c'è troppo baccano. E poi non c'è spazio. » Dà un calcio alla cassa, facendo cadere le fette di anguria. Si china per raccoglierle ma poi in un moto di esasperazione si alza ed esce, sbattendo la porta dietro di sé.

È da tanto tempo che Meilin non vede Renshu così arrabbiato. Erano settimane che moriva dalla voglia di cominciare le lezioni alla Jianguo. Dev'essere frustrante arrivare lì e scoprire di essere così indietro. Meilin osserva la loro cameretta minuscola e si chiede cosa possa fare per aiutarlo.

Dalla strada riecheggiano le voci dei figli di Peiwen. Meilin dà una rapida sistemata alla stanza e mette via la cartella di Renshu. Fa appena in tempo a rimettere le fette di anguria sul piatto che la famiglia irrompe in casa.

Le gemelle stanno litigando e il fratello fa i capricci. Non appena vedono l'anguria tutti e tre lasciano cadere a terra le borse e corrono a prenderne una fetta. Mangiano e poi si precipitano fuori senza nemmeno salutare, sputando i semi sulla strada di terra battuta.

Qualche giorno dopo, quando Renshu torna a casa da scuola, Meilin lo conduce nella stanza sul retro. « Ecco qua », gli dice, mostrando la piccola scrivania che ha ricavato per lui mettendo insieme un pannello in truciolare e due casse di legno. Gli mostra come potrà sedersi per terra e aprire sul tavolo tutti i suoi libri. « Baderò io ai bambini dopo la scuola. Manderò le gemelle al mercato e Huifei mi darà una mano qui in casa. »

Renshu si siede e con le mani accarezza la superficie della tavola. Una scrivania, un posto dove sedersi, tempo per studiare.

Meilin ha barattato un paio di pantofole ricamate e una vecchia giacca di seta ormai troppo piccola per Renshu con la tavola e le casse di legno, in cui ha riposto tutta la loro biancheria da letto. La stanza, quindi, sembra molto più ordinata e spaziosa, sebbene vi siano in realtà più cose di prima.

« Ti renderò fiera di me, mamma. Farò del mio meglio. » Ha gli occhi lucidi, ma non piange, perché è grande, ormai.

« Io sono già fiera di te. Guarda! » In strada, un gallo avanza impettito proprio davanti alla loro casa.

Il ragazzo scoppia a ridere. « Un gallo! È un buon segno, no? »

« Certo. Fa' i compiti. Impara gli ideogrammi, i calcoli. Studia tanto. »

« Mamma, dov'è? »

« Dov'è cosa? »

« Il rotolo, dov'è? » È da un po' che ci pensa. Non lo vede da prima del loro arrivo a Taiwan.

La prima volta che Renshu aveva chiesto a Meilin del rotolo vivevano ancora nel capannone. Lei aveva risposto che non era il caso di tirarlo fuori, avrebbe attirato l'attenzione. Lui aveva promesso di stare attento, di essere prudente, ma lei si era rifiutata. E lo stesso aveva fatto ogni volta che Renshu aveva provato a insistere. Quand'erano finalmente arrivati al juancun, con una stanza tutta per loro, Renshu aveva chiesto di nuovo, ma Meilin si era limitata a scuotere la testa, accigliata, senza nemmeno alzare gli occhi dal cucito. Allora lui aveva capito che la domanda la turbava e aveva lasciato perdere. Però, ora che hanno visto il gallo, Renshu non è riuscito a trattenersi.

Un'ombra passa sul viso di Meilin. La sua espressione contiene già la risposta, non c'è bisogno di ulteriori spiegazioni.

Renshu sospettava da tempo che il rotolo non ci fosse più,

ma averne la certezza è un duro colpo. Aveva sperato non fosse vero. « Cos'è successo? »

« L'ho venduto », mormora Meilin.

« Venduto? » La voce di Renshu vibra di collera. « Mamma, come hai potuto? Era l'unica cosa di bà che mi fosse rimasta. Perché l'hai venduto? » È sorpreso lui stesso dalla rabbia che prova.

Sua madre sospira, sconsolata. « Non avevo scelta. Non potevamo restare a Shanghai. » Le guance di Meilin sono rigate di lacrime.

È da tanto tempo che non la vede piangere così. Renshu s'impone di calmarsi, arrabbiato con se stesso per averla turbata. « Mi dispiace. È solo che era così bello, così importante. È stato sempre con noi. »

Meilin piange e lui non sa cosa fare. Era un momento felice e lui l'ha rovinato. *Cos'è successo a Shanghai?* Gli ultimi giorni prima della loro partenza sono stati un turbine.

Alla fine lei riprende a parlare: « Era solo un oggetto, Renshu. Magari non è mai stato davvero nostro. La cosa importante è che abbiamo ancora tutti i suoi racconti ».

La porta si apre di colpo e le voci dei bambini riempiono la casa.

Meilin si asciuga gli occhi e spinge la cartella verso di lui. « Adesso mettiti a studiare. »

Sua madre gli ha regalato tempo e spazio, un santuario privato. Per la prima volta, Renshu riesce a concentrarsi sui compiti. Può studiare senza dover stare sempre con un orecchio rivolto a quello che succede intorno a lui, pronto a spostarsi ogni volta che serve. S'innamora dell'eleganza delle equazioni, delle proprietà del moto. Resta sbalordito dall'idea che, date le condizioni iniziali di un oggetto, sia possibile determinare dove arriverà e quando. C'è un'incontrovertibile esattezza nella matematica, nella fisica. Renshu si convince che studiando abbastanza sia possibile arrivare a comprendere qualsiasi fenomeno. Ed è rassicurante sapere che niente potrà mai cancellare dalla sua mente quello che impara. Al contrario della terra, dell'oro, dei beni materiali e del cibo, e persino delle persone, ogni nuova conoscenza una volta appresa sarà sua per sempre.

Taipei, Taiwan, maggio 1955

Per Meilin è stata una buona giornata. Al mercato, Luo le ha regalato un cartoccio di piselli per festeggiare la nascita di suo nipote. Da quando, lo scorso autunno, la Repubblica Popolare Cinese ha bombardato le isole di Kinmen e Dachen, le truppe americane di stanza a Taipei sono ancora più numerose. In preda alla nostalgia per le mogli e le fidanzate, i soldati statunitensi hanno comprato tutte le sue borsette di seta ricamate. Meilin non chiede mai a chi siano destinati i suoi piccoli tesori. Un po' di discrezione aiuta il commercio, una lezione che i venditori più loquaci faticano a imparare.

Meilin torna a casa con la cesta piena: cavoli, carote, cipolle, mango, un ananas, i piselli. E le restano ancora diversi dollari taiwanesi nel portamonete.

Un gruppo di scolari avanza giù per la strada in cerca di dolci e fumetti, come un'onda color cachi. I più piccoli sono i più chiassosi, coi capelli spettinati e con la camicia fuori dai pantaloni. Hanno la borsa a tracolla e camminano facendo roteare le gavette del pranzo ormai vuote. Meilin cerca Renshu tra gli studenti più grandi, che parlano a voce più bassa e portano in braccio pile di libri. Ed eccolo lì che ride insieme coi suoi amici, sembra allegro. Meilin sente il cuore riempirsi di gioia ogni volta che vede segni di felicità sul viso di suo figlio. Con tutto quello che hanno passato, questi istanti sono una grande conquista.

Renshu la riconosce e le fa un cenno con la testa. Saluta gli amici e la raggiunge. «Una buona giornata?» Si allunga per prenderle di mano la cesta pesante.

«Ottima, ho venduto tutto.» Gli mostra il portamonete rigonfio. «E tu?»

Lui annuisce. «Il professor Liang ha confermato i nostri posti per l'esame di ammissione al college alla fine dell'estate. Ci sarà da studiare tantissimo.» Accarezza la cartella straripante di appunti e libri presi in prestito.

Meilin lo guarda e sorride.

Arrivati al juancun svoltano in una stretta strada laterale, costeggiata da ambo i lati da file di casette basse. In fondo alla via, un gruppo di operai sta riparando i muri di lamiera ondulata e fibra di vetro. Ogni anno gli edifici vengono rattoppati per farli durare un po' di più. Ogni anno il governo annuncia che riconquisterà al più presto la madrepatria. E, invece, ogni anno arrivano i tifoni e buttano giù qualche altra abitazione. Meilin spera che la loro sopravviva a un'altra stagione.

Il bagno comune non pare troppo affollato e Renshu riconsegna a sua madre la cesta per approfittarne.

Meilin prosegue verso casa. Ambulanti in bicicletta pedalano con andatura traballante, vendendo cibo di strada e dolcetti. I vicini chiacchierano tra loro attraverso le porte e le finestre aperte. Meilin incrocia donne con ceste piene di bucato da stendere: sollevano camicie, pantaloni, biancheria, li strizzano e li appendono sulle pertiche di bambù. Tra gli abiti stesi, spiccano i calzoncini dei bambini ricavati cucendo la tela dei sacchi di farina donati dal governo americano, che si riconoscono per via delle bandiere dipinte sulla stoffa, quella della Repubblica di Cina insieme con quella a stelle e strisce degli Stati Uniti. Alcune donne stendono ad asciugare anche le uniformi dei soldati americani. Si possono guadagnare parecchi soldi facendo il bucato delle truppe a domicilio.

Non appena apre la porta, Meilin percepisce che qualcosa è cambiato. Nell'angolo c'è una pila di borse e valigie. Sente voci sconosciute.

Quando i suoi occhi si abituano alla penombra, distingue le sagome di tre persone sul divanetto di bambù. Sono tutte voltate verso un uomo seduto su una cassa di fronte a loro. L'uomo indossa la divisa del Kuomintang e, osservandolo, Meilin nota subito una grande somiglianza col figlio di Peiwen.

«Salve...»

Tutti si voltano verso di lei e tacciono di colpo. L'uomo seduto sulla cassa chiama Peiwen, che subito arriva, asciugandosi le mani sul grembiule. L'espressione sul suo viso è un misto di gioia e agitazione. « Meilin! Meilin! È successa una cosa meravigliosa, la mia famiglia è qui! Questo è mio marito, Zhu Yuping. »

L'uomo sulla cassa la guarda accigliato.

Imbarazzata, Peiwen continua: « E queste sono mia suocera e mia cognata, Zhu Yuming, e suo marito, Deng Jinwei ».

Meilin riconosce i nomi, sono quelli stampati sulle tessere annonarie che Meilin e Renshu hanno utilizzato fino a ora. Yuming si volta verso di lei. È più giovane di Peiwen e visibilmente incinta. Sul suo viso la stanchezza inconfondibile di chi ha viaggiato a lungo. Riverso sul divano, Jinwei guarda Meilin con occhi gonfi e fa un gesto di saluto. Su un lato del divanetto, la matriarca dai capelli grigi siede a labbra serrate.

Meilin è preda di emozioni contrastanti. Gioia per Peiwen, tristezza al pensiero della sua famiglia perduta, preoccupazione per le possibili conseguenze di questa novità. Nasconde la sua ambivalenza dietro un sorriso e tende le mani in segno di benvenuto. « Ho... ho portato molto cibo, per festeggiare », balbetta, mostrando la cesta.

« Vieni. Aiutami a preparare, ti racconto tutto. » Peiwen sospinge Meilin verso la cucina. « Yuming, il tè è quasi pronto, portalo tu e siediti con gli altri. Noi finiamo di preparare. »

Quando Yuming ha versato il tè a tutti entra Renshu. Dopo un nuovo giro di presentazioni, il ragazzo le raggiunge in cucina. « Mamma? »

« È tutto a posto, Renshu. Vai a prendere i bambini a scuola. »

« Mamma, resteranno qui? » chiede lui a bassa voce.

« Certo. È la famiglia di Peiwen. »

È evidente che il ragazzo sta ponderando tutte le conseguenze che ciò porterà sulla casa che li ha ospitati negli ultimi cinque anni. Madre e figlio sono ormai abituati a dormire per terra qui in cucina, una volta rigovernati i piatti della cena. Peiwen e i bambini invece occupano l'altra stanza, dormono su cinque materassini che devono essere arrotolati e riposti ogni mattina. Adesso ne serviranno altri quattro, e c'è da considerare anche il bimbo in arrivo. Meilin spinge il figlio verso la porta. « Vai tu a prendere i bambini oggi. Portali al mercato. »

Renshu la guarda dubbioso.

Meilin prende una banconota dal borsellino. «Tieni, compra dei semi di melone o della canna da zucchero per dare il benvenuto alla famiglia.» Lo guarda allontanarsi giù per la stradina e, quando si gira verso Peiwen, gli occhi dell'amica sono pieni di lacrime. «Devi essere proprio felice! È una cosa bellissima quella che è successa.»

«Certo, certo. Temevo che non li avrei rivisti mai più. È stato mio marito a trovarli, ed è riuscito a far trasferire qui anche Deng Jinwei. Non è fantastico?»

«Sì, è fantastico», concorda Meilin.

«Sono così felice...» L'entusiasmo di Peiwen si affievolisce non appena i suoi occhi si posano sulle coperte arrotolate di Meilin e Renshu. Si china per prendere una confezione di riso e misura la quantità che servirà per la cena. I chicchi si riversano nella bacinella smaltata facendo il rumore della pioggia che cade.

Meilin getta uno sguardo oltre la porta sul retro, dove Renshu e i bambini hanno fabbricato una recinzione usando pezzi di bambù e fil di ferro trovati in giro. Chissà se possono fabbricare anche una tettoia, trasformare la recinzione in pareti e costruire così una nuova stanza? Varie famiglie qui hanno ampliato le loro case. Potrebbero farlo anche loro. Cerca d'immaginare come faranno a vivere tutti insieme. Avranno abbastanza da mangiare? Serviranno più scodelle, coperte, stuoie. È complicato pensare a così tante cose tutte insieme. Controlla il bollitore, è quasi vuoto. Lo solleva ed esce per andare a prendere l'acqua.

Prima di rientrare si ferma davanti alla porta sul retro. Peiwen e Yuping stanno litigando.

«Sono quasi una famiglia per noi. Ci aiutiamo a vicenda, è così che funziona, qui.»

«Siamo noi la tua *vera* famiglia», sibila lui. «Non possiamo usare tutti la stessa tessera annonaria, è pericoloso. Hai già fatto più che abbastanza per loro.»

«Ma dove andranno? E poi Meilin ha condiviso con noi tutti i suoi guadagni, Renshu aiuta a badare ai bambini. Non saremmo sopravvissuti senza di loro.»

« Non sareste sopravvissuti senza di me! È grazie al mio lavoro che abbiamo questa casa. »

Si sente un frastuono, come di oggetti scaraventati giù dal tavolo.

« Una settimana. E poi se ne devono andare. Questo riso è per la famiglia, non per la *quasi* famiglia. »

La tenda di bambù si apre e si chiude. Meilin sente Peiwen scoppiare in singhiozzi.

Dovranno ripartire di nuovo. Dove andranno? Non conoscono nessuno fuori dal juancun. Meilin ricaccia indietro le lacrime, i suoi dubbi dovranno aspettare. Dopotutto, questo è un giorno di festa.

Quando fa capolino nella stanza, la sua amica sta raccogliendo le scodelle dal pavimento, esaminandone i bordi scheggiati. Ha gli occhi rossi di pianto. « Mi dispiace », sussurra. « Mi dispiace. »

« Va tutto bene. » Meilin mette giù il bollitore e la abbraccia. « Troveremo un altro posto dove stare. Guarda cosa ho preso da Luo oggi. » Le mostra l'ananas. « Festeggeremo il ritorno della tua famiglia. »

Peiwen si asciuga gli occhi e prende il bollitore. Versa lentamente l'acqua sui chicchi di riso per metterli a mollo. Meilin prende le verdure dalla cesta, comincia a sbucciare una cipolla. In cucina tornano a regnare il battito familiare del coltello sul tagliere e il tintinnare di piatti e scodelle.

12

Taipei, Taiwan, giugno 1955

Meilin è appoggiata contro una colonna fuori dall'edicola e sfoglia una copia del *Zhongyang Ribao*. Devono trovare una nuova casa. Al più presto. Ignora i titoli con le loro vuote promesse di riconquista della madrepatria e pensa a come questo soggiorno temporaneo a Taiwan abbia invece offerto loro la sistemazione più duratura dai tempi di Changsha. Scorre gli annunci fino alla sezione delle offerte di lavoro.

Durante una festa dell'associazione Native Place dello Hubei, Meilin aveva sentito per caso due donne che si lamentavano di come fosse difficile trovare una brava domestica. Allora si era fermata ad ascoltarle raccontare che un'altra famiglia aveva fatto venire tate, cameriere e cuoche da Wuhan, ragione per cui i figli ora andavano molto meglio a scuola. Ma trovare ragazze del continente è difficile, e «le taiwanesi non sanno nemmeno preparare uno stufato di melanzane», diceva una delle donne. «Insegnano brutte abitudini ai bambini. Non parlano nemmeno il mandarino.» L'altra aveva commentato che, sebbene verrebbe da pensare che una ragazza benshengren* dovrebbe quantomeno riuscire a farsi fare prezzi migliori al mercato, lei aveva il sospetto che la sua domestica comprasse merce di seconda scelta da qualche parente e s'intascasse il resto. «Quest'isola è un incubo. Quando torneremo a casa?» Le due avevano continuato a lamentarsi. Meilin aveva pensato che, se le cose fossero andate meglio e non avessero avuto niente di cui sparlare, adesso non si sarebbero divertite così tanto.

Meilin studia gli annunci: «Cercasi personale domestico dello Hunan», «Assumiamo bambinaie del continente», «Si

* Originaria dell'isola. (*N.d.T.*)

cercano domestiche, preferibilmente sichuanesi». Ce ne sono tantissimi! Per forza ce ne sarà uno adatto a lei. Strappa la pagina con cautela e la infila in tasca. Il resto del giornale lo lascia lì. Magari porterà fortuna a qualcun altro.

Il giorno seguente, Meilin si pettina con cura e indossa un abito estivo che ha confezionato lei stessa usando una graziosa stoffa gialla a fiori verdi. È molto semplice, ma il taglio le dona e lei lo adora. Vuole indossare qualcosa di speciale, non la solita tunica coi pantaloni. Sul ritaglio di giornale ha cerchiato quattro annunci: tre sono concentrati nel quartiere di Da'an, l'altro è a Qidong Street, a Zhongzheng. Tutti indirizzi non troppo lontani dalla scuola di Renshu.

Comincia dal quartiere di Da'an. Bussa alla prima casa, ma nessuno risponde. Alla seconda casa, le aprono, ma non fa in tempo a sollevare il ritaglio di giornale che si sente dire: «Troppo tardi, abbiamo già trovato!» Si avvia verso il terzo indirizzo. Qui la donna sembra interessata, ma quando viene fuori che il lavoro non comprende vitto e alloggio la conversazione si chiude lì.

Meilin s'incammina in direzione di Qidong Street. Fa molto caldo. Ha la fronte sudata e il vestito è già tutto stropicciato. Farà un ultimo tentativo e, se va male, chiederà a Peiwen di ospitarli ancora qualche giorno.

Le case di Qidong Street sono tutte in stile giapponese. Meilin cammina lentamente, ammirando i giardini fioriti, finché non arriva all'indirizzo che ha segnato. Si rassetta l'abito, spazza via la polvere della giornata e raddrizza le spalle. Quindi apre il cancello che conduce a un vialetto di ghiaia fiancheggiato da lanterne di pietra. Un salice getta la sua ombra sul portico, dove cresce anche un piccolo acero. Si sente un rumore di acqua che scorre. Meilin suona il campanello, ammirando la finestra ottagonale coi pannelli di vetro satinato.

La accoglie una donna più anziana, robusta e dai lineamenti delicati. Ha le mani bagnate, i capelli raccolti in un fazzoletto, occhi gentili e un sorriso che la mette subito a suo agio. Meilin le mostra l'annuncio.

La donna annuisce, poi la fa accomodare in un piccolo vestibolo e le indica un paio di pantofole. « Aspetta qui, per favore, vado ad avvertire Madame Huang. » E scompare dietro una porta scorrevole.

Meilin sente il profumo di carne arrosto e riso. Indossa le pantofole e si guarda intorno.

Nell'ingresso campeggia un bellissimo dipinto, un paesaggio montuoso avvolto dalle nubi. Inchiostro nero su seta ingiallita. Dinastia Tang, quasi sicuramente. Su un tavolo huanghuali sono sistemati un portaincenso, uno scrigno intagliato e un ventaglio di legno di sandalo con decorazioni finissime. Muore dalla voglia di prenderlo in mano, avvicinarlo al viso, sentirne l'odore. Quegli oggetti così belli le riportano alla mente troppi ricordi. Meilin ricaccia indietro le lacrime e abbassa gli occhi. La porta scorrevole si apre di nuovo e la donna fa cenno di seguirla lungo un corridoio in legno, che scricchiola sotto i loro piedi. Da un lato, grandi finestre danno sul giardino, dall'altro una serie di porte scorrevoli cela alla vista i vari ambienti della casa. In fondo al corridoio, la donna apre un'altra porta e invita Meilin a entrare.

Nella parte centrale della stanza, il pavimento - più basso rispetto al corridoio - conduce a un salotto ribassato. I tatami sono coperti da un magnifico tappeto. Su un divano pregiato, con cuscini in seta rossi e gialli, c'è Madame Huang. Ha un'aria al tempo stesso raffinata e sprezzante, che ricorda Wenling. La somiglianza è resa ancora più evidente dal modo in cui studia Meilin, con espressione tanto indolente quanto critica.

Quando infine Madame parla, lo fa con voce acuta e con un forte accento sichuanese. Rivolge a Meilin una fila di domande cui solo un vero sichuanese potrebbe rispondere con prontezza. È una fortuna che lei abbia imparato il dialetto a Chongqing, al punto che è un piacere sentire usare da Madame espressioni colloquiali che non udiva da tanto tempo. Meilin sospetta che i suoi modi facciano parte di una messa in scena per metterla alla prova. Non si scompone e risponde.

Sì, so cucinare quel piatto.

Sì, so dove reperire quegli ingredienti.

Sì, so fare il bucato e rammendare.

Sì, so cucire.

E qui Meilin le mostra uno dei suoi ricami.

A Madame Huang brillano gli occhi. « Bene. Suppongo tu possa fare una prova. Sarai comunque meglio di queste isolane. »

Meilin alza la mano per chiedere il permesso di parlare.

« Che c'è? » domanda Madame, spazientita.

« Ho un figlio, un bravo ragazzo, studia molto. È tranquillo e beneducato. Potrà alloggiare qui anche lui? »

Incuriosita, Madame stringe le labbra. « Un figlio? Dovrà aiutare in giardino. Come hai detto che si chiama? »

« Dao Renshu. Renshu », sussurra Meilin.

« Renshu », ripete Madame, pensierosa. « Quanti anni ha? »

« Frequenta l'ultimo anno delle superiori alla Jianguo. Sta studiando per gli esami d'ammissione all'università. »

« Molto bene. Fatti dire da Chin, la cuoca, cosa le serve al mercato. Poi occupati del bucato, deve essere tutto lavato e stirato per martedì, ho bisogno dei miei qipao più belli per la cena dal generale Fan. E dai una sistemata a queste tende? Non mi piace il modo in cui cadono, sono troppo lunghe, appesantiscono tutta la stanza. » Al che Madame si alza, apre un cassetto e tira fuori una pezza di seta verde-azzurra. « Vedi di farci qualcosa. La conservo da quando siamo arrivati. La mia ultima domestica era un disastro, non le avrei affidato nemmeno la mia seta più scadente, figuriamoci la migliore. »

Non appena Madame termina la lista, la donna anziana entra col vassoio del tè. Meilin fa un inchino ed esce dalla stanza.

Mentre si rinfila le scarpe, la donna si avvicina e circonda Meilin con un braccio. « Chiamami zia Chin. Madame è entusiasta. Non fare caso ai suoi modi, non è cattiva. Mentre col generale avrai poco a che fare, è sempre molto impegnato col lavoro. Dai retta a me e andrà tutto bene. »

Meilin s'incammina verso il juancun, stanca ma sollevata.

Salutare Peiwen richiede più tempo che fare i bagagli. Meilin le lascia tutto quello che potrebbe servirle e porta via solo i vestiti, i libri di Renshu e il suo cestino da cucito.

«Promettimi che verrai a trovarci spesso.» Peiwen le prende la mano come non volesse lasciarla più. «Sarete sempre i benvenuti qui», aggiunge, anche se entrambe sanno che non è più vero.

«Grazie», le dice Meilin, stringendole forte la mano.

A casa Huang, la zia Chin mostra a Meilin la piccola stanza accanto alla cucina dove dormiranno lei e Renshu. Il pavimento è coperto da tre tatami. Una grande finestra dà sulla strada, il davanzale è basso e profondo. C'è un tavolino nell'angolo con sopra una lampada e un ventilatore. Meilin li accende entrambi. L'aria della stanza prende a muoversi dolcemente e la luce è calda e invitante. Meilin dispone i libri di Renshu sul davanzale. Sul tavolo allinea la pietra da inchiostro, i suoi pennelli, la carta e un nuovo panetto d'inchiostro.

Incredibile pensare a quanto in fretta sia cambiato tutto, di nuovo. Ancora non conosce Madame e il generale, eppure ha l'impressione di trovarsi in un luogo familiare. Gli aromi della cucina, le chiacchiere con la zia Chin e il giardiniere, le preoccupazioni di Madame, tutto le ricorda la casa dei Dao.

Non appena vede la stanza, Renshu sorride.

Meilin gli mostra un paio di coperte soffici e calde. «Guarda. Questi sono letti che non dovremo tirare fuori ogni sera, e questa è una scrivania che rimane aperta tutto il giorno. Queste sono pareti in cui non entrano né vento né pioggia.»

«Sarà una cosa temporanea?» domanda Renshu.

«Non lo so, ma ora è tutta per noi.»

Quella stanza diventa il rifugio di Renshu durante gli ultimi mesi di preparazione per l'esame di ammissione all'università. Mentre Meilin impara le sue nuove incombenze, Renshu studia nel loro angolo di quiete, col ventilatore acceso e con le tendine tirate giù per ripararsi dal sole e dalle distrazioni. Arrivato il giorno dell'esame, scopre con piacere di essere in grado di rispondere a tutte le domande. Quando consegna il foglio, sa di aver fatto del suo meglio.

Passa l'esame a pieni voti e viene ammesso alla facoltà d'ingegneria alla Taida, l'università nazionale di Taiwan. Si precipita a casa per dirlo alla madre. Senza fiato e al settimo cielo, la solleva di peso, facendola girare in tondo.

Quando finalmente la mette giù, Meilin esclama: « Sono così orgogliosa! È il desiderio che avevi espresso a Shanghai, la sera di Capodanno. Hai fatto in modo che si realizzasse! Ricordi? »

Renshu annuisce e si accorge che sua madre ha gli occhi lucidi. « Mamma, sei triste? »

« No. Sì. Ma no, certo che no. Solo, vorrei tanto che tuo padre ti vedesse. Vorrei che *mio* padre ti vedesse », risponde Meilin, asciugandosi gli occhi.

Renshu la abbraccia con dolcezza. « Lo vorrei anch'io. »

« Se penso a tutto quello che abbiamo passato, gli anni in cui non osavo nemmeno immaginare il futuro. È tutto così... » Tira su col naso e scuote la testa. Non trova le parole. Alla fine, si limita ad attirarlo a sé: madre e figlio si abbracciano di nuovo.

Quella notte, Renshu ripensa alla reazione di sua madre. Si rende improvvisamente conto che quando andrà all'università si separeranno per la prima volta in vita sua.

Renshu ottiene una piccola borsa di studio e un lavoro in biblioteca per pagare la retta. Trova alloggio in un dormitorio maschile vicino al campus, dividerà la stanza con altri tre studenti. Il campus della NTU si trova a sud-est di Zhongzheng, lontano dal frastuono della città, ed è circondato da risaie e stretti sentieri. Sebbene sia a meno di un'ora di cammino da Qidong Street, è un altro mondo.

Durante la sua prima notte al dormitorio, Renshu è inquieto. È strano non sentire più il respiro calmo di sua madre. Si gira e si rigira sotto le coperte, sperando di non disturbare i compagni. Il russare alternato che giunge dall'altro letto a castello suggerisce che Pao Dafei e Liu Zhaohui dormono profondamente. Sopra di lui c'è Li Hotan. Pao, che Renshu riconosce dalla Jianguo, studia fisica. Li e Liu frequentano ingegneria come lui. I due si conoscono da prima, avendo vissuto entrambi nello stesso juancun a Hsinchu. Renshu sospira e rivolta il cuscino.

« Dormi? » bisbiglia Li Hotan.

« No », replica Renshu.

« Nemmeno io. »

« È difficile dormire... » Renshu esita, non vuole ammettere di avere nostalgia di sua madre. « Dormire in un posto nuovo », conclude.

« So cosa intendi. Io sono abituato a dormire con tutti i miei fratelli. »

« Di dove sei, Li Hotan? Intendo prima di Hsinchu. »

« Stavamo a Kunming. »

« E prima ancora? »

« Casa nostra è vicino a Wuhan. E la tua? »

« Siamo di Changsha. Poi siamo andati a Chongqing, poi a Shanghai. Poi qui. »

« Mmm », mormora Li, un unico suono che esprime una comprensione assoluta.

Renshu sbadiglia.

« Dao Renshu? »

« Sì? »

« Pao conosce un posto che la sera fa ottimi noodles, vicino all'entrata del campus. Ti va di provarlo domani, dopo le lezioni? »

Renshu sorride nel buio. « Buona idea. »

Il mattino dopo, il primo giorno delle lezioni, Renshu si unisce a un gregge di studenti che camminano lungo il Royal Palm Boulevard. Indossano tutti camicie bianche stirate, pantaloni beige o gonne al ginocchio, scarpe lucidate di fresco. È entusiasmante ritrovarsi tra così tanti giovani, tutti decisi a dare il loro contributo alla ricostruzione della Repubblica. A fine giornata la sua testa è un turbine, non vede l'ora di andare a cena con Pao e Li.

Anche per loro, la giornata è stata faticosa e inebriante. Per Renshu è un sollievo scoprire che non è il solo a sentirsi così intimidito dalla nuova vita. Chiacchierano a lungo, prendono in giro il professore di matematica, discutono di quali corsi siano i più difficili e occhieggiano le ragazze sedute agli altri tavoli. Dopo aver consumato numerose scodelle di noodles e aver bevuto un po' troppo, s'incamminano barcollando e cantando verso il dormitorio.

Durante l'anno, Renshu sboccia. È completamente assorbito dalla fisica e dall'ingegneria. Come quasi tutti gli studenti, continua a coltivare l'inglese: i rapporti tra la Repubblica e gli Stati Uniti sono sempre più stretti, e una buona conoscenza della lingua non farà che migliorare le sue prospettive.

Li Hotan e Pao Dafei diventano suoi grandi amici. Anche loro ricordano la guerra di aggressione e la guerra civile. Anche se non ne parlano spesso, questo passato condiviso crea tra loro un legame speciale. Tutti e tre sono consapevoli di quanto siano fortunati a essere qui.

Nonostante la sua aria seria, Pao ha uno spietato senso dell'umorismo. La sua famiglia è arrivata a Taiwan da Guilin subito dopo la Retrocessione ed è quindi quello che conosce meglio l'isola. Quando escono insieme, è Pao a dominare la conversazione. Sa sempre quali ambulanti vendono il cibo migliore. Dal canto suo, Li Hotan è gentile e di bell'aspetto. Le ragazze fanno la fila per portargli ravioli e chiedergli aiuto con le lezioni.

Insieme con Pao e Li, Renshu passa lunghe serate a studiare, fermandosi solo per comprare una scodella di noodles o una granita dagli ambulanti dei canali di Liugongjun. A volte escono per andare al cinema a vedere i film americani e fare il filo alle ragazze. Renshu è troppo timido per chiacchierarci davvero, ma adora la loro compagnia.

Nei fine settimana si reca in visita a Qidong Street. La mamma e la zia Chin sono sempre felici di vederlo e persino Madame e il generale Huang si fermano a salutarlo. Eppure, ogni volta che la visita sta per concludersi, sente il richiamo della sua nuova vita.

Da quando Renshu ha cominciato l'università, Meilin continua a ripetersi che in fondo suo figlio è a pochi chilometri di distanza. Questo è il futuro che entrambi sognavano per lui. È orgogliosa dei suoi successi, orgogliosa di sapere che presto sarà laureato. Ma non era preparata alle improvvise folate di tristezza che la investono ora che Renshu si sta costruendo una vita per conto suo. Per quanto tenti di accantonare il pensiero, Meilin non può fare a meno di chiedersi se il loro legame, quel filo che li ha tenuti insieme nonostante gli incendi, i bombardamenti e le delusioni, sia ora destinato ad allentarsi.

Meilin si scrolla di dosso la preoccupazione per ciò che non può cambiare e si concentra sul lavoro. Col passare dei mesi, scopre che gli Huang hanno tutti i lussi che si possano desiderare: tè, vini pregiati e liquori, tabacco, cosmetici, seta. Meilin non sa da dove vengano quelle cose, ma non è così ingenua da mettersi a fare domande. Invece chiede cosa preparare per cena, quali fiori sistemare nei vasi di porcellana e quand'è che 'Madame ha bisogno che siano pronti i suoi qipao in vista di una delle loro eleganti soirée.

Nonostante questa vita di agi e lusso, però, le loro scorte di riso si stanno esaurendo. Gli Huang non vogliono dipendere dalle sovvenzioni americane come militari qualunque. La domestica precedente, la ragazza dell'isola, era arrivata con una gran quantità di riso. In realtà Madame l'aveva assunta proprio perché lei si era vantata di poter procurare il riso. Ma, ora che le riserve scarseggiano, Meilin comincia a preoccuparsi. Sarà licenziata se non riesce a rimediarne dell'altro? Non vuole essere costretta a scoprirlo.

La zia Chin dice di aver sentito che il signor Tsai vende il riso al mercato, ma è carissimo e pieno di sabbia, a volte persino d'insetti. La domestica benshengren era riuscita a comprare del riso di buona qualità da lui, ma la zia Chin non ha idea di come ci fosse riuscita.

«Questi benshengren.» La zia Chin scuote la testa. «Dovrebbero esserci grati, dopotutto li abbiamo salvati dai giapponesi. Invece non fanno altro che derubarci e si rifiutano di parlare come si deve.»

Meilin la ringrazia e si avvia verso il mercato.

Lungo la strada, riflette su quanto sia diverso vivere in città, tra i taiwanesi. Gli abitanti del juancun erano talmente sicuri che sarebbero presto tornati in Cina che non ci pensavano nemeno, ad avventurarsi fuori dalla proprietà. Come la zia Chin, la maggior parte di loro disprezza i taiwanesi, li considera gente corrotta dai giapponesi, che ha bisogno di riconnettersi con la madrepatria. E pure i pochi benshengren che Meilin ha conosciuto non nutrivano particolare simpatia per i cinesi del continente. « Waishengren », così li chiamano, « quelli delle altre province. » Da quando non vive più nel juancun, lo sente ancora di più.

Meilin sa che, essendo nuova cliente, questa è la sua unica chance per fare una buona impressione al signor Tsai. Prima di rivolgergli la parola, si ferma a lungo nei paraggi della sua bottega, studiando il modo in cui interagisce coi clienti. Ogni volta che qualcuno si avvicina parlando mandarino, il signor Tsai fa finta di non aver capito. Interessante! Dopotutto il mandarino è la lingua ufficiale. E sicuramente lui capisce benissimo, ma resta impassibile. Quando i clienti cominciano a urlare e a insistere, scrivendo quello che gli serve su un pezzo di carta e sventolandoglielo in faccia, il signor Tsai risponde che ha finito il riso o che il negozio è chiuso. Si rifiuta di fare affari con loro. Al massimo gli cede una mestolata di riso spezzettato e pieno di sabbia per una cifra astronomica.

Se però qualcuno gli si rivolge in taiwanese, il signor Tsai s'illumina e si mette a chiacchierare. Solo dopo aver conversato a lungo, i clienti aprono le loro borse e il signor Tsai le riempie di riso finissimo.

Meilin si allontana. Non è pronta per comprare il riso, non ancora. Continua le sue commissioni, anche se dentro di sé non fa che pensare al signor Tsai. Meilin ha sempre avuto un ottimo orecchio per le lingue. A Shanghai ha imparato il dialetto velocemente. E a Chongqing si aggiudicava prezzi decisamente migliori da quando aveva iniziato a parlare in sichuanese. Ripensa a come ridevano la zia Deng e lo zio Liang a sentire i suoi primi tentativi. Eppure col tempo erano diventati suoi amici e, in seguito, la sua ancora di salvezza. Meilin sorride, ma in breve quei ricordi piacevoli vengono offuscati da quello del Gran Tunnel. Sono passati quattordici anni. Se non fosse accaduto, forse la famiglia non si sarebbe divisa. Magari adesso sarebbero qui a Taiwan tutti insieme. Liling avrebbe ventidue anni e, chissà, magari dei figli suoi. Meilin sospira, prova a scacciare questi pensieri. Non saranno i ricordi ad aiutarla a comprare il riso. C'è un'unica soluzione: ora che non vive più nel juancun, Meilin deve imparare il taiwanese.

Le sue commissioni la portano al mercato delle stoffe di Yongle, a Dadaocheng. Meilin ha bisogno di comprare bottoni e passamanerie per il vestito nuovo di Madame. Uno dei vantaggi di lavorare per gli Huang è che Madame ha una macchina per cucire e non solo le permette di usarla, ma addirittura si aspetta che Meilin lo faccia. Dopo aver scelto ciò che le serve, Meilin rimane a osservare la merce esposta in cerca di occasioni. L'occhio le cade su un bel cotone verde stampato a fiorellini rosa. D'impulso ne compra alcuni metri e si avvia verso casa.

Mentre cammina, nota due donne che procedono in direzione opposta, con ceste di vimini piene di biancheria. Incuriosita, Meilin si volta e le segue, vuole capire dove stiano andando.

Il fiume. Stanno andando al Tamsui. Una volta lì, si uniscono ad altre donne che lavano i panni sulla riva. Sembrano conoscersi tutte, trasmettono un senso di unità di cui Meilin ha grande nostalgia. Alcune hanno con sé i bambini, che le aiutano o giocano tra loro nell'acqua. Meilin ripensa alle donne del juancun, a quando si riunivano per fare il bucato e alleggerivano il lavoro con battute e pettegolezzi. Ascolta con attenzione, cercando di capire cosa dicono. Sono benshengren e chiacchierano allegramente in taiwanese. La cosa lì per lì lascia sorpresa Meilin. Nel suo zelo per far rispettare la politica del governo che impone l'uso esclusivo del mandarino, l'onnipresente polizia militare spesso non esita ad arrestare chiunque parli taiwanese. Ma qui, riflette Meilin, il gorgogliare del fiume copre le voci e concede a queste donne uno scampolo di libertà.

La settimana prossima, quando sarà il momento di fare il bucato, pensa Meilin, potrebbe venire qui con la sua cesta e imparare qualche parola.

L'acqua s'increspa intorno ai ciottoli che affiorano dal fondale basso. Meilin immerge i panni e li guarda scurire, farsi molli, pesanti. Tira indietro le spalle indolenzite dalla cesta. Si accuccia e comincia a strofinare il sapone nelle pieghe della stoffa, fino a ottenere una schiuma densa. Poco lontano da lei, altre donne lavano o sbattono i panni su grossi sassi per eliminare l'acqua, per poi strizzarli e riporli attorcigliati nelle ceste. Quel primo giorno, lei riceve solo occhiate sospettose, nessuno le rivolge la parola. Però nessuno le dice nemmeno di andarsene.

I panni lavati - anche se ben strizzati - al ritorno pesano ancora di più. Meilin è costretta a spendere una delle sue preziose monete per prendere un risciò fino alla casa degli Huang.

Settimana dopo settimana, Meilin torna al fiume e prende dimestichezza col lavoro. Il bucato passa dall'essere la sua incombenza più odiosa a una parte integrante della sua routine. Le donne cominciano a riconoscerla, qualcuna le chiede come si chiama, chiacchiera. Meilin tenta qualche frase in taiwanese e, apprezzando i suoi sforzi, loro gliene insegnano di nuove. Quando chiede perché ai benshengren non piacciano i waishengren, le donne non rispondono e cambiano subito argomento. Le assicurano, però, che lei è la benvenuta, che per lei è diverso. Col passare del tempo, complice il rumore dell'acqua che copre le loro voci, finiscono per raccontarle dei fatti del 28 febbraio 1947, due anni prima dell'arrivo di Meilin e Renshu. Meilin mette insieme la storia un pezzo alla volta. Le donne le raccontano di una vedova benshengren che vendeva sigarette di contrabbando sfidando il monopolio governativo; quando le era stato intimato di smettere, lei si era rifiutata e una folla di gente si era radunata per sostenerla. Disgustate, raccontano di quel vigliacco di un soldato che aveva sparato un colpo tra la folla, uccidendo accidentalmente un uomo, e di come questo avesse portato all'uccisione - non più tanto accidentale - di migliaia di civili. Da allora, migliaia di persone sono state perseguitate dal Kuomintang. Sequestrate, fatte sparire, uccise. *Questo è un argomento tabù, a nessuno è permesso parlarne,* dicono. Ma tutti ne parlano lo stesso: non c'è taiwanese che non bruci dal bisogno di raccontare delle angherie subite da uno dei propri cari. Come sempre, Meilin ascolta. Non ne aveva idea. Vorrebbe piangere con loro, per i loro lutti e le loro sofferenze. Per la prima volta, inizia a capire i motivi del risentimento che percepisce sin dal giorno del loro arrivo a Taiwan.

A forza di portare il bucato al fiume, Meilin conosce una giovane donna di nome Lin-Na, che ha perduto sua madre nel massacro del 28 febbraio. Meilin le dice che pure lei sa bene cosa voglia dire perdere qualcuno a causa di una guerra voluta da altri. Col tempo, le due diventano amiche. A volte Meilin porta del cibo per Lin-Na e le sue cugine. Quando Lin-Na commenta che gli abiti di Madame Huang sono bellissimi, Meilin le confida che li ha cuciti lei e Lin-Na le chiede se può aiutarla a fare delle modifiche ai suoi. Lin-Na ha un banco al mercato delle stoffe, e offre a Meilin pezze di prima scelta a un buon prezzo.

Quando le scorte sono praticamente esaurite, Meilin rivela a Lin-Na che ha assolutamente bisogno di comprare del riso, ma teme che a causa del suo accento non rimedierà altro che scarti. Lin-Na si offre di presentarla al signor Tsai e, a fine giornata, Meilin non solo ha tutto il riso che le serve, ma ha anche un nuovo amico.

13

Taipei, Taiwan, gennaio 1960

Renshu sta raggiungendo gli amici per festeggiare insieme con una scodella di noodles. Cammina con passo elastico, lieve, ottimista. La sua mano tocca il bordo della busta che tiene in tasca, accarezza l'orlo dentellato dei francobolli.

L'anno scorso, mentre studiava per gli esami finali e si preparava al servizio militare, Renshu ha cominciato a progettare una vita fuori dalla NTU, fuori da Taiwan. Incoraggiati dal premio Nobel per la fisica che Li Zhengdao e Yang Zhenning hanno vinto tre anni prima, Renshu e i suoi compagni hanno iniziato a sognare di completare gli studi negli Stati Uniti.

Gli esami di Renshu sono andati benissimo e i suoi professori lo hanno esortato a continuare una volta finita la leva obbligatoria. Per contrastare il comunismo, il governo sta reclutando gli alunni migliori in campo scientifico per farli studiare in America. Renshu sa che sua madre sarebbe entusiasta di vederlo diventare professore universitario e, sebbene forse lei non abbia immaginato che sarebbe partito per gli Stati Uniti, a lui appare chiaro che sia questo, il suo futuro.

Si è informato sui requisiti necessari, che sono molti: conseguire una laurea quadriennale, assolvere agli obblighi di leva, dimostrare una buona conoscenza dell'inglese e una specchiata idoneità politica, ottenere l'ammissione a un programma post-laurea negli Stati Uniti, trovare uno sponsor e i fondi necessari e, infine, ottenere il visto.

È da tempo che lavora alla risoluzione di questo problema, un tassello alla volta. Ottenuta la laurea con lode alla NTU, sta ora concludendo il servizio militare. E, oggi, Renshu ha in tasca una nuova tessera del puzzle: un'offerta di ammissione al programma d'ingegneria meccanica da parte della Northwestern University, Evanston, Illinois, USA.

Al ristorante, i suoi amici stanno già festeggiando. Pao è stato accettato alla facoltà di fisica della NYU, Liu andrà invece all'università del Wisconsin a studiare ingegneria elettrica, mentre il suo amico e rivale accademico Li Hotan ha ricevuto un'offerta dalla Columbia.

«Dao Renshu! Dove andrai?»

Renshu sventola la sua lettera della Northwestern e si unisce a loro in un brindisi.

Ora Renshu si concentra sulla prossima fase di questo complicato iter. Per ottenere il visto, deve dimostrare di avere un conto presso una banca statunitense, con un deposito minimo di 2.400 dollari americani. I suoi amici hanno contatti. Padri con incarichi governativi, parenti ricchi che abitano a Hong Kong. Alcuni hanno persino familiari che vivono già in America. Non avranno difficoltà a mettere insieme quella somma. Ma lui? 2.400 dollari? Renshu non ha nemmeno 20 centesimi! Eppure dev'esserci un modo. Non sarebbe arrivato sin qui altrimenti.

Porta la lettera a Meilin.

«Mamma, ho una notizia», esordisce.

Meilin posa i pantaloni che sta rammendando e lo guarda. Ci sono fili d'argento tra i suoi capelli.

Lui le consegna la busta.

Anche lei passa il dito sui francobolli. Poi gira la busta e tira fuori la lettera. È tutta in inglese. Gliela riconsegna. «Cosa dice?»

«È un'offerta di ammissione al programma post-laurea d'ingegneria meccanica della Northwestern University.»

Lei lo guarda, sorride ma è ancora confusa.

«In America.»

«In America!» Una sarabanda di emozioni passa sul viso di Meilin: incredulità, orgoglio, incertezza, tristezza.

Per molti mesi Renshu ha sognato quest'opportunità, ma solo ora si rende conto che la sua partenza potrebbe spezzarle il cuore.

Meilin socchiude le palpebre e scuote la testa, meravigliata. «E ora che succede? Come funziona?»

Renshu le spiega la faccenda del conto in banca.

Meilin annuisce. Lui vuole andare. Lei vuole che vada. Ma non hanno i soldi.

Sta per cominciare l'anno del topo e i Li daranno una festa nella loro villa per celebrare il Capodanno lunare. Hanno chiesto agli Huang di prestargli Meilin per aiutare a servire gli ospiti.

Tra gli invitati ci sono numerosi funzionari del governo e militari di alto rango, così come diverse persone influenti e membri delle élite, praticamente tutti coloro che sono riusciti a fuggire dal continente con le loro fortune intatte. Le donne si coprono di complimenti, ammirando orecchini, collane e abiti da sera. Gli uomini si scambiano strette di mano e saluti calorosi. A Meilin piace aggirarsi alla periferia di eventi come questo e origliare le conversazioni. Pare che presto andrà di moda indossare qipao più corti. Meilin gongola: potrà tenere per sé tutti gli scampoli degli abiti che Madame vorrà far accorciare. Li userà per cucire borse, pantofole, magari anche biancheria di seta. Nel frattempo, gli invitati sono passati a spettegolare su chi è atteso questa sera. Uno in particolare, un funzionario in pensione, suscita mormorii entusiastici. Pare che in gioventù fosse un po' una testa calda, eppure la sua temerarietà col tempo ha dato i suoi frutti e il Generalissimo l'ha coperto di onori.

Nonostante l'ostentazione di ricchezza, Meilin percepisce la nostalgia nelle loro voci. Tutti hanno sofferto. Nessuno è uscito indenne dalla Cina, non importa quanto oro o giada sia riuscito a portare con sé. Nulla a Taipei è tanto bello da risarcirli di ciò che hanno dovuto abbandonare.

Arriva un'altra ondata di ospiti e la festa si fa più rumorosa, più allegra. Meilin fa la spola tra la sala e la cucina, riempiendo i piatti di nuove pietanze. Il vino scioglie la lingua, e non manca chi sottolinea che questo è l'undicesimo anno del piano quinquennale di riconquista del continente promesso dal Generalissimo. Nel salotto, seduti su cuscini di velluto intorno ai tavolini zitan, gruppi di uomini giocano a mahjong, a scacchi o a go. C'è chi scherza: *Come hanno fatto tutti questi maestri di strategia a perdere la madrepatria?*

Dopo molte ore, quando cibo e vino sono ormai quasi finiti e Meilin, coi piedi doloranti, sta portando in cucina un vassoio carico di piatti sporchi, la *sua* voce la raggiunge dal salotto.

Meilin si ferma, tende l'orecchio. Non la sente più. Deve essersi sbagliata.

E invece no, eccola di nuovo. Riconoscerebbe questa voce tra milioni. Ne conosce il timbro, la sonorità. Posa il vassoio e getta un'occhiata nella stanza.

Lo stupore la immobilizza. È come vedere un fantasma. Scappa in cucina.

Non può trattarsi che di un'allucinazione. La sua testa è annebbiata dall'aria satura di oppio e nostalgia.

« Suimei, potresti scoprire il nome di quel signore vestito elegante che sta giocando a mahjong? »

« Non è un po' vecchio per te? »

Meilin ignora le prese in giro della ragazza e la spinge verso il salotto. « Vai, chiedi a qualcuno. »

Non che ce ne sia bisogno. È chiaro che sia lui.

Suimei torna di corsa, pronuncia il suo nome.

Meilin si sente sprofondare.

« Lo conosci? Lo conosci! È così elegante. Come fai a conoscerlo, dimmi! »

« No. » Meilin sa di dover fare attenzione. Scuote la testa. « Non è lui. » Spera così di essersi liberata di Suimei. Deve riflettere.

Da un'alcova nell'angolo, lo studia con attenzione. Deve avere quasi sessant'anni, ormai. Ha un'andatura leggermente claudicante. Il vestito gli cade largo sulle spalle e gli zigomi sono più pronunciati. È al tempo stesso più morbido e più ruvido. Adesso somiglia un po' a Hongtse.

E dove sono Wenling e Lifen? Si guarda intorno. Wenling non può essere qui, altrimenti avrebbe spiccato tra tutti, l'avrebbe notata.

Il resto della serata scivola via. Gli invitati esprimono desideri per l'anno nuovo. I bicchieri tintinnano, si brinda a un glorioso ritorno in patria, ma sono parole vuote come le bollicine nello champagne.

È solo quando gli ospiti cominciano ad andare via che l'uomo si avvicina a Meilin.

Le posa una mano sul braccio.

Meilin sussulta e si tocca la pelle come se si fosse scottata. Le si è chiuso lo stomaco.

«Sei proprio tu», dice lui.

Lei annuisce, incapace di proferire parola.

«So che non sei un fantasma, perché i fantasmi non sono mai sorpresi di vedermi. Tu invece sei sconvolta quanto me.»

Meilin ancora non parla. È più che ammutolita, non riesce nemmeno a pensare.

«Eppure me lo sentivo, che ti avrei rivisto, un giorno.»

«Devo aiutare le altre a rigovernare», riesce finalmente a balbettare Meilin.

«E Renshu?» le chiede con un filo di voce.

«Si è laureato alla NTU.» Meilin ha la bocca secca.

Il viso di Longwei s'illumina. «È qui? A Taipei?»

Meilin annuisce, il cuore le batte all'impazzata.

Si sente chiamare dalla cucina. Guarda e vede Suimei che agita la mano ridendo.

«Signor Dao, la sua macchina è arrivata.» Un valletto attende col cappotto e col fedora di Longwei, lo deve scortare alla sua auto.

«Grazie.» Lui si sistema il cappello in testa. «Meilin, mia cognata perduta e ritrovata. Rivediamoci domani, vuoi? Caffè Astoria? Alle quattro?»

E, con queste parole, se ne va.

Pochi mesi dopo l'arrivo di Meilin a casa Huang, Madame era rimasta così colpita dal suo lavoro da darle una pezza di quella bellissima seta verde che le aveva mostrato il giorno del loro primo incontro. Quando Renshu era partito per l'università, Meilin aveva sistemato la macchina per cucire sulla sua scrivania e lì, godendosi l'aria fresca del ventilatore e la musica lirica trasmessa dalla radio della zia Chin, si era cucita il più bell'abito che avesse mai avuto in tanti anni. Lo ha indossato pochissimo, giusto in occasione di qualche festa della Native Place. Per lo più resta appeso nell'armadio. Ogni tanto lo tira fuori per affondare il viso nella seta fresca e ammirarne la sottile iridescenza.

Il giorno dopo la festa, lo indossa. Ha bisogno di qualche modifica, pensa, tirando le maniche e accomodandolo sui fianchi. Dopo essersi cambiata, si mette all'opera, disfa qualche cucitura e ne aggiunge altre. Lo prova di nuovo, facendo una piccola piroetta davanti allo specchio. Si gira per controllare come cade dietro, chiedendosi se è il caso di accorciare l'orlo.

« Ti sta d'incanto, mia cara », le dice la zia Chin dalla porta.

« Mmm. Non voglio sembrare incantevole, voglio sembrare forte », risponde Meilin.

« Forte? »

« Sì, forte. Come una persona che ha saputo badare a se stessa e alla propria famiglia. Una persona che non si fa mettere i piedi in testa. »

« Non si può sembrare forti in quel senso lì, o lo sei o non lo sei. E tu lo sei, Meilin. Dove stai andando? »

Il vestito andrà bene com'è, decide Meilin. Comincia a spazzolarsi i capelli. « Devo incontrare... » Esita. *Chi è Longwei per me?*

« Un amico? »

« Una persona che conoscevo », dice infine, appuntandosi i capelli.

« Molto bene, spero che sarà un incontro piacevole », risponde affabile la zia Chin mentre torna in cucina.

Lo spero anche io, pensa Meilin.

Ha detto alla zia Chin di voler sembrare forte, ma ora è nervosa. Sulla via per il Caffè Astoria, fa due conti: sono passati più di tredici anni da Yichang. Tredici anni. Da dove cominciare? Cosa può dirgli, che le dispiace di essersene andata? Ma non è vero che le dispiace. Doveva cercare i suoi genitori, per forza. E cosa sarebbe successo se fossero rimasti? È una domanda cui è impossibile rispondere. Cosa può dire, che è contenta di vederlo? Ma forse non è vero nemmeno questo, ieri sera era sconvolta. È ancora sconvolta. Forse non c'è proprio niente da dire, forse dovrebbe tornare indietro. No, ci andrà. È già a Wuchang Street, è praticamente arrivata.

Ed eccolo qui: il Caffè Astoria. Sbircia le vetrine, le delizie in esposizione, vassoi di candidi e soffici pasticcini alla mandorla. Entrando, viene accolta da un meraviglioso profumo di dolci. Una scalinata conduce ai tavoli. Meilin si rassetta i capelli con una mano e si avvia su per le scale.

Lui è già seduto, stropiccia con le dita un angolo del menu. Meilin nota che sta cominciando a perdere i capelli. Non appena la vede, Longwei sorride e, nonostante tutto, Meilin non può farne a meno, sorride anche lei. Una sensazione dimenticata s'impossessa di lei: ecco qualcuno che la conosce davvero, che ricorda la sua vita con Xiaowen. Qualcuno che capisce cos'ha perduto e chi avrebbe potuto essere. Quale che sia l'esito dell'incontro, prova gratitudine per questo momento di profondo riconoscimento. Longwei si alza e scosta una sedia per lei. Quando si rimette a sedere, la sua mano è scossa da un lieve tremito. « Temevo che non venissi. »

« Lo temevo anch'io », risponde lei.

Longwei ridacchia. La sua risata le sembra più morbida di come la ricordava, come la curva delle sue spalle. Meilin comincia a rilassarsi, almeno un pochino.

Longwei insiste per ordinare due fette di torta al cioccolato e caffè. Sebbene sia gonfio di banconote, il suo portafogli è logoro, i bordi sono sdruciti.

Con sua sorpresa, Longwei le chiede pochissimo di quanto è accaduto dopo Yichang e lei non gli racconta nulla.

Le chiede però di Renshu.

Meilin se lo aspettava. Gli mostra una foto di suo figlio in uniforme militare. Gli occhi del ragazzo sono seri, la divisa da cadetto è perfettamente stirata e i capelli cortissimi sono nascosti sotto un berretto che sembra quasi troppo grande per la sua testa. Longwei studia l'immagine con attenzione. Quando alza lo sguardo, Meilin si accorge che ha gli occhi lucidi.

« Assomiglia tutto a Xiaowen. »

« Lo so », risponde lei.

Le restituisce la foto e le racconta per sommi capi ciò che gli è successo.

È stato a Shanghai, a Nanchino, a Chongqing, a Chengdu, infine Taipei.

Ha viaggiato su treni, jeep, piroscafi, moto, automobili e un aereo.

Per diversi anni, la sua carriera è andata a gonfie vele, però non serviva un genio per capire che il Generalissimo non vuole intorno a sé consiglieri o strateghi, solo pupazzi. Di Longwei si può dire tutto, tranne che sia un pupazzo, e mostrarsi in disaccordo con Chiang Kai-shek equivale a firmare la propria condanna a morte. Quando i cinque anni prospettati dal Generalissimo sono diventati sei, poi sette, Longwei ha capito che era giunto il momento. Per essere un bravo giocatore d'azzardo servono molte doti, ma la più importante è sapere quand'è il momento di abbandonare il tavolo. Non appena si è presentata l'opportunità, ha accettato un nuovo incarico, di grande prestigio e pochissimo potere. Dopodiché è andato in pensione non appena possibile, con la reputazione intatta.

In tutto questo lungo racconto, non ha fatto nessun accenno a ciò che a Meilin più preme sapere.

« E Wenling e Lifen, dove sono? »

Longwei esita un istante prima di parlare. « Eravamo a Shanghai da pochissimo tempo quando sono stato trasferito a Nanchino. Una volta lì, ci siamo messi a cercare la famiglia di Wenling, ma la casa era abbandonata. Non abbiamo trovato nessuno. »

Meilin chiude gli occhi.

« Poi io dovevo tornare a Chongqing, ma lei non voleva, ovviamente. 'Questa volta, permettimi di tornare a Shanghai con Lifen.' Non potevo dirle di no. Il mio piano era di raggiungerle finita la guerra. »

Per quanto dolorosi siano i suoi ricordi di Shanghai, Meilin capisce perché Wenling l'amasse così. Si chiede se Lifen sia riuscita a mettere da parte il risentimento, se crescendo abbia trovato un modo per stare meglio con se stessa. Ma il tono di Longwei non lascia presagire niente di buono.

« Che è successo? » chiede Meilin.

« Quando Shanghai è diventata troppo pericolosa, ho organizzato il loro trasferimento qui. Era previsto che s'imbarcassero sul *Taiping*, ma... »

Meilin trattiene il fiato, ripensa all'orrore che aveva provato leggendo la notizia che due navi erano entrate in collisione una notte di gennaio, perché viaggiavano entrambe a luci spente, per non essere individuate dal nemico. « Sono annegate? »

« Forse, o forse no. I loro nomi non figuravano nella lista dei passeggeri. Non lo so. » Gira il cucchiaino nella tazza, come se il caffè potesse offrirgli la risposta. « Le avevo mandato i soldi per i biglietti, ma magari invece ha deciso di andare a Hong Kong. O magari sono rimaste a Shanghai. Non lo so. Sono sparite. »

« Hai messo un annuncio? Le hai cercate? »

« Certo che le ho cercate! A Taipei, a Hong Kong, quando ancora era possibile, ho piazzato annunci su tutti i quotidiani di Shanghai. Niente. »

« Mi dispiace. Mi dispiace tanto », mormora Meilin. Al cospetto del dolore di Longwei, le vecchie ferite tornano a sanguinare. Si sporge per toccargli il braccio.

Lui tira fuori un fazzoletto, si soffia il naso e scuote la testa.

« Hai mai pensato di cercare anche noi? »

Longwei prende un sorso di caffè, ma lo sguardo rimane fisso su di lei. « Non pensavo che voleste essere trovati. »

Meilin si sente avvampare. Longwei posa la tazzina e tira fuori dalla tasca una manciata di semi di girasole. Comincia a romperli tra i denti e a succhiare il sale dalle bucce. I suoi denti le sembrano enormi. Tocca la propria tazza. Il caffè è freddo.

« Perché sei andata via? » le domanda lui alla fine. « Sai che mi sarei preso cura di te e di Renshu. Dopo tutto quello che abbiamo passato, sai bene che l'avrei fatto. »

Meilin resta in silenzio.

« Non ti ho sempre aiutato? Col cibo, coi libri e con le divise di Renshu, con le stoffe e coi materiali per il cucito? Quando Xiaowen è mancato, non ho sempre fatto tutto il possibile per te? »

Così tante domande. Meilin non può rispondere. Non riesce nemmeno a guardarlo negli occhi.

Nei lunghi istanti che seguono, qualcosa si risveglia in lei. Una piccola voce che si oppone a questo drago che le rinfaccia la sua rettitudine. Forse non voleva che si prendesse cura di lei. Forse non aveva bisogno della sua protezione soffocante, non tanto quanto piaccia pensare a lui. A distanza di più di un decennio, per lui è facile sbandierare le sue buone intenzioni. Ma lei non si fida completamente di lui. Non si è mai fidata. *Scopri le sue carte,* le dice la voce.

Meilin mormora qualcosa a bassa voce, quasi tra sé.

« Che stai dicendo? Guardami in faccia quando mi parli », esplode lui. Ma poi aggiunge: « Meilin », e la sua voce si spezza tra le sillabe del suo nome.

« Ho detto... » Lo guarda negli occhi. « Ho detto: 'Allora aiutaci adesso'. »

Longwei la fissa.

Anche se le tremano le ginocchia, Meilin sostiene il suo sguardo.

Lui scuote leggermente la testa, come sorpreso e forse ammirato dalla sua faccia tosta. « Vieni, andiamocene. » Spinge indietro la sedia.

Passeggiano per il mercato notturno. Gli ambulanti vendono noodles e tè caldo. Longwei si ferma davanti a un banco pieno di libri, mappe e oggetti vari. Prende tra le mani un vaso di ottone decorato con lapislazzuli che formano il disegno di una fenice. Lo rigira più volte tra le mani e poi lo rimette giù.

« Cosa stai cercando? » chiede Meilin.

« Niente in particolare. Ma a volte mi capita di trovare qualcosa di speciale, un vaso, una giada, una calligrafia. Comincio a capire perché mio padre collezionasse queste cose. »

« Perché secondo te? Cosa pensi che cercasse Hongtse? » Meilin ha sempre pensato che il motivo fossero i soldi: un modo per diversificare i propri investimenti.

« Forse voleva solo possedere oggetti meravigliosi, cose che potessero sopravvivere alla follia degli uomini. La maestria necessaria a realizzare un oggetto come questo... » - accarezza un portagioie rosso con un'intricata incisione di un salice e un fiume - « non può essere toccata da macchinazioni politiche o intrighi. Quando tutto sarà finito, questo portagioie sarà ancora bellissimo. »

« Io credo che non sia solo una questione di bellezza », dice Meilin.

« Che intendi? »

« È una questione di forza, anche. Di resistenza. Un oggetto può conservare la memoria in un modo in cui le persone, le generazioni, non possono fare. » Dove sarà ora il suo rotolo? Le piace immaginare che sia in mani diverse da quelle in cui l'ha lasciato. Mani migliori.

L'ambulante si avvicina sperando di concludere una vendita, ma Longwei scuote la testa e chiude il coperchio del portagioie.

Meilin ricomincia a camminare, diretta verso casa.

Lui si affianca e le offre il braccio.

« Mi stai facendo la corte, vecchio? » scherza, accettando.

« Solo da venticinque anni. »

Anche se è buio, Meilin sente il sorriso nella voce di Longwei. Si sorprende a sorridere anche lei.

« Eccomi arrivata », dice, davanti alla casa degli Huang. Gli posa una mano sulla spalla. « Vieni a trovarci quando c'è anche Renshu. Sarà felicissimo di vederti. Sabato prossimo? » E, con un ultimo affettuoso buffetto sulla spalla, gli dà la buonanotte, chiudendo il cancello dietro di sé.

14

Taipei, Taiwan, febbraio 1960

Renshu è passato al mercato a prendere il pesce, come gli ha chiesto sua madre e adesso s'incammina verso Qidong Street. Gli Huang sono a Hsinchu e la zia Chin si è presa il fine settimana libero. Meilin gli ha chiesto di aiutarla a preparare la cena per un ospite, raccomandandogli di portare con sé tutti i documenti per l'America. Cosa starà tramando?

Meilin apre la porta prima ancora che Renshu possa bussare. Le porge il pesce insieme con un cestino di fragole fresche. Sua madre sorride alla vista della frutta e porta tutto in cucina, mentre lui si china per indossare le pantofole.

« Ce li hai, i documenti? » grida lei dalla cucina.

« Sì, mamma. Si può sapere chi è l'ospite misterioso? »

Meilin torna asciugandosi le mani sul grembiule. « Renshu, tuo zio Longwei è qui, a Taipei. »

« Lo zio? Qui? » esclama Renshu, incredulo. Sono anni che non pensa a lui. « Come avete fatto a trovarvi? »

Meilin gli racconta della festa di Capodanno.

Renshu non ricorda quand'è che hanno smesso di cercare Longwei e la sua famiglia, ma una parte di lui ha sempre sperato di ritrovarli, un giorno. Scuote la testa, meravigliato. « Chissà se ci siamo mai incrociati senza saperlo. E la zia Wenling e Lifen? Verranno anche loro questa sera? »

« Renshu », dice Meilin, ma non deve nemmeno proseguire: il suo tono dice tutto quello che c'è da sapere.

« Cos'è successo? »

« Dovevano essere sul *Taiping* la notte in cui è affondato. »

Renshu sprofonda su una sedia, desolato di aver ritrovato e perso sua zia e sua cugina nello spazio di un minuto. Poi pensa a Liling e al dolore profondo che ha lasciato dietro di sé.

« Renshu, lui può aiutarci. »

«Ma non siamo mai tornati alla barca, a Yichang.» Esita. «Non è arrabbiato?»

«Non lo so. Forse non più. E anche se lo fosse non vuol dire che non ci aiuterà. Vieni, dobbiamo preparare la cena.»

Longwei arriva con indosso un abito all'occidentale grigio scuro e un fedora rosso. Tra le mani ha dei regali che mette giù non appena vede il nipote. Anche se ha ormai venticinque anni e non tredici, a Renshu fa un certo effetto guardare in faccia lo zio, ora che sono alti uguali. Longwei ride di gioia e, con grande sorpresa sia di Meilin sia di Renshu, lo abbraccia forte.

«Che meraviglia», dice, squadrandolo da capo a piedi. «Un uomo fatto e finito! Congratulazioni per tutti i riconoscimenti che ti sei guadagnato alla NTU, tuo padre sarebbe molto fiero di te, e anche il mio. Sono fiero di essere tuo zio.»

Renshu raddrizza le spalle, impettito.

Longwei si gira verso Meilin. «È ancora più bello che in fotografia.»

«Vieni dentro, hai mangiato?» risponde lei; il suo tono è brusco ma affettuoso.

«Vi ho portato questi.» Longwei solleva le borse e le porge a Meilin. Una bottiglia di brandy e una scatola del Caffè Astoria.

Quando Meilin apre la confezione, Renshu sbircia: è piena di candidi dolcetti alla mandorla.

«Meringhe russe», dice Longwei.

Trascorrono la serata assaporando la cucina di Meilin e scambiandosi racconti. Meilin e Renshu bevono raramente, ma Longwei non fa che riempire i bicchieri di brandy e la conversazione scorre piacevole. Nonostante tutto, alcuni argomenti vengono aggirati con attenzione. Meilin glissa sulla casa distrutta dei suoi genitori e sugli anni passati a Shanghai, e Longwei non insiste. Quando tutti hanno mangiato a sazietà, Renshu comincia a sparecchiare la tavola. Dalla cucina ascolta le risate di sua madre e di suo zio. È come se un lato tutto nuovo di lei fosse venuto d'improvviso alla luce, una pienezza che Renshu non si era accorto fosse mancata prima. Porta in tavola le fragole e i dolcetti speciali di Longwei.

Non appena si siede, la conversazione si fa di colpo seria.

Longwei si schiarisce la voce, ha ancora la sua inconfondibile tosse da fumatore. « Renshu, tua madre dice che vorresti completare i tuoi studi negli Stati Uniti. Mi sembra una magnifica opportunità. Racconta. »

Renshu annuisce, improvvisamente nervoso. Tira fuori i documenti e comincia a spiegare tutti i passaggi.

Lo zio tiene gli occhi puntati su di lui, non li guarda nemmeno, i moduli che si accumulano sul tavolo.

Meilin siede con le mani in grembo, immobile, e fissa Longwei.

Conclusa la spiegazione di Renshu, Longwei sfoglia le carte: l'offerta dell'università, il lasciapassare politico rilasciato dal Security Bureau, l'attestato di eccellenza dell'esame di lingua inglese del ministero dell'Istruzione, una richiesta di visto quasi del tutto compilata e, infine, un modulo ancora vuoto. Renshu deve dimostrare di avere un conto in banca negli Stati Uniti e fondi sufficienti a coprire la retta e le spese, per un totale di almeno 2.400 dollari americani.

Renshu è inquieto. Sa che Longwei è l'unico che può aiutarlo a risolvere il problema dei soldi e del visto. Cosa starà pensando? Lo aiuterà?

L'orologio nell'atrio suona le dieci.

Renshu si alza. « Mi dispiace, zio, ma dobbiamo salutarci. Devo tornare in caserma. »

Longwei raccoglie i documenti. « Lasciali a me. È una fortuna che la famiglia sia di nuovo riunita. »

« Ti ringrazio per tutto l'aiuto che ci hai dato », dice Renshu a Longwei, mantenendo un tono neutro e sincero. Poi prende congedo con un inchino.

Quando la porta si chiude, Meilin e Longwei restano seduti in silenzio. Gli Huang torneranno domani da Hsinchu e Meilin ha ancora tante cose da fare, ma non vuole che la serata finisca, non ancora. Vuole immaginare che questa sia casa sua, solo per una sera. Si allunga a prendere il brandy con cui riempire i bicchieri.

Longwei le afferra un braccio. «Sposami, Meilin.»
«Cosa?» Lei lo guarda con occhi sgranati e si libera dalla sua stretta, posando il brandy sul tavolo.
«Dico sul serio. Sposami.»
Meilin scoppia a ridere, poi si rende conto che Longwei non sta scherzando.
«Ne abbiamo passate tante. Chi altri potrebbe capire?»
Lei si porta una mano alla bocca, a trattenere una valanga di domande. È impazzito? Cosa gli passa per la testa? È un trucco?
«Di' qualcosa.»
Meilin si chiede se non sia paura, quella che gli legge negli occhi. Ogni volta che Longwei ha mostrato di avere a cuore il bene di Meilin, c'era sempre un secondo fine.
«Di' qualcosa», insiste lui.
Non è mai saggio dare subito a un giocatore quello che vuole.
«Prima aiuta Renshu.» Studia l'espressione di lui. Sa che sta pungolando un'antica ferita. Ripensa al modo in cui Longwei guardava suo nipote questa sera, non ci sono dubbi che gli voglia bene. Ha sempre desiderato un figlio maschio.
«Sposami», ripete Longwei. «Sarà tutto più semplice, così.»
Semplice? E quando mai è stata la semplicità a guidare le sue azioni? O quelle di lei? Durante tutti questi anni di sofferenze, l'idea di risposarsi non ha mai nemmeno sfiorato Meilin. La sua indipendenza è stata una conquista troppo sofferta per cederla a un uomo qualsiasi. Ma questo non è un estraneo: è Longwei, l'uomo che, per tanti versi, la conosce meglio di chiunque altro.
«Per favore, aiutalo. Questa è la sua grande occasione.»
Senza staccare lo sguardo da lei, Longwei si alza e va a prendere cappotto e cappello. Ci mette un po' a indossarli. Infine prende i documenti e li arrotola. «È stata una magnifica serata. Ti ringrazio per la cena.»
Meilin ha il cuore in gola. Si alza anche lei, chiedendosi se non abbia sbagliato a chiedergli tanto. Forse avrebbe dovuto accettare e basta. Lo accompagna alla porta non sapendo bene cosa dire, e resta lì a massaggiarsi una mano con l'altra mentre Longwei si mette le scarpe.
In piedi sulla soglia, illuminato dalla luce delle lanterne,

Longwei si piega per toccare una ciocca ribelle dei capelli di Meilin e gliela sistema con dolcezza dietro l'orecchio. La saluta con un mezzo inchino ed esce nella notte.

Aspettano. I giorni diventano settimane e le settimane diventano l'intero mese di marzo. Poi è aprile, l'umidità aumenta e le speranze cominciano a scemare. Arrivata a maggio, Meilin non è più sicura di niente. È possibile che abbia messo il futuro di Renshu nelle mani di qualcuno che lo getterà al vento? Possibile che Longwei abbia ceduto i documenti a qualcun altro, e pure i soldi? Avrebbe dovuto accettare la sua proposta di matrimonio?

A prescindere dalla risposta di Longwei, positiva o negativa che sia, l'opportunità di Renshu potrebbe svanire per tanti altri motivi: potrebbero rifiutargli il visto, potrebbero non esserci abbastanza biglietti per la traversata in nave, il governo potrebbe cambiare idea, i soldi potrebbero arrivare troppo tardi. Un tifone estivo potrebbe distruggere gli uffici e tutta la documentazione. Meilin non fa che immaginare scenari sempre più disastrosi.

Renshu ha appena finito un'esercitazione di addestramento, è stanco e sudato sotto il sole caldo di giugno. Non vede l'ora di finire la leva obbligatoria. Pur essendo consapevole di dover essere pronto a difendere la Repubblica, ha i brividi al solo pensiero di dover andare in battaglia. Ha una buona mira, ma le esercitazioni di tiro lo sfiniscono, e il bersaglio è solo una sagoma nera. Quando hanno fatto pratica con le bombe a mano, è stato così male che ha dovuto abbandonare l'esercitazione. Dal momento che i suoi risultati in ogni altro campo sono stati eccellenti, il suo superiore è stato costretto a lasciar correre. A prescindere da cosa succederà col suo visto per gli Stati Uniti, Renshu farà il possibile per non rimanere nell'esercito.

Arrivato davanti alla caserma, Renshu vede Longwei: sta fumando una sigaretta appoggiato a un'automobile. Dalla sua postura è evidente che sono passati anni dall'ultima volta che si è dovuto mettere sull'attenti per qualcuno. Renshu allunga il passo, col cuore che gli batte forte. Buone notizie? Cattive notizie? Cos'è venuto a fare qui lo zio?

Longwei fa un ultimo tiro e getta a terra il mozzicone della sigaretta, schiacciandolo sotto il piede. « Renshu, facciamo una passeggiata. » S'informa sui progressi del suo servizio militare e sulla salute di sua madre.

Marciando con andatura compita e disciplinata, Renshu dà risposte brevi e concise.

« Rilassati », gli dice infine lo zio. « Questa è una visita di cortesia, non un esame. Lo sai », aggiunge poi studiandolo, « assomigli proprio a tuo padre. »

Renshu non sa cosa dire.

Longwei sospira e scuote la testa. « Sei un patriota anche tu? Vuoi diventare un grande soldato come lui? »

« Zio, se sarà necessario servirò la Repubblica con impegno e onore, ma... »

« 'Ma' cosa? »

« Una carriera nell'esercito non sarebbe la mia prima scelta. »

Longwei stringe le labbra, pensieroso.

Renshu si chiede se tanta sincerità non sia stata un errore, forse avrebbe fatto meglio a essere un po' più diplomatico.

Lo zio infila una mano in tasca per prendere un'altra sigaretta e l'accendino. « Sono stato nell'esercito per tanti anni. Ma capisco cosa intendi. Dopo aver servito in battaglia ho trovato altri modi, modi migliori, di combattere. Dopotutto c'è sempre un nemico, c'è sempre una guerra in corso, ma non è necessario essere soldati per combatterla. »

Gli offre una sigaretta, ma Renshu scuote la testa.

Lui accende la sua, inspirando a fondo. « E che ne pensi invece di lavorare per il governo? Ti piacerebbe tornare qui, conclusi i tuoi studi in America? »

Tutto questo interesse vuol dire che ha deciso di aiutarlo? Renshu non sa come rispondere. Non che manchi di patriottismo, ma l'idea di lavorare per il Kuomintang non lo elettrizza. Sa bene dei pestaggi, delle sparizioni misteriose e di tutte le difficoltà cui può andare incontro chi esprime opinioni impopolari, persino tra i fedelissimi alla Repubblica. Lavorare per il governo potrebbe offrire numerosi vantaggi, ma avrebbe comunque un prezzo. Sua madre gli ha sempre insegnato che è meglio non farsi coinvolgere.

« Bravo ragazzo », mormora Longwei. « Non ti affanni a rispondere, né a compiacere gli altri. Hai il viso di tuo padre, ma pensi come tua madre. »

Renshu fissa Longwei.

« Meilin è soprattutto una persona pragmatica. »

È un complimento o un rimprovero?

« E mio padre? Com'era? » chiede Renshu, in parte per non dover dare risposte sul suo futuro.

« Xiaowen? Xiaowen era... » Longwei pondera la risposta. « Era intelligente, oltre che coraggioso. Era bravo coi libri, con l'arte. Aveva occhio per le cose belle. » E poi, con un tono dolceamaro: « Era un brav'uomo ».

Renshu sorride, contento di quel ritratto.

Continuano a camminare. Renshu lancia occhiate di sottecchi allo zio. Da bambino era il suo idolo, Longwei, così spavaldo e sicuro di sé. Adesso ha un'aria stanca. Tra i capelli spiccano alcune ciocche bianche e la pelle intorno al collo e alla mandibola è cadente.

Longwei si volta verso di lui. « Tua madre », comincia, incerto.

Renshu annuisce, invitandolo a continuare.

« Ha mai... » Esita, come se ci avesse ripensato.

« 'Ha mai' cosa? » Renshu studia il viso di suo zio, imperscrutabile.

« In tutti questi anni ha mai parlato di me? »

« Ma certo. A Shanghai ti abbiamo cercato ovunque. E anche quando siamo arrivati qui. La mamma ha chiesto a chiunque, leggeva sempre gli annunci sul giornale. Abbiamo fatto di tutto per trovarti, però poi col tempo abbiamo dovuto... » La sua voce si affievolisce. Arrenderci? Lasciarci il passato alle spalle? Non vuole dire nessuna di queste due cose, anche se sono entrambe vere.

Longwei scuote la testa e fa un gesto con la mano, come a

liquidare la faccenda. Renshu ha risposto come poteva ma ora ha la sensazione che suo zio non gli abbia chiesto quello che davvero vorrebbe sapere.

Cambiano argomento, finché non si rendono conto di aver camminato in cerchio intorno alla base e di essere tornati quasi al punto di partenza. Quando raggiungono la macchina, Longwei lancia un'ultima occhiata al nipote. «Prenota il biglietto per gli Stati Uniti», gli dice, poi sale in macchina.

Renshu resta a guardare sbigottito l'automobile che si allontana.

Allora è vero. Andrà in America. Tutti questi anni di speranze, di difficoltà, di fatiche. Tutti i pezzi del puzzle che ha messo insieme con tanta cura. Si guarda intorno, frastornato. Dalla caserma giungono le risate dei soldati che si preparano a uscire. Contagiato dalla loro energia, Renshu lancia un ululato di gioia. Non vede l'ora di dirlo a sua madre.

Renshu trova posto sul primo mercantile in partenza ed è contento di sapere che molti dei suoi compagni viaggeranno sulla stessa nave. La traversata durerà mesi. Ma, a una settimana dalla data prevista, pur avendolo esortato a fare le valigie, suo zio ancora non gli ha consegnato i documenti.

Gli ultimi giorni sono un turbinio di attività. Meilin evita persino di parlare coi vicini, non vuole attirare la malasorte. C'è così tanto da fare, vestiti da cucire, valigie da rimediare e riempire.

Dov'è Longwei?

La sera prima della partenza, quando l'attesa si è fatta ormai insopportabile, eccolo che arriva con una busta chiusa. «Qui ci sono il passaporto di Renshu, il visto, la lettera di raccomandazione e gli estremi bancari. Tutto il necessario.» Si gira verso il nipote. «Tieni sempre tutto insieme, tienila sigillata. Quando arrivi all'immigrazione, consegnala ai funzionari. Assicurati che ti ridiano tutto. Ho incluso anche l'indirizzo di Chen Yuming, il figlio di un mio vecchio amico. Studia anche lui alla Northwestern, ti aiuterà. Mi raccomando, tieni i documenti in un posto sicuro.»

Consegna la busta a Meilin. È più leggera di quanto si aspettasse. Sarà abbastanza robusta, questa busta così sottile, da portare suo figlio dall'altra parte dell'oceano? Meilin la dà a Renshu, che la prende e abbraccia Longwei. Colto di sorpresa da questo improvviso moto d'affetto, lui incespica poi ricambia l'abbraccio, sussurrandogli all'orecchio: « Studia sodo e tieniti lontano dalla politica ».

Renshu annuisce.

Longwei prende la mano di Meilin tra le sue. « Per la famiglia », dice.

« Per la famiglia », risponde lei.

Porto di Keelung, Taiwan, luglio 1960

Lo vede sul ponte, che la saluta circondato dai suoi compagni. Gli studenti migliori provenienti dalle migliori università. I più fortunati, i più bravi. Suo figlio è tra loro.

Meilin pensa a quando sono scappati da Changsha, ventidue anni fa, in fuga dalla paura e dal fuoco. All'epoca, lei era più giovane di quanto non sia Renshu oggi. Non c'era modo di sapere cosa riservasse loro il futuro. Ma oggi suo figlio può guardare al futuro con fiducia. Sul ponte, il vento schiaffeggia le bandiere.

Essere insieme era per loro l'unica certezza quando ogni cosa pareva incerta. Meilin ha sempre saputo che Renshu se la sarebbe cavata bene. Era un bravo ragazzo e adesso è un brav'uomo. Meilin gli augura di essere felice. Gli augura una buona vita. Di sentirsi sempre amato e al sicuro.

Meilin solleva la mano per salutarlo.

Renshu ricambia il saluto. Trionfante, euforico. Un amico gli cinge le spalle col braccio. Renshu indica Meilin all'amico, che la saluta a sua volta, sorridente. Meilin continua a fare ciao con la mano fino a che i ragazzi non scompaiono alla sua vista, inghiottiti dalla folla dei passeggeri.

L'equipaggio solleva le plance, suonano le sirene. Intorno a lei la folla esulta e saluta, ma Meilin non si muove. Suo figlio sta raggiungendo la bellissima America. È quello che voleva, quello che ha sempre sognato. Quando lo rivedrà, se lo rivedrà, apparterrà a un luogo che lei non conosce. Parlerà una lingua a lei ignota, avrà mangiato cibi che lei non ha mai assaggiato e visto cose che lei non può nemmeno immaginare. Sarà così lontano, lui, che non è stato lontano mai.

Le sembra di andare in pezzi e non sa dire se sia per via della gioia o del dolore. Una signora gentile vicino a lei dice: « Siamo molto orgogliose dei nostri ragazzi, non è vero? » Meilin annuisce mentre le lacrime le rigano le guance. Non si è mai sentita tanto sola.

PARTE QUARTA

1960-1968

15

New York City, New York, agosto 1960

« Dobbiamo andare. Dao Renshu sta per mettersi a piangere. » Li Hotan tende la mano.

Sono alla stazione degli autobus di Port Authority; un pullman della Greyhound, lungo, color argento, è appena arrivato e i passeggeri stanno salendo a bordo. A terra, accanto ai piedi di Renshu, ci sono una valigia e una borsa a tracolla. È arrivato il momento di salutare i suoi amici Li, Pao e Guo.

Il viaggio è durato quasi due mesi: hanno fatto sosta nelle Filippine e alle Hawaii, e hanno attraversato il canale di Panama prima di approdare, finalmente, a New York. Sulla nave c'era una trentina di studenti, ciascuno con la propria visione da sogno dell'America. Renshu ha trascorso molte ore con Li Hotan, Pao Dafei e Guo Yao; hanno giocato a carte, si sono scambiati aneddoti, hanno messo a confronto sogni e speranze. Adesso è ora di prendere ciascuno la propria strada. Li e Pao rimarranno a New York, dove studieranno alla Columbia e alla NYU. Guo sta per prendere un pullman per Boston. Renshu è l'unico del gruppo diretto nel Midwest.

Renshu stringe la mano di Li, sbatte forte le palpebre e deglutisce a fatica. La sua gratitudine nei confronti di Li e Pao è immensa. « No che non piango! » protesta.

Li gli passa la mano libera sulle spalle. « Ma certo che no. E nemmeno io », dice, strizzando le palpebre a sua volta. « Zaijian. »

« Zaijian », dice Renshu. « *See you again* », aggiunge poi, in inglese, saggiando le parole.

Il pullman si avvia verso ovest, nella luce cremisi e arancio di un tramonto estivo, e poi si tuffa nella notte. Renshu attraversa la Pennsylvania sonnecchiando a intermittenza. Ogni volta che il pullman arranca su un'altura, il motore su di giri e il grattare delle marce lo svegliano. Quando ridiscendono, le curve della strada e lo stridio dei freni lo scuotono.

Poco importa quante volte si risistemi, finisce comunque piegato sul sedile, indolenzito. Alla fine si addormenta, accasciato in una posizione decisamente scomoda.

Al risveglio, il collo gli fa male e lo stomaco brontola. Con lo sguardo appannato, osserva il panorama che scorre fuori dal finestrino. Le colline e le vallate della notte appena trascorsa hanno ceduto il passo a piatti campi coltivati che si estendono per chilometri. Laddove la mietitura è già avvenuta, la terra è spoglia. Altrove, invece, ondeggiano file e file di pannocchie, il fusto verdissimo sormontato da un pennacchio dorato. Non ci sono contadini che lavorano la terra, niente file di cappelli di bambù, nessuna falce, nessun cesto di vimini. Al loro posto, enormi trattori e attrezzature misteriose attraversano lentamente i terreni, scavando diversi solchi alla volta. Ma dov'è la gente?

Tutt'intorno a lui, i passeggeri cominciano a svegliarsi, a tossire, a stiracchiarsi. Renshu non conosce nessuno. Quando si fermano per fare colazione e rifornirsi di carburante, la gente si sparpaglia in tutte le direzioni. Temendo di perdersi, Renshu non distoglie un attimo lo sguardo dall'autista. Ordina la stessa colazione che ordina lui, e si siede a un tavolo da cui la sua uniforme verde è ben visibile. Quando l'autista va alla toilette, ci va anche Renshu, affrettandosi in modo da non rimanere indietro. Non può permettersi di essere abbandonato quaggiù, ovunque sia «quaggiù».

Poi tutti risalgono e le ore passano. Dal sedile dietro di lui arriva una voce femminile: *Joshua, finiscila di prendere in giro tuo fratello. No, Evan, basta dolci*. Dal lato opposto del corridoio, due donne guardano un album di fotografie. *Questo è Charlie, quello cui Nancy andava dietro al picnic, e questo è mio cugino Darren*. Quanti nomi! Anche Renshu ha un nome nuovo, per questa nuova vita americana.

L'ha deciso non molto dopo essere salpato da Taiwan, durante una cena in cui tutti avevano cominciato a tirar fuori nomi occidentali, facendoli seguire da un giro di risate e applausi. *Peter, Stephen, Benjamin, Alexander, Jerry.*

« E tu? Quale sarà il tuo nome, Dao Renshu? »

Renshu non aveva capito cosa gli stessero chiedendo.

« Devi scegliere un nome, un nome occidentale », aveva spiegato Li Hotan. « Io sarò... » Aveva fatto una pausa a effetto, finché non si era sentito addosso gli occhi di tutti. « Andrew Li. » Aveva accompagnato quella rivelazione con uno svolazzo della mano, godendosi il momento di gloria.

« E perché dovrei scegliere un altro nome? »

« Perché così è più facile. Quando dovrai compilare moduli, aprire un conto in banca, o quando incontrerai una ragazza – magari una ragazza americana –, sarà più facile, per tutti, pronunciare e ricordare un nome occidentale. »

Perplesso, Renshu non aveva detto niente.

« In America, quando conosci qualcuno, non dici prima il cognome, ma gli dai solo il nome occidentale », aveva detto Guo.

« Un nome è un biglietto da visita. Un nome è una stretta di mano. Un nome è l'entrata in scena », aveva aggiunto qualcun altro.

« È così che ci si presenta: 'Piacere, io mi chiamo Andrew'. » Li Hotan aveva allungato la mano verso Renshu.

Altri nomi, altri scoppi di risa. Avevano ripulito le ciotole con le bacchette e continuato a chiacchierare anche dopo aver finito di mangiare.

Una notte, quando erano in viaggio già da qualche settimana, Renshu si era ritrovato a letto, sveglio e agitato. Si era messo seduto e aveva acceso la lampada sul tavolino della cabina che condivideva con altri tre ragazzi. Gli altri si erano mossi nel sonno, ma nessuno si era svegliato. Lo sguardo gli era caduto sul libro che Li stava leggendo. *Walden,* di Henry David Thoreau. Renshu lo aveva sfogliato a lungo, e alla fine aveva trovato una frase per cui non aveva bisogno di consultare il vocabolario d'inglese: « Il paradiso è sotto i nostri piedi e sopra le nostre teste ». Il mare sotto di loro era inquieto, il cielo sconfinato. La frase gli era parsa verissima. Henry.

Aveva preso un foglio dalla borsa a tracolla, poi un blocchetto d'inchiostro, una pietra da inchiostro, un pennello e una penna stilografica. Aveva versato le poche gocce di tè rimaste in una tazza nel pozzetto della pietra d'inchiostro e strofinato la pietra, osservando il modo in cui l'inchiostro si scuriva in una piccola pozza nera. Poi, con cura e precisione, aveva scritto *Dao Renshu* sul lato destro del foglio. Aveva posato il pennello e aspettato che l'inchiostro si asciugasse. Quindi aveva tolto il cappuccio alla penna e scritto *Henry Dao* in una riga orizzontale sul lato sinistro. Aveva ripiegato il foglio e se lo era messo in tasca.

Ancora sveglissimo, era uscito sul ponte e aveva appoggiato le braccia alla ringhiera. Il comandante notturno gli aveva rivolto un cenno di saluto, ma non aveva fatto domande. Per quanto Renshu aguzzasse la vista, era impossibile avvistare terra. Era da qualche parte, a metà strada tra Cina, Taiwan e America. Le stelle luccicavano come se il fumo di edifici in fiamme o la fitta bruma dell'afa non le avessero mai offuscate. Il mare era una tavola. Niente luna, niente vento; solo il ticchettio regolare delle macchine.

Lui non era più Dao Renshu. E non era ancora Henry Dao. In precario equilibrio, sospeso tra quei due nomi, era rimasto sul ponte a osservare l'orizzonte, finché il cielo non aveva iniziato a colorarsi a oriente.

« Evanston? Allora vai alla el. »

Renshu si ritrae. L'autista gli ha forse appena detto di andare *to hell*, all'inferno?

« Ma io devo arrivare a Evanston, alla Northwestern University. » Renshu gli porge il biglietto.

L'autista lo studia attentamente e intanto mastica, e piuttosto rumorosamente, un grosso pezzo di chewingum, che fa passare da un lato all'altro della bocca. « Bello mio, il biglietto che ti hanno venduto non va bene. Guarda. » Batte sul foglietto con l'indice tozzo; sull'unghia c'è una riga di sporco nero. « Da Port Authority, New York, a Chicago, Illinois. » Batte enfaticamente sulla parola *Chicago*, lasciando sulla carta una chiazza unta. « Questo è il mio capolinea. Come ti dicevo, vai alla el. » Quindi si gira ed entra in una stanza chiusa da una porta con su scritto VIETATO ENTRARE.

Vacci tu all'inferno. Renshu lancia un'occhiataccia alla porta chiusa.

E adesso? È sperduto chissà dove, a metà strada tra i suoi amici a New York e la sua destinazione, Evanston, e tra un luogo e l'altro non conosce assolutamente nessuno. Prova e riprova tra sé ciò che dovrà dire, quindi si fa coraggio e va a chiedere informazioni in biglietteria. Con sua somma gioia, la donna al bancone lo capisce, ma poi gli risponde parlando in fretta e lui non coglie tutti i dettagli. Troppo imbarazzato per chiederle di ripetere, dice: « Okay » e torna in sala d'attesa. Fa caldo. Si sfila il cappotto invernale, troppo pesante per il tepore di fine estate, ma troppo ingombrante per entrare in valigia.

Fissa la valigia e la borsa. Forse dovrebbe incamminarsi a piedi? Non sa in che direzione andare, però. Non sa quanto manchi alla sua destinazione. È vicina? Lontana?

Studia il tabellone degli orari. Ci sono treni per New York, Philadelphia, Indianapolis, Milwaukee. Niente per Evanston.

« Ti serve aiuto? Ti sei perso? » gli chiede un ragazzo con gli occhiali e capelli di un castano spento. Indossa un maglione color cammello col collo a V, una camicia a quadri rossi e pantaloni marrone scuro. Come Renshu, porta con sé solo una valigia e una borsa. I suoi modi aperti hanno un che di rassicurante.

« Sì, sì », dice Renshu. Agitatissimo, rivolge lo sguardo al biglietto, poi al ragazzo.

« Dove devi andare? »

« Evanston, Northern University », riesce a rispondere Renshu.

Il ragazzo annuisce. « Lo sospettavo. Anche io. Forza, andiamo a prendere la el. » E fa cenno a Renshu di seguirlo fuori.

Quando sono in strada, Renshu si dà un'occhiata intorno. Niente risciò né carretti, nessuno scampanellio di bicicletta. La strada è piena di macchine. Si sentono clacson che suonano, gente che urla. Ci sono cartelli stradali e insegne di negozi e edicole a ogni angolo, ma Renshu non può fermarsi a leggerne il contenuto. Deve rimanere col ragazzo. Poi sente un rombo provenire da sopra la testa. Stupefatto, alza lo sguardo oltre le enormi arcate verde scuro e vede un treno. Un treno! Per aria?

« Ehi, da questa parte. Hai degli spiccioli? »

Il ragazzo sta infilando delle monete in un tornello. Renshu è sollevato di dover pagare spiccioli, non banconote, per questo nuovo biglietto. Infila una mano in tasca, conta i soldi e abbassa la sbarra per superare il tornello. Poi i due si affrettano lungo una scalinata che arriva a un binario sopraelevato, proprio nel momento in cui si avvicina un treno. È affollatissimo. Renshu e il ragazzo entrano a fatica e rimangono in piedi, reggendosi alle maniglie appese sopra le loro teste per evitare di cadere quando il vagone viene strattonato dalla ripartenza.

Il ragazzo gli tende la mano libera. « Mi chiamo Richard. Richard Addison, e questa è la el, diminutivo di *elevated train*, treno sopraelevato. »

« Henry », bisbiglia Renshu.

« Come, scusa? » Richard si china in avanti. Nel vagone c'è un tale caos di fischi e stridii che non lo ha sentito.

Il treno fa una curva e per poco Renshu non cade. Si raddrizza, fa un bel respiro e dice, a voce più alta e restituendo la stretta: « Henry. Mi chiamo Henry Dao ».

Evanston, Illinois, settembre 1960

Il contatto di Longwei, Chen Yuming o, come si fa chiamare in America, Charles Chen, ha qualche anno più di Henry, modi affabili e un sorriso amichevole. Frequenta la Northwestern da un anno e studia economia. Ha un'aria vagamente familiare. Magari era all'ultimo anno della NTU quando Henry ha cominciato a frequentarla? Chen dice che è possibile, anche se ormai è negli Stati Uniti da un po'. Prima di frequentare la specialistica, Chen stava a Chicago, aiutava uno zio che ha un'attività lì. Va ancora a trovarlo abbastanza spesso. Nella pensione dove abita si è liberata una stanza e Henry è ben felice di trasferirsi, dopo che Chen mette una buona parola per lui con la padrona di casa, Mrs Patterson. Henry e Chen sono gli unici due cinesi; gli altri pensionanti sono quasi tutti americani. Sono accoglienti e educati, ma mantengono le distanze, anche tra loro, concentrati come sono sugli studi.

Alla pensione, Henry ha una stanza tutta per sé: non deve più dividerla con nessuno. Tiene i libri sulla scrivania. I vestiti ripiegati con cura nel cassettone, che ha addirittura qualche cassetto ancora libero. Il cappotto, le camicie e una giacca elegante, per le occasioni speciali, finiscono appesi nell'armadio. Sul fondo trova posto un secondo paio di scarpe. Il primo giorno, Henry accende e spegne la luce diverse volte di fila, solo per godersi quel piccolo lusso.

La strada dove sorge la pensione è fiancheggiata da grossi alberi. Querce, olmi, aceri. Le forme inusuali delle foglie lo incantano. Questi non sono boschetti di baniani contorti e tentacolari, che rivendicano ogni cosa che toccano, né delicati ventagli di ginkgo che ondeggiano al vento. Di tanto in tanto passa una macchina. Una madre spinge un passeggino sul marciapiede. C'è un gran silenzio. È tutto così diverso dal calore abbagliante di Taipei, dalle palme e dalle azalee sui viali della NTU, o dai suoi vivaci mercati notturni. È strana, questa calura lontana dal mare. Quest'aria che non odora di salmastro né di pesce.

Chen fa fare a Henry un giro del quartiere, gli dice dove trovare copie usate dei libri di testo, gli spiega quali moduli deve compilare in quanto studente straniero. È Chen che lo aiuta a trovare lavoro in mensa come aiuto cameriere, in modo che possa mangiare gratis e anche guadagnare qualcosa. Grazie al nuovo lavoro e allo zio Longwei, Henry ha abbastanza soldi per pagare l'affitto, i libri, gli articoli di cancelleria e gli aerogrammi blu che invia a sua madre una volta al mese. Se fa attenzione alle spese e lavora sodo, il denaro non dovrebbe essere un problema.

Ma è lo studio che risucchia gran parte delle sue energie e della sua attenzione. I mesi passano in una routine fatta di lezioni da frequentare, libri da leggere e lavoro alla mensa. Nelle lettere indirizzate a Meilin, Henry prova a descrivere il football, i donut, la pizza e il modo in cui le chiome degli alberi della sua via si congiungono in alto, descrivendo l'autunno come un tunnel dorato. Quando comincia a fare freddo, Henry indossa il cappotto pesante e gli stivali nuovi, e immerge i piedi nel fruscio aromatico delle foglie cadute.

È solo con l'arrivo dell'inverno che viene colto dalla prima vera ondata di nostalgia. L'emozione per tutte quelle novità gli ha permesso di superare indenne il primo semestre ma, nei primi mesi dell'anno, quando sferzano venti gelidi provenienti dal lago Michigan e le giornate più brevi offrono solo poche ore di luce fievole, la mancanza della sua mamma e dei piaceri di Taiwan si fa sentire più intensa.

La sera del Capodanno lunare, Henry è alla scrivania, davanti a una lettera per Meilin scritta per metà. Ormai da mesi cerca di raccapezzarsi nel gelo di questa nuova lingua. Allunga una mano verso il dizionario cinese-inglese. Pesa quanto un mattone. A sfogliarle, le pagine sottilissime frusciano come ali di falena. Henry cerca le parole che gli permettano di comprendere un freddo mai provato prima.

Quando scrive alla sua mamma, i caratteri cinesi corrono sulla pagina come un fiume in piena, un fluire di parole in disgelo.

Mamma,

le nevicate invernali qui sono feroci e sferzanti. Non mi pare di aver mai visto la neve a Taiwan. Il vento è come un demone che urla e scuote gli alberi. I rami spogli graffiano i vetri della finestra, furibondi. Certe volte metto due paia di calzini e tutti e due i maglioni, e comunque sento freddo! Oggi è il Capodanno lunare; chissà cosa stai facendo. Stai preparando le frittelle di ravanello per gli Huang? Oppure mangi pesce e spettegoli con la zia Chin? Ti ricordi di quando accendevamo le lanterne ed esprimevamo desideri tra le strade di Shanghai? Mi manchi, mamma.

Henry posa la penna e si alza, stiracchiandosi, quindi si avvicina alla finestra. Tira la tenda e uno spiffero gelido s'intrufola nella stanza. In strada, la luce gialla dei lampioni è offuscata. È tutto tranquillo, a parte i fari occasionali di una macchina che si avvicina o gli stop rossi di una che si allontana.

Stasera, a Taipei, ci saranno petardi e ballerini che eseguiranno la Danza del Drago al ritmo di percussioni così forti e profonde che rimbombano fin nello stomaco. Un fiume di buste rosse passerà di mano in mano. Piramidi di arance e melegrane svetteranno abbondanti sulle entrate dei negozi, così come le cassette di kumquat, noci e caramelle legate insieme da nastrini rossi. Fuori dai templi, la gente comprerà mazzette di banconote di carta e bastoncini d'incenso da bruciare e spesse candele rosse. Lanterne di carta rossa con nappine dorate verranno appese lungo le strade di tutta la città. Ci saranno conversazioni che si trasformeranno in scoppi di risa, intere famiglie raccolte intorno a parenti e amici. Qui a Evanston, Henry strofina la mano sul vetro appannato della finestra e piega la testa all'indietro per vedere se in cielo ci siano le stelle. Niente; solo una cortina di nubi dense.

Poco dopo, però, arriva la primavera. Il campus si riempie di fiori e foglioline appena spuntati. Gli studenti si liberano di cappotti, cappelli e sciarpe. Anziché affrettarsi nell'aria gelida che separa la pensione dal campus e viceversa, Henry passeggia senza fretta, godendosi il tepore e le giornate più lunghe. Lo strato di neve che va sciogliendosi rivela prati verdissimi, e tulipani e crochi rallegrano le sue passeggiate.

In estate, Henry accetta un lavoro nel laboratorio di chimica, dove lava provette e becher, e nel frattempo prepara gli esami. Ben presto l'anno si conclude e arriva un nuovo autunno, una nuova ondata di studenti, nuovi coinquilini. Arrivano altri ragazzi cinesi e, anche se alla pensione non ci sono camere libere, Chen fa amicizia pure con loro: adesso sono abbastanza per organizzare incontri e cene. Addirittura per dare vita a un'Associazione degli Studenti Cinesi. Henry trascorre il suo secondo Capodanno lunare lontano da casa in compagnia dei suoi nuovi amici.

È anche l'anno in cui Henry porta a termine la sua laurea specialistica. Il duro lavoro e gli eccellenti risultati accademici si trasformano in una borsa di studio per un dottorato. Se Henry accetta, il costo della retta sarà coperto e in più gli verrà dato uno stipendio come assistente di ricerca. Ha sempre pensato che sarebbe tornato a Taiwan dopo la specialistica. Era quello, ciò che gli era stato offerto; ciò che i soldi di Longwei avrebbero coperto. Ma un dottorato? Sapere che quell'opportunità è frutto solo dei suoi sforzi? La prospettiva di avere soldi extra da inviare a sua madre? Come rifiutare?

D'altro canto, come accettare? Se rimane, passeranno altri quattro o cinque anni, come minimo, prima che possa rivedere sua madre o suo zio. E chi si occuperà di loro? Saranno in grado di occuparsi l'uno dell'altra?

Ultimamente, le lettere di sua madre gli descrivono un mondo che gli risulta sempre più difficile da ricordare. Lei racconta dei gemelli di Peiwen, che hanno trovato nuovi lavori, e di Huibao, il piccolino, che è stato accettato alla Jianguo High School. Ma l'immagine di Taipei che lui porta dentro di sé sta sbiadendo. Ormai non conosce più a memoria la griglia di vicoli e viali della città. Le notizie di Meilin, che un tempo rievocavano in lui i profumi del mercato, i suoni delle strade, le voci dei vicini, ora si restringono fino a diventare semplici caratteri su un foglio sottile di carta azzurra. Dao Renshu sta svanendo. E rimanere in America lo renderebbe ancora più evanescente.

Alla periferia dei suoi pensieri, un dettaglio pulsa vivo. Un racconto. Uno dei racconti della mamma. Non ci pensava da anni. È quello del vecchio della frontiera che ha un cavallo. *Questa borsa di studio,* pensa. Poco importa cosa deciderà di fare, sarà comunque una benedizione e una sciagura.

16

Evanston, Illinois, novembre 1963

È un venerdì mattina di fine novembre. Henry è nel suo studio all'università, impegnato in alcuni calcoli che lo tormentano da una settimana. Si è svegliato con l'idea di tentare un diverso approccio e adesso, immerso nei suoi pensieri, sente di aver imboccato la strada giusta. Henry adora risolvere enigmi: la porta si spalanca, la chiave gira nella serratura, l'equazione fluisce libera sul foglio, ogni frammento va al suo posto, e lui finalmente capisce.

Il dottorato di Henry è in ingegneria aerospaziale. Se c'è una cosa che Henry ha capito in Cina è che chiunque domini il cielo domina il mondo intero. Quando ripensa agli anni trascorsi a Chongqing, si sente travolto dall'impotenza. Non importa quanto fossero arditi gli animi o potenti le armi, i cinesi che combattevano a terra non avevano mai avuto speranza contro i giapponesi che sganciavano bombe dal cielo. La gravità stessa si era alleata con loro. Alla fine era stata proprio la scienza - una scienza migliore, una scienza americana - a fermare il Giappone. E adesso c'è un'altra guerra in corso, una guerra fredda, e la corsa non è più solo alla conquista dei cieli, ma addirittura delle stelle e della Luna. Ciò che prima faceva paura adesso è un'opportunità. E Henry non è tipo da lasciarsi scappare un'opportunità.

Gli brontola lo stomaco. È quasi mezzogiorno. Soddisfatto dei progressi mattutini, Henry mette via le carte e torna alla pensione per pranzare.

Mentre sale i gradini del portico, attraverso la vetrata vede che il salotto è pieno di gente. È strano vedere tante persone: di solito a quell'ora c'è solo Mrs Patterson che guarda le soap opera finché non arrivano gli studenti per il pranzo. Adesso, invece, davanti al televisore si è radunata una piccola folla. Mrs Patterson singhiozza, con gli occhi incollati allo schermo.

«Hanno sparato al presidente Kennedy», dice qualcuno.

Alla tv una telecamera inquadra una sala conferenze con file e file di tavoli apparecchiati. Ma non c'è seduto nessuno. Uomini in completo elegante e donne con cappellini alla moda si aggirano per la sala. «Circolano diverse versioni sulle condizioni attuali del presidente. Secondo una di esse, il presidente sarebbe morto. Al momento non possiamo confermare la notizia.» La telecamera inquadra un cameriere in smoking bianco con farfallino nero che si asciuga gli occhi con un tovagliolo. E poi si sposta su un giornalista in maniche di camicia, in una sala stampa. Dietro di lui c'è gente che si affretta in ogni direzione. Telefoni che squillano. E lui comincia a parlare: «Ci è stata riportata la notizia della morte del presidente, ma non ci sono ancora conferme ufficiali...»

Mrs Patterson scuote la testa. «Terribile, terribile. Non ci credo che stia succedendo davvero.»

Henry lancia un'occhiata agli altri studenti. Sono tutti impietriti.

Il giornalista parla di preti, di estrema unzione; dice che la polizia ha arrestato un indiziato. Poi s'interrompe. «Il nostro corrispondente da Dallas, Dan Rather, conferma il decesso del presidente Kennedy. Tuttavia manca ancora una conferma ufficiale.»

Nessuno sa per certo come distinguere le voci dai fatti.

Il giornalista parla di un ambasciatore, interrompe la frase a metà e guarda da una parte. Si mette gli occhiali, prende un foglio in mano. «Da Dallas, in Texas. Ultim'ora, è ufficiale: il presidente Kennedy è morto» - si toglie gli occhiali - «alle 13, central standard time» - alza gli occhi, poi rivolge lo sguardo di lato, - «le 14, secondo il fuso orario della costa orientale, circa 38 minuti fa.» Poi abbassa lo sguardo, si rimette gli occhiali. Sistema alcune carte.

Mrs Patterson piange. La stanza si riempie di mormorii spaventati. È l'inizio di un attacco su larga scala? È scoppiata una guerra? Chi è stato? Perché? Il telefono comincia a squillare. In televisione, il servizio continua. Qualcuno accende anche la radio. Altre notizie. Di nuovo lo squillo del telefono. La gente si disperde nelle proprie stanze, in cucina, nel portico, in strada, fuori, ovunque purché lontano da quell'orrore.

Com'è potuto accadere? Henry pensava di essersi lasciato alle spalle tragedie del genere, in Cina. Certe cose non dovrebbero succedere in questo bel Paese. Cosa farà adesso? Deve tornare all'università? Chiamare sua madre? Chen è tornato a Chicago, quindi a lui non può chiederlo. Henry sta bene, è il mondo che si è rotto: non è più lo stesso posto di qualche ora fa. Qualcuno rientra in salotto con un vassoio pieno di tazze di caffè e le passa in giro. Henry beve il suo troppo in fretta e si scotta il palato.

Nei giorni seguenti, i telegiornali non parlano d'altro. Il dolore e lo shock hanno lasciato tutti di sale. L'uomo sospettato dell'omicidio viene arrestato e poi ucciso con un colpo di pistola durante un trasferimento nel carcere della contea. Le lezioni vengono annullate, le bandiere ammainate a mezz'asta. Il Paese è attonito, così come il mondo intero. Quando Henry era arrivato in America, si era chiesto dov'erano finiti tutti. Ma adesso, in televisione, li vede, trascinati fuori di casa da quella tragedia, come se tutta l'America si stesse dissanguando in mezzo alla strada.

Un paio di notti dopo, Henry si sveglia perché sente puzza di fumo. Rintocchi di campane. Grida, urla.

Henry ansima. Ha il cuore a mille. Altro fumo. L'urlo di una sirena.

Salta in piedi e afferra il portafogli di pelle dove tiene il passaporto e un po' di denaro. S'infila un maglione, il cappotto pesante, calzini di lana e gli stivali. Altre sirene si sollevano dalla via.

«Svegliatevi! Svegliatevi!» Bussa alle porte dei coinquilini. «Dovete uscire!»

Ma nessuno risponde.

Allora lui bussa più forte. «Dobbiamo scappare al rifugio! Dov'è il rifugio?»

Lo scoppiettio del fuoco lo raggiunge. Non c'è più tempo da perdere.

Si precipita giù per le scale. Perché nessun altro si è svegliato? Tossendo, Henry spera di non soffocare per via del fumo. Scende di corsa i gradini ed esce in giardino. Ma dove sono finiti tutti?

Controlla il cielo notturno. È scuro, però le sagome degli aerei in lontananza sono inconfondibili. Mentre si avvicinano, il loro rombo fa vibrare l'aria tutt'intorno. Più avanti, alte fiamme lambiscono il cielo. Le case si sbriciolano, le sirene squarciano il silenzio. Devono aver già sganciato le bombe. Henry strizza le palpebre. Gli aerei torneranno sicuramente indietro per un altro attacco. Ma dov'è il rifugio?

«Mr Dao?»

Si gira. Mrs Patterson è sul portico, in pantofole, con una vestaglia gettata sulla camicia da notte.

«Dov'è il rifugio? Dobbiamo sbrigarci, dobbiamo far uscire tutti prima che tornino gli aerei!» grida lui.

«Mr Dao.» La donna scende i gradini e osserva il cielo. «Non c'è nessun aereo.»

Anche lui alza di nuovo lo sguardo. È sicurissimo. «Ma le sirene, il fuoco...» Fa un gesto in direzione delle fiamme. Il braccio gli trema per l'adrenalina ancora in circolo.

Lei scruta la strada, da un capo all'altro. «Di cosa sta parlando?»

Anche lui guarda. È tutto buio e tranquillo. L'unico rumore è il ronzio dei lampioni. Henry tira su col naso. «Non la sente, la puzza di fumo, Mrs Patterson? Da dove viene?»

Lei annusa l'aria e scuote la testa, contrariata. Solo allora nota gli stivali, i pantaloni, il cappotto. «Cosa credeva stesse succedendo?» chiede.

«Io stavo solo...»

«Che cos'è tutta questa confusione?» L'uomo che ha preso in affitto la stanza accanto a quella di Henry compare sulla strada. Non arriva dalla casa, ma dal giardino sul retro.

«Anche lei?» esclama Mrs Patterson esasperata.

«Non riuscivo a dormire.» L'uomo si stringe nelle spalle. «Sono uscito a fumare.»

Adesso la donna si rivolge a Henry. « Vede? Era solo Mr Wetherall che fumava una sigaretta a quest'ora assurda. Mr Dao sembra aver avuto una sorta di crisi », spiega Mrs Patterson.
Il suo tono condiscendente fa sussultare Henry. Ma lui li ha visti, gli aerei; li ha sentiti, gli incendi. È successo davvero.
Una sigaretta? Non capisce.

Dopo l'assassinio di Kennedy, Mr Wetherall comincia ad ascoltare sempre lo stesso disco, a ripetizione. Le note della musica classica filtrano nella camera di Henry. Squarciano l'atmosfera di lutto perenne, così come la sua confusione. *Che musica è questa?*
Sebbene siano ormai due mesi che lui e Wetherall s'incrociano per i corridoi, finora Henry è stato troppo timido per rivolgergli la parola. Dopo quella notte in giardino, poi, si sente ancora più insicuro. Inoltre, anche se ormai vive in America da tre anni, la paura di essere frainteso permane. Nel rivolgersi agli americani, Henry sente ancora un nodo allo stomaco, che si scioglie solo quando la risposta del suo interlocutore lascia intendere che il messaggio è passato. Ma poi quella musica torna a farsi sentire. *Cos'è?* Henry si decide a chiedere. Prima di perdere il coraggio, bussa alla porta del vicino.
L'uomo risponde subito. È giovane e deve essere alto quasi un metro e novanta, ma si appoggia rilassato alla cornice della porta, in un gesto che indica sicurezza e agio.
Henry esordisce: « La musica... »
Prima che possa finire la frase, l'uomo comincia a scusarsi: « Mi dispiace, la mia musica ti disturba? »
Henry valuta la domanda. La musica l'ha interrotto mentre studiava, e l'ha costretto a fare una pausa. Ha preteso la sua attenzione per un ascolto, e poi un altro e un altro ancora, coinvolgendolo ogni volta di più. « Sì, in effetti. Mi piace molto. »
Sollevato, il vicino di stanza scoppia a ridere. « È vero, Chopin riesce a disturbare e a piacere allo stesso tempo. Al momento non riesco ad ascoltare altro. I telegiornali mi fanno venire la nausea. » Gli tende la mano.

Henry nota che ha dita lunghissime, con nocche e giunture prominenti. Ha una stretta rapida e decisa.

« Mi chiamo Guy Wetherall. Studio composizione musicale all'università. E tu? »

« Henry. Dottorando in ingegneria. »

Guy annuisce.

Henry torna subito all'argomento che gli interessa. « Che musica è? »

Guy dice qualcosa molto in fretta, tra cui alcune parole che non sembrano inglesi. Riluttante all'idea di chiedergli di ripetere, Henry domanda invece come si scrive il nome del compositore. Per tutta risposta, Guy apre la porta e lo invita a entrare.

Su una cassetta di legno capovolta, che un tempo conteneva bottiglie di latte, c'è un piccolo giradischi, e sotto si trovano alcuni dischi. L'armadio, aperto, è zeppo di camicie, pantaloni e giacche. Il letto è sfatto e i cuscini sono caduti a terra. La scrivania è disseminata di spartiti, che sono sparpagliati ovunque.

Guy prende la copertina di un disco e la passa a Henry. Sopra c'è il ritratto di un uomo giovane in giacca scura, panciotto rosso, camicia bianca e farfallino. Henry si chiede se si tratti del compositore o del musicista. Sulla copertina c'è scritto *The Chopin Ballades*, in caratteri di un azzurro sbiadito e, di seguito, in un bell'arancio acceso, il nome *Rubinstein*.

« Te lo presto, se vuoi. Ce l'hai un giradischi? »

Henry scuote la testa.

« Oh. Lo sai che puoi andare a sentire i dischi alla biblioteca musicale, vero? »

Henry non lo sapeva. Chiede a Guy di aspettare un momento, poi si precipita in camera sua a prendere carta e penna. Quindi copia con attenzione le parole *Chopin Ballades* e *Rubinstein* e lo ringrazia.

« Figurati », dice Guy chiudendo la porta.

Quasi subito il disco ricomincia a suonare e Henry sente Guy che canticchia a tempo.

La settimana successiva, Henry va alla biblioteca musicale. Dietro il bancone c'è una giovane donna che legge, con un caschetto di capelli castani e un cardigan verde scuro. Completamente assorta nel suo libro, non si accorge nemmeno che Henry le si è avvicinato.

« Posso ascoltare questo disco, per favore? » chiede lui, sollevando il foglietto su cui ha appuntato il nome dell'album.

Lei alza la testa di scatto, con un'espressione allarmata negli occhi verdi. « Scusi? »

Henry arrossisce. Forse la sua domanda non era chiara? La ripete.

Lei si rilassa. « Scusi, mi ha colto di sorpresa, tutto qui. Vediamo. » Si sistema una ciocca svolazzante dietro l'orecchio e si allunga a prendere il foglietto.

Henry si posa una mano sulla guancia. È ancora calda.

La ragazza studia il foglio, poi lancia un'occhiata a Henry e si alza. È quasi alta quanto lui. « Venga, le faccio vedere », dice, avvicinandosi a uno schedario di legno con molti cassettini. Tira fuori il lungo cassetto contrassegnato da una C e sfoglia i cartoncini che vi sono contenuti. Una volta trovato quello che cerca, prende una matitina da una scatola e trascrive una serie di numeri e lettere. « Quando cerca un disco, venga prima a consultare lo schedario e trascriva questi numeri », dice, mostrandogli cosa ha annotato sul foglio. « *Poi* me lo porta, e io le prendo il disco. » L'angolo della bocca le si solleva in un sorrisino.

Con la vaga sensazione di essere appena stato rimproverato, Henry la segue di nuovo fino al bancone.

Lei si lancia un'occhiata dietro la spalla. « Aspetti qui un minuto. » Quindi scompare attraverso una porta aperta.

Henry si solleva sulle punte, nel tentativo di vedere oltre la soglia.

E poi eccola di ritorno col suo album, la testa piegata di lato. « Questo qui? »

Lui annuisce e afferra il disco, ma lei lo trattiene.

« La tessera? »

Fruga nel portafogli e tira fuori la sua tessera studentesca.

Lei la prende, poi fissa gli occhi nei suoi e sorride. « Ecco a lei, Mr Dao. » Gli dà il disco e indica una scrivania vuota con un giradischi e delle cuffie. « Tratterremo la tessera finché non restituirà il disco. »

Henry inizia l'ascolto sedendo assolutamente immobile, assorbendo ogni nota, con gli occhi chiusi. È come se Arthur Rubinstein stesse suonando solo per lui. Quando il primo lato finisce, solleva il disco toccandolo sul bordo esterno, lo gira e lo rimette sul piatto. Abbassa la puntina sull'estremità nera e lucente, e aspetta che la musica ricominci a fluire. Il pomeriggio si dissolve mentre lui ascolta il disco una seconda volta, poi una terza. La musica spazza via l'angoscia che l'ha travolto nelle scorse settimane. Non solo: smorza un po' il vuoto che sente nello stomaco, nelle braccia, nei piedi. Non c'è niente di patriottico o militaresco in quel suono. Nessuno potrebbe reclamarne la lealtà. Appartiene solo a se stesso, e le note gli si rovesciano nelle orecchie come cascate, inondandolo con la loro urgente bellezza. Le *Ballades* raccontano storie di cuori infranti e perdite, di perseveranza e passioni. Parlano di tutto ciò che Henry non è in grado di esprimere in inglese, in cinese né in nessun'altra lingua.

Quand'è entrato in biblioteca era un bel pomeriggio d'autunno. Adesso il crepuscolo ha tinto il cielo di rosso e viola. Mentre cammina verso casa, Henry ha le mani e la faccia gelate, ma nemmeno se ne accorge. Pensa ancora a Chopin e a un paio di sorridenti occhi verde scuro.

Henry prende l'abitudine di andare in biblioteca ogni domenica. Cerca sempre la stessa bibliotecaria e le chiede il disco di Chopin.

«Ecco a lei, Mr Dao», dice lei porgendoglielo.

«Grazie.» Henry si chiede come si chiami.

Dopo un po' le basta vederlo arrivare perché la ragazza vada a prendere il disco dallo scaffale.

Dopo un Natale e un Capodanno tranquilli trascorsi alla pensione, Henry non vede l'ora che il nuovo semestre abbia inizio. Quando torna in biblioteca, la prima domenica dell'anno, il cuore gli balza in petto alla vista della bibliotecaria.

«Buon anno, Mr Dao.»

«Buon anno... come si chiama?»

Lei gli tende la mano. «Rachel Howard.»

« Henry », risponde lui stringendola.

« Lo so », dice lei con uno scintillio negli occhi.

Rachel. Rachel, ti andrebbe di fare una passeggiata con me? Rachel, ti piacciono i donut? Rachel, ti piace andare al cinema? Henry ha provato queste frasi tra sé per tutte le vacanze, ma adesso che se la ritrova davanti ammutolisce e si limita a chiederle, di nuovo, il disco di Chopin.

17

Evanston, Illinois, febbraio 1964

Henry sente bussare alla porta. Quando apre si trova davanti Chen, con degli scarponi da neve ai piedi, il cappotto sbottonato, la sciarpa che pende dal collo. «Sei sicuro di non voler venire a Chicago? I miei cugini non vedono l'ora di vederti, e c'è sempre un sacco da mangiare.»

«Sono tentato, ma no. Devo rimanere qui nel weekend.»

«Okay, okay, io ci ho provato.» Chen alza le mani in segno di resa. «Ma, la prossima volta che la vedi, con mia zia ci parli tu.» Lancia uno sguardo alla stanza. «Allora, che fai stasera? Ti prego, dimmi che non festeggerai l'arrivo dell'anno del drago insieme con *lui*.» Prende in mano il manuale di elettrodinamica di J.D. Jackson e lo sventola in aria. «Credimi, non è divertente.»

Henry scoppia a ridere. «No, non stasera. Pensavo di andare a una festa.»

«Quella dell'Associazione degli Studenti Cinesi? Ma era la settimana scorsa.»

«No, è solo una festicciola informale, però ci saranno un sacco di studenti di Taiwan.»

Chen fa un passo oltre la soglia. Entra nella camera di Henry e si chiude la porta alle spalle. «Dove vi trovate?» chiede, all'improvviso serissimo.

Henry si morde le labbra, sforzandosi di ricordare. Non conosce direttamente l'ospite della serata. Lui è stato invitato da Arthur Lai, un altro dottorando della NTU, che però lui non conosceva ai tempi della Taida. «Un tizio che si chiama Hu. Sì, Joseph Hu, mi pare.»

«Secondo me è meglio se non vai.»

«Scusa?»

«Ho detto di non andarci. Non conosci questo Joseph Hu. Potrebbe essere uno che porta guai.»

Henry ride. Senza dubbio Chen sta scherzando. «Guai? Che tipo di guai? Tu lo conosci?»

Chen ignora la domanda. «Sei qui con una borsa di studio del governo, dico bene?» chiede invece.

«Come tutti.»

«Già. Quindi frequenta solo gli eventi ufficiali dell'Associazione degli Studenti Cinesi. È più sicuro.»

Henry lo guarda con espressione incredula. L'atmosfera tra i due si è decisamente guastata.

«Non hai idea di chi abbia organizzato questa cosa, di chi stia ad ascoltare ciò che direte. Se la persona sbagliata viene a sapere che c'eri anche tu – anche se personalmente non hai detto o fatto niente –, potresti avere problemi. Non ci andare.» Il buonumore di Chen è scomparso.

«È solo una festa», protesta Henry.

«Nessuna festa è mai solo una festa.» Chen si abbottona il cappotto e se ne va.

Henry rimane a guardare la porta, rimpiangendo di non aver avuto la risposta pronta. Adesso le parole di Chen rimbombano per tutta la stanza, riecheggiando sulle pareti. Anche se le tende sono tirate e lo spiraglio che si apre nel punto in cui la finestra tocca il davanzale è coperto da asciugamani arrotolati, Henry sente una folata gelida entrare e sfiorare le tavole del pavimento, accumulandosi negli angoli come neve invisibile. Henry controlla per l'ennesima volta l'indirizzo che ha appuntato sull'agenda, poi chiude il libro e mette via penna e matita.

S'infila gli stivali. Poi i guanti, la sciarpa, il cappotto, il cappello. Non si è ancora abituato ad avere così tanti strati. Quindi esce, chiudendosi la porta alle spalle, e si tuffa nell'aria frizzante della sera. Il gelo gli mozza il respiro; Henry tossisce e fa fare un altro giro alla sciarpa intorno al collo. È turbato. Perché Chen si è agitato in quel modo? Gli torna in mente ciò che gli ha detto Longwei quando si sono salutati: *Tieniti lontano dalla politica*. Henry è sempre stato attento, fin dal suo arrivo in

America. Ma qui non si tratta di politica, è una festicciola di Capodanno. Coi piedi che affondano nella neve croccante, Henry affretta il passo e si abbassa il cappello sulla fronte, nel tentativo di coprire meglio le orecchie. Certo, Chen è un buon amico, però non è che sa tutto di lui. Nonostante gli stivali, Henry sente freddo ai piedi e le dita gli diventano insensibili. A un incrocio, alza lo sguardo per controllare i nomi delle vie. Comincia a nevicare. Illuminati dai fari delle macchine in arrivo, i fiocchi di neve sembrano migliaia di minuscole lanterne.

Henry arriva nell'androne freddo e illuminato di un palazzo e si pulisce i piedi sullo zerbino, lasciandoci sopra impronte innevate. Un mucchietto di foglie bagnaticce si è accumulato in fondo ai gradini. Mentre sale le scale, lo strato di neve che si era depositato sul suo cappotto si scioglie, e un torrente di voci si riversa dal piano di sopra. Dopo quattro rampe, Henry raggiunge un corridoio su cui si apre una porta, davanti alla quale stanno ammucchiati scarpe e stivali. La casa risuona di gente e di allegria.

Lo accoglie una voce conosciuta: « Henry! Henry, buon anno! »

Dalla casa ben riscaldata arriva una folata d'aria calda che gli appanna gli occhiali. In un attimo, Henry è avviluppato dal profumo di aglio, salsa di soia, zenzero, cipollotti e maiale ben rosolato. S'immerge in un mare di frasi in mandarino, con occasionali ondate di taiwanese; lui lo capisce un po', ma non lo ha mai imparato abbastanza bene da parlarlo. Tutte le lezioni alla NTU erano in mandarino e, anche se in classe c'erano degli studenti di Taiwan, non li conosceva di persona. I benshengren e i waishengren tendevano a rimanere in due gruppetti separati.

Henry si libera di vari strati di vestiario e pulisce gli occhiali; lo invade la confortante sensazione di parole che lo raggiungono senza sforzo e accenti che riconosce senza esitazioni. Di nuovo qualcuno lo chiama; Henry si sforza di capire da dove arrivi quella voce, finché in mezzo alla folla non individua Arthur Lai, che gli fa cenno di raggiungere una tavolata carica di cibo. Le mani congelate si stanno scaldando, a poco a poco e dolorosamente.

Si accomoda davanti a un piatto pieno di ravioli, noodles, pesce e broccoli, polpette di riso glutinoso, semi di anguria e arachidi, e sente una contentezza che non provava dalla cena coi suoi amici a New York, la sera prima della sua partenza per la Northwestern. Qualcuno gli offre una tazza di tè al gelsomino. Lui la accetta e soffia sulla superficie, stringendola con entrambe le mani.

Poi, sorseggiando il tè, studia i presenti. Ci sono gruppetti di studenti ovunque; alcuni sono del suo dipartimento, altri, li ha già incontrati a uno degli eventi del centro studentesco. Ci sono anche molte persone che non ha mai visto. È una situazione diversissima da quella del suo primo inverno, quando sembrava che lui e Chen fossero gli unici cinesi dell'università. Proprio nel momento in cui si rende conto che nessuno degli amici di Chen è presente, un ragazzo gli si avvicina per chiacchierare. È il padrone di casa, Joseph Hu. All'inizio, le sue domande sembrano semplici convenevoli: cosa studia Henry? Quand'è arrivato? Cosa gliene pare dell'America? L'attenzione di Joseph sembra divisa equamente tra le sue risposte e la stanza, che studia con attenzione, salutando i nuovi arrivati, rivolgendo cenni ai presenti. E intanto rassicura Henry con frasi tipo: «Vai, prosegui, ti ascolto». Il tè di Henry è quasi finito. Rimane solo il fondo, concentrato e un po' troppo amaro. Henry chiede a Joseph se magari non voglia andare a parlare anche con gli altri ospiti, ma lui liquida la proposta con un gesto. «Tu sei mio ospite. E poi loro li vedo di continuo.» E ricomincia a interrogarlo. Quale università ha frequentato a Taiwan? Chi è il suo tutor alla Northwestern? Quando ha fatto la leva obbligatoria? Il tono delle domande passa da curioso a insidioso. Dove era di stanza al militare? Conosce Tizio o Caio? Henry ritorna con la mente alle parole di Chen: *Non ci andare... nessuna festa è mai solo una festa*. La tazza gli si è freddata in mano.

Schivando l'ultima raffica di domande, Henry indica il proprio piatto vuoto. Ringrazia Joseph per la sua generosità e chiede se sia possibile avere un altro po' di frittelle ai cipollotti.

Joseph gli dà una pacca sulla schiena. « Ma certo, serviti pure! Noi parliamo più tardi. »

Henry non risponde. Si dirige verso il tavolo.

La stanza, che solo poco fa gli era sembrata cordiale, adesso gli pare opprimente. Le insalatiere di cristallo, che poco prima gli sembravano scintillare, adesso hanno un aspetto scadente e pacchiano. Le risate sferragliano tra le quattro pareti come lattine vuote.

Il piatto delle frittelle di cipollotto, pieno fino a poco prima, adesso è vuoto. Su quello accanto sono rimasti pochi ravioli, freddi e mollicci, imprigionati in pirottini di carta su cui scintillano perle di grasso rappreso. Tutto sommato, gli è passata la fame.

A dispetto degli sforzi, questa festa ha un retrogusto inquietante. Henry si è infilato in un vespaio di alleanze poco chiare. Che sia per via delle parole di Chen o della propria natura prudente, o di una combinazione delle due cose, è certo di doversene andare. Subito.

Si fa largo verso Lai, che discute con due ragazze se sia o no il caso di far decollare delle lanterne di carta più tardi; una dice che è troppo presto e dovrebbero aspettare la luna piena, l'altra che tanto vale farlo adesso, visto che sono già tutti lì. Lai batte le mani e dice: « Facciamo tutte e due le cose! » Per un attimo, Henry è tentato di farsi risucchiare dalla conversazione, di scherzare e flirtare. Ma poi con la coda dell'occhio vede Joseph, e il disagio che lo attanaglia ha la meglio sul desiderio di rimanere.

Henry dà un colpetto sulla spalla di Lai. « Io vado. »

Lai s'interrompe a metà di una frase. « Ma come, non vuoi...? » Indica il tavolo carico di piatti semivuoti, pile di stoviglie sporche, bottiglie di tutte le dimensioni che contengono bevande di ogni tipo.

« No, devo studiare. Ci vediamo. Buon anno nuovo. »

« Okay. Buon anno del drago, amico mio », dice Lai, in un tono teatrale che fa ridacchiare le ragazze.

Una delle due rivolge un'occhiata a Henry. È un'occhiata fugace, ma lui la coglie comunque. Gli occhi della ragazza attraversano la stanza, comunicando un messaggio muto a Joseph.

Mentre Henry si infila gli stivali, Joseph lo raggiunge di corsa, gli infila in mano un dolcetto al sesamo e una busta rossa. « Buon anno, Dao. Ci vediamo presto, spero? »

Henry ignora la domanda, augura buon anno a Joseph e se ne va.

Si abbottona il cappotto, mentre sciarpa e cappello li indossa scendendo le scale. Si copre bene le orecchie ed esce. La neve cade in fiocchi fitti e pesanti. Le orme lasciate poco prima saranno ormai completamente cancellate.

Dopo qualche isolato, Henry si chiede se forse non abbia esagerato. Prende dalla tasca la busta e il dolcetto. Succhia la caramella e si ferma sotto un lampione per aprire la busta. Dentro c'è l'invito per un raduno, con un indirizzo e una data. *Vieni anche tu!* dice la pressante scritta in inglese vergata in cima al bigliettino in inchiostro nero.

Non hai idea di chi stia ad ascoltare ciò che direte.

I fiocchi di neve si depositano sul biglietto, sbavando l'inchiostro nero.

Tieniti lontano dalla politica.

Henry si lancia un'occhiata dietro le spalle, straccia l'invito e getta a terra i brandelli, che cadono fluttuando nella neve umida.

La caramella al sesamo ha un saporaccio, una dolcezza metallica, eccessiva. Henry sputa anche quella nella neve.

« Allora, ci sei andato, alla fine, a quella festa di Capodanno? Ci pensavo giusto l'altro giorno », gli chiede Chen di ritorno da Chicago.

« Solo per un'oretta. Me ne sono andato presto », dice Henry.

Chen fa un cenno di approvazione.

« Perché me lo chiedi? »

Chen non fornisce una ragione specifica. Invece dice: « Ascolta, io me ne ritorno a Taipei non appena finisco gli studi. Non starò ancora a lungo a tenerti d'occhio. Evita di andare in posti o frequentare gente che possa farti finire in una lista nera del governo ».

« Lista nera? »

« Esatto. Lista nera. Non sto scherzando. Quella gente non ti darà certo l'opportunità di spiegarti. Non hanno pietà né esitazioni. »

« Ma noi siamo negli Stati Uniti. »

« Certo, ma siamo qui grazie alla cortesia del Kuomintang. E le nostre famiglie sono rimaste a Taiwan. »

18

Evanston, Illinois, febbraio 1964

« Musicologia », dice Rachel. « Studiamo la musica nei suoi vari contesti: storico, culturale, filosofico. Come determina ciò che siamo, come viviamo, come amiamo. »

Dopo aver tentato per settimane di chiederle di uscire, finendo ogni volta a domandare solo il disco di Chopin, Henry è finalmente riuscito a invitare Rachel a mangiare una fetta di torta con lui. Lei ha accettato così in fretta che, nel delirio di estasi che ne è seguito, lui non è riuscito a farsi venire in mente un posto dove andare. È stata lei a suggerire un diner molto popolare tra gli studenti a pochi isolati dal campus.

Adesso, davanti a due caffè fumanti ed enormi fette di pecan pie, Rachel racconta dei suoi studi e del suo amore per la musica. E, sebbene parli molto in fretta, lui non ha nessuna difficoltà a seguirla. È incantato dai suoi modi vivaci, dal modo in cui snocciola nuove idee e nomi di musicisti a lui sconosciuti.

« Certo, mi piacciono i grandi - Beethoven, Chopin, Mozart -, ma la mia passione è la musica folk. La musica folk americana. Woody Guthrie, Peter, Paul and Mary, The Weavers. Tutti quanti. Perciò mi sto specializzando in questo, nella musica folk americana prodotta durante e dopo la Grande Depressione. E tu? Hai una canzone folk cinese che preferisci? »

Henry chiude gli occhi e canticchia le note iniziali di 漁光曲, la ninnananna che sua madre gli cantava da piccolo.

« Oh, è bellissima! Gronda lirismo, poesia. Di che parla? »

« Di pescatori che sono al largo e guardano le onde e le nubi. Cercano di pescare con una vecchia rete, su una vecchia barca. Lavorano duramente ogni anno: la loro è una vita difficile. »

« Come si chiama? »

« *La canzone dei pescatori.* »

«Ne cercherò una registrazione. È possibile che ne abbiamo una. Non si sa mai, è una collezione molto vasta.»

Henry prende un boccone di torta. È dolcissima, fin troppo, ma le noci pecan tostate sono squisite.

«A dire il vero...» Rachel si china in avanti e prosegue, in un sussurro: «Sono venuta alla Northwestern per scappare».

Henry si raddrizza, preoccupato.

«I miei genitori, Simon e Deborah Howard, sono due cittadini modello di St Louis. Però sono antiquati. Se fossi tornata a casa subito dopo la laurea alla University of Missouri, sarei stata condannata: matrimonio con un bravo ragazzo di buona famiglia, due o tre figli, tessera del country club, eventi sociali d'estate e raccolte fondi di beneficenza d'inverno. Che noia, che noia, che noia!» Si abbandona all'indietro sul sedile e fissa il soffitto. Poi si raddrizza. «Non voglio vivere un'esistenza prevedibile sotto una campana di vetro. Là fuori c'è un mondo intero da vedere, non ti pare?»

Henry annuisce, ma a dire il vero lui non riesce nemmeno a concepire che qualcuno possa voler fuggire dalla stabilità.

«Dopo la guerra, i miei genitori hanno deciso di stabilirsi a St Louis, per ricominciare. Mio padre ha fatto carriera e mia madre era ben felice del suo nuovo stile di vita: due macchine, una casa grande, le vacanze estive a Branson. Per lei, il momento più atteso di tutto l'anno è andare a vedere le vetrine natalizie di Famous-Barr. Voglio dire, anche a me piacciono, ma nella vita ci sarà pure qualcosa di più che Babbi Natali gonfiabili e annunci di fidanzamento. Perciò eccomi qui. Per due anni, se non altro.»

La torta di Henry è quasi sparita.

«Comunque, basta parlare di me. Dimmi di te», dice Rachel.

E lui, con tutta la semplicità di cui è capace, affidandosi esclusivamente ai fatti, le racconta della sua infanzia. «Alla fine siamo riusciti a fuggire a Taiwan. Mi sono impegnato tanto, ho avuto fortuna, sono venuto qui, ho conosciuto te», conclude.

«Quante cose avrai visto. E che coraggio! Ti ammiro molto.»

Henry è incerto su come rispondere. Non è che l'abbia scelto lui, di crescere in un contesto tanto turbolento. Semplicemente la sua vita era così. Hanno tutti fatto ciò che dovevano per sopravvivere. Tutto qui.

« Tua madre deve essere una donna eccezionale, se è riuscita a tenerti al sicuro in circostanze simili. »

Sì, pensa Henry, *lo è davvero.*

« Dimmi di più », insiste Rachel, gli occhi che le brillano.

« La prossima volta. » Lui prende l'ultimo sorso di caffè. « Abbiamo finito la torta e si sta facendo tardi. Posso accompagnarti a casa? »

Caffè e torta lasciano presto il passo al cinema e, una settimana più tardi, a una cena. Con Rachel, Henry impara le gioie del tenere qualcuno per mano, condividere un gelato, fare picnic improvvisati. Rachel ha un'incantevole fiducia in se stessa, una sicurezza che lui non ha mai visto in nessun altro. Agli occhi di Rachel, la vita non è semplicemente qualcosa cui sopravvivere, ma un'avventura carica di stupore e bellezza. Quand'è con lei, Henry dimentica che l'inglese non è la sua prima lingua. Il nodo allo stomaco scompare. E, al suo posto, ritornano le risate.

Gli piace il modo in cui Rachel pronuncia il suo nome. « Henry Dao, Henry Dao, vuoi cantare con me? »

Lui è troppo timido per accontentarla ma, se lei gli porge la mano, lui la prende. Rachel canta pezzi dei musical di Broadway, e poi brani di Ella Fitzgerald, Duke Ellington, Joan Baez. Quando lo guarda, Rachel vede Henry Dao, dottorando in ingegneria aerospaziale alla Northwestern, un uomo con un brillante futuro, e a lui questo piace. Dao Renshu è un'altra persona, lontanissima da lui.

Gli piace pure che lei non conosca, e non possa conoscere, tutte le cose che lui vorrebbe disperatamente dimenticare. Con Rachel, può abbassare la guardia perché, con la sua ignoranza, la sua innocenza, lei gli offre sicurezza.

In molti sensi, innamorarsi di Rachel equivale a innamorarsi dell'America.

Evanston, Illinois, maggio 1964

Henry è al centro studentesco e guarda gli avvisi affissi in bacheca. Il volantino di un concerto sinfonico cattura la sua attenzione: il Concerto per pianoforte n. 2 di Chopin. Chopin! Sebbene Rachel gli abbia fatto conoscere un mare di musica, Chopin è ancora il suo preferito. Come sarebbe, si chiede Henry, starsene seduti tra il pubblico mentre la musica prende vita dagli strumenti e si riversa su di loro?

« Ehi, quanto tempo che non ci si vede! Come stai? »

Henry alza lo sguardo.

Arthur Lai lo raggiunge, la mano tesa. Fanno due chiacchiere, e Henry si rende conto che il suo amico gli è mancato.

« Joseph ha organizzato una cena il prossimo weekend. Dovresti proprio venire. Una cosa informale, sai com'è, ci vediamo nel pomeriggio per giocare a softball e poi ciascuno porta qualcosa da mangiare. Ci divertiremo! »

L'avvertimento di Chen gli balza alla mente, ma Henry lo liquida subito. L'altra volta ha decisamente esagerato. Sta andando tutto alla grande. Una partita di softball non sembra proprio un'attività sovversiva.

Arthur guarda l'orologio. « Ah, devo scappare. » Prende una penna dal taschino e scrive qualcosa su un foglio. « Ecco. » Lo porge a Henry. « Ti ho scritto i dettagli. Ci vediamo lì. »

Henry studia il pezzo di carta. È lo stesso giorno del concerto. Henry guarda di nuovo il volantino. Quella sera suoneranno non solo Chopin, ma anche *Appalachian Spring* di Aaron Copland e la Sinfonia n. 9 di Dvořák, « Dal Nuovo Mondo ». È quasi sicuro che Rachel gli abbia parlato anche di quelle due opere. Ci saranno altre partite a softball, ma quante sono le possibilità che riorganizzino un concerto con lo stesso programma di quello? Decide di comprare i biglietti.

La settimana dopo il concerto, Chen bussa in camera sua ed entra chiudendosi la porta alle spalle. In mano regge la fotografia di una partita a softball e chiede a Henry se riconosce qualcuna delle persone ritratte.

È la partita cui l'ha invitato Arthur.

« Perché lo vuoi sapere? » chiede Henry, cercando di mantenere un tono neutro.

« Mio zio, a Chicago. Stiamo cercando di farci un'idea della comunità cinese di qui. » Anche il tono di Chen è noncurante.

Henry studia l'immagine. C'è Joseph Hu seduto a un tavolinetto da picnic, che parla con degli studenti che danno la schiena all'obiettivo. In un angolo, in casa base, c'è Arthur Lai. Sulle gradinate sono sedute le ragazze con cui Lai stava scherzando alla festa. Henry non sa come si chiamino. È in trappola. Chen sa che dovrebbe essere in grado d'identificare Joseph Hu. Henry lo indica e dice che si tratta dell'organizzatore della festa di Capodanno.

« Nessun altro? »

Henry studia il battitore. Potrebbe essere Arthur, ma anche qualcun altro. Ha un berretto e la foto è sfocata. Potrebbe davvero essere chiunque.

Henry scuote la testa e restituisce la fotografia a Chen.

Dopo che Chen se n'è andato, Henry si accorge che gli tremano le mani. Se il concerto si fosse tenuto in un giorno diverso, potrebbe esserci stato lui, in quella foto. È stato un errore fidarsi tanto di Chen? In Cina, sua madre non faceva che rimproverarlo perché si fidava troppo di tutti. Ma Chen è sempre stato un buon amico. Senza di lui, Henry avrebbe fatto fatica a sopravvivere, nei primi giorni americani. È possibile fare tesoro delle cose buone della loro amicizia e dimenticare le vicende dei mesi scorsi?

Henry prova a concentrarsi sul lavoro. Chen non riprende più il discorso, né nomina ancora la fotografia. Tra gli studi in procinto di concludersi e i frequenti viaggi a Chicago per vedere suo zio, è sempre indaffarato. La faccenda sembra essere dimenticata.

Più avanti, quell'estate, Henry incontra Arthur in libreria.

« Hai sentito? » Lai abbassa la voce. « Joseph Hu sta passando dei guai. Un agente governativo a Taipei è andato dalla sua famiglia. Hanno detto a suo padre che Joseph deve mostrarsi un po' più patriottico, finché starà qui in America.»

Henry ripensa alla fotografia di Chen. «Come? Hanno detto che cosa ha fatto?»

«A quanto pare, il suo nome è finito in un elenco di studenti che stavano organizzando eventi qui negli Stati Uniti per ottenere elezioni democratiche a Taiwan.»

«E quand'è successo?» Henry si augura che Arthur non senta il boato del suo cuore che batte.

«Non lo so. Però mi ricordo che, durante le sue feste, Hu non nascondeva le sue idee decisamente radicali. Non ha mai espresso una grande simpatia per il Kuomintang, diciamo», scherza Arthur. «Dopo quell'avvertimento, Joseph ha cominciato a dire che adesso vive in un Paese dove vige la libertà di opinione. Pensava che qui il Kuomintang non potesse toccarlo, ma ho sentito che hanno arrestato suo padre per interrogarlo.»

Henry rabbrividisce. Non gli viene in mente un singolo interrogatorio del Kuomintang che non sia finito male. «Ma perché prendersela con suo padre? Non è lui quello con la lingua lunga.»

«Tocca al padre educare il figlio», dice Lai.

Henry deglutisce, a disagio.

«E c'è di peggio. Joseph aveva intenzione di rinnovare il visto, perché voleva rimanere qui per il dottorato. Ha portato il passaporto al consolato a Chicago e adesso sembra che l'abbiano 'perso'.»

«Ah, magari ci vorrà un po' di tempo per sbrigare tutte le pratiche.» Henry cerca di liberarsi della sensazione sgradevole che l'ha travolto.

«Sono quasi due mesi. Non può iscriversi al prossimo semestre senza passaporto. Non può nemmeno lasciare il Paese, però non può trovarsi un lavoro in regola. È bloccato. È alla loro mercé, finché non gli restituiranno il documento.»

«Wow... poveraccio», mormora Henry. Mille pensieri gli si rincorrono in testa. Pensa alla foto. Anche se lui non ha identificato Lai, qualcun altro potrebbe averlo fatto. C'è modo di avvertire il suo amico senza incriminare se stesso? « Dobbiamo essere molto prudenti con quello che facciamo o diciamo. »

Lai scuote la testa. « Lo so. Non me ne ero reso conto. »

Henry dice di essere in ritardo per un appuntamento. Si affretta a uscire dalla libreria.

Quella sera, Henry non riesce a dormire. Ha lo stomaco annodato dall'incertezza. Forse c'entra anche lui coi guai che sta passando Joseph Hu? E Lai? È in pericolo anche lui? Peggio ancora, cosa succederebbe se Chen scoprisse che Henry non ha identificato Lai quando avrebbe potuto? Potrebbe rivoltarsi contro di lui? E se dovessero prendersela con Meilin? O con Longwei? La preoccupazione lo attanaglia. Che sciocco è stato a pensare di essere al sicuro solo perché è in America.

Per tutto il tempo che Chen trascorre a Evanston, Henry quasi non riesce a guardarlo in faccia. Rifiuta con garbo i suoi inviti ad andare con lui a Chicago, a uscire a pranzo o a cena, a vedere un film. Per evitare d'incontrarlo nella pensione, aspetta che lui esca; si muove solo dopo aver sentito il rumore della porta che si chiude e i passi di Chen in strada. Nelle rare occasioni in cui non può evitare d'incrociarlo, si sforza di essere cordiale, ma fa attenzione a non rivelare troppo sulle sue attività. In un paio di occasioni, Chen bussa alla sua porta, chiedendogli se va tutto bene. Henry gli garantisce che sta benissimo, ma ha molto da fare per la sua ricerca. Ogni volta, Chen annuisce con espressione d'intesa, di approvazione quasi, e Henry non capisce cosa possa significare quel gesto. Sa di non aver fatto niente di male, ma rimane cauto. È fin troppo facile fare passi falsi.

Dopo la partenza di Chen, Henry mantiene una prudente distanza dai vari gruppi di studenti cinesi. Rinuncia al conforto della lingua e del cibo per la sicurezza dell'anonimato. Gli inviti si diradano, fino a smettere di arrivare.

A inizio agosto, Rachel suggerisce una gita in giornata a Chicago, e Henry accetta subito.

« Cosa vogliamo fare? » chiede lui.

« Tu mi hai fatto una sorpresa con quel concerto di Chopin. Adesso è il mio turno di fartene una », dice lei, e si rifiuta di rispondere alle sue domande.

Prendono la L fino in città e fanno un picnic a Grant Park. Dopodiché lei lo porta all'Art Institute. C'è una mostra: *Tesori delle dinastie Ming e Qing*. Rachel dice che ha pensato che potesse piacergli, e anche lei è curiosa d'imparare qualcosa in più sulla Cina. Commosso da quella premura, Henry le prende la mano ed entrano insieme.

È reale tutto questo? Henry cammina da una vetrina all'altra, ipnotizzato. Ci sono intricati portagioie intagliati in cinabro e lacca; vasi cerimoniali intarsiati con gru e peonie di madreperla; una figurina di porcellana che ritrae la dea Guanyin, con le sue diciotto braccia, seduta su un fiore di loto; un trittico di luminosi vasi di giada bianca, una veste cerimoniale finemente ricamata con un motivo di fenici; pipistrelli e nuvole in mille colori diversi. È questa la Cina? È da qui che viene? La mostra gli sembra un sogno. Le parole cinesi che indicano ciascuno di quegli oggetti gli stanno sulla punta della lingua, ma lui non riesce a pronunciarne nemmeno una, poco importa quanto forte gli risuonino in testa. È strano vedere banchi di studiosi con sedie e poggiapiedi separati dal pubblico da cordoni, vasi ornamentali in smalto cloisonné in vetrine chiuse. Ed è strano pure vedere le ciotole di riso vuote, i piatti da portata puliti e freddi, i cucchiai asciutti allineati, immobili sotto i faretti del museo. Quand'è stata l'ultima volta che un tocco umano ha scaldato questi oggetti?

Niente di ciò che vede gli pare riguardare la Cina che lui ricorda. Lui ha conosciuto una Cina di fughe perenni, un cielo pieno di aerei nemici, un mondo di sirene urlanti, monaci che recitavano mantra, edifici che crollavano e fumo, fumo ovunque. La sua Cina arranca affamata, devastata, affranta, e i suoi cittadini piangono nelle strade. Cos'è questo Paese di raffinata eleganza che gli restituisce lo sguardo dai pannelli di cristallo?

Alla fine vede un rotolo disteso completamente srotolato.

Sente la pelle d'oca sulle braccia. La sala è silenziosa, ma il cuore comincia a rombargli nelle orecchie. Un dolore antico, peculiare, gli agita le viscere. Si siede su una panca e viene travolto dal ricordo della voce della sua mamma. Per un attimo lei è di nuovo accanto a lui, nella luce del tardo pomeriggio, nel negozio di antiquariato di Dao Hongtse.

Henry chiude gli occhi, cercando di pensare all'ultima volta in cui ha visto il rotolo. È stato a Shanghai? La mamma ha detto di averlo venduto. Adesso gli torna in mente di quand'è arrivata coi biglietti per il *Taiping*. All'epoca, lui non si era fatto domande. Era solo un bambino. Sente una mano che gli si posa sulla spalla: è Rachel.

Gli si siede accanto e gli si avvicina. Lui la circonda con un braccio. È stata una giornata lunga e piena. Henry si stropiccia gli occhi, si riscuote e si concentra di nuovo sulla vetrina col rotolo. Si china in avanti per leggere la targhetta.

Terra dei peschi in fiore,
ATTRIBUITO A QIU YING (C. 1494 – C. 1552),
POESIA DI TAO YUANMING (365-427)

« Rachel! Io la conosco, questa storia! » Salta in piedi e la fa alzare, trascinandola all'inizio del dipinto, all'estremità destra della vetrina. Spostandosi piano verso sinistra, le racconta la versione di Meilin della favola del pescatore addormentato che si sveglia circondato da fiori di pesco. Henry si sforza di mettere a fuoco i dettagli, ammirando le minuscole anatre sull'acqua, le singole pennellate che disegnano gli aghi di pino, i blu e i verdi delle montagne in lontananza. Le racconta di come i fiori portavano a un passaggio nella roccia – a questo punto Henry indica una figurina che entra in una grotta – che conduce a una terra di meraviglie. Per secoli, la Terra è rimasta al sicuro da ogni guerra. La popolazione accoglie il pescatore nel suo mondo di pace e abbondanza.

Poi s'interrompe. Hanno guardato solo metà del rotolo; la storia prosegue. Henry va avanti e rilegge la targhetta all'inizio della vetrina. Perplesso, fissa i caratteri calligrafici. È uno stile antico, decorativo, difficile da decifrare. Ma sì, il racconto va avanti per qualche riga.

Alla fine, il pescatore venne colto dalla nostalgia della sua famiglia. Mentre si preparava a tornare a casa, i suoi ospiti gli dissero: « Non raccontare a nessuno di noi, e non cercare di tornare. Tornare è impossibile ». Il pescatore li ringraziò per la loro gentilezza e partì. Mentre camminava, contrassegnò come meglio poté il sentiero che aveva percorso. Alla fine raggiunse il suo villaggio natio. Tutti gli chiesero dove fosse stato e, naturalmente, lui raccontò loro della sua scoperta. Ma, quando andarono a cercare quella Terra miracolosa, sebbene le indicazioni del pescatore fossero inequivocabili, si accorsero che gli alberi, la grotta e la Terra erano scomparsi. Per anni e anni, quella gente cercò la Terra dei peschi in fiore, e così fecero i migliori studiosi, ma nessuno fu in grado di ritrovarla.

Henry rilegge quelle righe, incredulo. Sua mamma non gli aveva raccontato quella parte della storia. Henry era convinto che il pescatore fosse rimasto nella Terra dei peschi in fiore per sempre. Ma no, se n'era andato, invece, e aveva perduto il suo paradiso. Lei gli aveva raccontato la storia solo a metà. Perché non gli aveva detto nulla del finale?

Per molti anni, Henry ha interpretato quella parabola come un'allegoria di speranza e nuovi inizi. Scoprire la versione completa gli suscita un'ondata di ricordi incontrollabile. Viene travolto da immagini frammentate, tutte quelle che aveva tentato di dimenticare: il ghigno traditore del signor Xu; le mani della mamma, ferite e sanguinanti dopo aver scavato tra le macerie; il traghetto che salpava da Yichang senza di loro. Quei ricordi lo trascinano indietro, verso il suo passato turbolento, e il pavimento gli si sbriciola sotto i piedi. Un'ondata di grida, spintoni, gomitate lo assorda. È di nuovo nel Gran Tunnel e l'aria è viziata, la luce continua a tremolare spegnendosi spesso. I presenti gridano e si fanno strada con le unghie, ma lui non sente nessun suono. Prova a gridare: *Liling! Liling!* ma un silenzio inquietante, assordante, lo soffoca. Non riesce a vederla, non riesce a sentirla, non riesce a salvarla.

« Henry, stai bene? »

Henry trema, barcolla e cade all'indietro. Si aggrappa ai bordi della panca e la sua solida presenza gli ricorda dove si trova. Il battito decelera appena. Henry allenta la presa, chiude gli occhi, cerca di calmare il cuore impazzito. « Sto bene, sto bene », ripete. *Perché mi ha raccontato solo metà della storia?*

Rachel lo guarda. « Ehi. Facciamo due passi, prendiamo una boccata d'aria. »

Una volta fuori, si avviano a piedi verso Grant Park.

Dopo un po', Rachel si gira verso Henry e lo studia, incuriosita. « Sai, al museo, oggi, è stata la prima volta che mi hai raccontato qualcosa su tua madre. Ho l'impressione che noi due parliamo tantissimo del qui e ora, ma io voglio anche sapere qualcosa sulla tua infanzia. Cosa puoi dirmi? »

Il coperchio con cui Henry tiene rinchiuso il suo passato deve essersi allentato. Quando apre bocca, le sue parole sono un fiume in piena. La sua speranza è che, rivivendo a voce alta quei ricordi, ciò che è appena andato in frantumi mentre erano nel museo possa ricostituirsi. Gli fa uno strano effetto pronunciare il nome delle persone e dei luoghi che ha conosciuto in Cina. È come se stesse descrivendo la vita di qualcun altro. E, man mano che lui racconta, Rachel si fa sempre più silenziosa. Una parte di lui si dimentica persino della sua presenza.

Si siedono accanto alla fontana. « Mia mamma aveva questo rotolo, simile a quello del museo. Lo abbiamo portato con noi ovunque andassimo. E me lo leggeva, mi raccontava le storie che c'erano illustrate. »

« Come La Terra dei peschi in fiore? »

« Sì, come quella. »

« E cosa ne è stato? »

Lui scuote la testa. La perdita del rotolo è un colpo al cuore. « È stata costretta a venderlo », bisbiglia, in un soffio. Cerca di respingere quei ricordi. Perché, se li guarda, dovrà anche guardare all'immensità del suo dolore. In Cina dovevano continuare a muoversi, se volevano sopravvivere. E, per sopravvivere, non dovevano ripensare a ciò che si erano lasciati alle spalle. È proprio l'idea di guardarsi indietro che adesso lo terrorizza. «Siamo sopravvissuti. Ne siamo usciti. Siamo stati fortunati.»

«Henry?» Rachel lo guarda con una tale tenerezza, un tale amore. Alle sue spalle, la fontana zampilla e luccica nella luce pomeridiana.

«Mmm.»

«Non hai mai nostalgia di casa?»

Nostalgia? Non saprebbe nemmeno dove si trova, casa sua. «Mi manca mia mamma. Mi manca il cibo.»

«Al campus ci sono un sacco di volantini che promuovono gruppi studenteschi organizzati da studenti cinesi. Tu frequenti mai quegli eventi?»

Lui scuote la testa. Spiegarle la sua ambivalenza gli sembra troppo complicato. «Ci sono andato, un paio di volte. Poi ho avuto da studiare.» E, quando parla dei suoi studi, si sente già un po' più forte. È bravo, in quel senso. Essere uno studente, e poi uno studioso, è un'identità cui aspirava e in cui si sente a suo agio. Si alza, col respiro già più regolare, e insieme si avviano verso l'acqua.

«E, insomma, cos'hai intenzione di fare in futuro? Rimarrai qui o tornerai indietro?» gli chiede lei.

Henry rimane zitto a lungo. Poi: «La mia mamma...»

«Di sicuro le manchi tantissimo. Spera di vederti tornare, un giorno?»

Dopo ogni domanda, una lunga pausa.

«Qui ho opportunità che laggiù non troverei mai.»

Adesso si è alzato il vento. Una poiana codarossa sorvola il lago Michigan.

«Credo...» Henry guarda l'uccello che si solleva in spirali continue, sempre più in alto. «Credo che per ora la mia vita sia qui.» Si gira verso Rachel.

Lei gli restituisce lo sguardo, privo del peso di tutti quei chilometri, di tutte quelle perdite. C'è, nella sua espressione, una sorta di luce che potrebbe risollevarlo. Un passaggio che si apre una volta soltanto. Henry lo attraversa.

«Guarda, là c'è una gelateria. Andiamo a prenderci un cono.» Henry allunga la mano a stringere quella di Rachel. «Basta coi vecchi ricordi. Ne creeremo di nuovi.»

Lei gli stringe le dita in risposta, a lungo. Tornano insieme verso il museo.

Dopo pochi passi, Henry la fa fermare. « Ti ho detto molte cose, oggi. Ma ecco l'unica che devi sapere. » Alza l'indice e le fa cenno di fare altrettanto. Quindi tocca il dito di lei col proprio e dice: « *Yi*. Uno ».

« *Yi* », ripete Rachel.

Quindi Henry soleva il medio, e lei fa lo stesso, polpastrello contro polpastrello. « *Er*. Due. »

« *Er*. »

Anulare contro anulare. « *San*. Tre. »

« *San* », mormora lei.

Poi lui allarga la mano e allaccia tutte le dita a quelle di Rachel. « *Wanwu*. Tutto. »

« *Wanwu*. »

Henry l'attira a sé. Le posa le labbra sul collo. Con la mano libera le percorre le scapole, e batte un ritmo dolce e regolare. *Yi, Er, San, Wanwu.*

19

Taipei, Taiwan, febbraio 1965

La zia Chin bussa alla porta di Meilin. « Una lettera di Renshu! » grida, agitando in aria l'aerogramma azzurro.

Meilin salta in piedi.

« E arriva in occasione del Capodanno lunare. È di buon auspicio », aggiunge la zia Chin porgendole la lettera.

Meilin annuisce. Si rigira la lettera tra le dita, impaziente di conoscere le ultime novità.

« Meilin? » La zia Chin le ha fatto una domanda, ma lei non ha sentito.

« Scusa? »

« Ho detto: che programmi hai per stasera? Come festeggerai l'anno del serpente? »

« Ah, sì. Vado dai Li con Longwei. »

La zia Chin scuote la testa, divertita. « Chi l'avrebbe mai detto? La prima volta che sei andata a quella festa l'hai fatto come cameriera, altro che ospite. Come cambiano le cose! » chiosa, tornandosene in cucina.

Ogni volta che arriva uno degli aerogrammi di Renshu, il cuore di Meilin salta un battito. Fa scorrere la punta delle forbici da cucito sotto il bordo sigillato della busta, poi fa un taglio netto lungo la piega. Mentre legge, settimane di ansie e preoccupazioni si dissolvono nel nulla. Nei giorni successivi, Meilin tornerà alla lettera diverse volte, assaporando nuovi dettagli che emergono a ogni rilettura, come foglie di tè lasciate in infusione per una seconda o una terza volta. Oggi Renshu parla di una nuova amica, una ragazza americana di nome Rachel. È la prima volta che accenna a una presenza femminile. Meilin percepisce una piccola fitta dolorosa che ben conosce, quella provocata dal vedere suo figlio che cresce, e diventa un uomo, lontano da lei. Rimette l'aerogramma nella borsa per mostrarlo a Longwei quella sera.

Dal loro incontro di cinque anni prima, l'amicizia di Meilin e Longwei è diventata sempre più solida e profonda. Col tempo, lei lo ha presentato agli Huang come suo cognato. Gli Huang lo conoscevano già, per via di amicizie comuni. Quando lo ha visto la prima volta, Peiwen ha commentato che era un uomo notevole. In seguito Meilin gli ha detto di non montarsi la testa e lui si è messo a ridere. Anche Longwei ha presentato Meilin ad alcuni conoscenti. Sempre più spesso le chiede di accompagnarlo alle feste cui è invitato, e lei partecipa volentieri alle cerimonie e ai divertimenti. Ma è sempre felice, a serata conclusa, di tornare nelle sue stanzette a casa degli Huang.

Quando Renshu aveva lasciato Taiwan, Longwei aveva tentato, di nuovo, di convincerla a sposarlo. Passeggiavano nel New Park, e Meilin gli aveva appena mostrato la prima lettera del figlio. Chissà, forse a dargli coraggio era stata la gioia condivisa nel vedere la nuova vita di Renshu spiccare il volo.

«Meilin, l'altra sera ero serissimo. Vuoi sposarmi?»

«Longwei, basta.» Lei gli aveva posato una mano sul braccio. «Sei stato di grande aiuto per Renshu, e di questo io ti sarò sempre riconoscente. Ma noi non siamo... io non posso...»

«Perché lavori ancora come domestica? Potresti stare con me. Non dovresti lavorare mai più.»

Vista da fuori, Meilin sembra soltanto una vedova di mezza età che lavora in casa d'altri, ne è consapevole. Ma, nel profondo, si sente libera come mai prima. Una volta terminate le faccende domestiche, mai troppo pesanti, può trascorrere il suo tempo come più le piace. Non ha intenzione di rinunciarci.

«Longwei, hai fatto abbastanza per noi. Non potrei accettare una tale gentilezza.»

«Non te lo chiedo per essere gentile, Meilin», aveva detto lui, con una traccia di frustrazione nella voce. «Siamo gli unici rimasti. Perché non dovremmo starci vicini?»

«Ma noi *ci stiamo* vicini. Perché hai bisogno di altro?»

Lui aveva borbottato qualcosa sulla sua testardaggine, e aveva lasciato cadere la cosa.

Meilin, comunque, è contenta di trascorrere del tempo con Longwei. Quando le arrivano notizie di Renshu, lui è la prima persona cui vuole riferirle. Le sue reazioni, che siano di gioia o di preoccupazione, l'aiutano a navigare il suo personale oceano di sentimenti contrastanti. Se programma un'uscita con lui, i giorni che precedono l'evento passano lievi, in una felice eccitazione, e i successivi sono addolciti dal conforto del tempo trascorso insieme.

Quando Longwei si presenta a casa degli Huang per portarla alla festa, ha con sé una borsa, piuttosto pesante, che le porge appena entrato.

Lei ci guarda dentro: riso, sale e olio. Scoppia a ridere. «Un tantino sentimentale, non ti pare?»

Longwei fa spallucce.

«Grazie. Non ne sprecherò una goccia, né un chicco.» Poi gli concede un rapido abbraccio. Lui è rasato di fresco e ha un buon profumo di dopobarba. Meilin arrossisce e si volta subito, per evitare che lui se ne accorga. «Metto via questi e poi andiamo a piedi dai Li. È una serata bellissima, e mi piacerebbe fare una passeggiata.»

A casa dei Li c'è tantissima gente. Tutti non fanno che chiedere di Renshu. Meilin si accorge che Longwei scoppia di orgoglio quando parla di suo nipote. Gli argomenti di conversazione si avvicendano rapidi: quali aziende se la sono cavata quest'anno e quali hanno sofferto, quale marca di televisore sia meglio acquistare, adesso che Taiwan ha un canale nazionale, quali tesori, salvati dai giapponesi e dai comunisti, siano finiti nel Museo del Palazzo Nazionale di Shilin. Alcuni sostengono che sia giusto celebrarne la gloria, metterli in mostra. Dopotutto quei tesori sono l'anima culturale della Cina. Altri vedono il museo come la dimostrazione della tacita ammissione di Chiang, che attesta che non si tornerà indietro.

Sulla via di casa, Longwei e Meilin chiacchierano passeggiando al buio. Quando passano davanti a casa di Longwei, lui la invita a salire per il bicchiere della staffa. È stata una serata magnifica e lei accetta, felice di poterla prolungare.

Un domestico li accoglie alla porta. Longwei gli dà delle rapide istruzioni, quindi conduce Meilin in un salotto elegante.

« Siediti, siediti. » Indica un paio di poltrone sistemate ai lati opposti di un tavolino kang, basso e di forma rettangolare.

Il servitore rientra con una bottiglia di baijiu e due tazzine di porcellana decorate con boccioli di prugna.

Meilin si sfila il cappotto, lo sistema sullo schienale della poltrona e si accomoda con un sospiro contento.

Longwei riempie le tazzine e gliene porge una.

« Buon anno! » dice Longwei sollevando la sua.

« Buon anno! » gli fa eco lei, e poi brindano e bevono. « Longwei, oggi è arrivata una lettera di Renshu. » Meilin fruga nella borsa, in cerca dell'aerogramma.

L'espressione di Longwei si trasforma in pura delizia. Per un attimo, a Meilin pare d'intravedere l'ombra di Xiaowen sul viso del fratello. « Posso leggerla? »

« Certo. » Meilin gli porge la lettera e lo osserva mentre percorre con lo sguardo le colonne di caratteri, gli occhi sgranati e l'espressione assorta.

« E così ha conosciuto una ragazza. Buon per lui », dice alla fine.

Lei prende un altro sorso di baijiu. Ha la testa un po' ovattata.

« Meilin? »

« Sì? »

« Posso... Lo so che non vuoi sposarmi, quindi smetterò di chiedertelo. Ma puoi dirmi perché? Perché ti è così difficile anche solo concepire l'idea? »

Di nuovo? « Mio marito era Xiaowen. Xiaowen... »

« Quanti anni sono passati? E ancora mi ritrovo in competizione con un eroe morto », bisbiglia lui.

« Non è quello. Io e Xiaowen eravamo giovanissimi. Adesso sono una persona diversa. Tu per me hai fatto molto, molto più di un fratello. Però... »

« Che c'è? » chiede lui, posandole una mano sul braccio.

Lei alza lo sguardo, stupita dal fervore che intuisce nella sua voce.

Nell'arco degli anni ha visto alternarsi sul suo viso arroganza, rabbia, orgoglio, leggerezza nel trattare coi bambini, e dolore dopo la morte di Liling. Adesso le sembra di riconoscere anche qualcos'altro, qualcosa di nuovo, di più delicato. Un'espressione che non implora né pretende. Una comprensione più profonda, una gran tristezza. La sfiora l'idea che, per la prima volta, gli occhi di lui non stiano comunicando le sue pretese o i suoi desideri, ma piuttosto cercano di stabilire un contatto.

Solleva con delicatezza la mano che lui le ha posato sul braccio e la stringe.

Apre la bocca, sul punto di parlare. Per rispondergli, per metterlo in condizione di capire, Meilin dovrebbe raccontargli di Shanghai, dell'antiquario, del rotolo. Ma, ripensando a ciò che è successo, prima di riuscire a pronunciare anche solo una parola, sente il cuore perdere un colpo, le viscere contorcersi. E se Longwei pensasse che ciò che è successo è stato colpa sua? E se si arrabbiasse perché lei gli ha tenuto nascosto il rotolo? Magari le direbbe che non le sarebbe successo nulla, se non se ne fosse andata a Yichang. Perderebbe il suo rispetto, la sua amicizia? Non crede di poterlo sopportare. Meglio vivere in quest'impasse che rischiare di rispondere a quelle domande.

Abbassa lo sguardo e scuote la testa, poi gli stringe ancora la mano e la lascia andare.

Longwei si china in avanti e la bacia, un bacio lievissimo, sulla guancia.

Meilin si alza e dice che è ora di andare. Longwei salta in piedi per aiutarla a mettersi il cappotto.

Glielo tiene sollevato e lei fa scivolare le braccia nelle maniche. Quando si volta a guardarlo, lui la circonda con le braccia, augurandole la buonanotte. Poi l'attira a sé. Un sentore pungente di alcol la raggiunge. Le labbra di Longwei cercano le sue. Lei si volta di scatto, ricambiando il bacio. Per un secondo, una passione bruciante, dolcissima, la travolge. Poi, all'improvviso, la faccia di Longwei si tramuta in quella che da anni infesta i suoi peggiori incubi. Sente la bile risalirle in gola. È di nuovo in trappola, inchiodata dal peso del signor Li che la palpeggia e ansima.

Meilin si divincola contro il torace di Longwei. Il cappotto le rende difficile muoversi, ma riesce comunque a mettergli una mano libera sul braccio. Sotto il palmo, sente la lunga cresta ruvida della sua cicatrice. Meilin la artiglia, affondandoci dentro le unghie, più forte che può. « No! » grida.

Longwei si lascia sfuggire un grido e fa un passo indietro.

Lei incespica, rovesciando una sedia.

Gli tiene gli occhi addosso. Longwei è senza fiato, la faccia che avvampa di desiderio inappagato. Come sono arrivati a quel punto, in così poco tempo? Meilin ha le ginocchia che tremano, il cuore che batte all'impazzata e le rimbomba nelle orecchie, sollevandole il petto. A fatica riesce a non rannicchiarsi in un angoletto, immobile.

Lei e Longwei si fissano in silenzio per un po'. *Non interrompere il contatto visivo,* dice lei a se stessa.

« Meilin. » La voce di Longwei trema, carica d'angoscia.

Lei solleva una mano in un gesto d'avvertimento. Fa un passo indietro, scuote la testa. « Fratello. »

A quella formalità, lui risponde con un ghigno.

« Ti vorrò sempre bene come una sorella, come un'amica. Ma non, non... »

« Non qualcosa di più », conclude lui, e l'ardore di poco prima si smorza, tramutandosi in una resa. Longwei si abbandona sulla sedia. Le volta le spalle e fissa lo sguardo sulla tazzina vuota.

Meilin fa un lungo respiro. Si massaggia il braccio, dove lui l'ha stretta con troppa forza, poi si asciuga il sudore che le bagna il labbro superiore. Fissa lo sguardo sulla schiena di Longwei. Le sembra più piccola di quanto non fosse a inizio serata. In quelle spalle incurvate legge una tristezza indicibile. Meilin fa un passo in avanti e alza una mano, che rimane sospesa a pochi centimetri dalla spalla di lui. *Magari c'è un modo?* si chiede. Poi ritrae la mano, si abbottona il cappotto e si avvia da sola all'uscita.

20

St Louis, Missouri, luglio 1967

Henry fissa gli asciugamani nel bagno degli ospiti dei genitori di Rachel. Ce ne sono tantissimi, di diversi colori e dimensioni, sovrapposti e stratificati sul portasalviette. Henry non sa bene quale dovrebbe usare. È sicuro, però, che ci sia una sola risposta giusta. Non vuole mettere in imbarazzo Rachel, o se stesso, scegliendo quello sbagliato. In questa casa bellissima, ogni dettaglio lo innervosisce.

È la prima volta che incontra gli Howard. Lui e Rachel stanno insieme da ormai tre anni, ma lei ha sempre insistito sulla necessità di essere certi di quali fossero le intenzioni di entrambi, prima di presentargli i suoi.

Terminati gli studi, Rachel ha trovato lavoro alla biblioteca musicale della Northwestern, dove dà una mano ad ampliare la collezione. Henry è stato felicissimo quando lei ha deciso di rimanere, sebbene avesse ricevuto altre offerte. Non voleva perderla. Qualche volta hanno parlato dell'opportunità di sposarsi, ma la strada verso quell'obiettivo sembra sempre irta di ostacoli. Una volta completato il dottorato, Henry non aveva le idee chiare sul suo futuro e voleva essere in grado di garantirle sicurezza e stabilità. Di tanto in tanto, i genitori di Rachel invitavano la figlia a casa, per farle conoscere questo o quel ragazzo. Ogni volta, lei tornava e rassicurava Henry, dicendogli che il suo cuore apparteneva a lui e a lui soltanto, e che stava solo aspettando che i genitori esaurissero i pretendenti. Forse il dettaglio più problematico era che, all'epoca, i matrimoni misti erano illegali in Missouri. Sebbene Rachel non volesse che i suoi genitori s'immischiassero nella sua vita sentimentale, desiderava la loro benedizione e, di conseguenza, una cerimonia celebrata a St Louis.

Era stato allora che la fortuna li aveva baciati.

Quella primavera, il tutor di Henry all'università gli aveva chiesto quali fossero i suoi progetti per il futuro e lo aveva incoraggiato a rimanere negli Stati Uniti. Grazie alle recenti modifiche alle leggi sull'immigrazione, aveva spiegato, le persone in possesso di competenze altamente specializzate, come dottorati e master in ingegneria e materie scientifiche, possono chiedere un permesso di soggiorno permanente, che è il primo passo per ottenere la cittadinanza. « Pensaci. Abbiamo bisogno che persone di talento come te rimangano nel Paese, per aiutarci contro i comunisti. Ci sono un sacco di ottimi lavori per te, in America. » La conversazione si era poi spostata sui dettagli tecnici della ricerca di Henry, ma quelle parole avevano continuato a tornargli in mente. Per quanto la sua vita statunitense gli appaia rosea e piacevole, Henry sa che il governo di Chiang Kai-shek potrebbe richiamarlo in patria in qualsiasi momento. Se diventasse cittadino americano, invece, i lunghi tentacoli del Kuomintang non potrebbero più raggiungerlo.

E poi, a giugno, la Corte Suprema degli Stati Uniti aveva ribaltato la legge che proibiva i matrimoni interrazziali. Rachel si era precipitata da lui dopo il lavoro, sventolando in aria il giornale. « Possiamo sposarci! » aveva gridato. « Possiamo sposarci dove vogliamo, in qualunque Stato! »

Sulla scia del caso *Loving vs Virginia*, Henry e Rachel si erano subito fidanzati e avevano organizzato il viaggio a St Louis, dove lui avrebbe incontrato i futuri suoceri e chiesto la loro approvazione.

Sono arrivati nel primo pomeriggio e, quando Deborah e Simon sono usciti di casa per salutarli, Henry si è accorto che, prima di tendergli la mano, Simon ha esitato un istante. A Deborah si è smontata la faccia, ma si è ripresa subito; con un sorriso fin troppo forzato, ha insistito per rivolgersi a lui chiamandolo « Mr Dao ».

« Rachel non ce l'aveva detto, che è orientale. Quando ha accennato al suo cognome, ho dato per scontato che fosse Dow con la W, come la Dow Chemical. Non importa. Ma che bello che è! E pure affascinante. »

Anche la cena si è svolta in un'atmosfera tesa e imbarazzata. Poi la conversazione si è spostata sui pettegolezzi del vicinato:

chi si era fidanzato, chi si era sposato, chi aspettava dei figli e così via.

«Già che stiamo parlando di matrimoni...» Rachel ha fatto un cenno a Henry.

Lui si è pulito con cura la bocca e ha posato il tovagliolo di stoffa sul tavolo. Si è alzato e si è avvicinato a Simon e Deborah. Con le mani dietro la schiena, in segno di rispetto, ha detto loro: «Mr Howard, Mrs Howard, Rachel e io vorremmo sposarci e, oggi, sono qui per chiedere la vostra benedizione».

Silenzio.

Il sorriso smagliante di Deborah si è rimpicciolito fin quasi a sparire. Simon si è limitato ad annuire, con espressione indecifrabile, squadrando Henry da capo a piedi.

«Oh», ha detto Deborah. «Oh. Ma dove sono finite le mie buone maniere? È una notizia... sorprendente, mia cara.»

Simon si è schiarito la voce. «Mi deve essere finito qualcosa in gola», ha borbottato, sollevando il bicchiere dell'acqua e svuotandolo in un sorso.

«Mangiamo il dolce.» Deborah si è alzata per sparecchiare.

Henry si è girato a guardare Rachel, nella speranza che lei gli fornisse qualche indicazione su come procedere.

«Va tutto bene», ha detto lei a voce bassissima. «Ti amo.»

Scosso dalle risposte criptiche degli Howard, Henry si è scusato e ha chiesto di usare il bagno. Forse avevano bisogno di qualche minuto per digerire la notizia.

E adesso, ancora perplesso per la sovrabbondanza di asciugamani, Henry si scrolla l'acqua dalle mani meglio che può, poi se le asciuga sul retro dei pantaloni. Osserva il suo riflesso nello specchio, si sistema il colletto della camicia e torna al piano di sotto.

Davanti alla porta della sala da pranzo, si ferma. Sente le voci dei suoi commensali.

«Rachel, stai forse cercando di dimostrare qualcosa?» Simon è sull'orlo dell'esasperazione. «Complimenti, ci sei riuscita. Lo sai che non devi sposare per forza il figlio degli Ebers. Certo, noi saremmo stati molto felici, gli Ebers addirittura entusiasti, ed è chiaro che il ragazzo è pazzo di te. Ma, davvero, non c'è problema. Non insisteremo più. Però ti prego, non buttare via tutta la tua vita solo per farci recepire il messaggio.»

«Papà! William Ebers non c'entra niente! Assolutamente niente. Io voglio sposare Henry. Ci amiamo. Voglio costruire una vita con lui.»

«Tesoro», interviene Deborah, «sai che noi non abbiamo pregiudizi, e sono sicura che il tuo Mr Dao sia un ragazzo perbene, ma ci sono un sacco di ragazzi perbene, in giro, che sono più il nostro tipo.»

«*Il nostro tipo*?» sibila Rachel. «Santo cielo, e questo che cosa vorrebbe dire?»

«Non fare la difficile, Rachel. Sai benissimo cosa vuole dire tua madre. E poi non credo nemmeno che questi matrimoni siano legali nel nostro Stato.»

«Invece sì! Ma non li leggete, i giornali? Il mese scorso la Corte Suprema ha deciso all'unanimità – all'unanimità! – di rovesciare le leggi che proibivano i matrimoni interrazziali.»

«Il fatto che sia legale non vuol dire che sia moralmente accettabile», borbotta Simon.

«Sono anni che mi tormentate perché mi sposi. E io vi ho sempre detto di voler aspettare la persona giusta, il momento giusto. Ecco, quella persona è Henry. E il momento è adesso.»

«Sì, il momento è decisamente adesso», interviene Deborah. «Ma perché proprio lui?»

«Perché, quando mi guarda, lui vede qualcosa di più di un buon partito. Perché adoro il modo in cui affronta la vita. Non dà mai niente per scontato, apprezza anche le piccole cose. Per quanto sia stato difficile crescere in Cina negli anni della guerra, non si è mai lasciato scoraggiare. Anzi, credo che il suo passato lo abbia reso ancora più determinato a fare sempre del suo meglio, e ancora più riconoscente per ogni piccolo risultato. Adoro il fatto che, quando si appassiona a qualcosa, se ne lascia assorbire completamente. E sa quanto significhi la musica per me. Non si aspetta che ci rinunci una volta sposati. Quando avremo figli, sono certa che sarà un padre meraviglioso. Mi rende felice, mi capisce. Sono innamorata di lui.»

Si sentono dei rumori e passi all'interno della sala da pranzo, e Henry sobbalza nel momento esatto in cui Rachel spalanca la porta per uscire.

Lei è esterrefatta; sbatte la porta e gli chiede: «Oddio! Da quanto tempo eri qui fuori? Cos'hai sentito?»

Henry scuote la testa, incapace di rispondere.

«Mi dispiace tantissimo. Non preoccuparti per i miei. Adesso non capiscono, ma capiranno. Si stanno comportando in modo orrendo, ma lo fanno perché pensano di proteggermi. Temono che io stia facendo un errore, ma ho detto loro che non è così. Ti amo. Lo sai, vero?»

Sentendosi avvampare, Henry riesce solo a dire: «Io non... non sapevo quale asciugamano usare, in bagno».

«Oh. Oh. Vieni, ti faccio vedere.»

Più tardi, Simon e Deborah sfoggiano sorrisi gemelli e si dicono felicissimi per la coppia. Deborah s'informa se abbiano già una data in mente. Se vogliono sposarsi a giugno - e chi non vorrebbe sposarsi a giugno? - toccherà sbrigarsi a cercare una chiesa per la cerimonia e iniziare a pensare agli inviti. E Rachel ha già pensato all'abito? Ovviamente il ricevimento si terrà al country club. Ah, e la lista degli invitati. Oddio, ci sono tantissime cose da fare! si lamenta Deborah.

Per il resto della visita, tutti mantengono un comportamento educato, ma la cena ha lasciato a Henry l'amaro in bocca, di cui non riesce a liberarsi. In parte, gli sembra incredibile che Rachel abbia sfidato così apertamente i suoi genitori. D'altro canto, il fatto che li abbia sfidati per difendere la loro coppia aumenta l'amore che prova per lei. Sulla strada di ritorno per Evanston, decide di parlare con lei del litigio che ha origliato.

«Io non sono i miei genitori», lo rassicura Rachel. «Non mi è mai importato dei progetti che avevano fatto per mio conto. Io voglio fare le mie scelte e loro dovranno accettarlo.»

«Ma io non voglio cominciare la nostra vita nel rancore.»

«Si sistemerà tutto. Avrebbero fatto lo stesso con qualunque ragazzo non avessero scelto loro. Quando impareranno a conoscerti, si tranquillizzeranno. Anzi, credo che mia madre sia già un pochino innamorata di te.»

Henry arrossisce. Quando si sono salutati, Deborah lo ha baciato sulla guancia e gli ha regalato dei biscotti fatti in casa per il viaggio.

« E mio padre è fatto così: abbaia ma non morde. Lo sai che vuol dire? Comunque, se ne farà una ragione. Ne sono sicura. »

Henry la guarda: non gli sembra che lei sia turbata. Forse è così che si comportano gli Howard? Non avendo altre opzioni, decide di crederle sulla parola.

Taipei, Taiwan, aprile 1968

Meilin esce dalla sua nuova casa e va a trovare Peiwen. Quando gli Huang si sono trasferiti a Hsinchu, un anno prima, per via del lavoro del generale, lei ha preferito restare a Taipei. Gli Huang l'hanno aiutata a trovare un appartamentino nel quartiere di Da'an, e un lavoretto presso i signori Hsu, cugini di Madame. Con la loro paga, i suoi risparmi e l'assegno che di tanto in tanto Renshu le invia, se la cava. E poi c'è un ulteriore vantaggio; è molto più vicina a Peiwen. Se Meilin ha qualche novità, può raggiungere la casa dell'amica in pochi minuti.

Peiwen e la sua famiglia vivono ancora nel juancun. Ma i muri originari, in fango e bambù, sono stati sostituiti da pareti di mattoni e adesso la casa ha pure un impianto elettrico e uno idraulico. Come sempre, Peiwen è felice di vederla. Sul tavolino davanti a lei c'è una scatolina piena di fiorellini in plastica trasparente, di piccole lampadine colorate e di fili elettrici verdi. Muovendo abilmente le dita, Peiwen collega i fiori e le lampadine al filo; sono lucine natalizie che, mentre lei e Meilin chiacchierano, si moltiplicano all'infinito.

« Meilin! Che magnifica notizia! Congratulazioni! Andrai al matrimonio? »

Meilin scuote la testa. È troppo lontano e costa troppo. Renshu ha detto di volerle mandare un biglietto, ma lei gli ha risposto che tanto non conoscerebbe nessuno, non sa nemmeno l'inglese. Gli ha suggerito di risparmiare i soldi, di concentrarsi sulla sua vita laggiù.

« Devi essere orgogliosissima, e molto felice! »

« Ma certo! È ciò che lui desidera e lei sembra una ragazza deliziosa. » La voce di Meilin si fa per un attimo incerta. « Guarda la foto che mi ha mandato. » Fruga nel cestino. « Ecco. Eccola qui. » Tira fuori una fotografia in bianco e nero che ritrae Renshu e Rachel.

« Bellissima, è proprio bellissima! » dice Peiwen. « E lui è un così bel ragazzo! Quella Rachel è fortunata. »

Poi Peiwen inizia a riferire le ultime novità sui propri figli e Meilin prende un filo di lucine per darle una mano. Vuole qualcosa che la distragga. Tutte e due si rendono conto benissimo che la novità di Renshu rende definitivo qualcosa che fino a quel momento era rimasto sospeso. Lui non tornerà mai più a Taiwan, nemmeno per scegliere una moglie cinese da portare in America, come qualcuno aveva suggerito. Peiwen mostra a Meilin le lampadine e i fiorellini, le fa vedere come agganciarli insieme. Ha già finito dieci confezioni, quella mattina, dice, indicando un angolo della stanza, dove sono ordinatamente impilate alcune scatole di cartone. Più tardi, Huifang le lascerà al magazzino, prima di andare in ospedale dove lavora come infermiera. Sperano di guadagnare abbastanza per comprare a Huibao una bicicletta di seconda mano.

E poi Peiwen passa ai pettegolezzi sugli abitanti del juancun. Dice a Meilin che, lo scorso marzo, il vecchio Lin si è sparato. Da un lato, la cosa ha colto tutti di sorpresa, ma a dire il vero lui non era mai stato felice lì, dopo che il Kuomintang lo aveva costretto ad arruolarsi, negli ultimi giorni della guerra. Ha lasciato un biglietto d'addio in cui diceva che non aveva famiglia, né moglie, né un Paese, né una ragione per cui vivere. A Taipei ci sono decine di uomini che fanno la fine di Lin, però a Meilin dispiace comunque. Stringendo piano una fila di lucine, si chiede come sarebbero andate le cose per lei e Renshu se, dopotutto, anche loro fossero rimasti al juancun. Benedizioni e sciagure, pensa.

« E, a proposito di matrimoni, hai sentito che Hou e Yang hanno sposato due taiwanesi? » prosegue Peiwen.

« Si sono sposati? Alla loro età? » esclama Meilin.

« Bisogna capirli, poveretti, si sentono soli. Hanno perso gli anni migliori della loro vita per via della legge che impediva ai soldati di sposarsi. Adesso che il divieto è finalmente caduto, hanno l'opportunità di andare avanti. Quelli che avevano famiglia sulla terraferma non sanno nemmeno se i loro cari sono ancora vivi, o se potranno mai rivederli. Non li si può biasimare per aver deciso di concedersi un nuovo inizio. Certo, di donne waishengren non sposate non se ne vedono molte, in giro. » A quest'ultimo commento, Peiwen scocca a Meilin un'occhiata penetrante. « Sai, se solo tu volessi, ti basterebbero due minuti per raccogliere tante proposte di matrimonio da non sapere che farci. »

Meilin posa la prima fila di lucine finita nella scatola e si affretta a prenderne un'altra.

« Non hai voglia di un po' di compagnia? Soprattutto adesso che Renshu sta mettendo radici in America? Che mi dici di Longwei? »

Meilin esita. Peiwen è una cara amica, eppure non le ha mai raccontato di quella notte con Longwei, che lei evita accuratamente da quando si è trasferita.

Percependo il suo disagio, Peiwen si alza. « Facciamoci un tè. »

Meilin segue l'amica in cucina, dove lei riempie un bollitore d'acqua e accende il fornellino. C'è un nuovo bancone rivestito di lucide piastrelle bianche, e Peiwen ha cucito delle vivaci tendine gialle per la finestra. Mentre l'amica è impegnata con tazze e foglie di tè, Meilin le racconta della proposta più recente di Longwei. Ma, verso la fine, le manca il coraggio e decide di rimanere sul vago, dicendole soltanto che lui ha provato a baciarla.

Peiwen l'ha ascoltata in silenzio. Adesso sistema tazze e teiera su un vassoio e torna a sedersi nel salottino. « Perché non gliel'hai permesso? » Porge una tazza a Meilin. « È chiaro che lui ti adora, è sotto gli occhi di tutti. Perché non concederti una storia d'amore? »

Meilin fissa lo sguardo sul suo tè. Le foglie si stanno dispiegando, il liquido ha assunto una sfumatura dorata, ed emana un profumo tostato e confortante. Valuta quale sia la risposta migliore. Dopo un lungo silenzio, decide che non può spiegare, nemmeno a Peiwen. Non è in grado di dar voce alle sue paure, alla sua vergogna. Prende un sorso di tè. « Sono troppo vecchia per certe cose. »

Peiwen la fissa, aggrottando la fronte. Apre la bocca per ribattere, ma poi sembra ripensarci. « Gli hai detto del fidanzamento di Renshu? »

Meilin si lascia sfuggire un sospiro e sgrana gli occhi. È sul punto di piangere. « Non ancora. Verresti con me? » Sa che a Peiwen può chiedere quel favore.

« Aspetta, prendo le mie cose. Andiamo insieme. »

Poco dopo i festeggiamenti per il Capodanno, Longwei aveva cominciato a lavorare per il Museo del Palazzo Nazionale e aveva, come Meilin, interrotto ogni contatto. Forse anche lui sentiva il bisogno di prendere le distanze. Di tanto in tanto, Meilin gli riferiva le novità che le arrivavano da Renshu, ma lo faceva per lo più durante eventi pubblici o in presenza di amici comuni; ogni tanto, lui la invitava a partecipare all'inaugurazione di una mostra o a una festa. Di solito lei accettava, ma tornava a casa non appena l'evento formale si era concluso. Era un equilibrio precario, il loro. Le vecchie ferite erano ancora aperte. D'altronde tutti e due avevano perso troppe cose, troppe persone, per decidere di rinunciare completamente all'altro.

Adesso Longwei accoglie Meilin e Peiwen in casa sua. Meilin si stupisce nel constatare quanto sia invecchiato dall'ultima volta che l'ha visto. Ha i capelli completamente bianchi, tagliati cortissimi ai lati e molto diradati in cima alla testa. Sul dorso delle mani spiccano vene gonfie. Si muove con la stessa dignità di sempre, ma più lentamente, e aiutandosi con un bastone dalla punta d'argento. Quando lei gli dice che Renshu si è fidanzato, le sue labbra si atteggiano a un sorriso divertito. « Se non altro, qualcuno, in questa famiglia, è favorevole al matrimonio », è il suo unico commento.

St Louis, Missouri, giugno 1968

Nonostante le riserve iniziali dei suoi genitori, Rachel è rimasta determinata, innamorata e felicissima. Proprio come aveva previsto, col tempo Simon e Deborah si sono abituati all'idea di avere Henry come genero. Dopo che lui ha ottenuto il dottorato, diventando così il dottor Dao, il loro entusiasmo è cresciuto esponenzialmente. Quando ha ricevuto un'ottima offerta di lavoro da parte di uno dei laboratori di ricerca più prestigiosi del Paese, hanno inviato alla coppia champagne e fiori. Al momento di spedire gli inviti per il matrimonio, Deborah scoppiava d'orgoglio per quel genero bello, brillante e talentuoso. Persino Simon è stato costretto ad ammettere di non aver mai visto sua figlia tanto felice.

La sera prima del matrimonio, Henry e Rachel cenano coi vecchi amici di Henry, Pao Dafei e Li Hotan, e la moglie di Li, Jingyuan. Pao ha preso in prestito la macchina di un collega, ed è arrivato da New York, insieme con gli altri due, solo per Henry. Jingyuan, anche lei una laureata della Taida, è arrivata da poco negli Stati Uniti per frequentare un dottorato in chimica alla Columbia. Per tutta la sera, gli amici alternano inglese e mandarino, aggiornandosi su tutto ciò che è successo dopo che si sono persi di vista. Ogni tanto, quando Henry traduce per Rachel, i suoi amici intervengono e lo correggono, scherzando sul fatto che tralascia tutte le parti migliori.

« Hai sentito di Liu? » chiede Pao a Henry verso la fine della cena.

« Liu Zhaohui, il nostro compagno alla Taida? Non era andato in Wisconsin a studiare ingegneria elettrica? »

Pao annuisce.

« Brutta storia », dice Li, scivolando senza accorgersene nel mandarino. « A quanto pare, ha fatto parte di alcune associazioni di studenti taiwanesi. »

A Henry si accappona la pelle.

« È tornato a Taipei per un funerale ed è stato sottoposto a fermo. Gli hanno preso il passaporto all'aeroporto e non è più riuscito a tornare. »

« Perché frequentava un'associazione studentesca? » protesta Henry.

Rachel si china verso di lui con espressione perplessa, reagendo all'istante al suo cambio d'umore.

« A quanto pare era andato a un incontro a Chicago a favore dell'indipendenza di Taiwan, e il governo ha ricevuto una soffiata. Pensavo che tu ne sapessi qualcosa, perché Evanston è vicinissima », conclude Li, sempre in mandarino.

Henry si chiede se lo zio di Chen sia ancora a Chicago. Si chiede se non sia il caso di dire qualcosa su Joseph Hu. Li e Pao sono i suoi più vecchi amici. Si fida ciecamente di entrambi. Ma questo non significa che debba dirgli cos'è successo a persone che lui stesso non conosceva poi granché. Scuote la testa. « No, non ne sapevo niente. »

Pao dice di aver sentito anche di altri studenti, le cui attività a New York hanno creato problemi alle famiglie rimaste a Taiwan.

Per un attimo rimangono tutti zitti. Meglio rimanere fuori dalle questioni politiche, concordano alla fine.

« Va tutto bene? » chiede Rachel con espressione preoccupata.

« Sì, abbiamo solo parlato di alcuni vecchi compagni di scuola », dice Henry, evitando però di tradurre la conversazione.

Quando arriva il dolce, tutti tornano a parlare inglese. Gli amici di Henry ridono fino alle lacrime nel sentire Rachel raccontare di come si sono conosciuti, e della perseveranza con cui Henry tornava a chiedere il disco di Chopin. Alla fine il discorso si sposta sui ricordi della Taida, sul cibo di Taipei e su altri compagni di cui non hanno più notizie. È bellissimo stare in compagnia di amici che sanno cosa significhi essere lacerati tra due culture. A un certo punto, Henry fa addirittura una battuta.

Tra scrosci di risa incontrollabili, Rachel gli tira una manica. « Che c'è di tanto divertente? »

Henry non si era accorto di aver ricominciato a parlare in mandarino. Cerca di tradurre, ma in inglese non fa tanto ridere.

Rachel riesce a sfoggiare un sorrisino vago. « Sei così loquace quando sei coi tuoi amici. E divertente! Chi l'avrebbe mai detto? »

Lui arrossisce. Magari l'ha fatta arrabbiare.

« Ci sono così tante cose che ancora non so di te. Henry Dao, sei un mistero senza fine. Sono felice di avere a disposizione una vita intera per imparare tutto. »

In chiesa, Li Hotan è in piedi accanto a Henry, come suo testimone, mentre Pao Dafei fa da usciere insieme con Robert, il fratello di Rachel. Henry è felice che siano venuti i suoi amici, come anche alcuni colleghi dottorandi della Northwestern. All'inizio aveva esitato a invitare i colleghi, ma Rachel ha insistito e adesso vedere che sono arrivati fin qui solo per lui lo commuove. È rassicurante avere qualche faccia amica tra i banchi della chiesa occupati da invitati elegantissimi. Ma, quando parte la musica e Rachel inizia a percorrere la navata al braccio di Simon, tutto il resto perde importanza. La cerimonia, molto semplice, è seguita da una sessione col fotografo che pare durare ore, poi dai saluti agli invitati e da un ricevimento al country club.

Dopo aver mangiato, Robert fa tintinnare un cucchiaino contro il calice di vino e si alza. « Vorrei fare un brindisi alla mia sorellina, Rachel, e al suo nuovo marito, Henry. »

Nella sala scende il silenzio.

« Ai miei genitori c'è voluto un po' per abituarsi all'idea di questo matrimonio. Ma a me Henry è piaciuto subito, fin dal nostro primo incontro. Ho detto ai miei: 'Se non altro non ha deciso di sposare un uomo di colore!' » Robert fa una pausa, aspettandosi uno scroscio di risa.

Qualcuno ridacchia, ma è tutto qui.

La moglie di Robert, Wendy, gli grida: « Su, finisci questo brindisi! »

« Quando abbiamo conosciuto meglio Henry, ci siamo resi conto che è un uomo gentile, paziente e saggio. Ed è anche intelligente. Ho già detto che è intelligente? È il dottor Dao, ingegnere. Lavora per aiutarci a sconfiggere i comunisti. Non è uno di loro, casomai a qualcuno fosse venuto il dubbio. Viene dalla Cina libera, non dalla Cina Rossa. È uno dei buoni, lui. » Robert fa un cenno di approvazione in direzione di Henry, Pao e Li. «Siamo felici che vi siate incontrati. Personalmente cominciavo a pensare che Rachel non si sarebbe mai sposata, ma è chiaro che mi sbagliavo. Perciò, in questa giornata di festa, brindiamo alla salute di Mr e Mrs Dao!»

«Ben detto!» urla uno degli ospiti, già ubriaco.

Robert scola il calice in un sorso e si siede.

Rachel è tutta rossa in viso. È difficile dire se sia per la rabbia, l'imbarazzo o lo champagne.

Anche Li Hotan si alza per fare un brindisi. «Henry e Rachel», dice, girandosi a guardarli. «Vi auguro di avere molti figli e pochi problemi! Congratulazioni!»

Solleva il calice e tutti bevono.

Quando gli ospiti si alzano da tavola, Deborah scivola accanto a Henry e lo prende sottobraccio. Lo trascina in giro per la sala, sfoggiandolo come un trofeo davanti a tutte le sue amiche.

«Dottor Dao, questa è la mia cara amica Mary Ellen Carter.» Deborah indica una donna bionda e in carne che indossa un abito rivestito di perline lungo fino ai piedi.

«Cielo, ma è davvero un bell'uomo, lo sa?» dice Mrs Carter, fissandolo da sopra la montatura degli occhiali.

«Piacere, Ethel Stonebridge», si presenta una donna castana e androgina, con un tailleur verde molto elegante, tendendogli la mano. «Credo che la nostra Rachel abbia scelto davvero bene. Anzi, benissimo.»

«Ah, Ethel. Certo, anche Ethel voleva conoscerti», dice Deborah con una punta di fastidio.

«Mr... ehm, dottor Dao, è davvero un peccato che abbiano raso al suolo Hop Alley e la vecchia Chinatown per costruire il nuovo stadio», dice Ethel, come se stesse proseguendo una conversazione che va avanti da tutta la sera. «Ci vivevano tantissime famiglie cinesi, e c'erano anche negozi e attività!» Scuote la testa. «Dove saranno andati? Lei lo sa?»

«Ethel! Solo perché il marito di Rachel è cinese non significa che conosca tutti i cinesi di St Louis», la rimprovera Mary Ellen.

«Be', ma certo che no, però qualcuno sicuramente sì.» Ethel torna a rivolgersi a Henry. «Per esempio i Wang? Li conosce?

Il mio Richard non affiderebbe i suoi abiti a nessun altro. Non conosco nessuno che non si sia trovato bene con Mr Wang. O con Mrs Wang, fa lo stesso. Sono brava gente. Grandi lavoratori. Non come certe altre famiglie di qui.»

Con la coda dell'occhio, Henry vede Pao, Li e Jingyuan che ridono insieme, seduti al loro tavolo. «Non conosco i Wang, ma sono sicuro che siano bravissime persone. È stato un piacere conoscervi entrambe, signore. Vi prego di scusarmi.» Indica il capo opposto della sala e poi si avvia in direzione dei suoi amici.

«Dao Renshu! Congratulazioni per questa bellissima festa e per la tua bellissima moglie!» Li fa per alzarsi.

«Rimani seduto», dice Henry, accomodandosi al tavolo con loro.

Lui e gli amici raccontano aneddoti e scherzano per un po', finché Li non si gira a prendere la giacca. «Temo di doverti già salutare. Ci aspetta un lungo viaggio, e il collega di Pao ha bisogno della macchina lunedì mattina presto.»

Rachel, che stava chiacchierando con delle amiche dei tempi della scuola, si avvicina a Henry e lui la circonda con un braccio.

«Sono molto felice di avervi conosciuti», dice lei. «Grazie per essere venuti.»

«Ancora congratulazioni, Mrs Dao», risponde Li Hotan.

Rachel sorride. Henry la bacia sulla guancia.

«Vi accompagno alla macchina.» Henry stringe per un attimo Rachel, poi la lascia andare.

Dopo gli ultimi saluti, i tre invitati salgono in macchina. Henry li guarda allontanarsi, e una parte di lui vorrebbe gridare: *Aspettatemi! Vengo anche io!* Andare con loro a New York, tornare alla vita che conosce bene e che solo adesso capisce quanto gli sia mancata. Questo desiderio non è razionale, non è reale. La sua nuova vita, sua moglie, sono qui. Ha un lavoro e un futuro che lo aspettano. Eppure, mentre la macchina si allontana e Li Hotan lo saluta dal lunotto posteriore, un altro pezzo del suo passato - stavolta un pezzo felice - si allontana per sempre lungo la strada.

PARTE QUINTA

1968-1989

21

Los Alamos, New Mexico, settembre 1968

L'autunno successivo al matrimonio, Henry e Rachel si trasferiscono nel Nord del New Mexico; Henry ha trovato lavoro al Los Alamos Scientific Laboratory. Il viaggio in auto verso est li guida attraverso panorami spettacolari, che lasciano entrambi senza fiato. Vaste pianure desertiche si sollevano drammaticamente in alture o *mesas*, costituite da ceneri vulcaniche scolpite. L'ultima tratta del viaggio segue una strada tortuosa, tutta curve, abbarbicata sul fianco di una collina, che ha un dislivello di oltre trecento metri. Stupefatti, fanno il loro ingresso nella cittadina che, per tutta la durata della seconda guerra mondiale, è stata un segreto ben custodito: il luogo di nascita della bomba atomica. Ancora incredulo, Henry ricorda a se stesso che sta per iniziare un lavoro proprio nel luogo che ha posto fine alla guerra di aggressione.

Accoccolata sugli altopiani che sorgono ai piedi dei monti Jemez, Los Alamos ha una popolazione di circa quindicimila abitanti, per la maggior parte famiglie connesse al Lab, come lo chiamano loro. Qui sono state radunate alcune delle menti più brillanti del mondo occidentale, che svolgeranno ricerche indispensabili nel campo della difesa e dell'energia, allo scopo di fare in modo che, in questi anni di guerra fredda, l'America rimanga sempre un passo avanti rispetto all'Unione Sovietica. Gli stipendi sono eccellenti, la città è sicura e le scuole sono ottime.

A Henry piace il suo lavoro. E, come accade a molti dei suoi colleghi, la sua ricerca è top secret, perciò non può parlarne al di fuori dell'ambiente professionale. A lui non dispiace, anche se gli ci vuole un pochino per abituarsi, dopo il clima di estrema apertura intellettuale che si respirava alla Northwestern. Lui e Rachel sperano di avere subito dei figli, così che, quando i bambini saranno più grandi, Rachel potrà dedicarsi alla carriera, cercando un posto che le si addica. Santa Fe, ad appena un'ora d'auto, è una città vivace e culturalmente stimolante. Rachel non vede l'ora di scoprire qualcosa di più sulle tradizioni culturali delle popolazioni ispaniche e native americane che hanno contribuito a creare quell'atmosfera tanto peculiare; Santa Fe è diversa da qualunque città abbia mai visto.

Intanto, mentre lei e Henry provano ad allargare la famiglia, Rachel cerca un lavoretto in città. Ben presto si rende conto che le donne che non hanno una formazione scientifica non hanno molte opportunità. A parte le scuole, qualche negozio, un ospedale e una biblioteca, la fonte della maggior parte dei posti di lavoro è il Lab, e quei posti sono per lo più occupati da uomini. Gli scienziati sono in genere giovani e sposati da poco, e hanno mogli che, a prescindere dalla presenza di figli, cercano un impiego come lei. In breve, la città ha un surplus di giovani donne intelligenti e istruite che si litigano una manciata d'impieghi. Una volta che i posti da infermiere, insegnanti e bibliotecarie sono esauriti, non rimane molto, a parte qualche mansione da segretaria. Rachel tenta la fortuna per qualche mese, ma quella ricerca vana la annoia.

Passa il primo anno e non rimane incinta. Ormai ha quasi trent'anni. Era sicura che, a quest'età, avrebbe avuto ormai diversi figli. Invece è ben lontana dall'essere madre, ben lontana dall'ottenere un lavoro per cui sia qualificata, ben lontana dalla vita che sognava. Henry assiste al crescere della sua frustrazione, ma non sa come alleviarla.

Quando, durante il secondo inverno a Los Alamos, Rachel rimane finalmente incinta, sono entrambi al settimo cielo. Adesso possono davvero essere una famiglia.

Los Alamos, New Mexico, ottobre 1970

Henry è seduto alla sua vecchia scrivania, nella sua nuova casa, e sta compilando i moduli per la richiesta di cittadinanza americana. Rachel è andata a fare shopping con un'amica: voleva comprare un po' di cose prima dell'arrivo del bambino.

« Lo so che siamo quasi pronti, ma sono un po' nervosa », ha detto.

Pure Henry è nervoso. Soprattutto perché lo aspettano da tanto. Il pensiero di diventare padre lo emoziona e lo spaventa in egual misura. Come si fa il padre? Da chi imparerà? Con una fitta dolorosa data dall'assenza di ricordi, Henry si chiede come è stato il suo, di padre. Poi gli viene in mente Longwei. Longwei aveva l'aria di un uomo che sapeva sempre cosa fare, anche mentre il mondo intorno a lui crollava. Per quanto Henry ricordi, l'unica volta che Longwei ha vacillato è stata quand'è morta Liling. Quel ricordo lo colpisce con forza devastante. E se succedesse qualcosa al suo bambino? È un pensiero insopportabile. Promette a se stesso che proteggerà suo figlio, a ogni costo. Farà tutto ciò che è in suo potere per risparmiargli ogni sofferenza.

Guarda di nuovo le scartoffie e si rende conto che gli servono informazioni contenute nel visto con cui è arrivato. Dal fondo del cassetto in basso della scrivania, Henry recupera la busta che Longwei gli aveva dato prima che lasciasse Taipei. Mentre tira fuori il passaporto della Repubblica di Cina, gli torna in mente Joseph Hu; Henry ha già stabilito che non metterà mai più piede a Taiwan, almeno finché non godrà della protezione di un passaporto statunitense. Anche se non ha mai fatto né detto nulla contro il Kuomintang, ha ancora paura che qualcuno potrebbe prenderlo di mira comunque. E, per quanto riguarda Charles Chen, sebbene sia stato per lui un buon amico, ormai gli pare ovvio che fosse legato al Kuomintang. Henry non vuole più ritrovarsi nella posizione di dover rendere conto delle attività di altri cinesi. Con la garanzia della cittadinanza americana, potrà tranquillizzarsi un pochino e, col tempo, magari, potrà estendere quella tranquillità anche a sua madre.

Si mette a spulciare tra i fogli, finché un nome inatteso non attira la sua attenzione. Tira fuori tutti i documenti, analizzandoli uno alla volta. Su tutti c'è scritta la stessa cosa, su tutti compare lo stesso errore. Deve esserci stato un equivoco.

Ripensa a quand'era arrivato in America. A quando si era ritrovato davanti all'impiegato della dogana, e gli aveva passato l'intero fascio di fogli. L'uomo aveva analizzato i documenti, inserendo alcune informazioni in un libro mastro dall'aria ufficiale. Finito quel passaggio, aveva studiato la foto del passaporto, confrontandola con la faccia di Renshu. Poi aveva timbrato visto e passaporto, aveva rimesso a posto le carte, e aveva restituito a Renshu l'intera busta. « Benvenuto negli Stati Uniti d'America, Mr Dao », aveva detto.

Renshu aveva controllato rapidamente la busta, accertandosi che la lettera di raccomandazione e gli estremi bancari ci fossero, e poi l'aveva rimessa nella valigetta.

In quei primi mesi, ogni volta che qualcuno gli chiedeva un documento, lui si limitava a consegnare l'intera busta. Nessuno, né gli impiegati della segreteria dell'università né quelli dietro gli sportelli della banca ne avevano mai contestato il contenuto. Sembrava tutto in regola. Da allora quei fogli non gli erano più serviti. Durante i vari traslochi nei suoi anni da studente, e quando poi, ormai sposato, aveva attraversato il Paese con Rachel, aveva sempre tenuto la busta al sicuro. Perché non ha controllato tanto tempo fa?

Gli torna in mente la fretta prima della partenza. Longwei si era presentato a casa all'ultimo minuto, cauto e cerimonioso come un imperatore. Non c'era stato tempo per leggere tutto con attenzione. E poi la busta era sigillata, giusto? Renshu l'aveva semplicemente presa ed era partito. Si era fidato del fatto che ci fosse tutto il necessario.

E c'era. C'era tutto. Quella busta gli aveva permesso di attraversare un oceano, tutti gli uffici doganali e amministrativi americani. Grazie a quella busta, aveva cominciato la sua vita americana, trovato lavoro, conquistato una borsa di studio, incontrato Rachel, avviato una carriera. Non avrebbe potuto desiderare di meglio.

Ma chi è lui, secondo queste carte?

Deve chiamare subito sua madre, a casa dei signori Hsu. Mentre il telefono squilla all'infinito, lui legge e rilegge, interdetto. Liscia le pagine e fa scorrere il dito sotto i nomi indicati.

« Che c'è? » risponde dopo un po' una voce agitata.

Il fuso orario. Se n'è dimenticato. Guarda l'orologio. Quasi mezzogiorno... in Cina sono più o meno le tre di notte. Si scusa, ma si accorge di aver parlato in inglese. Si corregge, e dice di essere Renshu.

«Renshu!» Dall'altro capo del telefono arrivano altre esclamazioni.

«Aspetti!» grida, fermando la signora prima che si precipiti al piano di sotto a svegliare Meilin. «Per favore, potrebbe riferire un messaggio a mia madre?»

«Tua madre? Te la chiamo subito.»

«No, no. Le dica che la richiamo io domani mattina, verso le dieci.»

«Va bene, va bene! Le dieci.»

«Devo andare. Queste telefonate costano molto.»

«Sì! Molto.»

E la chiamata s'interrompe.

Henry riaggancia. Osserva la foto che lo ritrae da ragazzo. Dao Renshu. Era così giovane! E troppo ingenuo: alla nostalgia per quel ragazzino si sostituisce la rabbia. Renshu si fidava troppo, di troppe persone. Henry ha appreso la virtù della cautela.

Taipei, Taiwan, ottobre 1970

Meilin aspetta accanto al telefono dei signori Hsu. Loro sono usciti tutti, chi è andato a scuola, chi al mercato, chi al lavoro. L'appartamento è silenzioso. Meilin è in piedi, in preda all'agitazione, fin dalle sei, quando la signora Hsu le ha riferito che Renshu aveva telefonato nel cuore della notte. Tira un angolo della tovaglia, lisciandone le grinze. Perché ha chiamato? Magari qualcuno si è ferito? È malato? Per tutta la mattina non ha fatto che guardare le lancette dell'orologio muoversi al rallentatore, finché finalmente non hanno segnato le dieci.

All'esterno c'è un gran caos di grida, colpi, martelli pneumatici e trapani. In tutta la città, i vecchi villaggi militari, con le loro stanzette affollate che cadevano a pezzi, sono stati abbattuti per far spazio a moderni condomini con impianti elettrici affidabili, grandi finestre e bagni interni. I vicoli di Taipei, un tempo ravvivati da file di panni variopinti stesi ad asciugare, sono stati trasformati in strade asfaltate a due corsie, che adesso brulicano di auto e veicoli di ogni genere. A metà mattina, il rumore dei cantieri viene affiancato da una cacofonia di motori, clacson e campanelli di biciclette. Le impalcature di bambù hanno preso il posto dei precari recinti che tenevano rinchiusi polli e bambini. E, dietro quelle impalcature, alte strutture di cemento svettano verso il cielo. Taipei si cancella e si ricostruisce sotto i suoi occhi.

Quando finalmente il telefono squilla, Meilin risponde subito. La cornetta le sfugge di mano, rimbalza sul tavolo con un tonfo e per un attimo rimane appesa nel vuoto. Lei la riprende e parla nel microfono. « Renshu? »

« Mamma. »

Parlano così di rado. Ogni volta che succede, Meilin chiude gli occhi per concentrarsi meglio sulla sua voce, per distinguere ciò che si cela dietro le parole. Negli anni l'ha sentito crescere, farsi sempre più forte. Il tono profondo le ha suggerito spalle più larghe; le novità emozionanti (le lauree e le borse di studio, di cui parlava con orgoglio), una piega più decisa nella mascella. Un torace più ampio, gonfio di felicità quando le ha annunciato che Rachel aspettava il loro primo figlio. Ma oggi, in due sole sillabe, Meilin percepisce esitazione, tristezza. Come se fosse tornato bambino.

« State tutti bene? Rachel sta bene? Il bambino? »

« Sì, sì, sta bene. È solo stanca. Ormai manca poco. »

Meilin apre gli occhi e sorride, felice per l'arrivo del suo primo nipotino.

« Mamma? » Eccola di nuovo, quella sfumatura di tristezza.

« Sì? »

« Volevo parlarti del visto che lo zio ha compilato per me prima che lasciassi Taipei. » La sua voce si fa esitante.

« Che c'è? » Meilin stringe forte la cornetta, cercando di sentire meglio.

« Stavo cercando alcune informazioni per la richiesta di cittadinanza. E, mamma... » Renshu s'interrompe. Dopo un breve silenzio, riprende a parlare in fretta: « Mamma, ha scritto che è lui mio padre, e Wenling mia madre ».

Meilin si lascia ricadere all'indietro, sbigottita.

Sposami. Sarebbe tutto più facile. All'improvviso capisce, e si sente come travolgere da un'onda gelida.

« Mamma, ci sei? Mi hai sentito? »

Meilin fa fatica a parlare. « Ci sono. Davvero? »

« Dice: 'Padre - Dao Longwei. Madre - Xue Wenling'. »

Che hai combinato, Longwei, che hai combinato?

« Il tuo nome non compare da nessuna parte nei miei documenti. »

Meilin strizza forte le palpebre e sussulta, cercando di scuotersi di dosso quel brutto sogno. Non è possibile. Perché Longwei avrebbe fatto una cosa simile?

« Possiamo sistemare le cose? » chiede Renshu.

E come? Sono passati più di dieci anni. Come mai nessuno se n'è accorto prima? « Longwei avrà pensato che per te le cose sarebbero state più facili, se lui fosse comparso come tuo padre. » Lo dice per convincere Renshu, ma anche se stessa. « E aveva ragione, giusto? »

« Ma il tuo nome non c'è », insiste lui in un sussurro.

La linea è disturbata.

Alla fine Meilin riesce a dire qualcosa. « È solo una formalità. Ne sono certa. C'era così tanto in ballo, e lui ha cercato di renderti le cose più semplici, di darti le migliori opportunità. D'altronde » - adesso parla velocissima, per riempire quel silenzio orribile - « ti vuole bene. Ti ha sempre voluto bene. Per molti versi, ti considera davvero suo figlio. Non è poi una gran bugia », mormora ma, nel momento stesso in cui lo dice, sente lo stomaco che le si rivolta.

« Ma perché non ha messo il tuo nome? »

Sposami, Meilin. Non riesce a dire a Renshu delle numerose proposte di Longwei, della notte in cui l'ha baciata, dei molti modi in cui lei lo ha tenuto a distanza da allora. Cosa ci guadagnerebbe a saperlo adesso? « Non lo so. » È contenta che il figlio non possa vederla piangere.

« Che dobbiamo fare, mamma? »

Cosa possono fare?

« Compila la richiesta. Usa i loro nomi e inviala, subito. I documenti devono corrispondere a quelli vecchi. La cittadinanza ti serve. Tuo figlio deve avere un padre americano. » Inspira a fondo, facendo appello a tutte le sue forze. « Io sono la tua mamma. Lo sa Longwei, lo sai tu e lo so io. Il resto sono solo scartoffie. »

Renshu si schiarisce la gola. « Okay, mamma. Però puoi chiedergli perché l'ha fatto? »

Meilin non riesce più a sostenere quella conversazione. « Questa telefonata ti sta costando un sacco di soldi. »

« Mamma, per piacere, glielo puoi chiedere? »

« Prenditi cura di Rachel. Chiamami quando nasce il bambino. »

« Certo. Però, mamma, per favore? »

Una pausa.

« Okay », promette infine lei.

« Zaijian. »

« Zaijian. » Meilin aggancia la cornetta e rimane seduta, la testa ovattata, gli occhi fissi sulla giornata serena fuori della finestra. Il sole si riflette sui pannelli di vetro che gli operai montano sul palazzo che stanno costruendo dal lato opposto della via.

Una volta tornata nella sua stanzetta al piano di sotto, Meilin prova a consolarsi. Nessuno si è fatto male. Nessuno è malato. Eppure si sente derubata. Ha promesso a Renshu che parlerà con Longwei, ma adesso l'idea le mette ansia. La precaria intesa che hanno costruito le è stata strappata via da sotto i piedi.

Si sforza di farsi venire in mente quando lo ha visto l'ultima volta. Il Capodanno lunare? No, quest'anno lo ha festeggiato con la famiglia di Peiwen e non è andata a nessuna delle feste della Native Place dov'era solita incontrarlo. E prima? Forse alla festa di metà autunno, magari un anno fa, ma ricorda con certezza di non averlo incrociato nemmeno lì. Però adesso deve vederlo. Subito.

Meilin è in piedi, fuori dall'appartamento di Longwei. Deve farsi coraggio. Sarà inflessibile e affronterà quest'uomo che ha dato loro così tanto, ma allo stesso tempo li ha privati di molte cose importanti. Raddrizza la schiena, si prepara allo scontro. Pretenderà una modifica dei documenti di Renshu. Non ha intenzione d'implorare né di minacciare, ma nemmeno di accettare un « no » come risposta. Vuole solo ciò che spetta loro di diritto.

Bussa e aspetta.

Apre la porta Yang, il domestico di Longwei, curvo e ingrigito. Quando la vede sgrana gli occhi, stupefatto. Le fa un piccolo inchino, poi corre via ad avvisare Longwei.

Meilin entra e si chiude piano la porta alle spalle. L'aria è satura dell'odore stantio di piatti sporchi e di pavimenti impolverati. Le tende sono tutte chiuse, e in casa non entra nemmeno un filo di luce. Tutte le ansie e la determinazione che l'hanno mossa fino a poco fa si tramutano in preoccupazione. Qualcosa non va. L'appartamento è troppo silenzioso.

Yang ritorna e fa un cenno in direzione delle pantofole appoggiate a terra, accanto alla porta. Senza dire nulla, aspetta che Meilin le infili al posto delle scarpe con cui è venuta. Quindi si avvia lungo il corridoio, e lei lo segue. I pavimenti cigolano a ogni passo. Quando raggiungono la camera da letto di Longwei, Yang apre la porta e fa un passo indietro, invitando Meilin a entrare.

Su un tavolino sistemato accanto al letto c'è il vassoio della colazione: una ciotola di porridge, una tazza da tè, un cucchiaio. Longwei non è che una sagoma appena distinguibile sotto le coperte. Dov'è l'uomo che indossava solo completi di lino e aveva portasigarette in filigrana d'oro? L'adulatore che otteneva tutto ciò che voleva? Sollevato da diversi cuscini, il torace un tempo possente di Longwei sembra floscio e fragile. Gli zigomi ossuti lasciano intuire la forma del cranio.

Meilin si avvicina di un passo. Gli occhi di lui, fino a quel momento chiusi, si aprono di scatto.

« Chi è? » Ha lo sguardo lacrimoso e la voce flebile.

« Sono io, Meilin. »

Longwei sbuffa. Con mano tremante, si porta al viso un paio di occhiali dalle lenti spesse e la scruta con attenzione. « No », dice alla fine, facendo schioccare le labbra. Le pieghe agli angoli della bocca sono secche, con la pelle screpolata.

Meilin solleva il bicchiere d'acqua e glielo porge, ma lui l'allontana con un gesto, quasi facendoglielo cadere di mano. « No? »

« No, tu non sei Meilin. Lei è molto più giovane. »

Meilin si morde le labbra.

« Lei ha un figlio, che è goloso di dolcetti al sesamo e cerca sempre di catturare grilli. Dov'è il bambino? » chiede poi in un rantolo asmatico.

Meilin non sa nemmeno da dove cominciare. Si guarda le mani, e la sua determinazione va in briciole. Come ha fatto Longwei a ridursi così?

Quando alza di nuovo gli occhi su di lui, Longwei si è riaddormentato.

Nel momento esatto in cui esce di casa, Meilin è travolta dal senso di colpa. Come ha potuto permettere alle sue paure di accecarla, d'impedirle di accorgersi che lui stava invecchiando, di quanto avevano ancora da perdere? Forse ha sbagliato a mantenere le distanze? Per anni le è sembrata non soltanto la cosa giusta da fare, ma anche l'unica possibile. E adesso il terribile drago che tanto aveva temuto si è trasformato in un bozzolo informe avvolto nelle lenzuola. Da quanto tempo si nasconde da qualcuno che nemmeno esiste più?

Nei mesi successivi, torna spesso a trovarlo. Ogni volta, lui le chiede chi sia. Quando lei glielo dice, non le crede. È convinto che sia Wenling. Poi che sia una domestica. Poi un'infermiera. Continua a chiederle: « Sei mia moglie? » Solo una volta la riconosce. « Meilin, Meilin », sospira. « Sei sempre stata così testarda! Perché eri tanto testarda? »

Meilin non sa come rispondere. E, mentre lei aspetta la risposta giusta, lui torna a essere incoerente. Del resto, cos'avrebbe potuto dirgli?

Quando Meilin dice a Renshu che Longwei è troppo vecchio, troppo malato, per chiedergli dei documenti, Renshu si rifiuta di lasciar correre. Insiste che lo zio deve loro una spiegazione, che deve aggiustare il suo errore. « Lascia perdere questa cosa, perché la porti ancora con te? »

Come un fantasma, incombe su di lei la possibilità che le cose sarebbero andate diversamente se avesse accettato di sposare Longwei. Lui le avrebbe detto cos'aveva fatto, in quel caso?

Avrebbe fatto modificare i documenti? Magari non aveva mai pensato che la cosa potesse creare problemi. All'epoca non era inusuale che la gente modificasse o falsificasse parentele e nomi. Se lei lo avesse sposato, sarebbe risultata, su qualche documento ufficiale nascosto in qualche oscuro libro mastro, come la madre di suo figlio?

Le domande sono infinite e tutte prive di risposta.

Tutti quei dubbi portano a una conclusione: anche ammettendo di ottenere delle risposte, ciò che è accaduto non si può modificare. Ha sempre detto a Renshu che il rimpianto è un fardello troppo pesante. Eppure è impossibile affermare con certezza che le nostre decisioni siano state tutte corrette. Nessuno è mai tanto fortunato, o ingenuo. Forse, pensa Meilin, è necessario farsi carico dei propri rimpianti finché non si riesce a farci pace. Allora, e solo allora, possono essere finalmente lasciati andare.

Renshu le scrive di nuovo, ma con notizie decisamente più felici: la sua cerimonia di ottenimento della cittadinanza, le soddisfazioni lavorative, la nascita di sua figlia. È stato un parto difficile, e non ci saranno altri bambini, ma questo la rende ancora più speciale agli occhi di Renshu. Meilin si sente travolgere da mille emozioni contrastanti quando lui le dice come l'hanno chiamata: Lily. Benché lui viva tanto lontano, e lei senta terribilmente la sua mancanza, è felice di constatare che suo figlio è diventato un brav'uomo, un uomo felice. Quando riceve una fotografia che ritrae Renshu, Rachel e Lily, Meilin impara un nuovo tipo d'amore materno, quello che nasce dal vedere il proprio figlio diventare genitore a sua volta. Meilin sfiora le guance di Renshu sulla foto, e ritorna col pensiero ai pomeriggi trascorsi nel negozio di antiquariato di Hongtse, all'atmosfera di terrore e trionfo di Chongqing. In tutti quegli anni, per tutti quei chilometri, ci sono state tante occasioni in cui avrebbe potuto perderlo per sempre, ma non è mai successo. Nessun documento può mettere in dubbio ciò che loro due hanno attraversato.

Poco dopo il Capodanno, Meilin porta a Longwei la foto della famiglia di Renshu; è sicura che, almeno in parte, sarà in grado di capire chi vi è ritratto. O almeno lo spera.

« Buon anno del maiale, Longwei », dice entrando nella sua stanza.

Lui spalanca gli occhi di colpo. Per una volta, li fissa in quelli di Meilin con una chiarezza inquietante. « Xiaowen. Devi scrivere a Xiaowen », dice.

A sentir pronunciare il nome di suo marito, Meilin sente il cuore saltare un battito.

Longwei le prende le mani. Le sue sono fredde e leggere, delicate come ramoscelli. Lui ha il respiro affannato, laborioso. Con voce tremante, riprende: « Diglielo. Digli che mi sono preso cura di loro quando lui non è tornato. Di tutti e due. Digli che ho mantenuto la promessa ».

Longwei è debole, ma la sua stretta è salda. Meilin deglutisce a fatica e, dopo un attimo di esitazione, annuisce.

Poi Longwei prosegue, a voce più alta: « Anche io la amavo ».

Meilin è senza parole.

Lui le lascia le mani e si abbandona di nuovo contro il cuscino, gli occhi chiusi, esausto. « Anche io la amavo. » E poi comincia a piangere.

Rimangono seduti. L'unico suono nella stanza sono i singhiozzi di lui e la pioggia che cade lieve all'esterno.

Meilin si allunga a posare una mano sulla gamba di Longwei, coperta dal lenzuolo: è ossuta, scarna. La massaggia con delicatezza. « Lo so », dice.

Ed è vero. Il loro legame si è sviluppato a poco a poco, tra mille scossoni, ma è, se ne rende conto adesso, immenso. Non c'è una parola più adatta per descrivere ciò che hanno passato insieme.

Nei giorni seguenti, Longwei inizia a mangiare sempre meno. Borbotta qualcosa a proposito di navi e treni; chiede del negozio di cherosene. È smarrito. Una mente avvolta dalle ombre.

Un corpo che brama l'immobilità. È costantemente sospeso tra sonno e veglia. Meilin gli siede accanto, ora dopo ora, incapace di lasciarlo. E poi lui precipita in uno stato di torpore e, non molto tempo dopo, in un silenzio irrevocabile.

22

Los Alamos, New Mexico, dicembre 1978

Nei primi anni di vita di Lily, Henry è immerso in una contentezza fino ad allora sconosciuta. Attraverso di lei, assiste a un'infanzia che nemmeno pensava possibile. Un'infanzia sicura, riparata, serena. Lily non è preda della paura, né della fame, né della minaccia di fughe improvvise. Le uniche lacrime che lui asciuga sono quelle dovute a una caduta dalla bicicletta o a una sbucciatura su un ginocchio.

Dopo la morte di Longwei, Henry ha pensato più volte di far trasferire Meilin negli Stati Uniti, ma il timore che la documentazione discutibile fornitagli da suo zio possa compromettere la sua cittadinanza lo frena. Prova a rassicurare se stesso: in fondo è un cittadino americano; ha lo stesso impiego da tanti anni e tutti sono soddisfatti dei suoi risultati. Eppure rimane cauto. Il suo lavoro è top secret, quindi gli serve che tutto sia semplice quando si tratta di sicurezza e autorizzazioni. Meno domande vengono sollevate su di lui, meglio è. Si tiene ancora informato su ciò che accade a Taiwan: la morte di Chiang Kaishek, nel 1975, e il passaggio del testimone a suo figlio, Chiang Ching-kuo, lo innervosiscono. Non sa bene cosa aspettarsi. Da un lato Chiang Ching-kuo, da giovane, ha avuto legami coi comunisti. D'altro canto, ha promesso di fare di Taiwan un Paese democratico. Quest'ambivalenza non fa che accrescere l'apprensione di Henry.

Ben consapevole del fatto che è meglio essere pragmatici che patriottici, Henry è riconoscente per il suo lavoro. Il governo ha sempre bisogno di persone che lavorino nell'ambito della strategia militare e della sicurezza. C'è sempre una guerra in corso da qualche parte: per Henry, questa è una certezza.

Nella cosiddetta « guerra fredda », Henry non deve sparare a nessuno. Non sgancerà nessuna bomba. Lavora invece teorizzando e progettando armi e sistemi di difesa, di cui parla solo in presenza di altri ingegneri e scienziati; questa forma d'invisibilità non gli dispiace.

Non è responsabile per l'esistenza di tali conoscenze. Anzi, vede se stesso e i suoi colleghi come i custodi di un potere immenso. Spera che le sue ricerche bastino a dimostrare a eventuali nemici che non è necessario impiegare effettivamente quelle armi, che farlo equivarrebbe alla distruzione reciproca assicurata.

Certo, ci sono occasioni in cui il suo lavoro gli piace meno. Per esempio si è reso conto che, quando lui e il suo collega Tom Benson presentano le loro scoperte, qualcuno rivolge sempre le sue domande a Benson, mai a lui. All'inizio era sollevato, ma dopo dieci anni non gli serve più un interprete, soprattutto visto che è lui a capo del progetto. Una volta ha sentito un nuovo collega lamentarsi del suo accento; certo, potrebbe aver capito male, in fondo nel suo team ci sono molti stranieri, anche se lui è l'unico cinese. Certe volte qualcuno fa un commento, del tutto in buona fede, su come le cose « saranno diverse nel suo Paese ». Questo *è il mio Paese,* pensa lui.

Pian piano, Henry sviluppa anche un sesto senso su come rivolgersi ai suoi parenti acquisiti. Se parla troppo poco, loro cominciano a bisbigliare all'indirizzo di Rachel, chiedendole se davvero lui capisca l'inglese. Se invece interagisce troppo a lungo, prima o poi qualcuno comincia a bombardarlo di domande su Cina, Corea, Vietnam o qualunque altro Paese anche solo vagamente assimilabile all'Asia. *Henry, di sicuro tu capisci quella gente, dico bene?* Rachel liquida il suo disagio, giustificando i suoi, dicendo che cercano solo di trovare un terreno comune con lui. Stanno facendo del loro meglio, dice, perché lui non può andargli un po' incontro? Finché le chiacchiere riguardano Lily, il baseball o il tempo, lui partecipa e, anzi, ogni tanto fa anche una battuta scherzosa. Ma, non appena i convenevoli si esauriscono e la conversazione si fa più approfondita, trova una scusa per ritirarsi in buon ordine.

Man mano che gli anni passano, Henry decide d'ignorare i piccoli disagi, e di concentrarsi sulle cose che lo rendono felice: Rachel, la sua splendida moglie, intelligente e simpatica, il perfetto complemento alla sua naturale introversione; Lily, una figlia sana e bellissima, piena di curiosità e innocenza; un salario più che sufficiente a occuparsi di loro e inviare anche qualcosa a sua madre ogni mese; la stabilità dell'avere un mutuo, una macchina, persino un pianoforte. Gli piace l'allegro caos delle feste di compleanno, la spettacolarità delle recite scolastiche, l'opportunità di regalare a Lily dei pattini per Natale. Ha insegnato a sua figlia ad andare in bicicletta, a nuotare.

Non è forse, ciascuna di queste cose, una vittoria in sé?

È venerdì sera e manca una settimana alle vacanze di Natale. Lily è in cucina e canticchia carole natalizie tra sé, mentre incolla strisce di cartoncino colorato per farne un festone per l'albero. Poco prima, nel pomeriggio, mentre lo avvolgevano nelle lucine, lei aveva studiato la scatola che le conteneva. «Papà, qui c'è scritto *made in Taiwan*. Come te, vero?»

«Sì», aveva risposto lui, sistemandone alcune sui rami più alti. Adesso lui e Rachel si stanno rilassando sul divano, guardando il telegiornale e godendosi il luccichio intermittente. A metà della programmazione, il TG viene interrotto per trasmettere un collegamento dalla Casa Bianca. Il presidente Jimmy Carter è seduto alla scrivania, e ha un'espressione serissima.

«Buonasera, vorrei leggere un comunicato congiunto che in questo momento viene trasmesso anche a Pechino, dai leader della Repubblica Popolare Cinese...»

Dalla cucina arriva la voce di Lily che canta a squarciagola *Up on the Housetop*. Henry va verso il televisore e alza il volume.

«Gli Stati Uniti d'America e la Repubblica Popolare Cinese riconoscono la rispettiva autorità e, a partire dal primo gennaio 1979, s'impegnano a stabilire relazioni diplomatiche. Gli Stati Uniti d'America riconoscono la Repubblica Popolare Cinese come il solo governo legalmente valido della Cina.»

Henry fissa lo schermo, sempre più incredulo.

«Il governo degli Stati Uniti d'America sostiene, insieme col governo di Pechino, che esiste una sola Cina, e che Taiwan ne fa parte.»

Henry non aveva mai pensato possibile che gli Stati Uniti

potessero disconoscere la Repubblica di Cina: dopo decenni di sostegno continuativo, un simile voltafaccia è inconcepibile. A questo punto, cosa potrebbe impedire ai comunisti d'invadere lo stretto e inglobare l'isola? Che ne sarà di Taiwan?

Anche peggio: che ne sarà di sua madre? Verrà punita per i legami nazionalisti di Longwei? O per il fatto di avere un figlio che vive in Occidente?

Henry si gira a guardare Rachel, che è pallidissima.

« Che succederà a tua madre? » sussurra lei.

« Non lo so. Devo chiamarla. » Dà un'occhiata all'orologio. A Taipei è mattina.

Meilin risponde subito e lo rassicura, dicendo che sta bene. Però, dice, davanti all'ambasciata americana si è radunata una folla di manifestanti. La polizia ha tentato di disperderli, ma erano troppi. E, d'altro canto, è probabile che gli agenti condividessero le idee della folla inferocita. Tutti si sentono traditi dagli Stati Uniti. Sono passati trent'anni dall'ultima volta che Meilin ha avuto tanta paura.

Los Alamos, New Mexico, gennaio 1979

« Vuoi farla venire qui? » chiede Rachel.

Henry annuisce. « Stanno scappando tutti da Taiwan. Chissà cosa farà Pechino quando l'ambasciata chiuderà. Lei non ha nessuno da cui andare. Ci pensiamo da anni, adesso è arrivato il momento. »

« Dove vivrebbe? »

« Con noi, è ovvio! »

« Ma non sa l'inglese. »

« Può impararlo. E ci aiuterà con Lily; così tu potresti tornare a lavorare. È da un po' che dici che vuoi studiare per diventare bibliotecaria. Sarebbe un'opportunità anche per te. »

« È da tanto che non mi metto a studiare. »

La riluttanza di Rachel lo stupisce. « Te la caverai alla grande. So che puoi farcela. Qual è il problema? »

« Lei non conosce nessuno qui. Cosa farà? Come trascorrerà

le giornate? Non credi che averla qui avrà un effetto troppo dirompente?»

Dirompente.

Henry ripensa a tutte le volte in cui la mamma l'ha svegliato in piena notte; al fatto che alla fine lui aveva smesso di fare domande e aveva accettato che, se lei lo svegliava così, significava che era ora di andare. Meilin li conosce meglio di loro, gli effetti dirompenti. «Secondo me sarebbe felice di stare con la sua famiglia. Se rimane a Taipei non è al sicuro.»

Rachel afferra la borsa. «Senti, devo andare a prendere Lily. Perché non cerchi di capire cosa bisogna fare? Ci inventeremo qualcosa.»

Mentre la macchina si allontana, Henry si guarda intorno: lo sportello del frigorifero è pieno dei variopinti disegni di cani di Lily; sul muro campeggiano foto di famiglia scattate nell'arco degli anni; sul tavolo c'è un vaso di cristallo di Rachel, dentro cui si trovano dei narcisi in boccio. Henry sa bene che, a dispetto della gioia che Lily ha portato loro, Rachel non è felice in questa città. Non è più allegra come un tempo. E a lui manca. Forse, se Meilin andasse a vivere con loro, Rachel avrebbe più tempo per fare le cose che ama, come quando si sono conosciuti.

Henry ha compilato il modulo scrivendo il nome di Meilin. Nello spazio in cui indicare lo sponsor, mette il proprio. In quello riservato al grado di parentela del soggetto con lo sponsor, scrive *madre.*

Il modulo richiede luogo e data di nascita di Meilin. Henry lascia lo spazio in bianco.

Chiede il nome dei suoi genitori. Henry lascia lo spazio in bianco.

Il resto del modulo è relativo alla cittadinanza di Henry, al suo attuale domicilio, nonché all'indirizzo di Meilin. Lui scrive tutto. Ci sono tantissimi fogli da compilare. Verso la fine, il modulo richiede una documentazione ulteriore, per dimostrare il grado di parentela dichiarato. C'è un elenco di documenti accettabili:

1. Certificato di nascita che specifichi i nomi di madre e figlio/a, luogo e data di nascita.
2. Un documento d'identità rilasciato da un governo, come un passaporto o uno stato di famiglia, in cui il legame di parentela sia chiaramente indicato.
3. Altri documenti ufficiali, autenticati, rilasciati dal governo che indichino i nomi e la parentela di madre e figlio/a.

Henry non ha niente di tutto ciò. Forse sua madre ha qualcosa a Taipei? Inizia a scriverle una lettera. Le spiega che, grazie al ricongiungimento familiare, lei può andare a vivere con la sua famiglia, ma gli servono alcuni documenti. Poi le copia l'elenco di quelli indicati nel modulo. Infine conclude aggiornandola sui progressi di Lily a scuola e con le lezioni di pianoforte, e includendo un assegno di 200 dollari. Firma la lettera *Renshu*.

Los Alamos, New Mexico, febbraio 1979

«Papà, hai ricevuto qualcosa da nai-nai.» Lily gli passa una grossa busta da lettere.

Lui è fiducioso.

Lily saltella da un piede all'altro. «C'è qualcosa per me?»

Ancora in piedi, Henry svuota la busta sul tavolo. Insieme con la lettera, scivolano fuori un fiorellino lavorato all'uncinetto e un foglio di adesivi che raffigurano dei cuccioli, che passa prontamente a Lily.

«Che carini!» esclama lei.

Poi Henry apre la lettera. Ma, non appena scorre i primi ideogrammi, sente un groppo di frustrazione stringergli la gola. Gli occhi gli si riempiono di lacrime. La mette giù dopo appena un'occhiata.

«Che succede? Che dice? C'è qualcos'altro per me?»

Henry scuote la testa. Tira fuori dalla valigetta un fascio di schede perforate da programmazione e le dà a Lily.

«Oooh, schede! Adesso faccio un disegno per nai-nai così tu puoi mandarglielo.»

«Sì. Ottimo.» Parla a monosillabi, così che lei non si accorga di quanto è turbato.

La lettera. Si risiede e la riprende, ma gli tremano le mani, perciò la appoggia sul tavolo. Henry incrocia le braccia e si china in avanti per leggere le parole di sua madre.

Renshu,

non ho nessun certificato di nascita. Tutti i documenti di famiglia sono rimasti a Changsha. Ciò che non è bruciato negli incendi probabilmente è stato distrutto durante i combattimenti. E, anche se qualcosa fosse sopravvissuto, non abbiamo modo di procurarcelo. A Taiwan non esistono stati di famiglia a nostro nome. Abbiamo usato i nomi dei parenti di Peiwen per entrare, ti ricordi? Ti prego, perdonami. All'epoca era la decisione migliore, l'unica possibile. Non devi mandarmi così tanti soldi. Io me la cavo bene. Devi risparmiare per la scuola di Lily e per la tua famiglia. La distanza tra noi è tanta, ma io sono felice quando penso che tu e la tua famiglia state bene e siete al sicuro. È tutto ciò che desidero.

MAMMA

Henry impreca. Com'è possibile che non esista nessun documento che provi che sua madre è sua madre? E perché ha bisogno di moduli e scartoffie per dimostrarlo? Sbatte un pugno sul tavolo, frustrato, e il vaso di narcisi che vi è posato sopra s'inclina.

L'acqua si rovescia su tutto il tavolo. Lui salta in piedi e afferra la lettera, ma nella fretta fa cadere il vaso. Quando si schianta a terra, i frammenti schizzano ovunque. Henry abbassa lo sguardo sui gigli immersi nell'acqua e sui vetri rotti. Quello era il preferito di Rachel.

«Papi?» Lily è immobile, in piedi sulla soglia.

«È caduto il vaso», dice lui, il cuore ancora in tumulto. «Non l'ho fatto apposta.»

«Stai bene, papi?»

Henry non vuole vederle negli occhi quell'espressione spaventata. «Sì», dice, cauto. «Sto bene. Ma sono arrabbiato.» Poi s'inginocchia a raccogliere i frammenti di vetro.

« Con me? »
« No, non con te, tesoro mio. »
« E allora con chi? Con nai-nai? Con la mamma? »
Lui scuote la testa. « Sono arrabbiato e basta. »

Alla fine, Henry scrive nel modulo che Shui Meilin è sua zia. Acclude una lettera in cui spiega che vivrà con la sua famiglia; che può provvedere a lei. Che la sua famiglia ha bisogno di Meilin e Meilin di loro.

« Magari puoi scrivere qualcosa del tipo 'è una zia cui sono molto legato, che mi ha cresciuto, come una madre' », suggerisce Rachel.

Lui aggiunge quella frase, e spera che sia sufficiente. Invia la domanda.

L'abitudine di Henry di aspettare con impazienza che il postino consegni un aerogramma azzurro col suo nome americano accuratamente vergato nella precisa grafia di sua madre, e con le righe di caratteri cinesi in rilievo che filtrano dall'altro lato della carta, viene sostituita dall'ansia di vedere una qualunque busta dall'aspetto ufficiale, inviata dal governo americano.

La primavera lascia il posto all'estate e Meilin scrive per comunicare che sempre più gente sta lasciando Taiwan. Una figlia di Peiwen, Huifang, e la sua famiglia partiranno per l'Australia, per stare con la gemella di lei, Huiqing. Peiwen e Yuping hanno ottenuto dei visti per gli Stati Uniti, dove si stabiliranno a casa di Huibao, in Pennsylvania. I signori Hsu sono emigrati in Canada, dove adesso vive la figlia. Prima di partire, la signora Hsu le ha detto che, se non dovesse riuscire a raggiungere gli Stati Uniti, Meilin dovrebbe trasferirsi altrove a Taipei. Se arrivano i comunisti, sicuramente andranno a prendere quegli appartamenti. Come minimo, dovrebbe liberarsi di qualunque lettera o documento che la leghi a Renshu.

Quando finalmente arriva la risposta ufficiale del governo, non è la busta formato A4 piena di moduli da compilare che Henry si aspettava. Invece, quella che Rachel gli porge è una busta da lettera semplice e sottile. Per un attimo, preda di un bruttissimo presentimento, lui rifiuta di toccarla.

« Qualunque cosa dica, lei è tua madre », lo rassicura Rachel. « Niente può cambiare questa cosa. »

Quando Rachel raccoglie e dispiega la lettera che lui ha accartocciato e gettato via, c'è un lieve fruscio di carta. Rachel legge ad alta voce, come parlando tra sé: « 'Ci duole informarla che il vincolo di parentela con zii, zie, cugini o parenti acquisiti non è considerato stretto. Quindi non ci è possibile garantire a Mrs Shui Meilin un permesso di soggiorno sulla base di una richiesta di ricongiungimento familiare. Ovviamente la signora sarebbe la benvenuta qualora decidesse di fare domanda per un visto turistico temporaneo, o per la quota annuale di permessi di soggiorno per persone provenienti dalla Cina messi a disposizione dagli Stati Uniti' ».

Henry le dà le spalle. Sentir pronunciare quelle parole ad alta voce le ha rese irrevocabilmente reali.

Rachel gli posa una mano sulla spalla. Lui s'irrigidisce e si sottrae al suo tocco. Lei lascia cadere il braccio, ma gli rimane accanto.

« E adesso? » chiede alla fine, avvicinandosi a lui per guardare insieme fuori dalla finestra.

« Non lo so. » Henry fissa le chiazze di terreno spoglio che punteggiano il loro giardino trascurato.

« Ritenteremo », dice Rachel, la voce carica di determinazione. « Ci deve essere un modo. Magari possiamo parlare con un avvocato specializzato in diritto dell'immigrazione. Farle ottenere un visto temporaneo e poi convertirlo in uno permanente? O magari ci sono anche altri tipi di visti? Ci sarà, da qualche parte, qualcuno che potrà aiutarci. »

Nelle settimane successive valutano altre opzioni. Possono dimostrare che Meilin ha competenze scientifiche, matematiche o ingegneristiche? No. Ha i capitali e l'esperienza necessari per avviare un'impresa in grado di sostenersi? No. È una rifugiata politica? Non più, almeno non agli occhi del governo statunitense. Potrebbe diventare un investitore? No. Verrebbe a svolgere un lavoro per cui è impossibile trovare persone qualificate tra i cittadini statunitensi? A quasi sessantasette anni, probabilmente no.

Viene loro suggerito che, se Meilin non ricade in nessuna delle suddette categorie, dovrebbero fare domanda per uno dei visti concessi genericamente agli aspiranti immigrati cinesi. Ne vengono resi disponibili all'incirca duecento ogni anno. Tuttavia c'è una lista d'attesa, quindi i tempi per l'approvazione della richiesta potrebbero essere molto lunghi, in alcuni casi anche di qualche anno.

« Abbiamo fatto tutto ciò che potevamo, davvero. » Rachel aggiunge l'ultima lettera alla pila di scartoffie che hanno accumulato.

Henry sa che ha ragione. Ma saperlo non gli è di nessun conforto.

Non è un parente stretto. Quelle parole gli fluttuano davanti agli occhi offuscati. Meilin è la sua mamma. *Non è un parente stretto.* Henry si chiede se il suo inglese non lo abbia tradito.

Taipei, Taiwan, agosto 1979

Meilin aspetta. Alle dieci esatte, il telefono comincia a squillare.

« Renshu? »

« Mamma. » La sua voce le ricorda una bandiera che non sventola. Non che le ultime notizie la sorprendano; ma non aveva preventivato quanto potesse allungarsi la distanza che li separa, che lei aveva sempre portato dentro di sé, ripiegata quasi fino a scomparire. Quello che, quasi vent'anni prima, era un vago senso di perdita al porto di Keelung, si è trasformato adesso in un oceano impossibile da attraversare.

« Magari un visto turistico? Potresti rimanere qui per qualche mese, vedere come ti trovi. »

Un benvenuto basato sulla ripartenza? Fare un viaggio così lungo solo per tornare indietro?

« Magari », dice Meilin.

Renshu prosegue, cercando di riempire un vuoto ormai prosciugato di ogni speranza. Le parla della possibilità che le regole relative ai visti e alle quote d'ingresso cambino.

Davvero vuole trasferirsi in un altro Paese? Ricominciare da capo con una nuova lingua? Nuovi cibi, nuove persone? Ricominciare, come una bambina, a quasi settant'anni?

La vita che Meilin conosce è a Taipei. Magari può trovare un altro posto dove stare in città. Chi darebbe fastidio a una vecchia signora senza nessun legame? Ha i suoi risparmi; negli anni Renshu le ha inviato abbastanza soldi da potersi concedere tutto ciò che desidera. Da anni, ormai, trascorre la mattinata al parco, dove incontra le sue amiche, con cui chiacchiera e fa tai-chi. Anche se la città è cresciuta, diventando irriconoscibile, lei riesce ancora a trovare tutto ciò che le serve al mercato. La sua vita è qui, e a lei basta.

« Renshu, ti ricordi il nostro rotolo? »

Lui si zittisce all'istante. Il suo sogno, ancora fumoso, si dissolve nel nulla. « Ma certo. Adoravamo quel rotolo. » La sua voce, prima tesa e preoccupata, ha assunto una sfumatura affettuosa.

« E ti ricordi come finisce? »

« Mmm... »

In quel silenzio, Meilin spera che lui stia ricordando l'ultima scena, quella in cui lo studioso-viaggiatore riposa all'ombra dei ciliegi in fiore, scrivendo e recitando poesie, mentre gli uccellini svolazzano cinguettando tra i rami sopra di lui. « Renshu, io qui sto bene. La tua vita è laggiù, con Rachel, con Lily. Lascia stare i documenti, i visti. Ti dico io cosa vorrei, invece. »

« Cosa? » La voce di Henry suona tanto cauta quanto incuriosita.

« Un frutteto. Pianta un frutteto, Renshu. Me lo prometti? »

Un lungo silenzio.

« Okay, mamma. Te lo prometto. »

Quella notte, Henry sogna in cinese.

È sui monti, molto in alto. Ha viaggiato a piedi ed è stanco, stanchissimo. Mentre si arrampicava era animato da una gran speranza, ma adesso che è arrivato non sente altro che l'eco di molte perdite. Le cime terrazzate sono invase da erbacce. Dove un tempo sorgevano edifici, adesso ci sono solo cumuli di sassi. Nessuno viene quassù da un sacco di tempo.

Tra le rovine, però, c'è un frutteto. Da dove sono arrivati i semi? Magari un passante ha fatto cadere un frutto, o forse è stato un dono degli uccelli?

Henry sogna un frutteto. Sogna nubi soffici di boccioli, grossi rami carichi di rosa e bianco, che si allungano verso il cielo azzurro, in una promessa d'abbondanza futura. Il profumo di quei fiori sarà un elisir di felicità, un balsamo per la sua tristezza. S'immagina i frutti che si rimpolpano sotto il sole e la pioggia, carezzati da brezze tiepide. Alla fine dell'estate ha intenzione di affondare i denti in quella polpa matura, prendendo direttamente dall'albero il frutto succoso, dolce e asprigno insieme. Vuole divorare un anno intero di raccolto in pochi bocconi felici.

Ciliegie, pesche, prugne. Se ne occuperà lui, trasformerà questa terra nel suo personale rotolo disteso cinese. Un rifugio. Un frutteto.

Quando si sveglia, si mette a sfogliare un catalogo di sementi. Si ferma davanti all'immagine di un albero dalla chioma folta e posa le mani sulle fotografie che ritraggono frutti scuri e lucidi. Sente l'acquolina in bocca mentre riempie il modulo dell'ordine, compila un assegno, scrive l'indirizzo sulla busta e lecca un francobollo.

Henry ha ordinato due piccoli ciliegi.

Quando la pala colpisce un altro sasso, Henry impreca.

« Mi sto rompendo la schiena. » Scuote la testa e si asciuga la faccia con l'orlo della T-shirt, già zuppa di sudore.

« Che fai? »

Henry la guarda: codini in disordine, frangetta storta. Sporco nelle pieghe delle ginocchia, le gambette scure che sbucano dal prendisole rosso. Allunga una mano per arruffarle i capelli, poi si rimette a scavare. Di nuovo, colpisce un sasso.

« Stai scavando una buca che arriva fino in Cina? »

Il terreno è disseminato di pietrisco. Non sembra capace di mantenere l'umidità, né le promesse. Henry rimuove grosse palate di tufo, ammucchiandole accanto alla buca dove pianterà il suo ciliegio.

« L'anno scorso, a scuola, Miss Stanford ci ha letto la storia di un signore che aveva scavato una buca fino in Cina. Ha detto che era una 'fiaba', che significa che non è proprio vero, però nemmeno falso. Chissà quale era la parte vera e quale quella falsa. »

In questo Paese della cuccagna il suolo è arido e sterile. Qui la pioggia scarseggia e il terreno si spacca in estate, e scure nubi temporalesche portano con sé, ogni pomeriggio, false speranze. L'umidità viene assorbita dall'aria secca prima ancora di poter raggiungere il terreno.

Eppure, Henry sogna un frutteto: ciliegie, pesche, albicocche, prugne; frutta estiva, vibrante di colori e profumi. Magari, una volta superato lo strato superficiale, le rocce vulcaniche, il suolo sarà ricco e fertile. Quando, invece, incontra uno strato di argilla, Henry impreca di nuovo.

« Allora, anche tu stai scavando una buca fino in Cina? » Lily è ancora lì, seduta per terra, e ispeziona i sassi che lui va dissotterrando.

« Forse, tesoro mio. Forse. » Lancia la pala nella buca e rientra in casa.

L'albero arriva con una consegna speciale. Legnetti solitari che sbucano da un piccolo sacco di tela. Sembrano orfani provenienti da una terra più gentile, più lussureggiante, che si aggrappano disperati ai loro pochi averi. Henry ignora la delusione e si concentra invece sull'etichetta attaccata ai ramoscelli. Strizza le palpebre per leggere le scritte in piccolo sotto le fotografie.

« E questi sarebbero ciliegi? » chiede Lily.

« Sì. » Non gli viene in mente nient'altro da dire.

« A me sembrano bastoni ficcati nel fango. » Si mette a giocherellare con l'orlo sfilacciato del sacco di tela. « L'hai mai sentito dire? »

Lui scuote la testa.

« In inglese, un 'bastone ficcato nel fango' è una persona che non si sa divertire e che non vuole nemmeno che gli altri si divertano. »

Henry non dice niente. Quando Lily rientra, solleva con cautela uno degli alberelli e lo cala nella buca. La buca è profonda quasi quanto l'alberello è alto.

« Ti servirà del terriccio arricchito e del compost, qui il terreno non è l'ideale per gli alberi da frutto », dice Rachel raggiungendolo in giardino.

Henry la guarda in cagnesco. C'è gente che *compra* la terra?

« Almeno aggiungici un po' di trucioli di legno. Aiuterà a mantenere il suolo umido. »

Lui la ignora.

« A quegli alberi servono concimi, fertilizzanti, sostanze nutritive. Non cresceranno, altrimenti. »

Henry non si fida della terra che arriva in una busta di plastica. È sicuro che, se scava abbastanza, troverà un suolo ricco e umido. Ricopre la buca, facendo in modo che l'alberello rimanga dritto, battendo la superficie con la mano e innaffiandola col tubo da giardino.

L'altro, lo porta invece nel giardino sul davanti della casa, in una buca che ha scavato vicino al vialetto. Ci sono già due enormi pioppi, ma lui ci vuole un ciliegio, lì. La buca è profonda appena a sufficienza per sostenere il groviglio di radici dell'alberello, e non dista molto dal vialetto di cemento, ma lui lo pianta comunque.

« Quello è il posto peggiore per un ciliegio », lo critica Rachel seguendolo passo passo. « Non c'è luce ed è proprio sul vialetto. »

Lui la supera, il tubo in mano.

Il giorno seguente, lei investe l'alberello con la macchina ben due volte, la prima mentre esce di corsa per andare a fare la spesa, e la seconda quando va a prendere Lily a casa di un'amichetta.

« Fa' un po' d'attenzione! » si lamenta lui.

« E tu pianta gli alberi in un posto ragionevole. »

Il ciliegio vicino al vialetto non attecchisce mai. Dopo essere stato investito e ripiantato un'infinità di volte, le poche gemme che produce avvizziscono senza nemmeno sbocciare. A settembre, è un bastone secco e fragile ficcato nel fango. Non sopravvive all'inverno.

23

Los Alamos, New Mexico, marzo 1980

Quest'anno Lily va in quarta elementare e ha una nuova maestra, che adora. Sulle pareti dell'aula di Miss Gibson ci sono cartine interessantissime che mostrano altri continenti, come l'Asia, l'Africa e il Sud America, con fotografie della gente che ci vive. Ci sono poster che raffigurano montagne, deserti, giungle, fiumi. Ogni lunedì, sulla bacheca: *Ecco cosa ho notato la scorsa settimana,* Miss Gibson scrive cose tipo: *Emily ha condiviso la sua sedia con Joanne*, o *Daniel ha invitato Freddie a giocare a palla con gli altri.* Ha una grafia impeccabile: tutte le lettere delle etichette poste sopra i banchi, che riportano il nome dello studente che li occupa, sono al posto giusto, nell'ordine esatto e della misura perfetta. Nessun nome è troppo lungo o troppo corto per lo spazio che ha a disposizione. Scritti da lei, quei nomi sembrano scintillare.

L'anno scorso, quando Danny Handerson ha cominciato a prendere in giro Lily, dicendo che aveva gli occhi a mandorla, e l'ha rincorsa a ricreazione gridando: « Involtino plimavela », la maestra gli ha detto di finirla immediatamente e che non era colpa di Lily se lei era diversa. Ma, anche se la sgridata aveva fermato Danny, Lily si era sentita peggio che mai. Invece Miss Gibson è diversa: lei crea un'atmosfera tale per cui ai bambini non viene nemmeno in mente di prendere in giro i compagni. Quest'anno Danny non ha fatto boccacce né smorfie né ha insultato nessuno, finora.

Quel venerdì pomeriggio, Miss Gibson accoglie tutti quanti in classe, dopo pranzo, per un'attività speciale. Sulla lavagna, col gesso bianco, ha disegnato un tronco d'albero con alcuni rami.

Sul tronco dell'albero scrive *Ellie Gibson*. Più in alto il tronco si divide in due. Lei prende un bel pezzo di cartoncino verde, ritagliato a forma di foglia, e scrive *Anna (mamma)* e incolla la foglia al ramo di destra. Poi prende un'altra foglia, scrive *Charles (papà)* e la incolla al ramo di sinistra. «Qualcuno di voi ha capito come funziona quest'albero?»

«Sono i nomi dei suoi genitori?»

Lei annuisce. «Oggi realizzeremo i nostri alberi genealogici. Ogni persona della vostra famiglia è una foglia dell'albero. Da una parte metterete le foglie che rappresentano i parenti dal lato di vostra madre, e dall'altra quelle che rappresentano i parenti dal lato di vostro padre. Ogni famiglia è differente, così come ogni albero è unico. Ma tutti quanti hanno le foglie.» Va al tavolo degli articoli di cancelleria e prende un foglio da una pila di carta da pacchi. «Qui disegnerete il tronco e i rami, e poi potete ritagliare le foglie da questi.» Indica una piccola pila di cartoncini verde chiaro e verde scuro. «Cominciamo?»

Sempre impaziente di darsi da fare, Lily prende foglio e cartoncini. Inizia disegnando il tronco e i rami. Poi ritaglia con cura diverse foglie e comincia a scrivere. Inizia da sua mamma, poi continua con quel lato della famiglia, attaccando foglie per i suoi nonni, zii, zie, cugini.

Lily guarda l'altro lato dell'albero. Prende una foglia e scrive *Henry Dao*. Poi ripensa a quegli aerogrammi azzurrini che arrivano dalla sua nai-nai di Taiwan. Come si chiama nai-nai? Si blocca. Non lo sa. Lily si guarda intorno e vede gli alberi degli altri che si riempiono di foglie grandi e piccole. I bambini chiedono a Miss Gibson dove mettere cugini, zie, zii, bisnonni, cugini di secondo grado. Ma Lily non sa come andare avanti. Adesso le guance le bruciano per la vergogna. Non sa nemmeno come si chiamano. Il suo papà non le ha mai nominato nessun altro. C'è davvero qualcun altro?

«Che cosa stupida», dice qualcuno dal fondo della classe.

Lily gli lancia un'occhiata. È Danny.

Miss Gibson gli si avvicina e gli parla sottovoce.

«No, è noioso», dice lui, e accartoccia il foglio marrone.

Solo Lily se ne accorge. Molti degli altri bambini hanno finito, e l'aula si riempie di chiacchiere. Alcune foglioline verdi svolazzano in aria. Miss Gibson dice qualcosa a Danny, poi torna al suo posto. «È ora di rimettere in ordine. Mancano cinque minuti alla campanella.» Poi fa il giro della classe, si complimenta coi bambini, fa domande, indica pezzi di carta da raccogliere da terra e lancia occhiatacce a chi ridacchia.

Lily fissa il suo foglio.

«Come sta venendo il tuo albero, Lily?»

Lily copre il lato paterno con un braccio e si lancia in un'accurata descrizione di quello materno. Se parla abbastanza, Miss Gibson non avrà tempo di chiederle della metà incompleta. Racconta di nonna Deborah, che le dice sempre che dovrebbe mettersi la gonna più spesso, e di nonno Simon, che la chiama «musetto giallo», e sta per passare allo zio Robert quando la signorina Gibson la interrompe.

«Ti chiama 'musetto giallo'?» chiede, in un tono che sembra disgustato.

«È un soprannome. Mi ha sempre chiamato così. Non va bene?»

«Mmm... raccontami dell'altro lato dell'albero.»

Con gli occhi bassi, Lily rivela lentamente i rami spogli, dove compaiono solo due foglie. «Non conosco nessun altro», mormora.

«Non importa. È stato un pomeriggio impegnativo.» Quando Lily solleva lo sguardo, si rende conto che il sorriso di Miss Gibson è un po' forzato, e il suo sguardo è inespressivo.

Lily annuisce, ma trattiene a stento le lacrime. Ficca il foglio nella borsa ed esce per raggiungere il pullmino.

Quando arriva a casa, Lily prende il foglio spiegazzato e lo liscia sul tavolo della cucina. Studia il suo albero. Sa che suo papà è nato in Cina, poi si è trasferito a Taiwan e infine è arrivato negli Stati Uniti. Sa pure che la mamma di lui è ancora a Taiwan. Tutto qui. Non ha mai incontrato la nonna. Il papà non parla cinese con la mamma, né con nessun altro, a dire il vero.

Certe volte, Lily ha l'impressione che ci sia qualcosa che lei non sa ma dovrebbe sapere, o qualcosa che lei non è ma dovrebbe essere. Quando chiede al papà del suo passato, lui dice di non ricordare niente. La mamma le ha detto di non fare più domande, perché lui è cresciuto durante la guerra, in condizioni difficilissime e parlarne lo fa stare male. Devono concentrarsi sulla famiglia che hanno costruito insieme.

Lily sente aprirsi la porta d'ingresso. La mamma è tornata a casa. Deve mettere via il foglio? La mamma fischietta tra sé mentre appende il cappotto nel ripostiglio. Adesso sta percorrendo il corridoio. Lily rimane seduta, immobile.

« Oh! Lily, mi hai fatto prendere un colpo. Pensavo fossi coi tuoi amici al parco. È una giornata bellissima, la primavera è arrivata, finalmente. »

Le guance di Lily si riempiono di lacrime.

« Che succede? Cosa c'è che non va? » Rachel si avvicina per abbracciarla.

Lily le affonda la faccia in una spalla, raccontando tra i singhiozzi ciò che è successo quel pomeriggio, confessandole la sua frustrazione.

« Oh, tesoro. » Rachel l'abbraccia stretta, mormorando parole rassicuranti, ma non le offre nessuna risposta riguardo ai suoi dubbi sul papà. Appoggiata su un gomito, il mento sulla mano, valuta l'albero che la figlia ha disegnato. « Hai fatto un ottimo lavoro con la mia famiglia. Mi piace che ogni persona abbia una foglia di una forma diversa! »

« Mamma, cos'è un 'musetto giallo'? »

« Cosa? Qualcuno ti ha chiamato così a scuola? » Rachel sembra furibonda, adesso.

« No, ma nonno Simon mi chiama così. È una cosa brutta? »

« Nonno... » Rachel si picchietta la bocca col pugno chiuso, valutando come rispondere. « Il nonno non vuole offenderti quando ti chiama così, ma non dovrebbe farlo. Non è un'espressione carina, e non bisognerebbe mai usarla. A volte la gente la usa per prendere in giro le persone asiatiche, o che sembrano asiatiche. »

Lily scoppia di nuovo in lacrime.

« Oh, Lily. Oh, Lily... » Rachel le massaggia la schiena e continua a fissare il foglio. Dopo un po', dice: « Mi piace molto come hai sistemato le foglie più piccoline, per i bambini dello zio Robert e della zia Wendy. E hai proprio fatto la cosa giusta, mettendo i gemelli sullo stesso picciolo! » Posa le dita sui nomi dei cuginetti più piccoli di Lily.

« Però... » Lily indica il lato paterno dell'albero.

Rachel annuisce. « Lo so, tesoro. Ci parlo io col papà. »

Quella sera, dopo che Lily è andata a dormire, Rachel entra in salotto. Regge l'albero genealogico come uno striscione, perché Henry lo legga.

Lui mette via il suo libro. « Un lavoretto che Lily ha fatto a scuola? Carino », dice, incerto su cosa dovrebbe vedere.

« No, non è carino. » Rachel picchietta il lato del disegno con solo due foglie.

Henry si avvicina e vede il suo nome scritto su una foglia, e nai-nai sull'altra.

Rachel appoggia il foglio sul tavolo e incrocia le braccia. « Quando sono arrivata a casa, Lily stava piangendo perché non ha potuto aggiungere altre foglie, e non sa nemmeno il nome di sua nonna. Henry, vuole sapere di più. È anche la sua famiglia. »

Henry scrolla le spalle. « Alcune famiglie sono piccole. »

« Non è questo il punto. Il punto è che lei non sa niente del tuo passato, e invece vorrebbe. Capisco che a te non piaccia parlarne, ma Lily dovrebbe conoscere sua nonna. E anche io vorrei incontrarla. D'altro canto, il fatto di avere una famiglia piccola è solo una ragione in più per tenersi stretti i pochi parenti che abbiamo. Non vuoi che tua madre veda la nipotina? Non vuoi che stiamo tutti insieme, anche solo per una visita? »

Taipei, Taiwan, aprile 1980

Meilin siede nel cortile di Lin-Na e rilegge l'ultima lettera di Renshu. L'ha invitata a trascorrere l'estate da lui, in New Mexico. Rachel deve partire per qualche settimana, per un corso di aggiornamento per il lavoro da bibliotecaria. Lily vorrebbe conoscere la sua nai-nai. Meilin sarebbe disposta ad andare da lui e ad aiutarlo con Lily mentre Rachel è via?

Meilin sta ancora valutando quest'opportunità quando Lin-Na arriva e la raggiunge all'ombra. Meilin le riferisce la novità.

«Wow! E tu ci andrai?»

«Non ne sono ancora sicura.»

«Davvero? E perché no? Quanto tempo è passato dall'ultima volta che hai visto tuo figlio? Non vuoi conoscere tua nipote e tua nuora?»

«Certo che voglio, ma è un viaggio così lungo. Sono...» Meilin esita, incerta su quale sia il sentimento che la trattiene. Pensa alla logistica: passaporto, pianificazione, aereo, vivere in un altro Paese, dove, ancora una volta, non conosce affatto la lingua. Ma non è solo l'aspetto pratico a preoccuparla; sono tutti quegli anni trascorsi vivendo separati.

E se non si riconoscessero? Se quell'incontro li allontanasse ancora di più?

«Se fossi al posto tuo, sarei già sull'aereo.»

«Mmm?»

«Vai! Così vedrai com'è il Paese in cui vivono. Saprai a cosa pensare quando immagini la loro casa, ciò che mangiano, gli alberi, le strade. Se io avessi famiglia in America, me ne andrei a vedere il Golden Gate Bridge e la statua della Libertà. Perché no?»

«Forse hai ragione.» Qualunque sia la natura delle sue preoccupazioni, ammette Meilin, l'alternativa - non vedere Renshu e la sua famiglia - sembra molto peggio. «È solo per l'estate. Ha detto che, se mi trovo bene, può provare a farmi rimanere.»

«E a te piacerebbe?»

«Non lo so.» Meilin si guarda intorno. Nel cortile fresco e ombreggiato, il marito di Lin-Na ha sistemato un laghetto con pesci rossi e una fontana. «Mi piace qui.»

Quando i suoi progetti per emigrare negli Stati Uniti erano falliti, e Peiwen aveva lasciato Taiwan con la sua famiglia, Meilin aveva rintracciato la sua vecchia amica che aveva un banco al mercato delle stoffe di Yongle. La donna, una benshengren, era sempre stata cordiale, ma Meilin non l'aveva quasi più vista dopo il trasloco a Da'an. Meilin aveva sperato che Lin-Na accettasse di comprare un po' delle pezze di seta e cotone che le aveva lasciato la signora Hsu.

Lin-Na ne era stata ben contenta e aveva chiesto a Meilin come stesse.

Quando lei le aveva spiegato che, per l'ennesima volta, era alla ricerca di un posto dove vivere, Lin-Na le aveva proposto di trasferirsi da lei, finché non si fosse sistemata altrove. Ben presto la sua intera famiglia le si era affezionata al punto che tutti avevano insistito perché restasse con loro. Dopo sei mesi di convivenza a Dadaocheng, è praticamente una di famiglia.

A dispetto dei timori diffusi, la Repubblica Popolare Cinese non invade immediatamente Taiwan. E, sebbene la bandiera americana non sventoli più orgogliosamente in centro, è nato un American Institute in Taiwan, che sorge in una stradina secondaria. Sembra insomma che gli Stati Uniti abbiano scelto di rabbonire il governo di Pechino con una mano proteggendo Taiwan con l'altra.

Ma è stato il mondo dell'industria, non quello militare, a godere degli avanzamenti più cospicui. Su tutta l'isola, nuove attività spuntano come funghi, attività che producono periferiche per computer, dispositivi elettronici, macchine fotografiche. I commerci e gli investimenti tra gli Stati Uniti e la Repubblica di Cina sono all'ordine del giorno. Nell'ultimo decennio, l'economia e le infrastrutture dell'isola sono cresciute a dismisura. Molti dei giovani che avevano lasciato Taiwan per studiare in America sono tornati in patria, portando con sé contatti utili e competenze tecniche. E molti di coloro che sono rimasti negli Stati Uniti hanno comunque trovato il modo di creare collaborazioni con le realtà di Taiwan. Questa piccola isola sta diventando una tigre possente, un miracolo economico. Taipei è in crescita costante.

Meilin osserva questa ascesa economica e non può fare a meno di pensare che il vecchio Dao Hongtse approverebbe. Soldi, commerci e scambi sono più potenti delle ideologie e più devastanti della spada. *Il cherosene è un buon affare: tutti hanno bisogno di calore, tutti hanno bisogno di luce.* Adesso sono i computer e i gadget elettronici ciò di cui tutti hanno bisogno.

La settimana successiva, Meilin scrive a Renshu: *Arrivo.*

Nell'istante in cui l'aereo si solleva da terra, Meilin si aggrappa al bracciolo.

Vedere il Paese sotto di sé, così in basso, la mette a disagio. Le case diventano sempre più piccole, le strade si trasformano in scarabocchi. Per la prima volta dopo anni, ripensa alle bombe cadute su Chongqing. Si ricorda di quando scrutava il cielo, in alto, in cerca di aerei. Adesso, invece, guarda verso il basso.

Quanto deve essere stato facile per quei piloti giapponesi, che non dovevano guardare nessuno negli occhi, e nemmeno vedere la gente sotto di loro! Facile come lanciare una manciata di ciottoli su un prato.

Il volo sembra interminabile, e Meilin sta scomoda per tutto il tempo. L'aria riciclata della cabina ha un sapore freddo e sterile. Ogni minuto la avvicina un altro po' a Renshu ma, allo stesso tempo, ogni minuto la allontana un po' di più da tutto ciò che ha mai conosciuto.

Los Alamos, New Mexico, giugno 1980

Ovviamente, la riconosce nel momento esatto in cui attraversa il gate dell'aeroporto. Ma è diversa; più minuta, ingrigita. Ha sessantotto anni, e i venti trascorsi da quando si sono detti addio al porto di Keelung le hanno ammorbidito la curva delle spalle, le guance, la pelle intorno agli occhi. I capelli, come sempre, sono raccolti sulla nuca in un semplice chignon. Indossa un gilet marrone lavorato a maglia su una tunica di seta azzurra, e pantaloni semplici. Henry è certo che abbia cucito da sé tutti i suoi vestiti. Gli occhi, però, hanno ancora la stessa gentilezza garbata e la profonda intelligenza di un tempo. Meilin si allunga a salutare Rachel: il loro abbraccio è imbarazzato, ma carico d'affetto. Quando vede Lily, il sorriso di lei si fa ancora più ampio.

E poi una raffica di emozioni: il tocco soffice della pelle di sua madre, la ruvidezza della lana contro il suo palmo, l'odore di canfora del suo abbraccio. Henry sente il fresco della seta delle maniche di lei, la stretta delle sue dita sulla schiena, la sua voce nell'orecchio, proprio qui, non filtrata dalla cornetta di plastica di un apparecchio telefonico, ma *proprio qui*, dove lui può sentirne le vibrazioni quando pronuncia il suo nome. Per due decenni, tutti quei profumi, quelle consistenze, quei suoni che sanno di casa sono rimasti irraggiungibili. L'immediatezza, l'immensità di quella consapevolezza gli riempiono gli occhi di lacrime.

« Benvenuta, mamma », mormora Henry.

« Mmm, Renshu. »

E lui annuisce contro il petto di lei.

Nai-nai prenderà la camera di Lily. Durante il suo soggiorno, Lily dormirà su un materasso nello studio del padre. Henry le ha liberato uno scaffale e lei lo ha riempito di libri presi dalla biblioteca, qualche pupazzo di peluche, un taccuino di Hello Kitty, matite colorate e adesivi.

Nai-nai le ha portato dei regali da Taiwan: mollettine scintillanti ricoperte di brillantini e perline; una latta di dolci di luna; una borsetta di seta con un bottoncino automatico, che contiene un elefante di giada e una campanellina dorata; una scatola di plastica con dentro delle schede di memorizzazione che raffigurano i caratteri cinesi; i campioncini di dentifricio e maschera per il contorno occhi che le hanno dato sul volo. Lily trova tutto magnifico.

Nai-nai ha anche portato un ciondolo di giada a forma di due prugne per sua mamma. Ha un anellino dorato nel quale è infilato un nastrino rosso. Rachel lo ammira commentando: « Oh! » Poi va in camera da letto. Quando ritorna, il ciondolo pende da una catenina d'oro che Henry le ha regalato per il loro decimo anniversario. Henry la bacia sulla guancia. Nai-nai fa un cenno d'approvazione con la testa.

Poi, per il suo papà, nai-nai tira fuori una teiera di porcellana coi manici di bambù e due tazzine di porcellana bianca e blu. Ciascuna è completata da un coperchio a forma di cupola e un piattino. La decorazione delle tazze, entrambe senza manico, ricorda dei chicchi di riso disposti a intervalli regolari. Suo padre le solleva una alla volta e le ammira, un'espressione rapita sul viso. Alla fine, nai-nai gli dà una lattina cilindrica e rossa piena di tè. Lui solleva il coperchio e annusa, soddisfatto.

« Hai fame? Sonno? Vuoi fare un riposino? » chiede Rachel.

Renshu traduce e Meilin annuisce: un po' di fame, ce l'ha, e sì, le andrebbe proprio di riposare. Dopo aver mangiato del riso, Meilin va nella sua stanza a dormire. Si appisola ascoltando Rachel che prepara Lily per la notte, e Renshu che riordina la cucina.

Si sveglia presto, disorientata dalla luce fioca della stanza. Apre le tende e vede davanti a sé dei pini e, in lontananza, le montagne. L'aria è secca e le gira un po' la testa. Sentendo qualcuno che si muove al piano di sotto, s'infila le pantofole e la vestaglia e scende a prendere da bere.

Renshu è già sveglio. Quando Meilin entra in cucina, lui riempie il bollitore e lo mette sul fornello. Mentre l'acqua si scalda, fa cadere qualche foglia di tè nelle tazze. Il bollitore fischia. Renshu riempie le tazze fin oltre l'orlo, poi le copre coi coperchi. Meilin si accomoda al tavolo. « Mi piace Rachel », dice.

Lui le si siede davanti, sorride e sbircia sotto il coperchio per vedere se il tè è pronto.

« E Lily mi ricorda Liling. Non solo per l'aspetto, ma anche nei modi. » Meilin solleva il coperchio della sua tazza e comincia a bere. Finalmente! Il tè ha un buon sapore, che allevia il fastidio che sente in gola. Caldo, pungente, confortante.

Rimangono in silenzio per un po'.

« Sai, ha più o meno la stessa età di Liling quando l'abbiamo persa », riflette Meilin.

« Wow, hai ragione. Non ci avevo pensato. » Renshu si china in avanti, appoggiando il mento sulla mano. Scuote la testa.

« Mi chiedo che tipo di donna sarebbe diventata. Vivace, di sicuro. E bellissima. In Liling c'è sempre stata la bellezza di Wenling pronta a esplodere. »

« Quando sono arrivato alla Northwestern, ogni tanto andavo a Chicago con Chen, e lui mi portava a Chinatown. Certe volte, magari in un ristorante o in una strada affollata, mi sembrava di vederla. Lo sapevo che era impossibile, eppure continuavo a scrutare le facce della gente, per tutto il pomeriggio, cercando Liling. »

« Immagina cosa penserebbe Wenling del suo bel nipote, che se la cava così bene in America! » esclama Meilin. « Sarebbe molto gelosa o molto orgogliosa, immagino. »

« Probabilmente tutte e due le cose. » Renshu ride.

Meilin allunga una mano a stringere quella di lui. « Mi mancano tutti. »

« Anche a me. »

Di nuovo, rimangono zitti per qualche minuto.

« Mamma? »

« Eh? »

« La storia della Terra dei peschi in fiore... »

« Te la ricordi? Era una delle mie preferite! »

« Certo che me la ricordo. Però, mamma, quando me l'hai raccontata tanti anni fa, non mi hai detto tutto. Perché? »

« No? »

« Hai lasciato fuori il pezzo in cui, dopo essere tornato a casa, il pescatore non riesce mai più a trovare la sorgente. E non ci riesce nemmeno nessun altro. »

« Oh », dice lei, vagamente stupita. « Mi chiedo perché l'ho fatto. Non lo so. » Aggrotta le sopracciglia, come a evocare i Meilin e Renshu di tanto tempo fa, le loro paure, le loro speranze. Scuote la testa. « Non lo so. » Percorre il bordo del piattino con l'indice. « Immagino che la verità, con la Terra dei peschi in fiore, è che se sei abbastanza fortunato da trovarla allora sei anche sfortunato, perché a quel punto devi decidere cosa fare. Rimani e dimentichi tutto il resto? Oppure torni a casa, con la consapevolezza che non la troverai mai più? È una benedizione? Una sciagura? »

Renshu non risponde. Dopo poco sentono dei passetti correre al piano di sopra e poi scendere le scale.

« Nai-nai! Buongiorno! » grida Lily, precipitandosi in cucina e dandole un grosso abbraccio. « Che vogliamo fare oggi? »

Una volta ripresasi dal jet-lag e abituatasi all'aria più secca, Meilin si gode appieno il suo soggiorno. Vanno a visitare alcune delle attrattive di Los Alamos. Al museo della scienza vedono delle riproduzioni di Little Boy e Fat Man, le bombe atomiche sganciate su Hiroshima e Nagasaki. Sono lunghe non più di tre metri. Meilin appoggia una mano sul freddo rivestimento in metallo verniciato di bianco; con un metro e mezzo di altezza, Fat Man la supera di poco. Lontanissimo da lì, in Cina, mentre lei e Renshu vivevano e soffrivano e fuggivano e temevano, qui, proprio in questo posto, in questa città con troppa luce e troppa poca aria, il lavoro di un gruppo di scienziati si era tradotto in pura distruzione. Meilin non avrebbe voluto che la guerra durasse un minuto di più: eppure, ci dovevano essere modi migliori per ottenere la pace.

Visitano anche il Bandelier National Monument, dove Meilin può ammirare le grotte e i petroglifi della popolazione nativa locale, i pueblo. Poi vanno alla Santa Fe Plaza. Meilin rimane incantata dai gioielli artigianali dei nativi in vendita davanti al Palace of the Governors. Le piace in particolare una collana a perline d'argento con ciondoli a forma di orsi, uccelli e tartarughe ricavati da turchesi, coralli e lapislazzuli. Compra dei regali da portare a Lin-Na. Rachel e Lily la accompagnano in un negozio di stoffe e la varietà dei prodotti la lascia a bocca aperta. Fanno scorte, così Meilin potrà cucire dei pigiami e lavorare a maglia coperte per l'inverno.

Dopo una settimana dall'arrivo di Meilin, Rachel parte per il suo corso. Si fermerà anche una settimana a St Louis a salutare i suoi genitori. Meilin rispetta l'ambizione della nuora, ed è orgogliosa del fatto che Henry la sostenga nella sua carriera. È anche contenta che la sua presenza, sebbene in minima parte, le abbia reso più facile la decisione di fermarsi dai suoi.

Dopo aver lasciato Rachel all'aeroporto, Henry, Lily e Meilin vanno in un negozio di specialità alimentari asiatiche di Albuquerque. Anche se non è nemmeno lontanamente paragonabile ai mercati di Taipei, riempiono comunque un carrello di verdure in scatola, sacchetti di funghi essiccati e noodles, spezie, tofu, bottiglie di salsa di soia scura, olio di sesamo e salsa d'ostrica, peperoncino essiccato in scaglie e un sacco da venti chili di riso.

Nai-nai si trasferisce praticamente in cucina. È sempre intenta a tagliare, preparare, pulire, lavorare a maglia o bere tè. Il fornello non è mai silenzioso, mai libero. Lily adora il fatto che ci sia sempre qualcosa che borbotta sul fuoco, pronto per essere mangiato o in attesa di cuocersi.

Toc, toc, toc, nai-nai batte ritmicamente la mannaia sul tagliere e trita mucchietti di funghi e carne di maiale. Raccoglie tutto col filo della lama, per rendere omogeneo il ripieno. *Toc, toc, toc,* trita di nuovo, finché tutti i pezzi di cibo non sono ridotti in un impasto rosa chiaro dentro cui spiccano candidi pezzetti d'aglio, verdi puntine di cipollotto, fibre di zenzero. Nai-nai aggiunge il sale, lavora tutto con le dita, ammucchia l'impasto da una parte con l'aiuto della lama. *Toc, toc, toc.*

« Jiaozi », dice.

« Jiaozi? » ripete Lily.

Nai-nai annuisce e stende una palla d'impasto in un foglio sottile. Poi prende un bicchiere col bordo infarinato e ritaglia un disco perfetto. Lo solleva con delicatezza e lo mette da parte. « Lily », dice, passandole il bicchiere.

A Lily piace quando nai-nai la chiama per nome. Suona così carino, detto da lei. Nai-nai stende altro impasto e Lily ritaglia altri dischi. Nai-nai li infarina così che non si attacchino l'uno all'altro.

Quando sono tutti pronti, nai-nai ci posa sopra una cucchiaiata di ripieno. Immerge il dito in una ciotolina d'acqua e inumidisce il bordo. Piega in due il dischetto coprendo la carne, fa combaciare bene i bordi, poi li pizzica con le dita per ottenere un cordoncino. Posa i jiaozi nel cestello per la cottura al vapore rivestito di foglie di cavolo. « Prova tu », dice in inglese, passando a Lily un dischetto.

I bordi di Lily non sono molto precisi, e i suoi ravioli continuano a strapparsi. Alcuni hanno troppo ripieno, altri troppo poco. Ma non importa, sembra dire nai-nai, e li chiude comunque, aggiungendoli al cestello di bambù.

Henry sente Lily e Meilin in cucina. Lily si rivolge alla nonna in inglese e Meilin risponde in cinese. E, sebbene parlino lingue diverse, sembrano avere sempre un sacco di cose da dirsi.

« Vieni a mangiare! » lo chiama Meilin dalla cucina.

« Papi, forza! » aggiunge Lily.

In cucina lo aspettano ciotole di riso fumante con le bacchette e una forchettina per Lily. Il tavolo è pieno di piatti che non assaggiava da anni: radici di loto stufate, foglie di taccola fritte, cetrioli di mare, un pesce intero, maiale con castagne d'acqua e funghi, zuppa di manzo e una montagna di ravioli.

Mangiano.

Mentre Henry prepara Lily per la notte, Meilin lava i piatti, immergendoli nell'acqua saponata tiepida. Nonostante il lungo viaggio, è felice di essere qui, di vedere la vita americana di Renshu.

Poco dopo, lui la raggiunge in cucina e prende uno strofinaccio per aiutarla. « È bello averti qui, mamma. »

« Mmm. » Meilin gli porge un piatto gocciolante.

« Mi dispiace che non abbiamo trovato un modo per farti rimanere. »

« Sstt. » Meilin gli passa una pentola. « Sono riuscita a conoscere Lily e a vedere quanto Rachel ti ama. Sei un uomo fortunato. Siamo tutti fortunati. » Inizia a risciacquare le bacchette. « Quasi fatto. »

Henry mette a posto le stoviglie. « Sarebbe stato diverso se lo zio non avesse escluso il tuo nome dai documenti. »

Lei riempie il bollitore e lo mette sul fuoco, dandogli le spalle. *Sarebbe stato diverso.* Ci sono molti modi in cui le cose potevano essere diverse, ci sono stati così tanti bivi. Alla fine, quel modo di pensare non serve a nulla. « Longwei ha fatto ciò che riteneva necessario », dice.

« Avrebbe dovuto essere onesto. »

« Renshu! All'epoca non c'era niente di semplice. Abbiamo dovuto fare tutti scelte difficili. Questo lo sai. »

« No! Ha rubato qualcosa che non spettava a lui portarci via. Ha cancellato il nostro legame! » ribatte Henry.

« Abbassa la voce o sveglierai Lily! » Meilin prepara le tazze, ma le tremano le mani e, quando riempie la prima, l'acqua bollente straripa sul piattino e si rovescia sul bancone. « Sono solo carte, Renshu. Tu hai la tua cittadinanza, la tua famiglia, la tua vita in America. Lascia perdere. Gli abbiamo chiesto aiuto e lui ci ha aiutato. Se ha fatto un errore, allora lo perdoniamo.»

«Perché lo difendi?»

Meilin non risponde.

«Non riesco a perdonarlo per aver tolto il tuo nome da lì. Non capirò mai perché lo ha fatto.»

Meilin rimane ancora in silenzio. Si strofina le guance e gli occhi. Capire è sempre stato il modo in cui Renshu dava senso alla realtà. Le spiegazioni sono un conforto, per lui. Ma lì non ce ne sono, di spiegazioni. «Possiamo anche perdonare senza capire. A volte siamo costretti. Forse è questo il perdono: accettare le azioni di qualcuno, anche se non hanno una spiegazione valida.»

Meilin solleva la tazza e la porta al lavandino. «È tardi, Renshu, vado a dormire.» Lo lascia seduto da solo al tavolo della cucina.

«Nai-nai, raccontami una storia.»

Meilin ha capito cosa le ha chiesto la bambina, ma non sa se è in grado di accontentarla.

«Ti prego!»

Meilin mette via il lavoro a maglia e si alza. Lily la segue nello studio, dove Meilin prende la scatola con le schede di memorizzazione. Proverà.

Dopo qualche minuto di ricerca, trova le schede che indicano le parole «cavallo» e «vecchio». Le mette davanti a Lily.

«È una storia che parla di un vecchio e di un cavallo?»

Meilin annuisce, e cerca la carta che indica la perdita. Non la trova.

Lily la fissa speranzosa.

Meilin trova la scheda per la buona sorte, ma non quella per la sciagura.

Lily prova a indovinare la storia. «Forse l'uomo cavalca? Va a combattere in guerra? Una volta era un soldato, e invece adesso è vecchio e passa le sue giornate in pace? E il cavallo è il suo migliore amico?»

Tutte quelle domande scoraggiano Meilin. Non ha il vocabolario per rispondere. « Chiediamo al papà », dice infine.

Meilin e Lily arrivano in cucina, dove Henry è seduto a leggere il giornale. Lily è emozionata, impaziente. Sul viso di sua madre c'è quell'espressione metà impotente e metà imperiosa di quando vuole che lui faccia qualcosa.

« Raccontagliele », dice in cinese. « Raccontale le storie di quand'eri piccolo. »

No.

Lui fa un suono vago, come a dire che ci penserà, e torna a guardare il giornale.

« Renshu. » Meilin posa la mano sulla pagina che lui sta leggendo. « È importante. Se non lo fai, come imparerà ciò che conta? »

« Non c'è bisogno che lo sappia. » Le sfila il giornale da sotto le dita.

« Che vuoi dire? Certo che ce n'è bisogno. » Lancia un'occhiata a Lily, il cui sorriso si sta trasformando in un'espressione preoccupata.

« No, invece! » sbotta lui alzandosi di colpo. « A che serve raccontarle quelle cose tristi? Vorrei non averle provate io stesso. »

Meilin fa un passo indietro. « Non intendevo le *nostre* storie. Anche se, un giorno, vorrà ovviamente conoscere anche quelle. » Posa un braccio sulle spalle di Lily. « Intendo quelle che io raccontavo a te da bambino: il gallo, l'albero di pere, il vecchio che perse il suo cavallo... »

« Oh », dice lui, l'espressione più calma. E poi, vagamente: « Magari, prima o poi ».

Rachel ritorna dal suo corso, entusiasta alla prospettiva d'intraprendere una carriera come bibliotecaria. Quando Meilin si accorge che i prodotti sconosciuti che trova nel frigorifero la lasciano interdetta, si chiede se non abbia esagerato. Non importa: manca poco al suo volo di ritorno. Meilin è contenta di essere venuta, ma è anche pronta a tornare a Taipei. Le manca la fontana coi pesci rossi nel giardino di Lin-Na. Le mancano le verdure fresche del mercato e l'aria tiepida e umida.

Renshu le chiede se non vuole rimanere un altro po'. Forse dovrebbe fare un altro tentativo di ottenere un permesso di soggiorno? La sua voce è carica di speranza, ma Meilin sa che casa sua, ormai, è Taipei. « Renshu, questa è la tua Terra dei peschi in fiore, non la mia. »

Lui assume un'espressione seria, desolata.

« Abbiamo mangiato, abbia fatto festa, adesso è giunto il momento che io ritorni a casa », prosegue Meilin.

« Okay, mamma », dice lui alla fine, la voce roca ridotta a un sussurro. In qualche modo, la visita di Meilin ha, se possibile, aumentato la distanza tra il suo passato e il suo presente. Si aspettava che quel soggiorno costruisse un ponte e, invece, ha allargato un abisso. Una parte di lui è sollevata che lei voglia tornarsene a Taipei, e un'altra si sentirà sempre in colpa.

Il giorno prima della partenza, Meilin e Lily spingono il carrettino rosso di Lily fino al vivaio in fondo alla strada. Comprano grossi sacchi di terriccio e pacciame e portano tutto a casa. Aprono i sacchi, che rilasciano un odore ricco, terroso. C'immergono le mani nude. Il terriccio, scuro e umido, si sbriciola tra le loro dita. Lo usano per riempire i vuoti intorno alle radici dello stentato ciliegio nel giardino sul retro, appiattendo il terreno con una pala. Poi spargono tutt'intorno del pacciame e innaffiano generosamente l'alberello. Qualche settimana dopo i rami si distenderanno, e l'albero ricomincerà a crescere.

24

Los Alamos, New Mexico, settembre 1980

Rachel e Lily riportano le cose della bambina in camera sua. Lily rimette a posto i suoi libri mentre la madre cambia il letto con lenzuola fresche di bucato.

«Perché nai-nai non è potuta rimanere di più?»

Rachel scuote il lenzuolo e lo stende sul materasso.

«Non credo che voglia starsene tutta sola a Taipei», continua Lily. «Perché non può rimanere qui?»

Rachel rimbocca gli angoli di una copertina azzurra. Lily la guarda lisciarne la superficie e sprimacciare i cuscini, appena infilati in federe pulite.

«Mamma? Mi hai sentito? Devo chiederlo al papà?»

«Oh, no, no», si affretta a rispondere Rachel. «Non disturbarlo. Per lui questa storia è difficile.»

«Ma perché?»

La mamma si siede sul letto e dà un buffetto sulla coperta, invitando Lily a sedersi accanto a lei. «Quando il tuo papà era piccolo, in Cina c'era la guerra. Lui e nai-nai hanno dovuto cambiare città tantissime volte. Alla fine sono andati a Taiwan, perché lì sarebbero stati al sicuro.»

Lily questo già lo sa. Ma rimane zitta. Forse sua mamma le racconterà qualcosa di nuovo.

«A Taiwan hanno cominciato a star meglio. Tuo papà si è impegnato tantissimo negli studi e ha ottenuto una borsa di studio per venire in America.»

«Com'era quando lo hai conosciuto?»

«Bellissimo. E timidissimo.» Rachel scoppia a ridere.

«E come vi siete incontrati?»

A Lily piace il modo in cui l'espressione della mamma si addolcisce, ogni volta che le chiede di raccontare quella storia. «Mi è piaciuto subito, quand'è venuto a cercare quel disco di

Chopin. Guardava al mondo in modo diverso da chiunque altro. Come se ogni cosa fosse importante. Pian piano, conoscendolo meglio, ho scoperto cosa gli era successo e ho capito che è un'anima antica. Un'anima antica con occhi nuovi. E poi era davvero bello. Chi non s'innamorerebbe di una persona così? »

« Un grandissimo amore! »

« Sì », dice Rachel piano. « Proprio grande. »

« Ma perché lui non ne parla mai? È una bella storia con un lieto fine. E io non ho ancora capito perché nai-nai non può rimanere qui. »

« Mentre si trasferivano di qua e di là, qualcuno dei loro documenti è andato perduto. Il governo pensa che nai-nai sia sua zia, non sua madre, quindi non può rimanere. »

« Ma perché lui non dice a tutti che si sono sbagliati? Non si possono sistemare le cose? »

Rachel sospira. « Abbiamo provato a sistemarle, però non ci siamo riusciti. Ecco perché questa storia lo rende tanto triste. »

« Oh. » Lily si è accorta della tristezza del padre. L'ultima cosa che vuole è aumentarne il peso.

« Be', io sono felice che nai-nai sia venuta a trovarci. »

« Anche io. »

Lily comincia ad assillare Rachel con altre domande sulla Cina e Taiwan. Ma Rachel stessa non ne sa molto. Va in biblioteca a chiedere suggerimenti e la bibliotecaria le indica un volantino. Al centro culturale del quartiere sta per iniziare un corso di lingua e cultura cinese. Un corso le sembra il compromesso perfetto. Rachel ne parla con Henry: sa bene che lui vorrebbe lasciare il passato dov'è, dice, ma Lily ha voglia e diritto d'imparare qualcosa della cultura da cui proviene. All'inizio Henry è riluttante, però alla fine cede.

Lily adora il corso: non riesce a credere alla sua fortuna. Molti dei bambini iscritti sono cinesi, ma ce n'è qualcuno che lo è solo per metà. L'idea di farsi nuovi amici che le somigliano fisicamente, anche se solo un pochino e anche se frequentano altre scuole, la elettrizza. La maestra Li, i cui figli vanno all'università, è gentile e generosa. Tutti si sentono inclusi.

Anche Rachel è contenta di quelle lezioni. Ogni tanto, mentre Lily è in classe, si siede fuori a chiacchierare con le altre mamme. Si gode la solidarietà e l'amicizia, soprattutto delle donne che hanno matrimoni misti. Tutte si lamentano del fatto che per comprare prodotti alimentari cinesi devono guidare fino ad Albuquerque, dove i loro mariti percorrono le corsie del negozio al rallentatore, esaminando con cura ogni singolo ortaggio o confezione di tè. Si scambiano impressioni sui pacchetti misteriosi e sulle lattine contenenti cibi accartocciati e dall'odore pungente che invadono le loro dispense e i frigoriferi. È bello scambiarsi aneddoti su incomprensioni e telefonate transoceaniche, e sull'arrivo, a volte felice a volte stressante, dei piccoli aerogrammi azzurri nella posta.

Los Alamos, New Mexico, giugno 1981

Henry è in piedi davanti al suo ciliegio, che adesso è alto quanto lui. Ai suoi piedi c'è un rotolo di rete comprato al vivaio.

In primavera, Henry e Lily hanno assistito, estasiati, alla prima fioritura. L'emozione si è fatta ancora più intensa con l'arrivo delle foglie e dei piccoli frutti acerbi. In un paio di occasioni, Lily ha ceduto all'impazienza e ne ha assaggiato uno. Ogni volta ha arricciato il naso, urlando: « Che aspra! » disgustata e deliziata a un tempo. Adesso le ciliegie hanno finalmente cominciato a maturare e gonfiarsi.

Ma padre e figlia non sono gli unici rosi dall'impazienza. A un certo punto gli uccelli hanno deciso di agire. In una giornata, sono discesi sull'albero privandolo di tutte le ciliegie migliori.

Henry sta cercando di capire come proteggere i frutti rimasti.

« *Laoshu,* topo. *Xiongmao,* panda. *Shizi,* leone. » Lily corre verso di lui.

Probabilmente sta gridando le nuove parole imparate a lezione di cinese. Henry non ha sentito lei e Rachel che rientravano. Non saprebbe dire esattamente il perché, ma il fatto che Lily frequenti quei corsi lo mette a disagio.

«*Laoshu, xiongmao, shizi!* Topo, panda, leone!» Lily gli si avvicina e improvvisa un balletto.

Quelle parole non servono a niente in una conversazione reale, pensa Henry. Sono vuote.

A Lily non importa. Per lei, ciascuna è una gemma.

Henry lancia la rete sulla chioma del ciliegio. Non vuole danneggiare i fiori e le foglioline, ma la rete deve essere aderente ai rami.

«Papà! Ho imparato il carattere per dire albero, *mu*. Sembra proprio un albero!» Lily traccia il carattere in questione, 木, sul palmo. «Poi, se tu ne metti due vicini, diventa il carattere che significa bosco, *lin*. 林. E poi, se riesci a metterne insieme tre, uno sopra e due sotto, ottieni *sen*, 森, una foresta. E, se metti insieme persona e albero, hai riposare, *xiu*, 休. Riposo è quando una persona si appoggia a un albero.»

Pronuncia i termini con gli accenti tutti sbagliati, in modo atono.

«Mi sono ricordata un'altra parola! *Niao! Niao* significa uccello. Nai-nai me lo ha insegnato quand'è venuta qui.»

«Vai a prendere il tubo», le dice lui. «Dobbiamo innaffiare l'albero.»

Lei si allontana ancora borbottando: «*Laoshu, xiongmao, shizi, niao...*»

Henry ispeziona la rete.

«Come si dice ciliegia?» chiede Lily quando ritorna, trascinandosi dietro il lungo tubo verde da giardino.

«*Yingtao*», dice lui, attento a usare l'accentazione corretta.

«*Yingtao*», ripete lei, un'eco perfetta della sua dizione.

Henry prende il tubo e osserva l'arco d'acqua che atterra alla base del ciliegio.

«La sai un'altra cosa?» prosegue Lily. «Il carattere che indica il sole, *ri*, sembra una scatola con una riga in mezzo. Un po' come un sole. E luna, *yue*, è come sole, ma con due lineette più lunghe in fondo.» Apre il palmo e traccia entrambi gli ideogrammi: sole, 日, luna, 月. «Se metti insieme sole e luna ottieni *ming*, luminoso, 明.»

«Vai a chiudere l'acqua.»

Lei obbedisce, e Henry comincia a riavvolgere il tubo.

Lily lo segue su per le scale e dentro casa. « Mi piace tantissimo questa lingua, papi. »

Los Alamos, New Mexico, gennaio 1982

« Indovina! Indovina cos'abbiamo fatto! » Lily entra di corsa nella stanza e, prima che Henry possa replicare, dice: « Abbiamo fatto gli striscioni per il Capodanno cinese! » Srotola un lungo foglio di carta, dove, in pennellate nere, ha scritto, in inglese: *1982 – Anno del cane.* I caratteri 恭禧發財 sono stati stampati, ritagliati e incollati sulla carta, insieme con adesivi che raffigurano lanterne e fuochi d'artificio. Cani disegnati a mano da Lily decorano i bordi dello striscione, accompagnati da generose dosi di porporina e nastrini dorati. « I caratteri dicono *gong xi fai cai.* » Li indica col dito, uno alla volta. « Significa: 'vi auguriamo gioia e prosperità'. »

« Molto bello, tesoro mio », dice lui. I caratteri ciclostilati viola, incollati a un'angolazione strana, sembrano fuori posto nella sua cucina americana.

« Possiamo andarci? »

« Dove? »

Lily gliel'ha detto, ma lui non l'ascoltava. « Alla festa! C'è una festa per il Capodanno cinese, e tutti i bambini e i genitori sono invitati. Voglio andarci. Ti prego, ti prego! »

Henry lancia un'occhiata a Rachel, che gli passa un invito scritto a mano e poi fotocopiato. All'estremità destra e sinistra del foglio c'è il disegno di uno striscione, con due versi dedicati al Capodanno e vergati in calligrafia cinese. Entrambi sono stati colorati con pastelli rossi. Un adesivo rosso a forma di rombo, che contiene il carattere dorato che significa fortuna, è attaccato orgogliosamente in cima.

E sotto c'è una scritta in inglese.

Tu e la tua famiglia siete invitati alla nostra festa: insieme daremo il benvenuto all'anno del cane e celebreremo il cibo, la lingua e la cultura della Cina. Siete invitati a portare un piatto a scelta da condividere con gli altri.

La data indicata è un sabato a qualche settimana di distanza.
« Vedremo. » Henry ripiega il foglio e lo infila nel portafogli.
« Oh, ci spero proprio! » Lily sventola il suo striscione avanti e indietro. Qualche brillantino si stacca e volteggia in aria brevemente, atterrando sul pavimento. « Posso attaccarlo alla porta di camera mia? »
« Sì, ottima idea. » Henry apre un cassetto e ci fruga dentro: schiva forbici, penne e francobolli, finché non trova un rotolo di nastro adesivo. Glielo passa e le fa cenno di andare di sopra.
Poi riempie il bollitore e lo mette sul fornello.
In corridoio, Rachel si affanna con le chiavi, la borsa, il cappotto. « Allora, che ne dici? Vogliamo andare? »
Henry ha gli occhi fissi sulla lattina di tè oolong. Non ne è rimasto molto. Rovescia un mucchietto di foglie nella tazza.
Rachel lo raggiunge in cucina. « Sarebbe bello conoscere le altre famiglie. Alcuni sono come noi. »
« Come noi? » Henry alza di scatto la testa.
« Papà cinese e mamma caucasica. »
« Oh. »
Il bollitore comincia a borbottare.
« Henry, andiamoci. »
La cucina si riempie del rumore di Lily che strappa lunghe strisce di nastro adesivo. Henry alza gli occhi al soffitto.
« Lily, basta così! Non sprecarlo », grida Rachel.
« Non lo sto sprecando *per niente*! »
Il bollitore inizia a fischiare. Henry spegne il gas e versa l'acqua direttamente sulle foglie, coprendo la tazza col coperchio di un barattolo di burro d'arachidi per non far disperdere il calore. « Va bene, va bene, d'accordo. Andiamo a dare un'occhiata. »

La sera della festa, Henry trova Rachel in cucina, che riveste di pellicola un grosso piatto da portata. Dentro c'è un ammasso informe, su cui sono incastonati gherigli di noce e circondato da crackers Ritz.
« Che cos'è? »
« Una cheeseball. »
« Una cheeseball? »

« È un antipasto per la festa. Spalmi il formaggio sul cracker e... ta-da! Delizioso. Lo mangiavamo sempre la sera di Capodanno, a casa mia. »

Henry non commenta. Si limita ad andare al piano di sopra per cambiarsi, scuotendo la testa. Preferirebbe davvero rimanere a casa, stasera. Sente Rachel che dice a Lily di mettersi le scarpe. In fondo è solo una festa, si rassicura.

« 恭禧發財! Buon anno! » Un uomo ben piazzato, con indosso un completo stirato alla perfezione, li accoglie all'ingresso. Ha i capelli neri spruzzati d'argento, e la faccia – attraente, fiera – attraversata da piccole rughe.

Henry coglie un vago accento del Nord. Pechino?

« Edwin Huang », si presenta lui tendendo la mano a Henry. « Non credo ci siamo mai incontrati. »

La stretta di Huang è ferma, insistente. L'uomo sembra scrutare Henry in cerca di qualcosa. Non hanno nemmeno oltrepassato la soglia e già si chiede se hanno fatto bene a venire. « Henry Dao », dice.

Edwin si gira a guardare Rachel. « Tua moglie? » chiede in cinese.

« Sì, questa è mia moglie, Rachel », risponde Henry in inglese. Lascia la mano dell'uomo per appoggiarla sulla spalla di Rachel.

« È un piacere conoscerti », dice lei, e Edwin annuisce.

« Lily è felicissima delle lezioni di cinese », continua Rachel.

Edwin si rivolge a Lily e le ripete il suo augurio: « 恭禧發財! »

La maestra Li, in attesa accanto alla porta e ansiosa che i suoi allievi sfoggino le loro conoscenze, sussurra all'indirizzo di Lily: « *Hong bao...* »

« *Hong bao na lai* », balbetta Lily all'indirizzo di Edwin, che sorride raggiante.

Quindi l'uomo estrae dalla tasca una piccola busta rossa e la consegna alla bambina. Lily la prende sollevando educatamente entrambe le mani, proprio come le ha insegnato la maestra Li.

Rachel tiene ancora in mano il suo piatto da portata. Una

donna cinese, con indosso un qipao bordeaux, si avvicina al gruppetto. « Oh, quella è Patricia, una delle mamme della classe », bisbiglia Rachel. Henry sente il sollievo diffondersi nella sua voce alla vista di un volto conosciuto.

Patricia le toglie il piatto dalle mani. « Benvenuti! Che bello vederti. Portiamo questo in cucina. »

Rachel lascia il suo cappotto a Henry e segue l'altra donna. Mentre camminano, Patricia abbassa lo sguardo sul piatto. « Che cos'è? » chiede.

« Una cheeseball. »

« Una cheeseball? »

Henry va ad appendere i cappotti e nel frattempo studia la stanza. Dalle pareti pendono festoni rossi e gialli, abbelliti a intervalli regolari da lanterne di carta ravvivate da nappine e decorazioni in plastica a forma di cane. Sui tavoli ci sono garofani rossi e gialli e miccette. Quante persone ci saranno, qui dentro? Una quarantina? Anche se alcune facce gli sembrano vagamente familiari, Henry si rende conto di non conoscere nessuno. Non aveva idea di quanti cinesi ci fossero in città. Incerto su cosa dire o dove stare, rimane fermo.

Alcune delle mogli cinesi indossano qipao; altre eleganti abiti occidentali. Tutte, però, hanno gioielli d'oro o di giada. Rachel ha messo un vestito a quadri con un gran colletto bianco che fa risaltare il ciondolo regalatole da Meilin. Le donne si affannano in cucina, distribuendo i piatti sui tavoli. Rachel, di solito a suo agio in queste situazioni, sembra non sapere come aiutare. Si mette a chiacchierare con una delle mogli caucasiche.

Lily è stata fatta accomodare a un tavolino, dove i bambini stanno decorando lanterne di carta. Bambine con nastri lucidi nei codini e maschietti coi capelli tagliati corti si affollano intorno al piano, spintonandosi.

Un uomo si avvicina a Henry e si presenta come David Tian. Dice di essere un vicino di Tom Benson, il collega di Henry; è felice, aggiunge, di conoscerlo finalmente di persona. Tian ha modi rilassati che tranquillizzano Henry e, davanti a un paio di birre, i due si raccontano di quando sono arrivati negli Stati Uniti, di quale università hanno frequentato, di come sono finiti a Los Alamos. A un certo punto, senza nemmeno rendersene conto, hanno cominciato a parlare in cinese. Henry nota l'accento di David, della zona del Sichuan.

«Sei di Chongqing?» gli chiede.

«Io sono nato lì, ma la mia famiglia ci si è trasferita durante la guerra. Che brutto periodo.» Tian scuote la testa.

Per un attimo nessuno dei due parla.

«La tua famiglia è ancora a Chongqing?»

«Alcuni. Ma la maggior parte è andata a Taiwan.»

Henry annuisce. Gli sembra che Tian sia di qualche anno più giovane di lui; dovrebbe avere l'età del figlio più piccolo di Peiwen.

Quando scopre che tutti e due hanno frequentato la NTU, Tian si dà una pacca sulla coscia. «Lo sapevo! Un altro laureato della Taida. Stasera siamo in parecchi. Huo! Lin!» dice poi rivolto a due degli invitati.

Huo e Lin si presentano e il gruppetto riprende a condividere aneddoti dei tempi dell'università. Né Greg Huo né Steve Lin erano in classe con Henry. Sono più giovani di lui, ma si ricordano comunque dei professori che avevano in comune e dei ritrovi preferiti. Ben presto stanno tutti rimpiangendo i bei tempi in cui andavano a mangiare danzai noodles. A Henry sembra quasi di sentire in bocca il condimento saporito a base di carne e aceto scuro.

«Quei noodles vengono dalla mia città, lo sai? A Tainan facevamo un sacco di buona roba», dice Lin.

«Buon anno nuovo ai miei ex compagni della Taida.» Huo alza la birra, e tutti e quattro sollevano i bicchieri.

Il loro buonumore ha attirato l'attenzione di Edwin Huang. «È bello vedere vecchi compagni di scuola e fare nuove conoscenze, dico bene? Mi fa ben sperare che un giorno anche io riuscirò a rivedere i miei vecchi compagni della Lianda, a Kunming. Foza, venite a mangiare. È tutto pronto.»

Il piatto di Lily è diviso in tre spicchi identici, che lei ha riempito di riso saltato con le uova, frutta e cetrioli. Rachel ha optato per un'insalata, del pane, uova sode ripiene, polpettone e una generosa porzione della sua cheeseball. Il piatto di Henry, invece, accoglie una montagnola di germogli di bambù e melone amaro, noodles di sesamo freddi con straccetti di maiale, frittelle di cipollotto e un pesce dall'odore pungente servito con tofu e arachidi. Ma c'è anche una ciotolina con noodles e manzo immersi in un brodo succulento.

Le chiacchiere aumentano di volume, e si sente l'acciottolio di bacchette e cucchiai mentre tutti mangiano e si complimentano a vicenda per le pietanze. La conversazione fluisce in un misto d'inglese e cinese, con l'aggiunta di accenti regionali e qualche parola in dialetto. Lily s'ingozza in fretta e poi corre a giocare. Rachel tocca appena ciò che ha nel piatto.

Henry si allunga a toccarle la mano. «Non hai fame?»

«Oh, sto bene. Mi sto godendo l'atmosfera.»

Lui abbassa lo sguardo sul proprio piatto, ormai vuoto.

«È bello che tu abbia potuto mangiare tutti questi piatti speciali che io non so cucinare», dice Rachel.

«Non sono male», dice lui, lo stomaco che brontola perché ne vorrebbe ancora. «Ma richiedono un sacco d'ingredienti strani, è troppo scomodo prepararli a casa. Va bene mangiarli una volta ogni tanto.»

Rachel si alza, ha gli occhi che luccicano. «Vado a vedere se posso aiutare a servire i dolci.»

Henry sente una mano posarsi sulla spalla. «Vieni a fumare con noi?»

È Tian.

Henry va a prendere la giacca, e ne approfitta per sbirciare in cucina: le donne, si rende conto, si sono divise in due gruppi, le cinesi e le americane. Rachel è impegnata in un'animata conversazione; lui ne intercetta lo sguardo e le fa cenno che sta uscendo un attimo.

Mentre esce, sente due donne cinesi parlare delle lezioni. Si ferma. All'inizio sembra che l'argomento della discussione sia la maestra Li. Quando però ascolta meglio, Henry le sente dire che secondo loro i corsi dovrebbero essere più rigorosi. Probabilmente, riflette, hanno ragione. Una delle due si lamenta che a lezione ci si concentra troppo sull'aspetto divertente dell'apprendimento, come se il cinese fosse solo una curiosità. Ai bambini non vengono fornite le basi per conoscere nel concreto la storia e il portato culturale del loro Paese. L'altra le risponde che è ora di prendere lezioni di cinese come si deve. E, prosegue, il fatto di aver accettato anche bambini di razza mista rende l'insegnamento ancora più diluito. È essenziale che i genitori parlino cinese a casa, e come è possibile se solo uno dei due è cinese?

Henry avvampa. Ha sentito abbastanza.

L'aria frizzante della sera è un sollievo. Henry chiude gli occhi e inspira a fondo. Tian, Huo e Lin sono raccolti in un capannello, fili di fumo si sollevano dalle loro sigarette. Vengono raggiunti da altri invitati, che Henry non conosce.

Tian gli fa cenno di raggiungerli, porgendogli il pacchetto di sigarette. Henry rifiuta, e gli torna in mente la brutta tosse che per tutta la vita ha afflitto Longwei. Gli uomini stanno parlando della delegazione di scienziati che sta per giungere in visita dalla Repubblica Popolare Cinese.

« La Cina sta cambiando », dice uno degli uomini. « Questa potrebbe essere un'opportunità per ristabilire dei contatti. C'è un sacco di gente che non è riuscita ad andar via quando le nostre famiglie sono scappate. Ci sono colleghi, amici, insegnanti ancora laggiù. Adesso potremmo aiutarli. » L'uomo si schiarisce la gola. È Edwin Huang. « Deng è una bestia diversa rispetto al presidente Mao, e anche al premier Zhou. Lui riconosce l'importanza della scienza e della tecnologia. »

« Diverso, ma sempre comunista », commenta qualcuno.

« Il fatto è, Huna, che tu sei qui da un sacco di tempo », s'intromette Tian. « Molti di noi sono arrivati qui col sostegno dei nazionalisti. Se sapessero che stiamo accogliendo in pompa magna una delegazione della Repubblica Popolare Cinese, potrebbero inserirci in una lista nera. E io non voglio mettere a rischio la mia famiglia o tradire i miei colleghi di Taiwan. »

« Non siamo tutti arrivati con la benedizione dei nazionalisti », borbotta Lin.

« Ma, se non diamo loro il benvenuto, ci vedranno come poco collaborativi? Il governo statunitense sta cercando di allargare le crepe tra la Cina continentale e i sovietici. Questa è la nostra opportunità d'influenzare quel cambiamento.»

Henry cerca di mettere a fuoco l'uomo che ha appena parlato. Non lo conosce, e si rende conto che non saprebbe nemmeno dire da dove viene, perché sta parlando in inglese. Anzi, tutti quanti adesso stanno parlando inglese, oscurando così accenti e regionalismi rivelatori.

«Verranno qui per una visita. Non è che vogliano scappare», commenta Huo. Dalla conversazione di poco prima, Henry sa che molte delle ricerche di Huo sono teoriche e non coperte da segreto. «Ci sono già stati molti scambi significativi nel campo dell'astronomia e dell'oceanografia. È possibile collaborare, e cooperare, al di là delle ideologie. Lo spirito della ricerca scientifica non dovrebbe superare le divisioni politiche?»

È un'idea seducente, quella dell'internazionalismo scientifico, ma Henry non è sicuro che esistano cose che prescindono dalla politica. Si strofina le mani per riscaldarle, pronto per tornarsene dentro. Anzi, ha proprio intenzione di andarsene a casa. Anche se la discussione ha ancora toni pacati, le diverse posizioni sono state già definite.

«Perché non invitano una delegazione della Repubblica di Cina, allora?» Tian schiaccia la sigaretta sotto il piede. «Se Deng è convinto che ci sia 'un Paese e due sistemi', allora okay, un Paese: la Repubblica di Cina.»

Dalla soglia di casa li raggiunge una voce femminile: «Signori, la pausa sigaretta è finita. Venite dentro per le presentazioni».

Mentre aspettano che i bambini si mettano in fila, Henry riflette su come quella serata l'abbia riportato indietro nel tempo, all'epoca in cui ancora non era arrivato in America. Le famiglie, il rumore, il cibo condiviso, tutto gli sembra riecheggiare i primi anni a Taipei, quando ancora vivevano nel juancun. Ma, a quei tempi, se non altro, guardavano ancora tutti nella stessa direzione. Stasera, gli sembra che prendere una qualsiasi posizione significhi rifiutare categoricamente l'altra.

Rachel ricompare, prendendo posto accanto a lui. «Ci sono delle persone veramente carine. E alcune un po' meno. Ma mi sono fatta una bella chiacchierata con le mamme di Maisy e Darren, quindi sono contenta. Sono pronta per concludere questa serata», aggiunge sbadigliando.

Le luci si abbassano e i bambini sfilano su un palco improvvisato in fondo al salone.

Intonano canzoni popolari cinesi, che non somigliano per niente a quelle che Henry ricorda dalla sua infanzia.

Henry lascia che la sua mente vaghi altrove. Ripercorre la discussione degli uomini, sull'opportunità o no di accogliere la delegazione. Quando i bambini finiscono la loro esibizione, uno scroscio di applausi educati erompe nella sala. La maestra Li annuncia l'esibizione successiva, un breve discorso su ciascuno degli animali dello zodiaco cinese.

«*Tutto quanto* lo zodiaco?» bisbiglia Rachel.

«Faranno in fretta, e poi ce ne andiamo», dice Henry.

Mentre i bambini recitano la loro parte raccontando del maiale, del topo e del bue, Henry torna di nuovo alla discussione: accogliere i visitatori e, per estensione, la Repubblica Popolare Cinese? Opporsi alla visita, prendendo le parti dei nazionalisti? Opporsi a entrambi? No, non ha senso farsi tutti nemici. Accogliere i visitatori ma senza farsi coinvolgere troppo?

La tigre, il coniglio.

Il drago.

Quella serata è riuscita a rievocare il passato di Henry. Ciò che Longwei gli ha detto tanti anni fa alla caserma gli torna in mente all'improvviso.

«Renshu, mentre cammini per il mondo, tieni gli occhi aperti. C'è sempre una partita in corso. E c'è sempre» – qui si era avvicinato al punto che Renshu riusciva a sentire l'odore d'aglio del suo alito – «un momento in cui il gioco si sposta dalle pedine sul tavolo alle persone nella stanza. Fai attenzione a ciò che sta intorno alla partita. Se ti fai assorbire troppo, potresti non notare quando la posta cambia.»

« Ho capito », aveva detto Renshu. « Fermati quando sei in vantaggio, non diventare troppo avido. »

« No. Non si tratta di avidità. La cosa importante è fermarsi quando tutti stanno ancora giocando allo stesso gioco. »

Serpente. Cavallo.

Henry si rende conto che il disaccordo tra Tian e Huang può crescere a dismisura. Molto presto i due ricominceranno a discutere, ma stavolta con più alcol in corpo, carichi di spavalderia e nostalgia.

Capra.

E, come se non bastasse, entrambi hanno dato per scontata la lealtà di Henry.

Scimmia.

Le regole stanno cambiando. È ora di smetterla di giocare a quel gioco.

Gallo.

Dopo l'esibizione, decide Henry, se ne andranno a casa. Lui si appellerà all'ora tarda, dirà che il giorno dopo Lily ha scuola, che deve andare a letto presto, che l'aspetta una giornata piena. Ha un arsenale di ottime scuse. Le userà tutte.

Cane.

« Io sono nata nell'anno del cane », dice Lily.

È sul podio.

« 'Adesso vi racconterò delle persone nate nell'anno del cane' », prosegue leggendo da un foglio. « 'Le persone nate nell'anno del cane sono oneste e leali. Sono ottimi amici e compagni di vita. Quando abbiamo bisogno di aiuto, tutti ci affidiamo a queste persone. I nati nell'anno del cane adorano aiutare gli altri e a volte sono un po' testardi.' » Abbassa il foglio.

I presenti applaudono.

« Anzi », riprende lei, e in sala torna il silenzio.

Rachel afferra la mano di Henry, preoccupata.

« Anzi, io adoro i cani. Perciò sono molto felice di essere nata nell'anno del cane. La gente dice sempre 'la mia razza di cane preferita è questa o quella', e parla di pedigree. Certa gente pensa che i purosangue siano i migliori. Però a me piacciono di più i bastardini. Dopotutto anche io sono una bastardina. Una meticcia cinese-americana. E lo sanno tutti che i meticci hanno il carattere migliore. »

Lily s'interrompe. Per un attimo nessuno dice niente. Gli occhi di tutti si appuntano sulla bambina, e poi su Rachel e Henry. Henry si sente avvampare, Rachel è pallidissima.

La maestra Li si affretta a salire sul palco. « Grazie, Lily, adesso siediti. » La riconduce al suo posto. « Ringraziamo tutti gli studenti per i loro discorsi utili e interessanti! »

Qualcuno applaude, interrompendo così quel silenzio assordante.

Non appena la gente ricomincia a parlare, Henry si alza. Rachel e Lily gli si affrettano dietro. Henry si ferma giusto il tempo necessario a recuperare i cappotti di tutti.

È ora di andarsene. Non torneranno mai più.

25

Los Alamos, New Mexico, gennaio 1982

Sulla strada di ritorno, Lily non fa che parlare del cibo, delle canzoni, delle esibizioni, dichiarando entusiasta, più e più volte, che quella è stata senza dubbio la parte migliore. Si agita sul sedile di dietro, offuscando il finestrino col fiato caldo e facendo frusciare le lanterne di carta che si sta riportando a casa. Traccia sul finestrino l'ideogramma cinese per il numero 1982, facendo cigolare il vetro, e intanto mormora tra sé *yi jiu ba er*. Alla fine il mormorio si spegne, sostituito, quando lei si addormenta, dal ritmo regolare e sereno del suo respiro.

Rachel guarda fuori, assorta nei suoi pensieri. Di tanto in tanto, la macchina viene inondata di luce da un veicolo proveniente dal senso opposto.

Henry è felice che la festa sia finita. Perché, quando Edwin Huang gli ha stretto la mano, a lui sono tornate in mente le tensioni che lo hanno tormentato all'università. Il disaccordo sulla visita della delegazione poteva trasformarsi in uno scisma, e Henry non voleva ritrovarsi incastrato nel mezzo. Mentre la Cina normalizza le relazioni diplomatiche e il movimento per l'indipendenza taiwanese guadagna terreno, Henry teme che lui o sua madre potrebbero trovarsi schiacciati tra quelle due forze in azione. Non è un bene, poi, che i suoi documenti contengano un'ambiguità. Non è un bene che lui non sappia davvero quali fossero i legami di Longwei col Kuomintang. La situazione, sebbene geograficamente lontana, è comunque volatile. Henry ha paura che tutta la fortuna che ha accumulato si stia trasformando in un debito, e che prima o poi qualcuno verrà a riscuoterlo.

«Credo che Lily dovrebbe interrompere i corsi», dice alla fine.

«Come, scusa?» Rachel è sorpresa, si sente dal tono aspro di quella domanda.

«Ho detto, secondo me dovremmo smettere di mandare Lily a lezione di cinese.»

«Per quello che ha detto stasera?» Rachel scoppia a ridere. «Dai, è solo una bambina, e nessuno...»

«No. Non ci va più e basta.»

«Ma santo cielo, Henry!» Rachel molla una manata sul cruscotto. Lily si agita nel sonno. Rachel si lancia un'occhiata dietro le spalle, ma la figlia non si sveglia. «Henry, lei adora quel corso. Non lo vedi? Non vedi quanto la rende felice avere finalmente qualcosa, qualcuno con cui identificarsi? Perché non puoi concederle nemmeno questo?»

Un basso profilo. Ecco cosa devono mantenere, un basso profilo, e invece in quei corsi Lily spicca su tutti gli altri.

«Hai detto tu stessa che alcuni dei genitori non erano poi tanto simpatici», comincia lui.

«La gente non tanto simpatica si trova *ovunque*. Questo vale per molte persone, indipendentemente dalla lingua che parlano o dalle festività che celebrano.»

«Ho sentito alcune delle mogli che parlavano in cinese in cucina. Rachel, a loro Lily non piace. Non gli piace che non sia del tutto cinese. Loro...»

«Lo so, c'ero anche io. Non mi serve parlare cinese per capirlo. Henry.» Si china in avanti e lo fissa, per assicurarsi che capisca. «Non mi serve la loro approvazione. Quello che pensano loro non è quello che pensano tutti, e ci sono un sacco di famiglie in gamba lì in mezzo. L'insegnante di Lily, Patricia, le altre mamme. Siamo tutte d'accordo che il corso sia fantastico.»

Lui tamburella con le dita sul volante, cercando un altro modo per dire quanto si senta vulnerabile. «Quando siamo usciti, gli uomini si sono messi a parlare della delegazione che sta per arrivare dalla Cina continentale.»

«E questo cosa c'entra?»

«Tutti avevano un'opinione diversa. Uno li voleva accogliere in pompa magna, un altro diceva di no, un altro voleva parlare di politica, e un altro voleva organizzare una protesta. Sono tutti esperti.»

« Quindi? »

« Con quei corsi, verranno a sapere chi fa parte di questa comunità. E vorranno anche sapere chi si schiera con chi. »

Adesso Rachel alza la voce. « Ma 'vorranno' chi? Ma di cosa parli? »

« Sstt. »

« Ti stai comportando in modo irragionevole. » Rachel abbassa il tono a un sussurro inferocito. « La gente parlava. E allora? Domani nemmeno se la ricorderanno, quella conversazione. Tutti hanno diritto alla loro opinione. »

« Non tutti. »

« Sì, tutti. È un tuo diritto non essere d'accordo con qualcuno. Questo è un Paese libero, puoi dire quello che ti pare. Santo Dio, Henry, smettila di avere paura di tutto! Sei un cittadino americano. »

« Ma mia madre no! » sbotta lui.

« Ah... » In quell'unica sillaba, la voce di Rachel cambia completamente. « Ah. » Adesso è più dolce.

Lui svolta nel vialetto di casa.

« Lily non ne ha bisogno. » Henry spegne il motore e tira il freno a mano. « Non le serve imparare una lingua che non farà altro che allontanarla da sua madre. »

Il lunedì successivo, Tom Benson si ferma davanti alla scrivania di Henry.

« Ho saputo che questo fine settimana hai conosciuto David Tian. »

Henry sente il cuore accelerare i battiti.

« È in gamba, vero? Lo sapevo che sareste andati d'accordo. Non conosco molti cinesi, qui, ma immagino che sia bello avere qualcuno con cui parlare. »

Henry quasi non registra il commento di Benson.

« Tu conoscevi gli altri cinesi presenti? »

Dove sta andando a parare questo discorso? Henry si stringe nelle spalle. « Tian mi ha presentato dei suoi conoscenti, siamo tutti andati alla stessa università. Però in anni diversi. A parte loro, no, non molti. Non è che abbia avuto tempo per chiacchierare, comunque, ce ne siamo andati presto. Mia figlia era ipereccitata dopo la serata. Dolci, miccette, lanterne. Era praticamente sfinita.»

«I bambini, eh?» Benson sorride. «Allora, questa delegazione di visitatori cinesi. Tu farai parte del comitato di benvenuto? Mi pare di aver sentito che cercano un interprete.»

Henry guarda di nuovo il collega. Dietro i modi affabili e la risata generosa, Benson nasconde un intelletto finissimo; metodico e affilato. Non dice mai una parola in più del necessario.

«Caspita, abbiamo già comprato i biglietti per far visita ai miei suoceri, quest'estate. A quanto pare i giorni sono proprio gli stessi.» Henry è stupito della facilità con cui quella scusa gli si è presentata alla mente. Non è proprio una bugia; è solo una cosa che non si è ancora concretizzata.

Benson annuisce. «Capisco. Ho una riunione tra poco, ci vediamo dopo. Sono proprio contento che tu abbia conosciuto Tian.»

«Sbrigati, mamma, o faremo tardi!» Lily si è già messa scarpe e cappotto e aspetta sua madre accanto alla porta. «Non voglio perdermi niente! La maestra Li ha detto che oggi impareremo i quattro tesori della calligrafia cinese. Forza!»

«Lily, vieni un attimo qui», la chiama Rachel dalla cucina.

In piedi sulla soglia, Lily è in apprensione. Rachel sta seduta al tavolo. «Che succede? Sono nei guai?»

«No, tesoro, non sei nei guai. Però...»

«'Però' cosa?» Lily adesso è agitata. Qualcosa non va. L'espressione di sua mamma è genuinamente dispiaciuta.

«Lily, oggi non andremo a lezione di cinese.»

«Come?»

«Io e tuo padre abbiamo deciso che è meglio se non frequenti più il corso.»

«Cosa? Perché?» Presa in contropiede, Lily ammutolisce. «Ho fatto qualcosa di male?»

«Non hai fatto niente di male. Solo che noi... tu, tu fai tantissime cose, pianoforte, calcio, il coro, le girl scout. È troppo.»

«Allora lascio pianoforte e girl scout. Non mi importa di

quelle cose lì. Ma voglio imparare il cinese! Mamma, ti prego! » Adesso le trema la voce. « Non potete portarmelo via senza motivo! Non è giusto! »

« Mi dispiace, Lily, ma tuo padre non ritiene che sia una buona idea. » Rachel si alza per andare a consolarla.

« È stato lui, vero? Dov'è? » Lily guarda fuori dalla finestra della cucina e vede suo padre nel giardino sul retro. « Papà! » urla.

« Lily, no... » comincia Rachel, ma Lily si è già precipitata fuori.

Lily esce di corsa dalla porta sul retro. Henry strizza le palpebre per osservare i bruchi che si arrampicano sul suo ciliegio.

In tono imperioso, Lily gli chiede: « Perché non posso più andare a lezione di cinese? »

« Non ti serve imparare il cinese », dice lui, accigliato, abbassando un altro ramo brulicante d'insetti.

« E invece io lo voglio imparare. » Adesso Lily gli sta accanto e ansima, arrabbiatissima.

« No che non vuoi. »

« Sì, invece. Papi, ti prego! »

« No, è meglio se lasci perdere. Così nessuno potrà dirti cose che non vuoi sapere. » Henry lascia la presa sul ramo e scruta il cielo, dove si vanno addensando nubi scure.

« Io *voglio* sapere quelle cose. Voglio parlare cinese. Voglio poter parlare di più con nai-nai. Voglio sapere del Paese da cui tu sei arrivato. »

Il Paese da cui sei arrivato. Non esiste più, quel Paese. « Ascoltami. » Si gira a guardarla. « Non fidarti mai dei cinesi. Io lo so, l'ho imparato a mie spese. Stattene per conto tuo e basta. »

Lei gli si avvicina ancora. « Non dire così! Al corso sono tutti simpatici. Sono miei amici! »

« No! » ruggisce lui. « Non sono tuoi amici! E basta con le lezioni! »

Lei si ritrae, come se l'avesse schiaffeggiata. Lo guarda con un'espressione affranta che lui non le ha mai visto. Anziché ribattere, Lily si morde il labbro e alza il mento in segno di sfida, poi corre dentro casa.

Henry solleva una mano e scuote un ramoscello. Qualche bruco cade a terra, ma gli altri si aggrappano alle foglie mezze mangiucchiate. Lui li strappa via di forza. La porta si riapre. Rachel esce e lo raggiunge. «Posso chiederti una cosa?»

Lui lascia il ramo e inizia a calpestare il nido dei bruchi.

«Cosa vuoi per lei?»

«Che vuoi dire?» chiede lui senza interrompere ciò che sta facendo.

«Puoi anche impedirle di frequentare quelle lezioni, ma non puoi evitare che faccia domande. Prima o poi vorrà conoscere il suo retaggio.»

Henry fissa la casa, da dove provengono le note distorte di un Preludio di Rachmaninov, che Lily sta storpiando al pianoforte. Sembra quasi che lo stia prendendo a pugni.

Dopo un attimo, dice: «Preferisco che sia arrabbiata con me, piuttosto che sappia troppo, che scopra cose che potrebbero ferirla. Se le dicessi tutto ciò che crede di voler sapere, non potrebbe più tornare indietro».

Una cascata di accordi, suonati con la mano destra e la sinistra che si schiantano alternativamente sui tasti. Lily è saltata fino a un punto già di per sé rabbioso, caotico, veloce, colpendo i tasti con tale violenza da aggiungere note che lo spartito non prevede.

«Ti ricordi che, quand'era piccola, c'erano sempre un sacco di cose che voleva fare, come arrampicarsi sugli alberi coi rami non troppo solidi, saltare giù dalla torretta al parco giochi? Cose rischiose.»

Rachel annuisce.

«E noi le dicevamo di no. Magari lei faceva i capricci, ma alla fine la smetteva. Qualunque cosa fosse, prima o poi se ne dimenticava. Questa è la stessa cosa. Quello che vuole – quello che vuole sapere – non le serve davvero. Non le serve conoscere tutta quella infelicità, quella tristezza. Prima o poi si dimenticherà di averlo chiesto.»

«Henry, non è più una bambina. Non penso che questo» – e

fa un gesto verso la casa – «sparirà dopo un bel pianto e una notte di sonno. Io la starei a sentire, finché ancora ti parla.»

Henry esamina un altro ramo. Ma da dove diavolo arriva quell'infestazione?

«Non c'è un modo per andarle un minimo incontro?» suggerisce Rachel. «Magari puoi insegnarle tu un po' di cinese? Portarla a Taiwan a trovare tua madre?»

Henry scuote energicamente la testa. No, non vuole che Lily parli quella lingua. E, per quanto gli farebbe piacere rivedere sua madre, non vuole attirare l'attenzione su di lei o su di sé. Non può tornare a Taiwan, non adesso.

«Ma deve esserci qualcosa. Devi accettare un minimo di compromessi. Dio solo sa quanti ne ho accettati io, di compromessi, in questo matrimonio.»

«Che vorresti dire?» scatta lui, girandosi a guardarla.

Rachel restituisce lo sguardo, sbigottita. «Cosa voglio dire? Questo» – fa un gesto a indicare tutt'intorno a sé – «questo posto, con le mamme con la puzza sotto il naso e la mentalità ristretta, questa città che non mi offre nessun lavoro interessante, questa non è la mia idea di una vita soddisfacente. Ho lavorato sodo, per trovare cose di cui essere felice. Non te ne sei accorto?»

Henry sussulta. *No, non direi,* ammette a se stesso.

«E, con quelle lezioni, avevamo finalmente trovato qualcosa che funzionava, sia per me sia per Lily. Lei era felicissima, io stavo cominciando a farmi delle vere amiche, e adesso tu ci dici che dobbiamo smettere.»

«Lily può trovarsi un altro circolo. E tu puoi farti altre amiche.»

«Non è quello il punto!» Adesso Rachel sta gridando. «Senti, capisco che sia una situazione delicata e che tu sia preoccupato per tua madre, ma anche noi siamo la tua famiglia. Non ti interessa anche della nostra felicità?»

«Ma certo.» Il tono di Henry è quello di chi sta liquidando le sue proteste. «Però non c'è paragone tra il pericolo del continuare a frequentare quei corsi, e il fatto che tu possa prenderti un caffè con quelle mamme. Non lo capisci che questa è una minaccia serissima?»

« No », dice Rachel, frustrata e imbestialita. « No, Henry, non lo capisco. »

Henry la fissa. Lei gli lancia un'occhiataccia, poi si gira e se ne va. Lui abbassa lo sguardo. I bruchi gli si stanno arrampicando sugli stivali.

Da dentro casa giungono ancora le note del piano che si rincorrono, si accavallano, si disgregano in una cacofonia. Un'immensa dissonanza squarcia il silenzio quando Lily sbatte un intero braccio sui tasti, più e più volte, con violenza. Poi si sente il tonfo del coperchio che viene chiuso di colpo, e lo sgabello che viene rovesciato.

Prima o poi vorrà conoscere il suo retaggio. Retaggio. Quella parola continua a ronzargli in testa per tutto il giorno. Più tardi, quel pomeriggio, Henry va nel suo studio e apre un dizionario. « Eredità culturale tramandata dal passato; tradizione. » Quale tradizione dovrebbe tramandare lui? Un Paese infranto? Sospetti e tradimenti? Chilometri e chilometri di miseria? Chi vorrebbe lasciare una tale eredità a un bambino?

Perché, invece, non dare a Lily la libertà? Al posto di racconti tristi, Henry darà a sua figlia un foglio bianco. Non riesce a immaginare un gesto più generoso di quello. Poco importa se non è ciò che lei vorrebbe, se non ne capisce il valore in questo momento. Col tempo lo capirà.

Los Alamos, New Mexico, marzo 1982

« Posso andare in biblioteca in bici? Devo restituire questi entro domani. » Lily regge due libri in mano. Quasi tutti i fine settimana, ormai, trascorre almeno un paio d'ore percorrendo in lungo e in largo i corridoi del reparto per bambini della biblioteca, accumulando racconti da leggere la settimana successiva. Le piace il fatto che leggere sia come viaggiare nello spazio e nel tempo. Ci sono tantissimi posti di cui ha letto e che le piacerebbe visitare, prima o poi.

Rachel sbadiglia e alza la testa dal libro. « Hai finito i compiti? »

Lily annuisce.

« E gli esercizi di pianoforte? »

« Sì, stamattina, mentre tu eri fuori con Mrs Bennet. »

Rachel aggrotta le sopracciglia. « Mettiti un giacchetto, è fresco. E torna per le quattro. »

« Grazie! » Lily dà a sua madre un gran bacio e si precipita fuori.

Lily guarda l'orologio. Può farcela, se si sbriga. Pedala più veloce che può, lega la bicicletta fuori dalla biblioteca e supera la porta automatica all'ingresso. Una volta dentro, posa i libri sul bancone per le restituzioni e va al reparto di narrativa per ragazzi. Ma oggi, invece della solita esplorazione lenta degli scaffali, afferra due libri a caso e va al banco del check-out.

La bibliotecaria, Mrs Trujillo, le sorride mentre le timbra i libri. « Oggi sei stata velocissima, Lily. »

« Ah-ah », annuisce lei.

« Questi due sono proprio belli, poi la settimana prossima mi dici se ti sono piaciuti », aggiunge, restituendole i volumi.

« Sì, Mrs Trujillo. »

Lily si fa di corsa i pochi isolati che separano la biblioteca dal centro culturale di quartiere e scivola al suo posto giusto in tempo per vedere la maestra Li che percorre l'aula distribuendo pennelli per calligrafia. Ogni due allievi c'è una pietra da inchiostro, un blocchetto d'inchiostro secco, una bottiglietta d'acqua.

« Lily, bentornata! » dice la maestra Li tutta allegra. « Ci sei mancata! Non importa, recupererai. Fai quello che fanno gli altri. » Poi alza la voce per interrompere un brusio che si è diffuso per la classe. « Ora, ricordatevi come abbiamo iniziato a fare pratica di calligrafia. Prima di tutto dovete star seduti calmi, immobili. »

Dice a tutti di posare i piedi sul pavimento e di tenere la schiena dritta.

Lily obbedisce, sistemando la propria postura secondo le istruzioni, chiudendo la mano a pugno per misurare lo spazio che deve esserci tra il banco e la sua pancia. La maestra Li dice quindi di posare il braccio sul tavolo, chiudere gli occhi e fare qualche respiro profondo, inspirando ed espirando rumorosamente.

Quando finalmente cominciano a scrivere, Lily è ipnotizzata. Adora la sensazione del blocchetto d'inchiostro che strofina contro la pietra mescolandosi con l'acqua. Adora il modo in cui il pennello assorbe tutto il liquido dalla pozza nera. Le sembra una magia quando la punta del pennello incontra la carta e l'inchiostro la tocca, sporcandola. La maestra Li ha consegnato a tutti dei fogli speciali, con delle caselle predisegnate, così che possano esercitarsi a scrivere i numeri. Lily riempie un'intera pagina, poi un'altra e un'altra.

Alcuni dei bambini cominciano a disegnare faccine sorridenti. Altri usano il pennello per dipingersi di nero le unghie, o per tracciare le ossa che portano dalle nocche al polso. Qualche bottiglia d'acqua finisce a terra e alcune bambine gridano, incolpando i compagni maschi. Lily li ignora tutti.

L'ora finisce troppo presto e la maestra Li raduna i materiali. Riluttante, Lily immerge il pennello nel barattolo pieno d'acqua e si alza. Sono le tre e mezzo. Ha tutto il tempo di tornare in biblioteca e andare a casa.

Lily è inginocchiata davanti alla bici, sta togliendo il lucchetto quando sente qualcuno toccarle la spalla.

« Dov'eri finita? »

Lily si gira. È Thomas Lu, uno dei compagni che stavano facendo confusione in aula.

« Sì, pensavamo che non tornassi più », aggiunge un ragazzino di cui Lily non ricorda il nome. Evan? Eric? Non è sicura, ma è invece sicurissima dello scintillio maligno nei suoi occhi.

Lily li guarda torva, scrutando i dintorni per vedere se c'è qualcun altro, magari più gentile. Non vede nessuno.

Non le piace il modo in cui Thomas le incombe addosso. Si mette in piedi. « Ho avuto da fare », dice con una scrollata di spalle.

« Oh, io invece pensavo che avessi fifa a farti rivedere in giro dopo la serata di Capodanno », la schernisce lui.

Perché, che è successo alla serata di Capodanno? « Ma di che parli? »

« Sono una bastardina, una meticcia, un miscuglio », la prende in giro lui con voce stridula. « Sono Lily e sono nata nell'anno del cane, e mi piace l'anno del cane, perché anche io sono un cane. » Alza le mani come se fossero zampe e saltella in giro.

Lily gli molla uno spintone. « Ma sta' zitto! » grida.

« Oooh, attento, adesso te le dà », la sbeffeggia Eric. Le tira forte uno spallaccio dello zaino e lei perde l'equilibrio.

Adesso Thomas si sta avvicinando. Non sembra più volerla deridere: è furioso.

In un giorno diverso, Lily avrebbe avuto paura. Sarebbe scappata via, o si sarebbe scusata. Invece si rimette in piedi e lo fissa dritto negli occhi.

Lui le sta gridando qualcosa, ma lei è troppo arrabbiata per starlo a sentire. Era così felice di essere tornata a lezione. Non ha intenzione di permettere a quei due scemi di rovinare tutto.

Senza nemmeno pensarci, alza il pugno e lo schianta con tutta la forza che ha sul naso di Thomas. Si sente un *crac*, e poi un dolore intenso le s'irradia nella mano. La tira indietro e si massaggia le nocche. Le sembra che stiano andando a fuoco.

Thomas lancia un urlo. Si è messo una mano sulla faccia, e dalle narici comincia a fuoriuscire del sangue.

« Cazzo », squittisce Eric. « Stai bene? »

Lily trema, incapace di spiccicare parola. Cos'ha fatto? Non voleva... cosa? Colpirlo? Il fatto è che invece voleva eccome. Non le dispiace, nemmeno un po'.

Thomas urla, con la T-shirt tutta insanguinata.

Eric lo trascina via. « Ti faremo passare non sai quanti guai », dice, rivolto a Lily, mentre si allontana con l'amico.

A Lily non importa. Si guarda il pugno. Sta cominciando a gonfiarsi, ed è la mano con cui scrive. Riprende lo zaino e sale sulla bici, guidando con una mano sola fino a casa.

« Lily! Sono quasi le quattro e mezzo! »

« Lo so, scusa se ho fatto un po' tardi, mi sono distratta. » Lily nasconde la mano dietro lo zaino.

« Ci eravamo preoccupati. Devi sempre tenere d'occhio l'ora. Altrimenti come possiamo fidarci di te? »

« La prossima volta farò più attenzione. » Lily va al piano di sopra.

Una volta in camera sua, dà un'occhiata ai libri che ha preso in biblioteca: non sono granché. La prossima volta dovrà uscire prima, così avrà il tempo di sceglierne di migliori. Quando il telefono squilla s'irrigidisce, e si sforza di capire le parole di sua madre: il suo tono è cambiato in fretta dopo i saluti.

All'inizio Rachel sembrava piacevolmente sorpresa. « Oh, salve, Mrs Lu! Come sta? »

« Davvero? » Sorpresa, ma non tanto piacevolmente.

« Be', deve esserci un errore, perché lei non frequenta più le lezioni. » Rassicurante, come quando sa di aver ragione e sta solo aspettando che l'altra persona si accorga di aver sbagliato.

« Oggi? No, era in biblioteca. » Difensiva.

« Oh... » Lenta a reagire. Presa in contropiede.

« Oh, capisco. » Mortalmente calma.

« Mi dispiace moltissimo. Le parleremo subito. »

Lily si prende la testa tra le mani.

« Grazie per averci avvisato. Arrivederci. »

Lily conta fino a tre, e poi sente sua madre chiamare suo padre. Quindi ricomincia a contare, e arriva fino a venti prima di sentire dei passi lungo il corridoio.

« Lily. »

« Ha cominciato lui! Mi ha dato una spinta! Mi ha detto delle cose orribili! »

« Avresti dovuto ignorarlo », dice sua madre.

« No! Erano in due, non potevo. Erano cattivi. Non dovrebbero cavarsela così quando fanno certe cose! »

« Magari loro hanno sbagliato, ma la violenza non è mai la risposta », dice Rachel.

« Dici sempre che dobbiamo ribellarci ai bulli! » Lily non ha intenzione di cedere.

« Lily, gli hai *rotto* il naso! »

Lily ridacchia. Non voleva, ma le scappa prima di riuscire a trattenersi.

« Non dovevi nemmeno essere lì, tanto per cominciare! » la sgrida Rachel. « Lascia perdere per un attimo cosa hanno fatto quei ragazzi, tu ci hai detto una bugia. Ci siamo fidati di te e tu ci hai raggirato. È anche peggio. »

« Voglio tantissimo andare al corso. »

« Chiederai scusa. Sei in castigo per il resto dell'anno scolastico. Niente feste, niente amici a casa, e niente più gite in biblioteca in bicicletta. » Rachel lo dice in un tono che non ammette repliche.

Lily guarda suo padre. È rimasto zitto per tutto il tempo. Si è limitato a scuotere la testa con espressione delusa, e poi ha lasciato in silenzio la stanza. Lily si sente anche peggio.

« Volevo solo imparare. Volevo sentirmi parte di qualcosa », piagnucola.

Pur non essendo felice del fatto che Lily abbia mentito e fatto le cose di nascosto, Henry è segretamente deliziato all'idea che sua figlia abbia rotto il naso di quello stronzetto. A sentirla, se l'è proprio meritato.

26

Taipei, Taiwan, dicembre 1983

Meilin censura le lettere che scrive a Renshu. Non gli dice che cosa ha capito della rivoluzione culturale in Cina continentale né del Terrore Bianco di Taiwan. Non gli scrive del movimento pro-democrazia in costante ascesa a Taiwan. Non scrive nulla che possa mettere in pericolo lui o se stessa. Ci sono troppe lingue lunghe, occhi invidiosi, mani rapaci. Non gli dice di come la popolazione stia pian piano tornando sul continente per ritrovare amici e parenti. Quando, per i cittadini della Repubblica di Cina, è stato possibile ottenere passaporti, la gente ha cominciato a prenotare viaggi a Hong Kong, Singapore o in Europa, per poter poi fare ritorno di nascosto in Cina. Tutti quanti vogliono ritrovare ciò che si sono lasciati alle spalle anni fa.

Non gli dice del vicino di Peiwen ai tempi del juancun, il vecchio Wu, che è tornato a Xi'an e ha trovato solo tristezza. Le strade avevano nomi diversi, interi villaggi erano stati inondati o rasi al suolo, documenti erano andati perduti, tombe ancestrali ridotte in frantumi. Il vecchio Wu ha pianto di fronte a tutte quelle violenze, perpetrate tanto ai danni dei vivi quanto dei morti. Nessuna delle persone che ha incontrato era una faccia nota. E che senso avrebbe dire a Renshu di quelli che erano tornati, e avevano sì trovato i loro cari, ma col cuore infranto in mille pezzi? Intere famiglie erano state separate e costrette a sparpagliarsi per tutto il Paese. Molti avevano scoperto che i genitori avevano subito torture e umiliazioni pubbliche, o che fratelli e sorelle erano stati sommariamente giustiziati perché avevano legami coi nazionalisti o parenti all'estero. Altri hanno raccontato di amici uccisi da pestaggi, malnutrizione, malattie trascurate. E, troppo spesso, il suicidio ha spento la scintilla dei più brillanti tra gli intellettuali e gli artisti del Paese.

Anche quando quegli incontri sono stati coronati da successo, quel successo non è mai stato facile. C'è la storia di Madame Zhao, che aveva venduto un lingotto d'oro e un braccialetto di giada per comprare i biglietti per Shanghai. Voleva cercare le sue sorelle. E le aveva trovate ma, dopo un'accoglienza calorosa e un banchetto, l'atmosfera si era caricata di sospetti e gelosie; le sorelle pretendevano di più da Madame Zhao, non le avevano creduto quando lei aveva detto che anche a Taipei la situazione era difficile. La famiglia era stata presa di mira a causa della figlia con legami discutibili, avevano detto le sorelle, e non c'era nessun bisogno di fare nomi. Una sola delle sorelle aveva lasciato la Cina continentale. Madame Zhao aveva anticipato il viaggio di ritorno di due settimane.

Nonostante questi racconti, però, la gente continua a sognare di tornare a casa. Tutti sperano che la loro situazione sarà diversa. Ma, quando fanno ritorno a Taiwan alla spicciolata, Meilin capisce, al di là di ciò che loro scelgono di raccontare, che per loro la Cina non è più quella dei loro ricordi.

Storie simili sono all'ordine del giorno, sono tutto ciò di cui Meilin parla: al mercato, davanti a una tazza di tè. E nonostante questo lei non ne fa mai parola con Renshu. Gli dice solo ciò che deve sapere.

E cosa deve sapere?

Che lei sta bene (anche se non è vero; gli occhi hanno cominciato a darle problemi, e l'artrite le rende difficile cucire).

Che è al sicuro.

Che ha abbastanza per vivere.

Che lui le manca e che pensa alla sua famiglia di continuo.

Che è contenta che loro stiano bene e siano felici.

Los Alamos, New Mexico, marzo 1984

Se ne accorge un lunedì, all'ora di pranzo.

Il giorno prima, Rachel e Lily sono andate a Santa Fe in macchina per cambiare l'olio, poi a fare shopping e a cena fuori: sono tornate tardi. Era già a letto quando ha sentito la porta che si apriva, e poi un fruscio di sacchetti di plastica, mormorii e, finalmente, silenzio.

Quando Rachel è entrata in camera, Henry ha finto di dormire.

Dal momento in cui Lily ha smesso di frequentare il corso di cinese, Rachel lo tratta con freddezza. La rabbia iniziale di Lily si è trasformata in un continuo alzare gli occhi al cielo e gesti stizziti. Rachel gli ha assicurato che sono solo le prime avvisaglie dell'adolescenza, ma lui non riesce a liberarsi dalla sensazione che qualcosa tra loro si sia rotto. Però accetta l'indifferenza di Rachel e i bronci di Lily. Riprendere il corso di cinese avrebbe conseguenze ben peggiori.

La mattina dopo non gli è nemmeno passato per la mente di guardare il paraurti della macchina. Ultimamente esce presto di casa, prima che Lily e Rachel si sveglino, prima che le strade siano invase dal traffico. Anzi, Henry ha organizzato la sua routine in modo da essere sempre mezz'ora in anticipo su tutti: si alza presto, pranza presto, torna a casa presto. In questo modo evita chiacchiere indesiderate in ufficio. Con la normalizzazione dei rapporti con la Cina, le delegazioni che vengono in visita al laboratorio sono sempre più numerose. E, ogni volta, Henry s'innervosisce un po' di più. Meno opportunità ci sono di finire in conversazioni non programmate, meglio è.

Ma adesso, mentre attraversa il parcheggio, si accorge che sul paraurti della sua macchina c'è qualcosa di bianco. Forse qualcuno l'ha sporcata? Sarà stato un vandalo a Santa Fe. In tanti, ormai, si fanno fare targhe su cui non compare l'indicazione LOS ALAMOS COUNTY; così, quando vanno in gita nella città più grande e creativa, nessuno le prende di mira. Magari dovrebbe farlo anche lui. Si affretta verso l'auto, disgustato dal fatto che abbiano violato una sua proprietà.

Invece no, è solo un adesivo. Rachel deve aver permesso a Lily di appiccicarlo lì dietro. Henry ride delle sue paure, sollevato. È solo una fila di orsacchiotti che si tengono per mano, con una scritta in basso. In teoria Lily è troppo grande per gli orsacchiotti, ma ne è ancora innamorata. Si avvicina per leggere meglio la scritta: ORSETTI DI TUTTO IL MONDO, UNITEVI!

Henry rimane impietrito. Uno slogan comunista. Ha guidato per tutta la città, fino al posto di lavoro, oltre la cancellata, e dentro un'area top secret con uno slogan comunista in bella vista sul paraurti! Si sente come un traditore della patria, che proclama fedeltà a un sistema che ha combattuto indefessamente per tutta la vita.

ORSETTI DI TUTTO IL MONDO, UNITEVI!

Da quanto tempo è sulla macchina? Chi l'ha visto? È arrivato presto: non può escludere che lo sappiano ormai tutti. Sarà interrogato? Non vede l'ora di strapparlo via, ma non può farlo in quel parcheggio, perché lo vedrebbero. Sarebbe ancora più incriminante.

Scivola al posto di guida. Mentre esce dal parcheggio, si chiede se sia meglio tornare a casa lungo le stradine secondarie, tortuose e vuote, o lungo la via principale, sicuramente più veloce. Sceglie il tragitto più breve; manca ancora parecchio all'ora di punta. Quei cinque chilometri gli sembrano cinquecento. Una volta arrivato, Henry entra nel vialetto a marcia indietro. Spegne il motore, balza fuori dalla macchina e strappa via l'adesivo.

Gettarlo nella spazzatura potrebbe essere rischioso. Quindi corre nel suo studio, dove prende un paio di forbici. Taglia l'adesivo in striscioline e le striscioline in pezzetti minuscoli. Frammenti di orecchie e zampe di orsacchiotto si accumulano in una montagnola di carta, insieme con le lettere grassottelle, da fumetto. Taglia il punto esclamativo in tre pezzi. Finalmente espira, e si rende conto che deve mischiare a quei frammenti degli altri pezzi di carta, casomai qualcuno decidesse di rimettere insieme l'adesivo per capire che cosa dice. Piselli surgelati. Ne prende una grossa busta dal freezer e la svuota in un'insalatiera di alluminio, che tintinna quando i piselli ancora surgelati scrosciano sulle pareti. Henry comincia a tagliuzzare la confezione vuota.

Una volta che la busta dei piselli e l'adesivo sono ridotti in coriandoli irriconoscibili, Henry li setaccia con cura. Nessuno riuscirebbe mai a distinguere i frammenti d'immagini di verdure da ciò che resta dell'adesivo comunista. Passa il resto della pausa pranzo a raggiungere in macchina diversi cassonetti in giro per la città, sparpagliando una manciata di pezzetti di carta in ciascuno. Finisce giusto in tempo per tornare al lavoro.

Una volta seduto alla scrivania, sente lo stomaco che brontola. Si è completamente dimenticato di pranzare.

« Dov'è l'adesivo che avevo messo sulla macchina? »

Rachel sta lavando i piatti. Chiude l'acqua e si gira a guardare Lily. « Cosa? »

« L'adesivo, quello che abbiamo comprato a Santa Fe. Non c'è più. »

Rachel si asciuga le mani e va verso la porta, seguita da Lily.

Insieme fissano il paraurti della Honda Civic rossa. Al posto della fila di orsacchiotti sorridenti, c'è solo un rettangolino privo di polvere.

Quando Rachel distoglie lo sguardo, Lily capisce: sua madre sa che fine ha fatto. « Tu lo sai, vero? Perché non me lo dici? Dov'è? »

« Al papà non è piaciuto. »

« Argh! Perché? »

« Ha detto che era uno slogan comunista e che la gente avrebbe pensato che lui è un comunista, se l'avesse lasciato sulla macchina. »

« Comu-che? Cosa significa? »

« Comunista. Come quelli in Russia o in Cina. »

« Ma lui viene dalla Cina. E poi erano solo orsacchiotti! »

« Lui è di Taiwan, non è cinese. »

« L'hai detto *tu* che è nato in Cina e cresciuto a Taiwan. »

« Sì, ma lui preferisce dire che è di Taiwan. »

« Perché è sempre così strano su tutto? »

« Attenta. È cresciuto in un periodo molto difficile. »

« Ma non è più così! Quello era il passato, e in un Paese a migliaia di chilometri da qui, che lui fa finta che nemmeno esista. E poi che c'entra tutto questo con un adesivo? »

« Lily, finiscila. » Adesso Rachel ha un tono di voce tagliente. « Ne puoi comprare un altro e metterlo da qualche altra parte. Lascia perdere. »

« Va be', sai che mi importa! Era solo uno stupido adesivo », borbotta Lily allontanandosi.

Qualche giorno dopo squilla il telefono e Lily corre a rispondere.

« Pronto? Pronto? Oh! *Hen hao, hen hao. Ni hao ma?* »

Quando sente la figlia parlare cinese, Henry ha un sussulto.

« Papà, al telefono! »

Chi potrebbe essere? Henry non aspetta una telefonata di sua madre. Mentre prende il ricevitore dalle mani della figlia, le chiede sottovoce: « Nai-nai? »

Lei scuote la testa.

« Pronto? » dice, in inglese.

Una voce sconosciuta inizia a parlare in mandarino. Henry fa segno a Lily di andarsene e sistema meglio il telefono, perciò non sente il nome dell'interlocutore. Però capisce che si tratta di un laureato della NTU che adesso studia in America.

« Ma chi è? » chiede Henry, ancora parlando in inglese.

L'uomo dice di chiamarsi Yang e riprende a parlare, dicendo qualcosa sulla necessità di costruire un senso di comunità. Henry ripensa ai suoi amici dei tempi dell'università. Non ricorda di aver mai conosciuto uno Yang. È difficile concentrarsi su ciò che l'uomo sta dicendo: magari questa faccenda ha a che fare con l'adesivo di Lily?

« Come ha avuto questo numero? » lo interrompe alla fine.

L'interlocutore accampa qualche scusa sull'aver cercato cognomi cinesi sull'elenco telefonico. Henry si rende conto che non gli ha mai detto da dove sta chiamando. Adesso chiede a Henry se abbia sentito parlare del movimento pro-democrazia a Taiwan, e gli chiede se sia a conoscenza di una linea telefonica dedicata chiamata Voce di Taiwan. Henry non sa cosa voglia da lui quell'uomo, né a nome di chi stia parlando. *Non mostrare le carte quando non sei sicuro di quale gioco stai giocando.*

Gli trema la mano. « Non mi interessa! » grida nella cornetta, e riaggancia.

Quando il telefono squilla di nuovo, si rifiuta di rispondere.

Lily compare dietro l'angolo. Lui scuote la testa e lo lascia squillare.

Il sabato successivo, Henry è seduto nel suo studio, tutto preso da alcuni calcoli che gli servono per lavoro. Sente la macchina di Rachel nel vialetto; sta rientrando dopo aver accompagnato Lily a casa di un'amica. Sente il tintinnio delle chiavi nella toppa, il fruscio dei sacchetti della spesa e i passi di lei lungo il corridoio. Rachel bussa alla porta del suo studio nel momento esatto in cui lui la apre.

« Okay, ho detto alla banca, alle compagnie delle utenze, alla scuola e alla mia famiglia che abbiamo un nuovo numero che non compare in elenco », dice. « Lily ha capito che deve darlo solo agli amici che noi conosciamo. Tu lo hai detto a tua madre, giusto? »

Henry grugnisce un assenso.

« L'ho anche detto ai miei amici di fuori città. Vuoi avvertire qualcun altro? »

« No, nessuno. »

« Che mi dici di Li e Pao? Magari a loro possiamo dirlo, no? »

« No, adesso sono professori famosi, mi avranno dimenticato. »

« Henry, sono i tuoi più vecchi amici. Non vuoi mantenere i contatti? »

Henry si stringe nelle spalle.

« Non ti capisco. » Rachel sospira, esasperata. « Una volta ti piaceva fare cose. Ridevamo un sacco. Parlavamo un sacco. Adesso vuoi solo rimanere chiuso nel tuo studio. Che è successo? »

« Ma che problema c'è? » risponde Henry, stizzito. « Hai un posto dove vivere, cibo in abbondanza, una macchina tutta tua. Io ho un buon lavoro. Lily è in salute e va bene a scuola. Perché ti lamenti? »

« Perché sei cambiato. È come se ti fossi ritirato in te stesso e mi avessi chiuso fuori. »

Henry si limita a guardarla.

« Ci dovrebbero essere due persone in un matrimonio, lo

sai? Ma ultimamente mi pare che tu non ci sia davvero, come se fossi invisibile. Siamo sposati da sedici anni, Henry, e mi sembra di conoscerti meno bene di prima, anziché meglio. Il fatto è» – la voce comincia a tremarle – «che ti ho sostenuto, e ho sostenuto la tua carriera, con tutte le forze. E a te non sembra importare granché. T'importa?»

Henry è stupefatto. Anche se la stesse chiudendo fuori, come dice, è solo per proteggere lei e Lily. Ritorna ai suoi calcoli. *Ah!* Ha fatto un errore. Prende la matita per segnare la correzione.

«Henry! Cavolo! Lascia stare... lascia stare, è meglio.» Rachel marcia fuori dallo studio.

Henry la sente prendere la borsa e le chiavi e sbattere la porta. La macchina si allontana.

Henry impreca. Rachel esagera. Continua a lavorare sui suoi calcoli per il resto del pomeriggio.

«Dov'è la mamma?»

Lily è sulla soglia dello studio. È il tramonto, e intorno a lei c'è un'aureola di luce dorata. Non l'ha sentita rientrare. Sono quasi le sei.

«Non lo so. Forse è andata a fare spese?» suggerisce.

Arrivano le sette, poi le otto, e di Rachel non c'è traccia.

Intorno alle otto e mezzo, Henry prepara del riso saltato con uova strapazzate e pomodori. Lily gli sta accanto; mentre lui cucina, lei sciacqua la lattuga e affetta le carote per fare un'insalata.

Quando siedono per cenare, Lily gli chiede: «Tu e la mamma avete litigato, per caso?»

Henry non riesce a guardarla in faccia. «È solo arrabbiata», dice, con gli occhi rivolti al piatto.

Finiscono di cenare in silenzio.

La mattina dopo, Rachel è ancora fuori.

«Tornerà», dice Henry.

Da sopra la scodella dei cereali, Lily lo guarda, affranta, poi continua a leggere il suo libro. Rachel odia che Lily legga a tavola. Finiscono la colazione in silenzio.

«Sono in ritardo.» Lily infila il libro nello zaino e prende il cappotto.

Per tutto il giorno, in ufficio, Henry è distratto. Dov'è Rachel? Quando tornerà? E se non tornasse? Non ha mai considerato la possibilità che lei lo lasciasse davvero. *Ma sì che torna*, cerca di rassicurarsi. Però forse dovrebbe andare a casa con un po' d'anticipo, in caso non lo facesse e Lily avesse bisogno di qualcosa. Poi si ricorda che Lily ha le chiavi. Sono anni ormai che rientra da scuola da sola. Esce comunque prima del solito e, nel tragitto verso casa, si ferma a prendere qualcosa da mangiare, per sicurezza.

La macchina di Rachel è nel vialetto. Henry corre dentro. Seduta al tavolo, Rachel solleva su di lui uno sguardo serissimo.

«Dov'è Lily?» Henry posa i sacchetti con gli acquisti.

«È da Connie. Ci va tutti i lunedì dopo la scuola.»

«Oh.» Lui era a conoscenza di quest'abitudine?

«Henry.»

«Rachel, mi dispiace, io...»

«No. Stammi a sentire.» Rachel alza una mano e prosegue: «Ho passato tutto ieri e oggi a camminare per Santa Fe, cercando di capire come sistemare questa faccenda, come sistemare il nostro rapporto. E alla fine, questo pomeriggio, sono giunta alla conclusione che non posso cambiarti. Non saprei come. Non posso proteggerti quando nemmeno io capisco cosa ti faccia tanta paura. Però, Henry, non ho intenzione di andare avanti così. Sono stufa di darti ciò di cui hai bisogno e di ricevere in cambio porte chiuse in faccia».

Henry trattiene il fiato. Cosa sta cercando di dirgli?

Rachel ha gli occhi pieni di lacrime. Se li asciuga e assume un tono di voce fermo e sicuro. «Quando siamo venuti qui, Los Alamos ci sembrava un buon posto, ma adesso io mi sento in trappola. Mi manca vivere in una grande città. Mi serve di più che qualche turno part-time alla biblioteca comunale. Non mi basta. Voglio qualcosa di più, qualcosa di diverso. Tra poco Lily andrà al liceo e poi al college, e cosa rimarrà qui per me? Adoro essere sua madre, ma non posso essere soltanto questo per tutta la vita. Non è giusto per nessuno che io continui a far girare tutta la mia esistenza intorno a te e a Lily. Mi serve una vita che sia anche mia, e qui per me non c'è niente.»

Lo sta lasciando? Henry sente i battiti del cuore accelerare. Cosa farà senza Rachel?

«Ho deciso di cercarmi un lavoro come bibliotecaria full-time a Santa Fe. Continuerò a fare domanda finché non troverò un buon posto. Qualcosa di stimolante, dove possa crescere professionalmente, non solo andare al lavoro. Ci ho pensato a lungo. Lily è grande abbastanza per cavarsela da sola quando torna da scuola, e nei giorni in cui ha delle attività può andare in bicicletta. Magari dovrà aiutarmi un po' con la casa, ma credo le farà bene.»

Henry studia l'espressione di Rachel. Si rende conto di quanto questa cosa conti per lei. Ha un'intensità, una determinazione nello sguardo che lui non vedeva da tantissimo tempo.

«Ci siamo promessi di stare insieme 'nella gioia e nel dolore'. E non ho intenzione d'infrangere quel voto, ma non voglio neanche abbandonare me stessa. Questa cosa mi serve. Per me stessa.»

Henry è così sollevato che lei non abbia intenzione di lasciarlo che non riesce a smettere di annuire. È sull'orlo delle lacrime. «Se vuoi lavorare a Santa Fe, va bene. C'inventeremo qualcosa. Sono solo felice che tu sia tornata.» Allarga le braccia per stringerla a sé. «E mi dispiace.»

Quando l'anno scolastico inizia, Rachel ha un nuovo lavoro a Santa Fe che la tiene impegnata fino a tardi diverse sere alla settimana.

All'inizio Lily si sente un po' smarrita. È strano uscire la mattina per andare a scuola e accorgersi che la sua mamma è già uscita, ed è strano rientrare in una casa immersa nel silenzio. Finora, la mamma è sempre stata presente, le preparava da mangiare, faceva la spesa, puliva. Ci sono tantissime cose di cui si occupava senza che nessuno se ne accorgesse.

Ma, dopo un po', Lily è felice di avere più responsabilità e più indipendenza. Prepara lei da mangiare per sé e il padre, ogni tanto fa la spesa, va in giro in bicicletta. Nel tempo libero, dopo aver fatto i compiti e gli esercizi di pianoforte, Lily legge. Ormai non prende più i libri nel reparto di narrativa per ragazzi, e la bibliotecaria le ha fatto conoscere Jane Austen e le sorelle Brontë. Lily pensa che, da adulta, le piacerebbe avere lo spirito di Elizabeth Bennet, la tenacia di Jane Eyre e le passioni infuocate di Catherine Earnshaw.

La mamma è più felice, ma parecchio più impegnata. Il padre sembra essersi addolcito, però è ancora più solitario, e trascorre i weekend in compagnia dei suoi libri e della sua musica. Anche Lily si rifugia spesso nella lettura. È come se tutti e tre orbitassero intorno alla casa che condividono, senza coordinarsi più.

Lily ha smesso di chiedere a Henry del suo passato. Non è che non le importi; piuttosto, si è arresa. È più facile non litigare. E poi ha la sua vita, adesso. Il liceo è un bel cambiamento rispetto agli anni goffi e imbarazzanti delle scuole medie. Le piacciono l'atmosfera animata, i circoli scolastici, le persone nuove, le lezioni stimolanti. Si fa un bel gruppo di amici frequentando il coro e si unisce alla rivista letteraria della scuola. Finché i suoi voti sono buoni, ai genitori non dispiace che abbia tanto da fare.

A scuola ha incontrato alcuni dei ragazzini con cui seguiva il corso di cinese, ma è passato ormai tanto tempo, e tutti sembrano essersi dimenticati di quelle lezioni. Lei ha ancora la scatola delle schede di memorizzazione che le ha portato nai-nai. E, anche se non è certa della pronuncia di tante parole, e comunque non ha nessuno con cui usarle, le sembrano un legame con qualcosa d'importante. Di tanto in tanto, quando suo padre riceve un aerogramma azzurrino da Taiwan, Lily fa scorrere le dita lungo il bordo della carta sottile, e pensa che le piacerebbe essere capace di leggerlo. Se chiede come sta nai-nai, suo padre risponde invariabilmente con qualcosa di prevedibile e vago, tipo: « Sta bene e spera che tu stia studiando tanto ». Un giorno, si giura Lily, troverà il modo di rivedere nai-nai.

Man mano che il liceo prosegue, Lily scopre che la ragione per cui si dà tanto da fare è duplice. Da una parte studia tanto, e se la cava bene, perché lei è fatta così, lo è sempre stata. Ma allo stesso tempo i suoi risultati accademici diventano un altro modo per comunicare con suo padre. Lily segue corsi avanzati di scienze e aritmetica e, ogni volta che si trova in difficoltà, gli chiede aiuto. A quelle domande lui è sempre felice di rispondere.

Verso la fine dell'ultimo anno, Lily viene accettata alla Rice University di Houston. È emozionatissima. Ha proprio voglia di reinventare se stessa, in una nuova città, in un nuovo Stato. È stanca della cittadina dove ha trascorso tutta la vita. Impaziente di vivere nuove esperienze, Lily vuole vedere il mondo. Anche Rachel è felice, perché non sarà troppo lontana; a solo uno Stato di distanza, il Texas.

« Bravissima, tesoro mio, lì hanno un'ottima facoltà d'ingegneria », le dice Henry.

« Sì, visto che sei portata, dovresti proprio dare un'occhiata ai corsi d'ingegneria. Se avessi l'opportunità di tornare indietro, sceglierei anche io una facoltà scientifica », aggiunge Rachel.

« Fai ingegneria elettronica: gli ingegneri elettronici sono ricercatissimi ovunque. È un ottimo investimento per il futuro », rimarca suo padre.

Ma per ora Lily non si preoccupa di lavori futuri o lauree spendibili sul mercato. Soprattutto, a lei interessa l'avventura di un nuovo inizio. Per il resto dell'estate i suoi continuano l'opera di persuasione a favore di ingegneria. È un argomento su cui si trovano d'accordo, per una volta. E, siccome a Lily piacciono tante materie e detesta l'idea di deludere i suoi, accettare le viene piuttosto facile.

Los Alamos, New Mexico, giugno 1989

È un sabato pomeriggio, e le vacanze sono cominciate da una settimana. Un'ultima, lunga estate a casa prima che Lily parta per l'università.

Lily entra in soggiorno. Suo padre è seduto a terra e fa un solitario con le carte, guardando distrattamente la tv. I suoi capelli si vanno assottigliando, e in cima alla testa ha una chiazza calva. Lily si siede sul divano e comincia a guardare lo schermo anche lei.

All'improvviso il programma viene interrotto. Henry alza lo sguardo.

In televisione compare un'enorme massa di gente che si muove contro il cielo notturno, con alte fiamme che avvampano sullo sfondo. Un uomo giace a faccia in giù su un carretto, la T-shirt macchiata di sangue. Un carro armato è fermo in mezzo a barricate sfondate; la telecamera si sposta a inquadrare un gruppo di persone in bicicletta. Alzando la voce per sovrastare le grida, le sirene, l'insistente rumore di armi da fuoco, un giornalista annuncia: « Mentre il mondo guarda e ascolta inorridito, una manifestazione di protesta pacifica e pro-democrazia si è conclusa nel sangue, a seguito della violenta repressione da parte dell'esercito cinese. Centinaia di civili inermi, che cercavano solo la libertà, sono stati massacrati a Pechino da soldati armati di fucili d'assalto ».

Sullo schermo compare poi la grafica che annuncia un'edizione straordinaria di CBS News.

Henry guarda lo schermo, paralizzato dall'orrore, le dita che artigliano le carte con cui stava giocando. Lily si accorge di trattenere il fiato da così tanto tempo che le fa male il petto.

Nel bel mezzo della notte, prosegue il corrispondente, numerosi carri armati hanno invaso piazza Tienanmen, a Pechino, sparando ad altezza uomo e falciando le migliaia di manifestanti che si erano riuniti per una manifestazione pacifica. Il filmato mostra moltissimi soldati in uniforme ed elmetti protettivi che attaccano gli studenti. La gente risponde lanciando mattoni o agitando bastoni e pungoli per bestiame, in un disperato tentativo di ribellione. « Al momento piazza Tienanmen è occupata da migliaia di truppe da combattimento dell'Esercito Popolare di Liberazione. Gli studenti hanno lasciato la piazza. L'aria puzza di polvere da sparo. »

Il servizio prosegue, ma l'espressione di Henry si svuota di ogni emozione. Lancia le carte a terra, si alza e spegne la tv.

« Ehi, io stavo guardando! » dice Lily.

Lui le lancia un'occhiata che lei conosce bene, e che significa che la questione è chiusa.

Ma Lily è così vicina a cominciare una vita che le appartenga davvero, che non rinuncia a sfidarlo. « Hai intenzione di spegnere il televisore e fingere di non aver sentito? Di comportarti come se i carri armati non fossero appena entrati in una piazza affollata ammazzando chissà quanta gente? »

« Tu non sai... Non sai niente di questa situazione. Non sai niente della gente di là, e di chi vede cosa e chi sta... »

« Cosa potrebbe giustificare l'uccisione di manifestanti pacifici? Carri armati e truppe d'assalto contro studenti universitari? Studenti! È sbagliato. Che razza di governo farebbe una cosa simile? Non t'importa niente? »

La domanda di Lily rimane sospesa nell'aria della stanza. Nessuno dei due parla.

« Come puoi spegnere la tv in quel modo? Non vuoi fare qualcosa? » dice lei alla fine.

« E che cosa posso fare? » Lui alza le mani, in un gesto di disperazione. « Non posso aiutarli. Non posso nemmeno aiutare mia madre. Stanne fuori. Non conosci tutta la storia. »

« È proprio questo il problema. Non conosco la storia; non conosco la *mia* storia. Come potrei conoscerla se mi è sempre stato negato il diritto di chiedere? »

Henry la guarda a lungo.

Lily nota l'espressione sorpresa sul suo viso, quindi prosegue. Quello sfogo le dà un senso di potenza mai provato prima: infatti adesso grida, incapace di fermarsi. « Perché rifiuti tutto ciò che abbia a che fare con la Cina? Perché non mi racconti qualcosa del tuo passato? Cos'è che ti fa tanta paura? »

Lui la fissa senza dire una parola.

« Non lo sai nemmeno tu, vero? Hai passato tutti questi anni ad aver paura di tutto e tutti, e non sai nemmeno darmi una buona ragione per cui dovresti essere spaventato. »

« Okay, okay, te lo dico. Che cosa vuoi sapere? » C'è una resa disperata negli occhi di Henry e, per un attimo, Lily vorrebbe non aver chiesto, perché quella reazione la spaventa. Ma non può lasciarsi scappare la sua unica opportunità di comprendere, finalmente, suo padre. « Tutto. Dimmi della Cina. Della tua Cina. »

« La mia Cina? » Lui sgrana gli occhi, sbigottito, come se la richiesta di Lily fosse inconcepibile. « La mia... io... » comincia, ma non riesce a proseguire.

Barcollando, esce dalla stanza.

Al sicuro nel suo studio, Henry siede alla scrivania, tremante. Quando chiude gli occhi, viene bombardato dalle immagini dei suoi ultimi giorni a Shanghai, della gente giustiziata in strada al solo sospetto di nutrire simpatie comuniste, della fuga disperata per imbarcarsi.

Quando Lily lo ha guardato, poco prima, lui non ha visto la bambina che ha passato gran parte della vita a cercare di proteggere; forse per la prima volta, ha visto una giovane donna piena di rabbia e d'amore. La sua fierezza gli ha ricordato quella di sua madre. *Cos'è che ti fa tanta paura?* La voce di Lily gli riecheggia in testa.

Tutto. Tutto, vorrebbe dire.

Ha paura per Meilin. Ogni sfoggio di potenza militare da parte della Cina gli sembra una minaccia per Taiwan. Questa mostruosità di piazza Tienanmen gli ricorda, per l'ennesima volta, quanto sua madre sia vulnerabile, e quanto lui sia impossibilitato ad aiutarla. Un figlio dovrebbe aiutare sua madre e lui non può farlo. A dispetto dei suoi prestigiosi titoli di studio, della sua cittadinanza americana, del suo lavoro, di tutte le prove concrete del suo successo, lui non può aiutare la sua mamma, e questo, lo sa nel profondo dell'anima, è un fallimento imperdonabile.

L'immagine di quei carri armati che avanzano gli torna prepotente in testa. Lily ha ragione, non è giusto, ma lui non vuole che lei guardi quelle scene. Non vuole che si lasci coinvolgere, nemmeno a distanza. Non vuole che lei sappia che agli studenti possono capitare cose del genere.

Cos'è che ti fa tanta paura?

Ha paura per la sua vita qui. Ricorda a se stesso che ha un lavoro stabile; che i suoi documenti sono in regola. Ma il nome di Longwei ancora lo tormenta. Non sarà mai sicuro al cento per cento di poter stare tranquillo. Se i tumulti in Cina o a Taiwan aumentassero, lui ha il terrore che il suo passato potrebbe tornare a mettere in pericolo le persone che ama.

E non è solo spaventato: si sta annichilendo. Tanti anni fa ha diviso il suo mondo in due: il mondo di Renshu e quello di Henry. Per anni, quella separazione ha minacciato di lacerarlo, sfibrandolo. È troppo difficile tenere insieme due Paesi, due sogni. Si è già lasciato alle spalle così tante cose che appartenevano alla vita di Renshu. Non può permettersi di perdere la vita, la famiglia, che si è costruito come Henry.

Chiude gli occhi e si prende il viso tra le mani.

Nelle settimane successive, Lily ripercorre mentalmente il litigio col padre. Continua a tornare al momento in cui lui ha lasciato la stanza. *Eccoci di nuovo, che scappa invece di affrontare le cose.* All'inizio sono la rabbia e la furia a spingerla a rivivere quell'istante preciso. Lily è certa di avere il diritto di sapere di più, ed è inviperita e frustrata dal fatto che lui sia ancora - *ancora!* - così misterioso. Non è più una bambina. Cosa può esserci di tanto terribile?

Ma pian piano la sua rabbia perde mordente, e a lei rimane solo l'immagine di suo padre che barcolla, scuote la testa e se ne va. Man mano che la furia si dissolve, Lily comincia a vedere la sua angoscia. Lui non è in grado di rivivere quei ricordi. Il senso di colpa la travolge come un'onda di marea. In tutti quegli anni d'insistenze, di richieste, di pretese, mai una volta le è venuto il sospetto che lui non le raccontasse la sua storia perché, semplicemente, non riusciva a farlo.

PARTE SESTA

1989-2000

27

Houston, Texas, agosto 1989

Lasciare l'ingresso, fresco di aria condizionata, e avventurarsi all'esterno è come lanciarsi contro un muro fatto d'aria umida e bollente.

«Quando arriveremo ai banchetti informativi mi sarò sciolta», dice Lily asciugandosi il sudore; ha aspettato le altre matricole solo per qualche secondo, ma è già fradicia.

Non appena arrivano gli altri, si avviano in gruppo verso il centro studenti della Rice University. Durante la settimana d'orientamento, hanno fatto tutto in gruppo. Hanno visitato insieme il campus, sono andati insieme a mangiare una fetta di torta a mezzanotte all'House of Pies di Kirby Drive, si sono ammassati insieme in un autobus diretto a Waterworld, insieme hanno letto le regole dell'Honor Code. Lily ha conosciuto così tanta gente nuova che non riesce più ad abbinare nomi e facce.

È una sensazione che la travolge e la elettrizza. Lily è sempre su di giri. Vuole bene agli amici di Los Alamos ma a volte, negli ultimi anni, si è sentita intrappolata nelle dinamiche di gruppo della scuola. Tutti pensavano di sapere tutto di tutti. Adesso ha la possibilità di definire se stessa, anziché essere definita da gente che la conosce dalle medie, se non addirittura dall'asilo.

Il cortile del centro studenti brulica di ragazzi in calzoncini e magliette a maniche corte. I laureandi hanno organizzato dei banchetti dove presentano i vari club e gruppi, offrendo ai nuovi arrivati snack, penne e adesivi. La squadra di touch football; la Campanile Orchestra; il giornale dell'ateneo, il Rice Thresher Newspaper; i gruppi religiosi; il club di giocoleria. Lily si fa strada tra i banchi. Ce ne sono così tanti! Eppure a saltarle subito all'occhio è uno striscione rosso con su scritto

ASSOCIAZIONE DEGLI STUDENTI CINESI. Incuriosita, Lily si blocca. Qualcuno le passa un volantino, insieme con una caramella avvolta nella carta stagnola rossa. « C'è un picnic di benvenuto tra qualche settimana, vieni anche tu! » dice la ragazza che le ha dato il volantino.

Lily lo usa per sventagliarsi, ma il gesto non fa che muovere aria bollente.

Vede un posticino all'ombra sui gradini dell'ateneo e va a sedersi. Il cemento fresco è un sollievo. È magnifico essersi lasciata alle spalle il sole accecante. Scarta la caramella e se la mette in bocca. È al gusto di fragola, col ripieno morbido. Posa gli occhi sul volantino. Decide di andare al picnic. Nessuno può impedirglielo.

La cosa migliore della Rice è la sua compagna di stanza, Anne Lin, originaria proprio di Houston.

« Pensi che ci abbiano abbinate perché siamo tutte e due cinesi? » chiede Lily il primo giorno.

« Tu sei cinese? » replica Anne, con un'espressione perplessa che Lily conosce fin troppo bene.

« Be', per metà. Mio padre è cinese. »

« Ah, okay, adesso lo vedo. A dire il vero, la mia famiglia è di Taiwan. Da quale parte della Cina viene tuo padre? »

Lily arrossisce, imbarazzata. « Mmm, non lo so bene. Però so che abitava a Taipei prima di venire negli Stati Uniti. E mia nonna vive ancora lì. »

« Fico. Anche la mia. »

Anche se Anne frequenta medicina, hanno un sacco di lezioni in comune. Come tutte le altre matricole iscritte a corsi di laurea scientifici o ingegneristici, devono seguire i tre grossi ostacoli obbligatori: analisi, chimica e fisica. Lily e Anne studiano spesso insieme, si passano gli appunti e fanno i compiti insieme. Una sera d'inizio semestre rimangono sveglie fino a tardi a lambiccarsi il cervello su alcuni problemi di fisica.

« Se potessi, io fisica non la frequenterei mai. A che cavolo dovrebbe servirmi conoscere la traiettoria di una palla di cannone, visto che voglio diventare un medico? » borbotta Anne.

« Perché vuoi diventare un medico? » chiede Lily.

Anne si stringe nelle spalle. « Non lo so. Mi piace la biologia. È interessante. Mi piacerebbe laurearmi in medicina generale, aiutare la gente, imparare come funziona il corpo umano. Riesco a vedere l'obiettivo finale, che rende sopportabili le parti meno piacevoli del percorso, tipo fisica. E tu? Perché vuoi fare l'ingegnera? »

Lily ci pensa su. Non si è mai fatta questa domanda. « A dire il vero non sono nemmeno sicura di cosa si occupino, gli ingegneri. »

Anne scoppia in una fragorosa risata. « Come, scusa? »

« Be', penso solo che, dato che nel primo anno le materie sono tutte genericamente scientifiche, magari mi farò un'idea più precisa quando comincerò a frequentare i corsi specifici. »

« Sì, ha senso. » Anne sbadiglia.

Man mano che il semestre prosegue, Lily si rende conto che il suo corso preferito è quello, obbligatorio, di materie umanistiche. Il professore è divertente e pieno di energie e invita gli studenti a riflettere e a farsi le proprie idee. Alcuni di quelli che, come lei, sono iscritti a corsi di laurea scientifici, sono infastiditi dalla quantità di letture obbligatorie, invece Lily adora sapere che ogni settimana le porterà un nuovo libro, un nuovo autore. Le discussioni tra i compagni di corso sono una pausa gradevole nel flusso ininterrotto di equazioni e relazioni tecniche imposte dai corsi di matematica e scienze.

Il giorno del picnic dell'Associazione degli Studenti Cinesi, una ventina di ragazzi si raggruppa in uno spazietto all'aperto, all'ombra, cosa che fornisce loro un sollievo appena percepibile dal sole cocente. Molti dei presenti hanno tratti somatici tipicamente orientali, eppure Lily nota una ragazza bionda con indosso un prendisole. In un circoletto di ragazzi che giocano a footbag, ce ne sono un paio che potrebbero essere ispanici, o indiani. È difficile dirlo, ma a una prima occhiata Lily non individua nessuno che sembri cinese solo per metà.

C'è un tavolino da picnic straripante di cose da mangiare. Qualcuno ha portato una cuociriso Tatung, uguale a quella che suo padre ha a casa. Lily non conosce molti dei cibi offerti, ma, man mano che si riempie il piatto, riemergono dalla memoria brandelli di ricordi. Ci sono odori che la riportano a certe notti in cui suo padre si metteva a cucinare da solo a orari impossibili. Ci sono sapori che riconosce dai pranzi che preparava lui qualche volta, nel fine settimana. Prugne sottaceto dal gusto pungente; funghi bizzarri, morbidi e marroncini; alghe kelp scivolose, dalla consistenza di gomma, che Lily si costringe a masticare a lungo e poi ingoia, incerta se le abbia mangiate nel modo corretto. Tortini avvolti in una sfoglia friabile e decorati da spirali elaborate, stampigliate con caratteri cinesi e ripiene di una pasta rossiccia, dolciastra, vagamente granulosa. Verdure lessate e condite con salsa di soia, sesamo nero e cipollotti. E, soprattutto, quelle pietanze le fanno tornare in mente la lunga estate trascorsa in compagnia di nai-nai.

Lily indugia ai margini di un gruppetto che si scambia aneddoti sui corsi di cinese del sabato: l'insegnante di calligrafia, racconta uno, gli strappava di mano il pennello se non lo reggevano nel modo giusto, lasciandogli sul palmo una strisciata nera e rivelatrice. E com'era noioso, commenta un altro, dover riempire pagine e pagine d'ideogrammi ogni santa settimana! Tutti gli altri confermano con un mugolio solidale. Poi arriva una ragazza che si presenta come la segretaria dell'associazione. Si chiama Elizabeth, è al terzo anno e studia storia dell'Asia e medicina. Voleva salutare i presenti e dare il benvenuto ai nuovi arrivati. Quando vede Lily, sorride. « Ciao. Siamo sempre felici di accogliere non cinesi alle nostre riunioni. »

« Ma io sono cinese », balbetta Lily.

Elizabeth inarca le sopracciglia. « Davvero? »

Lily vorrebbe sparire. Adesso la fissano tutti quanti. « Be', per metà. Mio padre è cinese », riesce a dire, la voce ridotta a un bisbiglio.

Elizabeth la studia con attenzione, annuisce senza fretta e poi rivolge al gruppo un enorme sorriso, attirando l'attenzione dei presenti. « Come dicevo, da noi tutti sono i benvenuti. » Il suo tono, tanto mellifluo da risultare stucchevole, infastidisce profondamente Lily. Poi qualcuno la chiama e lei commenta: « Ah, il dovere chiama, il presidente vuole parlarmi ».

Un ragazzo dal fisico atletico, con capelli appuntiti e una T-shirt degli Houston Rockets, sale su una panca. Si presenta come Chris Gee, il presidente, e parla del club e delle molte attività che hanno in programma. Alla fine fa una battuta a metà in inglese e metà in mandarino. Tutti quanti scoppiano a ridere. Lily sorride e annuisce, sperando che nessuno si accorga che non ha capito.

« Com'è andata? » chiede Anne. Quando Lily le ha chiesto se volesse unirsi a lei per il picnic, Anne si è limitata ad arricciare il naso e scuotere la testa.

Lily non sa bene cosa rispondere. « Bene, credo. »

« Credi? Ti è piaciuto o no? »

« Abbastanza. Un sacco di roba da mangiare, un sacco di gente interessante. »

Anne si stiracchia, staccandosi un attimo dal libro di analisi, e allunga le braccia sopra la testa. « Sono contenta che ti sia divertita. Ma non fa per me. »

« Perché no? »

« Perché ne ho avuto abbastanza da piccola, di quegli incontri. I miei non facevano che trascinarmi a corsi di lingua, feste, partite di softball. Di qualunque evento si trattasse, finiva sempre in una discussione. A un certo punto mi sono resa conto che per mia madre erano solo un pretesto: lei e le altre mamme erano sempre in competizione e usavano quelle occasioni per mettersi in mostra, vantarsi dei figli, lamentarsi dei mariti e rimasticare i pettegolezzi di Taiwan. »

Lily annuisce, chiedendosi come sarebbe stato vivere così.

« Ehi, domani sera vado con alcuni amici al Chinese Café di Bellaire. Dovresti venire con noi. Al picnic avrai anche mangiato bene, ma non c'è paragone col Chinese Café, è buonissimo. »

« Non sono mai stata in un ristorante cinese. »

« Stai scherzando? Mai? »

« No. A mia mamma la cucina cinese non piace. A Los Alamos c'era un solo ristorante, e mio padre diceva che era terribile. Poi, quando ha smesso di parlare con altri cinesi, ha avuto una scusa in più per non andarci.»

«Aspetta, e perché avrebbe smesso di parlare con altri cinesi?»

«Non ne ho idea, è andata così e basta. È stato nello stesso periodo in cui mi ha costretto a lasciare il corso di lingua cinese.»

«Cosa? *Tuo padre* ti ha fatto abbandonare un corso di cinese?»

Lily annuisce.

«Vorrei che mio padre l'avesse fatto con me. Quei corsi erano una palla.»

«Forse, ma a me sarebbe piaciuto imparare la lingua.»

«Lui non parlava cinese con te, a casa?»

«Diceva che era meglio se non avessi imparato.»

«E tua madre lo parla, il cinese?» chiede Anne assorta.

Lily scuote la testa.

«Allora magari era solo una forma di rispetto nei suoi confronti, o una cosa così.»

Lily scoppia in una risata un po' troppo acida per le sue intenzioni. «Una cosa così.»

«Potresti imparare adesso, però, se volessi. Chi te lo impedisce?»

Lily sospira. «Non lo so. Mi sembrerebbe strano, quasi come un tradimento. Lui era proprio contrario. E d'altro canto, se non potessi dire a mio padre che sto imparando la sua lingua, che motivo avrei di farlo? Non potrei nemmeno parlare con lui.»

«È un bel casino.» Poi Anne le sorride. «Se il Chinese Café è la tua prima volta in un ristorante cinese, allora inizi col meglio del meglio. Scommetto che piacerebbe perfino a tuo padre.»

Quando l'imbarazzo iniziale svanisce, Lily decide di frequentare altri incontri dell'Associazione degli Studenti Cinesi. Spera che tutti abbiano dimenticato quello che ha detto Elizabeth. E comunque non è stata maleducata. Ha solo fatto un'osservazione. Ma, a ogni evento successivo, che sia un cineforum, la celebrazione di una festività o un'uscita al ristorante, anziché farsi amici e imparare qualcosa sul suo retaggio, Lily si sente sempre più fuori posto.

Verso la fine del semestre, con gli esami che incombono, l'associazione organizza una festicciola per fare una pausa dallo studio. Lily decide di partecipare. I ragazzi sono raccolti intorno a diversi tavoli; tutti hanno piatti pieni di ravioli e si lamentano degli esami imminenti, delle tesine da preparare. Quando i racconti virano sugli aneddoti scandalosi delle Love Boat, viaggi in cui gli studenti dovrebbero approfondire la conoscenza del mandarino e della cultura cinese, ma che si trasformano puntualmente in un tripudio di sesso e alcol, Lily non sa bene come reagire. Quando tutti scoppiano a ridere ricordando quanto si arrabbiavano i genitori se gli facevano domande in mandarino e loro rispondevano in inglese, Lily non dice niente.

Ma poi i ragazzi prendono a raccontare di quando preparavano gli jiaozi. Lily si avvicina. Si ricorda di aver preparato gli jiaozi con la sua nai-nai. Però, mentre gli altri parlano, si rende conto che per loro quel piatto era una tradizione familiare che si rinnovava a ogni Capodanno. L'entusiasmo scivola via: lei e i suoi non festeggiano il Capodanno cinese da secoli. Com'è possibile? Sperava che far parte di quel gruppo le avrebbe dato un senso di appartenenza, l'avrebbe aiutata a trovare la sua identità, e invece adesso si sente più sola di prima.

Imbarazzata dalla sua incapacità di partecipare attivamente, Lily se ne va il prima possibile.

Arrivata al dormitorio, si lascia cadere sul letto e fissa lo sguardo al soffitto. « Ho continuato ad andare a questi eventi perché speravo di farmi un'idea di chi sono, ma non sta andando come credevo. Io non c'entro niente con loro. Gli altri condividono esperienze che io non ho mai vissuto. Passo intere serate a non avere idea di cosa stiano parlando. Tu hai mai sentito parlare delle Love Boat? »

Anne scuote la testa. « Oddio, che imbarazzo! Tutte le estati, quando andavamo a trovare i nostri parenti a Taipei, vedevamo questi ragazzini cinesi-americani che scorrazzavano nei mercati notturni e nei luoghi più turistici, rendendosi ridicoli.

Le mie zie non facevano che dirci di tenerli alla larga, e ci raccomandavano di non americanizzarci, perché avremmo fatto la fine di quei bambocci viziati.»

«Vedi? Io non sapevo nemmeno cosa fossero. E gli altri, invece, hanno sempre un'esperienza da raccontare.»

«Però mi hai detto che non tutti quelli che vengono agli eventi dell'associazione sono cinesi, giusto? Che mi dici degli altri?»

Lily si solleva su un gomito. «A loro non importa. Forse perché per loro non è una questione di retaggio. Molti partecipano perché studiano cinese o storia cinese. È come se non si sentissero in obbligo di essere in un certo modo; semplicemente, gli eventi del gruppo sono divertenti e loro ci vanno.»

«Lily, è solo un club. Se non ti trovi bene, se non ti diverti, non ci andare.»

Lily si accascia di nuovo all'indietro.

«Lily, Lily, Lily. Essere cinese, o cinese per metà, non è una cosa che puoi guadagnarti. È come se stessi cercando di dimostrare qualcosa che non è dimostrabile. Anche se tu parlassi mandarino alla perfezione, o fossi andata a trovare i parenti a Taiwan o a Hong Kong ogni estate da quando avevi tre anni, questo non ti renderebbe più o meno cinese: lo sai, vero?»

Lily non dice nulla. Sa che Anne ha ragione, ma sentirselo dire così brutalmente le brucia.

«Che senso ha cercare di appartenere a un gruppo che ti fa stare male? Se vuoi saperne di più sulla cultura cinese frequenta un corso, leggi dei libri o che so io. Non devi per forza essere la migliore allieva dell'Associazione degli Studenti Cinesi.»

Lily ha un nodo in gola, deglutisce a fatica. Si sente stupida.

«Ehi, se vuoi davvero farti una cultura, vieni a ballare il two-step, stasera. Vado a Pearland con alcuni amici. Da quanti mesi sei in Texas? Tre? E non ci sei ancora andata! Sei tremenda.»

«Uh...»

«Dai, non farmi quella faccia. Prova, prima. Forza.» Si mette in piedi accanto a Lily e le prende le mani, costringendola ad alzarsi. «Mi sa che gli stivali non ce li hai, vero? Lascia perdere, non importa. Dai, come ci vestiamo?» Apre l'armadio.

« Posso venire in jeans? »

« I jeans vanno bene », dice Anne, frugando tra le stampelle.

Anne ha ragione. Il two-step è divertente. E ha ragione, decide Lily, anche a proposito dell'Associazione degli Studenti Cinesi. Quando Lily inizia il secondo semestre, smette di tentare a tutti i costi di essere una brava cinese, e si concentra unicamente sull'essere se stessa. È facile passare come « vagamente etnica », il che, a Houston, non è poi una cosa rara. Decide di allontanarsi dal suo retaggio e quella distanza si trasforma, col tempo, in indifferenza. Perciò, dopo un po', se qualcuno le chiede delle sue origini, Lily commenta, con leggerezza: « Oh, mio padre è cinese », come se la cosa riguardasse solo lui e non lei.

28

Houston, Texas, agosto 1990

Al secondo anno i corsi sono parecchio più impegnativi. Lily è in un territorio completamente sconosciuto: pensiero computazionale, equazioni differenziali, fondamenti d'ingegneria elettronica, materiali e dispositivi e laboratori d'ingegneria. I piacevoli corsi in materie umanistiche dell'anno precedente sembrano un lontano ricordo. Adesso tutto le pare serissimo.

A metà semestre, Lily è nel laboratorio d'informatica e sta cercando di finire una relazione che deve consegnare la mattina dopo. Ha dovuto aspettare che uno dei computer si liberasse e adesso, alle due di notte, finalmente può cominciare. Deve solo aggiungere alcuni dati e grafici, poi potrà stampare tutto. Inserisce il floppy disk nel computer e aspetta. Aspetta. Ma l'icona del floppy non compare e Lily comincia a sudare freddo. Quando appare un messaggio di errore che le dice che il dischetto è illeggibile, Lily perde la pazienza. «E che cavolo! No, no, no, stupido computer!»

«Che c'è che non va?» chiede la ragazza seduta accanto a lei.

«Stupido computer, stupido dischetto. Non riesco ad accedere al mio file e devo consegnare questa relazione tra...» – Lily guarda l'orologio – «... esattamente sette ore.»

La ragazza annuisce con espressione solidale. «Chiedi aiuto a Tony.» Indica il banco informazioni. «È bravissimo a recuperare i file dai floppy danneggiati. Non so come faccia, ma mi ha salvato la vita già parecchie volte.»

«Ottimo.» Lily infila una graffetta distesa nel foro accanto al lettore per far uscire il floppy, lo prende e corre al banco informazioni, dove trova un ragazzo con una testa di riccioli scuri che legge un libro di testo. «Mi potresti dare una mano? Devo consegnare questa relazione domani e i miei file sono tutti qui dentro e il computer dice che è danneggiato ed è la mia unica copia e i miei compagni di laboratorio sono a letto e... »

« Wow, rallenta! Dammi qui e vediamo che posso fare », dice lui. Prende il dischetto e lo inserisce nel suo computer.

Lily nota che Tony ha la figura alta e dinoccolata di un giocatore di baseball.

« Come si chiama il file? »

« Ehm... *Laboratorio di circuiti? Laboratorio 4?* Non lo so, so solo che oggi pomeriggio si apriva. »

Lui digita per qualche secondo e scuote la testa. « Mmm... » Tira fuori il dischetto e lo inserisce in un altro computer; digita di nuovo qualcosa, si appoggia allo schienale della sedia.

« Vedi niente? » chiede Lily, saltellando da un lato all'altro del computer.

« Potrebbe volerci un po'. Perché non torni tra una decina di minuti? » dice Tony rivolto allo schermo. Poi alza lo sguardo. Ha enormi occhi color nocciola. « Come ti chiami? »

« Lily. Lily Dao. »

« Okay, Lily Dao, ci vediamo tra un po'. » Tony torna a guardare il computer.

« Sì, certo, okay. » Lily esce dalla sala, aspetta un po', compra una confezione di M&M's al distributore, fa un paio di giri del cortile interno, guarda l'orologio e rientra.

Tony è di nuovo assorto nel suo libro.

« L'hai sistemato? »

Lui annuisce e prende un floppy disk. « Sì, ho trasferito tutto su un dischetto nuovo. Però ti costerà. » Indica un cartello che dice: FLOPPY DISK, $ 1,50.

Lily tira fuori una manciata di monete e scoppia in lacrime di sollievo. « Dio, quanto odio i circuiti, i cavi e tutta quella roba! »

Tony mette le monete nel cassetto. « Che cosa studi? » le chiede.

« Ingegneria elettronica. »

« Non fa una piega. »

Lily tira su col naso e si asciuga le lacrime. Tony è davvero bello. « E tu? » gli chiede.

« Io? No, io non li odio, i circuiti. »

Lily ride. « No. No, voglio dire: cosa studi? »
Lui si lancia un'occhiata intorno. « Informatica. »
« Oh, certo. E ti piace? »
« Altrimenti non la studierei. Ecco qua. » Le porge il dischetto.
« Grazie! Mi hai salvato la vita! » Lily guarda l'orologio: sono quasi le tre. Ha giusto il tempo di finire quel lavoro e, si augura, dormire un paio d'ore.

Il pomeriggio successivo, Lily torna a trovare Tony. Pensava che, dopo aver consegnato la relazione, sarebbe crollata a letto e che avrebbe dormito tutto il giorno. Invece si è ritrovata sì a letto, ma sveglissima, e non fa che pensare a lui, ripercorrere la loro breve conversazione. Tony è stato gentile e divertente e, anche se è probabile che la consideri una completa idiota, lei vuole rivederlo.

« Lily Dao! » esclama lui quando la vede avvicinarsi. « Hai un altro dischetto in punto di morte? »

« No, ma volevo ringraziarti per avermi aiutato. »

« È il mio lavoro », si schernisce lui, però sfoggia un enorme sorriso.

« Quando finisci qui, ti andrebbe, non so, di fare una passeggiata? » Lily non è mai stata tanto sfacciata con un ragazzo prima di allora.

Tony inarca un sopracciglio, stupito.

Lei si sente avvampare e cerca di rimangiarsi la proposta: « Cioè, se hai da fare capisco benissimo... »

« Okay. Certo, mi piacerebbe. Ci vediamo in cortile intorno alle quattro? » la interrompe lui, con una scintilla divertita negli occhi.

« Fantastico, sì, ci vediamo, allora », balbetta lei, arrossendo, ma col sorriso. Mentre si allontana, le verrebbe quasi voglia di saltare.

Percorrono il perimetro del campus, che è lungo circa cinque chilometri. Due volte.

Durante il primo giro si raccontano a grandi linee le rispettive vite. Tony è all'ultimo anno, dopodiché s'iscriverà alla specialistica. La sua famiglia è di Pittsburgh. Anche se dal cognome, Camberwell, non si direbbe, è italiano, o almeno lo è da parte di sua madre, che è medico. Suo padre, invece, è ingegnere informatico.

« Quindi tu hai preso da tuo padre, per i computer? » chiede Lily.

« In verità, tanti dicono che somiglio a mio nonno, il padre di mia madre. Quand'ero piccolo i miei erano sempre impegnati col lavoro, e io stavo spesso dai nonni. »

Con espressione intenerita, Tony le racconta della gastronomia dei nonni, che era un vero e proprio punto d'incontro di Pittsburgh. Le sembra che sia cresciuto in una specie di famiglia allargata, che includeva tutto il vicinato. Magari è per questo che è tanto aperto e generoso.

« E che mi dici di te? » conclude.

Lei gli racconta un po' com'è stato crescere in New Mexico. Quando lui le chiede della sua famiglia, lei gli fornisce la risposta standard: madre caucasica, padre cinese. Ma poi il discorso si sposta rapidamente su altri argomenti: musica, libri, posti che vorrebbero visitare.

« Devo proprio scappare », dice Lily alla fine del secondo giro. « Stasera vado a ballare il two-step con alcuni amici. Ti va di venire con noi? »

Lui fa una faccia terrorizzata. « Non ci penso nemmeno: il country non è il mio genere. »

Sentendosi sciocca, Lily si pente di aver parlato senza riflettere.

Ma poi Tony aggiunge: « Però sei libera sabato sera? »

« Dove andiamo? » chiede Lily salendo in macchina.

« Vedrai », risponde Tony infilando una cassetta nell'autoradio. Varcano i confini di Houston sulle note di *The Joshua Tree* degli U2.

Dopo una mezz'oretta parcheggiano davanti a una fiera di paese. È pittoresca, un po' pacchiana. File di lampadine nude abbelliscono stand che ospitano baracconi e giostre traballanti. La fiera brulica di gente proveniente dalla città, riversatasi qui per trascorrere la serata.

« Una fiera? Che ficata! Non ne avevo mai vista una. »

« Come? Sei cresciuta sotto un sasso, per caso? » la prende in giro lui.

« Sì, qualcosa del genere », mormora Lily, pentendosi di non aver mostrato meno entusiasmo. « E tu come facevi a sapere che era qui, comunque? »

« Non lo sapevo. Avevo altre intenzioni, ma poi ho visto le luci e mi sono incuriosito. »

« Mi piace. »

« Cosa? »

« Che hai cambiato programmi senza nemmeno pensarci; che hai visto una cosa che ti piaceva e hai deciso di provarla. »

Lui le lancia un'occhiata che sembra implicare che vorrebbe dire qualcosa ma si sta trattenendo, poi le prende la mano e insieme si avvicinano all'ingresso. Quando le dita di Tony stringono le sue, Lily viene percorsa da un brivido delizioso. Pagano il biglietto, entrano, e poi si godono gli hot dog, la gente e, per quanto riguarda Lily, la vista di lui. Le piace il fatto che Tony gesticoli tanto mentre parla; e le piace l'impressione che le dà, che la sua voce sia sempre sul punto di trasformarsi in una risata. Quando perde per un pelo un enorme cane di peluche a un gioco in cui deve buttare la palla in un canestro, Tony dichiara di aver sbagliato l'ultimo colpo di proposito, per non doversi trascinare dietro per tutta la sera un terzo incomodo. « Giusto », commenta lei. Poco dopo Lily si fa leggere il futuro da Madame Esmeralda, che prevede per lei molte avventure, un cuore spezzato, molti chilometri e, infine, un grande amore. Elettrizzata e un po' frastornata, Lily indica la ruota panoramica.

Tony la prende per mano e vanno.

« È una serata magnifica », mormora lei quando arrivano in cima. Si lancia un'occhiata dietro le spalle, verso le luci di Houston, appoggiandosi appena a lui.

« Mmm... » Lui le posa un braccio sulla spalla.

Che succede, adesso? si chiede Lily. Gli lancia un'occhiata furtiva. Lui coglie il suo sguardo e le fa l'occhiolino.

Si sta facendo tardi, e la gente comincia ad andarsene. La fiera chiuderà a breve, ma Lily non vuole che la serata finisca così. Tornano in macchina, sazi di zucchero filato e frittelle.

Tony infila le chiavi nel quadro. L'orologio sul cruscotto indica le 23.30. «Hai sonno?» le chiede lui.

«No, per niente», risponde Lily.

«Vuoi ancora andarci, allora? Avevo un'idea per questa serata, ti ricordi?»

«Certo, ma... dove?»

Lui non risponde, limitandosi a canticchiare a ritmo con la musica jazz che esce dal mangianastri.

È quasi mezzanotte quando arrivano a una spiaggia deserta di Galveston.

«Forza», dice Tony, e raggiungono insieme il bagnasciuga. I raggi della luna illuminano la linea di separazione tra acqua e sabbia. Il fruscio ritmico delle onde crea un'atmosfera completamente diversa rispetto all'allegro scintillio della fiera. Lily si sfila i sandali e le dita dei piedi affondano nella sabbia soffice. A una certa distanza, le fiamme di un falò acceso sulla spiaggia tremolano nell'oscurità. Il mare e il cielo sembrano carichi di possibilità. D'un tratto, Lily esulta e inizia a correre verso l'acqua e poi si lancia in una ruota. Tony prova a imitarla. Sebbene prima, facendo canestro all'attrazione della fiera, si fosse dimostrato flessuoso e aggraziato, stavolta cade, agitando le gambe in modo scomposto. Senza fiato, ridendo a crepapelle, tutti e due si siedono a guardare il mare.

Lily si accorge che la cresta delle onde s'illumina di un vago bagliore prima d'infrangersi sulla spiaggia. «Ma che cos'è?» chiede, incantata.

«Non lo so, un qualche tipo di bioluminescenza, forse?»

«Biolumi-che? No, è magia. Ecco cos'è. Magia.»

Continuano a guardare in silenzio.

«Hai ragione», dice Tony dopo un po'.

Lily percepisce lo sguardo di lui che si sposta a incontrare il suo.

«È magia.» Tony si china verso di lei.

«Aspetta», dice Lily, schivandolo. «È... io non ho mai...»

«Stai bene?»

« Non ho mai... non ho mai baciato nessuno », ammette lei, sentendosi stupida.

« Mai? » ripete lui, stupito.

Lily si morde il labbro, sperando di non aver rovinato tutto.

« Nessun problema. Non dobbiamo fare niente, possiamo anche restarcene qui seduti », dice alla fine Tony.

« No, no. Io voglio baciarti, è tutta la sera che voglio baciarti, ma adesso che è il gran momento, il momento cui ho pensato e ripensato, vorrei che fosse speciale, ed *è* speciale, ma se... » Sa benissimo di dire cose senza senso, ma non riesce a fermarsi. « ... cioè, scommetto che tu hai avuto un sacco di altre ragazze prima di me e... »

« Non proprio », dice lui. « Non come te. »

« Che vuoi dire? »

« Non lo so. Solo che tu sei... diversa. In senso buono. »

Diversa, in senso buono. Le piace. Lily si gira di nuovo a guardare le onde.

« Mi spieghi come è possibile che una ragazza carina, divertente e dolce come te non sia mai stata baciata? »

Il calore di quelle parole la rassicura. Lily sospira. « Sono cresciuta in una cittadina dove tutti si conoscono fin dalla nascita. Al liceo frequentavo sempre le stesse persone. Cioè, letteralmente, a ogni lezione ero seduta tra Josh Daniels e Robert Dooley. Ovviamente uscivamo tutti insieme, ma io non ho mai avuto un ragazzo. Adesso che mi ci fai pensare, baciare uno di quei ragazzi per me sarebbe stato come baciare un fratello. Bleah! »

Lui scoppia a ridere. « Be', Lily Dao, siamo fortunati, perché io non sono tuo fratello. » Tony le prende una mano e le bacia dolcemente le nocche, alzando lo sguardo su di lei.

« No, infatti. » Lily si china in avanti, e le sue labbra incontrano quelle di lui.

Quando Lily è con Tony, si sente se stessa. Non è più la Lily che si sforza di essere accettata, né la studentessa d'ingegneria in affanno con lo studio, è solo Lily. Non sapeva che fosse possibile sentirsi in questo modo: come se ogni singola cellula del corpo straripasse di vita. Quando lo vede, il cuore le arriva in gola; quando la tiene per mano, sente un'ondata di gioia travolgente; quando si baciano, quando le dita di lui le sfiorano la cassa toracica, quando tracciano il perimetro delle sue anche, viene trasportata via da un fiume in piena. Quando sono insieme lo sa con certezza, dalle dita dei piedi alla punta dei capelli: *Funziona, va bene, siamo noi.*

Insieme, lei e Tony fanno gite improvvisate fino al Captain Quackenbush's Intergalactic Café di Austin, solo per prendere un caffè e un milkshake; passeggiano in mezzo agli alligatori del Bayou Bend State Park; trascorrono interminabili giovedì pomeriggio al Museum of Fine Arts, gratuito e dotato di aria condizionata; e fanno uscite in bicicletta fino al quartiere di Montrose, che si concludono con un pranzo da Bess dove, le garantisce Tony, servono la migliore limonata e i migliori bastoncini di pollo panati di Houston.

La determinazione, la sicurezza che Tony sfoggia in qualunque impresa affascinano Lily. Man mano che si conoscono meglio, lei diventa un po' invidiosa della granitica certezza che lui nutre nei confronti di se stesso. Come fa a essere tanto sicuro di ciò che vuole dalla vita? Come fa a essere così sicuro di *tutto*? Sembra dare per scontato che, qualunque cosa decida, la sua famiglia lo appoggerà senza condizioni, e lei vorrebbe poter dire altrettanto.

Non è che i suoi non la sostengano, è solo che hanno aspettative molto chiare: deve laurearsi in ingegneria e trovare un buon lavoro. E, più le lezioni diventano difficili, meno lei si sente in grado di soddisfare quelle aspettative. Non è nemmeno certa di volerlo fare, a dire il vero.

Il semestre autunnale sta per concludersi. Lily è sdraiata per terra, nella sua stanza al dormitorio, e ascolta una compilation, quando Anne rientra dalle lezioni e si affloscia sul pouf a sacco. Prende in mano la cassetta e la studia attentamente. «John Coltrane, i R.E.M, Tori Amos, i canti gregoriani, Bob Dylan, Cowboy Junkies, Miles Davis, Leonard Cohen e Chopin? Questo è il mix più strano che abbia mai sentito.»

«Mai giudicare dalle apparenze. È roba buona. E poi me l'ha fatta Tony.»

«Ah, Tony. I due piccioncini innamorati!» Anne posa la cassetta, l'espressione corrucciata. «Ehi, detesto farti la predica, ma non avevi detto che avresti passato la giornata a studiare per gli esami?»

«Sì, infatti. Subito... tra un po'.»

«Okay, ma occhio a non perdere la testa per quel ragazzo, anche se ti sembra magnifico.»

«Mmm.» Lily si gira a pancia in giù, aprendo con gesto ozioso un libro di testo.

In primavera, Tony viene accettato alla Cal Tech. Dopo la laurea si trasferirà in California per seguire un dottorato in informatica.

«Fantastico!» strilla Lily abbracciandolo. «È un sogno che si avvera, dico bene?»

«Sì.» Lui le strofina il collo col naso. «È una notizia bellissima, davvero bellissima.» Poi alza lo sguardo e, in tono più serio, aggiunge: «E che ne sarà di noi?» Indica lei, poi se stesso, poi di nuovo lei. «Tu mi piaci molto. Non voglio che finisca tutto.»

«Nemmeno io.»

«Possiamo provare ad avere una storia a distanza», dice lui.

«Sstt.» Lily gli posa un dito sulle labbra. «Parliamone più avanti. Adesso festeggiamo.» Sposta il dito e gli dà un bacio.

Ma le settimane passano e il loro futuro incerto è per Lily una fonte di angoscia. Tony le piace moltissimo. Forse ne è addirittura innamorata, però è tutto troppo intenso, troppo presto. Lei non ha mai nemmeno frequentato nessun altro. Tony non sembra capire le sue paure. Lui è abituato al fatto che le cose prima o poi si aggiustino. È abituato ad avere aspettative che è in grado di tradurre in realtà. Non dubita mai di se stesso, non si mette in discussione. Questa caratteristica, che all'inizio le era sembrata magnifica, adesso diventa un tasto dolente e lei comincia ad allontanarsi.

Con la mente impegnata altrove, Lily trascura gli studi. Ha superato gli esami del semestre autunnale cavandosela per il rotto della cuffia, e i corsi primaverili sono, se possibile, anche più impegnativi. Poco dopo l'inizio del nuovo semestre, si accorge di essere indietro coi compiti, e confusa dalle troppe lezioni. Gli esami sono uno spauracchio terrificante.

È aprile, un sabato pomeriggio. Lily è alla scrivania, coi libri aperti davanti, e fissa fuori dalla finestra. Le sembra che tutti gli altri siano fuori a godersi il tepore primaverile. Qualcuno bussa alla porta, quattro colpi in rapida successione. È Tony.

« È aperto, entra pure. »

« Stai studiando o ti stai commiserando? »

Lei si stringe nelle spalle.

« Forza, usciamo. Lascia perdere quei libri per un po'. Che ne dici di fare una passeggiata? » Le massaggia le spalle.

Lei s'irrigidisce e si sottrae al suo tocco. Tony le lancia un'occhiata interrogativa. Lily è consapevole di averlo offeso, ma è indietro con lo studio e gli esami sono vicini.

L'espressione di lui alterna tra il preoccupato e l'irritato. Alla fine sembra vincere la preoccupazione. « Stai bene? Sei stressata? »

« Sto bene. È solo che questo semestre è difficile. Devo studiare. »

« Hai un'aria devastata. »

« Ingegneria mi fa schifo », sbotta lei d'un tratto.

« Se ti fa tanto schifo, perché la studi? » Tony è genuinamente perplesso.

Lily è a disagio; quando ricomincia a parlare, lo fa scarabocchiando con una matita su un foglio. « Okay, non è che mi faccia proprio schifo, però diciamo che nemmeno mi fa impazzire. Prendere una laurea in ingegneria è un modo per sentirmi vicina a mio padre. Quand'ero più piccola litigavamo tantissimo, a proposito di... be', di tutto, e alla fine sembrava che avessimo trovato qualcosa su cui andare d'accordo, la scuola. Io ero brava e lui era contento che fossi brava. Allora ho deciso di venire qui e mi hanno convinto... cioè mi sono convinta a studiare ingegneria.» Si strofina gli occhi con le mani. «Non è per sempre, e quando avrò finito farò qualcos'altro. È una specie di offerta di pace. Se mi laureo, lui sarà orgoglioso di me e allora io potrò fare quello che mi pare.» Lily guarda Tony, aspettandosi solidarietà, invece lui è sbigottito.

«È la cosa più stupida che ti abbia mai sentito dire.»

«Come, scusa?»

«Quando ci siamo conosciuti, la prima cosa che mi hai detto è stata che odiavi i circuiti, e adesso eccoti qui, infelice come non mai, a studiare ingegneria elettronica, per colpa di un'idea del tutto sballata di cosa significhi essere una brava figlia.»

Lily sussulta, come se lui l'avesse schiaffeggiata. Sente il sangue rombarle nelle orecchie. «Tu non capisci. Tu sei convinto, anzi, *pretendi*, di fare tutto quello che vuoi.»

Tony alza le braccia al cielo, esasperato. «E perché non dovrei? Ho lavorato sodo. Me lo sono guadagnato. Non devo niente a nessuno.»

«Davvero? No? Ecco, allora è in questo che siamo diversi. Questo non è soltanto il mio futuro. È anche quello di mio padre. Questo è il mio modo di onorarlo. Potrebbe essere l'unico che ho.»

«Ma non dire cazzate, che non ti crede nessuno.» Alza la voce. «E a sentirti sembra che non ci credi nemmeno tu. Sembra che tu stia recitando una frasetta imparata a memoria, quella che ti sembra giusta da dire.»

Lei lo guarda fisso. Non riesce a pensare, non sa come rispondere.

«Hai una sola vita. Perché vuoi viverla per qualcun altro?» Tony è esasperato. Scuotendo la testa, aggiunge: «Non voglio stare con una versione scialba di te, con una Lily che vive per senso del dovere e si affanna a essere qualcuno che non è».

«Sei uno stronzo arrogante!» esplode lei. «Quindi adesso tu mi conosci meglio di quanto mi conosca io? Ma se mi conosci da quanto? Sei mesi al massimo? Ci sono un sacco di cose di me che non sai. Non tutti hanno una visione della vita limpida come la tua, Tony Camberwell. Come ti permetti di pensare di sapere chi sono, cosa voglio? Manco mi conosci.»

Tony ha un'espressione furibonda, e una vena gli pulsa sul lato del collo. Lui e Lily si fissano ancora in cagnesco. Poi l'espressione di lui si fa gelida. Annuisce. «Forse hai ragione. Manco ti conosco. Pensavo che condividessimo qualcosa di speciale, di diverso, ma mi sbagliavo.»

Se ne va prima che lei possa rispondere.

Lily abbassa lo sguardo sul libro di chimica. Le parole le si confondono davanti agli occhi e la carta si riempie di chiazze umide quando lei inizia a piangere.

Hai una sola vita. Perché vuoi viverla per qualcun altro? Lily non lo sa. È diventata così brava a rispondere alla volontà di qualcun altro che si è dimenticata di se stessa. Le parole di Tony le risuonano nelle orecchie. Gli occhi le si riempiono di lacrime ogni volta che apre un libro di testo, studiare è impossibile. Nelle settimane seguenti, Tony le lascia un paio di messaggi in segreteria telefonica, chiedendole d'incontrarsi, poi un altro in cui le dice che spera di vederla il giorno della sua laurea, poi un ultimo in cui le dice che sta partendo e la saluta. Lei li ignora tutti.

29

Houston, Texas, maggio 1991

Gli esami di Lily sono un disastro. In quattro su cinque viene bocciata, e l'ultimo riesce a passarlo con un voto appena sufficiente. Rischia di dover rientrare il semestre successivo con riserva, addirittura di essere sospesa. Lily ha paura di raccontare ai suoi com'è andata, non sa cosa fare. Piena di vergogna, si trascina all'incontro obbligatorio con un tutor accademico.

La dottoressa Nancy Ashford è una donna atletica, di mezza età, con guance rubizze, occhiali rotondi e una chioma riccia e ribelle. Ha un'espressione seria ma gentile. Quando le si presenta, dice di essere una psicologa e di aver scelto, anni prima, di aiutare gli studenti universitari in difficoltà. Le piace l'idea di sostenere i ragazzi mentre imparano a bilanciare le richieste della vita accademica e i loro obiettivi personali. Dice che spera che Lily sfrutterà il loro incontro per capire meglio cosa le sia successo durante questo semestre. Mentre la dottoressa Ashford parla, Lily fissa gli scaffali carichi di libri che coprono ogni parete dell'ufficio. Oltre a titoli legati al suo ambito professionale, Lily nota la presenza di molti romanzi e raccolte di poesie. *Le opere complete di Emily Dickinson, Foglie d'erba, La campana di vetro, Una stanza tutta per sé, Cent'anni di solitudine, I fratelli Karamazov.*

«Lily?»

«Scusi?»

«Ti ho chiesto in cosa vuoi laurearti.»

«Ah, ingegneria elettronica.»

«Davvero?» La dottoressa Ashford sembra stupita. Riprende in mano il fascicolo di Lily.

«Lo so, lo so, ho avuto un brutto semestre. Il prossimo andrà meglio, m'impegnerò di più.»

«Lily, posso chiederti una cosa?» La dottoressa Ashford si

toglie gli occhiali e stringe le dita sulla sella del naso. Nudi, gli occhi sembrano più piccoli e vulnerabili. «Cosa ti piace?»

Lily rimane interdetta. Non è sicura di come dovrebbe rispondere a quella domanda.

«Hai detto che vuoi laurearti in ingegneria elettronica, ma quelli d'ingegneria sono proprio gli esami in cui sei stata bocciata. Rischi sei mesi di sospensione, forse anche un anno. Il fatto è che i tuoi voti dell'anno scorso sono discreti.» Rimette gli occhiali e studia il fascicolo. «Negli esami umanistici hai tutte A e B. Non è possibile che te la caveresti meglio studiando qualcos'altro?»

«Io *devo* diventare ingegnere», comincia Lily, la voce ridotta a un soffio.

«Devi? Ma vuoi?»

Lily rimane zitta.

«Lo so che le ragioni per cui si sceglie di laurearsi in una materia possono essere complesse e che ci sono molti fattori in gioco. Ma, valutando i tuoi trascorsi, e ascoltandoti parlare adesso, mi sembra che tu stessa non sia sicura della tua scelta. Mi chiedo se una piccola pausa non possa esserti utile per capire bene la differenza tra ciò che vuoi davvero e ciò che credi di dover volere.»

Lily sente un nodo stringerle la gola. Non ne è certa, ma le sembra che la tutor la stia rimproverando. Le lacrime iniziano a uscire e lei non riesce a fermarle. La dottoressa Ashford le avvicina una scatola di fazzoletti. Lily ne prende uno, si asciuga la faccia e lo accartoccia in mano. Tira su col naso e riprende, sforzandosi di calmare il tremore della voce: «Allora, sarà un semestre o un anno?»

«È una delle cose che dobbiamo decidere insieme oggi. In genere si tratterebbe di un semestre, e poi potresti tornare con riserva. Ma con ingegneria è diverso, perché non tutti i corsi vengono proposti tutti i semestri. E, se non li segui nell'ordine corretto, è difficile andare avanti. Parliamone un po'. Ti sembra che prenderti un anno di pausa possa offrirti dei vantaggi?»

«Forse», dice Lily. Adesso l'idea le sembra allettante.

« E cosa vorresti fare, durante quest'anno? Torneresti a casa? »

Lily si concede di riflettere ad alta voce. « No, a casa no. Rimarrei a Houston. Prima di tutta questa storia avevo programmato di vivere fuori dal campus, con alcune amiche, in una casa nostra. Dovremmo firmare un contratto per un anno, quindi alcune di noi rimarrebbero comunque per l'estate. »

« E cosa faresti? »

Lo sguardo di Lily si posa di nuovo sulle scaffalature cariche di libri. « Leggerei un sacco di libri? Una volta leggere mi piaceva moltissimo. Lavorerei, probabilmente. Anzi, sicuramente. Avevo comunque intenzione di cercarmi un impiego estivo, quindi magari posso prolungarlo per un anno. Una pausa dall'università, dallo studio. » Adesso ha la voce più salda. Magari questa cosa la vuole davvero. « Sono sempre riuscita a prendere buoni voti, ma adesso... » La voce si spegne di nuovo. Abbassa gli occhi sul fazzoletto umido che ha ancora in mano.

La dottoressa Ashford ripercorre per l'ennesima volta il suo fascicolo, stavolta tornando indietro ai risultati delle scuole superiori, alla domanda di ammissione, alle lettere di raccomandazione. Poi guarda Lily. « Se pensi che un anno sia ciò che ti serve, io ti sosterrò. Abbiamo bisogno che i tuoi genitori siano d'accordo, e poi possiamo procedere. Parla coi tuoi e poi torna da me per dirmi cos'hai deciso. »

Lily si alza per andarsene. Adesso ha la testa piena di una miriade di possibilità. Come la farebbe sentire avere tutto quel tempo per decidere davvero cosa fare?

« Lily, qualunque cosa tu scelga di fare, assicurati che sia una scelta tua. »

« Sì. Grazie, dottoressa Ashford. »

Il suggerimento della dottoressa Ashford le piace. Più Lily ci riflette, più si sente sicura che è proprio quello che le serve per interrompere il flusso incessante di *dovresti* da cui si sente travolta. Le voci dei suoi genitori, degli amici, di Tony, dei docenti sono solo rumore. Le serve un po' di silenzio per ascoltare se stessa.

Si fa coraggio e telefona a casa. È determinata a presentare il suo piano di rimanere a Houston, anche se non alla Rice, come una decisione già presa, non una possibilità.

All'inizio, Rachel è comprensibilmente riluttante. «Non lo so, Lily. Forse dovresti tornare a casa per l'autunno e riprendere gli studi con l'anno nuovo.»

«No, mamma. Voglio rimanere qui a Houston. Ho già preso un impegno con delle amiche per affittare casa insieme. Troverò un lavoro per pagare la mia parte. Non c'è più bisogno che mi mandiate dei soldi.»

«Lily, la laurea è importantissima; è una scialuppa di salvataggio. Non voglio che tu ti trovi nella situazione di dover dipendere economicamente da qualcuno.»

«Non sto mollando. Mi sto solo prendendo un anno di pausa. In parte perché ho fatto un casino con gli esami, ma in parte anche perché devo capire le ragioni di quel casino. Per favore, ci ho pensato bene e ho capito che questo tempo mi serve davvero.» Si rende conto che nemmeno lei è sicura al cento per cento di quello che sta dicendo. «Solo un anno. Poi vi prometto che ricomincerò a studiare e mi laureerò.» Si morde la lingua e aspetta.

Sente il sospiro di sua madre raggiungerla dall'altro capo del telefono. «Sembra che tu abbia già deciso tutto, e che non cambierai idea. Cosa vuoi che faccia?»

«Che tu creda in me. Che ti fidi.»

Los Alamos, New Mexico, maggio 1991

Quando Rachel riferisce a Henry le intenzioni di Lily, lui s'infuria. Dapprima è inflessibile: Lily riprenderà gli studi non appena possibile; dovrà fare appello contro la decisione, ripetere gli esami, qualunque cosa pur di rimanere in carreggiata. Ma Rachel si oppone: devono lasciare che Lily trovi la sua strada da sola. Ha già un piano per l'anno successivo e loro devono darle una possibilità. Alla fine Henry si rassegna all'idea di non poter fare niente, ma ne è distrutto. « Non riesco a credere che abbia fallito, che abbia abbandonato gli studi! » continua a ripetere.

« Non ha abbandonato gli studi », lo corregge Rachel. « Finirà più avanti. Dobbiamo darle un po' di fiducia. »

Però Henry ha l'impressione che morirà di vergogna. Toccava a lui portare avanti il nome dei Dao, era l'unico figlio maschio di un figlio maschio di Dao Hongtse, e l'unico sopravvissuto. E dov'è finito? Ha fallito come figlio. Non è riuscito a proteggere sua madre e a prendersi cura di lei nella vecchiaia. Ha fallito come padre. Sua figlia, la sua unica figlia, ha lasciato l'università. Fallito! Dopo tutto ciò che ha perso, dopo tutti i suoi sacrifici, è forse così che finisce la storia della famiglia Dao?

In tutti quegli anni, il ciliegio di Henry non ha quasi mai dato frutti. Ogni primavera spuntano alcune foglioline, rade e sgraziate. Il raccolto è scarno, costituito da una manciata di ciliegie dure e aspre che vengono rubate e abbandonate dalle ghiandaie.

Dopo tante stagioni di raccolti insufficienti e fiori sparuti, Henry lo abbatte. Crolla a terra senza protestare, anche perché il tronco non è mai diventato più largo del suo polso. Henry lo sega in due pezzi, che getta nella carriola. Riempie di terra il buco che l'albero si è lasciato dietro e abbandona tutto. In quel terriccio sterile, nemmeno le erbacce mettono radici. Rimane un vuoto: un arido promemoria di un frutteto che si è rifiutato di crescere.

Houston, Texas, agosto 1991

Lily ha vissuto un'estate entusiasmante; come essere sfuggita a una condanna. Ha trovato lavoro in una libreria ricavata in un ex teatro, godendosi il cameratismo dei colleghi. Leggere le nuove uscite, chiacchierare coi clienti, immergersi nel mondo della narrativa l'hanno riportata agli anni in cui passava molto del suo tempo in biblioteca. Nel weekend lei e le coinquiline prendevano le biciclette e giravano per il quartiere di Montrose, ammirando le bellissime case che sorgevano su Bissonet Street e fino a River Oaks. Le settimane scivolavano via, tra puntate notturne a Kirby Drive per un taco o una fetta di torta, gite al Water Wall, dove ammiravano un muro d'acqua che scrosciava verso il basso per poi raccogliersi in una fontana semicircolare, rinfrescandole coi suoi spruzzi.

Ma, adesso che il semestre è ricominciato, Lily ha ritmi diversi rispetto alle sue amiche. Il lavoro estivo alla libreria si è concluso e le giornate si allungano infinite. Accetta diversi lavoretti part-time, come commessa o cameriera, ma i turni sono imprevedibili e massacranti. Le paghe e le mance sono appena sufficienti per coprire le spese e la sua quota di affitto. La gente che serve ai tavoli o alla cassa sembra averla inquadrata perfettamente.

Le manca Tony. Le manca il modo in cui si sentiva quand'era con lui. A volte passa intere giornate ad ascoltare all'infinito la compilation che lui le aveva registrato, come se i testi appassionati di Tori Amos e Leonard Cohen potessero, se non proprio annientare, almeno placare la sua angoscia.

Ma, alla fine, il pensiero torna sempre al loro litigio finale. Non è solo la rottura a farle ancora male; è anche il fatto che quel giorno la sua intera identità è andata in pezzi. Mai, alle superiori e al primo anno alla Rice, Lily è stata costretta a scegliere tra ciò che le piaceva fare e ciò che pensava di dover fare. C'era sempre stato spazio per entrambe le cose. Però adesso, se pensa a ingegneria, viene travolta da un senso d'impotenza, di soffocamento. Le parole di Tony l'hanno sbilanciata a metà di un'esibizione di equilibrismo accuratamente progettata, e lei non riesce più a riprendere da dove ha lasciato. Detesta l'idea di aver litigato con lui, detesta l'idea di aver perso il suo primo amore e il suo migliore amico ma, soprattutto, detesta il fatto che lui avesse ragione.

Chiunque abbia trascorso tutta la vita a rispondere ai desideri di qualcun altro, per quanto benintenzionati, quando finalmente impara a stare in piedi da solo, si ritrova con le gambe traballanti come quelle di un bambino piccolo e la voce tremante. Ciò che è meglio per se stessi s'impara da sé. *Come fa la gente a sapere cosa vuole? Come fanno tutti a trovare la loro strada?* si chiede Lily.

Ripensa ad Anne, che non ha mai messo in dubbio il fatto di voler diventare una dottoressa. Certo, ci sono momenti in cui lo studio si fa più difficile e lei maledice gli esami come chiunque altro, ma il suo obiettivo non è mai in discussione.

« Prenditi quest'anno per pensare a ciò che vuoi *tu* », le ha detto la dottoressa Ashford. « Nessuno può impedirti di sognare. Credi in te stessa, Lily. Acquista un po' di fiducia in te. »

Tony aveva fiducia in sé. Anzi, a volte sfociava nell'arroganza. E lei era affascinata dal modo sicuro con cui si presentava al mondo. Sembrava non avere dubbi sul fatto che valesse la pena dire ciò che aveva da dire, né sul fatto che la gente l'avrebbe ascoltato. Quella sicurezza doveva pur venire da qualche parte. Forse dalla consapevolezza che il terreno sotto i suoi piedi era solido? Forse dalla conoscenza della sua storia familiare, e del suo ruolo all'interno di essa? È necessario sapere da dove si viene, per sapere con certezza dove si vuole andare?

A dicembre, Lily è così stufa dei suoi lavoretti precari da cameriera che si ritrova a studiare per l'ennesima volta la sezione degli annunci di lavoro del giornale, in cerca di un'occupazione più interessante e con orari più prevedibili. Una delle sue coinquiline, Pam, è cresciuta a Houston, e le dice che la scuola montessoriana dove lavora sua madre cerca un'assistente di classe a partire da gennaio. Interessata, Lily manda il curriculum e viene invitata per un colloquio.

Non appena mette piede nella scuola, sboccia qualcosa dentro di lei.

È elettrizzata. Ammira i disegni degli studenti appesi alle pareti. A differenza dei lavoretti cui è abituata, questi non sono variazioni sullo stesso tema: ciascuno è diverso. La mamma di Pam le spiega che la filosofia montessoriana si basa sul principio per cui l'apprendimento è incentrato sulle esigenze e sulle motivazioni dello studente. Gli insegnanti intervengono per guidare gli allievi e aiutarli nell'acquisire nuove competenze, ma sono gli interessi dei bambini a guidare il processo. Lily trascorre il resto del pomeriggio a parlare con studenti e insegnanti. La colpisce con quanta passione tutti vogliano imparare e guidare chi impara, e da quanto poco quella scuola somigli a una scuola.

Quella sera, Lily torna a casa con un nuovo lavoro e la testa che brulica di domande: quali sono le condizioni migliori per un individuo che voglia imparare? Qual è il ruolo di un insegnante? Di uno studente? Di un allievo? Dove si potrebbe arrivare se si usasse come unica guida la curiosità?

È proprio il lavoro che le serve. In esso, Lily ha finalmente trovato qualcosa che la fa sentire viva.

Il resto dell'anno vola via. Come promesso, Lily ritorna alla Rice l'autunno successivo e, nell'arco di qualche anno, termina gli studi: non con una laurea in ingegneria, ma in scienze della formazione.

Così armata, può trasferirsi ovunque. Gli insegnanti servono sempre: non sarà legata a una città in particolare, a un mercato, o a una parte specifica del Paese. Potrebbe persino trasferirsi all'estero e insegnare inglese. Perché rimanere in un luogo ormai noto quando c'è il mondo intero da esplorare? Per quanto Lily si sia affezionata a Houston, è pronta ad abbandonare il suo caldo soffocante. Però ha imparato ad amare l'idea di vivere in una grande città. Le piace la sensazione di poter entrare in contatto con tante persone diverse, con tanti modi differenti di guardare al mondo. E, mentre pensa a quale debba essere il suo prossimo passo, le ritorna alla mente una conversazione che ha avuto con Anne.

Erano sedute sulle altalene fuori dal college, poco prima che Anne partisse per frequentare la specialistica in medicina a Baltimora.

« Mi mancherai! Chissà dove andrò a finire io, il prossimo anno, quando mi laureerò », aveva scherzato Lily.

« Se potessi andare ovunque, dove andresti? » aveva chiesto Anne.

« A New York! » aveva esclamato Lily, stupendo persino se stessa.

« Cosa? Dici davvero? »

« Sì. Non ti pare un'idea romantica, in un certo senso? È il luogo perfetto per reinventarsi. E cos'è la vita, in fondo, se non una grande avventura? »

« Che idea sdolcinata », aveva detto Anne, sempre pragmatica.

Ma, un anno più tardi, quella risposta sdolcinata è ormai un tarlo nella mente di Lily. E, sebbene una laurea in scienze della formazione e una vita a New York non rientrassero nei piani dei suoi genitori, una volta che quel piano ha preso forma, Lily è diventata incapace di lasciarlo andare. Anche perché non vuole.

New York. È il luogo dove tantissime storie hanno avuto inizio. È il luogo dove ha avuto inizio la storia di suo padre negli Stati Uniti. Forse è lì che si svolgerà il prossimo capitolo della sua vita.

30

New York City, New York, settembre 1994

Lily viene assunta in una piccola *magnet school* di Manhattan; un tempo una normale scuola media, adesso ogni ala dell'edificio ospita un corso di studi a sé, che segue il proprio curriculum specializzato. L'ala di Lily è focalizzata sulle materie scientifiche, anche se lei insegna inglese.

Il primo anno è molto impegnativo. Ogni giorno, decine di dodicenni svegli e chiassosi provenienti da ogni angolo di New York sciamano dentro e fuori dalla sua aula. Certi giorni, dopo che l'ultimo ragazzo è uscito, Lily crolla sulla scrivania sbattendo le palpebre, nello strano silenzio che segue ore e ore di baccano ininterrotto. I quarantacinque minuti di viaggio in metropolitana che la riportano a Brooklyn e al suo appartamento passano in un lampo di confusione, mentre lei si prepara a trascorrere la serata correggendo compiti e preparando la lezione del giorno dopo.

In alcuni momenti si sente così stanca e scoraggiata da quel ritmo infernale che ha la tentazione di mollare tutto. Perché non ha terminato gli studi in ingegneria? Se non altro i circuiti non rispondono male e non sparano palline tenute insieme con lo sputo.

Ma, nel profondo, sa che quello è il lavoro che fa per lei. Sta facendo una cosa che le piace, che fa la differenza, e in cui, un giorno, potrebbe anche diventare brava. Anche quando le cose non vanno come previsto, il che succede quasi sempre, Lily è comunque affascinata dai meccanismi di apprendimento dei ragazzi. Sente, istintivamente, un desiderio inesauribile di continuare a migliorarsi e a imparare, una cosa che non aveva mai provato prima, studiando ingegneria.

Alla fine suo padre ha accettato la sua decisione di abbandonare ingegneria, anche se, quando si sentono al telefono, la invita spesso a frequentare più corsi d'informatica possibili. La madre è sollevata che si sia laureata, indipendentemente dalla materia. E di sicuro ha aiutato anche il fatto che Lily abbia una carriera e sia economicamente indipendente.

Nelle giornate buone, Lily adora il suo lavoro. Adora il fatto che gli iscritti alla sua scuola siano diversi per classe sociale e provenienza, quasi fossero uno specchio della città stessa. Adora il fatto che ciascuno porti in aula trascorsi ed esperienze differenti. Molti parlano lingue diverse dall'inglese, a casa, e molti sono statunitensi di prima generazione. Qualcuno le chiede della sua famiglia, del suo cognome. Nel complesso, quando lei racconta che suo padre è cinese e sua madre caucasica, non fanno una piega. D'altronde, anche molti di loro vengono da famiglie miste. Lily ha un debole per gli studenti che siedono al confine tra due mondi e cerca sempre modi per coinvolgerli. E, immancabilmente, quando lo fa si rende conto che sono loro a insegnarle qualcosa che lei ignorava. Ogni allievo è diverso, e Lily si dedica con tutta se stessa al compito di conoscerli a fondo, un individuo alla volta.

Alla fine del primo anno, nonostante tutte le difficoltà, è sicura di aver trovato la sua strada.

L'estate scivola via in fretta e presto Lily torna al lavoro. Un giorno, mentre sistema l'aula per gli studenti e fissa la bacheca con le recensioni dei libri letti l'anno precedente, sente qualcuno bussare alla porta.

Una donna asiatica che non ha mai visto prima varca la soglia con una spillatrice in mano. «Ehi, non è che ti avanzano delle graffette? Io le ho finite e devo ancora sistemare due bacheche.»

«Certo.» Lily si avvicina alla scrivania. «Sei la nuova insegnante di scienze?» chiede, frugando nei cassetti.

«Sì, mi chiamo Julie.»

«Julie Zhang?»

La donna annuisce.

«Ho visto il tuo nome nell'elenco dei nuovi insegnanti. Benvenuta, io sono Lily. Insegno inglese... e non riesco a trovare le graffette. Ecco, usa la mia spillatrice. È la prima volta che insegni? »

« No, grazie al cielo! Il primo anno è un massacro. Ho lavorato per un paio d'anni in una scuola media del Queens, poi sono andata in maternità. Quando ho deciso di ricominciare, mi sono resa conto che avrei preferito un istituto più piccolo e un impiego part-time. Al colloquio, Isobel mi è sembrata appassionata e flessibile. Quindi mi sono detta: perché no? E poi mi piace stare a Manhattan. E tu? Da quanto tempo insegni? »

« Questo è il secondo anno. Ho cominciato qui l'anno scorso. Sì, Isobel è in gamba. Molto disponibile, ma anche esigente. Immagino sia normale in una scuola così piccola. Non ti stupire se ti chiederanno di fare qualche supplenza dell'ultimo minuto. Però, tutto sommato, gli altri insegnanti sono magnifici. E i ragazzi... be', preparati a ricevere un sacco di opinioni non richieste sugli Yankees. E di barzellette sulle puzze. »

Mentre chiacchieravano, Julie l'ha squadrata per tutto il tempo, come se volesse dirle qualcosa. « Ehi, sei in parte cinese? » chiede infine.

La sua schiettezza è un sollievo. Di solito la gente affronta l'argomento con una serie di domande tortuose che cercano di risultare educate, anziché chiederle direttamente ciò che vuole sapere.

« Sì, per metà », risponde Lily. « E tu? »

« Tutta cinese », dice, con un tono che suona vagamente divertito. « Mio figlio, Milo, è come te, invece. La famiglia di mio marito è originaria del Pakistan, ma vivono tutti negli Stati Uniti. Chi è il cinese, dei tuoi genitori? »

« Mio padre. »

« Capisco. E da quale zona della Cina viene? »

« Sai che non lo so con certezza? » Stranamente, Lily non si mette sulla difensiva, né cerca di liquidare l'argomento. Anzi, scopre con sorpresa di voler raccontare di più. « È nato in Cina, ma si è trasferito a Taiwan quand'era ragazzo. Forse negli anni '40? Forse durante la guerra? Non lo so. Ne parla di rado. Una volta mi arrabbiavo tantissimo, però adesso ho capito che è fatto così. È sempre tutto vago. »

« So cosa intendi. »

Questa è la prima volta che qualcuno risponde ai commenti di Lily sul padre con qualcosa che somiglia alla comprensione. Le fa venire voglia di parlare ancora, dire di più. « Anche la tua famiglia è andata a stare a Taiwan? »

« No, hanno lasciato la Cina continentale, probabilmente nel periodo in cui se n'è andato anche tuo padre, ma per andare a Hong Kong. Io sono cresciuta lì. E tu? Hai ancora qualcuno a Taiwan? »

« La mia nai-nai. Una volta, quand'ero piccola, è venuta a trovarmi. » Lily si ferma a pensare. « Sono stata contentissima di conoscerla. Era meravigliosa. Anche se non parlava inglese quasi per niente, mi sembrava che ci capissimo alla perfezione. E poi lei era l'unica che poteva comandare mio padre a bacchetta! Ho sempre voluto vederla di nuovo, ma, chissà perché, non siamo mai andati a Taiwan e lei non è mai tornata a trovarci. Come dicevo, mio padre è sempre rimasto sul vago a questo proposito. Comunque, che mi dici di te? Come ci sei finita a New York? » chiede poi, in parte per curiosità, in parte per la tendenza istintiva a spostare i riflettori da sé e dal suo passato. Ha già detto molto più di quanto non faccia di solito.

Julie spiega che la sua famiglia ha lasciato Hong Kong per Toronto nel 1987, quando lei era adolescente. Preoccupati per la paventata cessione alla Repubblica Popolare Cinese nel 1997, avevano deciso che emigrare fosse la scelta più sicura. Lei aveva terminato le scuole superiori in Canada e poi era andata alla New York University. « Ed eccomi qui », conclude allargando le braccia.

« Be', sono felice che tu sia qui », dice Lily.

« Grazie, anche io. Adesso meglio che vada a finire le bacheche. »

Un'oretta dopo, Lily ha quasi terminato di sistemare l'aula e Julie ritorna a restituirle la spillatrice.

« Posso chiederti una cosa? »

« Certo. » Lily si siede e invita Julie, con un gesto, ad accomodarsi accanto a lei.

« Come è stato crescere in una famiglia mista? »

La domanda la coglie in contropiede. Nessuno le ha mai

chiesto una cosa simile, implicando che essere di razza mista sia un'esperienza interessante anziché un difetto di carattere.

Mentre cerca la risposta migliore, Julie prosegue: « Io e mio marito ci chiediamo spesso cosa apprenderà Milo dalle sue molte culture di origine: cinese, pakistana, adesso americana. Io gli parlo in cantonese, mio marito in urdu, e tra noi parliamo per lo più in inglese. Quale sarà la sua madrelingua? »

« Io non parlo cinese », dice piano Lily.

« Oh, cioè, mi chiedevo come sarà per lui avere genitori di etnie diverse », chiarisce Julie, come se temesse di aver offeso Lily. « Gli altri bambini lo prenderanno di mira a scuola? Saprà da dove viene? Cosa dirà della sua famiglia? Come si gestisce una situazione del genere? »

« Non lo so. Non è sempre stato un percorso lineare. Anzi, la parte cinese nel mio caso è andata perduta. Whitewashed? » Fa un mezzo sorrisino. « In un certo senso, ho avuto l'impressione che mio padre trovasse troppo difficile essere cinese e americano insieme, quindi ha lasciato scivolar via la parte cinese. »

« Come si fa a smettere di essere cinese? »

« Sarebbe stato bello crescere vedendo me stessa non come due metà mal assortite, ma come una persona completa. Magari Milo troverà un modo di conservare sia il suo retaggio pakistano sia quello cinese. Non deve scegliere tra l'uno e l'altro, giusto? »

« Giusto. »

Per Lily è strano tornare a farsi quelle domande dopo tanti anni. L'amarezza e la frustrazione che prima si lasciavano dietro sono scomparse. Al loro posto, Lily scopre una nuova volontà di approfondirle.

Julie guarda l'orologio. « Ehi, devo proprio scappare, ho delle cose da fare. È stato un piacere conoscerti, Lily. Ci vediamo lunedì! »

Col procedere del secondo anno, Lily si rende conto di essere più rilassata rispetto al primo, che le sembrava ingestibile. Ci sono ancora giornate difficili, ma lei non fa più errori da principiante. In compenso, ne fa di nuovi. Però sta diventando brava a trovare soluzioni istantanee.

Un venerdì, all'inizio dell'anno scolastico, finisce la lezione con qualche minuto di anticipo. Sa che deve farsi venire in mente qualcosa, prima che la classe precipiti nel caos. Sulla scrivania c'è un libro di fiabe popolari provenienti da tutto il mondo. Lo apre su una pagina a caso e inizia a leggere una fiaba giamaicana che s'intitola *La gara di corsa del rospo e dell'asino*. Il fruscio di fogli spostati e lo stridio di sedie sul pavimento si placa all'istante. Quando Lily finisce la lettura, la classe è immersa nel silenzio e mancano ancora tre minuti all'intervallo.

« Ne leggiamo un'altra? » suggerisce uno dei ragazzi.

La storia successiva, *Il figlio del re va a caccia di orsi*, è finlandese. Lily legge anche quella e conclude proprio quando suona la campanella.

È stato magnifico leggere quelle fiabe ad alta voce: l'intera atmosfera dell'aula è cambiata, da affollata e soffocante si è fatta ariosa e aperta. La settimana seguente, Lily decide d'iniziare la giornata leggendo una fiaba all'ora dell'appello, e di leggerne una seconda alla fine delle lezioni. Quando lo fa, anche i più irrequieti dei suoi allievi siedono immobili, incantati dalle prodezze e dalle meschinità di imbroglioni, furfanti, saggi e folli.

Ben presto, Julie Zhang si trasforma in un'insegnante adorata dagli allievi e in un'ottima amica per Lily. Quando arriva il momento dei colloqui annuali coi genitori, Lily ha modo di apprezzarla ancora di più. Al primo anno, all'inizio dei colloqui, la preside, Isobel, aveva chiesto aiuto a Lily per fare da interprete con alcune delle famiglie cinesi. Per quanto Lily volesse dare una mano, era stata costretta ad ammettere di non esserne in grado. Lo stupore con cui Isobel aveva accolto la notizia, unito alla sorpresa mostrata da molti genitori che aveva incontrato quel pomeriggio e che le si erano rivolti direttamente in cinese, aveva risvegliato la sua antica vergogna, e i suoi rimpianti. Quest'anno, Isobel ha chiesto a Julie.

« È stato magnifico averti qui come interprete », le dice Lily a fine serata, mentre radunano le loro cose per andarsene.

« Sono stanchissima », dice Julie. « Ho il cervello in sovraccarico, perché mi sono ritrovata a dover mediare tra professori, studenti e genitori, a volte in tre lingue diverse. »

« Tre lingue? »

« Il cantonese non è un problema, ma il mio mandarino lascia a desiderare. Ci sono stati un paio di genitori che mi hanno fatto domande in mandarino e quando non capivo scrivevano. Però, se usano i caratteri semplificati, per me diventa ancora più incomprensibile. Perciò dovevamo alternare mandarino, cantonese, caratteri e linguaggio dei segni. E poi dovevo ritradurre tutto per l'insegnante. Mamma mia! »

« Wow. Non ne avevo idea. »

« Tecnicamente non avrei dovuto nemmeno accettare. Non è un incarico previsto dal mio contratto e il distretto ha i suoi interpreti. Isobel mi ha messo in una posizione scomoda. Sapeva che ci sarebbe stato bisogno d'interpreti e si sarebbe potuta organizzare. Quando gliel'ho detto, ha tirato fuori la burocrazia, le liste d'attesa e, comunque, secondo lei, io ero una scelta migliore perché i ragazzi mi conoscevano già. »

« Quindi hai accettato. »

Julie si stringe nelle spalle. « Lo so com'è, trovarsi in una situazione simile quando si è ragazzini. »

« Oh. »

Julie s'infila il cappotto. « Bene, per stasera io ho finito. Andiamo. »

Escono in strada, e mentre camminano Lily dice che Isobel le aveva chiesto aiuto l'anno scorso. « Mi sono stupita io stessa di quanto mi abbia fatto star male il fatto di non esserne in grado. »

« Quindi lei ha semplicemente dato per scontato che tu parlassi cinese? »

« Non è l'unica. Anche qualche studente, genitore, perfino i passanti al parco certe volte cominciano a parlarmi in cinese dal nulla. »

« E tu non lo hai mai imparato? Per niente? »

Lily scuote la testa. « Non direi. »

« E tuo padre non ha mai parlato con te in cinese? »

« Nah. Forse lo intristiva troppo. O magari pensava di proteggermi, o qualcosa del genere, non lo so. Certe volte si comporta in modo irrazionale. »

« Mmm. » Julie annuisce. Dopo un po', dice: « Sai, la generazione dei nostri genitori è cresciuta in circostanze davvero drammatiche. Quasi tutti gli amici che avevo a Hong Kong, e che venivano dalla Cina continentale, avevano almeno qualche parente che aveva passato esperienze terribili durante la guerra ».

La generazione dei nostri genitori. Lily non aveva mai pensato a suo padre come parte di un'intera generazione.

« Mio padre mi ha raccontato di un giorno in cui stava semplicemente camminando per strada, prima di trasferirsi a Hong Kong, durante l'occupazione giapponese. Sul marciapiede opposto c'era un suo compagno di scuola e lungo la via si avvicinava un soldato giapponese. Tutti sapevano che, davanti ai giapponesi, bisognava inchinarsi subito. Ma il compagno di mio padre era distratto, o non ha reagito abbastanza in fretta, chissà. Fatto sta che il soldato l'ha ucciso con un colpo di fucile. È stata una cosa così rapida che nessuno ha potuto fare niente per evitarla. Mio padre dice che lui e suo fratello si sono gettati subito a terra, in caso il soldato avesse visto anche loro. Per fortuna quello li ha lasciati in pace, ma era una vita pericolosissima. Potevi finire giustiziato anche per una sciocchezza. »

« Wow... » commenta Lily, incredula, ma qualcosa dentro di lei è scattato: *Ci sono altre storie.*

« I sopravvissuti hanno tutti visto cose che avrebbero preferito non vedere, cose che vorrebbero poter dimenticare. Probabilmente anche tuo padre. » Julie si ferma per prendere la tessera della metropolitana. « Bene. Ci vediamo domani. »

Lily saluta l'amica con un cenno e la guarda affrettarsi giù per le scale.

Mentre torna a casa, Lily si rende conto di non sapere quasi niente né della seconda guerra sino-giapponese né della guerra civile in Cina. Terrorizzata, e poi stremata, dalle ansie del padre, a un certo punto si è semplicemente arresa. Ma adesso Lily ha di suo padre una visione diversa, più completa. Comincia a cercare racconti di cinesi della sua generazione, di quelli che sono rimasti in Cina e di quelli che se ne sono andati.

Inizia dai libri. Vuole riempire il silenzio del padre con le voci di coloro che hanno sentito il bisogno di raccontare la loro storia tanto quanto lui ha avuto la necessità di cancellare la propria. *Cigni selvatici, La donna guerriera, Il circolo della fortuna e della felicità* e poi ogni romanzo, biografia o memoir su cui riesce a mettere le mani. Nella libreria Strand scopre, deliziata, le autobiografie di Han Suyin, una scrittrice e dottoressa metà belga metà cinese che ha vissuto in Cina nello stesso periodo in cui ci è vissuto suo padre. Ogni racconto ha le sue sfumature di dolore e tenacia. Ogni racconto è una tessera di un puzzle che, finora, l'ha sempre lasciata perplessa.

Col tempo, Lily si rende conto che, più impara sulle vite degli altri, meno ha bisogno d'ingabbiare con esattezza la propria. Proprio come di fronte a un puzzle quasi finito, non ha più bisogno di avere davanti tutti i pezzi mancanti per vedere l'immagine finale.

31

Museo del Palazzo Nazionale, Taipei, febbraio 1997

Posa gli occhi sulla figura di un monaco al mercato.

Intorno a lui s'inseguono grida e richiami, così come lo sferragliare delle ruote dei carretti, cigolii e fischi. L'aria è satura di fumo e degli aromi della carne e delle spezie. Lettighe coi finestrini chiusi da tendine si avvicendano in strada, le nappe decorative dondolano, i portatori trottano a passo svelto. In un'altra direzione, una processione di uomini a cavallo e soldati a piedi che agitano stendardi, annunciando l'arrivo di un ufficiale di alto grado. I facchini abbassano i pali che tenevano in equilibrio sulle spalle, i due cesti carichi di pesce da un lato e ortaggi dall'altro. I venditori del mercato si affrettano a raggiungerli, nella speranza di fare buoni affari, e poi trasportano i beni acquistati alle loro bancarelle.

Il monaco tiene gli occhi chiusi. Non si muove quando una moneta tintinna nella sua ciotola, né quando un cane si ferma ad annusargli il ginocchio. Non c'è niente a riparare la sua testa calva dal sole o dalla pioggia, dal vento o dalla polvere. Anche il più imbranato tra i borseggiatori potrebbe derubarlo. Ma nessuno lo fa. La sua immobilità lo trasporta in un luogo che si trova oltre la ragione, l'azione, il linguaggio. Il monaco ha fiducia nel fatto che ciò che accade accade con uno scopo, anche se lui non può vederlo.

Un gruppo di turisti sciama intorno a Meilin, affollandosi intorno al rotolo. La guida richiama la loro attenzione su alcuni dettagli con una bacchetta nera e lunga, soffermandosi sui sigilli rossi, sul magnifico esempio di calligrafia rappresentato dai codicilli, sulle delicate pennellate e sui colori, caratteristici di quel periodo storico. I turisti scattano una fotografia e poi si trasferiscono in massa alla sala successiva. Una madre canticchia dolcemente al bimbo che tiene in braccio, percorrendo piano l'intera lunghezza del rotolo. Un gruppetto di bambini saetta qua e là, a caccia di raffigurazioni di animali: bue, cavallo, cane, tigre, airone, cervo. Una coppia di anziani indugia davanti a quello spettacolo, scambiandosi frasi pronunciate a bassa voce e intervallate da lunghi silenzi. Non hanno bisogno di affrettarsi; sono anni che le loro conversazioni sono un flusso continuo, interrotto solo ogni tanto.

La sala si riempie e si svuota, si riempie e si svuota.

Non è il suo rotolo, ovviamente.

Ogni volta che viene inaugurata una mostra dedicata ai tesori recuperati dalla Cina continentale, Meilin va al museo, piena di speranza. Ha perso il conto di quanti rotoli ha visto, ormai. Sono tutti incredibili. Che siano sopravvissuti ha del miracoloso. E, ogni volta, Meilin si stupisce di quanto sia profonda la delusione di non aver ritrovato il suo. Ma forse la delusione è il prezzo della speranza. Meilin ha imparato ad accogliere i momenti in cui questa sofferenza antica torna a braccarla. Se la avvolge intorno, come uno scialle, tenendo il dolore ancora più vicino a sé. Questa tristezza, per quanto sfibrata e logora, è tutto ciò che le rimane, e tutto ciò che la lega a un ragazzo ormai cresciuto, a un uomo morto da tempo, a una vita di attese e a un passato che sta lentamente svanendo.

Taipei, Taiwan, marzo 1997

I giorni, gli anni sono passati in un flusso ininterrotto di lavoro e pettegolezzi. Al banco della zia Lin-Na, al mercato delle stoffe di Yongle, c'è un viavai continuo di spose arrivate a scegliere sete e rasi per cucire qipao speciali, e nuovi ricchi in cerca di completi e tailleur cuciti a mano. Uomini e donne d'affari elegantissimi, sempre più sofisticati, vengono comunque fin qui per avere capi su misura. Meilin è ricercata per la sua capacità di scegliere per ogni acquirente colori e tessuti che gli donano in modo particolare. Non ricorda nemmeno più quanto tempo fa ha smesso di essere una cliente della zia Lin-Na e ha cominciato a lavorare per lei. Come molte altre cose riguardanti la sua vita a Taipei, i confini si sono confusi col tempo.

Meilin adora trascorrere le mattinate a Dadaocheng, quando le vie sono tranquille e le uniche persone su Dihua Street sono i fedeli che fanno il loro pellegrinaggio mattutino al Tempio del Dio della Città. C'è un ritmo rassicurante nei rituali quotidiani osservati dai negozianti. Accendono candele rosse per i loro antenati, danno da mangiare ai pesci rossi ospitati in vasi di ceramica che abbelliscono l'ingresso dei negozi, e innaffiano la piccola giungla di piante in vaso sotto le gronde. Prima che il caldo e la calca si facciano intollerabili, prima che il calpestio di passi e lo stridio dei freni delle biciclette riempiano l'aria, e prima che sacchi di miglio, riso e funghi secchi si affaccino sulle passerelle, a Meilin piace starsene davanti all'arcata di mattoni rossi dell'ingresso a guardare il mercato che si allunga all'interno, in archi successivi. Certe mattine le sembra quasi di vedere, all'estremità più lontana, una giovane madre col suo bambino, che camminano insieme per poi scomparire.

Questa mattina si è svegliata presto, prima del canto degli uccelli. La casa è immobile. Gli unici suoni sono il suo respiro e il tintinnio lieve che la tazza di porcellana fa ogni volta che lei smette di sorseggiare il tè e la posa sul piattino. Se rimane seduta e ferma, Meilin riesce a sentire un silenzio immobile che avvolge la casa come una coperta.

In strada, i rami degli alberi si caricano di nuove gemme. Il tempo avanza, avanza sempre. Tutto cresce, le giornate sfrecciano in avanti, dispiegando un tumulto di colori e profumi, un'accelerazione di stagioni. *Aspetta,* vorrebbe gridare lei. *Aspetta.* C'è qualcosa in Meilin che vorrebbe arrestare l'arrivo della luce. Vorrebbe trattenere il buio, l'oscurità, l'immobilità, ancora un po'. Ultimamente, sogna di gelate e brina. Sono decenni, ormai, che non vede un vero inverno. Brama il silenzio della neve, una stagione per dormire, il riposo.

Los Alamos, New Mexico, marzo 1997

Henry è appena rientrato a casa dal lavoro. Rachel lo accoglie sulla porta. Rimane in piedi, in attesa, finché lui non posa la valigetta, sfila le scarpe e infila le pantofole. Henry percorre il corridoio, entra in cucina e toglie il tesserino, l'orologio e l'anello.

Lei lo segue. « Henry, ascolta. »

Preme il tasto PLAY sulla segreteria telefonica. In un inglese stentato, una voce che suona lontanissima dice: « Noi cerca Dao Renshu ». Si sente qualcuno parlare in cinese in sottofondo. « Cerca Henry, Henry. Tua madre molto malata. Vieni. » Si sente il rumore del ricevitore che viene posato e la chiamata s'interrompe.

Henry si copre la bocca con la mano. Poi si siede, stringe forte gli occhi, si preme il pugno chiuso contro le labbra. Rachel si siede davanti a lui.

Prima che arrivasse quella notizia, Rachel si stava preparando per partecipare a una conferenza nazionale per bibliotecari. Era emozionatissima all'idea di essere stata invitata, non vedeva l'ora di andare. Adesso, però, si offre di cancellare i suoi piani e accompagnare Henry a Taiwan, ma lui rifiuta. Vuole che vada; e poi lei non conosce la lingua, il Paese. Sarà già abbastanza difficile per lui, senza doverle fare anche da guida turistica.

Rachel è infastidita. Ovviamente non si aspettava che lui le facesse da guida, ha solo pensato che volesse qualcuno vicino.

Henry si pente subito del tono che ha usato. Ma è anche irremovibile: deve andare da solo.

Dopo aver discusso ancora, Rachel accetta, riluttante. Chiama la figlia per comunicarle la notizia.

« Fammici parlare, mamma », dice Lily.

Henry va al telefono. « Devo andare a Taiwan, tesoro mio. Nai-nai sta male. »

« Vengo con te. Posso aiutarti. »

« No, no, tu hai il tuo lavoro. Concentrati sulla tua vita a New York. »

« Non preoccuparti. Ho dei giorni di malattia da sfruttare. Questa è una cosa importante e sono sicura che la preside capirà. »

« No, non c'è bisogno che tu venga. »

« Sì, invece. C'è bisogno eccome. È la mia nai-nai. »

Lui non dice niente.

« Prenoto subito un biglietto. Ci vediamo lì. È la mia nainai », ripete Lily.

Henry è bloccato.

L'uomo che ha passato anni ad arrivare in anticipo a ogni appuntamento e riunione, che ha sempre pianificato tutto per non dover fare le cose di corsa, che controllava due volte, e poi una terza, tutti i suoi calcoli, è bloccato. Deve tornare a Taiwan, non può più spingere la sua vecchia vita in un angolo, ma sta affogando nei dettagli. Deve chiedere qualche giorno di permesso al lavoro, comprare i biglietti, rinnovare il passaporto, cambiare i soldi, preparare la valigia. Cosa deve portare? Quanto tempo dovrà rimanere? Chi altro ci sarà, una volta arrivato? Il tempo si sta esaurendo. Henry sa che sua madre è malata, ma di sicuro non morirà prima che lui le abbia detto addio. Fa del suo meglio, ma ci sono ancora tante cose da fare; non è ancora pronto. Non è pronto.

Henry si sta trasformando, di nuovo, in Renshu. Ancora una volta è travolto dagli eventi e dal tempo. È intrappolato in mezzo a una folla disperata che cerca di salire su un treno o di scendere da una nave o nascondersi in un rifugio antiaereo. « Mamma! Mamma! » Le sue grida si perdono in un ammasso confuso di spalle e gomiti e spintoni, e nessuno guarda in basso per vedere un bambino che si è perso. Cosa farà se perde la sua mamma?

Rachel lo aiuta. Lo aiuta a redigere la lettera da inviare in ufficio per chiedere qualche giorno di permesso, a spiegare la situazione. Lo aiuta a fare la valigia, a rinnovare il passaporto, a coordinare i biglietti con quelli di Lily, lo accompagna all'aeroporto.

Dopo il check-in, si siedono l'uno accanto all'altra al gate, senza guardarsi, in attesa della chiamata per l'imbarco.

« Henry. » Rachel si volta verso di lui. « Henry, guardami. »

Lui si gira e lei gli appoggia tutte e due le mani sulle spalle, come faceva con Lily quando era piccola e voleva calmarla. Ha un'espressione seria e la voce ferma e decisa. « Qualunque cosa succeda, sappi che hai fatto tutto ciò che potevi per lei, per molti anni. Sono sicura che è molto orgogliosa di te.»

Lui si agita sulla sedia. Il gate si sta riempiendo di viaggiatori. Una voce annuncia l'inizio delle operazioni d'imbarco.

«Adesso vai. Stanno chiamando il tuo volo.» Lo abbraccia forte, gli bacia la nuca.

«Grazie, Rachel. Grazie.»

L'aereo accelera sulla pista, i motori ronzano, poi stridono, infine ruggiscono. Henry sente la vibrazione della cabina, sempre più accentuata, sotto i piedi, mentre le ruote girano sempre più veloci. Chiude gli occhi, preparandosi al momento in cui la pressione dell'aria che spinge l'aereo da sotto diventerà maggiore di quella che lo spinge da sopra. Quello è il momento esatto in cui avviene il cambiamento. L'istante in cui la forza di sollevamento vince sulla forza gravitazionale, le ruote perdono il contatto con l'asfalto, e l'aereo si alza da terra.

Taipei, Taiwan, aprile 1997

Aeroporto Internazionale Chiang Kai-shek. Henry sbarca, affaticato dal volo notturno. Guarda il foglio su cui Rachel ha scritto i dettagli del volo di Lily e si avvia per incontrarla. Quando la vede uscire dal gate si accorge, stupito, di essere orgoglioso di lei. È una donna adulta. Non dipende solo da com'è vestita o dal taglio di capelli. È il modo in cui si muove, in cui si comporta. Ha le spalle dritte e trascina dietro di sé un trolley, scrutando tra la folla. Quando lo vede, un gran sorriso le illumina la faccia, e lui vede un lampo della bambina che è stata. Lily gli corre incontro e lo abbraccia. Anche se ha cercato di convincerla a non andare, Henry è felice che sia lì.

Fanno la fila alla dogana, raccontandosi i rispettivi voli. Ma quasi subito la stanchezza ha la meglio e rimangono tutti e due in silenzio. Henry è sul punto di appisolarsi un paio di volte, però poi lo scompiglio della folla che si sposta e trascina valigie e borse lo fa tornare lucido. Qualcuno gli sta timbrando il passaporto. Lui e Lily prendono le valigie. Uscendo, sono accolti da un'aria densa e umida, intrisa di profumi che lui aveva dimenticato.

Henry ferma un taxi con una mano e dà al tassista l'indirizzo di Meilin. La casa si trova in una zona di Taipei che non ha mai visto. Il tassista sguscia in una strada molto trafficata e, guardando fuori dal finestrino, Henry si rende conto di non riconoscere niente. Ideogrammi cinesi traboccano dal mare d'insegne appese davanti a negozietti e dai cartelli disseminati lungo la strada. In un caos di font, stili e dimensioni, Henry si sente completamente avviluppato dalla sua lingua madre. Ovunque rimbombano una vita, e una lingua, che si era lasciato alle spalle.

Taipei brulica di strade a più corsie, una metropolitana sopraelevata, grattacieli scintillanti. Il rombo dei motori e il suono dei clacson gli ricordano di quando si sentivano solo campanelli di bicicletta e le grida dei venditori ambulanti. Nella Taipei che lui conosceva, le strade erano fiancheggiate da pali elettrici in legno, coi fili che si allargavano a raggiera, portando luce ed elettricità negli edifici sottostanti. Adesso pali e cavi sono ridotti al minimo, si vedono solo edifici che si allungano verso il cielo all'infinito.

Nonostante il jet-lag e il lungo viaggio, Lily è sveglissima. Tutte quelle novità le si riversano negli occhi e Henry vede, di nuovo, l'emozione della bambina che lo seguiva in giro per il giardino, pronunciando parole a caso in mandarino. Lily è folgorata dalla città che sfila fuori dal finestrino, e gli tira la manica di continuo, meravigliandosi alla vista degli sciami di motociclette, delle viuzze brulicanti di pedoni e negozi, degli antichi templi nascosti tra edifici moderni a più piani.

Quando il tassista li fa scendere, Henry paga la corsa, conta le banconote con una certa difficoltà e rifiuta il resto. Prendono le valigie e rimangono in piedi, l'uno accanto all'altra. Henry suona il campanello e aspetta.

Lungo i portici di Dihua Street vede passare dei bambini in uniforme scolastica che fanno ruotare le cartelle in un cerchio perfetto, abbastanza velocemente per impedire a penne e matite di cadere.

« Dao Renshu? Lily? »

Per un secondo, Henry pensa che la donna davanti a lui sia Peiwen, poi si ricorda che lei è emigrata tanti anni fa. Questa è Lin-Na, l'amica della mamma del mercato delle stoffe. È più giovane di quanto pensasse, più vicina alla sua età che a quella della mamma.

« Sì, sì, tu devi essere Lin-Na. E mia mamma? »

La faccia di lei gli dice tutto ciò che c'è da sapere.

« Quando? »

« Ieri pomeriggio. Abbiamo chiamato a casa tua ma non c'era nessuno, abbiamo lasciato un messaggio. »

Il cervello di Henry si svuota. È come se qualcosa che tentava di afferrare da quando ha memoria fosse all'improvviso scivolato via.

Ieri pomeriggio. Henry chiude gli occhi e prova a ricordare dov'era in quel momento. Non ci riesce. La stanchezza e l'adrenalina lo hanno ridotto all'impotenza.

« Oh! Ma dove ho la testa? » si rimprovera Lin-Na spalancando la porta. « Entrate, entrate. Avete mangiato? »

Henry e Lily entrano in casa, appoggiando le valigie appena oltre la soglia. Le pareti emanano un odore di canfora e incenso.

Lin-Na indica due paia di pantofole bianche pulite sistemate accanto a una fila di scarpe.

Chiude la porta, poi posa una mano sul braccio di Henry. « Da questa parte. »

La seguono attraverso un cortile e oltre la cucina. Lui registra tutto quanto. Le pentole e le padelle sono appese in alto, il fornello è spento, il bancone è pulito. La cucina di sua madre non era mai silenziosa, mai immobile. C'erano sempre coltelli che tagliuzzavano, pentole e padelle che sbattevano, stufati che borbottavano, porte che si aprivano e chiudevano. Il suo cestino, pieno di prodotti del mercato, stava sempre sul tavolo o sul bancone, straripante di ravanelli, cavoli, fagiolini, funghi essiccati.

Lin-Na apre una porta e fa loro cenno di entrare. Accanto a un letto c'è una sedia vuota. Henry si siede. Lily rimane in piedi alle sue spalle.

Meilin sembra piccolissima. Ha i capelli bianchi. Lin-Na e la sua famiglia l'hanno lavata e vestita. Indossa un vestito di seta blu con ricami neri, e ha le mani incrociate sul petto. Ha le giunture delle dita ingrossate dall'artrite, e le dita ripiegate ad artiglio. Disteso sul letto, ai suoi piedi, c'è uno scialle bianco di raso. È riccamente ricamato con farfalle dorate, viola, color corallo, che svolazzano sopra delle peonie. Si direbbe opera di Meilin.

Cosa avrebbe potuto dirle, se fosse arrivato in tempo per dirle addio? Le avrebbe confessato i suoi fallimenti? Il frutteto che non ha mai attecchito, i documenti che non è riuscito a sistemare, gli anni in cui non è mai andato a trovarla? Per un attimo Henry setaccia i suoi ricordi di fughe e incertezze, la minaccia dei raid aerei, il gelido terrore delle bombe. Avrebbero provato, insieme, a ricordare anche le cose belle di quel periodo trascorso insieme? In tutta quella sofferenza, che adesso si è coagulata in un'assenza di sensazioni, c'è stato qualche momento di grazia? Fa scorrere le dita sui singoli punti del ricamo; i petali delle peonie, le antenne delle farfalle, e poi accarezza piano i capelli di sua madre. Ripensa al rotolo disteso, ai suoi racconti. A come Meilin sembrava sempre avere la storia giusta per lui.

Sente una mano posarsi lieve sulla sua spalla. Lily. Si era dimenticato della sua presenza. Lily stringe forte e lui posa una mano su quella di lei.

La porta si apre e Lin-Na entra in camera, portando una seconda sedia. La posa accanto a quella di Henry e fa cenno a Lily di sedersi. « Anche noi volevamo molto bene a Ma Mei. Era come una seconda madre, per me. »

« Una seconda madre? » le fa eco lui.

« Ho perso la mia subito dopo la guerra. »

Henry si alza e la guarda negli occhi. « Mi dispiace per tua madre. »

« E a me dispiace per la tua. »

Henry abbassa di nuovo lo sguardo su Meilin. Come è riuscita una donna così minuta a sopportare tanto?

Lin-Na va ad aprire il cassetto di un comò. « Ci sono delle carte, e alcune cose che le appartenevano, che mi ha chiesto di darti. »

Mentre Henry le guarda, la porta si richiude di nuovo.

In cima a una cartellina marrone ci sono una borsetta di raso rossa e una busta da lettere. Dentro la borsetta ci sono due campanelline d'oro. La busta è piena di contanti. Le banconote più vecchie sono logore e delicate, e si ripiegano più come stoffa che come carta. Le più recenti, sistemate davanti alle altre, sono più rigide e hanno un maggior valore.

Henry apre la cartellina: il suo certificato scolastico della Jianguo High School, il diploma della Taida, tutti accompagnati da vecchie foto di lui in bianco e nero. Una foto che lo ritrae con la divisa dell'esercito. Una foto incorniciata di Meilin e Longwei, forse scattata al New Park? Longwei indossa uno dei suoi completi di lino color panna. Lei ha lo stesso vestito che porta oggi. È difficile, persino adesso, guardare Longwei. Henry gira la cornice e la rimuove. Sfila via il cartoncino che tiene ferma la foto e quella cade a terra. Lui la raccoglie e si accorge che sul retro ce n'è un'altra, più piccola: lo scatto in bianco e nero di una coppia. È una foto vecchissima, coi bordi ormai smussati dal tempo. La coppia è molto giovane. La donna è raggiante. Indossa un abito da sposa tradizionale e un semplice ma elegante diadema nuziale. Ha il viso di Lily, la sua stessa espressione deliziata. Henry guarda il viso dell'uomo, che somiglia in modo inquietante al suo ai tempi del diploma alla Taida. Non è lui, non può essere lui: lo stile è troppo antiquato, i vestiti troppo formali. Si ricorderebbe di aver scattato una foto come quella. E poi capisce. Con le mani tremanti, gira la foto. Nella grafia di sua madre, ci sono le parole: *Shui Meilin e Dao Xiaowen, anno della Repubblica 22*. La gira di nuovo e fissa lo sguardo in quello di suo padre.

Adesso Lily gli sta accanto. «Sono i tuoi genitori?»

Lui annuisce, porgendole la foto.

Lei la studia. «Sembrano giovanissimi.»

«Mio padre», mormora lui.

«Te lo ricordi?» chiede Lily.

Henry scuote la testa.

«Cosa ti ricordi?»

Lui distoglie lo sguardo, lo allontana come se stesse scrutando dritto nel passato. «Un cortile, con dei pesci in un piccolo stagno. Un rompicapo con delle scimmie fatto in un legno speciale. Se lo tenevi in un certo modo, c'erano cento scimmie; se lo giravi e contavi, le scimmie erano solo novantanove. Non ho mai capito come funzionasse.» La voce si spegne in un soffio.

Henry torna da Meilin. Si china a baciarle la fronte e accarezzarle una guancia. Poi si raddrizza e mette la borsetta con le campanelle in mano a Lily, chiudendo le dita di lei sul raso. Lascia la stanza.

Lily è seduta accanto a Meilin. Sotto il tranquillo pallore, sul suo viso si vedono ancora la sua gentilezza, la sua bellezza. Le dispiace non aver avuto più occasioni per stare insieme. Le lacrime cominciano a scorrerle sulle guance. Lily è riconoscente per il tempo trascorso con sua nonna, per quanto breve. Si china in avanti e bisbiglia: «Ciao, nai-nai. Ti voglio bene».

In cucina, Lin-Na sta preparando la cena: riso e maiale con verdure. Il marito, Ta-wei, è rientrato; lui e Henry sono seduti a chiacchierare. Lily li raggiunge a tavola. Ha una fame da lupo, e la cosa la sorprende. Mangia, e poi si accorge di riuscire a malapena a tenere gli occhi aperti. Lin-Na, Ta-wei e Henry sono impegnati in una discussione animata. Lin-Na ha tirato fuori una cartina, e tutti la indicano, annuendo, interrompendosi, parlandosi addosso. È stranissimo sentire suo padre che parla cinese. È successo così di rado quando lei era piccola. È molto più loquace di quanto lei non lo abbia mai visto.

«Vai a dormire», dice lui vedendola sbadigliare. «È stato un lungo viaggio. Domani ti porto a visitare un po' Taipei.»

Il mattino dopo, mentre Lily ancora dorme, Henry cerca di prendere accordi per la cremazione di Meilin. Ma è difficile capire da dove cominciare, chi chiamare, cosa fare. Dopo numerose – e frustranti – telefonate, decide che per quel giorno ne ha abbastanza e si arrende, sopraffatto.

Più tardi lui e Lily vanno a fare un giro in città.

Visitare Taipei a piedi è come entrare nei ricordi di qualcun altro. Henry non trova la città che conosceva un tempo. È sepolta, non sotto delle rovine, come le città che ha visto in Cina, ma sotto la ricchezza, che è tutto un altro tipo di oblio.

Le strade che – gli pareva di ricordare – portavano al juancun, lo conducono invece a un nuovo parco e a un complesso di appartamenti. Gli sembrava che per tornare a casa dalla Jianguo passasse per di qua, ma magari si è sbagliato. Non c'è traccia dei vecchi cancelli bianchi e rossi che si aprivano su vicoli stretti. Percorrono una strada diversa, e lui vede muri di cemento grigio che si vanno sbriciolando, macchiati da decenni di tifoni e acqua. Ci sono anche edifici in rovina, il cui tetto è un pezzo di lamiera arrugginita. Abbandonati da tempo, hanno i muri ancora in piedi deturpati da graffiti ormai sbiaditi. Gran parte della zona è circondata da recinti precari, alzati nel tentativo, non certo riuscito, di evitare i vandalismi.

Henry cambia direzione, e va a cercare i dormitori dove alloggiava da studente. Cominciano a camminare ma, quando raggiungono la fine della strada, si accorge di non aver visto l'edificio. Deve essersi distratto. Fanno marcia indietro e ripercorrono l'intera via però, chissà come, anche stavolta mancano il dormitorio. Al terzo passaggio, Henry tiene traccia dei numeri civici. Quando si avvicina a quello che cerca rallenta e rimane sbigottito nello scoprire che al posto del dormitorio adesso sorge un negozio con ampie vetrine.

« Andiamo a vedere la NTU », dice.

Lungo la strada incontrano un parco. Il Da'an Forest Park. *Qui non c'era un parco,* pensa lui mentre superano la gente che fa esercizio all'aperto. Su una bancarella di frutta fanno bella mostra di sé piramidi di pere.

« Ah, papà, a proposito di pere, ho letto una favola... » dice Lily. « Ogni mattina, a scuola, leggo ai ragazzi favole di tutto il mondo per cominciare la giornata. Una delle mie preferite viene dalla Cina. Parla di un pero. »

« Mmm? » Henry la ascolta solo a metà. Sta cercando di ricordare cosa c'era qui tempo fa.

« Allora, te la racconto. C'era una volta un contadino che aveva avuto un gigantesco raccolto di pere... »

Quella frase attira l'attenzione di Henry. Mentre Lily racconta la storia del monaco, lui sente il suo intero corpo rispondere. Gli occhi gli si riempiono di lacrime. Gli sembra quasi di assaporare le pere che ha trovato sulle colline sopra Yichang.

Quando lei pronuncia l'ultima frase: « E il monaco fece un inchino e disse: 'A me serviva un unico seme' », Henry viene sopraffatto. Tira fuori un fazzoletto e si asciuga la fronte e gli occhi. Non riesce a dire niente a parte: « Bellissima, tesoro mio. Sì, la conosco, quella favola. Ma non la sentivo da tanto tempo ».

« Davvero? E chi te l'ha raccontata? »

« La mia mamma. Adorava le favole. »

« Te ne ricordi altre? »

« Forse. Ci penserò. »

Svoltano in una stradina più piccola e il rombo del traffico si smorza un po', sostituito dal brusio dei venditori di strada e dai campanelli delle biciclette. La gente è seduta in strada su sedie traballanti e si fa vento nell'aria primaverile. File di panni stesi occupano le inferriate di metallo alle finestre. Numerose piante in vaso trasformano una via tranquilla in un'oasi verdeggiante. Accanto al piccolo mercato coperto, superano il banco di un macellaio che espone zampetti di maiale posati sul ghiaccio. Una donna s'inginocchia e dà un colpo di mannaia a un pezzo di carne sistemato su un blocco di legno. La lama si schianta sull'osso con un colpo secco.

Questa Taipei somiglia già di più alla città che ricorda. Sono quasi arrivati al campus della Taida. Il Royal Palm Boulevard è grandioso come sempre. Camminano fiancheggiando la biblioteca, si fermano ad ammirare la campana Fu, guardano gli studenti che barcollano sulle biciclette. Meglio ancora, le azalee sono in piena fioritura: un'ulteriore rassicurazione che non tutti i suoi ricordi sono svaniti.

Man mano che i giorni passano, Lily oscilla tra la sensazione di essere una totale estranea in un Paese sconosciuto e l'inquietante sensazione di un ritorno. Ci sono sapori che risvegliano in lei il ricordo della visita di nai-nai. I biscotti di sesamo, friabili e aromatici; la fresca, lieve dolcezza del ghiaccio tritato insaporito da gelatina alle erbe e fagioli rossi; gli ortaggi asprigni, aciduli, di cui non ha mai saputo il nome. È come se qualcosa di ancora più profondo della lingua le desse il benvenuto a casa.

Allo stesso tempo è circondata da mille immagini meravigliose, su cui fare commenti. Una famiglia di quattro persone che sfreccia lungo le strade trafficate di Taipei su un solo motorino. Clienti e venditori che trattano sul prezzo in toni drammatici nei mercati all'aperto. I negozianti che legano i pacchetti con un unico lungo pezzo di spago per facilitare il trasporto anche senza dare un sacchetto.

Non essere in grado di leggere insegne e cartelli, né origliare le conversazioni dei passanti, la disorienta. Dato che non comprende la lingua, cerca d'indovinare le relazioni tra le persone che incontra nei ristoranti e nei negozi. Non è mai stata tra tanti cinesi e taiwanesi. Non è mai stata in un posto in cui ci fossero così pochi occidentali. In un certo senso, Lily non si è mai sentita così priva di contesto.

Allo stesso tempo, il fatto di vedere suo padre qui le ha dato un contesto per interpretare i suoi modi, e ciò la fa sentire sollevata. Lo rivede nel modo in cui la gente parla, nella gestualità, nella cadenza dei discorsi. Quando sono al ristorante e lui parla col cameriere, indicando il menu, facendo domande, raggiungendo un accordo, ridendo, lei lo guarda. Quest'uomo è completamente diverso dal padre imperscrutabile, infelice, spesso irragionevole che lei ricorda dagli anni della sua infanzia.

Suo padre, da anni ormai una figura sfocata, ritorna finalmente a fuoco.

Sono arrivati da quasi una settimana, ormai. Henry deve prendere accordi per Meilin. Una mattina si sveglia presto e decide di andare a chiedere aiuto a Lin-Na.

Mentre la aspetta in cucina sceglie un piattino, una tazza e un coperchio, ed esamina gli scaffali in cerca di tè. Quando l'acqua bolle, apre una lattina di oolong di Alishan e se l'avvicina al naso. Forse qui, in questo profumo erbaceo e tostato, potrà ritrovare sua madre. Versa una manciata di foglie arrotolate nella tazza e aspetta. Toglie il bollitore dal fuoco prima che fischi, riempie la tazza e guarda le foglie che si dispiegano, si allungano e scolorano nell'acqua. Mette il coperchio e lascia in infusione. Intanto ha trovato le parole per Lin-Na.

Lei lo ascolta senza fare commenti, tirando su col naso di tanto in tanto o asciugandosi una lacrima.

« Certo, farò come mi hai chiesto, Renshu. È un onore e un dovere aiutare Ma Mei a raggiungere l'aldilà. »

Lui annuisce, riconoscente. Vede bene quanto lei soffra e, quando Lin-Na gli dice che sua madre era felice con loro, lui le crede.

Nel tardo pomeriggio, Henry porta Lily al tempio Lungshan. Il tempio è un segnale inequivocabile, la rassicurazione che questa è ancora la città dove lui e sua madre hanno trovato stabilità, dove ha avuto fine il loro peregrinare.

Una volta dentro comprano due grosse candele rosse e sei bastoncini d'incenso. Superano tavoli straripanti di complesse decorazioni floreali e piatti di frutta, dolci e biscotti lasciati lì per le varie divinità. Gli studenti lasciano preghiere scritte per superare gli esami, insieme con piccole offerte di soldi o frutta. Il clangore ritmico dei piatti e delle campane segna il tempo durante il flusso ininterrotto delle preghiere del pomeriggio.

Lily segue il padre verso il fondo del tempio, e supera un gruppetto di persone che lanciano ossi oracolari; lui le porge le candele. Lei le avvicina alla fiamma di quelle già accese, e poi le sistema in un portacandela. Guardano in silenzio mentre piccole pozze di cera fusa si addensano, scintillanti, alla base di ciascuna. Rimangono finché un'addetta non le raccoglie, insieme con quelle degli altri fedeli, maneggiandole con una delicatezza commovente. Senza spegnere le fiamme, ne accende di nuove e sposta le altre in un bruciatore comune. Arrivano altre persone, altre candele vengono accese. Le fiamme prendono vita, bruciano, vengono raccolte, si spengono, senza soluzione di continuità.

Insieme, Lily e Henry percorrono il tempio, facendo il giro fino a tornare al bruciatore d'incenso all'ingresso. Qui Henry consegna a Lily tre bastoncini. Lui accende gli altri tre e rimane lì, tenendoli stretti in mano, all'altezza delle spalle, le mani unite, la testa china. Lily fa lo stesso.

Dao Renshu si concede di ricordare, di sentire emozioni. I ricordi arrivano in ordine sparso, come una scatola di fotografie rovesciata sul pavimento. La barca per Taiwan, le barchette di carta che faceva galleggiare col suo yéye, il servizio di leva, Chongqing in fiamme, i traghetti sul fiume, Liling, la lettera di accettazione della Northwestern, il Gran Tunnel, le tombe di famiglia di sua madre in frantumi.

Il dolore, di cui finalmente prende atto, lo travolge. Nostalgia, rimpianti, lutto lo attraversano come un'onda. Un lamento di potenza inaudita gli fuoriesce dai polmoni. C'è qualcosa d'intossicante in quello sfogo liberatorio. Quando finisce, Henry è stremato, ma in un certo senso più leggero, avendo lasciato andare un fardello che non sapeva nemmeno di portare con sé.

Henry riapre gli occhi e Lily è ancora lì, al suo fianco. I bastoncini d'incenso sono quasi completamente bruciati; li lasciano nel misto di sabbia e cenere che ricopre il fondo del bruciatore. L'atmosfera nel tempio è cambiata: il flusso di fedeli del pomeriggio si è placato. I silenzi che s'insinuano tra le preghiere si fanno sempre più lunghi. L'eco dell'acciottolio delle ossa oracolari si spegne e poi riprende, dopo poco.

Henry e Lily guardano gli ultimi sbuffi di fumo d'incenso sollevarsi in aria in una spirale. Una falce di luna scintilla dietro le fenici e i draghi variopinti del tempio, che sbocciano nel violaceo cielo notturno con piume e scaglie, artigli e lingue.

Quella sera, Henry e Lily rimangono seduti a bere tè nella cucina di Lin-Na, mentre tutti gli altri dormono. Lily solleva il piattino per ammirare il delicato disegno di peonie bianche e blu sul lato della sua tazza.

«Gaiwan», dice lui.

«Gaiwan?»

« Sì. Significa scodella con coperchio. Il piattino simboleggia la terra, la tazza l'uomo, il coperchio il cielo. »

« È bellissimo. » Lily rimette giù il piattino, solleva il coperchio e controlla il tè, inalandone l'aroma erbaceo.

Henry si gira verso di lei e inizia a parlare: « Mio nonno, Dao Hongtse, aveva tre mogli ».

Lily lo guarda, arriccia le labbra ma non dice nulla. Allunga la mano verso la borsa per prendere carta e penna. *Dao Hongtse aveva tre mogli*, scrive.

Poi rimane zitta, sperando che lui vada avanti; parlando, teme di spaventarlo e di non sentire i racconti che desidera conoscere da una vita.

Henry guarda il taccuino, manda giù un sorso di tè e prosegue: « La nostra famiglia aveva un negozio a Changsha, nella provincia dello Hunan ».

Piano, pianissimo, Henry le racconta tutto ciò che ricorda. La stanza si riempie di nomi di città che lei non ha mai sentito nominare, di parenti che non ha mai conosciuto. Lily cerca di fissare sulle pagine del taccuino i frammenti di ricordi che fuoriescono dalle labbra del padre: il negozio di cherosene, l'adorata cuginetta, un parco con un pavone, un rotolo disteso, le favole di sua madre. Henry dice che, all'arrivo dei giapponesi, la famiglia era fuggita nel cuore della notte. Dice che avevano camminato tantissimo, per tutta la Cina. A volte avevano usato un carretto. Henry non sa chi li trainasse, quei carretti, né perché. Non lo saprà mai. Dice che si erano ammassati in treni affollatissimi per raggiungere il Nord. Dice che i giapponesi, o forse i nazionalisti, avevano fatto saltare binari e ponti con gli esplosivi. Non sa chi sia stato; sa solo che loro erano scesi dal treno e avevano ricominciato a camminare. Dice che avevano preso traghetti a vapore che li avevano portati su e giù lungo il fiume Chang Jiang, che era disseminato di relitti di cannoniere affondate e rapide pericolosissime.

Avevano conosciuto persone gentili e persone crudeli. Erano fuggiti da una città all'altra. La sua mamma si era procurata rifugi di ogni tipo, lavori di ogni tipo. Avevano imparato a essere invisibili.

Quando i giapponesi avevano interrotto le offensive, avevano cominciato i comunisti. E loro avevano vissuto nuove sciagure.

Dopo che Henry finisce, rimangono seduti in silenzio per un momento. È molto tardi. A Lily sembra di vedere, negli occhi del padre, luoghi distanti, e un'immensa stanchezza. Henry mette le tazze sul vassoio e si alza.

Quindi inspira a fondo. « La storia cinese è triste, tesoro mio », dice, con espressione sconsolata. Poi prende il vassoio e lascia la stanza.

Lily guarda i suoi appunti. Liscia ogni pagina con un dito, percorrendo col polpastrello i segni a rilievo lasciati dalla penna. Non è certa di come potrà elaborare ciò che è appena successo, ma sa che suo padre, finalmente, le ha fatto dono della cosa più preziosa: il suo retaggio.

Una settimana dopo la morte di Meilin arriva il giorno della cremazione. Non ci sono tombe di famiglia. Non c'è un luogo che Meilin possa reclamare come suo. Henry e Lily affidano l'urna coi resti di Meilin a Lin-Na, che promette di seppellirli coi suoi antenati, a Chiayi, nel sud di Taiwan.

Durante l'ultimo giorno di viaggio, Henry porta Lily a Keelung, il punto in cui lui e Meilin erano arrivati sull'isola tanti anni prima. Arrivano allo Zhongzheng Park e cominciano a salire la scalinata; superano parchi giochi per bambini, il Museo della Festa dei Fantasmi e raggiungono il punto più alto della montagna. In cima c'è una statua bianca e imponente.

« Chi è? » chiede Lily.

« Guanyin, la dea della misericordia, della gentilezza e della compassione. »

Entrambi si concentrano sull'espressione serena della statua, sulle sue vesti fluenti, sulla tranquilla espressione di consapevole serenità. « Mi sembra il posto giusto per dire addio a nai-nai », commenta Lily dopo un po'.

« Mmm », concorda Henry.

Si godono il panorama. Sotto di loro si estende la città di Keelung. Henry guarda il porto, le navi attraccate, le montagne e, da qualche parte, oltre il punto in cui mare e orizzonte s'incontrano, la Cina.

Subito prima di ridiscendere, Henry lancia un'ultima occhiata alla statua. Tra le mani, Guanyin tiene un rotolo disteso arrotolato.

32

Los Alamos, New Mexico, giugno 1997

Dopo la guerra fredda inizia il disgelo. Avendo meno contratti per grandi progetti legati alla difesa, il Lab comincia a offrire pensionamenti anticipati. Per quasi ventinove anni, Henry ha lavorato sodo, producendo ricerche di alto profilo con impeccabile regolarità. E, pur essendosi sempre trovato bene a Los Alamos, negli ultimi anni ha cominciato a sentirsi sempre più irrequieto.

Il suo collega storico Tom Benson è andato in pensione di recente e Henry sente la mancanza dell'intelligenza e del candore dell'amico. Ogni tanto Benson viene ancora in ufficio per una consulenza, ma anche questo avviene sempre più di rado. L'ultima volta, poco prima di andarsene, Benson aveva chiesto a Henry se avesse avuto problemi col rinnovo del suo visto di sicurezza. Stupito da quella domanda, Henry aveva risposto di no. Benson aveva allora spiegato che il suo vicino, David Tian, gli aveva riferito che alcuni scienziati cinesi avevano avuto piccoli intoppi di questo tipo. La procedura prevede molte più domande rispetto a prima. Quando Henry non aveva commentato, Benson si era chiesto, a voce alta, se quei ritardi potessero dipendere dalle accuse di spionaggio rivolte a Peter Lee. Per caso Henry lo conosceva? No, Henry non lo conosceva. E, si era affrettato ad aggiungere, a parte quella festa di Capodanno di tanti anni prima, non aveva mai frequentato la comunità cinese di Los Alamos. Trovava che fosse più facile così. Benson aveva annuito, in un gesto molto tipico di lui che indicava approvazione.

Adesso, dopo aver considerato i termini del prepensionamento, Henry ripensa a quella conversazione. Senza Benson in giro, trova molto più difficile comprendere le regole non dette del suo gruppo di ricerca. Per anni ha fatto affidamento sui segnali fornitigli da Benson e sulla sua lettura della situazione. Alcuni dei progetti principali di Henry sono comunque destinati a chiudersi in tempi brevi, perché è probabile che non vengano rifinanziati. *Era un buon lavoro*, si dice. E poi: *Era solo un lavoro. E adesso, forse, è giunto il momento di lasciare che sia qualcun altro a farlo.*

Quando accenna la cosa a Rachel, è stupito dalla velocità con cui lei si dice d'accordo. Per quanto si sia fatta molti amici, Rachel non ha mai amato Los Alamos. Anche lei è pronta per un cambiamento. Decidono di mettere in vendita la casa. Sono anni che lui e Rachel non avevano una conversazione così facile.

Henry inizia a impacchettare le sue cose per il trasloco. Sullo scaffale in alto della sua libreria trova i pennelli, la pietra da inchiostro, un mozzicone di panetto d'inchiostro. Il bambù dei pennelli gli pare fragilissimo; le setole sono disseccate, e nel pozzetto della pietra da inchiostro c'è della polvere. Henry la lucida finché non brilla di nuovo, ma nelle crepe la polvere rimane. Accanto a questi oggetti c'è il dizionario cinese-inglese. Lo prende e ne saggia il peso sul palmo della mano. Negli anni l'ha usato come fermaporta, come fermacarte, come fermalibri improvvisato. Ha le pagine ingiallite, la colla della rilegatura si è asciugata e crepata. Quando lo apre, gliene cadono in mano dei frammenti. Solo qualche tenue filo tiene ancora incollata la copertina alle pagine.

Henry pensa a tutti gli aerogrammi che hanno viaggiato da Los Alamos a Taiwan e viceversa. Quante ore ha trascorso nel tentativo di far rientrare la sua vita americana in colonne ordinate, cercando nel dizionario caratteri che spiegassero, quasi ma non del tutto, il suo nuovo mondo? Adesso, quando usa quel dizionario, lo fa viaggiando in direzione opposta: per trovare caratteri di cui non ha ricordo, o parole che ha imparato in inglese e non ha mai conosciuto in cinese.

Dopo tutti gli anni in cui l'inglese è stato la sua lingua, il cinese si è quasi dissolto. Ci sono frasi che non pronuncia mai, sillabe che la sua lingua si rifiuta di formulare, interi lessici che non gli appartengono più. Una lingua può essere infinita, ma le persone non lo sono di certo. Henry non ha potuto trattenere ogni parola, pensiero, idea, ricordo; ne sarebbe stato così appesantito da non riuscire nemmeno a muoversi.

Sfoglia il dizionario, all'inizio oziosamente, e poi con un'intenzione sempre più chiara. Si ferma quando incontra il carattere 修, che significa riparare, coltivare, regolare. Fa scorrere il dito lungo la colonna di caratteri combinati. Col carattere 修 è possibile comporre tantissimi concetti diversi: costruire una casa, studiare a scuola, potare alberi, ravvivare una vecchia amicizia, riparare una barca, costruire ponti, coltivare una virtù, nutrire l'anima. Qui Henry si ferma. 修心, nutrire l'anima. Chiude il dizionario. Traccia i caratteri sul proprio palmo. Per la prima volta da anni, gli sembra che la sua anima sia leggera.

Pochi mesi dopo, Henry e Rachel abitano ad Albuquerque. Lui si lascia alle spalle l'amarezza quotidiana del dover svolgere il lavoro di qualcun altro e non si guarda più indietro.

La città offre club del libro, musei, caffè, concerti. Rachel stringe nuove e felici amicizie e allarga anche il circolo dei semplici conoscenti. Si unisce a un club di persone appena trasferite in città: sono anni che non è la nuova arrivata, da nessuna parte. Ancora meglio, trova un lavoro presso la biblioteca universitaria Fine Arts and Design, specializzandosi in collezioni musicali.

Albuquerque ha una popolazione eterogenea, tanto che essere diversi è la norma. Un passante che guardasse Henry di sfuggita potrebbe prenderlo per ispanico, navajo, cinese, giapponese, peruviano, o magari anche tibetano. Ma in genere la gente non fa domande, e lui non offre spiegazioni. Invece va e viene dalla biblioteca, o dal negozio di specialità orientali, senza che nessuno lo riconosca. Non ha più bisogno di perlustrare le strade, pronto a nascondersi in un negozio di ferramenta o in una banca se vede quella pettegola di Mrs Riordan avanzare sul marciapiede.

Nella casa nuova hanno un giardino, che Henry lascia crescere libero. Artemisia tridentata, yucca e rotolacampo prendono possesso del terreno sabbioso. «Giardinaggio a secco», lo chiama Rachel. Quando Rachel porta a casa un sacchetto di pesche comprate al mercato, la loro dolcezza ricorda a Henry qualcosa che non riesce a esprimere a parole. Le mangia tutte in un solo pomeriggio, gettando i noccioli nel giardino sul retro.

Una gloriosa estate di San Martino si allunga fino a metà novembre, arrostendo il suolo. Pioppi nordamericani e pioppi tremuli scintillano dorati sui fianchi orientali delle Sandia. Quando novembre scivola via, arriva un inverno gelido. Dalla loro casa, Rachel e Henry guardano le bufere di neve andare e venire, svelando e celando le montagne.

Una coltre di neve ricopre il giardino. Da qualche parte, sottoterra, teneri viticci si distendono e si allungano nell'oscurità.

Il mese di marzo riscalda e rimpolpa il terreno del giardino sul retro, da cui sbucano minuscoli germogli.

Nessuno li cura, nessuno li innaffia. Nessuna mano protettiva scaccia via le formiche curiose che si arrampicano su e giù lungo piantine lasciate a se stesse. Prive di un riparo, ammucchiate, strette l'una all'altra, come a volersi offrire reciprocamente rifugio, condividono la poca ombra che blocca il sole accecante. A dispetto dei furibondi venti di aprile, il centro dei loro minuscoli tronchi si anima di vita.

Ai primi di maggio, Henry sta percorrendo il giardino con la carriola, per raccogliere le foglie cadute dei pioppi. Dietro un ciuffo di rotolacampo si accorge che sta crescendo qualcosa. Strappa via le erbacce e s'immobilizza.

Alberelli! Non bastoni ficcati nel fango, ma veri e propri alberelli robusti. S'inginocchia a guardarli e, con delicatezza, ne sfiora i rami, i germogli. Le gemme, appiccicose, gli lasciano le dita sporche di resina. Ogni foglia è uno stendardo verde che sventola nella luminosa aria primaverile. Inconfondibile. È l'avvio di un frutteto.

«Rachel», dice Henry sottovoce, e poi più forte. «Rachel, Rachel!» Si precipita in casa.

Insieme, lui e Rachel ripuliscono le piantine dalle ultime erbacce, dalle foglie secche, dall'erba asciutta. Non discutono di quel miracolo. Invece fanno il possibile per favorirne la crescita. Henry prende la pala e scava otto buche distanziandole a intervalli regolari, dando a ciascuna lo spazio sufficiente per sperare. Quando Rachel va al vivaio e torna a casa con buste di terriccio arricchito, compost e pacciame, Henry non dice una parola. Insieme sradicano gli alberelli e separano il groviglio di terra e radici. Poi li trapiantano ciascuno in una buca e vi gettano sopra palate di terriccio arricchito e compost. Rachel aggiunge un mucchietto di pacciame alla base e Henry li innaffia generosamente.

New York, New York City, settembre 1998

Dopo quattro anni, Lily ha l'impressione di aver preso un buon ritmo lavorativo. Finora, questo è il suo anno scolastico migliore. Ha raggiunto un equilibrio tra prendersi cura di se stessa e occuparsi dei suoi studenti. Finalmente ha sufficiente esperienza e sicurezza da non dover trascorrere ore e ore a preparare ogni lezione o a correggere i compiti.

Dopo il viaggio a Taipei, l'inquietudine che l'aveva sempre tormentata ha iniziato, pian piano, a scomparire. Non è stata una scelta consapevole, quella di lasciar andare le vecchie preoccupazioni; piuttosto, Lily è scivolata, in modo graduale e inconsapevole, in una pace mai conosciuta prima, una tregua dalla sua irrequietezza esistenziale. Sebbene suo padre non abbia mai più fatto cenno a ciò che le ha raccontato a Taipei, né abbia più parlato del loro viaggio, anche lui sembra molto più felice.

Lily ha stretto amicizia con altri insegnanti, e con loro si concede di lamentarsi delle difficoltà e celebrare i successi che il lavoro comporta. Però è anche pronta ad avere una vita sociale che prescinda dal contesto professionale. Ha avuto un paio di brevi relazioni sentimentali, ma niente di serio. I suoi ragazzi erano in gamba, ma ogni volta, a un certo punto, Lily cominciava a sognare di tornare single, recuperando spazio e tempo per se stessa.

Un giorno, d'impulso, decide di andare a una serata organizzata a Midtown per gli ex iscritti della Rice University. Serate di questo tipo c'erano già state, e lei ne era venuta a conoscenza attraverso la newsletter dell'università, ma era sempre stata troppo impegnata per partecipare.

Mentre si prepara, comincia ad agitarsi. È passato tantissimo tempo dall'ultima volta che è andata a un evento in cui non conosceva nessuno. Che cosa dovrebbe mettersi? Non la sua divisa da insegnante. Jeans? Non le sembra il caso. Alla fine sceglie un abito blu e leggings neri. Ballerine comode. Sempre.

Non appena arriva, Lily si guarda intorno. Qualche faccia le sembra vagamente familiare, ma di nessuno dei presenti ricorda nome né altri dettagli. Ci sono un sacco di persone più grandi di lei, in giacca e cravatta; sembrano broker di Wall Street. Nessuno si vestiva così alla Rice. All'epoca la divisa erano shorts e maglietta a maniche corte. Dubita che riconoscerebbe i suoi ex compagni con uno di quei completi addosso.

« Lily Dao? » La voce è carica di stupore e affetto.

Lei si gira. « Tony! » Ha ancora i suoi riccioli ribelli. L'attaccatura dei capelli è un po' arretrata e intorno agli occhi c'è qualche ruga d'espressione. Non è in giacca e cravatta, ma ha un aspetto di classe, rilassato. Pantaloni cachi, un maglione bordeaux, una bella camicia. Non ci aveva proprio pensato, che potesse esserci anche lui.

Tony ridacchia. « Sei senza parole? »

« Non sapevo che vivessi da queste parti. »

Un altro sorriso. « Immagino sia proprio questo il punto degli incontri fra ex studenti, no? Farti scoprire chi vive dalle tue parti. »

È ancora bellissimo, pensa Lily.

« Qualcosa da bere? »

« Scusa? »

« Posso prenderti qualcosa da bere? » ripete Tony.

« Ah, sì, sarebbe magnifico. Mmm... fai tu, va bene tutto. »

Lui inarca il sopracciglio.

« Vino rosso », dice lei, sollevata che lui non le chieda altre specifiche.

Mentre lui va al bancone, Lily si guarda intorno. Nel bar non ci sono altre facce conosciute.

Tony torna con una pinta di Guinness per sé e un calice per lei. « Cabernet Sauvignon californiano. »

Lei annuisce e prende un sorso. « Buonissimo », dice, sperando che basti.

« Allora, Lily Dao, cosa ci fai a New York? »

« Non è che devi sempre chiamarmi con nome e cognome. Puoi chiamarmi solo Lily. »

« Okay, Lily, cosa ci fai a New York? »

Le piace il suo nome, pronunciato da lui.

« Insegno. Inglese, in una scuola media. »

« Un'insegnante d'inglese? Favoloso! Mi sembra... perfetto. » Sorride. « E ti piace? »

« Sì, tanto. È un lavoro impegnativo, ma non vorrei fare nient'altro. » E, mentre lo dice, si rende conto che è proprio così. « E tu? »

« Ah, io sono assegnista di ricerca alla Columbia. »

« Wow. Complimenti. E ti piace? »

Lui annuisce.

Lei annuisce. Beve il vino. Silenzio.

« Ehi. » Il tono di voce di Tony si è addolcito. « Mi pare di ricordare che la nostra ultima conversazione non è stata... come dire? Non è stata proprio... »

Lily scuote la testa. « Non è stata delle migliori, no. Ma è successo secoli fa. Dovevo ancora crescere parecchio. »

« Anche io. Mi sono pentito di quello che ti ho detto, ci ho pensato per un sacco di tempo. Mi è dispiaciuto che le cose siano finite in quel modo. » S'interrompe un attimo poi, quando lei alza gli occhi, precisa: « Mi dispiace ancora adesso che le cose siano finite in quel modo ». Ha un'espressione seria e schietta, vulnerabile. La guarda e deglutisce.

« Anche a me », dice Lily piano.

Tony si lancia un'occhiata intorno. Il bar si va riempiendo. Sicuramente starà cercando qualcun altro con cui parlare. Tra poco si scuserà e le dirà che deve lasciarla.

Lily decide di batterlo sul tempo. « Sono felice di averti rivisto. Mi sembri in forma, e a quanto pare le cose ti vanno alla grande. » Lui sembra sul punto di dire qualcosa, ma lei prosegue imperterrita, in modo che non possa interromperla: « Mi sono sempre chiesta: chissà che fine ha fatto Tony Camberwell? E adesso lo so ». Solleva il bicchiere e beve un po' troppo, un po' troppo in fretta.

« Lily, ti andrebbe di andare da un'altra parte? In un posto più tranquillo, per farci due chiacchiere? »

« Oh. Certo, cioè, voglio dire, sì. » Lily appoggia il bicchiere sul tavolo, deliziata, arrossisce.

« Magnifico! Dammi un minuto, prendo la mia roba. »

Lei lo guarda allontanarsi tra la folla. È gente come lui, si accorge Lily vedendo il modo in cui lo chiamano, e il modo in cui lui risponde con saluti e strette di mano. Ma non si ferma a lungo, e invece va a recuperare il cappotto.

« Usciamo », dice tornando al suo fianco.

Lily prende la borsa e la giacca e insieme escono nell'aria fresca dell'autunno.

A qualche isolato di distanza, in un diner aperto tutta la notte, parlano per ore e ore mangiando uova strapazzate, hash brown, salsicce e pane tostato. È facile parlare con Tony. Quando si salutano sono le tre di notte. Davanti all'appartamento di lei, a Brooklyn, Tony l'abbraccia, le dà un bacio sulla guancia e promette di chiamarla presto.

E tiene fede alla parola data. Si rivedono, spesso, e alla fine riprendono i rapporti da dove li avevano interrotti. Anche se non stanno rivivendo esattamente ciò che è successo alla Rice, la consapevolezza di avere davanti qualcuno che porta con sé la conoscenza non solo di chi sei adesso, ma anche di chi eri all'epoca, ha un sapore dolce.

E, per la seconda volta, s'innamorano. Questa volta per sempre.

Albuquerque, New Mexico, agosto 2000

Lily e Tony sono andati a trovare i genitori di lei. Non appena arrivano, Henry mostra loro i suoi alberi: negli ultimi anni li ha potati e li ha fissati con delle stecche che li aiutassero a crescere dritti. I rami più alti gli arrivano ormai al petto. Con spazio a sufficienza, sole, acqua, cibo e le giuste cure, hanno raggiunto dimensioni notevoli.

« Peschi », dice Henry. « Ho buttato lì dei noccioli e guardateli adesso: peschi! »

Lily li studia uno alla volta, accarezzando le lunghe foglie verdi, stupefatta.

« Il primo raccolto », dice suo padre, raggiante, sfiorando con delicatezza una pesca piccola ma polposa.

Rachel li richiama dentro; è pronta la cena.

La serata trascorre tanto piacevolmente che Lily ne è stupita. Le paure e i rimpianti che hanno sempre adombrato suo padre sembrano scomparsi. Andati, anche, il muto risentimento e le frustrazioni dell'infanzia di lei. Dopo tanti decenni, le vecchie ferite cominciano a rimarginarsi.

Quella sera, mentre si preparano per andare a letto, Tony le chiede se vada tutto bene, perché la vede silenziosa.

« Sto bene. È solo... »

« 'Solo' cosa? » Tony le posa un braccio su una spalla.

« Non mi ero mai resa conto... » – e la voce le trema un po' – « ... non mi ero mai resa conto che mio padre ha un sorriso bellissimo. »

La mattina seguente, Lily entra in cucina e vede un piatto di pesche posato sul tavolo. Ne prende una, pesante e compatta di succo. Un paio di foglioline, una promessa di dolcezza, una pelle vellutata color rosso-arancio che cede appena al tocco. Profuma d'estate.

Henry ne sta lavando altre; ne ha uno scolapasta pieno. Gocce scintillanti rimbalzano sulla superficie dei frutti e si raccolgono come gemme sul piano di cucina. Henry prende un tagliere di legno, segnato da anni di tagli e graffi, e comincia. La lama penetra nella polpa del frutto. Con una consumata mossa del polso, Henry spacca la pesca a metà, scoprendo il nocciolo color cremisi. La sbuccia con un unico gesto delicato, la taglia e solleva uno spicchio. Gocce di succo gli cadono tra le dita mentre se lo mette in bocca. Henry annuisce e versa gli altri spicchi in una ciotolina di vetro.

« Bentornata a casa, tesoro mio », dice, offrendoli a Lily.

EPILOGO

Albuquerque, New Mexico, aprile 2005

I peschi di Henry sono in piena fioritura. Un pergolato di fiori s'innalza fino al cielo.

Henry va nel suo frutteto e si mette a sedere. Non indossa né giacca né cappello né guanti. Ha le sopracciglia ingrigite; le ciocche argento tra i capelli scintillano al sole. Ha la pelle liscia ma piena di rughe. C'è troppa pelle per le ossa contenute all'interno.

Alza lo sguardo, perso in un paradiso di petali. È questo che aveva immaginato tanti anni fa, quando sedeva nel suo studio sfogliando cataloghi e ordinava quei primi alberi di ciliegio. Questo è più bello, dice tra sé, di qualsiasi scena dipinta su qualsiasi rotolo disteso, perché qui può sentire la frizzante aria primaverile sulle tempie, e le orecchie gli si riempiono del canto degli uccelli e del fruscio dei fili d'erba.

Il rotolo di sua madre e le sue storie. Se le ricorda ancora? Henry rimane seduto, immobile. Mentre il sole attraversa la volta celeste e le ombre si spostano, le storie tornano da lui. Henry le richiama indietro, senza fretta, e sorride tra sé. Ciascuna è una pietra ben lucidata, che assume una forma amata e familiare. Ha sempre pensato che fossero perdute per sempre, ma non era vero. Sono sempre rimaste dentro di lui. Magari le racconterà ai suoi nipotini, la prossima volta che andranno a trovarlo.

Ripensa alla versione di sua madre della Terra dei peschi in fiore. Per anni ha pensato che lei gli avesse riferito una versione incompleta, derubandolo in qualche misura dell'intero racconto. Ma oggi si rende conto che non è così. Forse sua madre non gli ha raccontato questa storia in modo sbagliato; forse gli ha raccontato un'altra storia, diversa. L'originale è una tragedia. Il vecchio pescatore di Wulin stringe il suo sogno tra le mani ma lo perde. E non importa quanto disperatamente lui o gli altri tentino di recuperarlo, nessuno lo trova mai più. È una ricerca, la loro, interminabile e vana: un'eternità di delusione. Ma, nella versione di Meilin, una volta arrivato, il pescatore rimane. Impara a lasciarsi alle spalle ciò che si è lasciato alle spalle. Meilin non ha mai voluto che questa storia fosse una tragedia; voleva solo che avesse un finale. La favola si chiude quando non c'è più nulla da desiderare. Quando non si vuole più nulla. Quando c'è solo la pienezza della fioritura, la carezza del vento, un cielo di un azzurro gioioso. Questo giorno. Questo momento. Questa terra di peschi in fiore.

RINGRAZIAMENTI

Quando ho cominciato a scrivere degli alberi da frutto di mio padre, non sapevo che avrei finito per scrivere un romanzo che copre settant'anni di storia cinese e che prova a dare un senso al tumultuoso XX secolo in Cina. Volevo solo raccontare una vicenda che celebrasse l'abbondanza e la felicità che mio padre ha raggiunto dopo decenni di sofferenze. *Nella terra dei peschi in fiore* è un'opera di finzione. Benché i personaggi che lo animano e i miei familiari abbiano percorso quasi le stesse strade, la storia in sé è frutto della mia immaginazione. Quand'ero piccola, mio padre parlava pochissimo del suo passato. Sapevo che era nato in Cina, che era andato a vivere a Taiwan da ragazzo, e che era venuto in America per terminare gli studi universitari. Non avevamo bisogno di sapere altro, ci ha sempre ribadito lui. Ma, il giorno di Natale del 1998, per ragioni che non conoscerò mai, ha deciso di raccontarci alcuni episodi del suo passato. Quasi vent'anni dopo, ho recuperato quegli aneddoti e ho iniziato a metterli insieme in un testo di narrativa. Per portare alla luce un mondo di cui sapevo poco o niente, ho studiato molto, leggendo le vite di coloro che avevano vissuto gli stessi eventi storici di mio padre. Per questo ho un debito di gratitudine infinito nei confronti di molti testi, per le loro testimonianze, le loro storie e la loro scrittura: *The Great Exodus from China* di Dominic Yang, *The Great Flowing River* di Chi Pang-yuan, *Un'estate senza voli* di Han Suyin, *The Good Immigrants* di Madeline Hsu, *Two Trees Make a Forest* di Jessica J. Lee, *Accomplice to Memory* di Q.M. Zhang, *China's Homeless Generation* di Joshua Fan, *Last Boat Out of Shanghai* di Helen Zia, *Echoes of Chongqing* di Danke Li, *Remembering China from Taiwan* di Mahlon Meyer, *La lotta per la sopravvivenza. La guerra della Cina contro il Giappone 1937-1945* di Rana Mitter, molti dei libri di Diana Lary sulla Cina del XX secolo, *Taipei People* di Pai Hsien-Yung e *The Stolen Bicycle* di Wu Ming-Yi. Devo molto anche alla fotografia di Deng Nan-Guang, e ai film di Hou Hsiao-hsien e Edward Yang, nonché a molti testi accademici, tra cui le ricerche di Wendy Cheng, Zuoyue Wang e Pei-Te Lien.

Devo inoltre un ringraziamento a Dominic Yang, Danke Li, Phyllis Huang, Dafydd Fell e Biyu Chang che hanno accettato di parlare con me.

Un grazie speciale va a Clare Chun-yu Liu per l'ispirazione, le conversazioni, e le presentazioni. Grazie all'Arts Council England per avermi elargito una sovvenzione (Developing Your Creative Practice). Il sostegno dell'ACE è stato fondamentale per finanziare i miei viaggi di ricerca in Cina e a Taiwan, grazie ai quali ho potuto ripercorrere il cammino dei miei personaggi.

Durante questi viaggi ho avuto la fortuna di lavorare con Blue Lan, che mi ha fatto da interprete, e d'incontrare la Maestra Li, che ha risposto a molte delle mie domande sulla Taipei nell'arco dei decenni, alla scuola cattolica Blessed Imelda, nonché di trascorrere del tempo con David Lin e Yowen Tsai, che hanno condiviso con me racconti di famiglia e ottimi pasti cucinati in casa.

Ovviamente la mia opera è stata migliorata e smussata grazie all'intervento di molti: Jessica J. Lee, Yan Ge, Anne Chen, Linshan Jiang, Catherine Menon, Catherine Chou ed Elisa Tamburo in particolare.

Ho avuto l'enorme fortuna di parlare con molte persone straordinarie nel corso delle mie ricerche. Il loro contributo ha sempre migliorato il libro; eventuali errori sono attribuibili solo a me.

Poiché scrivere è un'attività solitaria, ho scoperto che avere amici scrittori è un'ancora di salvezza. Grazie dunque per i caffè e i consigli all'Angles Writing Group di Cambridge, ai partecipanti dei miei Writing Circles, agli scrittori del London Lit Lab che per primi hanno incontrato Henry in un racconto intitolato *Henry Dreams an Orchard*.

Nutro un'ammirazione profonda per la Word Factory, e specialmente per Cathy Galvin e Paul McVeigh, per avermi scelto come apprendista nel 2017, e per Zoe Gilbert, perché è una mentore generosa e incoraggiante. Gran parte di questo romanzo è stata fissata sulla pagina durante il mio soggiorno del 2018/2019 al David T.K. Wong Fellow dell'University of East Anglia. I consigli preziosi e l'aiuto del professor Jon Cook mi hanno aiutato a esplorare e tradurre per iscritto molti dei temi che sono emersi durante quella prima stesura.

È stato un incredibile privilegio lavorare con Kate Stephenson, Ella Gordon e Serena Arthur della Wildfire e Helen O'Hare di Little, Brown. La tua capacità di leggere i testi, la tua pazienza e il tuo acume editoriale hanno trasformato il mio manoscritto in un libro. Molte grazie anche alla redattrice Tara O'Sullivan e al cartografo Tim Peters.

Mille grazie poi alla mia magnifica agente, che ha capito prima di me cosa avevamo fra le mani. Grazie per esserci stata a ogni passo.

Ai miei amici che hanno visto il mio romanzo, e la mia scrittura, crescere e maturare: Emma Rhind-Tutt, Pia Ghosh Roy, Nette Andres, Daphne Gerling, Bec Sollom, Yin Lim, Karen Littleton, Connie Hui, Rebecca Stevens, Suzanne Koopmans, Anne Clarke, e Ophelia Redpath. Grazie. La vostra amicizia e gentilezza significano tantissimo per me.

Un enorme abbraccio a mia mamma, Addie, e ai miei fratelli, Michael e David. Grazie, 哥哥, per avermi aiutato a trovare i personaggi giusti e avermi inviato le copie dal papà di 三字經 e 百家姓.

Infine, a Nicholas, Juniper e Matthew. Siete il mio mondo. Vi voglio bene. E grazie.

Questo libro è stampato col sole

Azienda carbon-free

Fotocomposizione Editype S.r.l.
Agrate Brianza (MB)

Finito di stampare
nel mese di marzo 2022
per conto della Casa Editrice Nord s.u.r.l.
da Grafica Veneta S.p.A. di Trebaseleghe (PD)
Printed in Italy